F. PAUL WILSON

O SEPULCRO

Tradução de
ALYDA CHRISTINA SAUER

EDIÇÕES
BestBolso

RIO DE JANEIRO – 2011

CIP-BRASIL. CATALOGAÇÃO-NA-FONTE
SINDICATO NACIONAL DOS EDITORES DE LIVROS, RJ

W719s
Wilson, F. Paul (Francis Paul)
O sepulcro / F. Paul Wilson; tradução de Alyda Christina Sauer. – Rio de Janeiro: BestBolso, 2011.

Tradução de: The Tomb
ISBN 978-85-7799-251-5

1. Ficção norte-americana. I. Sauer, Alyda Christina. II. Título.

11-0370
CDD: 813
CDU: 821.111(73)-3

O sepulcro, de autoria de F. Paul Wilson.
Título número 227 das Edições BestBolso.
Primeira edição impressa em fevereiro de 2011.
Texto revisado conforme o Acordo Ortográfico da Língua Portuguesa.

Título original norte-americano:
THE TOMB

Copyright © 1984 by F. Paul Wilson.
Copyright da tradução © by Distribuidora Record de Serviços de Imprensa S.A.
Direitos de reprodução da tradução cedidos para Edições BestBolso, um selo da Editora Best Seller Ltda. Distribuidora Record de Serviços de Imprensa S. A. e Editora Best Seller Ltda são empresas do Grupo Editorial Record.

www.edicoesbestbolso.com.br

Design de capa: Tita Nigrí.

Todos os direitos reservados. Proibida a reprodução, no todo ou em parte, sem autorização prévia por escrito da editora, sejam quais forem os meios empregados.

Direitos exclusivos de publicação em língua portuguesa para o Brasil em formato bolso adquiridos pelas Edições BestBolso, um selo da Editora Best Seller Ltda.
Rua Argentina 171 – 20921-380 Rio de Janeiro, RJ – Tel.: 2585-2000 que se reserva a propriedade literária desta tradução.

Impresso no Brasil

ISBN 978-85-7799-251-5

EDIÇÕES BESTBOLSO

O sepulcro

Francis Paul Wilson nasceu em Nova Jersey, nos Estados Unidos, em 1946. Formado em medicina, debutou no gênero do terror com o livro *O fortim*, publicado em 1981. Unhas roídas, frio na espinha e uma narrativa magnética: essas são as marcas registradas de F. Paul Wilson, hábil na criação de tramas de suspense, dono de um estilo consagrado em livros como *Represália*, *Renascido* e *Os escolhidos*. Em *O sepulcro* aparece pela primeira vez o personagem Repairman Jack, que anos depois tornou-se protagonista de contos e de outros livros do autor. Inicialmente, F. Paul Wilson queria que *O sepulcro* tivesse o título *Rakoshi*, um desejo que só foi realizado na edição comemorativa de 20º aniversário do livro, em 2004. O autor é considerado um dos mestres do terror, comparado a Dean Koontz e Stephen King. A série Ciclo do Inimigo é composta de seis volumes, o último inédito no Brasil:

Volume 1: O fortim
Volume 2: O sepulcro
Volume 3: O toque mágico
Volume 4: Renascido
Volume 5: Represália
Volume 6: Nightworld

Para minhas próprias Vickys:
Jennifer e Meggan

Agradecimentos

Consciente ou inconscientemente, as seguintes pessoas me ajudaram, de diferentes maneiras, durante a elaboração deste livro: Betsy Bang e Molly Garrett Bang, Richard Collier, Larry Collins e Dominique LaPierre, Harlan Ellison, Ken Follett, L. Neil Smith, Steven Spruill, Al Zuckerman e, principalmente, os velhos contadores de história da Weird Menace/Yellow Peril Tales.

1

*Manhattan
Quinta-feira, 2 de agosto*

I.

Repairman Jack acordou com luz nos olhos, barulho nos ouvidos e dor nas costas.

Tinha adormecido no sofá do quarto de hóspedes, onde ficava seu videocassete e o projetor. Virou a cabeça para a tela. Uma imagem trêmula e um zumbido saíam do telão de 1,80 metro. O ar-condicionado funcionava a toda potência para manter o quarto a 21 graus.

Levantou-se com um grunhido e desligou o projetor. A barulheira sibilante parou. Inclinou-se para a frente e tocou os dedos dos pés, endireitou-se e girou os quadris. Suas costas o estavam matando. Aquele sofá era feito para sentar, não para dormir.

Foi até o videocassete e tirou a fita. Tinha dormido no final do *Frankenstein* de 1931, primeiro filme do Festival James Whale de Repairman Jack.

Pobre Henry Frankenstein, pensou, guardando a fita na caixa. Apesar de todas as provas mostrarem o contrário, apesar do que todos pensavam, Henry tinha certeza de ser mentalmente são.

Jack enfiou *Frankenstein* no seu lugar na prateleira e puxou a fita que estava ao lado: *A noiva de Frankenstein*, segunda parte do seu festival particular de James Whale.

Uma olhada pela janela revelou a vista habitual da praia, o mar calmo e azul, e um monte de gente inerte tomando banho de sol. Estava cansado daquela vista. Especialmente depois que alguns tijolos tinham começado a aparecer. Fazia três anos que ele mandara pintar aquela cena na parede branca diante das janelas do quarto. Bastante tempo. A cena da praia não o interessava mais. Talvez um mural de uma floresta tropical fosse melhor. Cheio de pássaros, répteis e animais escondidos na folhagem. É... uma floresta tropical. Arquivou a ideia. Teria de ficar de olho para achar alguém que estivesse à altura do trabalho.

O telefone começou a tocar na sala. Quem poderia ser? Trocara o número havia uns dois meses. Pouquíssimas pessoas o tinham. Não se deu o trabalho de atender. A secretária eletrônica cuidaria disso. Ouviu um clique e sua própria voz na saudação padronizada:

– Pinocchio Produções... *Não estou em casa agora, mas se você...*

Uma voz de mulher irrompeu impaciente:

– Atenda o telefone se estiver aí, Jack. Se não, ligarei mais tarde.

Gia!

Na pressa de alcançar o telefone, Jack quase tropeçou. Desligou a secretária eletrônica com uma das mãos e pegou o fone com a outra.

– Gia? É você?

– Sim, sou eu. – O tom de voz dela era indiferente, parecia ofendida.

– Nossa! Há quanto tempo! – Dois meses. Uma eternidade. Ele teve de sentar-se. – Estou muito feliz por você ter ligado.

– Não é o que você está pensando, Jack.

– O que quer dizer?

– Não estou ligando por mim. Se fosse, não ligaria. Mas Nellie me pediu.

A alegria sumiu, mas ele continuou falando.

– Quem é Nellie? – Não conseguia se lembrar do nome.

– Nellie Paton. Você deve se lembrar de Nellie e Grace... as duas senhoras inglesas.

– Ah, sim. Como poderia esquecer? Elas me apresentaram a você.

– Já consegui perdoá-las.

Jack ignorou o comentário.

– Qual é o problema?

– Grace desapareceu. Não é vista desde que foi dormir na noite de segunda-feira.

Ele se lembrava de Grace Westphalen: uma inglesa muito vaidosa e decente, de uns 70 anos. Não era do tipo que fugiria com um amante.

– E a polícia, já...?
– Claro. Mas Nellie queria que eu falasse com você, para ver se podia ajudar. Por isso estou ligando.
– Ela quer que eu vá até aí?
– Sim, se você puder...
– Você vai estar aí?

Ela soltou um suspiro exasperado.

– Vou. Você vem ou não?
– Estou saindo.
– É melhor esperar. Um policial esteve aqui e disse que um detetive do departamento viria esta manhã.
– Hum. – Isso não era bom.
– *Achei* que isso fosse retardar a sua chegada.

Ela não precisava parecer tão presunçosa.

– Estarei aí depois do almoço.
– Sabe o endereço?
– Sei que é uma casa amarela em Sutton Square. Só existe uma.
– Direi a ela que você vem.

E então ela desligou.

Jack colocou o fone no gancho e ligou a secretária eletrônica.

Ia ver Gia hoje. Ela telefonara. Não tinha sido simpática e dissera que estava ligando por causa de outra pessoa – mas havia ligado. Isso era mais do que o que tinha feito desde que fora embora. Ele não conseguia evitar se sentir bem.

Caminhou pelo cômodo da frente de seu apartamento no terceiro andar, que servia de sala de estar e de jantar. Achava-o muito confortável, mas poucas visitas compartilhavam de seu entusiasmo. Seu melhor amigo, Abe Grossman, num dia de muita generosidade, descrevera a sala como "claustrofóbica". Quando Abe estava mal-humorado, dizia que ela fazia a casa da Família Adams parecer decoração de Bauhaus.

Pôsteres de filmes antigos cobriam as paredes, junto com prateleiras de bricabraques entupidas de "coisas maneiras" que Jack escolhia nas lojas de bugigangas durante seus passeios pela cidade. Uma coleção de antigos móveis vitorianos de carvalho deixava pouco espaço para qualquer outra coisa. Havia uma arca toda trabalhada de mais de 2 metros, uma escrivaninha dobrável, um sofá afundado com encosto alto, uma mesa de jantar pesadona com pés em garra, duas mesas de canto cujos pés terminavam em patas de pássaros segurando uma esfera de cristal, e sua peça favorita: uma grande *bergère*.

Ele foi para o banheiro e começou o detestável ritual matutino de se barbear. Enquanto passava o aparelho pelo rosto e o pescoço considerou a ideia de deixar a barba crescer outra vez. Seu rosto não era feio. Olhos castanhos, cabelo castanho-escuro, a testa um pouco alta demais, talvez. Um nariz nem grande nem pequeno. Sorriu para o espelho. Não era exatamente um sorriso, mais parecia uma careta. Os dentes poderiam ser mais brancos e mais alinhados, e os lábios eram um tanto finos, mas não tinha um sorriso feio. Um rosto inofensivo. O corpo era rijo, musculoso, de 1,80 metro.

Então, o que há de errado?

O sorriso sumiu.

Pergunte a Gia. Ela parece saber o que há de errado.

Mas tudo isso mudaria a partir de hoje.

Depois de uma chuveirada rápida, ele se vestiu e comeu duas tigelas de cereais achocolatados, amarrou seu coldre de calcanhar e pôs nele a menor .45 do mundo, uma Semmerling Skeleton modelo LM-4. Sabia que o coldre ia esquentar sua perna, mas nunca saía desarmado. Sua paz de espírito recompensava qualquer desconforto físico.

Deu uma olhada pelo olho mágico e então girou a maçaneta, abrindo as quatro trancas de cima, de baixo e dos dois lados. Sentiu o impacto do calor do hall do terceiro andar na soleira da porta. Estava com uma calça jeans e uma camisa de manga curta. Ficou satisfeito por não ter posto uma camiseta por baixo. A umidade do hall já estava se infiltrando nas suas roupas e escorrendo na sua pele quando se dirigiu para a rua.

Jack ficou parado nos degraus da entrada por algum tempo. O sol forte brilhava através da bruma sobre o telhado do Museu de História Natural na rua abaixo, à sua direita. O ar úmido pairava inerte sobre o asfalto. Podia vê-lo, cheirá-lo, sentir seu gosto – e a aparência, o cheiro e o gosto eram condenáveis. Poeira e fuligem misturadas a monóxido de carbono, e talvez uma pitadinha de manteiga rançosa da lata de lixo no beco da esquina.

Ah! O Upper West Side em agosto...

Caminhou até a calçada e andou para a esquerda, ao longo da fileira de prédios com fachada de arenito, e foi até a cabine telefônica da esquina. Não era bem uma cabine; era um caixote de cromo e plástico sobre um pedestal. Pelo menos ainda estava inteiro. De vez em quando alguém arrancava o fone, deixando os fios multicoloridos pendurados do buraco como nervos no toco de um membro amputado. Ou então alguém se dava o trabalho de entupir a ranhura da moeda com um pequeno pedaço de papel, enfiar pedaços de palito nos espaços minúsculos entre os botões e a tampa. Ele sempre ficava espantado com os hobbies estranhos de alguns nova-iorquinos.

Discou o número do seu escritório e acionou a caixa postal. Uma voz gravada – não era a de Jack – começou a emitir a mensagem familiar:

"Aqui é Repairman Jack. Estou fora do escritório agora, mas quando ouvir o sinal, deixe seu nome e número e o motivo de sua ligação. Entrarei em contato o mais rápido possível."

Um bipe soou e em seguida uma voz de mulher reclamava de um problema com o timer da sua secadora. Outro bipe e a voz de um homem solicitava informação de graça sobre como consertar um liquidificador. Jack ignorou os recados; não tinha a menor intenção de retorná-los. Mas como haviam conseguido seu número? Só incluíra seu nome na lista de assinantes – com um endereço falso, é claro – para evitar chamadas para consertos de eletrodomésticos, mas as pessoas o encontravam assim mesmo.

A terceira e última voz era única: tom suave, palavras abreviadas, rápidas, com um toque britânico, mas que definitivamente não era inglês. Jack conhecia uns dois paquistaneses que falavam assim. O homem estava obviamente aborrecido e tropeçava nas palavras.

"Sr. Jack... minha mãe... minha avó... foi horrivelmente espancada na noite passada. Preciso falar com o senhor imediatamente. É muito importante." Deixara o nome e o número em que poderia ser encontrado.

Este era um chamado que Jack responderia, mesmo sabendo que teria de dizer ao homem que não podia ajudá-lo. Pretendia dedicar todo seu tempo ao problema de Gia. E a Gia. Esta podia ser sua última chance com ela.

Discou o número. A voz contida respondeu no meio do segundo toque.

– Sr. Bahkti? Aqui é Repairman Jack. O senhor ligou para o meu escritório à noite e...

O Sr. Bahkti ficou de repente muito desconfiado.

– Essa não é a mesma voz da secretária eletrônica.

Esperto, pensou Jack. A voz no aparelho era de Abe Grossman. Jack nunca usava sua própria voz no telefone do escritório. Mas a maioria das pessoas não percebia isso.

– Uma fita velha – explicou Jack.

– Ah, bom. Tenho de vê-lo imediatamente, Sr. Jack. É algo de grande importância. Questão de vida ou morte.

– Não sei, Sr. Bahkti, eu...

– O senhor *tem* de me ajudar! Não pode se recusar!

Surgiu um dado novo: este não era um homem acostumado a ouvir não. Aquele tom não combinava muito bem com Jack.

– O senhor não entendeu. Meu tempo já está todo tomado com outros...

– Sr. Jack! Seus outros compromissos são tão cruciais quanto a vida de uma mulher? Será que não podem ser deixados de lado por um tempo? Minha... avó foi espancada cruelmente nas ruas da sua cidade. Ela precisa de um tipo de ajuda que não posso dar. Por isso o procurei.

Jack sabia o que o Sr. Bahkti estava fazendo. Pensava que estava colocando Jack contra a parede. Jack se ressentiu um pouco, mas estava acostumado e resolveu ouvir o que o homem tinha a dizer.

Bahkti já se lançara na sua história.

– O carro dela... um carro americano, devo acrescentar... enguiçou na noite passada. E quando ela...

– Guarde isso para depois – disse Jack, satisfeito em ser quem interrompia, para variar.

– O senhor irá me encontrar no hospital? Ela está no St. Clare...

– Não. Nosso primeiro encontro será onde eu determinar. Encontro todos os meus clientes em meu território. Sem exceção...

– Tudo bem – disse Bahkti sem a menor boa vontade. – Mas precisamos nos encontrar logo. Temos pouquíssimo tempo.

Jack deu-lhe o endereço do Julio's, a dois quarteirões de onde estava. Consultou seu relógio.

– São quase 10 horas agora. Esteja lá às 10h30 em ponto.

– Meia hora? Não sei se posso chegar lá a tempo!

Ótimo! Jack gostava de limitar ao mínimo possível o tempo dos clientes de se prepararem antes do primeiro encontro.

– Dez e meia. O senhor tem 10 minutos de tolerância. Um segundo a mais e não estarei lá.

– Dez e meia – disse o Sr. Bahkti e desligou. Isso aborreceu Jack. Ele queria desligar primeiro.

Caminhou para o norte na Columbus Avenue, mantendo-se à sombra. Era hora de algumas lojas abrirem, mas a maioria já estava funcionando.

O Julio's estava aberto. Mas ele quase não fechava. Jack sabia que os primeiros clientes apareciam minutos depois de Julio abrir, às 6 horas da manhã. Alguns estavam largando o turno da noite e paravam para tomar uma cerveja, comer um ovo cozido e sentar numa cadeira macia; outros ficavam de pé no bar e tomavam um estimulante antes de começar o dia de trabalho. E havia os que passavam a maior parte do dia naquela fresca penumbra.

– Jacko! – gritou Julio de trás do balcão.

Ele estava de pé, mas só se via sua cabeça e a parte de cima do peito.

Eles não se cumprimentaram com as mãos. Conheciam-se muito bem e viam-se com bastante frequência para isso. Eram amigos havia muitos anos, desde o tempo em que Julio começara a suspeitar que sua irmã Rosa estava sendo espancada pelo marido. Era um assunto delicado. Jack consertou para ele. Desde então, o homenzinho selecionava os clientes de Jack. Porque Julio tinha um talento, um faro, uma espécie de sexto sentido para descobrir membros do mundo oficial. Muita da energia de Jack era dedicada a evitar esse tipo de gente; seu modo de vida dependia disso. Além do mais, naquela linha de trabalho, geralmente era necessário deixar outras pessoas zangadas para atender aos interesses do cliente. Julio também ficava atento a pessoas zangadas.

Até então, Julio nunca falhara.

– Cerveja ou negócios?

– Antes do meio-dia? O que você acha?

A observação provocou um olhar feroz de um velho esquisito e suarento, que tomava seus tragos.

Julio saiu de trás do balcão e seguiu Jack até um cubículo nos fundos, secando as mãos numa toalha e andando com jeito arrogante. Um regime diário de levantamento de peso dava-lhe braços e ombros extremamente musculosos. Seu cabelo era ondulado e muito oleoso, a pele morena, o bigode um risquinho sobre os lábios.

– Quantos e quando?

– Um. Às 10h30.

Jack entrou no último cubículo e sentou-se de frente para a porta de entrada. A saída dos fundos ficava a apenas dois passos dali.

– O nome é Bahkti. Parece que é do Paquistão ou de algum lugar por lá.

– Um homem de cor.

– Mais cor do que você, sem dúvida.

– Entendi. Café?

– Claro.

Jack pensou em ver Gia mais tarde. Seria algo agradável. Eles se encontrariam, se tocariam e Gia se lembraria do que tiveram e talvez... talvez... ela descobrisse que ele afinal não era um cara tão mau assim. Ele começou a assobiar. Julio lançou-lhe um olhar estranho ao voltar com o bule de café, uma xícara e o *Daily News*.

– Por que você está com esse bom humor todo?
– E por que não estaria?
– Você anda mal-humorado há meses, cara.

Jack não tinha percebido o que era tão óbvio.

– Assunto pessoal.

Julio deu de ombros e serviu-lhe uma xícara de café. Jack tomou o café puro enquanto esperava. Não gostava de primeiros encontros com os clientes. Havia sempre o risco de não ser um cliente, e sim alguém querendo acertar as contas. Ele levantou-se e examinou a porta dos fundos para se certificar de que estava destrancada.

Dois operários da companhia telefônica entraram para tomar um café. Pegaram seu café claro e dourado, com espuma por cima, derramaram em copos de cerveja e ficaram assistindo à tevê em cima do balcão. Julio serviu uma segunda rodada para os operários, saiu de trás do balcão e sentou-se perto da porta.

Jack deu uma olhada no jornal. ONDE ESTÃO OS BEBERRÕES? era a manchete. A imprensa andava dedicando páginas e mais páginas à diminuição rápida e misteriosa da população de mendigos e bêbados da cidade nos últimos meses.

Às 10h32 o Sr. Bahkti chegou. Não havia dúvida de que era ele. Estava com um turbante branco e uma túnica azul-marinho. Sua pele escura parecia se misturar com suas roupas. Por um instante, depois que a porta se fechou atrás dele, tudo o que Jack via era um turbante flutuando no ar do outro lado do bar escuro.

Julio aproximou-se dele imediatamente. Trocaram algumas palavras e Jack notou que o recém-chegado se encolhia quando Julio se encostava nele. Parecia zangado enquanto Julio caminhava na direção de Jack.

– Ele está limpo – disse Julio ao voltar para o cubículo de Jack. Limpo, mas esquisito.

– O que acha dele?
– É isso aí... não consigo achar. Ele é muito enrustido mesmo. Não sai nada daquele cara. Nada, a não ser calafrios.
– O quê?!
– Alguma coisa nele me dá calafrios, cara. Não gostaria de tê-lo como inimigo. É melhor você se certificar de que pode satisfazê-lo antes de aceitá-lo como cliente.

Jack tamborilou com os dedos na mesa. A reação de Julio o deixara nervoso. O homenzinho era do tipo machão e fanfarrão. Devia ter sentido algo muito desconcertante no Sr. Bahkti para chegar a mencionar.

– O que você fez para deixá-lo tão perturbado? – perguntou Jack.
– Nada de mais. Ele só ficou realmente nervoso quando fiz uma revista rápida nele. Não gostou nem um pouco. Trago ele aqui ou você quer se mandar?

Jack hesitou, atraído pela ideia de sair. Afinal, ele provavelmente teria de se livrar do homem de qualquer maneira. Mas concordara em encontrá-lo e o cara havia chegado na hora.

– Mande-o para cá e vamos acabar logo com isso.

Julio acenou para que Bahkti fosse até o cubículo e voltou para seu lugar atrás do balcão.

Bahkti caminhou lentamente na direção de Jack, com um passo deslizante e suave que mostrava segurança e autoconfiança. Estava na metade do caminho quando Jack percebeu que lhe faltava o braço esquerdo desde o ombro. Mas não tinha nenhuma manga vazia pregada na roupa – a jaqueta havia sido feita sem a manga esquerda. Era um homem alto – 1,90 metro, calculou Jack –, magro, porém forte. Quarenta e tantos anos, talvez 50. O nariz era longo; sua barba era esculpida, muito bem aparada, com uma ponta no queixo. Tinha lábios finos, era o que dava para se ver da sua boca larga. O branco de seus profundos olhos castanhos quase brilhavam no tom escuro do seu rosto, fazendo com que Jack se lembrasse de John Barrymore em *Svengali*.

Ele parou perto do banco diante de Jack e olhou para ele de cima a baixo, avaliando-o, assim como Jack o avaliava.

II.

Kusum Bahkti não gostou desse lugar chamado Julio's, que cheirava a carne grelhada e a bebida, frequentado pelas castas mais baixas. Era certamente um dos piores lugares que infelizmente teve de visitar nessa cidade imunda. Devia estar poluindo seu carma só pelo fato de estar ali.

E é claro que esse homem comum, de 30 e poucos anos, sentado a sua frente, não era quem procurava. Parecia um americano comum, filho de qualquer um, alguém que nem notamos nas ruas. Parecia normal demais, comum demais, medíocre demais para fazer o serviço como tinham dito a Kusum.

Se eu estivesse em casa...

Sim. Se estivesse em casa em Bengala, Calcutá, estaria tudo sob controle. Mil homens já teriam vasculhado a cidade à caça do transgressor. Ele seria encontrado, gritaria de dor e amaldiçoaria o dia em que nasceu, antes de ser mandado para a outra vida. Mas, nos Estados Unidos, Kusum estava reduzido a um pedinte impotente, de pé diante de um estranho, em busca de ajuda. Isso o deixava doente.

– É você? – perguntou.

– Depende de quem você está procurando – disse o homem.

Kusum notou a dificuldade do homem em tirar os olhos do seu ombro esquerdo.

– Estou procurando Repairman Jack.

– Sou eu mesmo.

Não podia ser ele.

– Talvez eu tenha me enganado.

– Talvez – disse o americano.

Ele parecia preocupado, nem um pouco interessado em Kusum ou em seu problema.

Kusum virou-se para sair, resolvendo que, por natureza, era incapaz de pedir ajuda a um estranho, especialmente aquele estranho. Mas mudou de ideia. Por Kali, ele não tinha escolha!

Sentou-se do outro lado da mesa, de frente para Repairman Jack.

– Sou Kusum Bahkti.

– Jack Nelson – disse o americano, estendendo a mão.

Kusum não queria tocá-lo, mas também não queria insultar o homem. Precisava dele.

– Sr. Nelson...

– Jack, por favor.

– Muito bem... Jack. – Essa informalidade no primeiro encontro o incomodava. – Perdoe-me. Não gosto que toquem em mim. Um costume oriental.

Jack olhou para a própria mão, como se a estivesse inspecionando à procura de sujeira.

– Não tenho a intenção de ofendê-lo... – disse Bahkti.

– Esqueça. Quem lhe deu meu telefone?

– Não temos tempo... Jack. – Fazia um esforço consciente para chamá-lo pelo primeiro nome. – E devo insistir...

– Sempre insisto em saber de onde vem o cliente. Quem?

– Muito bem. O Sr. Burkes, da Missão do Reino Unido nas Nações Unidas.

Burkes tinha atendido ao chamado frenético de Kusum naquela manhã e lhe contara como esse Jack resolvera bem um problema muito perigoso e delicado para a Missão do Reino Unido, havia alguns anos.

Jack assentiu com a cabeça.

– Conheço Burkes. Você é das Nações Unidas?

Kusum fechou a mão com força e conseguiu suportar o interrogatório.

– Sou.

– E suponho que vocês, delegados paquistaneses, são muito chegados aos ingleses.

Kusum sentiu como se tivessem lhe dado um tapa no rosto. Fez menção de levantar-se.

– Está me insultando? Não sou um daqueles muçulmanos...! – Ele se conteve, pensando talvez tratar-se de um erro inocente. Os americanos ignoravam informações básicas. – Sou de Bengala, membro da delegação indiana. Sou hindu. O Paquistão, que era a região Penjab da Índia, é país de muçulmanos.

A distinção parecia não fazer nenhum sentido para Jack.

– Seja o que for. Quase tudo o que sei sobre a Índia aprendi vendo *Gunga Din* umas cem vezes. Portanto, conte-me de sua avó.

Kusum ficou desconcertado por um instante. *Gunga Din* não era um poema? Como é que ele pudera assistir a um poema? Deixou essa confusão de lado.

– Entenda – disse ele, espantando distraído uma mosca que cismara com seu rosto – se aqui fosse meu país, eu resolveria a questão do meu jeito.

– Onde ela está agora?

– No hospital St. Clare, na rua...

– Sei onde fica. O que aconteceu com ela?

– Seu carro enguiçou esta madrugada. Enquanto o motorista foi procurar um táxi, ela cometeu o erro de sair do carro. Foi assaltada e espancada. Se um carro da polícia não passasse pelo lugar naquele instante, ela estaria morta.

– Acontece a toda hora, lamento dizer.

Uma observação rude, mas Kusum detectou nos olhos de Jack um lampejo de emoção e achou que talvez esse homem pudesse ser acessível.

– É, para vergonha da sua cidade.

– Ninguém é assaltado e espancado nas ruas de Mumbai ou Calcutá?

Kusum deu de ombros e espantou a mosca outra vez.

– O que acontece entre os membros das castas mais baixas não importa. No meu país até o assaltante de rua mais desesperado pensaria muitas vezes antes de ousar encostar um dedo que fosse em alguém da casta de minha avó.

Algo nessa afirmação incomodou Jack.

– A democracia não é maravilhosa? – disse o americano com expressão amarga.

Kusum franziu o cenho, escondendo seu desespero. Isso não ia funcionar. Parecia existir um antagonismo muito distinto entre ele e esse Repairman Jack.

– Acredito que cometi um erro. O Sr. Burkes o recomendou muito, mas não creio que seja capaz de cuidar dessa tarefa em particular. Sua atitude é muito desrespeitosa...

– O que se pode esperar de um cara que cresceu assistindo desenho animado do Pernalonga?

– E você não parece ter os recursos físicos para executar o que tenho em mente.

– Jack sorriu, como se estivesse acostumado a essa reação. Seus cotovelos estavam sobre a mesa, as mãos cruzadas à frente. Sem sombra de aviso, a mão direita voou na direção do rosto de Kusum. Ele se enrijeceu para receber o tapa e se preparou para atacar com os pés.

O tapa nunca aconteceu. A mão de Jack passou a milímetros do rosto de Kusum e pegou a mosca em pleno ar, diante do seu nariz. Jack foi até a porta e jogou o inseto no ar fétido do beco dos fundos.

Rápido, pensou Kusum. Extremamente rápido. E o que era ainda mais importante: ele não matara a mosca. Talvez esse fosse o homem certo, afinal.

III.

Jack voltou ao seu banco e estudou o indiano. Merecia um ponto por não ter se esquivado. Ou seus reflexos eram extremamente lentos, ou tinha nervos de aço ou algo parecido. Jack concluiu que os reflexos de Kusum eram muito bons.

Um ponto para cada um de nós, pensou. Ficou imaginando como Kusum tinha perdido aquele braço.

– O ponto é discutível – disse Jack. – Encontrar um assaltante específico nesta cidade é como cutucar um ninho de marimbondos para descobrir o que mordeu você. Se ela o viu bem, a ponto de identificá-lo numa foto, deveria ir à polícia e...

– Nada de polícia! – disse Kusum rapidamente.

Aquelas eram as palavras que Jack esperava ouvir. Se a polícia estivesse envolvida, Jack não estaria.

– Eles podem até ter sucesso na tarefa – continuou Kusum –, mas levam muito tempo. Essa é uma questão da máxima urgência. Minha avó está morrendo. É por isso que evitei os canais oficiais.

– Não entendo.
– O colar dela foi roubado. É uma herança inestimável. Ela precisa reavê-lo.
Mas você disse que ela está à beira da morte...
– Antes de morrer! Ela tem de recebê-lo de volta *antes* de morrer!
– Impossível. Não posso...
Diplomata das Nações Unidas ou não, o homem era decididamente louco. Não adiantava explicar como seria difícil encontrar o assaltante. Depois, saber quem era seu receptador, encontrar esse receptador e então torcer para que ainda não tivesse removido as pedras preciosas do colar e derretido o metal, estava simplesmente além da mais remota possibilidade.
– Não pode ser feito.
– Você tem de fazer! O homem precisa ser encontrado. Ela o arranhou no rosto, nos olhos. Deve haver algum modo de chegar até ele!
– Isso é trabalho para a polícia.
– A polícia levará tempo demais! O colar deve ser devolvido hoje à noite!
– Não posso.
– Você *tem* de poder!
– As chances de se encontrar aquele colar são...
– Tente! *Por favor!*

A voz de Kusum falhou na última palavra, como se a tivesse arrastado, esperneando e gritando, de uma parte já enferrujada de sua alma. Jack sentiu o quanto custava ao indiano pronunciá-la. Era um homem extraordinariamente orgulhoso implorando ajuda. Estava comovido.

– Está bem. Vou fazer o seguinte: deixe-me falar com sua avó. Quero ver com o que posso trabalhar.
– Isso não será necessário.
– É claro que será necessário. Ela é a única que viu o assaltante.
Será que ele estava tentando mantê-lo longe da avó?
Kusum parecia desconfortável.
– Ela está muito perturbada. Inconsciente. Está delirando. Não desejo expô-la a um estranho.

Jack não disse nada. Simplesmente encarou Kusum e esperou. Por fim, o indiano cedeu.

— Eu o levarei lá imediatamente.

Jack deixou Kusum sair primeiro pela porta da frente do bar. Ao sair acenou para Julio, que estava erguendo um cartaz: TIRA-GOSTO: $2,50.

Logo pegaram um táxi na Columbus Avenue e se dirigiram para o Centro.

— Sobre meus honorários — disse Jack quando se sentaram no banco traseiro do táxi.

Um pequeno sorriso de superioridade fez ondular os lábios finos de Kusum.

— Dinheiro? Você não é um defensor dos oprimidos, um cruzado pela justiça?

— A justiça não paga contas. O proprietário do meu apartamento prefere notas de dinheiro. E eu também.

— Ah! Um capitalista!

Se isso era para aborrecer Jack, não surtiu o efeito esperado.

— Se não se importa, prefiro ser chamado de Porco Capitalista ou, no mínimo, de Cão Capitalista. O antigo e pobre capitalista é tão sem graça. Espero que Burkes não o tenha feito pensar que faço isso pela bondade do meu coração.

— Não. Ele mencionou seu preço para a Missão do Reino Unido. Um tanto salgado. E em dinheiro.

— Não aceito cheques nem crédito e não considero danos físicos de forma leviana, especialmente quando posso estar do lado de quem os sofre.

— Então, essa é minha oferta... Jack: só por tentar, pagarei adiantado a metade do que os ingleses pagaram no ano passado. Se devolver o colar a minha avó antes que ela morra, pagarei a outra metade.

Ia ser difícil recusar esse trabalho. O serviço para a Missão do Reino Unido envolvia ameaças terroristas. Era complexo, consumiu muito tempo e exigiu muita malícia. Normalmente ele teria cobrado de Kusum apenas uma fração daquela quantia. Mas Kusum parecia disposto e capaz de pagar o total. E se Jack conseguisse o colar de volta, seria um milagre genuíno e mereceria cada tostão.

– Parece justo – disse ele sem titubear. – *Se* eu resolver fazer o trabalho.

IV.

Jack seguiu Kusum pelos corredores do St. Clare até chegarem a um quarto onde uma enfermeira particular estava em pé perto da cama. O quarto estava escuro – cortinas fechadas, apenas uma pequena lâmpada num canto distante lançando uma luzinha fraca sobre a cama. A senhora que estava deitada era muito velha. Cabelos brancos emolduravam um rosto pardo que era uma massa de rugas; mãos crispadas seguravam o lençol sobre o peito. Seus olhos estavam cheios de medo. A respiração difícil e o zumbido do ventilador perto da janela eram os únicos sons no quarto.

Jack ficou ao pé da cama e sentiu o formigamento familiar de ódio se espalhando pelo peito e membros. Apesar de tudo que vira e fizera, ainda tinha de aprender como evitar a encarar um caso desses como algo pessoal. Uma mulher idosa, indefesa, espancada. Sentia vontade de quebrar alguma coisa.

– Pergunte a ela como ele era.

Kusum disse algo em indiano ao lado da cabeceira da cama.

A mulher respondeu também em indiano, devagar, com dificuldade, com uma voz rouca e arfante.

– Ela diz que ele se parecia com você, só que mais jovem – disse Kusum. – E com cabelo mais claro.

– Curto ou comprido?

Outra troca de palavras e então:

– Curto. Bem curto.

Bom: era um jovem branco, alguém que acabara de sair da cadeia ou que ainda estava nos arquivos da polícia.

– Algo mais?

Ao responder, ela riscou o ar com a mão em forma de garra.

– Os olhos dele – disse Kusum. – Ela arranhou o olho esquerdo dele antes de desmaiar com um soco.

Muito bem, vovozinha.

Jack sorriu, aprovando a velha senhora, e virou-se para Kusum.

– Espero-o no corredor.

Não queria falar diante da enfermeira.

Enquanto esperava, Jack olhou para a saleta das enfermeiras e pensou ter visto um rosto familiar. Chegou mais perto para ver melhor a loura de físico atlético – a enfermeira da fantasia de todos os homens – escrevendo numa cartela. Sim – era Marta. Tiveram um caso havia alguns anos, antes de conhecer Gia.

Ela o saudou com um beijo amistoso e um abraço e falaram dos velhos tempos. Então Jack perguntou-lhe sobre a Sra. Bahkti.

– Está indo rápido – disse Marta. – Piorou visivelmente desde que cheguei. Talvez sobreviva a esse turno, mas ficarei surpresa se estiver aqui amanhã. Você a conhece?

– Vou fazer um serviço para o neto dela.

Como acontecia com a maioria das pessoas que Jack conhecia socialmente – e não eram muitas – Marta tinha a impressão de que ele era um "consultor de seguros". Então, ele viu Kusum no corredor.

– Lá está ele. Até logo.

Jack levou Kusum até uma janela no final do corredor, onde estariam fora do alcance dos pacientes e do pessoal do hospital.

– Tudo bem – disse para Kusum. – Farei uma tentativa. Mas não prometo nada além de fazer o melhor que posso.

Jack resolveu que queria ficar no empate com esse cara esquisito.

Kusum suspirou e murmurou o que pareceu uma pequena oração.

– Não se pode pedir mais de homem nenhum. Mas se não puder encontrar o colar até amanhã de manhã, será tarde demais. Daí em diante, o colar não terá mais tanta importância. Mas ainda vou querer que continue procurando o assaltante. E quando encontrá-lo, quero que o mate.

Jack sentiu um aperto por dentro, mas sorriu e balançou a cabeça. Esse cara estava pensando que ele era uma espécie de capanga.

– Não faço isso.

O olhar de Kusum mostrava que não acreditava.

– Muito bem. Em vez disso, você o entregará a mim e eu...

– Trabalharei para você até amanhã de manhã – disse Jack. – Darei o melhor de mim até lá. Depois, ficará por sua conta.

A raiva transfigurou o rosto de Kusum. *Não está acostumado que alguém lhe diga não, está?*, pensou Jack.

– Quando começa?

– Esta noite.

Kusum enfiou a mão dentro da túnica e tirou um envelope bem polpudo.

– Aqui está a metade do pagamento. Esperarei aqui com a outra metade, caso você volte com o colar esta noite.

Sentindo mais do que uma simples pontada de culpa por estar tirando tanto dinheiro por uma empreitada tão desafiadora, Jack dobrou o envelope e enfiou-o no bolso esquerdo de trás da calça.

– Eu lhe pagarei mais 10 mil se matá-lo – acrescentou Kusum.

Jack riu para manter o clima leve, mas balançou a cabeça outra vez.

– Hã-hã. Só mais uma coisa: você não acha que ajudaria se eu soubesse como é o tal colar?

– É claro!

Kusum abriu a gola da sua túnica e mostrou uma corrente pesada, com uns 40 centímetros de comprimento. Seus elos tinham a forma de lua crescente, cada um gravado com uma escrita de aparência estranha. Centradas uma ao lado da outra no colar, havia duas pedras elípticas, de um amarelo vivo como topázio, com olhetes negros.

Jack esticou a mão, mas Kusum balançou a cabeça.

– Cada membro da minha família usa um colar como esse, que nunca é removido. Por isso é tão importante que minha avó receba o dela de volta.

Jack estudou o colar. Ele o deixava perturbado. Não sabia o motivo, mas uma sensação primitiva emitiu um aviso de perigo. As duas pedras pareciam olhos. O metal era prateado, mas não era prata.

– De que é feito?

– De ferro.

Jack olhou mais de perto. Sim, havia um pouco de ferrugem nas bordas de dois dos elos.

– Quem iria querer um colar de ferro?

– Um idiota que pensou que fosse de prata.

Jack concordou. Pela primeira vez desde que conversara com Kusum de manhã, sentiu que talvez tivesse uma pequena, mas muito pequena, chance de reaver o colar. Uma joia de prata já teria sido passada adiante e estaria escondida ou derretida num pequeno lingote.

– Aqui está uma foto – disse Kusum, entregando uma fotografia de Polaroid para Jack. – Alguns amigos meus estão percorrendo as casas de penhores da cidade à procura do colar.

– Quanto tempo ela tem? – perguntou Jack.

Kusum abotoou a gola da túnica devagar. Sua expressão era triste.

– Doze horas, dizem os médicos. Talvez quinze.

Ótimo. Talvez eu consiga encontrar o Chacal nesse tempo também.

– Onde posso encontrá-lo?

– Aqui. Você *vai mesmo* procurar, não vai?

Os olhos castanho-escuros de Kusum sondaram os de Jack.

– Eu disse que vou.

– Acredito em você. Traga-me o colar assim que encontrá-lo.

– Claro. Assim que encontrá-lo.

Claro. Ele saiu pensando por que concordar em ajudar um estranho, quando a tia de Gia precisava dele. A mesma velha história: Jack, o otário.

Droga!

V.

De volta ao quarto escuro do hospital, Kusum foi imediatamente para o lado da cama e puxou uma cadeira. Segurou a mão murcha largada sobre a coberta e ficou olhando para ela. A pele estava fria, seca, áspera. Parecia não ter nenhum tecido além do osso sob a pele. E totalmente desprovida de força.

Sentiu uma tristeza imensa.

Kusum levantou os olhos e viu o apelo nos olhos dela. E o medo. Fez o melhor que pôde para ocultar sua própria apreensão.

– Kusum – disse ela em *bengali*, a voz muito fraca. – Estou morrendo.

Ele sabia. E isso o estava dilacerando por dentro.

– O americano vai trazê-lo de volta para você – disse ele, suavemente. – Disseram que é muito bom.

Burkes tinha dito que ele era "incrivelmente bom". Kusum detestava todos os ingleses por princípio, mas precisava admitir que Burkes não era nenhum idiota. Mas será que tinha importância o que Burkes dissera? Era uma tarefa impossível. Jack havia sido honesto o bastante para dizer isso. Mas Kusum tinha que tentar *alguma coisa*! Mesmo sabendo de antemão que o fracasso era quase certo, tinha que tentar!

Fechou sua única mão. Por que isso tinha de acontecer? E logo agora? Como desprezava esse país e sua gente vazia! Quase tanto quanto aos ingleses. Mas esse Jack era diferente. Não era uma massa de fragmentos desordenados como seus irmãos americanos. Kusum sentira integridade nele. Repairman Jack não sairia barato, mas o dinheiro não significava nada. Só o fato de saber que alguém estava lá fora procurando já era um consolo.

– Ele o trará de volta para você – repetiu, acariciando a mão inerte.

Ela parecia não ter ouvido.

– Estou morrendo – repetiu.

VI.

O dinheiro exerce uma pressão incômoda na nádega esquerda de Jack quando ele caminhou o meio quarteirão rumo a oeste até a Décima Avenida, dirigindo-se depois para o Centro. Sua mão estava o tempo todo no bolso; enfiava e tirava o polegar repetidamente, para se certificar de que o envelope continuava lá. O problema agora era o que fazer com o dinheiro. Eram momentos como esse que o faziam desejar ter uma conta num banco. Mas o pessoal dos bancos insistia num número de previdência social para todos que quisessem abrir contas.

Deu um suspiro. Essa era uma das maiores desvantagens de se viver na clandestinidade. Se não temos um número, somos impedidos de uma porção de coisas. Não podemos ter emprego fixo, não podemos comprar ou vender ações, não podemos pegar um empréstimo, não podemos ter um imóvel. A lista era interminável.

Com o polegar enganchado no bolso traseiro do lado esquerdo, Jack parou diante de um prédio comercial caindo aos pedaços. Era locatário de um cubículo bem ali – o menor que encontrou. Nunca encontrara o agente imobiliário, nem ninguém relacionado ao escritório. Pretendia manter as coisas assim mesmo.

Pegou o chocalhante elevador Otis, com o piso ornamentado de rodeias, até o quarto andar. O hall estava vazio. O escritório de Jack era o 412. Passou direto pela porta duas vezes, antes de tirar a chave do bolso e entrar rapidamente.

Tinha sempre o mesmo cheiro: seco e poeirento. O chão e o parapeito da janela estavam cobertos de poeira. Montinhos de pó enchiam os cantos. Um dos cantos superiores da única janela estava coberto por uma teia de aranha abandonada – estava fora de uso.

Não havia mobília. A extensão sem graça de assoalho só era quebrada pela meia dúzia de envelopes enfiados pela ranhura de correspondência, e pela tampa da máquina de escrever de vinil, com fios que saíam dela para o telefone e para as tomadas na parede à direita.

Jack pegou a correspondência. Três envelopes traziam contas, todas endereçadas a Jack Finch, aos cuidados deste escritório. O restante era para o Ocupante. Foi até a tampa da máquina de escrever e levantou-a. O telefone e a secretária eletrônica que estavam embaixo pareciam em bom estado. Acocorou-se sobre o aparelho quando começou a funcionar e ouviu a voz de Abe com a saudação familiar em nome de Repairman Jack, seguida pela de um homem reclamando de um secador que não estava funcionando.

Ele pôs a tampa de volta e foi até a porta. Uma olhadela rápida revelou duas secretárias da firma de importação de calçados do fim do corredor, de pé, em frente ao elevador. Jack esperou até que saíssem. Trancou o escritório e escapuliu pelas escadas. Respirava aliviado quando começou a descer os degraus gastos. Detestava ir àquele lugar e fazia questão de aparecer raramente, a intervalos irregulares e em horas diferentes do dia. Não queria seu rosto ligado de maneira nenhuma a Repairman Jack; mas havia contas a pagar, contas que não queria que mandassem para seu apartamento. E ir ao escritório em horas estranhas do dia ou da noite parecia mais seguro do que ter uma caixa postal.

Era provável que nada disso fosse necessário. Talvez ninguém quisesse ajustar contas com Repairman Jack. Ele sempre procurava ficar numa posição bem obscura quando consertava as coisas. Só seus clientes o viam.

Mas o risco sempre existia. E enquanto existisse, faria de tudo para não ser encontrado.

Com o polegar enfiado outra vez naquele bolso importante, Jack caminhou em meio ao movimento crescente da hora de almoço, usufruindo do anonimato da multidão. Foi para leste na rua 42 e andou lentamente até o prédio de tijolos dos correios, entre as avenidas Oitava e Nona. Lá ele comprou três vales postais – dois de baixo valor para as contas de luz e telefone e o terceiro num valor que considerava absurdo, considerando o tamanho do escritório que alugava. Assinou Jack Finch nos três e os despachou. Quando ia saindo, lembrou que, já que estava com o dinheiro, podia também pagar logo o aluguel do apartamento. Voltou e comprou um quarto vale postal, que endereçou ao seu locatário. Nesse assinou Jack Berger.

Após uma rápida caminhada passando por um prédio *art déco* ao lado da sede das Autoridades Portuárias, seguiu pela Oitava Avenida e chegou a Sleazeville, U.S.A. – ou melhor, Times Square e suas redondezas. Jack nunca perdia uma oportunidade de passar por ali. Era um observador de gente e em nenhum outro lugar havia tanta variedade de *Homo sapiens inferioris* como em Times Square.

No quarteirão seguinte, passou sob um dossel quase contínuo de marquises de teatros. Fila de Exploração – os filmes aqui eram de sexo explícito, kung-fu importados, ou aqueles sangrentos tarado-com-faca que Jack costumava chamar de escola vale-tudo da indústria cinematográfica. Espremidas entre os cinemas havia lojas pornôs mixurucas, escadas para "estúdios de modelos" e salões de dança, os ubíquos estandes Nedicks e Orange Julius e lojas de miudezas sempre à beira da falência – pelo menos assim diziam os cartazes em suas vitrines. Entre os fregueses desses veneráveis estabelecimentos havia prostitutas e mendigos de ambos os sexos e ainda uma horda incrível de criaturas andróginas que provavelmente pareciam-se com meninos quando pequenos.

Atravessou a Broadway por trás do edifício que deu nome à praça e foi na direção da parte alta da cidade pela Sétima Avenida. Ali as lojas pornôs eram um pouco maiores, as entradas de cinema mais caras e a comida das lanchonetes um pouco melhor, como Steak & Brew e Wienerwald. Sobre as mesas pela calçada havia tabuleiros de xadrez e gamão, onde dois homens jogavam contra qualquer um por 1 dólar. Mais adiante, montes de três cartas arrumados em caixotes de papelão. Carrocinhas vendiam *shishkebab*, cachorro-quente, frutas secas e nozes, *pretzels* gigantes e suco de laranja feito na hora. Os cheiros se misturavam com os sons e as imagens no ar. Todas as lojas de discos na Sétima Avenida estavam tocando a mais nova banda *wave*, Polio. Jack ficou esperando o sinal verde na rua 46, ao lado de um porto-riquenho com um aparelho de som gigante no ombro, ribombando *salsa* num volume que provavelmente deixaria surda a maioria das pessoas. Moças usavam tops que deixavam as barrigas de fora com shorts de lycra bem curtos e patinavam pela rua com minúsculos fones de ouvido nas orelhas.

De pé, bem no meio do fluxo de gente, havia um negro alto e cego com um cartaz no peito. Tinha um cachorro a seus pés e uma caneca na mão. Jack jogou um trocado na caneca ao passar por ele. Depois passou pelo cinema Frisco, que mais uma vez exibia sua programação dupla preferida: *Garganta profunda* e *O diabo na Srta. Jones*.

Alguma coisa em Nova York afetava Jack. Ele adorava a inconsistência, o colorido, a glória e a estupidez de sua arquitetura. Não conseguia se imaginar vivendo em nenhum outro lugar.

Ao chegar à rua 50, virou para leste até alcançar a Municipal Coins. Parou e olhou rapidamente a tralha barata sob o cartaz vermelho e branco na vitrine: COMPRAMOS OURO – coleções de moedas autenticadas, papéis confederados e coisas do gênero. Então entrou.

Monte o viu imediatamente.

– Sr. O'Neil! Como vai?

– Bem. Mas pode me chamar de Jack, lembra?

– É claro! – disse Monte, sorrindo. – Sempre informal. – Ele era baixo, magro, calvo, com braços esqueléticos e nariz grande. Um esboço de homem. – É bom vê-lo outra vez!

Claro que era bom vê-lo outra vez. Jack sabia que devia ser o melhor freguês de Monte. O relacionamento deles começara na década de 1970. Na época, Jack estava juntando seus pagamentos em dinheiro por um tempo e não sabia o que fazer com eles. Abe disse-lhe para comprar ouro. Especificamente *Krugerrands*. No verão de 1976, o ouro era vendido a 103 dólares a onça. Jack achou ridiculamente caro, mas Abe jurou que ia subir. Ele quase implorou para Jack comprar algum.

É totalmente anônimo!, dissera Abe, guardando seu argumento mais persuasivo para o fim. *Tão anônimo quanto comprar uma bisnaga de pão!*

Jack olhou a loja, lembrando a ansiedade que sentiu naquele primeiro dia. Tinha comprado muitas moedas de 10, uma pequena parte de suas economias, mas tudo que ousava arriscar em algo como ouro. No Natal chegou a 134 dólares a onça. Era um aumento de 30 por cento em quatro meses. Animado com o lucro, começou a comprar ouro constantemente e acabou investindo até o último centavo em *Krugers*. Tornou-se um rosto bem-vindo na Municipal Coins.

Então o ouro disparou de verdade, chegando a quase oito vezes o valor inicial de suas primeiras moedas. Abe e ele ficaram inseguros com a flutuação e interromperam a aplicação durante o mês de janeiro de 1980, vendendo em pequenos lotes pela cidade, conseguindo em média bem mais de 500 por cento de lucro, nada registrado em lugar nenhum como renda. Ele comprava as moedas com dinheiro vivo e as vendia por mais dinheiro ainda. Devia informar seus lucros declarando à receita federal, mas eles nem sabiam que ele existia e não queria sobrecarregá-los com esta informação.

Jack aplicava em ouro desde esse tempo e agora estava comprando. Sabia que o mercado numismático andava em baixa, por isso estava investindo em uma seleção de moedas raras também. Elas podiam não subir durante muitos anos, mas Jack comprava para um futuro mais distante. Para sua aposentadoria – se vivesse tanto assim.

– Acho que tenho uma coisa de que você vai gostar muito – disse Monte. – Uma das melhores meia-*Barber* que já vi.

– De que ano?

– De 1902.

Seguiu-se o pechinchar obrigatório sobre a qualidade da cunhagem, marcas e coisas do tipo. Quando Jack deixou a loja estava com a meia-*Barber* e um-quarto de *Barber* de 1909, cuidadosamente embrulhadas e guardadas no bolso esquerdo da frente, junto com um cilindro de *Krugerrands*. No outro bolso da frente tinha uns 100 dólares em dinheiro. Sentia-se bem mais relaxado voltando para a parte alta da cidade do que quando tinha vindo.

Agora podia concentrar-se em Gia. Ficou pensando se ela estaria com Vicky. Provavelmente sim. Não queria chegar de mãos vazias. Parou numa papelaria e encontrou o que estava procurando: um monte de pequenas esferas peludas, um pouco menores que bolas de golfe, cada uma com duas antenas fininhas, pezinhos chatos e grandes olhos móveis. *Wuppets*. Vicky adorava *Wuppets* quase tanto quanto laranjas. Ele adorava ver a expressão nos olhos dela quando enfiava a mão no bolso e encontrava um presente.

Escolheu um *Wuppet* cor de laranja e seguiu para casa.

VII.

O almoço era uma lata de cerveja e um cilindro de Country Style Pringles na temperatura amena do seu apartamento. Ele sabia que devia estar na cobertura fazendo seus exercícios diários, mas também conhecia a temperatura que fazia lá em cima.

Mais tarde, prometeu a si mesmo. Jack detestava aquela rotina de exercícios e usava qualquer desculpa para adiá-la. Não deixava de fazer nem um dia, mas aproveitava todas as oportunidades para protelar.

Enquanto tomava a segunda lata de cerveja, foi até o armário perto do banheiro para guardar suas duas novas aquisições. Era um armário de cedro, o ar lá dentro era pesado por causa do cheiro da madeira. Puxou um pedaço de friso solto da base de uma parede lateral e tirou uma das placas de cedro de cima. Atrás da placa ficavam os canos do banheiro, cada um enrolado com fita isolante. E pregadas nela, como enfeites numa árvore de Natal, havia dúzias de moedas raras. Jack encontrou lugares vagos para as últimas.

Pôs a placa e o friso de volta no lugar e deu um passo atrás para supervisionar o trabalho. Um bom esconderijo. Mais acessível do que um cofre de banco. Melhor que um cofre de parede. Usando detectores de metal, os ladrões hoje em dia podem descobrir um cofre em minutos e arrombá-lo, ou levá-lo com eles. Mas um detector de metal ali só confirmaria que existem canos por trás da parede do banheiro.

A única coisa com que Jack tinha de se preocupar era com o fogo.

Achava que um psiquiatra encontraria nele um prato cheio, rotulando-o de paranoico, de um tipo ou de outro. Mas Jack tinha encontrado uma explicação melhor: quando se vivia na cidade com uma das taxas mais altas de roubos no mundo, e se trabalhava num campo em que a tendência era deixar as pessoas violentamente iradas contra você, não tendo como proteger suas economias legalmente, ter cautela extrema como rotina diária não era sintoma de doença mental: era essencial para a sobrevivência.

Ele estava acabando a segunda cerveja quando o telefone tocou. Gia outra vez? Ouviu a introdução da Pinocchio Produções e depois a voz de seu pai começando a deixar uma mensagem. Ele pegou o fone e interrompeu a gravação.

– Oi, pai.

– Você nunca desliga essa coisa, Jack?

– A secretária eletrônica? Acabei de comprar. O que houve?

– Só queria te lembrar de domingo.
Domingo? O que será que...
– Você está falando da partida de tênis? Como poderia esquecer?
– Não seria a primeira vez.
Jack estremeceu.
– Eu te disse, papai. Fiquei ocupado com uma coisa e não pude sair.
– Bom, espero que não aconteça outra vez. – O tom de seu pai queria dizer que ele não conseguia imaginar o que podia ser tão importante no negócio de conserto de eletrônicos a ponto de prender um homem o dia todo. – Inscrevi nós dois no torneio pai-e-filho.
– Estarei lá bem cedinho no domingo.
– Ótimo. Até lá, então.
– Aguardo ansiosamente.

Que mentira, pensou ao desligar. Tinha pavor de estar com o pai, mesmo para algo tão simples quanto um torneio pai-e-filho de tênis. No entanto, sempre aceitava os convites para voltar a Nova Jersey e se expor à reprovação do pai. Não era masoquismo que o fazia voltar, era dever. E amor – um amor que ficara calado durante anos. Afinal de contas, não era culpa do seu pai pensar que o filho era um vagabundo preguiçoso, que desperdiçou uma boa educação e estava se esforçando para desperdiçar uma vida. Ele não sabia o que o filho fazia realmente.

Jack desligou a secretária eletrônica e vestiu calças leves de cor marrom. Não se sentiria adequado usando jeans na Sutton Square.

Resolveu ir a pé. Pegou a Columbus Avenue e desceu até o centro. Caminhou pela Central Park South, passando por St. Moritz e sob o toldo de ferro enfeitado na entrada do Plaza, se divertindo contando árabes e observando os turistas ricos entrando e saindo dos hotéis mais luxuosos. Continuou indo para leste pela rua 59 em direção ao bairro de aluguéis estratosféricos.

Estava suando, mas nem notava. A possibilidade de rever Gia deixava-o atônito.

Imagens, pedaços do passado, rondavam sua cabeça enquanto andava. O sorriso largo de Gia, seus olhos, o jeito do rosto se enrugar todo quando ria, o som de sua voz, sua pele... tudo isso lhe era negado havia dois meses.

Lembrou dos primeiros sentimentos que teve por ela... tão diferentes. Com quase todas as outras mulheres da sua vida a parte mais significativa do relacionamento para ambas as partes era a cama. Mas com Gia era diferente. Ele queria *conhecê-la*. Ele só pensava nas outras quando não tinha nada melhor para pensar. Gia, por outro lado, possuía o hábito maldoso de aparecer nos seus pensamentos nas horas mais inoportunas. Ele queria cozinhar com ela, comer com ela, jogar tênis com ela, ir ao cinema com ela, ouvir música com ela. *Estar* com ela. Descobriu-se querendo pegar o carro e passar em frente ao prédio onde ela morava só para se certificar de que ainda estava lá. Detestava falar ao telefone, mas ligava para ela por qualquer coisa. Estava amarrado e adorando isso.

Durante quase um ano foi ótimo acordar de manhã sabendo que provavelmente a veria em alguma hora do dia. Tão bom...

Outras imagens apareceram sem permissão. O rosto dela quando descobriu a verdade sobre ele, a dor e algo pior – medo. Saber que Gia podia, mesmo que só por um instante, pensar que ele a prejudicaria, ou até que deixaria que alguém a prejudicasse, era a causa da dor mais profunda de todas. Nada que ele tivesse dito ou tentado fazer funcionou para fazê-la mudar de ideia.

Agora tinha uma nova chance. Não ia perdê-la.

VIII.

– Ele está atrasado, não está, mamãe?

Gia diLauro manteve ambas as mãos nos ombros da filha, as duas de pé diante da janela da sala, olhando a rua. Vicky tremia de excitação.

– Ainda não. Quase, mas ainda não.

– Espero que ele não esqueça.

– Ele não vai esquecer. Tenho certeza que não.

Embora deseje que sim.

Fazia dois meses que abandonara Jack. Estava se acostumando. Às vezes conseguia passar um dia inteiro sem pensar nele. Tinha recomeçado de onde parara. Havia até um novo alguém se insinuando em sua vida.

Por que o passado não ficava no seu devido lugar, fora de vista? Seu ex-marido, por exemplo. Após o divórcio ela desejara cortar todos os vínculos com a família Westphalen, voltara até a usar o nome de solteira. Mas as tias de Richard tornaram isso impossível. Elas adoravam Vicky e usavam todos os pretextos imagináveis para atrair Gia e a filha para a Sutton Square. Gia resistiu a princípio, mas o afeto sincero que tinham por Vicky, os pedidos insistentes e o fato de não alimentarem ilusões quanto ao sobrinho – "vulgar e malcriado!", como Nellie costumava chamá-lo depois do terceiro cálice de xerez – finalmente a fizeram mudar de ideia. O número 8 da Sutton Square transformara-se numa espécie de segundo lar. As tias chegaram até a mandar instalar um balanço e uma casinha de boneca feita de madeira no minúsculo quintal, só para Vicky.

Por isso, quando Nellie telefonou em pânico após confirmar o desaparecimento de Grace na manhã de terça-feira, Gia seguira para lá. E ficara lá desde então.

Grace Westphalen. Uma velhinha tão gentil. Gia não podia imaginar alguém querendo fazer-lhe mal, e nenhum resgate tinha sido pedido. Então, onde é que ela estava? Gia andava assustada e intrigada com o desaparecimento, e sentia por Nellie, pois sabia que ela sofria terrivelmente por trás daquela máscara estoica. Tinha sido por amor a Nellie e consideração a Grace que concordara em telefonar para Jack aquela manhã. Não que Jack fosse de grande ajuda. Pelo que sabia dele, podia afirmar com certeza que esse não era seu tipo de trabalho. Mas Nellie estava desesperada e era o mínimo que Gia podia fazer para tranquilizá-la.

Gia disse a si mesma que estava ali de pé diante da janela a fim de fazer companhia a Vicky – a pobre criança já esperava havia uma hora –, mas uma inegável sensação de expectativa crescia dentro dela. Não era amor. Não podia ser amor.

O que era, então?

Provavelmente algum sentimento residual, como uma mancha na janela que não tinha sido bem removida depois da faxina. O que mais podia esperar? Afinal, apenas dois meses haviam se passado desde o rompimento com Jack, e seus sentimentos por ele até então eram muito intensos, como se estivesse compensando por tudo que faltara no casamento fracassado. *Jack é o homem da minha vida*, pensou ela. *E será para sempre*. Ela não queria pensar naquela tarde terrível. Evitara a lembrança o dia inteiro, mas agora, com Jack podendo chegar a qualquer minuto, tudo voltou...

ELA ESTAVA LIMPANDO o apartamento dele. Um gesto de amizade. Jack se recusava a contratar uma faxineira e geralmente ele mesmo fazia a limpeza. Mas para Gia os métodos domésticos de Jack deixavam muito a desejar, por isso decidiu surpreendê-lo fazendo uma faxina completa. Queria fazer alguma coisa por ele. Ele estava sempre fazendo coisas para ela, mas era tão autossuficiente que ficava difícil retribuir. Então ela pegou "emprestada" uma chave extra do apartamento e foi até lá num dia, escondida, depois do almoço, sabendo que ele não estava.

Sabia que Jack era um excêntrico, que trabalhava de vez em quando e durante algumas horas como consultor de seguros – seja lá o que isso significasse – e vivia num apartamento de três cômodos, entupido com uma variedade de tralhas e mobília antiga tão horrendas que ela teve ataques de vertigem nas primeiras vezes em que foi visitá-lo. Ele era louco por filmes – antigos, novos, bons ou péssimos filmes. Era o único homem que ela conhecera que não usava cartão de crédito e sentia tanta aversão por assinar seu nome que sequer tinha uma conta no banco. Pagava tudo em dinheiro.

A faxina aconteceu normalmente até ela encontrar o painel solto no fundo da base da velha escrivaninha de carvalho. Estava polindo a escrivaninha com óleo de limão para realçar a cor e puxar o brilho da madeira. Jack adorava carvalho e ela estava aprendendo a gostar também – tinha muita personalidade. O painel deslizou quando Gia guardava algumas aquisições mais recentes que ele descobrira – uma caneca com tampa original, vermelha e verde, e um emblema oficial do Cadete Espacial Tom Corbett.

Algo brilhou na escuridão por trás do painel. Curiosa, Gia enfiou a mão e tocou em algo de metal frio e oleoso. Puxou o objeto para fora e surpreendeu-se com o peso e a cor, um azul maligno. Era uma pistola.

Bem, muita gente tem armas na cidade. Como proteção. Nada de mais quanto a isso.

Ela espiou outra vez pela abertura. Havia mais coisas brilhantes lá dentro. Começou a tirá-las. Lutou para conter a náusea que sentia na boca do estômago à medida que cada arma saía do esconderijo, dizendo para si mesma que Jack era provavelmente apenas um colecionador. Afinal, na dúzia de armas que encontrou não havia duas iguais. Mas o que dizer do resto das coisas: as caixas de balas, as adagas, as soqueiras de metal e outros objetos com aspecto mortífero que nunca tinha visto antes? No meio das armas havia três passaportes, o mesmo número de carteira de motorista e diversas outras formas de identificação, todas com nomes diferentes.

Sentiu um embrulho no estômago quando sentou-se e admirou a coleção. Tentou se convencer de que eram coisas necessárias ao trabalho dele como consultor de seguros, mas no fundo sabia que a maior parte daquilo era ilícito. Mesmo que ele tivesse porte de arma, não havia jeito dos passaportes e carteiras serem legais.

Gia permanecia ali sentada quando ele voltou de uma de suas misteriosas missões. Um ar culpado percorreu seu rosto quando viu o que ela descobrira.

– Quem é você? – perguntou ela, afastando-se quando ele se aproximou.

– Sou Jack. Você me conhece.

– Conheço? Não tenho mais certeza se seu nome é Jack. – Ela sentia o terror crescer. Sua voz subiu de tom. – Quem é você e o que faz com tudo isso?

Ele contou-lhe uma história deturpada, de que era um faz-tudo que consertava coisas de todo tipo. Por uma taxa ele encontrava coisas roubadas ou ajudava as pessoas a ficarem quites quando a polícia, a justiça e todos os canais competentes falhavam.

– Mas todas essas armas, facas e coisas... são para machucar as pessoas!

Ele assentiu.

– Às vezes chega a esse ponto.

Ela teve visões dele atirando em alguém, esfaqueando, socando até matar. Se alguém tivesse dito isso sobre o homem que amava, ela teria rido e se afastado. Mas as armas estavam diante dela. E o próprio Jack estava lhe contando!

– Então você não passa de um assassino de aluguel!

Ele ficou vermelho.

– Trabalho nos meus próprios termos... exclusivamente. E não faço nada com alguém que esse alguém não tenha feito com outra pessoa. Eu ia lhe contar quando achasse...

– Mas você *machuca* gente!

– Às vezes.

Isso estava se tornando um pesadelo!

– Que tipo de coisa é essa, para você viver assim?

– É o meu trabalho.

– Sente prazer em machucar as pessoas?

Ele desviou o olhar. O que bastava como resposta. Era como se uma de suas adagas trespassasse o coração de Gia.

– A polícia está atrás de você?

– Não – disse Jack com certo orgulho. – Eles nem sabem que existo. Nem o estado de Nova York, nem a receita federal, nem todo o governo americano.

Gia levantou-se e cruzou os braços em volta dos ombros. Sentiu frio de repente. Não queria fazer aquela pergunta, mas precisava saber.

– E quanto a matar? Já matou alguém?

– Gia... – Ele se levantou e aproximou-se dela, mas Gia se afastou.

– Responda, Jack! Já matou alguém?

– Já aconteceu. Mas isso não significa que vivo fazendo isso.

Ela achou que ia vomitar. O homem que amava era um assassino!

– Mas você *matou!*

– Só quando não tinha outro jeito. Só quando foi preciso.
– Você quer dizer, só quando eles estavam a ponto de matá-lo? Matar ou morrer? – *Por favor, diga que sim! Por favor!*
– Mais ou menos...
O mundo parecia estar se desfazendo. Tomada pela histeria, Gia começou a correr. Correu até a porta, correu escada abaixo, correu atrás de um táxi que a levou para casa, onde encolheu-se num canto, ouvindo o telefone tocar sem parar. Tirou-o do gancho quando Vicky voltou da escola, e praticamente não falou mais com Jack depois disso.

– Saia da janela agora. Eu aviso quando ele chegar.
– Não, mamãe! Eu quero vê-lo!
– Está bem, mas quando ele chegar, não quero que fique correndo em volta da gente, criando confusão. Só diga "oi" para ele, seja boazinha e bem-educada, e depois volte para a casinha de boneca. Entendeu?
– Aquele lá é ele? – Vicky começou a pular nas pontas dos pés.
– É ele?
Gia olhou, riu e puxou as tranças da filha.
– Nem de longe.
Gia se afastou da janela, depois voltou, conformada em ficar ali de pé, espiando por trás de Vicky. Parecia que Jack ocupava um ponto cego na avaliação incisiva que Vicky fazia das pessoas. Mas Jack tinha enganado Gia também.
Jack enganava todo mundo, era o que parecia.

IX.

Se Jack pudesse escolher qualquer lugar de Manhattan para viver, escolheria Sutton Square, o meio quarteirão com os imóveis mais valorizados na ponta leste da rua 58, que terminava num muro de pedra, diante de um terraço rebaixado de tijolos, com vista total para o East River. Não havia prédios altos, condomínios nem escritórios, apenas ótimas casas de quatro andares à beira da calçada, todas com fachada de tijolos, algumas com os tijolos à mostra, outras pintadas em tons pastéis. Persianas de madeira cobriam as janelas e as portas de entrada, mais afastadas da rua. Algumas até tinham quintais. Uma vizinhança de Bentleys e Rolls Royces, motoristas de farda e babás de branco. E à distância de dois quarteirões para o norte, debruçando-se sobre tudo isso como um enorme guardião, ficava a graciosa e surpreendentemente delicada ponte Queensboro.

Ele lembrava-se bem do lugar. Estivera ali antes. No ano passado, quando fazia aquele trabalho para a Missão do Reino Unido, conhecera as tias de Gia. Elas o convidaram para uma pequena reunião em sua casa. Ele não queria ir, mas Burkes o convencera. Aquela noite fez sua vida mudar. Foi quando conheceu Gia.

Ele ouviu uma voz de criança aos berros quando atravessou Sutton Place.

– *Jack... Jack... Jack!*

Tranças escuras voando e braços estendidos, um pedacinho de gente, com enormes olhos azuis e um dente da frente faltando, saiu em disparada pela porta e correu pela calçada. Ela pulou no ar, com o abandono descuidado de uma menina de 7 anos que não tinha a menor dúvida de que seria agarrada, levantada e rodopiada.

E foi exatamente o que Jack fez. Então, ele a abraçou e apertou contra o peito e ela engatou os braços compridos em volta do pescoço dele.

– Por onde você andou, Jack? – disse ela no ouvido dele. – Onde esteve todo esse tempo?

A resposta de Jack ficou bloqueada por um nó na garganta, do tamanho de uma maçã. Chocado com a intensidade do sentimento que se agigantava dentro de si, conseguiu apenas apertá-la com mais força. *Vicky!* Durante todo o tempo passado sentindo falta de Gia, nunca percebera quanta saudade sentia da menina. Durante a maior parte do ano em que Gia e ele estiveram juntos, Jack via Vicky quase todos os dias, e a menina acabara tornando-se o foco principal de sua ilimitada capacidade de afeição. Perder Vicky tinha contribuído muito mais do que jamais imaginara para o vazio que sentia por dentro nesses últimos dois meses.

Amo você, menininha.

Ele não sabia quanto, até aquele instante.

Por cima dos ombros de Vicky, viu Gia de pé na porta da casa, a expressão sombria. Deu meia-volta para esconder as lágrimas que brotavam em seus olhos.

– Você está me apertando muito, Jack.

Ele a pôs no chão.

– É mesmo. Desculpe, Vicks. – Ele pigarreou, tratou de se recompor, em seguida segurou a mão da menina e caminhou para a porta onde estava Gia.

Ela estava bem. Puxa, estava linda com aquela camiseta azul-clara e jeans. Cabelo curto e louro – chamá-lo de louro era dizer que o sol brilhava um pouco: o cabelo de Gia cintilava, fulgurava. Olhos azuis como o céu de inverno depois que todas as nuvens de neve são sopradas para o leste. A boca bem delineada, lábios grossos. Ombros retos, seios firmes, pele clara e rosto corado. Ele ainda achava quase impossível acreditar que ela era italiana.

X.

Gia controlou sua fúria. Tinha dito a Vicky que não fizesse muita festa, mas assim que a menina vira Jack atravessando a rua, saiu em disparada porta afora, já estando bem longe quando Gia tentou impedi-la. Queria castigar Vicky por ter desobedecido, mas sabia que não conseguiria. Vicky adorava Jack.

Ele parecia o mesmo de sempre. O cabelo castanho estava um pouco mais comprido e devia ter perdido alguns quilos desde a última vez que o vira, mas não notava grande diferença. Tinha a mesma vitalidade notável, fazendo com que até o ar a sua volta parecesse pulsar com vida, com a mesma graça felina de movimentos, os mesmos olhos castanhos calorosos, o mesmo sorriso enviesado. O sorriso parecia forçado naquele momento, e o rosto estava rubro. Parecia sentir calor.

– Oi – disse Jack quando chegou ao último degrau, a voz rouca. Inclinou o rosto na direção de Gia. Ela quis recuar, mas fingiu absoluta indiferença. Manteria a calma. Ficaria distante. Ele nada mais significava para ela. Gia aceitou um beijo no rosto.

– Entre – disse ela, procurando parecer formal. Percebeu que havia conseguido o tom de formalidade, mas a sensação dos lábios dele em seu rosto provocou sentimentos antigos e indesejados, e sabia que estava ruborizando. Droga! Desviou o olhar.

– Tia Nellie está esperando.

– Você está muito bem – disse ele ali parado, fitando-a. A mão de Vicky permanecia agarrada à dele.

– Obrigada. Você também. – Ela nunca se sentira assim antes, mas agora que sabia a verdade sobre Jack, o simples fato de vê-lo de mãos dadas com sua menininha lhe provocava arrepios. Tinha de afastar Vicky dele. – Querida, por que não vai lá fora brincar na sua casinha, enquanto Jack, eu e tia Nellie conversamos coisas de gente grande?

– Não – disse ela. – Quero ficar com Jack!

Gia ia falar, mas Jack levantou a mão.

– A primeira coisa que vamos fazer – disse ele para Vicky enquanto a levava para o hall de entrada – é fechar a porta. Essa pode ser uma vizinhança chique, mas ainda não conseguiram ar-condicionado para as ruas. – Então ele fechou a porta e agachou-se diante dela. – Ouça, Vick. Sua mãe tem razão. Temos umas coisas de gente grande para conversar e precisamos tratar disso logo. Mas eu te chamo assim que acabar.

– Posso te mostrar a casinha de boneca?

– Claro.

– Legal! E a Sra. Jelliroll quer te conhecer. Contei tudo sobre você para ela.

– Ótimo. Quero conhecer a Sra. Jelliroll também. Mas primeiro – ele apontou para o bolso da camisa – veja o que tem aqui dentro.

Vicky enfiou a mão e tirou a bolinha peluda alaranjada.

– Um *Wuppet!* – guinchou ela. – Legal!

Ela deu um beijo em Jack e correu para os fundos da casa.

– Quem é ou o que é a Sra. Jelliroll? – perguntou ele a Gia enquanto se levantava.

– Uma boneca nova – disse Gia, o mais seca possível. – Jack, eu... Eu quero que fique longe dela.

Gia viu os olhos dele e então percebeu que o ferira profundamente. Mas os lábios de Jack sorriram.

– Eu não abusei de uma criança a semana toda.

– Não é isso que quero dizer...

– Sou má influência, certo?

– Já falamos disso antes e não quero recomeçar tudo outra vez. Vicky era muito ligada a você. Ela estava começando a se acostumar a não tê-lo mais por perto, agora você está de volta e não quero que ela pense que as coisas vão ser como antes.

– Não fui eu que abandonei ninguém.

– Não importa. O resultado é o mesmo. Ela ficou magoada.

– Eu também.

– Jack – suspirou ela, sentindo-se muito cansada –, essa conversa não leva a nada.

– Não acho. Gia, sou louco por aquela menina. Algumas vezes até esperei poder me tornar o pai dela.

O som de sua própria risada chegou áspero e amargo aos ouvidos dela.

– Esqueça! O pai de verdade não dá notícias há um ano e você não seria nada diferente. Vicky precisa de uma pessoa real como pai. Alguém que vive no mundo real. Alguém com um sobrenome... você se lembra do seu sobrenome? Do de batismo? Jack, você... você nem mesmo existe.

Ele estendeu a mão e tocou-lhe o braço.

Gia sentiu sua pele arrepiar.

– Sou tão real quanto você.

– Você sabe o que quero dizer! – replicou Gia, recuando. As palavras saíam aos borbotões. – Que tipo de pai você seria para uma criança? E que tipo de marido?

Ela estava sendo dura com ele, sabia, mas Jack merecia.

Jack ficou sério.

– Muito bem, Sra. DiLauro. Vamos tratar de negócios? Afinal, não vim sem ser convidado.

– Nem eu. Foi ideia de Nellie. Servi apenas de mensageira. "Chame aquele seu amigo, Jack, para ajudar." Tentei dizer a ela que você não era mais amigo, mas ela insistiu. Lembrou que você trabalhou para o Sr. Burkes no passado.
– Foi quando nos conhecemos.
– E quando as decepções começaram. O Sr. Burkes chamou-o de "consultor", "encarregado de solucionar problemas".
Jack irritou-se.
– Mas você descobriu uma descrição melhor para o serviço, não foi? Assassino.
Gia estremeceu ao ouvir a dor na voz de Jack quando ele pronunciou a palavra. Sim, ela dissera isso da última vez que o vira. Ela o magoara e ficara satisfeita com isso. Mas não estava satisfeita agora, ao saber que essa ferida ainda sangrava.
Virou-lhe as costas.
– Nellie está esperando.

XI.

Com um misto de dor e ressentimento, Jack seguiu Gia pelo corredor. Alimentara durante meses a esperança de que em breve a faria compreender. Naquele momento sabia, com absoluta certeza, que isso jamais aconteceria. Ela fora uma mulher carinhosa e apaixonada que o amara e, sem querer, ele a transformara em gelo.

Ele olhava para o revestimento de nogueira, para os retratos nas paredes, qualquer coisa que o impedisse de olhar para ela à sua frente. Então passaram por um par de portas corrediças e entraram na biblioteca. O revestimento escuro do corredor continuava o mesmo e havia muitos móveis escuros: cadeiras estofadas de veludo com sobrecobertas nos braços, tapetes persas no chão, pintura impressionista nas paredes, um Trinitron Sony num canto. Parecia vívido.

Ele conhecera Gia naquela sala.

Tia Nellie estava sentada num sofá perto da lareira fria e parecia perdida. Uma mulher gorducha, de cabelos brancos, com 60 e tantos anos, um vestido longo e escuro, um pequeno broche de diamante e um colar curto de pérolas. Uma mulher acostumada com a riqueza e feliz com ela. À primeira vista parecia deprimida e encolhida, como se pranteasse alguém ou se preparasse para isso. Mas quando entraram ela se empertigou e compôs o rosto com uma expressão agradável, um sorriso que apagava muitos dos seus anos.

– Sr. Jeffers – disse ela, levantando-se.

O sotaque era tipicamente britânico. Não o britânico de Lynn Redgrave; mais como um Robert Morley agudo.

– Muita gentileza sua vir aqui.

– É bom vê-la outra vez, Sra. Paton. Mas chame-me de Jack.

– Só se me chamar de Nellie. Aceita um chá?

– Gelado, se não se importa.

– Claro que não. – Ela tocou uma pequena sineta na mesa de canto perto dela e uma empregada uniformizada apareceu. – Três chás gelados, Eunice.

A empregada acenou com a cabeça e saiu. Um silêncio profundo seguiu-se a esse gesto, e Nellie pareceu perdida em seus pensamentos.

– Como posso ajudá-la, Nellie?

– O quê? – Ela parecia assustada. – Oh, sinto muito. Eu estava pensando na minha irmã Grace. Como Gia deve ter lhe contado, faz três dias que ela sumiu... desapareceu entre a noite de segunda-feira e a manhã de terça. A polícia já veio e já foi, não encontrou nenhum sinal de violência e não há pedido de resgate. Ela simplesmente está na lista das pessoas desaparecidas, mas tenho certeza de que alguma coisa lhe aconteceu. Não descansarei enquanto não encontrá-la.

Jack estava comovido e queria ajudar, mas...

– Não costumo trabalhar com pessoas desaparecidas.

– Eu sei. Gia disse alguma coisa sobre isso não constar da sua linha de trabalho.

Jack olhou para Gia, mas ela evitou seu olhar.

– Mas estou fora de mim. A polícia não ajuda. Tenho certeza de que, se estivéssemos em casa, teríamos toda a colaboração da Scotland Yard, muito mais do que tivemos da polícia de Nova York. Eles simplesmente não estão levando a sério o desaparecimento de Grace. Sabia que você e Gia estavam juntos e me lembrei de que Eddie Burkes mencionou no ano passado que sua ajuda foi decisiva para a Missão. Ele nunca me disse para que precisou de você, mas certamente parecia entusiasmado.

Jack estava pensando seriamente em telefonar para "Eddie" – mesmo parecendo incrível que alguém chamasse o chefe da segurança da Missão do Reino Unido de "Eddie" – e mandá-lo fechar o bico. Jack gostava de referências e era bom saber que tinha causado tal impressão no homem; mas Burkes estava usando seu nome um pouco demais.

– Estou lisonjeado com sua confiança, mas...

– Seja qual for o seu preço, devo dizer que pagarei com prazer.

– É uma questão de especialidade, mais do que de dinheiro. Eu apenas acho que não sou o homem certo para esse tipo de trabalho.

– Você é um detetive, não é?

– Mais ou menos isso. – Era mentira. Ele não era detetive nenhum, era um faz-tudo. Podia sentir Gia olhando para ele. – O problema é que não tenho licença para atuar como detetive, por isso não posso fazer contato nenhum com a polícia. Eles não podem, de forma alguma, saber que estou envolvido. Não aprovariam.

O rosto de Nellie se iluminou.

– Então vai ajudar?

A esperança no rosto da mulher moldou as palavras nos lábios dele.

– Farei o que puder. E quanto ao pagamento, vamos condicioná-lo ao sucesso. Se não chegar a lugar nenhum, não cobrarei nada.

– Mas seu tempo certamente vale alguma coisa, caro amigo!

– Concordo, mas procurar a tia Grace da Vicky é um caso especial.

Nellie balançou a cabeça.

– Então pode se considerar contratado, nos seus termos.

Jack forçou um sorriso. Não esperava ter muito sucesso na busca de Grace, mas faria o melhor possível. Pelo menos esse serviço o manteria em contato com Gia. Não ia desistir facilmente.

O chá gelado chegou e Jack bebeu com gosto. Não era Lipton nem Nestea, e sim de uma marca inglesa, feito na hora.

– Fale-me de sua irmã – pediu ele quando a empregada saiu.

Nellie recostou-se e falou em voz baixa, divagando de vez em quando, mas mantendo-se bem próxima de fatos concretos. Lentamente surgiu uma imagem. Ao contrário de Nellie, a Grace Westphalen desaparecida nunca se casara. Após o marido de Nellie ter morrido na Batalha da Grã-Bretanha, as duas irmãs, cada uma com um terço da fortuna Westphalen, emigraram para os Estados Unidos. E viviam no East Side de Manhattan desde então, a não ser por algumas rápidas viagens de volta à Inglaterra. E ambas ainda eram leais à rainha. Em todos aqueles anos, a ideia de adotar a cidadania americana nunca passara pelas suas cabeças. Elas naturalmente fizeram amizade com a pequena comunidade britânica de Manhattan, que consistia, na sua maior parte, em expatriados endinheirados e pessoas ligadas ao consulado britânico e à Missão do Reino Unido das Nações Unidas – "uma colônia dentro das colônias", como costumavam se denominar – tinham uma vida social bem ativa e ficaram solidárias com seus compatriotas. Raramente estavam com americanos. Era quase como viver em Londres.

Grace Westphalen tinha 69 anos de idade – dois a mais que Nellie. Uma mulher que conhecia muita gente, mas que tinha poucos amigos de verdade. A irmã sempre fora sua melhor amiga. Não era dada a excentricidades. Certamente não tinha inimigos.

– Quando viu Grace pela última vez? – perguntou Jack.

– Segunda-feira à noite. Vi o programa do Johnny Carson até o fim, e quando fui até o quarto dela para dizer boa-noite, ela estava deitada na cama, lendo. Foi a última vez que a vi. – O lábio inferior de Nellie tremeu um instante, então ela se controlou. – Talvez a última mesmo.

Jack olhou para Gia.

– Nenhum sinal de violência?

– Só cheguei aqui na tarde de terça-feira – disse Gia, dando de ombros.

– Mas sei que a polícia não conseguiu descobrir como Grace saiu sem disparar o alarme.

– A casa está ligada? – perguntou ele a Nellie.

– Ligada? Ah, você quer dizer o sistema de alarme para ladrões. Está. E estava ligado, pelo menos aqui no andar de baixo. Já tivemos tantos alarmes falsos nesses anos que desligamos o sistema nos andares superiores.

– O que quer dizer com "alarmes falsos"?

– Bem, algumas vezes nos esquecíamos e levantávamos à noite para abrir uma janela. O barulho era terrível. Por isso, agora, quando ligamos o sistema, só as portas e as janelas de baixo são ativadas.

– O que significa que Grace não poderia ter saído pelas portas ou janelas de baixo sem disparar o alarme... – Ele se lembrou de uma coisa. – ...espere... todos esses sistemas têm uma ação retardada para que se possa armá-los e sair pela porta sem dispará-los. Deve ter sido isso que ela fez. Simplesmente saiu pela porta.

– Mas a chave dela do alarme ainda está lá em cima na cômoda. E todas as suas roupas no armário.

– Posso ver?

– Claro, veja você mesmo – disse Nellie, se levantando.

Foram todos para o andar de cima.

Jack achou muito infantil o pequeno quarto cheio de babados. Tudo parecia ser cor-de-rosa ou ter um babado de renda ou ambos.

O par de portas envidraçadas do outro lado do quarto chamou a atenção de Jack imediatamente. Ele as abriu e se viu numa varanda do tamanho de uma mesa de jogo com um parapeito de ferro batido até a cintura, dando para o quintal. Uns 3 metros abaixo havia um roseiral. Num canto sombreado ficava a casinha de brinquedo da qual Vicky falara; parecia muito pesada para ter sido arrastada até a janela e, se isso tivesse sido feito, teria achatado as roseiras. Qualquer um que quisesse subir teria de levar uma escada ou ser um campeão de salto.

– A polícia encontrou alguma marca na terra lá embaixo?

Nellie balançou a cabeça.

– Eles pensaram que alguém podia ter usado uma escada, mas não havia sinal. A terra é tão dura e seca quando não chove...

Eunice, a empregada, apareceu na porta.

– Telefone, senhora.

Nellie desculpou-se e deixou Jack e Gia sozinhos no quarto.

– O mistério do quarto trancado – disse ele. – Sinto-me como Sherlock Holmes.

Ele ficou de joelhos e examinou o tapete, à procura de terra, mas nada encontrou. Olhou debaixo da cama: só um par de chinelos.

– O que está fazendo?

– Procurando pistas. Eu devo ser um detetive, lembra?

– Não acho que o desaparecimento de uma mulher seja motivo para piadas – disse Gia, retomando a frieza nas palavras, agora que Nellie estava longe.

– Não estou brincando, nem fazendo pouco caso. Mas você deve admitir que tudo isso tem um quê de mistério inglês. Quero dizer, ou tia Grace tinha uma chave extra do alarme e fugiu na calada da noite de camisola cor-de-rosa cheia de rendinhas ou pulou da sua varandinha com aquela mesma camisola, ou alguém escalou a parede, nocauteou-a e levou-a embora sem um ruído. Nenhuma dessas explicações me parece plausível.

Gia parecia estar ouvindo atentamente. Isso era alguma coisa.

Ele foi até a penteadeira e olhou para os frascos de perfume. Havia uma dúzia deles; alguns nomes eram familiares, mas a maioria não. Foi até o banheiro particular e deparou com outra fileira de frascos: Metamucil, Leite de Magnésia Philips, Pericolace, Surfak, Ex-Lax e muito mais. Um vidro estava separado dos outros. Jack o pegou. Era um vidro claro, com um líquido espesso e verde dentro. A tampa era de rosca e de metal, laqueada de branco. Só precisava de um rótulo Smirnoff para se tornar uma garrafa de vodca de companhia aérea.

– Sabe o que é isso?

– Pergunte a Nellie.

Jack desatarraxou a tampa e cheirou. Pelo menos tinha certeza de uma coisa: não era perfume. Tinha cheiro de ervas e não era muito agradável.

Quando Nellie voltou, parecia achar muito difícil esconder sua ansiedade.

– Era a polícia. Liguei há pouco para o detetive encarregado e ele me disse que não tem novidades sobre Grace.

Jack estendeu-lhe a garrafa.

– O que é isso?

Nellie examinou a garrafa, confusa por um momento, então seu rosto se iluminou.

– Ah, sim. Grace pegou isso segunda-feira de manhã. Não sei bem onde, mas ela disse que era um produto novo que estava sendo testado, e que era amostra grátis.

Mas para que serve?

– É um medicamento.

– Como disse?

– Um medicamento. Um catártico. Um laxante. Grace se preocupava muito, tinha uma verdadeira obsessão, pode-se dizer, em regularizar o funcionamento de seu intestino. Ela sempre teve esse tipo de problema.

Jack pegou a garrafa de volta. Alguma coisa sobre a garrafa sem rótulo no meio de tantas marcas o intrigava.

– Posso ficar com isso?

– Claro.

Ele olhou em volta por algum tempo, mais pelas aparências do que qualquer outra coisa. Não tinha a mínima ideia de como começaria a procurar Grace Westphalen.

– Por favor, lembre-se de fazer duas coisas – disse a Nellie quando começaram a descer as escadas. – Mantenha-me informado de qualquer pista que a polícia possa ter e não diga nada sobre o meu envolvimento.

– Muito bem. Mas por onde vai começar?

Ele sorriu. Esperava transmitir confiança.

– Já comecei. Tenho de pensar um pouco e depois iniciar a procura.

Ele tocou a garrafa dentro do bolso. Havia alguma coisa nela...

Deixaram Nellie no segundo andar, parada ali de pé, olhando fixamente para o quarto vazio da irmã. Vicky entrou correndo pela porta da cozinha quando Jack chegou ao último degrau. Ela estava segurando um gomo de laranja na mão estendida.

53

– Faz a boca de laranja! Faz a boca de laranja!

Ele riu, feliz por ela ter lembrado.

– Faço!

Ele enfiou o gomo na boca e cerrou os dentes por dentro da pele da laranja. Então, deu um enorme sorriso de laranja para Vicky. Ela bateu palmas e riu.

– O Jack não é engraçado, mamãe? Não é o *mais engraçado*?

– É o máximo, Vicky.

Jack tirou o gomo de laranja da boca.

– Onde está a boneca que você queria me apresentar?

Vicky pôs as mãos na cabeça.

– A Sra. Jelliroll! Ela está lá atrás. Vou...

– Jack não tem tempo, querida – disse Gia por trás dele. – Talvez da próxima vez, está bem?

Vicky sorriu e Jack notou que um segundo dente estava aparecendo para substituir o de leite que faltava.

– Está bem. Você volta logo, Jack?

– Logo, logo, Vicky.

Ele a pegou no colo e carregou-a até a porta da frente, deixou-a no chão e deu-lhe um beijo.

– Até logo. – Ele olhou para Gia. – Para você também.

Ela puxou Vicky para junto de si.

– Até logo.

Quando Jack desceu os degraus, ouviu que a porta bateu com uma força desnecessária.

XII.

Vicky puxou Gia para a janela e, juntas, viram Jack sair andando até sumir.

– Ele vai encontrar tia Grace, não vai?

– Ele diz que vai tentar.

– Ele vai conseguir.

– Por favor, não espere muito, querida – disse Gia, ajoelhando-se atrás de Vicky e abraçando-a. – Pode ser que nunca a encontremos.

Ela sentiu Vicky enrijecer e desejou não ter dito aquilo – desejou nem ter pensado. Grace *tinha* de estar viva e passando bem.

– Jack vai encontrá-la. Jack consegue tudo.

– Não, Vicky. Não consegue, não. Não consegue mesmo.

Gia estava dividida entre a vontade de que Jack fracassasse e a de que Grace voltasse para casa; entre querer ver Jack humilhado diante dos olhos de Vicky e a necessidade de proteger a filha da dor de uma desilusão.

– Por que você não o ama mais, mamãe?

A pergunta pegou Gia de surpresa.

– Quem disse que o amei algum dia?

– Você amou, sim – disse Vicky, voltando-se e encarando a mãe. Os ingênuos olhos azuis olhavam direto para os olhos de Gia. – Não lembra?

– Bom, pode ser que sim, um pouquinho, mas agora não mais. *É verdade. Não o amo mais. Nunca amei. De verdade, não.*

– Por que não?

– Às vezes as coisas não funcionam como deveriam.

– Como aconteceu com você e o papai?

– Hummmm...

Durante os dois anos e meio em que Richard e ela estavam divorciados, Gia lera todos os artigos de revista que encontrou sobre como explicar o fim de um casamento para uma criança pequena. Havia todos os tipos de respostas convenientes, respostas que eram satisfatórias quando o pai ainda aparecia nos aniversários, feriados e fins de semana. Mas o que dizer para uma criança cujo pai não apenas saíra da cidade, mas deixara o continente antes que ela completasse 5 anos? Como dizer a uma criança que o pai pouco ligava para ela? Talvez Vicky soubesse. Talvez por isso gostasse tanto de Jack, que nunca perdia uma oportunidade de abraçá-la ou dar-lhe um presente, que conversava com ela e a tratava como uma pessoa de verdade.

– Você ama Carl? – disse Vicky, fazendo uma careta. Ela parecia ter desistido da resposta à pergunta anterior e tentava uma nova.

– Não. Não nos conhecemos há muito tempo.
– Ele é esquisito.
– Ele é muito bom. Você só precisa conhecê-lo melhor.
– Esquisito, mamãe. Esquisitão.

Gia riu e puxou as tranças de Vicky. Carl agia como qualquer homem desacostumado com crianças. Ficava sem jeito com Vicky; quando não estava pouco à vontade, era condescendente demais. Ainda não conseguira quebrar o gelo, mas estava tentando.

Carl era um executivo da BBD&O. Inteligente, bem-humorado, sofisticado. Um homem civilizado. Não era como Jack. Nada parecido com Jack. Tinham se conhecido na agência quando ela foi entregar um trabalho para um de seus clientes. Telefonemas, flores e jantares se seguiram. Alguma coisa estava se desenvolvendo. Certamente ainda não era amor, mas uma boa relação. Carl era o que chamavam de bom partido. Gia não gostava de pensar num homem dessa maneira; ficava se sentindo como uma ave de rapina e não estava caçando. Richard e Jack, os dois únicos homens nos últimos dez anos da sua vida, tinham sido uma profunda decepção. Por isso mantinha Carl momentaneamente por perto.

Contudo... havia certas coisas a considerar. Com Richard afastado há mais de um ano, dinheiro era um problema constante. Gia não queria pensão, mas uma ajuda para o sustento da filha de vez em quando seria bom. Richard mandara alguns cheques depois de voltar à Inglaterra – sacáveis em libras esterlinas, só para dificultar as coisas para ela. Não que ele tivesse algum problema financeiro, pois controlava um terço da fortuna Westphalen. Era, definitivamente, o que aqueles que dão valor a essas coisas considerariam um bom partido. Mas, como descobrira logo após o casamento, Richard tinha uma longa história de comportamento impulsivo e irresponsável. Ele desaparecera no final do ano anterior. Ninguém sabia para onde tinha ido, e nem se preocupava com isso. Não era a primeira vez que resolvia, sem mais nem menos, desaparecer sem comunicar a alguém.

E assim Gia fazia o que podia. Bons trabalhos *freelance* eram difíceis de achar regularmente para uma desenhista de publicidade, mas ela conseguia se virar. Carl estava cuidando para que ela tivesse encomendas de seus clientes e Gia apreciava isso, embora a preocupasse. Não queria que qualquer decisão sobre o relacionamento fosse tomada sob influência econômica.

Mas precisava desses trabalhos. Trabalho *freelance* era a única maneira de ter uma renda e ser ao mesmo tempo mãe e pai de Vicky – e de fazer isso direito. Queria estar em casa quando a menina voltasse da escola. Queria que ela soubesse que mesmo que o pai a tivesse abandonado, a mãe estaria sempre ali, mas não era fácil.

Dinheiro-dinheiro-dinheiro.

Tudo sempre acabava em dinheiro. Não havia nada que ela quisesse desesperadamente comprar, ou de que realmente precisasse, que mais dinheiro não pudesse resolver. Simplesmente queria dinheiro o bastante para parar de se preocupar com isso o tempo todo. Seu dia a dia ficaria muito mais simples se ganhasse na loteria ou se algum tio rico morresse e deixasse uns 50 mil dólares para ela. Mas não havia os tais tios ricos, e Gia não dispunha de nenhum trocado nos fins de semana para comprar bilhetes da loteria. Teria de se ajeitar sozinha mesmo.

Ela não era tão ingênua a ponto de pensar que todos os problemas podiam se resolver com dinheiro – vejam Nellie, sozinha e triste agora, incapaz de pagar a volta da irmã com toda a sua fortuna –, mas algo inesperado certamente faria com que Gia dormisse melhor.

E toda essa história fez Gia se lembrar de que precisava pagar o aluguel. A conta estava à sua espera quando voltou ao apartamento no dia anterior. Ficar ali fazendo companhia a Nellie era uma mudança agradável de cenário; era chique, calmo, confortável. Mas estava afastando-a do trabalho. Duas encomendas tinham entrega marcada para breve e ela precisava do dinheiro. Pagar o aluguel agora faria sua conta ficar no "vermelho", mas precisava fazer isso.

Devia pegar logo o talão e acabar com isso de uma vez.

– Por que não vai para a casa de bonecas? – pediu a Vicky.

– É chato lá fora, mamãe.

– Eu sei. Mas elas a compraram especialmente para você, por isso tente outra vez hoje. Eu saio e brinco com você daqui a pouco. Tenho de cuidar de umas coisas antes.

Vicky se animou.

– Está bem! Vamos brincar com a Sra. Jelliroll. Você pode ser o Sr. Grape-Grabber.

– Certo.

O que Vicky faria sem sua Sra. Jelliroll?

Gia ficou olhando Vicky correr para os fundos da casa. Vicky adorava visitar as tias, mas sentia-se sozinha depois de algum tempo. Era normal. Não havia ninguém da idade dela por ali; todos os seus amigos estavam no prédio onde moravam.

Gia subiu para o quarto de hóspedes no terceiro andar, onde Vicky e ela passaram as duas últimas noites. Talvez conseguisse trabalhar um pouco. Sentia falta da estrutura do seu apartamento, mas levara um grande bloco de desenho e se arranjaria para continuar o serviço da Burger-Meister.

A Burger-Meister era um clone do McDonald's e um novo cliente para Carl. A companhia era regional, do sul, mas se preparava para se tornar nacional em grande estilo. Tinham a variedade normal de hambúrgueres, inclusive uma resposta para o Big Mac: o Meister Burger, que soava vagamente fascista. Mas o que os diferenciava eram as sobremesas. Esforçavam-se para oferecer uma grande variedade de doces – bombas, *napoleons* e outros.

A tarefa de Gia era fazer a programação visual de um jogo americano de papel para cobrir as bandejas que os clientes usavam ao carregar a comida até as mesas. O redator decidiu que o jogo devia exaltar e catalogar todos os eficientes e maravilhosos serviços que a Burger-Meister oferecia. O diretor de arte tratou de entupir o restante do espaço: pelos cantos haveria cenas de crianças rindo, correndo, balançando e escorregando no pequeno playground, automóveis cheios de pessoas felizes passando pelo drive-thru, crianças festejando aniversários no salão de festas, tudo girando em torno daquele cara bonachão, com jeito de militar, o Sr. Burger-Meister, no centro.

Para Gia, alguma coisa nessa abordagem parecia errada. Estavam perdendo oportunidades. Aquilo era um jogo americano. Significava que a pessoa olhando para ele já estava no Burger-Meister e já pediria uma refeição. Não havia necessidade de uma chamada.

Por que não tentá-los com alguma delícia da lista de sobremesas, mostrando sundaes, doces, bombas e biscoitos? Fazer com que as crianças urrassem por uma sobremesa? Era uma boa ideia e ela ficou animada.

Você é uma maria vai com as outras, Gia. Há dez anos isso nunca teria passado pela sua cabeça. E, se tivesse, você ficaria horrorizada.

Mas ela não era mais a mesma menina de Ottumwa que chegara na cidade grande recém-saída do curso de arte à procura de trabalho. Desde então se casara com um desmiolado e se apaixonara por um assassino.

Começou a rabiscar sobremesas.

Após uma hora de trabalho, parou para descansar. Agora que estava engrenada no trabalho da Burger-Meister, não se sentia mais preocupada com o aluguel. Tirou o talão de cheques da bolsa, mas não encontrava a conta. Estivera na penteadeira pela manhã, mas agora não estava mais.

Gia foi até o topo da escada e gritou:

– Eunice! Você viu um envelope na minha penteadeira esta manhã?

– Não, senhora – foi a resposta, de longe.

Só restava uma possibilidade.

XIII.

Nellie ouviu Gia falando com Eunice. *É agora*, pensou ela, sabendo que Gia explodiria quando soubesse o que fizera com a conta do aluguel. Uma moça adorável aquela Gia, mas muito esquentada. E tão orgulhosa, não querendo aceitar nenhuma ajuda financeira, não importava quanto oferecessem. Uma atitude muito pouco prática. No entanto... se Gia aceitasse sem titubear, Nellie sabia que não ficaria tão ansiosa para oferecer. A resistência de Gia à generosidade de Nellie era como uma bandeira vermelha acenando diante dos seus olhos – o que só a tornava mais determinada a descobrir maneiras de ajudá-la.

Preparando-se para a tempestade, Nellie apareceu no primeiro andar, abaixo de Gia.

– *Eu* vi.

– O que aconteceu com ele?
– Eu paguei.
O queixo de Gia caiu.
– Você o *quê*?
Nellie esfregou as mãos mostrando ansiedade.
– Não pense que eu estava bisbilhotando, querida. Apenas entrei para ver se Eunice estava cuidando bem de vocês e vi o envelope na penteadeira. Fui pagar algumas contas esta manhã e aproveitei para pagar a sua também.

Gia correu escada abaixo, batendo com a mão no corrimão quando se aproximou de Nellie.
– Nellie, você não tinha o direito!
Nellie manteve-se firme.
– Bobagem! Gasto meu dinheiro com o que eu bem quiser.
– O mínimo que devia ter feito era me consultar antes!
– É verdade – disse Nellie, fazendo o possível para parecer arrependida –, mas, como você sabe, sou uma velha terrivelmente esquecida.

Essa declaração teve o efeito desejado: a carranca de Gia enfraqueceu, lutando contra um sorriso, e ela acabou caindo na risada.
– Você é tão esquecida quanto um computador!
– Ah, querida – disse Nellie, aproximando-se e passando o braço pela cintura de Gia. – Sei que a estou afastando do seu trabalho, pedindo que fique comigo, e que isso abala suas finanças. Mas adoro ter você e Victoria aqui.

É *preciso* de vocês aqui, pensou ela. Não aguentaria ficar sozinha, apenas com Eunice para me fazer companhia. Com certeza ficaria maluca de tristeza e preocupação.
– Especialmente Victoria. Posso dizer que ela é a única coisa boa que aquele meu sobrinho fez na vida inteira. Ela é um amor. Mal posso acreditar que Richard tenha alguma coisa a ver com ela.
– Bem, ele não tem mais muito a ver com ela. E, se tudo ficar como desejo, ele nunca mais terá nada a ver com ela.

Falar sobre o sobrinho deixava Nellie constrangida. O homem era um asno, uma mancha no nome Westphalen.

– Faz muito bem. Por falar nisso, nunca lhe contei, mas no ano passado modifiquei meu testamento, deixando para Victoria a maior parte das minhas posses quando eu morrer.

– Nellie!

Nellie esperava objeção e estava pronta para elas.

– Ela é uma Westphalen... a última Westphalen, a não ser que Richard se case outra vez e tenha outro filho, o que duvido muito... e quero que ela tenha direito a uma parte da fortuna Westphalen, com maldição e tudo.

– Maldição?

Como é que isso tinha escapado? Não queria mencionar tal coisa.

– Estava só brincando, querida.

Foi como se Gia tivesse uma queda de pressão. Apoiou-se em Nellie.

– Nellie, não sei o que dizer, exceto que espero que passe muito e muito tempo antes que vejamos esse testamento.

– Eu também! Mas até lá, por favor, não me prive do prazer de ajudar de vez em quando. Tenho tanto dinheiro e tão pouco prazer na vida. Você e Victoria são dois deles. Qualquer coisa que eu possa fazer para aliviar seu fardo...

– Não sou um caso de caridade, Nellie.

– Concordo plenamente. Você é da família – ela lançou um olhar sério para Gia –, mesmo que tenha voltado a usar seu nome de solteira. E, como sua tia por afinidade, exijo o direito de ajudar de vez em quando. E não quero mais ouvir falar no assunto!

Ela deu um beijo no rosto de Gia e andou de volta ao seu quarto. Assim que a porta se fechou atrás dela, no entanto, sentiu que toda aquela bravura se despedaçava. Tropeçou pelo quarto e caiu na cama. Achava tão mais fácil aguentar a dor do desaparecimento de Grace na companhia de outros – pois fingir que estava inteira e sob controle a fazia sentir-se assim de verdade. Mas quando não havia ninguém por perto para ver essa encenação, ela desmoronava.

Oh, Grace, Grace, Grace. Onde você pode estar? E por quanto tempo suportarei viver sem você?

A irmã tinha sido a melhor amiga de Nellie desde que tinham fugido para os Estados Unidos, durante a guerra. Seu sorriso, suas risadinhas, o prazer que sentia ao tomar seu xerez diário antes do jantar, até sua detestável obsessão com a regularidade dos intestinos. Nellie sentia falta disso tudo.

Apesar de todos os seus defeitos e do seu jeito presunçoso, ela é uma boa alma e preciso dela.

A ideia de continuar vivendo sem Grace de repente dominou Nellie e ela começou a chorar. Soluços abafados que ninguém ouviria. Não podia deixar que ninguém – especialmente a querida e pequena Victoria – a visse chorar.

XIV.

Jack não estava disposto a voltar andando, então pegou um táxi. O motorista fez algumas tentativas para iniciar uma conversa sobre os Mets, mas as respostas lacônicas e monossilábicas do banco de trás logo o fizeram se calar. Jack não conseguia se lembrar de outro momento em sua vida no qual tivesse se sentido tão desanimado – nem mesmo após a morte de sua mãe. Precisava de alguém para conversar, mas não um motorista de táxi.

Saltou do táxi diante de uma pequena mercearia na esquina do quarteirão onde morava, chamada Nick's Nook. Um lugar pouco convidativo, com o encardido de Nova York incrustado permanentemente na vitrine de vidro. Um pouco daquele encardido parecia ter sido filtrado através do vidro e estava sobre as amostras de mercadoria por trás dele. Caixas vazias e desbotadas de Tide, Cheerios, Gainsburgers, que estavam ali havia anos e provavelmente ficariam outros tantos. Nick e sua loja precisavam de uma boa faxina. Os preços assustariam um executivo da Esso, mas a loja ficava pertinho e fazia entregas em domicílio de pratos prontos fresquinhos – pelo menos era o que Nick dizia.

Jack pegou um bolo que parecia não estar muito empoeirado, verificou a data de fabricação ao lado e descobriu que estaria na validade até a próxima semana.

– Vai visitar o Abe, né? – disse Nick.

Ele tinha três queixos, um pequenininho sustentado por dois grandes, todos precisando de um barbeador.

– É. Pensei em levar uma besteirinha para aquele desmiolado.

– Dê lembranças a ele.

– Ok.

Ele andou até a Amsterdam Avenue e foi até a loja Isher Sports. Sabia que ali encontraria Abe Grossman, amigo e confidente desde quando se tornara Repairman Jack. Na verdade, Abe foi uma das razões que provocaram a mudança de Jack para aquele bairro. Abe era o mais absoluto pessimista. Quando as coisas estavam mal, Abe conseguia vê-las pior ainda. Podia convencer um homem prestes a se afogar de que ele tinha sorte.

Jack olhou pela vitrine. Havia um homem de uns 50 anos sozinho lá dentro, sentado num banco atrás da caixa registradora, lendo um livro de bolso.

A loja era pequena demais para o estoque. Tinha bicicletas penduradas no teto; varas de pescar, raquetes de tênis e cestas de basquete cobriam as paredes e corredores estreitos, serpenteavam entre pranchas de ginástica, redes de hóquei, equipamentos de mergulho, bolas de futebol e inúmeros outros artigos de fim de semana escondidos embaixo ou atrás de outros. O inventário era um pesadelo anual.

– Sem clientes? – perguntou Jack ao som da campainha que tocava quando a porta se abria.

Abe espiou por cima das meias-luas de seus óculos de leitura.

– Nenhum. E o censo não se modificará com a sua chegada, estou certo.

– *Au contraire*. Trago guloseimas na mão e dinheiro no bolso.

– Você trouxe? – Abe espiou por cima do balcão e viu a caixa com as letras azuis. – Você trouxe mesmo! Bolo? Traga aqui.

Naquele instante, um sujeito grande e corpulento, com uma camiseta suja e sem mangas, enfiou a cabeça na porta.

– Preciso de uma caixa de balas calibre doze-zero-zero. Tem aí?

Abe tirou os óculos e lançou um olhar ameaçador para o homem.

– O senhor pode notar que a placa lá fora diz "Artigos Esportivos". Matar não é um esporte!

O homem olhou para Abe como se ele tivesse ficado verde de repente e foi embora.

Para o homem grande que era, Abe Grossman demonstrava que podia se mover rapidamente quando queria. Carregava com facilidade 90 quilos encaixados num corpo de 1,72 metro. O cabelo grisalho recuara até o topo da cabeça. Suas roupas nunca variavam: calças pretas, camisa branca de mangas curtas, gravata preta lustrosa. A gravata e a camisa eram uma espécie de amostra da comida que ele ingerira aquele dia. Quando Abe saiu de trás do balcão, Jack reconheceu ovos mexidos, mostarda e o que tanto podia ser ketchup quanto extrato de tomate.

– Você sabe mesmo como machucar um cara – disse ele, pegando um pedaço do bolo e comendo vorazmente. – Sabe que estou fazendo regime. – Açúcar caía na sua gravata enquanto falava.

– É. Eu notei.

– É verdade. É minha dieta especial. Nenhum carboidrato exceto esse bolo. Esse é liberado. Todo o resto tem de ser controlado, mas isso aqui é *ad lib*. – Ele deu outra grande mordida e continuou falando. Esse bolo o deixava maluco. – Já contei pra você que fiz uma mudança no meu testamento? Decidi que depois de ser cremado quero que minhas cinzas sejam colocadas numa caixa de bolo. Ou, se não for cremado, tem de ser um caixão branco com tampa de vidro e letras azuis do lado. – Ele levantou a caixa do bolo. – Assim mesmo. De qualquer forma, quero ser enterrado numa encosta gramada próximo à fábrica de bolo Entemann, em Bay Shore.

Jack tentou sorrir, mas não conseguiu. Abe parou de mastigar.

– *O que* está te afligindo?

– Vi Gia hoje.

– E?

– Acabou. Acabou mesmo.

– Você não sabia disso?

– Sabia, mas não acreditava. – Jack se esforçou para fazer uma pergunta para a qual não sabia se queria resposta. – Eu sou maluco, Abe? Há algo de errado na minha cabeça por querer viver desse jeito?

Sem tirar os olhos do rosto de Jack, Abe largou o pedaço de bolo e tentou, sem muito ânimo, espanar a frente da camisa. Só conseguiu espalhar mais as manchas de açúcar na gravata.

– O que foi que ela *fez* com você?

– Abriu meus olhos, eu acho. Às vezes precisamos de alguém de fora para ver como realmente somos.

– E o que você vê?

Jack respirou fundo.

– Um homem louco. Um homem louco e violento.

– Isso é o que os olhos dela veem. Mas o que ela sabe? Ela sabe do Sr. Canelli? Ela sabe da sua mãe? Ela sabe que você tem de ser Repairman Jack?

– Não. Ela nem esperou para ouvir.

– É isso! Está vendo? Ela não *sabe* de nada! Não *entende* nada! E ela se fechou para você. Quem quer alguém assim?

– Eu quero.

– Bem – disse Abe, esfregando a mão na testa e deixando uma mancha branca – isso eu não posso discutir. – Ele olhou fixo para Jack. – Quantos anos você tem?

Jack teve de pensar um segundo. Sempre se sentia um idiota quando tinha de lembrar sua idade.

– Hã... 34.

– Trinta e quatro. Certamente já foi rejeitado antes.

– Abe... Não consigo me lembrar de ter sentido por alguém o que sinto por Gia. E ela tem medo de mim!

– Medo do desconhecido. Ela não o conhece, por isso tem medo. Sei tudo sobre você. E eu lá tenho medo?

– Não? Nunca?

– Nunca! – Ele voltou para trás do balcão e pegou o *New York Post*. Folheando as páginas, disse: – Escuta: uma criança de 5 anos é espancada até a morte pelo namorado da mãe! Um cara com uma faca feriu oito pessoas na Times Square a noite passada e depois desapareceu no metrô! Um tronco sem cabeça e sem mãos é encontrado num hotel do West Side! Enquanto uma vítima de assalto está se esvaindo em sangue na calçada, as pessoas a cercam, roubam tudo que ela tem e a deixam lá. E eu devo ter medo de *você*?

Jack deu de ombros, nem um pouco convencido. Nada disso traria Gia de volta; ser o que ele era que a afastara. Resolveu fazer o que tinha de ser feito ali e ir embora para casa.

– Preciso de uma coisa.
– O quê?
– Um cassetete com cabo flexível. Chumbo e couro.

Abe fez que sim com a cabeça.

– Trezentos gramas servem?
– Claro.

Abe trancou a porta da frente e pendurou a plaquinha que dizia "Volto em alguns minutos" virada para fora por trás do vidro. Chamou por Jack e guiou-o até os fundos. Passaram por uma porta e a fecharam. Estavam dentro de uma espécie de armário cuja parede de trás se abria com um empurrão. Abe acendeu a luz e começaram a descer uma escada bem gasta. Enquanto desciam, um letreiro de néon começou a piscar:

ARMAS FINAS
O DIREITO DE COMPRAR UMA ARMA
É O DIREITO DE SER LIVRE

Jack sempre perguntava por que Abe tinha posto um letreiro de néon onde a publicidade não funcionava; Abe sempre respondia que toda loja de armas finas devia ter um letreiro desses.

– Afinal de contas, Jack – dizia Abe –, o que eu penso de você ou o que Gia pensa de você não tem muita importância a longo prazo. Porque não vai haver longo prazo. Tudo está desmoronando. Você sabe disso. Em pouco tempo a civilização vai se acabar por completo. Isso vai começar em breve. Os bancos começarão a quebrar qualquer dia desses. Essa gente que acha que suas economias estão garantidas? Elas vão acordar aos trancos. Espere só até os primeiros bancos caírem. Então virá o pânico, meu rapaz. É aí que o governo vai girar as manivelas das impressoras a todo vapor para cobrir os depósitos e teremos uma inflação galopante nas mãos. Estou lhe dizendo...

Jack interrompeu Abe. Conhecia aquela ladainha de cor.

– Você vem me dizendo isso há uns dez anos, Abe! A ruína econômica está na esquina há uma década. Cadê ela?

– Está vindo, Jack. Está vindo aí. Fico feliz porque minha filha já é adulta e não deseja casar e construir uma família. Estremeço só de pensar em um filho ou um neto crescendo nos tempos que virão.

Jack pensou em Vicky.

– Cheio de otimismo, como sempre, não é? Você é o único homem que conheço que acende a luz de um cômodo quando sai dele.

– Muito engraçado. Só estou tentando abrir seus olhos para que possa tomar providências para se proteger.

– E você? Você tem um abrigo antiaéreo em algum canto, cheio de comida congelada e desidratada?

Abe balançou a cabeça.

– Nada disso. Vou me arriscar aqui mesmo. Não fui feito para o estilo de vida pós-holocausto. E estou muito velho para aprender.

Ele tocou outro interruptor no final da escada e acendeu as luzes do teto.

O porão estava tão entulhado quanto o andar de cima, só que não havia equipamento esportivo ali. As paredes e o chão estavam cobertos com todo tipo de armas. Havia canivetes, cassetetes, espadas, soqueiras de metal e uma coleção completa de armas de fogo, desde pistolas até bazucas.

Abe foi até uma caixa de papelão e começou a remexer nas coisas que tinha dentro.

– Você quer tira lisa ou do tipo trançado?

– Trançado.

Abe jogou-lhe algo numa sacola. Jack tirou o objeto de dentro e avaliou o peso numa das mãos. O cassetete, às vezes chamado de *black-jack*, era feito de tiras finas de couro trançadas em volta de um peso de chumbo; esse trançado apertava e se afilava num pegador, que terminava numa correia em forma de laçada para o pulso. Jack colocou-a no braço e tentou uns golpes curtos. A flexibilidade do conjunto permitia jogar com o pulso no movimento, uma característica que seria útil quando o alvo estivesse próximo.

Pensou nisso enquanto olhava para o cassetete.

Esse era o tipo de coisa que assustava Gia. Lançou-o mais uma vez, com mais força, batendo na ponta de um caixote de madeira para transporte de carga em navio. Ouviu-se um estalido; farpas voaram por todo lado.

– Isso vai me servir muito bem. Quanto é?

– Dez.

Jack enfiou a mão no bolso.

– Costumava ser 8.

– Isso foi anos atrás. Um desses é para durar a vida inteira.

– Eu perco as coisas – disse Jack, entregando uma nota de 10 dólares ao outro e pondo o cassetete no bolso.

– Precisa de mais alguma coisa, já que estamos aqui embaixo?

Jack fez um inventário mental de suas armas e munição.

– Não, estou bem equipado.

– Ótimo. Então vamos subir, comer bolo e conversar. Você está com cara de quem precisa de uma boa conversa.

– Obrigado, Abe – disse Jack, subindo na frente –, mas tenho umas coisas para fazer antes de escurecer, por isso vamos deixar para outro dia.

– Você se fecha muito. Já te disse isso antes. Somos amigos. Então solte a língua. Não confia mais em mim?

– Confio cegamente. É que...

– O quê?

– A gente se vê, Abe.

XV.

Já passava das 18 horas quando Jack chegou ao apartamento. A sala estava escura, com as cortinas fechadas. Combinava com seu estado de espírito.

Ele passara no escritório; não havia nenhum chamado importante à sua espera. A secretária eletrônica de casa não tinha mensagem nenhuma.

Ele estava com um carrinho de feira, dentro do qual havia uma sacola de papel cheia de roupas velhas – roupas de mulher. Encostou o carrinho num canto e foi até o quarto. Deixou a carteira, algumas notas soltas e o novo cassetete em cima da cômoda, despiu-se e vestiu uma camiseta e um short. Era hora da ginástica. Ele não queria – estava se sentindo física e emocionalmente exausto –, mas era a única coisa na sua rotina diária que jurara nunca deixar de fazer. Sua vida dependia disso.

Trancou o apartamento e correu escada acima.

O sol já estivera mais quente e começava a cair, mas a cobertura continuava um inferno. A atmosfera negra absorvia o calor do dia e continuava quente à noite. Jack olhou para oeste, para a bruma que se avermelhava com o pôr do sol. Num dia claro dava para ver Nova Jersey daquele lado se quiséssemos. Alguém disse uma vez que, se morrermos em pecado, a alma vai para Nova Jersey.

A cobertura estava apinhada. Não de gente, mas de coisas. O canteiro de tomate num canto; ele levara a terra para cima em sacos de 25 quilos. No centro estava o gerador a diesel que todos quiseram comprar depois do blecaute de julho de 1977; agrupados num outro canto, como porquinhos mamando na mamãe porca, estavam 12 latas de dois galões de óleo. E, acima de tudo isso, ondulando orgulhosa do alto do mastro de 3 centímetros de diâmetro, ficava a bandeira negra de Neil, o Anarquista.

Jack foi até a pequena plataforma de madeira que ele mesmo tinha construído e fez alguns exercícios de alongamento, depois começou seu programa habitual. Fez abdominais deitado e sentado, pulou corda, deu seus chutes de *tai kwon do* sem parar, até o corpo ficar grudento de suor e o cabelo caindo em fiapos molhados pelo rosto e pescoço.

Virou-se ao ouvir passos às suas costas.

– Oi, Jack.

– Ah, Neil. Oi. Já deve estar na hora.

– É isso mesmo.

Neil foi até o mastro e baixou a bandeira negra reverentemente. Dobrou-a com cuidado, enfiou-a debaixo do braço e encaminhou-se para a escada, acenando para Jack, que se encostou no gerador e balançou a cabeça. Estranho que um homem que desprezava todos as regras fosse tão pontual, mas todos podiam acertar o relógio pelas idas e vindas de Neil, o Anarquista.

De volta ao apartamento, Jack enfiou seis bolinhos de ovo congelados no forno de micro-ondas e programou-o para aquecê-los enquanto tomava uma ducha rápida. Com o cabelo ainda molhado, abriu um vidro de molho e uma lata de refrigerante dietético, e sentou-se na cozinha.

O apartamento parecia vazio. Não tinha sentido isso de manhã, mas agora estava tudo quieto demais. Levou seu jantar para a sala de estar. A enorme tela acendeu-se no meio de uma cena doméstica e aconchegante de um marido, uma mulher, duas crianças e um cão. Ele se lembrou das tardes de domingo, quando Gia levava Vicky para lá e ele ligava o Atari e ensinava a menina a acertar asteroides e invasores do espaço. Recordou que ficava observando Gia zanzando pelo apartamento; gostava do jeito como ela se mexia, tão eficiente e animada. Seus movimentos eram os de alguém muito ativa. Ele achava isso atraente.

Não podia dizer o mesmo sobre o show doméstico que enchia a tela agora. Rapidamente girou o botão e passou pelos canais. Tinha de tudo, desde notícias e reprises até um bando de casais dançando ao som de um violinista rural.

Era hora de ligar o videocassete. Hora da segunda parte do Festival James Whale de Repairman Jack. O triunfo maior da carreira de diretor de Whale estava pronto para começar a rodar: *A noiva de Frankenstein*.

XVI.

Você acha que estou louco. Talvez esteja. Mas ouça, Henry Frankenstein. Enquanto você cavava suas sepulturas, juntando tecidos mortos, eu, meu querido aluno, saí em busca do meu material para a fonte da vida...

Earnest Thesiger como Dr. Praetorius – o maior sucesso de sua carreira – passava um sermão no seu ex-aluno. O filme estava apenas na metade, mas ele precisava ir. Continuaria a ver a partir dessa parte, antes de pegar no sono. Era uma pena. Adorava esse filme.

Especialmente a música, era a melhor de Franz Waxman. Quem poderia imaginar que mais tarde o criador de uma obra tão majestosa e comovente acabaria fazendo a música incidental para dramalhões como *De volta à caldeira do diabo*? Algumas pessoas nunca recebiam o reconhecimento que mereciam.

Pôs uma camiseta, depois o coldre de ombro com a pequena Semmerling sob o braço esquerdo, uma camisa larga de mangas curtas por cima, seguida de jeans e tênis – sem meias. Quando acabou de carregar seu pequeno carrinho de compras e estava pronto para sair, a escuridão já reinava na cidade.

Desceu a avenida Amsterdam até onde a avó de Bahkti fora atacada na noite anterior, achou um beco deserto e sumiu nas sombras. Não quis sair do apartamento disfarçado – seus vizinhos já o consideravam mais do que um pouco estranho – e esse era um disfarce tão bom quanto qualquer outro.

Primeiro tirou a camisa. Então enfiou a mão na sacola e pegou o vestido – de boa qualidade, mas fora de moda e precisando passar. Vestiu sobre a camiseta e o coldre de ombro, seguido de uma peruca grisalha e sapatos pretos sem salto. Não queria parecer uma mulher desleixada; uma maltrapilha não tinha nada para atrair o homem que Jack procurava. Queria um ar de dignidade perdida. Os nova-iorquinos veem mulheres como essa a toda hora, dos 50 e tantos anos até os 80. São todas iguais. Elas se arrastam, encurvadas não tanto por uma fraqueza das vértebras, mas pelo peso da própria vida, o centro de gravidade projetado bem para a frente, geralmente olhando para baixo ou, se a cabeça fica levantada, nunca olham ninguém nos olhos. A palavra-chave para elas é *sozinha*. São alvos irresistíveis.

E Jack seria uma delas nessa noite. Como atrativo extra pôs um anel falso de diamante de boa qualidade no quarto dedo da mão esquerda. Não podia deixar que alguém o visse de perto, mas tinha certeza de que o tipo de homem que procurava perceberia o brilho daquele anel a uma distância de dois quarteirões. E como atração de reserva: um rolinho bem polpudo de notas, a maior parte de 1 dólar, preso junto ao seu corpo sob uma das correias do coldre de ombro.

Jack pôs os tênis e o cassetete dentro da sacola de papel, na cesta de cima do pequeno carrinho de feira. Deu os arremates diante de uma vitrine: nunca passaria por um travesti. Então, começou a lenta caminhada pela calçada, arrastando o carrinho atrás de si.

Era hora de trabalhar.

XVII.

Gia percebeu que pensava em Jack e não se sentiu bem com isso. Estava sentada numa minúscula mesa de jantar diante de Carl, um homem bonitão, educado, espirituoso e inteligente, que se dizia bastante atraído por ela. Era um pequeno e caro restaurante no Upper East Side. A decoração era simples e leve, o vinho branco, seco, frio, a cozinha *nouvelle*. Jack devia estar a quilômetros de distância de seus pensamentos, e no entanto estava ali, esparramado sobre a mesa entre os dois.

Ela ficava lembrando o som da sua voz na secretária eletrônica aquela manhã – *"Pinocchio Produções. Estou fora no momento"* – ativando outras lembranças, de um passado mais remoto...

Como no dia em que ela perguntara por que a secretária eletrônica sempre começava com "Pinocchio Produções", já que tal companhia não existia. Existe sim, ele dissera, pulando e rodopiando. Olhe: sem cordinhas. Ela não entendeu o que estava subentendido na época.

E depois descobriu que entre as "coisas maneiras" que ele escolhia nas lojas de velharias havia uma coleção inteira de Vernon Grant. Ficara sabendo disso no dia em que ele dera uma cópia de *Flibbity Gibbit* para Vicky. Gia fora apresentada ao trabalho comercial de Grant durante seu tempo de escola de arte – ele era o criador de Snap, Crackle e Pop da Kellogg's – e ela até se inspirava um pouco nele de vez em quando. Sentia que encontrara uma verdadeira alma gêmea ao descobrir que Jack era fã de Vernon Grant. E Vicky... Vicky dera um valor enorme a *Flibbity Gibbit* e dissera "Uauuu-que-legal!", sua expressão favorita.

Ela endireitou-se na cadeira. *Fora, maldito Jack! Fora, vamos!* Tinha de começar a responder a Carl com algo mais que monossílabos.

Contou-lhe sua ideia de mudar a abordagem do jogo americano Burger-Meister de serviços para sobremesas. Ele foi efusivo nos elogios, dizendo que ela devia ser redatora, além de artista. Isso o fez falar da nova campanha para seu maior cliente: roupas infantis Wee Folk. Havia trabalho para Gia e talvez até um bico de modelo para Vicky.

Pobre Carl... ele se esforçou tanto para conquistar Vicky esta noite. Como sempre, fracassou terrivelmente. Algumas pessoas nunca aprendem a falar com crianças. Elas elevam o tom de voz e enunciam com excesso de clareza, como se falassem com um imigrante parcialmente surdo. Soam como se lessem frases que alguma outra pessoa tivesse escrito para elas, ou como se o que dizem fosse dirigido aos outros adultos e não apenas à criança. A meninada sente isso e se desliga.

Mas Vicky não tinha se desligado aquela tarde. Jack sabia como falar com ela. Quando falava era para Vicky e para ninguém mais. Havia empatia instantânea entre aqueles dois. Talvez porque existisse muito do menino em Jack, uma parte dele que nunca crescera. Mas se Jack era um menino, ele era um menino perigoso. Ele...

Por que ele sempre voltava aos seus pensamentos? Jack é passado. Carl é futuro. Concentre-se em Carl!

Ela bebeu o vinho todo e ficou olhando para Carl. Bom e velho Carl. Gia levantou o cálice para que o enchessem de vinho. Queria *muito* vinho essa noite.

XVIII.

Aquele olho o estava matando. Estava sentado todo curvado na entrada escura de um prédio, olhando furioso para a rua. Provavelmente teria de passar a noite inteira ali, a menos que alguma coisa acontecesse logo.

A espera era a pior parte, meu chapa. A espera e ter de ficar escondido. Os tiras já deviam estar sabendo que deviam ficar de olho num cara com um olho arranhado. O que significava que ele não podia sair pela rua procurando, e não estava na cidade havia tempo o bastante para encontrar alguém que o escondesse. Por isso tinha de ficar ali sentado, esperando que alguma coisa viesse até ele.

Tudo por causa daquela puta sem-vergonha.

Trocou o quadrado de gaze sobre seu olho esquerdo e estremeceu com o choque da dor causada pelo mais leve toque. *Puta!* Ela quase arrancara seu olho na noite passada. Mas ele mostrara a ela. Bem direitinho. Acabara com ela depois disso. E mais tarde, nessa mesma entrada, depois de vasculhar a carteira e encontrar a imensa fortuna de 17 paus e descobrir que o colar não passava de metal vagabundo, ficara tentado a voltar e sapatear na cabeça dela, mas concluíra que os tiras já deviam tê-la encontrado.

E, para piorar as coisas, teve de gastar quase toda a grana em gaze e pomada. Estava pior agora do que quando se atracara com a filha da puta.

Esperava que ela estivesse sentindo dores agora... sofrendo mesmo. Porque ele estava.

Nunca devia ter ido para o leste. Ele tivera de fugir às pressas de Detroit após perder o controle com um pé de cabra naquele sujeito que trocava um pneu na estrada. Era mais fácil se esconder ali do que em algum outro lugar, mas ele não conhecia ninguém.

Inclinou-se para trás e observou a rua com o olho que estava bom. Uma velhota esquisita cambaleava como se os sapatos fossem pequenos demais para seus pés, puxando um carrinho de compras. Não prometia grande coisa. Não prestou mais atenção nela porque não valia a pena.

XIX.

Quem é que eu estou enganando?, Jack pensou. Estava se arrastando para cima e para baixo por todas as ruas do West Side havia horas. Suas costas doíam de andar curvado. Se o assaltante estivesse por ali, Jack já devia ter passado por ele.

Maldito calor e maldito vestido e, mais que tudo, maldita peruca. Eu nunca vou encontrar esse cara.

Mas não era apenas a futilidade da busca daquela noite que o incomodava. A tarde o tinha abalado muito

Jack se orgulhava de ser um homem com pé no chão. Acreditava que havia um equilíbrio na vida e baseava essa crença na Lei da Dinâmica Social de Jack: para toda ação deve haver uma reação igual e oposta. A reação não era necessariamente automática ou inevitável; a vida não era como a termodinâmica. Às vezes a reação tinha de sofrer um empurrão. Era aí que Repairman Jack entrava na história. O negócio dele era provocar algumas dessas reações. Gostava de se considerar uma espécie de catalisador.

Jack sabia que era um homem violento. Não inventava desculpas para isso. Tinha de viver assim. E havia esperado que Gia um dia entendesse.

Quando Gia o deixara, ele se convencera de que não passava de um grande mal-entendido, que só precisava de uma chance para conversar com ela e tudo se ajeitaria, que o que os afastava era apenas a teimosia italiana dela. Bem, ele tivera sua chance naquela tarde e era óbvio que não havia esperança de reatar com Gia. Ela não queria saber dele.

Ele a assustava.

Essa era a parte mais difícil de aceitar. Ele a afugentara. Não por fazer-lhe algum mal ou por traí-la, mas simplesmente por deixá-la saber a verdade – deixá-la saber o que Repairman Jack consertava, como agia em seu trabalho e que tipo de ferramentas usava.

Um dos dois estava errado. Até essa tarde tinha sido fácil acreditar que era Gia. Mas essa noite não era mais tão fácil. Ele acreditava em Gia, acreditava na sua sensibilidade, na sua percepção. E ela o achava repugnante.

Uma letargia profunda o dominou.

E se ela estiver certa? E se eu não for nada além de um assassino que inventou um raciocínio para se convencer de que é um dos mocinhos?

Jack estremeceu. Dúvida era uma coisa incômoda para ele. Não sabia como revidar. E tinha de lutar contra isso. Não mudaria seu jeito de viver; achava que não conseguiria, mesmo se quisesse. Passara muito tempo deste lado e não encontraria mais o caminho de volta...

Havia alguma coisa naquele cara sentado na porta do prédio que acabava de passar... alguma coisa naquele rosto nas sombras que seu inconsciente registrou, mas ainda não tinha mandado para o consciente. Alguma coisa...

Jack empurrou o carrinho de compras, que caiu com estardalhaço na calçada. Ao abaixar-se para pegá-lo, olhou para a entrada do prédio outra vez.

O cara era jovem, com cabelo louro e curto – e tinha um quadrado de gaze branca sobre o olho esquerdo. Jack sentiu o coração acelerar. Era bom demais para ser verdade. Mas lá estava ele, escondendo-se nas sombras, sem dúvida consciente de que o quadrado de gaze era uma marca. *Tinha* de ser ele. Se não, era uma enorme coincidência. Jack tinha de ter certeza...

Ele pegou o carrinho e ficou ali parado por um momento, pensando no próximo passo. O cara da gaze o viu, mas não parecia estar interessado. Jack teria de mudar isso.

Com um grito de alegria, abaixou-se e fingiu pegar alguma coisa embaixo da roda do carrinho. Quando ficou de pé deu as costas para a rua – mas continuou dentro do ângulo de visão do cara da gaze, a quem fingia não ver – e enfiou a mão no decote do vestido. Tirou o rolinho de notas, deixou que o cara da gaze visse e fez como se enrolasse uma nova nota nele. Devolveu o rolo de dinheiro ao falso sutiã e continuou o seu caminho.

Uns 3 metros adiante, parou a fim de ajustar um sapato e aproveitou para dar uma espiada para trás: o cara da gaze tinha saído das sombras e o estava seguindo pela rua.

Bom. Agora tinha de providenciar um encontro.

Ele tirou o cassetete da sacola de papel, colocou-o junto ao corpo e continuou andando até chegar a um beco. Aparentando a maior calma do mundo, entrou no beco e foi engolido pela escuridão.

Jack tinha avançado talvez uns vinte passos pelo caminho cheio de lixo, quando ouviu o som que esperava: passadas rápidas e furtivas se aproximando por trás. Quando o som estava quase em cima dele,

Jack pulou para a esquerda e se encostou na parede. Uma forma escura passou voando e caiu estatelada em cima do carrinho.

Em meio à barulheira de metal e resmungos, a figura levantou-se e ficou de frente para Jack. Ele sentia-se realmente vivo, deleitava-se com o latejar de excitação que estalava como relâmpago pelo seu sistema nervoso, antecipando um dos prazeres de seu trabalho – fazer um inútil como esse provar do seu próprio remédio.

O cara da gaze pareceu hesitar. A menos que fosse muito estúpido, já devia ter percebido que sua presa pulara um tanto rápido demais para uma velha senhora. Jack não queria assustá-lo, por isso não se mexeu. Ficou ali encostado na parede do beco e soltou um gemido tão agudo que humilharia Una O'Connor.

O cara da gaze deu um pulo e olhou para os dois lados do beco.

– Ei! Cala a boca!

Jack berrou outra vez.

– Cala essa boca!

Mas Jack simplesmente se abaixou mais, segurou com mais força o cabo do cassetete e gritou novamente.

– Está bem, sua puta! – disse ele entre dentes, investindo na direção de Jack. – Foi você que pediu.

A voz dele denotava excitação. Jack podia adivinhar que ele gostava de espancar gente incapaz de se defender. Quando ele pulou com os punhos erguidos, Jack ficou de pé, erguendo a mão esquerda do chão. Pegou o cara da gaze no rosto com um tapa seco e ardido que o fez girar nos calcanhares.

Jack sabia o que ia acontecer, por isso foi se chegando para a direita.

Dito e feito. Tão logo conseguiu se equilibrar, o cara tentou correr para a rua. Havia cometido um grande erro e sabia disso. Talvez pensasse que tinha apanhado um tira disfarçado. Quando disparou a caminho da liberdade, Jack deu um passo e vibrou o cassetete na cabeça dele. Não foi uma pancada forte – na verdade, apenas uma virada de pulso –, mas chegou ao destino de forma satisfatória. O corpo do cara amoleceu, mas antes seus reflexos o fizeram afastar-se de Jack. O impulso o fez bater com a cabeça na parede oposta. Caiu no chão do beco com um suspiro.

Jack arrancou a peruca e o vestido e calçou o tênis; então foi até o cara e cutucou-o com o pé. Ele gemeu e rolou. Parecia atordoado, por isso Jack segurou-o com a mão livre e sacudiu seus ombros. Sem esperar, a mão direita do cara subiu em arco e golpeou Jack com uma lâmina de uns 5 centímetros. Jack segurou-lhe o pulso com uma das mãos e com a outra apertou um ponto atrás da orelha esquerda dele, logo abaixo da mastoide. O cara gemeu de dor; quando Jack aumentou a pressão, ele começou a pular como peixe fora d'água. Finalmente, deixou cair a faca. Quando Jack soltou um pouco, ele tentou recuperar a faca. Jack já esperava por isso. O cassetete continuava pendurado no seu pulso. Girou-o e bateu nas costas da mão do homem, jogando o pulso e boa parte do braço no golpe. O barulho do osso quebrando foi seguido por um grito de dor.

– Você quebrou minha mão! – gritou ele, rolando de barriga para baixo e ficando de lado outra vez. – Vou te foder por isso, seu tira! – Ele gemia, se lamentava e xingava incoerentemente, todo o tempo acalentando a mão ferida.

– Tira? – disse Jack com a voz mais suave. – Você não está com essa sorte toda, amigo. Isso é pessoal.

Os gemidos pararam. O cara da gaze espiou a escuridão com o olho bom, um ar de preocupação estampado no rosto. Quando apoiou a mão boa na parede para se levantar, Jack ergueu o cassetete para atacar outra vez.

– Não é justo, cara! – disse ele, tirando a mão da parede rapidamente e voltando a cair no chão. – Não é *justo*!

– Justo? – Jack riu da forma mais perversa que sabia. – Você ia ser justo com a velha que pensou ter encurralado aqui? Não existem regras nesse beco, amigo. Só você e eu. E estou aqui para te *pegar*.

Ele viu os olhos do homem se arregalarem; seu tom de voz ecoou o medo que aparecia no seu rosto.

– Olha, cara, não sei o que está acontecendo por aqui, mas você pegou o cara errado. Cheguei de Michigan na semana passada.

– Não estou interessado na semana passada, amigo. Só na noite passada... na velha que você espancou.

– Ei! Não espanquei velha nenhuma! Não mesmo! – O cara se encolheu e gemeu quando Jack ergueu o cassetete ameaçador. – Juro por Deus, cara! Juro!

Jack tinha de admitir que o cara era bom. Muito convincente.

– Vou ajudá-lo a se lembrar: o carro dela enguiçou; ela usava um colar pesado que parecia de prata e tinha duas pedras amarelas no meio; e ela enfiou as unhas no seu olho. – Quando Jack viu que o homem começava a compreender, sentiu a fúria crescer e se aproximar do seu limite. – Ela não estava no hospital ontem, mas hoje está. E foi você que a pôs lá. Ela pode morrer a qualquer momento. E, se isso acontecer, a culpa será sua.

– Não, espera aí, cara! Escuta...

Jack agarrou-o pelo cabelo no topo da cabeça e bateu com o crânio dele na parede.

– *Você* é que vai ouvir! Eu quero o colar. Onde o negociou?

– Negociar? Aquela merda? Eu joguei fora!

– Onde?

– Não sei!

– É melhor se lembrar! – Jack bateu a cabeça dele na parede outra vez, para amedrontá-lo mais.

Ele imaginou aquela frágil velhinha murchando na cama do hospital, mal falando por causa da surra que sofrera nas mãos desse infeliz. Um buraco negro estava se abrindo dentro dele. *Cuidado! Controle-se!* Ele precisava do cara consciente.

– Está bem! Me deixa pensar!

Jack conseguiu respirar fundo, bem devagar. E outra vez.

– Pense. Você tem 30 segundos.

Não levou esse tempo todo.

– Pensei que era prata. Mas quando vi na luz, descobri que não era.

– Você quer que eu acredite que nem tentou arranjar uns trocados por ele?

– Eu... eu não gostei dele.

Jack hesitou, sem saber como reagir.
- E o que isso quer dizer?
- Não gostei, cara. Alguma coisa naquele colar não estava certa. Eu simplesmente joguei fora, nuns arbustos.
- Não há arbustos por aqui.
O homem se encolheu.
- Há sim! A duas quadras daqui! Jack o fez levantar-se.
- Mostre-me.

O cara tinha razão. Entre as avenidas West End e Doze, onde a rua 58 desce até o rio Hudson, havia uma pequena moita de sebe de alfena, do tipo que Jack passara muitas manhãs de sábado podando quando criança, diante da casa de seus pais em Jersey. Com o homem deitado de cara no chão a seus pés, Jack remexeu os arbustos. Uma vasculhada entre os papéis de chiclete, lenços de papel usados, folhas mortas e outros tipos de lixo menos identificáveis, e achou o colar.

Jack olhou para ele, um brilho opaco sob a luz de um poste próximo. *Eu consegui! Que loucura, eu consegui!*

Avaliou o colar na palma da mão. Pesado. Devia ser desconfortável usá-lo. Por que Kusum o queria tanto? Com o colar na mão, ele começou a perceber o que o cara da gaze dissera sobre não se sentir bem com aquilo. A sensação *não* era boa. Achou difícil descrever a sensação.

Loucura!, pensou. *Essa coisa não passa de ferro esculpido e duas pedras que parecem topázios.*

No entanto, mal podia resistir ao impulso de jogar o colar na rua e correr para o outro lado.

- Vai me deixar ir agora? - disse o homem, levantando-se.

Sua mão esquerda tinha uma mancha escura, azulada, e estava muito inchada, com o dobro do tamanho normal. Ele a segurou com todo cuidado contra o peito.

Jack mostrou-lhe o colar.
- Foi por isso que você espancou a velhinha - disse ele em voz baixa, sentindo a raiva querendo aflorar. - Ela está toda arrebentada numa cama de hospital porque você quis arrancar isso dela, para depois jogar fora.

– Olha aqui, cara – disse o homem, apontando para Jack com sua mão boa – você não entendeu...

Jack viu a mão gesticulando no ar a meio metro de distância, e a fúria dentro dele explodiu de repente. Sem aviso, bateu com o cassetete na mão direita do cara. Como antes, ouviu-se um estalido e um uivo de dor.

Quando o homem caiu de joelhos, gemendo, Jack passou por ele a caminho da West End.

– Quero ver você espancar uma velhinha agora, machão.

A escuridão dentro dele começou a diminuir. Sem olhar para trás, foi andando na direção das áreas mais movimentadas da cidade. O colar tilintava e incomodava na sua mão.

Não estava longe do hospital. Começou a correr. Queria se livrar do colar o mais rápido possível.

XX.

O fim estava próximo.

Kusum mandara a enfermeira particular para o corredor e estava sozinho junto à cabeceira da cama, segurando a mão murcha junto as suas. A raiva diminuíra, assim como a frustração e a amargura. Não haviam acabado, simplesmente estavam guardadas fora de vista até que precisasse delas outra vez. Tinham se afastado para deixar um vazio dentro dele.

A futilidade daquilo tudo. Todos aqueles anos de vida terminados em um momento de perversidade.

Não conseguia desenterrar uma migalha sequer de esperança para ver o colar devolvido antes do fim. Ninguém podia encontrá-lo a tempo, nem mesmo o tão recomendado Repairman Jack. Se estava no carma dela morrer sem o colar, então teria de aceitar. Pelo menos teria a satisfação de saber que fizera tudo ao seu alcance para recuperá-lo.

Uma batida na porta. A enfermeira particular enfiou a cabeça no quarto.

– Sr. Bahkti?

Ele controlou a vontade de gritar com ela. Faria tão bem gritar com alguém.

– Eu disse que queria ficar sozinho aqui.

– Sei disso. Mas há um homem aqui fora. Ele insistiu para que eu lhe desse isso. – Ela estendeu a mão. – Disse que o senhor estava esperando.

Kusum foi até a porta. Não podia imaginar...

A coisa pendia da mão dela. Parecia... não era possível!

Ele arrancou o colar dos dedos dela.

É verdade! É real! Ele o encontrou! Kusum queria cantar sua alegria, dançar com a espantada enfermeira. Em vez disso, empurrou-a porta afora e correu para a cama. O fecho estava quebrado e ele enrolou o colar no pescoço do corpo quase sem vida.

– Está tudo bem agora! – sussurrou ele na sua língua materna. – Você vai ficar bem!

Caminhou até o corredor e viu a enfermeira particular.

– Onde está ele?

Ela apontou para o fim do corredor.

– Na central de enfermagem. Não devia estar nem no andar, mas ele é muito insistente.

Sei que é. Kusum apontou para o quarto.

– Cuide dela – disse e correu pelo corredor.

Encontrou Jack usando um short esfarrapado e uma camisa que não combinava – já vira balconistas de bazar de Calcutá mais bem-vestidas – encostado no balcão da central de enfermagem, discutindo com uma enfermeira robusta, que se virou quando se aproximou.

– Sr. Bahkti, o senhor tem permissão de ficar neste andar por causa da condição crítica de sua avó. Mas isso não significa que seus amigos possam ficar perambulando por aqui a essa hora da noite!

Kusum mal olhou para ela.

– Só precisamos de um minuto. Vá cuidar do seu trabalho.

Ele virou-se para Jack, que parecia afobado, cansado e suado. Ah, como queria ter dois braços para abraçar direito esse homem, mesmo que cheirasse como todos nesse país de comedores de carne. Era mesmo um homem extraordinário. Agradeço a Kali por esses homens extraordinários, não importa a raça nem os hábitos alimentares.

– Então, consegui a tempo? – disse Jack.

– Conseguiu. Bem a tempo. Ela ficará bem agora.

O americano franziu o cenho.

– Ele vai curá-la?

– Não, é claro que não. Mas saber que ele está de volta vai ajudá-la aqui em cima. – Ele bateu o indicador numa têmpora. – Pois é aqui que reside toda a cura.

– É claro – disse Jack, sem disfarçar a incredulidade na expressão do rosto. – Tudo que disser.

– Suponho que queira o restante do seu pagamento.

Jack fez que sim com a cabeça.

– Parece-me uma boa ideia.

Ele tirou o gordo envelope da túnica e entregou-o a Jack. Embora convencido da impossibilidade de achar que veria o colar novamente, Kusum continuara com o envelope, como um gesto de esperança e fé na deusa que adorava.

– Queria que fosse mais. Não sei como agradecer. Palavras não podem expressar o quanto...

– Tudo bem – disse Jack depressa.

A gratidão que transbordava de Kusum parecia embaraçá-lo.

Kusum também estava abalado pela intensidade das emoções que sentia. Já havia perdido as esperanças. Pedira a esse homem, um estranho, que executasse uma tarefa impossível, e ele conseguira! Detestava demonstrações emocionais, mas o controle habitual sobre seus sentimentos havia parado de funcionar desde que a enfermeira pusera o colar nas suas mãos.

– Como você fez?

– Encontrei o cara que roubou o colar e o convenci a levar-me até ele.

Kusum sentiu seu punho apertando e os músculos da nuca se crispando involuntariamente.

– Você o matou, como pedi?

Jack balançou a cabeça.

– Não. Mas ele não vai mais socar velhinhas por um bom tempo. Na verdade, deve chegar ao ambulatório deste hospital em breve, em busca de alguma coisa para aliviar a dor de suas mãos. Não se preocupe. Ele recebeu o troco na mesma moeda. Tratei disso.

Kusum meneou a cabeça em silêncio, escondendo a tempestade de ódio que se alastrava em sua mente. Dor não era o bastante – nem de longe! O responsável devia pagar com a vida!

– Muito bem, Sr. Jack. Minha... família e eu temos um débito de gratidão com o senhor. Se houver alguma coisa que eu possa fazer pelo senhor, qualquer coisa que esteja a meu alcance, precisa apenas me dizer. Todos os esforços dentro dos limites da possibilidade humana – ele não conseguiu conter um sorriso – e talvez até além, serão usados em seu benefício.

– Obrigado – disse Jack com um sorriso e uma pequena reverência. – Espero que não seja necessário. Acho que vou para casa agora.

– É. O senhor parece cansado. – Mas, ao observar Jack, Kusum percebeu que havia mais do que um simples cansaço físico. Havia uma dor profunda que não estava lá naquela manhã – uma exaustão espiritual. Isso seria trágico. Desejava poder perguntar, mas sentia que não tinha o direito.

– Bom descanso.

Ficou olhando até o americano ser engolido pelo elevador, então voltou para o quarto. A enfermeira particular o esperava na porta.

– Parece que ela está revivendo, Sr. Bahkti! A respiração está mais forte e a pressão sanguínea subiu!

– Excelente!

As quase 24 horas de tensão constante começaram a se desfazer dentro dele. Ela ia viver. Tinha certeza agora.

– Você tem um alfinete?

A enfermeira olhou para ele sem entender, mas foi até sua bolsa no parapeito da janela e pegou um alfinete. Kusum pegou-o e usou-o como fecho no colar, voltando-se para a enfermeira outra vez.

– Este colar não deve ser removido por razão nenhuma, entendeu?

A enfermeira meneou a cabeça timidamente.

– Sim senhor, entendi.

– Estarei em outro ponto do hospital por um instante – disse ele, indo para a porta. – Se precisar de mim, mande me chamar.

Kusum pegou o elevador e desceu até o térreo, seguindo as placas até o ambulatório. Ouvira dizer que aquele era o maior hospital do West Side de Manhattan. Jack dissera que havia ferido o assaltante nas mãos. Se ele procurasse atendimento médico, seria ali.

Sentou-se num dos bancos da sala de espera do ambulatório. Estava apinhada de gente. Pessoas de todos os tamanhos e de todas as cores esbarravam nele, entrando e saindo das salas de exames, indo e vindo do balcão da recepcionista. Achou os cheiros e a companhia desagradáveis, mas estava decidido a ficar ali aguardando durante algumas horas. Percebia que chamava a atenção das pessoas, mas estava acostumado. Um homem com um braço só e vestido daquela maneira no meio de ocidentais logo chamava a atenção de olhares curiosos. Ele os ignorava. Não valiam sua atenção.

Em menos de meia hora, entrou um homem ferido que lhe chamou a atenção. Seu olho esquerdo estava coberto por um curativo e tinha as mãos inchadas demais.

Era ele! Não havia dúvida. Kusum mal conseguiu se segurar para não pular e atacar o homem. Ficou ali sentado, observando a recepcionista ajudar o homem a preencher o questionário padrão, porque suas mãos não podiam fazê-lo. Um homem que quebrava gente com as mãos estava com as mãos quebradas. Kusum deleitou-se com a poesia disso.

Levantou-se e ficou do lado do homem. Quando inclinou-se sobre o balcão, parecendo querer fazer alguma pergunta à recepcionista, espiou o formulário. "Daniels, Ronald, rua 53 oeste, 359." Ficou olhando para Ronald Daniels, muito preocupado em apressar o preenchimento do formulário para notá-lo. Entre respostas às perguntas da recepcionista, ele resmungava sobre a dor nas mãos. Quando a moça perguntou em que circunstâncias tinha se ferido, ele disse que o macaco havia escapado enquanto trocava um pneu e que o carro caíra sobre suas mãos.

85

Sorrindo, Kusum voltou para o banco e esperou. Viu Ronald Daniels ser levado para uma sala de exame, sair para a sala de raios X numa cadeira de rodas e voltar para a sala de exames. Após uma longa espera, Ronald Daniels saiu na cadeira de rodas novamente, dessa vez com gesso desde a metade dos dedos até os cotovelos. E em todo esse tempo não parou nem um momento de reclamar da dor.

Uma outra ida até o balcão de recepção valeu a Kusum a informação de que o Sr. Daniels passaria a noite no hospital, em observação. Kusum disfarçou seu desagrado. Isso complicaria as coisas. Tinha esperança de alcançá-lo lá fora e cuidar dele pessoalmente. Mas havia outro jeito de acertar as contas com Ronald Daniels.

Voltou para o quarto particular e recebeu um diagnóstico muito favorável da atônita enfermeira.

– Ela está se recuperando magnificamente! Até falou comigo há pouco! Que milagre!

– Obrigado por sua ajuda, Srta. Wiles – disse Kusum. – Acho que não vamos mais precisar de seus serviços.

– Mas...

– Não se preocupe; receberá o pagamento pelo plantão completo de oito horas. – Ele foi até a janela, pegou a bolsa e entregou a ela. – Fez um trabalho maravilhoso. Obrigado.

Ignorando os protestos confusos da moça, ele a guiou até a porta e ao corredor. Quando se certificou de que ela não voltaria com alguma desculpa para ver a paciente, foi até o telefone.

– Gostaria de saber o número do quarto de um paciente – disse quando a telefonista atendeu. – Seu nome é Ronald Daniels. Acaba de ser admitido no ambulatório.

Fez-se uma pausa.

– Ronald Daniels está no 547C, ala norte.

Kusum desligou e reclinou-se na cadeira. O que fazer? Sabia onde ficava a sala dos médicos. Talvez conseguisse encontrar algum jaleco lá. Disfarçado de médico e sem o turbante, poderia se movimentar pelo hospital com mais liberdade.

Enquanto considerava as opções, tirou um minúsculo vidro do bolso e puxou a tampa. Sentiu o cheiro familiar de ervas do líquido verde e tampou o vidro novamente.

O Sr. Ronald Daniels estava sentindo dor. Tinha sofrido por seu pecado. Mas não o bastante. Nem de longe.

XXI.

– SOCORRO!

Ron estava quase dormindo. *Maldito filho da puta*! Toda vez que caía no sono o chato berrava.

Bem, só pode ser sorte minha estar numa enfermaria com três doidos. Apertou o botão da campainha com o cotovelo. Onde estaria aquela maldita enfermeira? Ele precisava de uma injeção.

A dor era uma coisa viva, triturando as mãos de Ron com os dentes e mordendo seus braços até os ombros. Tudo o que queria era dormir. Mas a dor o mantinha acordado. A dor e o mais velho de seus companheiros de quarto, o que ficava perto da janela, o que as enfermeiras chamavam de Tommy. Com certa frequência, entre os roncos tipo apito de navio, ele soltava um berro que fazia as janelas estremecerem.

Ron apertou a campainha outra vez com o cotovelo. Como os dois braços estavam apoiados em tipoias penduradas numa barra acima da cabeça, as enfermeiras tinham prendido o botão da campainha numa das grades laterais. Ele sempre pedia outra injeção para a dor, mas elas respondiam todas as vezes da mesma forma: "Sinto muito, Sr. Daniels, mas o médico responsável deixou ordens para uma injeção de 4 em 4 horas e nada mais. O senhor terá de esperar."

Sr. Daniels. Dava quase para rir. Seu nome verdadeiro era Ronald Daniel Symes. Ron para os amigos. Ele dera um nome falso, um endereço falso e dissera à recepcionista que seu cartão Blue Cross/Blue Shield estava em casa, na carteira. E quando quiseram mandá-lo para casa disse que vivia sozinho e não tinha ninguém para alimentá-lo, nem mesmo para abrir-lhe a porta do apartamento. Eles acreditaram em tudo. Assim, agora tinha um lugar para ficar, três refeições por dia, ar-condicionado; e quando tudo se resolvesse, fugiria dali e eles podiam fazer o que quisessem com a conta.

Tudo estaria ótimo se não fosse a dor.

– SOCORRO!

A dor e Tommy.

Apertou o botão outra vez. Quatro horas já *deviam* ter passado! Ele precisava daquela injeção!

A porta do quarto se abriu e alguém entrou. Não era uma enfermeira.

Era um homem. Mas estava vestido de branco. Talvez um enfermeiro. Excelente! Só o que faltava agora era um veado tentando lhe dar um banho de leite no meio da noite.

Mas o cara só se inclinou sobre a cama e estendeu um daqueles copinhos de plástico de remédios. Tinha 1 centímetro de líquido colorido dentro.

– O que é isso?

– Para a dor. – O cara era moreno e tinha uma espécie de sotaque.

– Eu quero uma injeção, palhaço!

– Ainda não é hora da injeção. Isso vai aliviar a dor até lá.

– É bom mesmo.

Ron deixou que o homem pusesse o copinho nos seus lábios. A coisa tinha um sabor estranho. Enquanto tomava, notou que o homem não tinha o braço esquerdo. Afastou a cabeça.

– E preste atenção – disse ele, sentindo uma necessidade urgente de ofender; afinal de contas, era um paciente ali. – Diga aos outros lá fora que não quero mais aleijados entrando aqui.

Na penumbra, Ron teve a impressão de ter visto um sorriso no rosto diante dele.

– Certamente, Sr. Daniels. Vou providenciar para que seu próximo enfermeiro tenha membros saudáveis.

– Ótimo. Agora se manda, cara.

– Muito bem.

Ron resolveu que gostava de ser um paciente. Podia dar ordens e as pessoas tinham de escutar. E por que não? Estava doente e...

– SOCORRO!

Se ao menos pudesse mandar Tommy parar.

O treco que o cara tinha dado não parecia estar melhorando a dor. A única coisa a fazer era tentar dormir. Lembrou-se daquele tira filho da puta que arrebentara suas mãos naquela noite. Ele dissera que era civil, mas Ron reconhecia um tira quando via um. Jurou que encontraria aquele sádico filho da puta, mesmo que tivesse de vigiar todas as delegacias de Nova York até o inferno. E aí Ron o seguiria até sua casa. Não queria se vingar nele diretamente – Ron sentia algo de ruim naquele cara e não queria estar por perto se ele ficasse *realmente* furioso. Mas talvez ele tivesse mulher e filhos...

Ron ficou ali, num cochilo de quase 45 minutos, planejando o que faria para se vingar do tira. Estava quase embarcando num sono mais profundo, indo, indo... e foi, finalmente.

– SOCORRO!

Ron deu um pulo da cama, soltando o braço da tipoia suspensa e batendo com ele na grade lateral. Uma explosão incandescente de dor subiu até o ombro. Lágrimas escorreram de seus olhos e o ar escapava sibilante por entre os dentes cerrados.

Quando a dor chegou a um nível mais tolerável, ele descobriu o que tinha de fazer.

Aquele velho de merda, Tommy, tinha de ir.

Ron tirou o braço esquerdo da tipoia e desceu da cama por cima da grade lateral. O chão estava frio. Segurou o travesseiro com os braços engessados e foi pé ante pé até a cama de Tommy. Tudo que tinha de fazer era pôr o travesseiro no rosto do velho e se apoiar nele. Só alguns minutos e pronto, nada de roncos, nada de berros, nada de Tommy.

Ele viu alguma coisa se movendo do lado de fora da janela quando passou. Foi ver de perto. Era uma sombra, com a cabeça e os ombros de alguém. Alguém *grande*...

Mas estava no quinto andar!

Devia estar vendo coisas. Aquele líquido no copinho devia ser mais forte do que pensava. Chegou bem perto da janela para ver melhor. O que viu deixou-o paralisado durante o tempo infinito e angustiante de uma batida de coração. Era um rosto de pesadelo, pior do que todos os seus pesadelos juntos. E aqueles olhos brilhantes e amarelos...

Um grito se formou na sua garganta e ele respondeu ao reflexo chegando para trás. Mas antes que o grito alcançasse os seus lábios, uma mão com três dedos e garras enormes estilhaçou o vidro duplo da janela e se enroscou com selvageria e precisão em volta de seu pescoço. Ron sentiu uma pressão incrível na glote, amassando-a contra a espinha cervical com um ruído explosivo. A carne áspera na pele de seu pescoço era fria e úmida, quase pegajosa, com um cheiro de coisa podre. Ele viu de relance um braço longo, magro e musculoso, coberto por uma pele macia e escura saindo pelo vidro estilhaçado para... o quê? Ele curvou as costas e agarrou os dedos que o aprisionavam, mas eram como um colarinho de aço no seu pescoço. Enquanto lutava em vão para respirar, sua visão se embaçou. E então, num movimento suave, quase casual, sentiu-se puxado pela janela, os restos dos vidros quebrando com sua passagem, os estilhaços caindo ou cortando sua pele. Teve uma visão fantasmagórica e aterrorizante de seu opressor, antes que a falta de oxigênio no cérebro apagasse seus olhos.

E dentro do quarto, depois daquele instante final de barulho de coisa se quebrando, tudo se aquietou novamente. Dois dos pacientes que sobraram, vagando pelo mundo dos sonhos, reviraram-se nas suas camas. Tommy, o mais próximo da janela, gritou "SOCORRO!" e voltou a roncar.

2

Bharangpur, Oeste de Bengala, Índia
Quarta-feira, 24 de junho de 1857

Tudo deu errado. Absolutamente tudo deu errado!

O capitão Sir Albert Westphalen, dos Fuzileiros Europeus de Bengala, estava de pé, à sombra de um toldo entre duas barracas do mercado, e bebia água fresca de uma jarra, recém-tirada de um poço. Era um alívio glorioso estar ao abrigo do ataque direto do sol indiano, mas não se podia escapar de seu brilho. Refletia-se na areia da rua, nas paredes brancas de estuque das casas, até nas ancas pálidas daqueles detestáveis bois corcundas que vagavam soltos pelo mercado. O fulgor lançava o calor através de seus olhos até o centro de seu cérebro. Ele desejava ardentemente derramar o conteúdo da jarra sobre a cabeça e deixar a água escorrer por todo o seu corpo.

Mas não faria isso. Era um cavalheiro com o uniforme do Exército de Sua Majestade e cercado de selvagens. Não podia fazer algo tão pouco digno. Por isso ficou ali de pé na sombra, o capacete alto bem encaixado na cabeça, o uniforme amarelo-claro malcheiroso, ensopado nas axilas e abotoado até o pescoço, fingindo que o calor não o incomodava. Ignorava o suor que encharcava o cabelo fino por baixo do capacete, escorria pelo rosto, parava no bigode escuro que havia aparado e escovado com tanto cuidado naquela manhã, e acumulava-se em gotas no queixo, que pingavam sobre a túnica.

Ah, o que não daria por uma brisa. Ou, melhor ainda, por uma chuva. Mas nenhuma das duas viria por mais de um mês. Tinha ouvido dizer que quando a monção de verão começava a soprar de sudoeste em julho trazia muita chuva. Até lá, ele e seus homens teriam de fritar.

Podia ser pior.

Ele poderia ter sido mandado com os outros para retomar Meerut e Delhi dos rebeldes... marchas forçadas ao longo da bacia do Ganges com uniforme completo e equipamento, correndo ao encontro de hordas de sipaios maníacos brandindo seus *talwars* ensanguentados e gritando *"Din! Din! Din!"*

Ele estremeceu. Para mim não, muito obrigado.

Felizmente, a rebelião não tinha chegado até aquele ponto no leste, pelo menos nada de tão sério. Westphalen achava isso bom. Pretendia ficar o mais longe possível dos indianos. Sabia, pelos registros do regimento, que havia um total de vinte mil soldados britânicos no subcontinente. E se todos os incontáveis milhões de indianos resolvessem se insurgir e acabar com o *raj** britânico? Era um pesadelo frequente. Não haveria mais *raj*.

E não haveria mais a Companhia das Índias Orientais. E Westphalen sabia que essa era a verdadeira razão do Exército estar lá – para proteger os interesses da "companhia". Ele havia jurado lutar pela Coroa e estava disposto – até certo ponto – a fazer isso, mas não ia, de jeito nenhum, morrer lutando por um bando de comerciantes de chá. Afinal, ele era um cavalheiro e só aceitara aquela missão para impedir a catástrofe financeira que ameaçava seu patrimônio. E, talvez, para fazer alguns contatos durante esse tempo de serviço. Tinha conseguido um trabalho puramente administrativo: nada de perigo. Tudo parte de um plano simples para ganhar tempo e descobrir um jeito de recuperar suas consideráveis dívidas de jogo – poderiam ser até chamadas de dívidas incríveis, para um homem de apenas 40 anos de idade – e depois voltar para casa e pagá-las. Fez uma careta ante a enorme soma de dinheiro que desperdiçara desde que o pai morrera e o baronato passara às suas mãos.

Mas sua sorte mantinha a coerência naquele fim de mundo – continuava má. Foram anos de paz na Índia antes de ele chegar – um probleminha aqui, outro ali, mas nada tão sério. O *raj* parecia totalmente seguro. Mas agora ele sabia que o conflito e o descontentamento entre os recrutas nativos borbulhavam logo abaixo da superfície, à espera, parecia, de sua chegada. Estava ali havia menos de um ano e o que acontecera? Os sipaios haviam tido um acesso de fúria!

---

*Domínio britânico na Índia. (*N. da T.*)

Não era justo.

Mas podia ser pior, Albert, meu velho, dizia para si mesmo pela milésima vez naquele dia. Podia ser pior.

E era lógico que podia ser muito melhor. Melhor era estar de volta ao forte William, em Calcutá. Não era muito mais fresco, porém ficava mais perto do mar. Se a Índia explodisse, era só dar um passo e um pulinho até um barco no rio Hoogly e zarpar para a segurança da baía de Bengala.

Ele deu outro gole e se encostou na parede. Não era uma postura de oficial, mas a essa altura ele já não dava a mínima para isso. Seu escritório era como uma fornalha recém-alimentada. A única coisa a fazer, em sã consciência, era ficar ali debaixo do toldo com uma jarra de água até o sol baixar. Eram 15 horas. Logo ia começar a refrescar.

Ele abanou a mão no ar diante do rosto. Se saísse da Índia vivo, a coisa de que a lembraria melhor, mais do que o calor e a umidade, eram as moscas.

Estavam em toda parte, incrustadas em tudo no mercado – nos abacaxis, nas laranjas, nos limões, nas pilhas de arroz – tudo coberto com pintas pretas que se mexiam e voavam, flutuavam e pousavam outra vez. Moscas abusadas e arrogantes, que aterrissavam no rosto das pessoas e sumiam antes que elas as enxotassem.

Aquele zumbido incessante – seriam os fregueses pechinchando com os comerciantes, ou seriam hordas de moscas?

O cheiro de pão quente passou pelo seu nariz, levado pelo vento. O casal da barraquinha à esquerda, do outro lado da rua, estava vendendo *chupattis*, pequenos discos de pão sem fermento, que eram o elemento principal da dieta de todos na Índia, ricos ou pobres. Lembrou-se de tê-los provado umas duas vezes, achando-os insossos. A mulher estava havia uma hora inclinada sobre uma fogueira de esterco, cozinhando uma fileira interminável de *chupattis* em pratos achatados de ferro. A temperatura do ar em torno daquele fogo devia ser de uns 50 graus.

Como é que essa gente aguenta?

Ele fechou os olhos e desejou um mundo livre do calor, das secas, de credores avarentos, de oficiais superiores e de sipaios rebeldes.

Manteve os olhos fechados, apreciando a escuridão relativa por trás das pálpebras. Seria bom passar o resto do dia assim, encostado ali e...

Não foi um ruído que fez com que abrisse os olhos; e sim a ausência dele. A rua ficou completamente silenciosa. Quando desencostou da parede, viu os fregueses que se ocupavam em inspecionar mercadorias e em pechinchar preços desaparecendo pelas vielas, ruas transversais e portas – sem correria, sem pânico, mas com uma rapidez considerável, como se de repente se lembrassem de que deviam estar em outro lugar.

Só sobraram os vendedores... os vendedores e suas moscas. Desconfiado e apreensivo, Westphalen segurou o cabo do sabre pendurado junto ao seu quadril esquerdo. Tinha sido treinado para usá-lo, mas nunca precisara se defender com ele. Esperava que não tivesse de usá-lo agora.

Percebeu um movimento à esquerda e virou-se.

Um homenzinho atarracado como um sapo, enrolado num *dhoti* alaranjado de homem santo guiava uma tropa de seis mulas bem devagar, pelo meio da rua.

Westphalen relaxou. Só uma espécie de *svamin*. Havia sempre algum por ali.

Enquanto observava, o religioso foi para o outro lado da rua e parou com as mulas diante de uma barraca de queijo. Ele não saiu do seu lugar à frente da tropa, nem olhou para a esquerda ou para a direita. Simplesmente ficou ali de pé, esperando. O queijeiro juntou rapidamente alguns de seus maiores queijos quadrados e redondos e mostrou-os ao homenzinho, que inclinou a cabeça após uma olhadela rápida na oferta... O comerciante pôs os queijos num saco amarrado à anca de uma das mulas e se retirou para o fundo de sua barraca.

Nenhuma rupia mudou de mãos.

Westphalen observava, fascinado.

A parada seguinte foi ao lado da rua onde Westphalen estava, na barraquinha de *chupatti*. O marido saiu com uma cesta para inspeção. Outro aceno de cabeça e os *chupattis* também foram para o dorso de uma mula.

Mais uma vez o dinheiro não mudou de mãos – e nenhuma discussão sobre qualidade. Westphalen nunca tinha visto algo assim desde sua chegada à Índia. Esses comerciantes eram capazes de pechinchar com suas mães o preço do café da manhã.

Só podia pensar numa coisa capaz de arrancar tanta cooperação deles: medo.

O sacerdote seguiu em frente sem parar na barraca de água.

– Alguma coisa errada com sua água? – disse Westphalen para o vendedor acocorado no chão ao seu lado.

Falou em inglês. Não via necessidade de aprender a língua indiana e nunca tentou. Havia 14 línguas principais nesse maldito subcontinente e algo em torno de 250 dialetos. Uma situação absurda. As poucas palavras que sabia tinha aprendido por um processo de osmose e não através de um esforço consciente. Afinal, era responsabilidade dos nativos aprender sua língua e compreendê-lo. E a maioria sabia, especialmente os comerciantes.

– O templo tem sua própria água – disse o vendedor, sem olhar para cima.

– Que templo é esse?

Westphalen queria saber que ameaça o sacerdote representava para os mercadores, a ponto de torná-los tão dóceis. Era uma informação que podia ser útil no futuro.

– O Templo nas Colinas.

– Não sabia que havia um templo nas colinas.

Dessa vez o vendedor de água ergueu a cabeça com turbante e olhou fixo para ele. Os olhos escuros pareciam não acreditar, como se dissessem: *como pode não saber?*

– E a qual de seus deuses pagãos é dedicado esse templo?

Suas palavras pareciam ecoar no silêncio.

O vendedor de água sussurrou:

– Kali, a Deusa Negra.

Ah, sim. Tinha ouvido esse nome antes. Ela era popular na região de Bengala. Esses hindus tinham mais deuses do que qualquer outra coisa. Que religião estranha, o hinduísmo. Ouvira dizer que possuía poucos ou nenhum dogma, nenhum fundador e nenhum líder. Ora – que tipo de religião era aquela?

– Pensava que seu grande templo ficasse perto de Calcutá, em Dakshinesvar.

– Há muitos templos para Kali – disse o vendedor de água – mas nenhum como o Templo nas Colinas.

– É mesmo? E o que há de tão especial nesse templo?

– *Rakoshi*.

– O que é isso?

Mas o vendedor de água baixou a cabeça e recusou-se a responder. Era como se achasse que já tivesse falado demais.

Seis semanas atrás Westphalen não teria tolerado essa insolência. Mas seis semanas antes não se podia imaginar uma revolta dos sipaios.

Bebeu um último gole de água, jogou uma moeda no colo do vendedor calado e saiu para a ferocidade total do sol. O ar parecia a explosão de uma casa em chamas. Sentiu a poeira que flutuava eternamente sobre a rua se misturar com as gotas de suor em seu rosto, formando uma camada fina de lama salgada.

Ele seguiu o *svamin* pelo resto do mercado, observando os mercadores escolhidos doando o melhor de suas mercadorias sem um resmungo ou lamento, alegres com aquela oportunidade. Westphalen andou atrás dele por quase toda Bharangpur, pelas avenidas mais largas e pelas vielas mais estreitas. E em todos os lugares em que o sacerdote e sua tropa de mulas passavam, as pessoas desapareciam à sua aproximação e reapareciam quando ia embora.

Finalmente, quando o sol ia sumindo no oeste, o sacerdote chegou ao portão norte.

Agora nós o pegamos, pensou Westphalen.

Todos os animais de carga deviam ser revistados à procura de contrabando antes que saíssem de Bharangpur ou de qualquer outra cidade fortificada. O fato de não haver atividade rebelde em Bengala não tinha importância; era uma ordem geral e, como tal, devia ser cumprida.

Westphalen o observou de uma distância de uns cento e poucos metros. Esperaria até que a única sentinela britânica começasse a inspeção, então chegaria devagar, como se fosse uma patrulha rotineira do portão e aprenderia um pouco mais sobre esse *svamin* e seu templo nas colinas.

Viu o sacerdote parar no portão e conversar com a sentinela que carregava um rifle Enfield pendurado às costas. Pareciam velhos amigos. Depois de alguns minutos, sem inspeção ou detenção, o sacerdote continuou seu caminho através do portão – mas antes Westphalen viu quando ele pôs alguma coisa na palma da mão da sentinela. Foi um movimento muito rápido. Se Westphalen tivesse piscado, não teria visto.

O sacerdote e suas mulas já estavam além dos muros e a caminho das montanhas a noroeste quando Westphalen chegou ao portão.

– Dê-me seu rifle, soldado!

A sentinela saudou-o, tirou o Enfield dos ombros e o entregou a Westphalen sem titubear. Westphalen o conhecia. Seu nome era MacDougal, soldado alistado – jovem, rosto corado, lutador, bebedor, como a maioria de seus companheiros dos fuzileiros europeus de Bengala. Naquelas três semanas como comandante da guarnição de Bharangpur, Westphalen passara a considerá-lo um bom soldado.

– Ordeno sua detenção por negligência de dever! MacDougal ficou branco.

– Senhor, eu...

– E por aceitar suborno!

– Eu tentei devolver a ele, senhor!

Westphalen riu. Esse soldado devia achar que era cego, além de estúpido!

– Tentou sim! Da mesma maneira que inspecionou cuidadosamente as mulas dele.

– O velho Jaggernath só estava levando suprimentos para o templo, senhor. Estou aqui há dois anos, capitão, e ele vem todos os meses, pontual como um relógio, em toda lua nova. Ele só leva comida para as montanhas, senhor.

– Tem de ser inspecionado como todo mundo.

MacDougal olhou para a tropa de mulas que se afastava.

– Jaggernath disse que eles não gostam que toquem em sua comida, senhor. Só os de seu povo.

– Ora, não é uma pena? E suponho que você o deixe passar sem inspeção pela bondade do seu coração? – Westphalen estava ficando cada vez mais furioso com a insolência do soldado. – Esvazie seus bolsos e vamos ver quantas moedas de prata custou sua traição aos companheiros.

A cor voltou ao rosto de MacDougal.

– Nunca traí meus companheiros!

Por alguma razão, Westphalen acreditou nele. Mas não podia parar agora.

– Esvazie os bolsos!

MacDougal esvaziou só um: do bolso direito tirou uma pequena pedra bruta, transparente, de um vermelho sem brilho.

Westphalen engoliu uma expressão de espanto.

– Dê-me a pedra.

Ele ergueu-a contra a luz do sol poente. Tinha visto inúmeras pedras brutas à medida que transformava os bens da família em dinheiro para aplacar os credores mais insistentes. Aquela era um rubi bruto, pequeno, mas polido valeria facilmente umas 100 libras. Sua mão tremeu. Se isso era o que o sacerdote dava para uma sentinela qualquer como recompensa por não tocar na comida do seu templo...

– Onde fica esse templo?

– Não sei, senhor – MacDougal olhava atentamente para Westphalen, provavelmente tentando descobrir um jeito de escapar das acusações de negligência. – E nunca consegui descobrir. As pessoas daqui não sabem e parecem não querer saber. Dizem que o Templo nas Colinas está cheio de joias, mas que é guardado por demônios.

Westphalen resmungou. Mais besteira pagã. No entanto, a pedra que segurava na mão era genuína. E a maneira casual como tinha sido dada a MacDougal indicava que haveria muito mais de onde aquela saíra. Devolveu a pedra a MacDougal com muita relutância. Estava disposto a jogar um cacife maior. E, para fazer isso, precisava parecer totalmente desinteressado em dinheiro.

– Acho que não houve prejuízo algum. Venda isso por quanto conseguir e divida entre os homens. E divida igualmente, ouviu?

MacDougal parecia prestes a desmaiar de surpresa e alívio, mas conseguiu fazer a saudação ereto.

– Sim, senhor!

Westphalen jogou o Enfield para ele e foi embora, sabendo que aos olhos de MacDougal ele era o oficial-comandante mais justo e mais generoso que conhecia. Westphalen queria que os soldados pensassem assim. Ia precisar de MacDougal e de qualquer outro soldado que estivesse em Bharangpur há alguns anos.

Westphalen resolveu encontrar esse Templo nas Colinas. Podia ser a resposta para todos os seus problemas financeiros.

3

Manhattan
Sexta-feira, 3 de agosto

I.

Jack acordou antes das 10 horas, sentindo-se exausto. Voltara para casa na noite anterior muito contente por causa do sucesso da missão, mas a alegria desaparecera rapidamente. O apartamento dava uma sensação de vazio. Pior que isso: *ele* se sentia vazio. Tomou depressa duas latas de cerveja, escondeu a segunda parte do pagamento atrás do painel de cedro e foi para a cama. Depois de umas duas horas de sono, no entanto, viu-se completamente acordado, sem razão nenhuma. Uma hora se remexendo entre os lençóis não resolveu nada, então desistiu e assistiu ao final de *A noiva de Frankenstein*. Quando o diminuto aviãozinho da Universal deu a volta ao mundo e escreveu *"THE END"*, ele estava dormindo outra vez e assim ficou, inquieto, durante mais umas duas horas.

Saiu da cama com esforço e tomou uma chuveirada para acordar. O café da manhã foi o restante dos flocos de chocolate e um pouco de Sugar Pops. Enquanto se barbeava, viu que o termômetro lá fora da janela do quarto marcava 32 graus à sombra. Vestiu-se de acordo com o clima: calça comprida e camisa de mangas curtas, e sentou-se ao lado do telefone. Tinha de fazer duas ligações: uma para Gia e outra para o hospital. Resolveu deixar a de Gia para depois.

A telefonista do hospital informou que o telefone do quarto que ele queria tinha sido desligado; não havia mais uma Sra. Bahkti na lista de internações. Ficou decepcionado. *Droga!* Mesmo tendo falado durante apenas alguns minutos com a velha senhora, a notícia de sua morte o comoveu. Tão sem sentido. Pelo menos conseguira reaver o colar antes que ela empacotasse.

Disse à telefonista que queria falar com a enfermeira responsável pelo andar onde estivera a velha senhora. Em pouco tempo estava conversando com Marta.

– Quando foi que a Sra. Bahkti morreu?

– Que eu saiba, ela não morreu.

Um raio de esperança.

– Foi transferida para outro andar?

– Não. Aconteceu durante a troca de plantonista. O neto e a neta...

– Neta?

– Você não gostaria dela, Jack... não é loura. De qualquer maneira, eles foram até o balcão na hora da troca de plantonista essa manhã, enquanto estávamos todos recebendo os relatórios, e nos agradeceram pela consideração que tivemos com sua avó. Disseram que cuidariam dela dali em diante. E saíram. Quando fomos verificar, ela havia desaparecido.

Jack afastou o fone do ouvido e fez uma careta para ele antes de responder.

– Como fizeram para tirá-la daí? Ela certamente não podia andar!

– Ele quase sentiu Marta dar de ombros do outro lado da linha.

– Não tenho ideia. Mas me disseram que o cara com um braço só estava agindo de forma muito estranha no fim do plantão, não deixando ninguém vê-la nas últimas horas.

– Por que deixaram que ele fizesse isso? – Sem nenhuma razão especial, Jack estava zangado, sentindo-se como um parente zeloso. – Aquela velha senhora precisava de toda ajuda possível. Vocês não podiam deixar alguém interferir assim, mesmo sendo neto dela! Deviam ter chamado a segurança e...

– Acalme-se, Jack – disse Marta com um tom de autoridade na voz. – Eu não estava aqui quando aconteceu.

– É. Está certo. Desculpe. É só que...

– Além do mais, pelo que me disseram, esse lugar mais parecia um zoológico na noite passada, depois que um paciente do quinto andar da ala norte se jogou pela janela. A segurança estava toda lá. Esquisito mesmo! O cara com gesso nas duas mãos se atira contra o vidro da janela do quarto e de alguma forma desce pela parede e foge...

Jack sentiu a espinha enrijecer involuntariamente.

– Gesso? Nas duas mãos?

– É. Deu entrada no ambulatório com fraturas fragmentadas. Ninguém sabe como ele desceu a parede, ainda mais por ter se cortado muito no vidro da janela. Mas não estava espatifado no asfalto, de modo que deve ter conseguido sobreviver.

– Por que a janela? Ele estava preso ou alguma coisa assim?

– Isso é o mais estranho. Ele podia ter saído pela porta da frente, se quisesse. De qualquer forma, todos achamos que os netos tiraram a Sra. Bahkti daqui durante essa confusão toda.

– Como era o cara que saiu pela janela? Ele tinha um tampão no olho? – Jack prendeu a respiração à espera da resposta.

– Não tenho a mínima ideia, Jack. Você o conhecia? Posso descobrir o nome dele para você.

– Obrigado, Marta. Mas isso não iria ajudar. Deixa para lá.

Após se despedir, ele pôs o fone no lugar e ficou ali sentado, olhando para o chão. Estava imaginando Kusum entrando escondido num quarto do hospital, pegando um homem com um tampão de gaze no olho esquerdo e gesso nos dois braços e jogando o cara pela janela. Mas Jack não se convenceu. Sabia que Kusum gostaria de fazer exatamente isso, mas não conseguia ver um homem de um braço só capaz de executar a tarefa. Menos ainda enquanto estava ocupado escamoteando a avó para fora do hospital.

Irritado, descartou as imagens e se concentrou no outro problema: o desaparecimento de Grace Westphalen. Não tinha pistas para seguir a não ser a garrafa sem rótulo com o líquido de ervas, e apenas suspeitava que ela tivesse algo a ver com o caso. Não confiava em meras suspeitas, mas resolveu acreditar nessa, na falta de algo melhor.

Pegou a garrafa de cima da cômoda de carvalho, onde a deixara na noite anterior, e tirou a tampa. Não identificava o cheiro, mas era mesmo de ervas. Pôs uma gota na ponta do dedo e experimentou. Nada mau. A única coisa a fazer seria mandar analisar e ver do que era feito. Talvez tivesse alguma relação com o que acontecera a Grace, mas era uma possibilidade em mil.

Pegou o telefone outra vez, pretendendo ligar para Gia, mas o colocou de volta no gancho. Não aguentaria ouvir o gelo na sua voz. Ainda não. Havia outra coisa que precisava fazer antes: ligar para aquele indiano maluco de um braço só e descobrir o que ele fizera com a velha senhora. Discou o número que Kusum deixara na secretária eletrônica do escritório.

Uma mulher atendeu. Sua voz era suave, sem sotaque, quase cristalina. Disse que Kusum havia saído.

– Quando ele volta?

– Esta noite. Você é... Jack?

– Sou. – Jack estava assombrado e confuso. – Como sabe?

A risada da mulher era musical.

– Kusum disse que você provavelmente ligaria. Sou Kolabati, irmã dele. Eu ia ligar para seu escritório. Quero conhecê-lo, Repairman Jack.

– E eu quero saber onde está sua avó!

– A caminho da Índia – disse ela casualmente. – Onde será tratada por nossos próprios médicos.

Jack sentia-se aliviado, mas ainda aborrecido.

– Isso podia ter sido arranjado sem a necessidade de tirá-la pela porta dos fundos, ou seja lá como fizeram.

– É claro. Mas você não conhece meu irmão. Ele sempre faz as coisas do jeito *dele*. Como você, pelo que ele me contou. Gosto disso num homem. Quando podemos nos encontrar?

Algo naquela voz fez a preocupação com a avó recuar para um segundo plano. Afinal, ela estava sob cuidados médicos...

– Você vai ficar muito tempo nos Estados Unidos? – perguntou, para ganhar tempo. Ele tinha o costume de não se envolver mais quando terminava um serviço. Mas estava louco para ver que tipo de rosto acompanhava aquela voz incrível. E, pensando bem, aquela mulher nem era um cliente, seu irmão é que era.

Jack, você devia ser advogado.

– Moro em Washington. Corri para cá assim que soube da vovó. Sabe onde fica o Waldorf?

– Já ouvi falar.

– Por que não nos encontramos na Peacock Alley às 18 horas?

Acho que estou sendo convidado para um encontro. Bem, por que não?

– Está bem. Como vou reconhecer você?

– Estarei de branco.

– Então nos veremos às 18 horas.

Ele desligou, pensando naquela disposição imprudente. Encontro às cegas não eram seu estilo de jeito nenhum.

Mas agora vinha a parte mais difícil: ligar para Gia. Discou o número de Nellie. Depois de exatamente duas chamadas, Eunice atendeu, dizendo "Residência Paton", e chamou Gia ao telefone, atendendo ao pedido de Jack. Ele aguardou com uma mistura de receio e ansiedade.

– Alô. – A voz dela era fria, formal.

– Como foram as coisas na noite passada?

– Não é da sua conta, Jack! – disse ela com uma labareda imediata de raiva na voz. – Você não tem o direito de bisbilhotar a...

– Ei! – disse ele. – Eu só queria saber se mandaram algum bilhete de resgate, ou se telefonaram, ou se souberam alguma coisa sobre Grace! Que diabos está acontecendo com você?

– Ah... desculpe. Nada. Nem uma palavra. Nellie está profundamente deprimida. Tem alguma boa notícia para ela?
– Temo que não.
– Você está fazendo alguma coisa?
– Estou.
– O quê?
– Coisa de detetive. Você sabe, descobrindo pistas, seguindo-as. Esse tipo de coisa.

Gia não respondeu. Seu silêncio era bastante eloquente. E ela estava certa: não era hora para piadinhas.

– Não tenho muito para começar, Gia, mas farei o que puder ser feito.

– Acho que não podemos pedir mais do que isso – disse ela finalmente, com a voz mais fria do que nunca.

– Que tal almoçar hoje comigo?
– Não, Jack.
– Um jantar, então?
– Jack... – A pausa foi longa e terminou com um suspiro. – Vamos manter isso como um negócio, está bem? Só negócios. Nada mudou. Os almoços que quiser, combine com Nellie. Pode ser que eu vá junto, mas não conte com isso. *Capisci?*
– Ok.

Ele sentiu vontade de arrancar o telefone da parede e jogá-lo pela janela. Mas controlou-se e ficou ali sentado. Despediu-se educadamente e pôs o telefone no gancho.

Esforçou-se para tirar Gia do pensamento. Tinha muito o que fazer.

II.

Gia largou o telefone e se encostou na parede. Por pouco não fizera um papelão alguns instantes antes, quando Jack perguntara como as coisas tinham ido na noite passada. De repente, teve uma visão de Jack seguindo Carl e ela até o restaurante e do restaurante até a casa de Carl.

Tinham ido para a cama pela primeira vez naquela noite. Ela não queria que o relacionamento deles chegasse a esse ponto tão cedo. Prometera levar o namoro devagar, sem pressionar nem se deixar pressionar. Afinal, não queria repetir o que acontecera com Jack. Mas havia mudado de ideia na noite anterior. A tensão crescera dentro dela o dia todo desde que vira Jack, até ela sentir que ia estrangulá-la. Precisou de alguém. E Carl estava lá. E ele a queria muito.

No passado ela recusara gentilmente os convites para ir até o apartamento dele. Mas na noite anterior concordara. Tudo estava perfeito. A vista da cidade pela janela era empolgante, o conhaque era ótimo, suave e queimava em sua garganta, a iluminação do quarto tão harmoniosa que fez sua pele brilhar depois que ele a despiu, fazendo-a se sentir bela.

Carl era um bom amante, paciente, experiente, gentil e atencioso.

Mas não acontecera nada naquela noite. Ela fingira um orgasmo junto com o dele. Não gostava de fingir, mas pareceu a coisa certa a fazer na hora. Carl fizera tudo de acordo. Não era culpa dele se ela nem chegara perto de extravasar o que precisava.

Era tudo culpa de Jack.

Vê-lo outra vez a deixara tão tensa que não conseguiria sentir prazer com Carl naquela noite, nem que fosse o maior amante do mundo! E ele era certamente melhor amante do que Jack!

Não... isso não era verdade. Jack era bom. Muito bom. Houvera ocasiões em que passavam a noite toda...

A campainha da porta da frente da casa de Nellie soou. Como Gia estava ali perto, foi abrir. Era um mensageiro de Carl. Viera pegar a arte-final do trabalho que ela descrevera para ele na véspera. E havia algo para ela: um buquê de crisântemos e rosas. Entregou o trabalho ao mensageiro e abriu o envelope assim que fechou a porta. "Ligo para você à noite." Um toque de classe. Carl não perdia uma oportunidade. Pena que...

– Que flores lindas!

Gia ficou alerta ao som da voz de Nellie.

– É, são sim. De Carl. Por falar nisso, era Jack no telefone. Ele queria saber se tínhamos alguma novidade.

– Ele descobriu alguma coisa?

Gia balançou a cabeça, com pena da ansiedade quase infantil no rosto da tia.

– Ele avisará assim que souber de alguma coisa.

– Aconteceu algo horrível, eu sei.

– Você não sabe de nada – disse Gia, pondo o braço sobre os ombros de Nellie. – Isso deve ser apenas um grande mal-entendido.

– Espero que sim. Espero mesmo. – Ela olhou para Gia. – Você me faz um favor, querida? Ligue para a Missão e diga que sinto muito. Não vou à recepção amanhã à noite.

– Você devia ir.

– Não. Não seria correto.

– Não seja boba. Grace gostaria que você fosse. E, além disso, está mesmo precisando de uma mudança de ares. Você não saiu dessa casa a semana toda.

– E se ela telefonar?

– Eunice está aqui para anotar todos os recados.

– Mas sair e me divertir...

– Pensei que você tinha dito que nunca se divertia nessas reuniões.

Nellie sorriu e era bom vê-la sorrir.

– É... é verdade. Bem, acho que você tem razão. Talvez eu *devesse* mesmo ir. Mas com uma condição.

– Qual?

– Você vai comigo.

Gia se espantou com o pedido. A última coisa que queria fazer numa noite de sábado era ficar zanzando numa sala cheia de diplomatas das Nações Unidas.

– Não. Olhe, eu não poderia...

– Claro que pode!

– Mas Vicky está...

– Eunice ficará aqui.

Gia vasculhou o cérebro à procura de desculpas. Tinha de encontrar uma saída para isso.

— Não tenho o que vestir.
— Vamos sair e comprar alguma coisa para você.
— Isso está fora de cogitação!
Nellie tirou um lenço do bolso e o levou aos lábios.
— Então também não vou.
Gia se esforçou para lançar um olhar zangado a Nellie, mas só conseguiu por alguns segundos. Depois abriu-se num sorriso.
— Está bem, sua velha chantagista!
— Não gosto que me chamem de velha.
— Vou com você, mas antes preciso achar algo para vestir.
— Você vai sair comigo amanhã à tarde e comprar um vestido por minha conta. Se vai me acompanhar, deve usar uma roupa apropriada. E isso é tudo que tenho a dizer sobre esse assunto. Sairemos depois do almoço.

Dito isto, ela virou-se e foi toda animada para a biblioteca. Gia sentia uma mistura de afeição e aborrecimento. Mais uma vez tinha levado a pior com a velha senhora de Londres.

III.

Jack entrou pela porta principal do Waldorf às 18 horas em ponto e subiu os degraus para o saguão alvoroçado. Tinha sido um dia muito agitado, mas conseguira chegar a tempo.

Mandou fazer a análise do conteúdo da garrafa que encontrou no quarto de Grace, depois foi para a rua procurar todos os bandidos que conhecia — e conhecia muitos. Não se falava em lugar nenhum sobre alguém que tivesse raptado uma velha senhora rica. No fim da tarde estava encharcado de suor e se sentindo todo empoeirado. Tomou um banho, fez a barba, se vestiu e foi de táxi até a Park Avenue.

Jack nunca teve razão para ir ao Waldorf antes, por isso não sabia o que esperar desse Peacock Alley, onde Kolabati queria encontrá-lo. Para se garantir, havia comprado um terno leve de cor creme, uma camisa rosada e uma gravata com estampado escocês para combinar — pelo menos o vendedor disse que combinava. Pensou que talvez fosse um pouco exagerado, mas depois concluiu que seria muito difícil estar bem-vestido demais para o Waldorf. Pela breve conversa que tivera com Kolabati ele sentia que ela também estaria muito bem-vestida.

Jack absorveu as imagens e sons do saguão enquanto passava. Todas as raças, todas as nacionalidades, todas as idades, formas e tamanhos andando ou sentados ali. À esquerda, por trás de uma balaustrada baixa e um arco, havia pessoas bebendo, sentadas em volta de pequenas mesas. Foi até lá e viu uma pequena placa oval que dizia "Peacock Alley".

Olhou em volta. Se o saguão do Waldorf fosse uma calçada, Peacock Alley seria um bar de rua com ar-condicionado, moscas e fumaça. Não viu ninguém nas mesas externas que correspondesse à imagem que fizera de Kolabati. Analisou a clientela. Todos pareciam prósperos e à vontade. Jack não se sentia à vontade. Não fazia seu gênero. Sentia-se exposto ali de pé. Talvez isso fosse um engano...

– Mesa, senhor?

Um *maître* de meia-idade estava a seu lado, encarando-o.

– Acho que sim. Não tenho certeza. Devo encontrar alguém. Ela está de vestido branco e...

Os olhos do homem se acenderam.

– Ela está aqui! Venha!

Jack seguiu-o até a parte de trás, imaginando como aquele homem podia estar tão seguro de que falavam da mesma pessoa. Passaram por uma série de cômodas, cada um com sofá e poltronas em volta de uma mesa baixa, como minúsculas salas de estar enfileiradas. Havia quadros nas paredes, tornando mais aconchegante a atmosfera. Entraram por um corredor e estavam quase chegando ao fim quando Jack a avistou.

Descobriu então por que o *maître* não hesitara, por que não podia haver erro. Aquela era A Mulher do Vestido Branco. Bem, podia ser a única mulher naquele lugar.

Ela estava sentada sozinha num divã próximo à parede dos fundos do bar, sem sapatos, as pernas dobradas para um lado, como se estivesse em casa ouvindo música – música clássica ou talvez jazz. Na mão rodopiava lentamente um cálice pela metade de um líquido amarelado. Parecia-se muito com Kusum, mas Kolabati era mais jovem, não devia ter 30 anos ainda. Tinha olhos escuros, brilhantes, bem separados, amendoados, maçãs do rosto salientes, um nariz fino com uma covinha sobre a narina esquerda, onde talvez tivesse usado uma pedra preciosa, e a pele macia, perfeita, cor de café. Os cabelos também eram escuros, quase pretos, repartidos ao meio, ondulados em volta das orelhas e da nuca. À moda antiga, mas curiosamente perfeito para ela. O lábio inferior era carnudo, pintado de um vermelho profundo e brilhante. E tudo que era escuro nela ficava ainda mais escuro por causa da brancura do vestido.

Mas o argumento decisivo era o colar. Se Jack tivesse a menor dúvida quanto à sua identidade, ela seria aplacada totalmente pelo colar prateado de ferro com as duas pedras amarelas.

Ela continuou sentada no sofá e estendeu a mão para Jack.

— É bom ver você, Jack.

A voz era rica e enigmática, como a dona; e o sorriso, tão branco e perfeito, era fascinante. Ela inclinou-se para a frente, os seios se avolumando com a pressão do tecido fino do vestido que se moldava aos pequenos mamilos no centro de cada um. Não parecia ter dúvida nenhuma de quem ele era.

— Srta. Bahkti — disse ele, segurando a mão dela. As unhas, como os lábios, eram vermelhas, a pele escura suave e macia como marfim polido. Ele sentiu um vazio na cabeça. Devia dizer mais alguma coisa. — É bom saber que você não perdeu o *seu* colar. — Isso soava bem, não?

— Ah, não. O meu fica exatamente onde está! — Ela soltou a mão dele e bateu na almofada ao lado. — Venha. Sente-se. Temos muito o que conversar.

Mais de perto, os olhos dela eram sábios e vividos, como se tivesse absorvido todas as maravilhas de sua raça e sua cultura eterna.

O *maître* não chamou um garçom, mas ficou ali quieto, de pé, enquanto Jack se sentava ao lado de Kolabati. Era possível tratar-se de um homem muito paciente, mas Jack notou que ele não tirava os olhos de Kolabati.

– *Monsieur* deseja beber algo? – disse ele quando Jack se sentou.

Jack olhou para o cálice de Kolabati.

– O que é isso?

– *Kir*.

Ele queria uma cerveja, mas aquilo era o Waldorf.

– Quero um desse.

Ela riu.

– Não seja tolo! Peça-lhe uma cerveja. Eles têm Bass Ale aqui. Não ligo muito para cerveja *ale*. Mas tomo uma Beck's Light, se tiver.

Pelo menos estaria bebendo cerveja importada. O que queria realmente era uma Rolling Rock.

– Muito bem – disse o *maître*, finalmente indo embora.

– Como sabe que gosto de cerveja?

A confiança com que ela dissera aquilo o deixava nervoso.

– Um palpite. Tenho certeza de que não gostaria de *kir*. Ela analisou-o. – Então... você é o homem que recuperou o colar. Tudo indicava que era uma tarefa impossível, mas você conseguiu. Devo-lhe gratidão eterna.

– Era apenas um colar.

– Um colar muito importante.

– Pode ser, mas não é como se eu tivesse salvado a vida dela ou algo assim.

– Talvez tenha salvado a vida dela, sim. Talvez a volta do colar tenha lhe dado forças e esperança de continuar vivendo. Era muito importante para ela. Toda a nossa família usa esse colar... cada um de nós. Estamos sempre com ele.

– Nunca o tiram?

– Nunca.

Cheios de excentricidades, esses Bahkti.

A Beck's chegou, trazida pelo próprio *maître*, que serviu o primeiro copo, esperou um pouco e acabou indo embora, relutante.

– Você sabe – disse Kolabati enquanto Jack bebia a cerveja – que conquistou dois amigos para a vida inteira nessas últimas 24 horas? Meu irmão e eu.

– E sua avó?

Kolabati piscou.

– Ela também, é claro. Não menospreze nossa gratidão, Jack. A minha e especialmente a do meu irmão... Kusum nunca esquece um favor ou uma desfeita.

– O que seu irmão faz nas Nações Unidas?

Era conversa fiada. O que Jack desejava era saber tudo sobre Kolabati, mas não queria parecer interessado demais.

– Não tenho certeza. Um cargo menor. – Ela deve ter notado o ar confuso de Jack. – Sim, eu sei... ele não parece o tipo de homem que ficaria satisfeito com um cargo menor qualquer. E não é mesmo. No nosso país seu nome é conhecido em todos os cantos.

– Por quê?

– Ele é o líder de um novo movimento fundamentalista hindu. Ele e muitos outros acreditam que a Índia e o hinduísmo tornaram-se muito ocidentalizados. Ele quer a volta aos velhos costumes. E tem agrupado um número surpreendente de seguidores nesses anos, concentrando um considerável poder político.

– Parece a Maioria Moralista daqui. O que ele é... o Jerry Falwell da Índia?

Kolabati ficou séria.

– Talvez mais. Seu radicalismo é assustador às vezes. Alguns temem que ele venha a se tornar o aiatolá Khomeini da Índia. Por isso todos pareceram chocados no início do ano passado, quando ele de repente requereu um cargo diplomático na embaixada em Londres. Foi concedido imediatamente... é claro que o governo ficou encantado em tê-lo fora do país. Recentemente, ele foi transferido para as Nações Unidas... outra vez a seu pedido. Tenho certeza de que seus seguidores e adversários na Índia estão intrigados, mas conheço meu irmão. Aposto que ele está adquirindo bastante experiência internacional a fim de voltar para casa e se tornar um candidato com credibilidade para um cargo político importante. Mas chega de Kusum...

Jack sentiu a mão de Kolabati no seu peito, empurrando-o para trás, de encontro às almofadas.

– Fique bem confortável agora – disse ela, os olhos escuros penetrando nele – e conte-me sobre você. Quero saber tudo, especialmente como se tornou Repairman Jack.

Jack tomou outro gole de cerveja e forçou-se a dar um tempo. Sentia uma necessidade repentina de contar-lhe tudo, de desvendar todo o seu passado para ela. Isso o assustava. Nunca se abrira com ninguém, exceto Abe. Por que Kolabati? Talvez porque ela já soubesse alguma coisa a seu respeito; talvez porque ela fosse tão efusiva na sua gratidão por ter conseguido o "impossível" e devolvido o colar da avó. Contar tudo estava fora de cogitação, mas pedaços da verdade não fariam mal nenhum. A questão era: o que contar e o que omitir?

– Simplesmente aconteceu.

– Tem de haver uma primeira vez. Comece por aí. Conte.

Ele se encostou nas almofadas, ajustando a posição até que o volume da Mauser .380 no coldre ficou no meio das costas, logo acima do quadril, e começou a contar a história do Sr. Canelli, seu primeiro cliente de consertos.

IV.

O verão chegava ao fim. Ele tinha 17 anos, ainda vivia em Johnson, Nova Jersey, uma pequena cidade semirrural no condado de Burlington. Seu pai trabalhava como auditor na época, e sua mãe ainda estava viva. Seu irmão cursava a faculdade de medicina no New Jersey State College of Medicine e a irmã fazia advocacia em Rutgers.

Na esquina da rua onde morava vivia o Sr. Vito Canelli, um viúvo aposentado. Desde o momento em que a terra esquentava, até esfriar outra vez, ele trabalhava no seu jardim. Especialmente no gramado. Semeava e fertilizava a cada duas semanas, regava diariamente. O Sr. Canelli tinha o gramado mais verde do condado. Em geral não tinha uma única falha. Quando não ficava perfeito era porque alguém resolvia cortar a esquina dobrando direto para a rua de Jack. As primeiras vezes foram provavelmente acidentais, mas depois alguns dos garotos da rua, mais afeitos ao vandalismo, começaram a fazer disso um hábito. Passar com o carro pelo gramado do "velhote" transformou-se no ritual das noites de sexta e sábado. Por fim, o Sr. Canelli levantou uma cerca branca de estacas de 1 metro de altura e pareceu que seria o fim da festa. Pelo menos foi o que ele pensou.

Era cedo. Jack estava caminhando na direção da estrada, puxando o cortador de grama da família atrás de si. Nos últimos verões tinha ganhado algum dinheiro com tarefas de jardim e cortando grama pela cidade. Gostava do trabalho e achava ainda melhor o fato de poder dispor de seu tempo como quisesse.

Quando avistou o gramado do Sr. Canelli, parou e ficou boquiaberto.

A cerca de estacas estava caída – arrebentada e espalhada por todo o gramado em milhões de farpas brancas. As pequenas árvores ornamentais de flores que floresciam em várias cores cada primavera – maçã ácida anã, cornisos – estavam quebradas a uns 30 centímetros do chão. Teixos e zimbros arrasados e enfiados na terra. Os flamingos cor-de-rosa de gesso dos quais todos gostavam estavam quebrados. E o gramado... não havia apenas marcas de pneus ali, havia canais largos com uns 15 centímetros de profundidade. Quem fizera aquilo não ficara satisfeito em apenas passar com o carro pelo gramado e achatar um pouco da grama; tinha também rodopiado e derrapado com o carro, até que todo o jardim estivesse destruído.

Quando Jack se aproximou para ver melhor, notou uma figura de pé no canto da casa, olhando para as ruínas. Era o Sr. Canelli. Seus ombros estavam encolhidos e tremendo. O sol se refletia nas lágrimas em seu rosto. Jack sabia muito pouco sobre o Sr. Canelli. Era um homem calado que não incomodava ninguém. Não tinha mulher, filhos nem netos por perto. Tudo o que possuía era seu jardim: seu hobby, sua obra de arte, o foco do que restava em sua vida. Jack sabia, pelo pouco tempo que passava trabalhando nos jardins da cidade, quanto suor se gastava num jardim daquele. Ninguém merecia ver aquele tipo de esforço destruído sem mais nem menos. Nenhum homem daquela idade merecia ficar reduzido a estar de pé, chorando, no seu jardim.

A impotência do Sr. Canelli deflagrou alguma coisa dentro de Jack. Já perdera a calma antes, mas a raiva que sentira naquele momento beirava a loucura. Sua mandíbula estava cerrada com tanta força que os dentes doíam; todo o seu corpo tremia e os músculos se enchiam de nós. Sabia muito bem quem fizera aquilo e podia confirmar sem dificuldade. Teve de combater uma necessidade selvagem de encontrá-los e passar o cortador de grama sobre seus rostos várias vezes.

A razão venceu. Não fazia sentido ir parar na cadeia enquanto eles faziam o papel de vítimas.

Havia um outro jeito. A ideia se formou na cabeça de Jack enquanto estava ali de pé.

Foi até o Sr. Canelli e disse:

– Posso consertar isso para o senhor.

O velho secou o rosto com um lenço e olhou para ele.

– Consertar para quê? Para que você e seus amigos destruam tudo outra vez?

– Vou consertar de forma que não aconteça mais.

O Sr. Canelli olhou para ele sem falar durante um longo tempo e depois disse:

– Venha aqui dentro. Conte-me como.

Jack não contou todos os detalhes, só a lista de material que ia precisar. Adicionou 50 dólares pela mão de obra. O Sr. Canelli concordou, mas disse que só pagaria quando visse os resultados. Cumprimentaram-se e celebraram o acordo com um cálice de *barbarone*.

Jack começou no dia seguinte. Comprou três dúzias de teixos pequenos e plantou-os de metro em metro ao longo do perímetro do terreno de esquina, enquanto o Sr. Canelli dava início ao trabalho de restauração de seu gramado. Conversavam enquanto trabalhavam. Jack ficou sabendo que o estrago fora feito por um carro pequeno, de cor clara, e uma caminhonete escura. O Sr. Canelli não conseguira pegar os números das placas. Chamara a polícia, mas os vândalos já estavam longe quando um dos guardas locais chegou. A polícia tinha sido chamada antes, mas os incidentes só aconteciam de vez em quando e os estragos, até aquele dia, tinham sido pequenos, por isso não levaram as queixas muito a sério.

O próximo passo era conseguir três dúzias de canos de 15 centímetros com 1,20 metro de comprimento e escondê-los na garagem do Sr. Canelli. Usaram uma cavadeira para abrir um buraco de 1 metro bem atrás de cada teixo. Uma noite, bem tarde, Jack e o Sr. Canelli prepararam dois sacos de cimento na garagem e encheram cada um dos canos com ferro também. Três dias depois, também à noite, os canos cheios de cimento foram enfiados nos buracos atrás dos teixos e a terra ficou bem compacta em volta deles. Cada arbusto tinha então 30 a 40 centímetros de esteio provisório escondido entre os galhos.

A cerca branca de estacas foi reconstruída em volta do jardim e o Sr. Canelli continuou a trabalhar na recuperação do gramado. A única coisa que Jack tinha de fazer agora era sentar e esperar.

Levou algum tempo. Agosto acabou, o Dia do Trabalho passou e as aulas recomeçaram. Na terceira semana de setembro, o Sr. Canelli estava com o gramado nivelado outra vez. A grama nova havia brotado e estava se espalhando por igual.

E, aparentemente, era isso o que estavam esperando.

O som de sirenes acordou Jack à 1h30 da madrugada de um domingo. Luzes vermelhas piscavam na esquina da casa do Sr. Canelli. Jack vestiu um jeans e correu para lá.

Duas macas de primeiros socorros se afastavam quando ele chegou à metade do quarteirão. Bem à sua frente havia uma caminhonete preta virada na calçada. O cheiro de gasolina se espalhava pelo ar. Sob a luz de um poste de rua, ele viu que o chassi não tinha mais conserto: o eixo dianteiro se soltara; o piso do carro estava arrebentado e dava para ver o eixo da direção torto; o diferencial estava desalinhado e o tanque de gasolina vazava. Um caminhão dos bombeiros estacionou por perto, se aprontando para jogar água na área.

Ele caminhou até a frente da casa do Sr. Canelli, onde um Camaro amarelo estava parado com a frente para o jardim. O para-brisa parecia uma teia de aranha, cheio de rachaduras, e fumaça saía pelos lados do capô amassado. Uma rápida olhadela por baixo da tampa revelou um radiador arrebentado, eixo dianteiro amassado e bloco do motor rachado.

O Sr. Canelli estava de pé nos degraus da entrada de sua casa. Acenou para que Jack se aproximasse e enfiou uma nota de 50 dólares na mão dele.

Jack ficou ao lado do velho, observando até que os dois veículos fossem rebocados, jogassem água na rua, e que o caminhão dos bombeiros junto aos carros da polícia fossem embora. Ele estava explodindo por dentro. Sentiu que podia pular dos degraus e voar pelo jardim, se quisesse. Não se lembrava de ter se sentido tão bem na vida. Nada inalável, comestível ou injetável seria capaz de provocar uma sensação dessas.

Ficou viciado.

V.

Uma hora, três cervejas e dois *kirs* mais tarde, Jack percebeu que havia contado muito mais do que pretendia. Continuou, depois da história do Sr. Canelli, descrevendo alguns de seus trabalhos de conserto mais interessantes. Kolabati parecia gostar de todos eles, especialmente dos que exigiram mais para adequar o castigo ao crime.

Uma combinação de fatores soltou a língua de Jack. Primeiro, a sensação de privacidade. Kolabati e ele pareciam ter o final daquela ala da Peacock Alley só para eles. Havia dúzias de conversas na ala, misturadas num burburinho sussurrante ao redor, encobrindo suas próprias palavras e tornando-as indistinguíveis do resto. Porém, o mais importante era Kolabati, tão interessada, tão atenta ao que ele dizia, que continuou falando, dizendo mais do que queria, dizendo qualquer coisa para manter aquele olhar fascinado no rosto dela. Conversou com ela como nunca tinha conversado com ninguém – exceto, talvez, Abe. Abe o conhecia havia muitos anos e vira muita coisa acontecer. Kolabati conseguira conhecer uma enorme fatia da vida dele em uma única conversa.

Durante a narração, Jack ficava observando a reação da moça, temendo que fosse embora como Gia. Mas era óbvio que Kolabati não era igual a Gia. Seus olhos brilhavam de entusiasmo e... admiração.

Mas já era hora de calar a boca. Tinha dito o bastante. Ficaram calados por um momento, brincando com os copos vazios. Jack ia perguntar se queria outra dose quando ela se virou para ele.

– Você não paga impostos, paga?

Jack se espantou com a pergunta. Inquieto, ficou imaginando como ela sabia.

– Por que diz isso?

– Sinto que você é um pária voluntário. Estou certa?

– Pária voluntário. Gostei disso.

– Gostar não é o mesmo que responder à pergunta.

– Eu me considero uma espécie de estado soberano. Não reconheço outros governos dentro das minhas fronteiras.

– Mas você não se exilou apenas do governo. Você vive e trabalha completamente à parte da sociedade. Por quê?

– Não sou um intelectual. Não posso fornecer um manifesto cuidadoso e razoável. É apenas o jeito como quero viver.

Os olhos dela penetraram em sua alma.

– Não acredito nisso. Alguma coisa o fez se isolar. O que foi?

Essa mulher era incomum! Era como se pudesse entrar na sua mente e ver todos os seus segredos. Sim – houvera um incidente que provocara seu afastamento do restante da sociedade "civilizada". Mas não podia contar a ela. Sentia-se à vontade com Kolabati, mas não chegaria ao ponto de confessar um assassinato.

– Prefiro não dizer.

Ela ficou olhando para ele.

– Seus pais estão vivos?

Jack sentiu um aperto nas entranhas.

– Só meu pai.

– Ah. Sua mãe morreu de causas naturais?

Ela pode ler mentes! É a única explicação!

– Não. E não quero dizer mais nada.

117

– Tudo bem. Mas seja lá como for que você acabou sendo o que é, tenho certeza de que foi por meios honrados.

A confiança que ela depositava nele deixava-o alegre e embaraçado ao mesmo tempo. Queria mudar de assunto.

– Está com fome?

– Muita!

– Existe algum lugar especial aonde queira ir? Há alguns restaurantes indianos...

Ela arqueou as sobrancelhas.

– Se eu fosse chinesa, você me ofereceria rolinhos primavera? Estou usando um sári, por acaso?

Não. Aquele vestido branco colante parecia diretamente saído de uma butique em Paris.

– Francês, então?

– Vivi na França por uns tempos. Por favor: eu vivo na América agora. Quero comida americana.

– Bom, eu gosto de comer onde possa relaxar.

– Quero ir ao Beefsteak Charlie's.

Jack começou a rir.

– Há um perto de onde eu moro! Vou sempre lá! Principalmente porque, no que se refere a comida, minha tendência é ficar mais impressionado com quantidade do que com qualidade.

– Ótimo. Então você sabe o caminho?

Ele começou a se levantar e sentou-se novamente.

– Espere um minuto. Eles servem costeletas lá. Indianos não comem carne de porco, não é?

– Não. Você está confundindo com os paquistaneses: Eles são muçulmanos e muçulmanos não comem carne de porco. Sou hindu. Não comemos carne de boi.

– Então por que o Beefsteak?

– Ouvi dizer que eles têm ótimas saladas, com montes de camarões. E toda a cerveja, vinho ou sangria que quisermos beber.

– Então vamos – disse Jack, levantando-se e oferecendo o braço. Ela calçou os sapatos e ficou de pé bem perto dele num único movimento fluido. Jack jogou uma nota de 10 e uma de 20 sobre a mesa e foi saindo.

– Sem recibo? – perguntou Kolabati com um sorriso malicioso. – Tenho certeza de que você pode tornar essa noite dedutível.
– Eu uso a forma simplificada.
Ela riu. Um som maravilhoso.

A caminho da saída de Peacock Alley, Jack estava sentindo a pressão morna da mão de Kolabati na parte interior de seu braço e em volta de seu bíceps, como também percebia a atenção que chamavam de todos os lados enquanto passavam.

Da Peacock Alley, no Waldorf, na Park Avenue, para o Beefsteak Charlie's, no West Side – um choque cultural. Mas Kolabati saiu de um lugar para o outro com a mesma facilidade com que passava de guarnição para guarnição no tumultuado bufê das saladas, onde a atenção que chamava era mais evidente do que no Waldorf. Ela parecia infinitamente adaptável, e Jack achava isso fascinante. Na verdade, achava tudo nela fascinante.

Ele começara a bisbilhotar seu passado no táxi, a caminho do restaurante, e ficou sabendo que ela e o irmão vinham de uma família muito rica da região de Bengala, que Kusum perdera o braço quando menino num desastre de trem que matou seus pais, e que depois disso foram criados pela avó que Jack conhecera na noite anterior. Isso explicava a devoção que tinha por ela. Kolabati estava lecionando em Washington, no curso de linguística da Universidade de Georgetown, e de vez em quando servia de consultora para a faculdade de Relações Exteriores.

Jack observou enquanto ela comia a pilha de camarões frios à sua frente. Os dedos eram delgados, os movimentos delicados mas precisos, e ela tirava as cascas, molhava a carne rosada no molho de coquetel ou no pequeno prato de molho russo que levara para a mesa e depois os enfiava na boca. Comia com um prazer que ele achava excitante. Era raro ultimamente encontrar uma mulher que apreciasse tanto uma grande refeição. Estava cheio daquelas conversas sobre calorias, quilos e cinturas. Contagem de calorias era durante a semana. Quando saía para comer com uma mulher, queria vê-la tendo prazer, tanto quanto ele. Tornou-se um vício compartilhado. Isso os unia no pecado de gostar de uma barriga cheia, nos deleites do paladar, do mastigar, do engolir e do beber. Tornaram-se parceiros no crime. Era bem erótico.

Terminaram a refeição.

Kolabati recostou-se na cadeira e olhou para ele. Entre os dois, os restos de várias saladas, dois ossos de carne, uma jarra vazia de sangria para ela, uma jarra vazia de cerveja para ele, e as cascas de pelo menos uma centena de camarões.

– Encontramos o inimigo – disse Jack – e ele está dentro de nós. Ainda bem que você não gosta de bife. Eles estavam meio duros.

– Oh, eu gosto de bife. Só que bife faz mal ao carma da gente. Enquanto falava, ela estendeu a mão por cima da mesa e segurou a dele. O contato era eletrizante – um choque percorreu literalmente seu braço. Jack engoliu em seco e tentou continuar a conversa. Não havia razão para ela perceber como o afetava.

– Carma. É uma palavra que se ouve dizer muito por aí. O que significa, realmente? É como o destino, não é?

As sobrancelhas de Kolabati se franziram.

– Não exatamente. Não é fácil explicar. Começa com a ideia da transmigração da alma, o que chamamos de *atman*, e como passa por várias encarnações ou vidas sucessivas.

– Reencarnação. – Jack tinha ouvido falar disso.

Kolabati virou a mão dele e começou a passar as unhas de leve na palma. Seu corpo ficou todo arrepiado.

– Certo – disse ela. – Carma é o fardo do bem ou do mal que sua *atman* carrega de uma vida para a outra. Não é destino, porque somos livres para determinar o quanto de bom e de ruim fazemos em cada uma de nossas vidas, mas, por outro lado, o peso do bem e do mal no nosso carma determina o tipo de vida que vamos levar – bem-nascido ou malnascido.

– E isso continua eternamente?

Ele desejava que o que ela estava fazendo na sua mão durasse para sempre.

– Não. Sua *atman* pode ser liberada da roda cármica quando atingir um estado de perfeição na vida. Isso é *moksha*. Liberta a *atman* de futuras encarnações. É o objetivo mais alto de todas as *atman*.

– E comer carne a afastaria do *moksha?* – Isso soava como bobagem.

Kolabati pareceu ler sua mente mais uma vez.

– Não é tão estranho. Judeus e muçulmanos têm uma proibição similar quanto à carne de porco. Para nós, é a carne de vaca que polui o carma.

– Polui.

– Essa é a palavra.

– Você se preocupa tanto assim com o seu carma?

– Não tanto quanto devia. Certamente não tanto quanto Kusum. – Os olhos dela se embaçaram. – Ele tornou-se obcecado com seu carma... com seu carma e com Kali.

Isso soou meio estranho para Jack.

– Kali? Não era ela que era adorada por um bando de estranguladores? – Mais uma vez, sua fonte de conhecimento era *Gunga Din*.

Os olhos de Kolabati clarearam e brilharam enquanto ela enfiava as unhas na palma da mão de Jack, transformando prazer em dor.

– Aquela não era Kali, e sim um avatar menor dela chamada Bhavani, que era adorada pelos tugues, criminosos de uma casta inferior! Kali é a deusa suprema!

– Opa! Desculpe.

Ela sorriu.

– Onde você mora?

– Perto daqui.

– Leve-me até lá.

Jack hesitou, pois segundo uma regra rígida e pessoal, nunca deixava que soubessem onde morava, a não ser que conhecesse a pessoa havia muito tempo. Mas ela estava acariciando a palma de sua mão outra vez.

– Agora?

– Agora.

– Está bem.

VI.

> Pois a morte é certa para os nascidos
> E certo é o nascimento para os mortos;
> Por isso sobre o inevitável
> Vós não deveis se lamentar.

Kusum ergueu a cabeça da leitura do *Bhagavad Gita*. Lá estava ele outra vez. Aquele som vindo de baixo. Chegava até ele acima do rugido surdo da cidade além do cais, a cidade que nunca dormia, acima dos ruídos noturnos do porto e do ranger e estalar do navio quando a maré acariciava seu casco de ferro e esticava os cabos que o prendiam. Kusum fechou o *Gita* e foi até a porta de sua cabine. Era cedo demais. A mãe não devia ter sentido o Aroma ainda.

Ele saiu e ficou no pequeno convés que circundava a superestrutura da popa. Os aposentos dos oficiais e da tripulação, a galé, a casa de navegação e a chaminé ficavam todos amontoados ali na popa. Olhou adiante, todo o comprimento do convés principal, uma superfície chata interrompida apenas pelas duas portinholas do compartimento de carga e os quatro guindastes saindo do pendural entre elas. *Seu* navio. Um bom navio, porém velho. Pequeno, como todos os cargueiros – 2.500 toneladas, 200 pés da proa à popa, 30 pés de largura no convés principal. Enferrujado e amassado, mas navegava muito bem. O registro era liberiano, naturalmente.

Kusum mandara trazer o navio havia seis meses. Sem carga, apenas uma barcaça de 60 pés rebocada a 90 metros a ré do navio, enquanto atravessava o Atlântico vindo de Londres. O cabo que prendia a barcaça se soltou na noite em que o navio entrou no porto de Nova York. Na manhã seguinte foi encontrada à deriva a 2 milhas da costa. Vazia. Kusum vendeu a barcaça para um ferro-velho. A alfândega americana inspecionou os dois compartimentos de carga vazios e deu permissão para o navio aportar. Kusum havia reservado um lugar na área abandonada do Cais 97 no West Side, onde quase não havia atividade portuária. Estava ancorado de proa para o tabique. Um embarcadouro todo podre flanqueava o navio a estibordo. A tripulação recebera o pagamento e fora liberada. Kusum era o único humano a bordo desde então.

Ouviu novamente o barulho de algo arranhando. Mais insistente. Kusum desceu. O som ficava mais alto à medida que se aproximava dos conveses inferiores. Do outro lado da casa de máquinas, chegou a uma escotilha estanque e parou.

A mãe queria sair. Tinha começado a arranhar a superfície interna da escotilha com suas garras e continuaria assim até ser libertada. Kusum ficou ali de pé, ouvindo durante um tempo. Conhecia bem aquele som: arranhões longos, afiados e irregulares num ritmo constante e insistente. Era o sinal de que captara o Aroma. Ela estava pronta para caçar.

Isso o intrigava. Era cedo demais. Os chocolates ainda não deviam ter chegado. Sabia exatamente quando haviam sido postos no correio em Londres – um telegrama tinha confirmado – e sabia que seriam entregues no dia seguinte ou depois.

Será que ela sentira o cheiro de uma daquelas garrafas especiais de vinho barato que dera para os bêbados no centro da cidade naqueles últimos seis meses? Os mendigos tinham se servido dele como provisão e alimento para a ninhada enquanto crescia. Ele duvidava que pudesse haver algum resto desse vinho – aqueles intocáveis em geral terminavam as garrafas horas depois de recebê-las.

Mas a mãe não se enganava. Tinha captado o Aroma e queria seguir o rastro. Embora ele planejasse continuar treinando os mais inteligentes como tripulação do navio – nos seis meses desde a chegada a Nova York eles haviam aprendido a manejar os cabos e a seguir ordens na sala de máquinas – a caça era prioridade. Kusum girou a roda que soltava as trancas e ficou por trás da escotilha quando ela se abriu. A mãe saiu, uma sombra humanoide de 2,5 metros, ágil e maciça na obscuridade. Um dos filhotes, meio metro mais baixo, mas quase tão firme, saiu atrás dela. Depois outro. De repente, ela voltou-se sibilando e cortou o ar com seus esporões a 1 centímetro dos olhos do segundo filhote. Ele voltou para dentro. Kusum fechou a escotilha e girou a roda. Kusum sentiu os olhos amarelos com brilho fraco da mãe passando sobre ele sem vê-lo quando ela se virou e, silenciosa e rapidamente, guiou sua cria adolescente degraus acima para a noite.

Era assim que tinha de ser. O *rakosh* tinha de aprender como seguir o Aroma, como encontrar a vítima escolhida e voltar com ela para o ninho, para todos compartilharem. A mãe os ensinava um a um. Era como sempre tinha sido. Era como tinha de ser.

O Aroma devia estar vindo dos chocolates. Não conseguia pensar em outra explicação. A ideia provocou-lhe um calafrio. Esta noite estaria um passo mais perto de completar o juramento. Depois podia voltar para a Índia.

Voltando para o convés superior, Kusum olhou mais uma vez para a extensão do navio, mas dessa vez viu acima e além a vista que se estendia diante dele. A noite maquiava esplendidamente aquela terra rica, vulgar, barulhenta e de mau gosto. Escondia as cicatrizes da área do cais, a sujeira acumulada sob a rodovia West Side, o lixo boiando no Hudson, os armazéns inexpressivos e o lixo humano que entrava e saía deles. Os níveis mais altos de Manhattan pairavam sobre tudo aquilo, ignorando tudo, exibindo um maravilhoso conjunto de luzes como lantejoulas em veludo negro.

Ele sempre fazia uma pausa para admirar aquela vista. Era tão diferente da sua Índia. A Mãe Índia bem que precisava das riquezas dessa terra. Seu povo faria bom uso delas. Certamente dariam mais valor do que esses pobres americanos, que eram tão ricos em coisas materiais e tão pobres em espírito, tão carentes de recursos íntimos. Seus cromados, seu deslumbramento, sua busca sem sentido pela "diversão" e "experiência" e "por eles mesmos". Só uma cultura como a deles podia construir uma maravilha arquitetônica como essa cidade e referir-se a ela como um enorme pedaço de fruta. Eles não mereciam essa terra. Eram como uma horda de crianças livres para fazerem o que quisessem no bazar de Calcutá.

A lembrança de Calcutá o fez desejar muito voltar para casa.

Aquela noite, e depois só mais uma.

Uma morte final depois daquela noite e estaria livre do seu juramento. Kusum voltou para a cabine a fim de ler seu *Gita*.

VII.

– Acho que fui *Kama Sutrado*.
– Não acho que seja um verbo.
– Acaba de virar um.

Jack estava deitado de costas, sentindo-se separado de seu corpo. Sentia-se dormente desde a raiz dos cabelos. Cada fibra de nervo e músculo estava apenas mantendo suas funções vitais.

– Acho que vou morrer.

Kolabati se mexeu ao lado dele, nua, a não ser pelo colar de ferro.

– Você morreu mesmo. Mas eu o ressuscitei.
– É assim que vocês chamam isso lá na Índia?

Haviam chegado ao apartamento dele após uma caminhada desde o Beefsteak Charlie's. Kolabati arregalou os olhos e vacilou um pouco quando entrou no apartamento de Jack. Era uma reação comum. Alguns diziam que era por causa do bricabraque e dos pôsteres de cinema nas paredes, outros diziam que era a mobília vitoriana com todos aqueles entalhes e os veios ondulados do carvalho dourado.

– A decoração – disse ela, encostando-se nele – é tão... interessante.

– Eu coleciono coisas... *coisas*. Quanto à mobília, a maioria das pessoas diz que é horrenda e têm razão. Todos esses entalhes e esse tipo de coisa está fora de moda. Mas eu gosto de móveis nos quais a gente vê que seres humanos tocaram em algum momento de sua construção, mesmo se tratando de seres humanos com gosto duvidoso.

Jack sentiu a pressão do corpo de Kolabati ao lado do seu. O cheiro que emanava dela era diferente de qualquer perfume. Não tinha nem certeza se era algum perfume. Parecia mais óleo perfumado. Ela olhou-o e ele a desejou. E pôde ver nos seus olhos que ela o desejava também.

Kolabati se afastou e começou a tirar o vestido.

No passado, Jack sempre se sentira no controle durante o sexo. Não era algo consciente, mas sempre determinava o ritmo e criava as posições. Naquela noite não. Com Kolabati era diferente. Fora tudo muito sutil, mas em pouco tempo cada um fazia seu papel. Ela era a mais faminta dos dois, a mais insistente. E embora mais jovem, parecia a mais experiente. Ela era a diretora, ele, um ator da peça.

E foi uma peça e tanto. Paixão e riso. Ela era hábil, mas não tinha nada de mecânico. Deleitava-se com as sensações, ria, às vezes até dava gargalhadas. Ela era uma deusa. Sabia onde tocá-lo, como tocá-lo, de um jeito que ele nunca experimentara, provocando sensações que nunca imaginara possíveis. E embora soubesse que a tinha levado ao orgasmo inúmeras vezes, ela era insaciável.

Ele a observava agora, a luz da minúscula luminária de vidro no canto do quarto criando um efeito suave de luz e sombra sobre a cor viva da sua pele. Seus seios eram perfeitos, mamilos do marrom mais escuro que já vira. Com os olhos ainda fechados, ela sorriu e se espreguiçou, um movimento lento e langoroso, encostando o púbis escuro e macio na coxa dele. A mão deslizou pelo peito de Jack e depois desceu pelo abdome até a virilha. Ele sentiu os músculos da barriga enrijecendo.

– Não é justo fazer isso com um homem que está morrendo.

– Enquanto há vida, há esperança.

– É assim que me agradece por ter encontrado o colar? – Esperava que não. Já tinha sido pago pelo colar.

Ela abriu os olhos.

– Sim... e não. Você é um homem único nesse mundo, Repairman Jack. Já viajei muito, conheci muita gente. Você se destaca dentre todos eles. Meu irmão já foi como você, mas ele mudou. Você está sozinho.

– No momento não.

Ela balançou a cabeça.

– Todos os homens honrados são sozinhos.

Honra. Essa era a segunda vez que ela falava de honra naquela noite. A primeira no Peacock Alley e agora ali, na sua cama. Era estranho uma mulher pensar em termos de honra. Esse devia ser território dos homens, mas hoje em dia a palavra não passava pelos lábios de membros de nenhum sexo. Mas, quando acontecia, era praticamente certo de se tratar de um homem. Machista, talvez, mas não conseguia lembrar de nenhuma exceção para refutar essa ideia.

– Um homem que mente, engana, rouba e às vezes pratica atos violentos contra outra pessoa, pode ser um homem honrado?

Kolabati olhou-o nos olhos.

– Pode, se mente para os mentirosos, se engana os que enganam, se rouba de ladrões e se limita a violência àqueles que são violentos.

– Você pensa assim?

– Eu vejo dessa forma.

Um homem honrado. Achou que soava bem. Gostava do sentido das palavras. Como Repairman Jack ele havia trilhado um caminho honrado sem ter decidido fazer isso conscientemente. Autonomia tinha sido o motivo principal – reduzir ao mínimo possível todas as pressões externas sobre sua vida. Mas honra... honra era uma pressão interna. Ele não tinha reconhecido o papel que ela teve todo o tempo, guiando seus passos.

A mão de Kolabati começou a mexer outra vez e os pensamentos sobre a honra afundaram nas ondas de prazer que o cobriam. Era bom ser tocado outra vez.

Havia levado uma vida de monge desde que Gia o deixara. Não que tivesse evitado sexo conscientemente – ele simplesmente deixara de pensar nele. Algumas semanas haviam se passado antes que percebesse o que estava acontecendo com ele. Tinha lido que isso era um sinal de depressão. Talvez. Fosse qual fosse a causa, aquela noite compensara qualquer período de abstinência, não importa o quanto tivesse sido longo.

A mão dela o acariciava suavemente, conseguindo reações do que ele pensava ser um corpo vazio. Estava rolando para o lado dela quando sentiu o primeiro sopro do cheiro.

Que droga é essa?

O cheiro era o de um pombo que tivesse entrado no ar-condicionado e posto um ovo podre. Ou morrido.

Kolabati ficou tensa a seu lado. Ele não sabia se ela sentira o cheiro também, ou se alguma coisa a assustara. Pensou tê-la ouvido dizer alguma coisa como *"Rakosh!"* num sussurro tenso. Ela rolou para cima dele e se agarrou como um marinheiro afundando se agarra a uma verga flutuando.

Uma aura de pânico envolveu Jack. Algo estava terrivelmente errado, mas não sabia o quê. Prestou atenção para ver se ouvia algum som estranho, mas tudo que havia era o ronronar do ar-condicionado em diversos tons, nos três cômodos. Estendeu a mão para pegar a .38 S&W Chief Special que mantinha debaixo do colchão, mas Kolabati segurou-o com mais força.

– Não se mexa – sussurrou ela, tão baixo que ele mal pôde ouvir. – Fique deitado debaixo de mim e não diga uma palavra.

Jack abriu a boca para falar, mas ela cobriu seus lábios com os dela. A pressão dos seios nus no seu peito, os quadris sobre os dele, o tinir do colar pendendo do pescoço dela sobre a garganta dele, as carícias das mãos – tudo ajudou a apagar o cheiro.

Mas ele sentia nela tal desespero que não conseguia relaxar com aquela situação. Seus olhos se abriram e ele olhava para a janela, para a porta, para o hall que ligava a sala de tevê com a sala escura e de novo para a janela. Não havia muita razão para isso, mas algo dentro dele esperava alguém ou alguma coisa – uma pessoa, um animal – entrando pela porta. Sabia que era impossível, pois a porta da frente estava trancada, as janelas ficavam à altura de três andares. Loucura. Mas a sensação persistia.

E persistia.

Ele não sabia quanto tempo ficou ali deitado, tenso e rijo sob Kolabati, louco pela sensação segura de uma pistola na palma da mão. Pareceu a metade da noite.

Nada aconteceu. Depois, o cheiro começou a arrefecer. E com isso também diminuiu a sensação da presença de alguém. Jack sentiu que começava a relaxar e, finalmente, começou a reagir com Kolabati.

Mas, de repente, Kolabati tinha planos diferentes. Ela pulou da cama e foi andando até a sala, à procura de suas roupas.

Jack foi atrás e a viu vestir a calcinha com movimentos rápidos, quase frenéticos.

– O que houve?

– Tenho de ir para casa.

– De volta para Washington? – Ele ficou assustado. Ainda não. Ela o intrigava tanto.

– Não. Para a casa do meu irmão. Estou hospedada lá.

– Não entendo. Foi alguma coisa que eu...

Kolabati inclinou-se e beijou-o.

– Nada que você fez. É algo que *ele* fez.

– E por que a pressa?

– Tenho de falar com ele imediatamente.

Ela enfiou o vestido pela cabeça e calçou os sapatos. Virou-se para sair, mas parou diante da porta.

– Como é que isso funciona?

Jack virou a maçaneta central que abria as quatro barras e abriu a porta para ela.

– Espere eu me vestir e arranjo um táxi para você.

– Não tenho tempo. E posso acenar o braço como qualquer pessoa.

– Você voltará? – A resposta era muito importante para ele no momento. Não sabia o motivo. Mal a conhecia.

– Volto, se puder.

Kolabati estava com o olhar perturbado. Por um instante ele pensou ter visto o medo nele.

– Espero que sim, espero mesmo.

Ela beijou-o outra vez, saiu e desceu as escadas.

Jack fechou a porta, trancou-a e encostou-se nela. Se não estivesse tão exausto com a falta de sono e as exigências extenuantes de Kolabati naquela noite, tentaria descobrir o sentido dos eventos que presenciara.

Foi para a cama. Desta vez para dormir.

Mas, embora tentasse, o sono não vinha. A lembrança daquele cheiro, o comportamento estranho de Kolabati... não podia explicá-los. Mas não era o que havia acontecido naquela noite que o preocupava, e sim a sensação que o atormentava e inquietava. De que algo terrível *quase* acontecera.

VIII.

Kusum acordou, imediatamente alerta. Um som o fizera despertar. Seu *Gita* caiu do seu colo no chão quando ele se levantou e foi até a porta da cabine. Provavelmente eram a mãe e o filhote voltando, mas não faria mal se certificar. Nunca se sabe que tipo de escória pode estar espreitando no cais do porto. Não ligava para quem entrasse no navio na sua ausência – teria de ser um ladrão ou vândalo muito determinado, porque Kusum sempre mantinha a prancha de embarque levantada. Um sinal silencioso fazia com que baixasse. Mas qualquer pessoa de casta inferior que escalasse os cabos e entrasse no navio encontraria pouca coisa de valor na superestrutura. E se se aventurasse pelos conveses inferiores e o compartimento de carga... isso significaria menos um dos intocáveis perambulando pelas ruas.

Mas quando Kusum estava a bordo – e ia passar mais tempo ali do que queria, pois Kolabati estava na cidade – gostava de ser cuidadoso. Não queria nenhuma surpresa desagradável.

A chegada de Kolabati fora uma surpresa. Achava que ela estava sã e salva em Washington. Ela já lhe causara uma enorme quantidade de problemas naquela semana e sem dúvida causaria mais. Ela o conhecia bem demais. Teria de evitá-la sempre que pudesse. E ela não devia saber do seu navio ou de sua carga.

Ouviu o som outra vez e viu duas formas escuras com contornos conhecidos dando passos longos no convés. Deviam estar carregando sua presa, mas não estavam. Alarmado, Kusum correu para o convés. Tocou o colar para ter certeza de que o estava usando, parou num canto e observou os *rakoshi* enquanto passavam por ele.

O filhote chegou primeiro, empurrado pela mãe que vinha logo atrás. Ambos pareciam agitados. Se ao menos pudessem falar! Tinha conseguido ensinar algumas palavras aos pequenos, mas era apenas imitação, não fala. Nunca sentira tanta necessidade de se comunicar com os *rakoshi* como naquela noite. Mas sabia que era impossível. Eles não eram burros; podiam aprender tarefas simples e seguir ordens simples – ele não os estava treinando para serem os tripulantes do navio? – mas suas mentes não operavam num nível que permitisse comunicação inteligente.

O que havia acontecido? A mãe nunca falhara antes. Quando ela sentia o Aroma, invariavelmente trazia a vítima. Esta noite ela falhara. Por quê?

Seria possível ter havido algum erro? Talvez os chocolates não tivessem chegado. Mas então como é que a mãe captou o Aroma? Ninguém além de Kusum controlava a origem do Aroma. Nada daquilo fazia sentido.

Ele desceu os degraus para os conveses inferiores. Os dois *rakoshi* esperavam ali, a mãe deprimida por saber que falhara, o filhote inquieto, andando para lá e para cá. Kusum passou rapidamente por eles. A mãe levantou a cabeça, sentindo vagamente sua presença, mas o filhote só sibilou e continuou a andar, sem se dar conta de que havia alguém ali. Kusum girou a roda na porta e a abriu. O filhote tentou recuar. Não gostava de entrar no navio de ferro e se rebelava ao ter de voltar para o compartimento. Kusum observava pacientemente. Todos faziam isso depois da primeira saída para a cidade. Queriam ficar ao ar livre, longe do compartimento de ferro que os tornava fracos, queriam ir para fora, em meio às multidões, onde podiam escolher alimento à vontade do gordo gado humano.

A mãe não tinha paciência para esse tipo de coisa. Ela deu um empurrão tão bruto no filhote que ele foi lançado aos tropeções nos braços dos irmãos que esperavam lá dentro. Então, ela entrou.

Kusum fechou a porta, trancou-a e deu um soco nela. Será que isso nunca acabaria? Pensara que estaria mais perto de cumprir o juramento aquela noite. Algo tinha dado errado. Isso o preocupava quase tanto quanto o enfurecia. Seria alguma nova variante ou culpa dos *rakoshi*?

Por que não havia vítima?

Uma coisa era certa: teria de haver castigo. Sempre fora assim. Seria assim aquela noite.

IX.

Oh, Kusum! O que foi que você fez?

As entranhas de Kolabati se contorciam de terror quando se encolheu no banco traseiro do táxi. A corrida foi curta – direto pelo Central Park até um prédio imponente de pedra branca na Quinta Avenida.

O porteiro da noite não conhecia Kolabati e a fez parar. Ele era velho, o rosto um mar de rugas. Kolabati detestava gente velha. Achava a ideia de envelhecer revoltante. O porteiro a interrogou até que ela mostrou sua chave e a carteira de motorista de Maryland, confirmando que tinha o mesmo sobrenome de Kusum. Ela correu pelo hall de mármore, passando pelo sofá moderno de encosto baixo e pelas poltronas e as pinturas abstratas pouco inspiradas na parede, até o elevador. Estava parado, de porta aberta. Ela apertou o número nove, último andar, e esperou impaciente que a porta se fechasse e o elevador começasse a subir.

Kolabati se encostou na parede do elevador e fechou os olhos. Aquele cheiro! Pensara que seu coração ia parar quando sentiu aquele odor no apartamento de Jack. Pensara que o havia deixado pra trás para sempre, na Índia.

Um rakosh!

Um deles havia estado do lado de fora do apartamento de Jack menos de uma hora antes. Sua mente negava a ideia, mas não havia dúvida. Tão certo quanto a noite é escura, tão certo quanto os anos que ela vivera, um *rakosh*! A certeza era nauseante, a enfraquecia por dentro e por fora. E a parte mais aterradora de todas: o único homem que podia ser responsável – o único homem do mundo – era seu irmão.

Mas por que o apartamento de Jack? E como? Pela Deusa Negra, *como?*

O elevador parou suavemente, as portas se abriram e Kolabati foi direto para a porta com o número 9B. Hesitou antes de enfiar a chave. Não ia ser fácil. Ela amava Kusum, mas não podia negar que ele a intimidava. Não fisicamente – pois ele nunca levantaria a mão para ela

– mas moralmente. Não tinha sido sempre assim, mas ultimamente sua honestidade se tornara impenetrável.

Mas dessa vez não, disse para si mesma. *Dessa vez ele está errado.* Girou a chave e entrou.

O apartamento estava às escuras e silencioso. Ela acendeu a luz e iluminou uma enorme sala de estar com teto rebaixado, decorado por um profissional. Tinha adivinhado isso na primeira vez em que entrou ali. Não havia nenhum toque de Kusum na decoração. Ele não se preocupara em personalizá-la, o que significava que não pretendia ficar ali por muito tempo.

– Kusum?

Ela desceu os dois degraus para a parte atapetada e foi até a porta fechada que dava para o quarto do irmão. Lá dentro estava escuro e vazio.

Voltou para a sala e chamou, desta vez mais alto:

– Kusum!

Nenhuma resposta.

Ele tinha de estar ali! Ela precisava encontrá-lo! Era a única que podia fazê-lo parar!

Ela passou pela porta do quarto que ele havia cedido para ela e olhou pela janela que dava para o Central Park. A maior parte do parque estava escura, cortada a intervalos regulares por ruas iluminadas como serpentes luminosas ondulando da Quinta Avenida até a Central Park West.

Onde está você, meu irmão, o que está fazendo? Que coisa horrorosa você trouxe de volta à vida?

X.

Os dois lampiões a gás, um de cada lado dele, estavam acesos, com a barulhenta chama azul para cima. Kusum fez um último ajuste na entrada de ar de cada um – queria mantê-los ruidosos, mas não desejava que estourassem. Quando ficou satisfeito com as chamas, soltou o colar e deixou-o sobre o botijão de gás atrás da plataforma quadrada. Tinha trocado a roupa comum pelo *dhoti* cerimonial vermelho-sangue, enrolando a vestimenta, como um sarongue inteiriço, da forma tradicional *Maharatta*, com a ponta esquerda presa entre as pernas e o restante compactado sobre o quadril direito, deixando as pernas à mostra. Pegou o relho enrolado e apertou o botão DESCER com o dedo médio.

O elevador – uma plataforma aberta com o assoalho feito de tábuas de madeira – balançou, depois começou a lenta descida no canto da popa da parede de estibordo do compartimento principal. Estava escuro lá embaixo. Não escuridão total, porque ele mantinha as luzes de emergência acesas o tempo todo, mas ficavam tão espalhadas e eram tão fracas que a iluminação era, na melhor das hipóteses, inexistente.

Quando o elevador chegou à metade da descida ouviu-se um som de arrastar de pés lá embaixo quando os *rakoshi* saíram da base do elevador, com medo do fogo que descia nele. Ao chegar perto do chão do compartimento, a luz dos lampiões se espalhou pelos ocupantes e pequenos pontos brilhantes começaram a refletir o clarão – poucos no início, depois mais e mais, até que mais de cem olhos amarelos brilhavam no escuro.

Um murmúrio cresceu entre os *rakoshi* e transformou-se num cântico sussurrado, baixo, rouco, gutural, uma das poucas palavras que conseguiam pronunciar:

– *Kaka-jiiiii! Kaka-jiiii!*

Kusum desenrolou o chicote e o fez estalar. O som ecoou como um tiro pelo compartimento. O cântico parou de repente. Eles sabiam que Kusum estava zangado; ficaram em silêncio. Quando a plataforma e as labaredas crepitantes chegaram mais perto ainda do chão, eles se afastaram. De tudo na terra e no céu, fogo era a única coisa que temiam – fogo e seu *Kaka-ji*.

Fez o elevador parar a pouco mais de 1 metro do chão, criando uma plataforma elevada de onde se dirigiria aos *rakoshi* agrupados em semicírculo logo além do alcance do lampião. Quase não dava para vê-los, a não ser pela silhueta ocasional de uma cabeça arredondada ou de um ombro volumoso. E os olhos. Todos os olhos estavam voltado para Kusum.

Começou a falar com eles no dialeto de Bengala, sabendo que entendiam pouco ou nada do que dizia, mas confiante de que entenderiam o sentido. Embora não estivesse zangado diretamente com eles, encheu a voz de ódio, pois isso fazia parte do que viria a seguir. Não entendia o que tinha saído errado naquela noite e sabia, pela confusão da mãe quando voltou, que ela também não entendia. Alguma coisa fizera com que ela perdesse o Aroma. Algo extraordinário. Ela era uma caçadora eficiente, e ele tinha certeza de que o que quer que tivesse acontecido estava fora do seu controle. Mas isso não importava. Um ritual devia ser seguido. Era tradição.

Disse aos *rakoshi* que não haveria cerimônia naquela noite, não haveria divisão de carne, porque os encarregados de levar o sacrifício tinham falhado. No lugar da cerimônia haveria castigo.

Ele diminuiu a entrada de gás dos lampiões, reduzindo o semicírculo de luz, aumentando a escuridão – e fazendo com que os *rakoshi* se aproximassem.

Então ele chamou a mãe. Ela sabia o que devia fazer.

Na escuridão à frente, ouviu um arrastar de pés e a mãe apareceu com o filhote que a acompanhara naquela noite. Ele se aproximou taciturno, de má vontade, mas foi até lá. Porque sabia que devia. Era a tradição.

Kusum deu um passo para trás e diminuiu ainda mais o gás dos lampiões. Os *rakoshi* mais jovens receavam ainda mais o fogo e seria bobagem provocar pânico. Disciplina era crucial. Se perdesse o controle sobre eles, mesmo por um instante, podiam se virar contra ele e reduzi-lo a pedaços. Não devia haver nenhum caso de desobediência – tal ato nem devia ser cogitado. Mas, para dobrá-los à sua vontade, não podia pressioná-los demais contra seus instintos.

Ele mal podia ver a criatura inclinada para a frente, numa postura de humilde submissão. Kusum gesticulou com o chicote e a mãe virou o filhote, que ficou de costas para ele. Ergueu o relho e usou-o, uma, duas, três vezes e mais, pondo todo o peso do corpo no movimento, de forma que cada lambada terminava com o estalar carnudo de couro cru trançado sobre carne fria como cobalto.

Sabia que o jovem *rakosh* não sentia dor com as chicotadas, mas não era isso que importava. Seu propósito não era provocar dor e sim assegurar sua posição de dominância. O chicote era um ato simbólico, assim como a submissão do *rakosh* era uma reafirmação de sua lealdade e subserviência à vontade de Kusum, o *Kaka-ji*. O relho formava uma ligação entre eles. Os dois tiravam sua força dele. A cada lambada, Kusum sentia o poder de Kali crescer dentro de si. Podia quase se imaginar com dois braços outra vez.

Depois de dez chicotadas, parou. O *rakosh* olhou em volta, viu que havia acabado e se misturou ao grupo outra vez. Só a mãe ficou. Kusum estalou o chicote no ar. *Sim*, parecia dizer. *Você, também.*

A mãe se adiantou, olhou para Kusum demoradamente, depois virou-se e apresentou as costas para ele. Os olhos dos jovens *rakoshi* ficaram mais brilhantes à medida que se tornavam mais agitados, arrastando os pés e as garras.

Kusum hesitou. Os *rakoshi* eram devotados à mãe. Passavam dia após dia na sua presença. Ela os guiava, organizava suas vidas. Eles morreriam por ela. Chicoteá-la era uma proposta perigosa. Mas tinha de estabelecer uma hierarquia, e preservá-la. Como os *rakoshi* eram dedicados à mãe, a mãe também era dedicada a Kusum. E, para reafirmar a hierarquia, ela se submeteria ao relho. Pois ela era seu tenente entre os filhotes e responsável por qualquer fracasso em satisfazer os desejos do *Kaka-ji*.

Mas apesar da devoção, apesar de saber que ela morreria por ele de boa vontade, apesar do vínculo indescritível que os unia – ele começara o ninho com ela, cuidando dela, criando-a numa incubadora escondida – Kusum desconfiava da mãe. Afinal de contas, ela era um *rakosh* – a própria violência encarnada. Discipliná-la era como fazer acrobacias com recipientes de explosivos. Um lapso na concentração, um movimento em falso...

Enchendo-se de coragem, Kusum fez o chicote voar, batendo com a ponta no chão uma vez, longe de onde a mãe estava, e depois não ergueu mais o chicote. O compartimento ficou em silêncio após aquela primeira chicotada. Todos se aquietaram. A mãe ainda ficou esperando e, quando não houve chicotada, virou-se para o elevador.

Kusum já enrolara o relho, um truque difícil para um homem com um braço só, mas havia muito ele determinara que era possível fazer quase tudo com apenas uma das mãos. Segurou o chicote longe de seu corpo e deixou-o cair no chão do elevador.

A mãe fitou-o com olhos brilhantes, as pupilas rasgadas se dilatando em adoração. Não tinha sido chicoteada, uma proclamação pública do respeito e carinho do *Kaka-ji* por ela. Kusum sabia que aquele era um momento de orgulho para ela, que aumentaria ainda mais sua importância aos olhos dos mais jovens. Ele tinha planejado assim.

Apertou o botão SUBIR e aumentou os lampiões ao máximo enquanto subia. Estava satisfeito. Mais uma vez afirmara sua posição como mestre absoluto do ninho. A mãe estava sob seu controle como nunca. E, controlando a mãe, controlava seus filhotes.

O amontoado de olhos brilhantes o observava lá de baixo, sem desviar dele até que chegasse ao topo do compartimento. Assim que ficaram fora de vista, Kusum pegou o colar e prendeu-o ao pescoço.

4

Bengala Ocidental, Índia
Sexta-feira, 24 de julho de 1857

Jaggernath, o *svamin,* e sua tropa de mulas deviam aparecer a qualquer minuto.

A tensão se enroscava como uma cobra em volta do capitão Westphalen. Se não conseguisse arranjar o equivalente a 50 mil libras esterlinas nessa pequena aventura, talvez tivesse de reconsiderar sua volta definitiva para a Inglaterra. Só desgraça e pobreza o esperariam.

Ele e seus homens amontoavam-se atrás de uma colina gramada, a umas 2 milhas a noroeste de Bharangpur. A chuva parara ao meio-dia, porém mais chuva estava a caminho. A monção de verão estava sobre Bengala, trazendo o equivalente a um ano inteiro de chuva no espaço de apenas alguns meses. Westphalen olhava aquela expansão ondulante de verde, que era terra inútil e árida um mês antes. Uma terra imprevisível, essa Índia.

Enquanto esperava ao lado do seu cavalo, Westphalen reviu mentalmente as últimas quatro semanas. Não tinha ficado à toa. Muito pelo contrário. Dedicara uma parte de cada dia a crivar cada inglês em Bharangpur de perguntas sobre a religião hindu em geral e o Templo nas Colinas em particular. E quando esgotou as fontes de seus compatriotas, voltou-se para os hindus que falavam inglês decentemente. Eles lhe contaram mais do que desejava saber sobre o hinduísmo, e quase nada sobre o templo.

Aprendeu muito sobre Kali. Era muito popular em Bengala – até o nome da maior cidade da região, Calcutá, era uma forma inglesada de Kalighata, e um enorme templo fora construído para ela naquele lugar. A Deusa Negra. Não era uma divindade bondosa. Era chamada de Mãe Noite, devorava tudo, matava tudo, até Shiva, seu consorte, que aparecia morto a seus pés em muitas das imagens que Westphalen vira. Sacrifícios de sangue, geralmente bodes e pássaros, eram oferecidos regularmente a Kali em seus muitos templos, mas havia boatos sobre outros sacrifícios... sacrifícios humanos.

Ninguém em Bharangpur jamais vira o Templo nas Colinas, nem conhecia quem tinha visto. Mas ele descobrira que, de vez em quando, um caçador de curiosidades ou um peregrino se aventurava pelas montanhas para encontrar o templo. Alguns seguiam Jaggernath a uma distância discreta, outros procuravam seu próprio caminho. Os poucos que voltavam diziam que a busca tinha sido infrutífera, contando histórias de seres sombrios perambulando pelas montanhas à noite, na escuridão em volta da fogueira, uma presença indiscutível, observando. Quanto ao que acontecera com os outros, achavam que os peregrinos sinceros eram aceitos no templo e que os aventureiros e os simples curiosos viravam ração para os *rakoshi* que guardavam o templo e seus tesouros. Um *rakosh*, – assegurou um coronel que iniciava sua terceira década na Índia – era um tipo de demônio comedor de carne, o equivalente local do bicho-papão inglês que costumava assustar crianças.

Westphalen não tinha dúvida de que o templo era vigiado, mas por sentinelas humanas, não por demônios. Guardas não o deteriam. Ele não era um viajante solitário perambulando sem destino pelas montanhas – era um oficial britânico liderando seis lanceiros armados com o novo rifle Enfield.

Ao lado da sua montaria, Westphalen passou o dedo pelo seu Enfield. Aquela estrutura simples de madeira e aço tinha sido o elemento deflagrador da rebelião dos sipaios.

Tudo por causa de um cartucho apertado.

Absurdo, mas verdade. O cartucho do Enfield, como todos os outros cartuchos, vinha embrulhado em papel envernizado que devia ser rasgado com os dentes para ser usado. Mas, ao contrário do rifle mais pesado "Brown Bess", que os sipaios usavam havia quarenta anos, o cartucho do Enfield tinha de ser engraxado para encaixar no cano. Não houve problema até começarem a circular rumores de que a graxa era uma mistura de gordura de porco e de boi. As tropas muçulmanas não mordiam nada que pudesse ser porco e os hindus não se poluíam com gordura de vaca. A tensão entre os oficiais britânicos e suas tropas de sipaios estava crescendo havia meses, culminando no dia 10 de maio, havia apenas 11 semanas, quando os sipaios se amotinaram em Meerut, perpetrando atrocidades contra a população branca. O motim se espalhou como fogo no mato pela maior parte do norte da Índia e o *raj* nunca mais foi o mesmo.

Westphalen odiara o Enfield por tê-lo ameaçado durante o que deveria ser uma viagem pelo dever, pacífica e segura. Agora o acariciava quase com paixão. Se não fosse a rebelião, ele poderia ainda estar longe, no sudeste, no forte William, sem saber do Templo nas Colinas e a promessa de salvação que este significava para ele e para a honra do nome Westphalen.

– Eu o localizei, senhor. – Quem falava era um praça chamado Watts.

Westphalen chegou até onde Watts estava deitado na pequena elevação e pegou o binóculo com ele. Depois de focalizar outra vez, por causa de sua miopia, ele divisou o homenzinho atarracado e suas mulas viajando para o norte com rapidez.

– Esperaremos até que ele esteja bem embrenhado nas montanhas. Então o seguimos. Fiquem escondidos enquanto isso.

Com a terra amolecida pelas chuvas da monção, não teriam problema para seguir Jaggernath e suas mulas. Westphalen queria o elemento surpresa do seu lado quando entrasse no templo, mas não era uma necessidade absoluta. De uma forma ou de outra, ele encontraria o Templo nas Colinas. Algumas histórias diziam que era feito de puro ouro. Westphalen não acreditou nisso nem por um instante – ouro não servia para construções. Outras histórias diziam que o templo abrigava urnas cheias de pedras preciosas. Westphalen acharia graça disso também se não tivesse visto o rubi que Jaggernath dera a MacDougal no mês anterior, simplesmente para que ele não pusesse as mãos nos mantimentos que carregavam suas mulas.

Se o templo abrigava alguma coisa de valor, Westphalen tinha a intenção de descobrir... e de tornar tudo ou parte sua propriedade.

Olhou ao redor, para os homens que levava com ele: Tooke, Watts, Russell, Hunter, Lang e Malleson. Tinha pesquisado cuidadosamente seus arquivos, à procura de indivíduos com a exata combinação de qualidades de que precisava. Detestava ter de se aliar tão intimamente com gente daquele tipo. Eles eram piores do que gente comum. Eram os homens mais duros que pôde encontrar, os párias de guarnição de Bharangpur, os soldados que mais bebiam, os menos escrupulosos sob seu comando.

Começara a fazer observações ao tenente sobre rumores de um acampamento rebelde nas montanhas havia duas semanas. Nos últimos dias passara a se referir a relatórios não especificados da espionagem, confirmando os rumores, dizendo que era provável que os sipaios amotinados estivessem recebendo assistência de uma ordem religiosa nas montanhas. E na véspera começara a escolher homens para acompanhá-lo numa "missão rápida de reconhecimento". O tenente havia insistido em liderar a patrulha, mas Westphalen não permitira.

Durante todo o tempo, Westphalen reclamava sem parar por estar tão longe da batalha, por deixar toda a glória de conter a revolta para os outros, enquanto ficava preso no norte de Bengala lutando com bobagens administrativas. A encenação funcionou. Agora era opinião geral entre os oficiais e os subalternos da guarnição de Bharangpur que o capitão Sir Albert Westphalen não ia permitir que um posto distante das frentes de batalha impedisse que ele merecesse uma ou duas condecorações. Talvez até estivesse de olho na nova Cruz da Rainha Vitória.

Ele também decidira que não queria tropas de apoio. Aquele seria um grupo de reconhecimento sem animais de carga, sem *bhistis* – cada patrulheiro carregaria sua própria comida e sua própria água.

Westphalen voltou e postou-se ao lado do cavalo outra vez. Rezava fervorosamente para que seu plano desse certo e jurou por Deus que, se as coisas se resolvessem como esperava, nunca mais pegaria numa carta ou num dado, enquanto vivesse.

Seu plano *tinha* de funcionar. Se não, a grande mansão que sua família chamava de lar desde o século XI seria vendida para pagar sua dívida de jogo. Seus desperdícios seriam revelados aos seus pares, sua reputação reduzida a de um esbanjador, o nome Westphalen arrastado na lama... plebeus pulando no seu lar ancestral... Era melhor ficar ali no lado errado do mundo do que enfrentar uma desgraça daquela magnitude.

Ele subiu a colina mais uma vez e pegou o binóculo de Watts. Jaggernath estava quase nas montanhas. Westphalen resolveu dar-lhe meia hora de vantagem. Eram 16h15. Apesar do céu nublado e da hora, ainda havia bastante luz.

Às 16h35, Westphalen não aguentava mais esperar. Os últimos vinte minutos tinham se arrastado com lentidão sádica. Ordenou que os homens montassem e liderou-os atrás de Jaggernath a passos lentos.

Como esperava, a trilha era fácil de seguir. Não havia tráfego para as montanhas e o solo úmido exibia a prova indiscutível da passagem de seis mulas. A trilha seguia um circuito sinuoso, por dentro e pelos lados das pedras ásperas marrom-amareladas, típicas das montanhas na região. Westphalen se continha com dificuldade, resistindo ao ímpeto de esporear sua montaria. *Paciência...* Paciência tinha de ser a ordem do dia. Quando começou a temer que estivessem chegando muito perto do hindu, mandou que seus homens desmontassem e seguissem a pé.

E a trilha seguia, seguia, sempre para cima. A grama desapareceu, deixando apenas pedra nua em todas as direções; não viam outros viajantes, casas, cabanas, nenhum sinal de habitação humana. Westphalen achava incrível a resistência do velho fora de vista à frente. Agora sabia por que ninguém em Bharangpur tinha sido capaz de dizer-lhe como chegar ao templo: o caminho era um sulco profundo e pedregoso, as paredes chegavam às vezes a 4 metros ou mais sobre sua cabeça, dos dois lados, tão estreito que tinha de guiar seus homens em fila indiana, tão tortuoso e sombrio, com tantas ramificações para todos os lados, que mesmo com um mapa duvidava ser capaz de se manter no rumo.

A luz arrefecia quando viu o muro. Conduzia seu cavalo por uma das curvas fechadas do caminho, imaginando como seguiriam a trilha à noite, quando olhou para cima e viu que a passagem se abria de repente em um pequeno desfiladeiro. Imediatamente deu um pulo para trás e fez sinal para que seus homens parassem. Entregou as rédeas a Watts e espiou pela beirada de uma pedra.

O muro ficava a uns 180 metros, de um lado ao outro do desfiladeiro. Parecia ter uns 3 metros de altura, feito de pedras negras, com um único portão no centro. O portão estava aberto naquela noite.

– Deixaram a porta aberta para nós, senhor – disse Tooke ao seu lado, adiantando-se para dar uma olhada.

Westphalen virou-se depressa e encarou-o:

– Volte para trás com os outros!

– Não vamos entrar?

– Quando eu ordenar, não antes!

Westphalen ficou olhando o soldado voltar contrafeito ao seu lugar.

Apenas algumas horas longe da guarnição e a disciplina já dava sinais de estar enfraquecendo. Era de se esperar, com tipos assim. Todos tinham ouvido as histórias sobre o Templo nas Colinas. Não se podia estar no acampamento de Bharangpur mais de uma semana sem ouvi-las. Westphalen tinha certeza de que não havia um único homem entre eles que não usara a esperança de se apoderar de algo valioso do templo para impulsioná-lo a seguir a trilha pelas montanhas; agora haviam chegado ao objetivo e queriam saber se as histórias eram verdadeiras. O saqueador dentro deles estava subindo para a superfície como algo podre do fundo de um lago. Ele quase podia sentir o fedor de sua ganância.

E o que dizer de mim?, Westphalen pensou amargamente. *Será que cheiro mal como eles?*

Ele olhou outra vez para o desfiladeiro. Por trás do muro, aparecendo por cima dele, havia a forma obscura do templo. Os detalhes se perdiam nas sombras; tudo que pôde distinguir foi uma forma arredondada com uma agulha no topo.

Enquanto espiava, a porta do muro se fechou com um estrondo que ecoou pelas paredes de pedra da montanha, assustando os cavalos e fazendo seu coração disparar.

De repente estava escuro. Por que a Índia não podia ter o crepúsculo demorado como na Inglaterra? A noite caía feito uma cortina ali.

O que fazer agora? Ele não havia planejado levar tanto tempo para chegar ao templo, não planejara a escuridão e um desfiladeiro murado. Mas por que hesitar? Sabia que não havia rebeldes no templo – isso era uma história que inventara. Provavelmente apenas alguns religiosos hindus. Por que não escalar o muro e acabar logo com aquilo?

Não... ele não queria fazer isso. Não encontrava nenhuma razão racional para hesitar, mas algo dentro de si dizia para esperar o sol.

– Esperaremos até de manhã.

Os homens se entreolharam, resmungando. Westphalen pensou num jeito de mantê-los sob controle. Não atirava nem manejava uma lança tão bem quanto eles, e estava no comando da guarnição havia menos de dois meses, nem de longe tempo suficiente para merecer a confiança deles como oficial. Seu único recurso era mostrar-se superior em julgamento. E isso não seria problema. Afinal, eles eram apenas plebeus.

Resolveu destacar o resmungão mais eloquente.

– O senhor percebe algum erro na minha decisão, Sr. Tooke? Se é isso, por favor, fale livremente. Essa não é hora para formalidades.

– Com o seu perdão, senhor – disse o homem, com uma saudação e polidez exageradas –, mas pensamos que iríamos invadir agora. Falta muito para o amanhecer e estamos ansiosos para começar a luta. Estou certo, homens?

Murmúrios de aprovação.

Westphalen levou todo o tempo do mundo para sentar-se numa pedra antes de falar. *Espero que isso funcione.*

– Muito bem, Sr. Tooke – disse ele, disfarçando a tensão crescente na voz. – O senhor tem minha permissão para liderar um ataque imediato ao templo. – Quando os homens começaram a pegar os rifles, Westphalen continuou: – É claro que o senhor sabe que os rebeldes sipaios estão escondidos lá dentro há semanas, e conhecem muito bem o templo e sua planta. Os que nunca estiveram do outro lado desse muro vão se perder no escuro.

Ele viu os homens pararem e se entreolharem. Westphalen soltou um suspiro de alívio. Agora, se conseguisse desfechar o *coup de grâce*, reassumiria o comando.

– Ataque, Sr. Tooke.

Após uma longa pausa, Tooke disse:

– Acho que vamos esperar amanhecer, senhor.

Westphalen bateu com as mãos nas coxas e levantou-se.

– Ótimo! Com o fator surpresa e a luz do dia ao nosso lado, vamos derrotar os sipaios com um mínimo de esforço. Se tudo correr bem, estarão de volta ao acampamento a essa hora, amanhã.

Se tudo correr bem, pensou, *vocês não verão o amanhã.*

5

Manhattan
Sábado, 4 de agosto

I.

Gia ficou parada perto da porta dos fundos e deixou o ar-condicionado da casa resfriar e secar a camada fina de suor que cobria sua pele. Cachos louros, curtos e brilhantes grudavam na sua nuca. Usava uma camiseta e short de ginástica, mas até isso era demais. A temperatura já estava passando dos 27 graus e ainda eram 9h30.

Ela estivera nos fundos, ajudando Vicky a colocar cortinas na casinha de boneca. Mesmo com telas nas janelas e a brisa do East River, lá dentro era como um forno. Vicky não parecia notar, mas Gia tinha certeza de que desmaiaria se ficasse mais um minuto enfiada lá dentro.

Nove e meia. Já devia ser meio-dia. Ela estava ficando lentamente maluca ali na Sutton Square. Era bom ter uma empregada fixa para atender a todas as suas necessidades, era bom ter as refeições preparadas para ela, a cama feita, ar-condicionado central... mas era *tão* estranho. Estava fora de sua rotina e era quase impossível conseguir trabalhar. Precisava do trabalho para evitar que as horas se arrastassem tanto.

Tinha de sair dali!

A campainha da porta tocou.

– Eu atendo, Eunice! – gritou ela, indo para a porta.

Uma quebra na rotina. Um visitante. Estava contente até que percebeu com uma pontada de apreensão que podia ser alguém da polícia com más notícias sobre Grace. Olhou pelo olho mágico antes de abrir a porta.

Era o carteiro. Gia abriu a porta e recebeu uma caixa retangular, que pesava mais ou menos meio quilo.

– Remessa especial – disse ele, avaliando-a da cabeça aos pés antes de voltar para o seu caminhão.

Gia ignorou-o.

A caixa – poderia ser de Grace? Verificou e viu que tinha sido enviada da Inglaterra. O endereço do remetente era algum lugar em Londres chamado "A Obsessão Divina".

– Nellie! Um pacote para você!

Nellie já estava na metade das escadas.

– É alguma notícia de Grace?

– Acho que não. A não ser que ela tenha voltado para a Inglaterra.

Nellie franziu o cenho ao ver o embrulho e disse ofegante:

– Oh! Magia Negra!

Gia chegou perto para ver o que tinha dentro. Viu uma caixa preta retangular de papelão com a beirada dourada e uma rosa vermelha pintada na tampa. Era um pacote de bombons sortidos de chocolate ao leite.

– São meus favoritos! Quem poderia ter...?

– Há um cartão preso no canto.

Nellie arrancou-o e abriu.

– "Não se preocupe" – ela leu. – "Não me esqueci de você." Assinado: "Seu sobrinho favorito, Richard!"

Gia ficou espantada.

– Richard?

– É! E que gentileza daquele menino querido se lembrar de mim! Oh, ele sabe que Magia Negra sempre foi meu preferido. Que presente atencioso!

– Posso ver o cartão, por favor?

Nellie entregou-o sem olhar para ele outra vez. Estava tirando o resto do papel de embrulho e abrindo a tampa. O cheiro forte de chocolate se espalhou pelo hall. Enquanto a tia inalava profundamente, Gia estudou o cartão, a raiva crescendo.

Estava escrito com uma letra feminina e mimosa, com bolinhas em cima dos "is" e voltinhas por toda parte. Definitivamente, não eram os garranchos do seu ex-marido. Ele provavelmente ligara para a loja, dera-lhes o endereço, dissera o que deviam escrever no cartão, depois passara por lá para pagar. Ou, melhor ainda, mandara sua mais nova namorada com o dinheiro. É, isso seria mais ao estilo de Richard.

Gia conteve a raiva que fervia dentro dela. Seu ex-marido, responsável por um terço da enorme fortuna Westphalen, tinha bastante tempo para voar pelo mundo todo e mandar para a tia chocolates caros de Londres, mas não dava um tostão para o sustento da filha, nem tinha tempo para mandar um cartão de aniversário para a menina.

Você sabe escolher muito bem, Gia.

Ela se abaixou e pegou o papel pardo. "A Obsessão Divina". Pelo menos sabia em que cidade Richard estava vivendo. E provavelmente não muito longe dessa loja – ele não era do tipo de sair do seu caminho por ninguém, muito menos por suas tias. Elas nunca acharam que ele fosse grande coisa e nunca lhe esconderam essa opinião. O que despertava a pergunta: Por que os chocolates? O que havia por trás desse atencioso presentinho repentino?

– Imagine só! – dizia Nellie. – Um presente de Richard! Que amor! Quem pensaria...

De repente, sentiram que havia uma terceira pessoa no hall com elas. Gia levantou os olhos e viu Vicky de pé no corredor, usando camiseta branca, as pernas ossudas saindo do short amarelo e os pés espremidos sem meias dentro do tênis, olhando para elas com enormes olhos azuis.

– É um presente do papai?

– É sim, querida – disse Nellie.

– Ele mandou um para mim?

Gia sentiu o coração se partir com aquelas palavras. Pobre Vicky...

Nellie olhou para Gia, com ar confuso, e voltou-se novamente para Vicky.

– Ainda não, Victoria, mas tenho certeza de que logo chegará um.

– Enquanto isso, ele disse que devíamos dividir esses bombons até... – a mão de Nellie foi rapidamente para a frente da boca, percebendo o que tinha acabado de dizer.

– Oh, não – disse Vicky. – Meu pai nunca mandaria chocolate para mim. Ele sabe que não posso comer.

Com as costas eretas e o queixo empinado, ela virou-se e saiu rapidamente pelo corredor em direção ao quintal.

O rosto de Nellie parecia estar se desfazendo quando ela se virou para Gia.

– Esqueci que ela é alérgica. Vou lá falar com ela e...

– Deixe que eu vou – disse Gia, pondo a mão no ombro da tia. – Já falamos desse assunto uma vez e parece que temos de enfrentá-lo novamente.

Deixou Nellie ali de pé no hall, parecendo mais velha do que era, sem se dar conta da caixa de chocolates que tinha nas mãos manchadas. Gia não sabia de quem sentia mais pena: Vicky ou Nellie.

II.

Vicky não queria chorar na frente da tia Nellie, que sempre dizia que ela era uma menina grande. Mamãe dizia que não fazia mal chorar, mas Vicky nunca a via chorando. Bem, quase nunca.

Vicky queria chorar ali mesmo. Não importava se essa era uma das horas em que tudo estaria bem, ia acontecer de qualquer jeito. Era como um enorme balão dentro do peito, ficando maior e maior até que ou ela chorava ou explodia. Controlou-se até chegar à casinha de boneca. Tinha uma porta, duas janelas com cortinas novas, e bastante espaço para ela rodopiar de braços abertos sem tocar nas paredes. Pegou sua Sra. Jelliroll e apertou-a contra o peito. Aí começou.

Primeiro foram os soluços, depois as lágrimas. Sua roupa não tinha mangas, por isso tentou enxugá-las com o braço, conseguindo deixar o rosto e o braço molhados e lambuzados.

Papai nem liga. Este pensamento fez com que ela sentisse uma dor no estômago, mas sabia que era verdade. Não sabia por que a incomodava tanto. Nem lembrava muito bem de como ele era. Mamãe tinha jogado fora todas as fotografias dele havia muito tempo, e com o passar dos anos ficava cada vez mais difícil lembrar de seu rosto. Ele não aparecia havia dois anos e Vicky não se lembrava de vê-lo muito, mesmo antes disso. Então, por que doía tanto dizer que papai não ligava para ela? Mamãe era a única que importava, quem realmente gostava dela, quem estava sempre ali.

Mamãe ligava para ela. E Jack também. Mas agora Jack não aparecia também. Exceto no dia anterior. Pensar em Jack fez com que ela parasse de chorar. Quando ele a levantara do chão e a abraçara na véspera, tinha se sentido tão bem por dentro! Aquecida. E segura. Durante o pouco tempo em que ele estivera na casa ela não sentira medo. Vicky não sabia de nada que pudesse assustá-la, mas ultimamente sentia medo o tempo todo. Especialmente à noite.

Ela ouviu a porta se abrir e sabia que era mamãe. Tudo bem. Já havia parado de chorar. Estava bem agora. Mas quando virou-se e viu aquele olhar triste e penalizado no rosto da mãe, tudo voltou e ela explodiu em lágrimas. Mamãe se espremeu na pequena cadeira de balanço, sentou Vicky no seu colo e abraçou-a com força até os soluços passarem. E dessa vez passaram mesmo.

III.

– Por que papai não nos ama mais?

A pergunta pegou Gia de surpresa. Vicky já perguntara várias vezes por que o pai não vivia com elas. Mas essa era a primeira vez que mencionava amor.

Respondeu uma pergunta com outra pergunta:

– Por que diz isso?

Mas Vicky não perdeu o fio da meada.

– Ele não nos ama, não é, mamãe?

Não era uma pergunta.

Não. Não ama. Acho que nunca amou.

Essa era a verdade. Richard nunca tinha sido pai. Para ele, Vicky era um acidente, uma inconveniência terrível. Nunca demonstrara afeição por ela, nunca estivera presente em casa quando viviam juntos. Dava no mesmo se cumprisse suas obrigações de pai por telefone.

Gia suspirou e abraçou Vicky com mais força. Que tempo horrível fora aquele... os piores anos de sua vida. Gia fora criada como católica praticante, e embora os dias se transformassem numa longa batalha de Gia e Vicky sozinhas contra o mundo, e as noites – aquelas noites quando seu marido fazia o favor de voltar para casa – fossem de Richard e Gia um contra o outro, ela nunca considerara o divórcio. Até a noite em que Richard, num péssimo humor, dissera por que tinha se casado com ela. Gia era tão boa quanto qualquer outra para transar quando ele estivesse com tesão, dissera, mas o verdadeiro motivo eram os impostos. Imediatamente após a morte de seu pai, Richard começara a transferir seus bens para fora da Inglaterra, aplicando em firmas americanas ou internacionais, ao mesmo tempo em que procurava uma americana com quem se casar. Encontrou essa americana, Gia, recém-chegada do Meio-Oeste, tentando vender seu talento artístico para agências publicitárias da Madison Avenue. O cortês Richard Westphalen, com suas maneiras e sotaque britânicos refinados, a deixou empolgada. Casaram-se: ele se tornou cidadão americano. Havia outras maneiras de conseguir a cidadania americana, mas eram demoradas, e a forma que encontrou era mais de acordo com seu caráter. Os impostos sobre os ganhos de sua parte da fortuna Westphalen dali em diante seriam cobrados a uma taxa de, no máximo, 70 por cento – e cairiam para 50 por cento a partir de outubro de 1981 – em vez dos 90 e tantos por cento do governo britânico. Depois disso, ele rapidamente perdera o interesse por ela.

– Podíamos nos divertir durante algum tempo, mas você tinha que inventar ser mãe.

Essas palavras magoaram Gia profundamente. Ela deu início ao processo de divórcio no dia seguinte, ignorando as súplicas cada vez mais estridentes do seu advogado para que fizesse um acordo monumental de partilha de bens.

Talvez devesse ter seguido esse conselho. Ultimamente sempre pensava nisso. Mas, na época, tudo que queria era se livrar. Não desejava nada que viesse da preciosa fortuna da família dele. Permitiu que o advogado pedisse pensão para a filha só porque sabia que ia precisar disso até retomar sua carreira.

Será que Richard estava arrependido? Será que uma pontada mínima de culpa surgira na superfície inexpressiva e dura de sua consciência? Não. Ele fizera alguma coisa para garantir o futuro da criança que gerara? Não. Na verdade, instruiu seu advogado a lutar pela redução da pensão até o fim.

– Não, Vicky – disse Gia. – Acho que não.

Gia esperava lágrimas, mas Vicky a enganou, sorrindo para ela.

– Jack nos ama.

Isso de novo, não!

– Eu sei, querida, mas...

– Então por que *ele* não pode ser meu pai?

– Porque... – Como é que ia dizer isso? – ...porque às vezes só amor não é o bastante. Tem de haver outras coisas. A gente precisa confiar um no outro, ter os mesmos valores...

– O que são valores?

– Ohhh... a gente tem de acreditar nas mesmas coisas, querer viver do mesmo jeito.

– Gosto do Jack.

– Sei que gosta, querida. Mas isso não quer dizer que Jack seja o homem certo para ser seu novo pai. – A devoção cega de Vicky por Jack minava a confiança de Gia no julgamento de caráter da filha. Ela era geralmente tão perspicaz.

Ergueu Vicky do seu colo e levantou-se, segurando-a pelos joelhos dobrados. O calor na casinha de boneca era sufocante.

– Vamos lá dentro tomar uma limonada.

– Agora não – disse Vicky. – Quero brincar com a Sra. Jelliroll. Ela precisa se esconder antes que o Sr. Grape-Grabber a encontre.

– Está bem. Mas entre logo. Está ficando quente demais.

Vicky não respondeu. Já estava perdida na fantasia com suas bonecas. Gia ficou parada do lado de fora da casinha, imaginando se Vicky não estaria passando muito tempo sozinha ali. Não havia crianças na Sutton Square para brincar com ela, só sua mãe, uma tia já idosa, seus livros e suas bonecas. Gia queria levar Vicky de volta para casa e para a rotina o mais breve possível.

– Srta. Gia? – Era Eunice chamando da porta dos fundos. – A Sra. Paton disse que o almoço será servido mais cedo hoje por causa da sua ida à loja de roupas.

Gia mordeu a dobra do meio do indicador direito, um gesto de frustração que herdara da avó havia muitos anos.

A loja... a recepção à noite... dois lugares aos quais definitivamente não queria ir, mas teria de ir porque prometera.

Tinha de sair dali!

IV.

Joey Díaz pôs a pequena garrafa de líquido verde sobre a mesa entre os dois.

– Onde conseguiu essa coisa, Jack?

Jack tinha convidado Joey para um almoço numa lanchonete do centro da cidade. Estavam numa mesa de canto; cada um comendo o maior sanduíche da casa. Joey, um filipino, vítima de um caso grave de acne pós-adolescência, era um contato que Jack valorizava muito. Ele trabalhava no laboratório do Departamento de Saúde da cidade. No passado, Jack costumava usá-lo para obter informações e sugestões de como fazer cair a ira do Departamento de Saúde sobre as cabeças de certos alvos do seu trabalho de reparos. Aquela fora a primeira vez que pedira para Joey fazer uma análise para ele.

– O que há de errado com isso?

Jack estava achando difícil se concentrar em Joey e na comida. Pensava em Kolabati e em como ela o fizera se sentir na noite anterior. Depois lembrou-se do cheiro que penetrou no apartamento e da reação estranha dela. Seus pensamentos estavam sempre se afastando de Joey, por isso era fácil parecer tranquilo quanto à análise. Não tinha contado nada a Joey. Nada de importante – só queria saber se a análise seria de alguma utilidade.

– Nada demais.

Joey tinha o mau hábito de falar com a boca cheia. A maioria das pessoas engolia, depois falava, antes da próxima mordida; Joey preferia beber sua Coca-Cola entre engolidas, dar outra enorme mordida e falar. Quando ele se inclinou para a frente, Jack inclinou-se para trás.

– Não vai ajudá-lo em nada.

– Não é um laxante? O que ele *faz*? Ajuda a dormir?

Joey balançou a cabeça e encheu a boca de batata frita.

– Nunca.

Jack tamborilou com os dedos na fórmica imitação de madeira engordurada. *Droga!* Tinha pensado que o tônico podia ser um tipo de sedativo usado para fazer Grace cair num sono profundo e não criar confusão quando seus sequestradores – se de fato tivesse sido sequestrada – viessem para levá-la. Esperou que Joey continuasse, torcendo para que ele terminasse o sanduíche primeiro. Não teve sorte.

– Acho que não provoca nada – disse ele no meio de sua última mordida. – É apenas uma mistura maluca de coisas estranhas. Nada que faça sentido.

– Em outras palavras, alguém simplesmente juntou uma porção de porcarias para vender como panaceia de todos os males. Um tipo de tônico do Dr. Feelgood.

Joey deu de ombros.

– Talvez. Mas se for esse o caso, podiam ter feito uma coisa bem mais barata. Pessoalmente, acho que isso foi feito por alguém que acreditava na mistura. Há aromatizantes comuns e excipiente alcoólico a 12 por cento. Nada de especial... pude traçá-los num instante. Mas havia esse alcaloide estranho que me deu um trabalho...

– O que é um alcaloide? Soa como veneno.

– Alguns são, como estriquinina; outros tomamos todos os dias, como a cafeína. São quase sempre derivados de plantas. Esse veio de um mistério. Não existia nem no computador. Levei quase a manhã inteira para descobrir. – Ele balançou a cabeça. – Que maneira de passar uma manhã de sábado.

Jack sorriu por dentro. Joey ia pedir um extra por esse trabalho. Tudo bem. Se o deixava feliz, valia a pena.

– Então de onde vem? – perguntou Jack, observando, aliviado, Joey tomar o último gole da Coca-Cola.

– É de um tipo de erva.

– Uma droga?

– Não. Um tipo que não se fuma, chamado erva *durba*. E esse alcaloide, especificamente, não é bem uma coisa que acontece naturalmente. Foi cozido de alguma forma para ficar com um grupo extra de amina. Foi por isso que levei tanto tempo para descobrir.

– Então não é um laxante, não é um sedativo, nem um veneno. O que é?

– Não tenho a mínima ideia.

– Isso não é exatamente o que chamo de grande ajuda, Joey.

– O que posso dizer? – Joey passou a mão pelos cabelos pretos, lisos e grudados à cabeça, e coçou uma espinha no queixo. – Você queria saber o que tem aí dentro. Eu disse: alguns aromatizantes grosseiros, excipiente alcoólico e um alcaloide de uma erva indiana.

Jack sentiu um aperto dentro de si. Lembranças da noite anterior explodiram a seu redor:

– Indiana? Acho que você quer dizer índios americanos, não é?

Sabia, enquanto falava, que Joey não queria dizer nada disso.

– Claro que não! A erva dos índios americanos seria erva norte-americana. Não, essa coisa vem da Índia. Um composto difícil de analisar. Nunca teria conseguido se o computador do departamento não indicasse o livro certo como referência.

Índia! Que estranho. Depois de passar algumas horas delirantes a noite passada com Kolabati, descobrir que a garrafa de líquido encontrada no quarto de uma mulher desaparecida era provavelmente um composto feito por um indiano. Estranho mesmo.

Ou talvez não tão estranho. Grace e Nellie tinham laços estreitos com a Missão do Reino Unido, e através dela com a comunidade diplomática em torno do Reino Unido. Talvez alguém do consulado da Índia tivesse dado a garrafa para Grace – talvez o próprio Kusum. Afinal, a Índia não tinha sido colônia da Inglaterra?

– Temo que não passe de uma misturinha inocente, Jack. Se está tentando jogar o Departamento de Saúde contra quem quer que seja que vende isso como laxante, acho que faria melhor se fosse ao Departamento de Defesa do Consumidor.

Jack tinha esperança de que a pequena garrafa fornecesse uma pista estarrecedora que o levaria diretamente até tia Grace, tornando-o um herói aos olhos de Gia.

Fim dos palpites.

Perguntou a Joey quanto ele achava que valia essa **análise extra-oficial**, pagou 150 dólares e voltou para o seu apartamento com a garrafinha no bolso da frente do jeans. Enquanto estava no ônibus, tentou raciocinar sobre o que mais faria no caso de Grace Westphalen. Tinha passado quase toda a manhã caçando e falando com mais alguns de seus contatos de rua, mas não havia pistas: ninguém tinha ouvido nada. Devia haver outro caminho, mas não conseguia pensar em nenhum. Outros pensamentos se insinuaram.

Kolabati outra vez. Sua cabeça estava cheia dela. Por quê? Enquanto tentava analisar isso, entendeu que o encanto sexual que ela lançara sobre ele na noite passada era apenas uma pequena parte. O mais importante era saber que ela sabia quem ele era, sabia como ele ganhava a vida e conseguia aceitar isso de alguma forma. Não... aceitar não era a palavra certa. Parecia até que ela considerava seu estilo de vida como uma forma perfeitamente natural de viver. Um tipo de vida que não se incomodaria de ter.

Jack sabia que estava de ressaca por causa de Gia, sabia que se achava vulnerável, especialmente para alguém que aparentava ser tão liberal quanto Kolabati. Quase contra a vontade, ele se abrira com ela e ela o achou... "honrado".

Ela não tinha medo dele.

Ele tinha de ligar para ela.

Mas primeiro precisava ligar para Gia. Estava devendo alguma espécie de relatório dos progressos, mesmo que não houvesse progresso algum. Discou o número da casa Paton assim que chegou ao apartamento.

– Alguma notícia de Grace? – disse ele depois que Gia atendeu.

– Não. – A voz dela não parecia tão fria como na véspera. Ou era apenas sua imaginação? – Espero que tenha alguma boa notícia. Isso está fazendo falta por aqui.

– Bem... – Jack fez uma careta. Realmente desejava ter algo encorajador para dizer. Sentiu a tentação de inventar qualquer coisa, mas não conseguiu. – Você sabe aquela coisa que pensamos ser um laxante? Não é.

– O que é, então?
– Nada. Um beco sem saída.
Fez-se uma pausa do outro lado da linha.
– E isso leva a quê?
– Esperar.
– Nellie já está fazendo isso. Ela não precisa de ajuda nenhuma para esperar.

O sarcasmo doeu.
– Olhe, Gia. Não sou um detetive...
– Eu sei bem disso.
– ...e nunca prometi fazer disso um show de Sherlock Holmes. Se houvesse um bilhete de resgate ou algo assim na correspondência, eu poderia ajudar. Tenho gente na rua de ouvidos alertas, mas até acontecer alguma coisa...

O silêncio do outro lado da linha era de arrebentar os nervos.
– Sinto muito, Gia. É tudo que posso dizer agora.
– Eu digo para a Nellie. Até logo, Jack.

Após respirar fundo por algum tempo para se acalmar, ele discou o número de Kusum. Uma voz feminina que agora lhe era familiar atendeu.
– Kolabati?
– Sim?
– É Jack.

Uma expressão de assombro.
– Jack! Não posso falar agora. Kusum está chegando. Ligo mais tarde!

Ela anotou o número do telefone dele e desligou.

Jack ficou sentado olhando para a parede, desnorteado. Apertou preguiçosamente o botão de replay da secretária eletrônica. Ouviu o voz do pai no alto-falante.
– É só para lembrar da partida de tênis de amanhã. Não se esqueça de estar lá às 10 horas. O torneio começa ao meio-dia.

Isso estava cheirando a um péssimo fim de semana.

V.

Com os dedos trêmulos, Kolabati desconectou o fio do telefone. Mais um ou dois minutos e a ligação de Jack teria arruinado tudo. Não queria ser interrompida quando se defrontasse com Kusum. Estava custando toda a sua coragem, mas pretendia enfrentar o irmão e arrancar-lhe a verdade. Precisaria de tempo para posicioná-lo de forma favorável ao ataque, tempo e concentração. Ele era um mestre em dissimulação e ela teria de ser tão circunspecta e maliciosa quanto ele para conseguir fazer com que caísse na armadilha da verdade.

Tinha até escolhido uma roupa para provocar o máximo de efeito. Embora não jogasse bem e nem com frequência, achava as roupas de tênis confortáveis. Estava com uma blusa branca sem mangas e short. E com o colar, é claro, à mostra no colarinho aberto da blusa. Grande parte do corpo estava exposto: outra arma contra Kusum.

Ao som da porta do elevador que se abria no fim do corredor, a tensão que se acumulava dentro dela, desde que o vira sair do táxi lá embaixo, transformou-se num nó duro e apertado na boca do estômago.

Oh, Kusum. Por que tem de ser assim? Por que você não esquece isso?

Quando a chave girou na fechadura, ela se forçou a aparentar calma.

Ele abriu a porta, viu Kolabati e sorriu.

– Bati!

Ele se aproximou, como se fosse passar o braço pelos ombros dela, mas achou melhor não fazê-lo. Em vez disso, passou um dedo pelo rosto da irmã. Kolabati se controlou para não se afastar dele. Ele falou em bengalês:

– Você está mais bonita a cada dia...

– Onde esteve a noite toda, Kusum?

Ele se assustou.

– Estive fora. Orando. Aprendi a orar outra vez. Por que pergunta?

– Fiquei preocupada. Depois do que aconteceu...

– Não se preocupe comigo por causa disso – disse ele com um sorriso forçado. – Tenha pena, isso sim, daquele que tentar roubar o meu colar.

– Mesmo assim eu me preocupo.

– Não faça isso. – Ele já estava ficando visivelmente aborrecido. – Como lhe disse assim que chegou, tenho um lugar para onde vou ler meu *Gita* em paz. Não vejo razão para mudar minha rotina simplesmente porque você está aqui.

– Não esperaria que fizesse isso. Tenho minha vida para levar e você tem a sua. – Ela passou por ele e foi até a porta. – Acho que vou dar uma caminhada.

– Assim? – Os olhos de Kusum percorriam o corpo semidespido da irmã. – Com as pernas completamente à mostra e a blusa desabotoada?

– Estamos na América..

– Mas você não é americana! É uma mulher da Índia! Uma *brâmane*! Eu a proíbo!

Puxa, ele estava ficando zangado.

– Você não pode me proibir, Kusum – disse ela, sorrindo. – Você não pode mais dizer o que devo vestir, o que devo comer ou o que devo pensar. Estou livre de você. Tomarei minhas próprias decisões hoje, como fiz na noite passada.

– A noite passada? O que fez na noite passada?

– Jantei com Jack.

Observou-o atentamente para ver a reação. Ele pareceu confuso um instante e não era isso que ela esperava.

– Que Jack? – Os olhos dele se arregalaram. – Você quer dizer...?

– Isso mesmo. Repairman Jack. Devo-lhe alguma coisa, não acha?

– Um americano!

– Preocupado com meu carma? Bem, querido irmão, meu carma já está poluído, assim como o seu, *especialmente* o seu, por motivos que nós dois conhecemos muito bem. – Ela parou de pensar naquilo. – Além disso – disse ela, segurando o colar –, o que significa carma para alguém que usa isso?

– O carma pode ser purificado – disse Kusum, num tom moderado. – Estou tentando purificar o meu.

A sinceridade daquelas palavras deixou Kolabati chocada e ela sentiu pena dele. Sim, ele queria refazer sua vida; dava para ver. Mas de que forma ele estava fazendo isso? Kusum jamais se intimidara com os extremos.

De repente, ocorreu a Kolabati que esse talvez fosse o momento de pegá-lo desarmado, mas passou. Além do mais, era melhor ele estar zangado. Ela precisava saber onde ele estaria durante a noite. Não pretendia perdê-lo de vista.

– Quais são seus planos para esta noite, meu irmão? Mais oração?

– É claro. Mas só mais tarde. Tenho de comparecer a uma recepção na Missão às 20 horas.

– Isso parece interessante. Será que se importariam se eu fosse?

Kusum se animou.

– Você iria comigo? Seria maravilhoso! Tenho certeza de que ficarão contentes com a sua presença.

– Ótimo. – Uma oportunidade perfeita para vigiá-lo, ou melhor... para enfurecê-lo: – Mas tenho de arranjar alguma coisa para vestir.

– Você deve se vestir como uma mulher indiana decente.

– De sári? – ela riu. – Você *deve* estar brincando!

– Eu insisto! Ou não a levarei comigo!

– Está bem. Então levarei meu próprio par: Jack.

O rosto de Kusum escureceu de raiva.

– Eu proíbo!

Kolabati se aproximou. O momento era agora. Ela observou os olhos dele atentamente.

– O que vai fazer para me impedir? Mandar um *rakosh* atrás dele, como fez na noite passada?

– Um *rakosh*? Atrás de Jack? – Os olhos de Kusum, seu rosto, a maneira como os tendões do pescoço se dilataram, tudo isso registrava choque e confusão. Era o mentiroso perfeito quando queria ser, mas Kolabati sabia que o pegara com a guarda baixa e tudo na reação dele indicava claramente que não sabia. *Ele não sabia!*

– Havia um do lado de fora da janela do apartamento dele na noite passada!

– Impossível! – Seu rosto permanecia com aquela expressão de incredulidade. – Sou o único que...

– Que o quê?

– Que tem um ovo.

Kolabati puxou a linha.

– Você o tem *com você*?

– Claro. Onde mais estaria seguro?

– Em Bengala!

Kusum balançou a cabeça. Parecia estar recuperando sua serenidade.

– Não. Sinto-me melhor quando sei exatamente onde está o tempo todo.

– Ele estava com você quando trabalhou na embaixada em Londres também?

– É claro que sim.

– E se o tivessem roubado?

Ele sorriu.

– E quem saberia o que é?

Com esforço, Kolabati dominou a confusão.

– Quero vê-lo. Agora mesmo.

– Certamente.

Ele a levou até seu quarto e tirou um pequeno caixote de madeira de um canto do armário. Levantou a tampa, afastou as aparas de madeira e lá estava ele. Kolabati reconheceu o ovo. Conhecia cada mancha azul sobre a superfície cinzenta, conhecia a textura fria e escorregadia como sua própria pele. Passou as pontas dos dedos sobre a casca. Sim, era ele mesmo: um ovo de *rakosh* fêmea.

Sentindo-se fraca, Kolabati recuou e sentou-se na cama.

– Kusum, sabe o que isso significa? Alguém tem um ninho de *rakosh* aqui em Nova York!

– Bobagem! Este é o último ovo de *rakosh*. Podia ser encubado, mas sem um macho para fertilizar a fêmea, não haveria ninho.

– Kusum, eu sei que havia um *rakosh* lá!

– Você o viu? Era macho ou fêmea?

– Eu não o vi...

– Então como pode dizer que há um *rakosh* em Nova York?

– O cheiro! – Kolabati sentia a própria raiva crescendo. – Acha que não conheço o cheiro?

O rosto de Kusum já estava com a máscara habitual.

– É provável. Mas talvez tenha esquecido, da mesma maneira que esqueceu tantas outras coisas da sua herança.

– Não mude de assunto.

– Para mim o assunto está encerrado.

Kolabati levantou-se e encarou o irmão.

– Jure, Kusum. Jure que não teve nada a ver com o *rakosh* da noite passada.

– Sobre o túmulo de nossa mãe e de nosso pai – disse ele, olhando-a bem nos olhos. – Juro que não mandei um *rakosh* atrás do nosso amigo Jack. Existem pessoas no mundo a quem desejo o mal, mas ele não é uma delas.

Kolabati teve de acreditar nele. Estava sendo sincero, pois não havia juramento mais solene para Kusum do que o que acabara de fazer.

E ali, intacto sobre o ninho de aparas de madeira, estava o ovo. Quando Kusum se abaixou para guardá-lo, ele disse:

– Além do mais, se um *rakosh* estivesse mesmo atrás de Jack, sua vida não valeria um tostão. Ele está vivo e com saúde, não está?

– Sim, ele está bem. Eu o protegi.

A cabeça de Kusum virou rapidamente para ela. Dor e raiva refletiam-se em seu rosto. Ele entendia exatamente o que ela queria dizer.

– Por favor, deixe-me – disse ele em voz baixa quando ela desviou o olhar e baixou a cabeça. – Você me enoja.

Kolabati saiu do quarto, batendo a porta. Será que um dia se livraria desse homem? Estava cheia de Kusum! Cansada da sua virtude, da sua inflexibilidade, da sua monomania. Quando se sentia bem – e sentia-se bem com Jack –, ele sempre conseguia fazê-la sentir-se suja. Ambos tinham razões de sobra para se sentirem culpados, mas Kusum estava obcecado com a reparação de transgressões passadas e a purificação do seu carma. Não apenas do seu próprio carma, mas do dela também. Ela pensou que deixando a Índia – primeiro para a Europa, depois para os Estados Unidos – cortaria a relação dos dois. Mas não. Após anos sem contato, ele chegara.

Ela precisava encarar o fato: nunca escaparia dele. Pois estavam ligados muito além do sangue – os colares que usavam era uma união que ia além do tempo, além da razão, até mesmo além do carma.

Mas precisava achar uma saída, uma maneira de se libertar das tentativas infinitas de Kusum para dominá-la.

Kolabati foi até a janela e olhou além da área verde do Central Park. Jack estava lá do outro lado. Talvez ele fosse a resposta. Talvez ele pudesse libertá-la.

Pegou o telefone.

VI.

> Até a lua tem medo de mim – medo mortal!
> O mundo inteiro tem medo mortal!

Jack já estava bem adiantado na terceira parte do Festival James Whale – Claude Rains se preparava para começar seu reino de terror como *O homem invisível*.

O telefone tocou. Jack baixou o volume e pegou o fone antes que a secretária eletrônica entrasse em ação.

– Onde você está? – disse Kolabati.
– Em casa.
– Mas esse não é o número que está no seu telefone.
– Você espionou, não é?
– Eu sabia que ia querer telefonar para você.

Era bom ouvi-la dizer isso.

– Mudei o número e nunca me preocupei em mudar a etiqueta. – Na verdade, ele deixara a etiqueta antiga de propósito.

– Quero lhe pedir um favor – disse ela.
– Qualquer coisa. – *Quase* qualquer coisa.

– A Missão do Reino Unido dará uma recepção esta noite. Você me acompanha?

Jack pensou naquilo por um tempo. Seu primeiro impulso foi recusar.

Detestava festas. Detestava reuniões. E uma reunião como a das Nações Unidas, com as pessoas mais inúteis do mundo, era uma perspectiva desagradável.

– Não sei...

– Por favor. Como favor pessoal. Se não, terei de ir com Kusum.

Então era uma escolha entre ver ou não ver Kolabati. Isso não era escolha.

– Está bem.

Além do mais, seria engraçado ver a cara de Burkes quando ele aparecesse na recepção. Podia até alugar um smoking para a ocasião. Marcaram hora e lugar de encontro – por alguma razão, Kolabati não queria que ele a pegasse no apartamento de Kusum – e então Jack fez uma pergunta.

– Por falar nisso, para que é que se usa *durba*?

Ele ouviu um rápido suspiro do outro lado da linha.

– Onde foi que encontrou erva *durba*?

– Não encontrei nenhuma. Pelo que me consta, ela só cresce na Índia. Quero apenas saber se é usada para alguma coisa.

– Tem muitos empregos na medicina popular tradicional da Índia. – Ela falava reticentemente. – Mas onde ouviu falar dela?

– Surgiu numa conversa esta manhã. – Por que ela estava tão preocupada?

– Fique longe disso, Jack. Seja o que for que tenha encontrado, fique longe. Pelo menos até me ver esta noite!

Ela desligou. Jack olhou inquieto para seu telão, onde um par de calças perseguia em silêncio uma mulher aterrorizada numa alameda no interior da Inglaterra. A voz de Kolabati soara estranha no final. Parecia estar com medo dele.

VII.

– Maravilhosa! – disse a vendedora.
Vicky levantou os olhos do livro que estava lendo.
– Você está muito bonita, mamãe.
– Sensacional! – disse Nellie. – Absolutamente sensacional!

Ela levara Gia à La Chanson. Nellie sempre gostara daquela butique porque não parecia uma loja de roupas. Do lado de fora, com a entrada coberta com dossel, parecia mais um pequeno restaurante chique. Mas as pequenas vitrines dos dois lados da porta não deixavam dúvida do que era vendido lá dentro.

Ela observou Gia de pé diante de um espelho, examinando um vestido tomara que caia. Era de seda cor de malva, o que Nellie mais gostara dos quatro que Gia provou. Gia não estava fazendo segredo nenhum do que achava de Nellie estar comprando um vestido para ela. Mas fazia parte do trato e Nellie insistiu para que Gia cumprisse sua promessa.

Que moça teimosa! Nellie viu Gia examinando os quatro vestidos à procura da etiqueta de preço, certamente pretendendo comprar o mais barato. Mas não encontrou nenhuma.

Nellie sorriu. *Continue procurando, queridinha. Eles não usam etiquetas de preço aqui.*

Afinal de contas, era apenas dinheiro. E o que era dinheiro?

Nellie suspirou, lembrando o que seu pai dissera sobre dinheiro quando era menina. Os que não possuem bastante só imaginam o que ele poderia comprar para eles. Quando finalmente se tem o bastante, adquirimos a consciência – *muito* profundamente – de todas as coisas que *não* podemos comprar: as coisas importantes de verdade... como juventude, saúde, amor, paz de espírito.

Ela sentiu um tremor nos lábios e apertou-os num gesto firme. Toda a fortuna Westphalen não podia trazer seu querido John de volta à vida, nem Grace, de onde estivesse.

Nellie olhou para a sua direita do sofá, onde Victoria estava sentada, folheando uma coleção de caricaturas do *Garfield*. A menina estava estranhamente quieta, retraída, desde a chegada dos chocolates naquela manhã. Esperava que não estivesse muito magoada. Nellie enlaçou-a com o braço e apertou-a. Vicky a recompensou com um sorriso.

Querida, querida Vicky. Como é que Richard pôde ter gerado você?
A lembrança do sobrinho deixou um gosto amargo na boca. Richard Westphalen era a prova viva da maldição que a riqueza podia significar. Vejam o que herdar parte da fortuna do pai com tão pouca idade fizera com ele. Ele podia ser uma pessoa diferente – uma pessoa decente – se o irmão dela, Teddy, tivesse vivido mais.

Dinheiro! Às vezes quase desejava...

A vendedora estava falando com Gia:
– Viu mais alguma coisa que queira experimentar?
Gia riu.
– Umas cem, mas este está bom. – Ela virou-se para Nellie. – O que acha?

Nellie examinou-a, encantada com a escolha. O vestido era perfeito.

As linhas eram simples, a cor combinava com seus cabelos louros e a seda contornava perfeitamente o corpo.
– Você será a mais fina entre os diplomatas.
– Esse é um clássico, minha querida – disse a vendedora.

E era. Se Gia mantivesse o manequim 38, provavelmente poderia usar esse vestido dali a dez anos e ainda estar bem-vestida. Para Nellie, o gosto de Gia para roupas deixava muito a desejar. Desejava que ela se vestisse mais na moda. Tinha um corpo bonito – busto suficiente e cintura e pernas longas com as quais sonham os costureiros. Gia devia usar roupas de estilistas.

– Sim – disse Gia para o espelho. – É esse.

O vestido não precisava de alteração nenhuma, por isso foi logo embrulhado e Gia saiu da loja com a caixa debaixo do braço. Chamou um táxi para elas na Terceira Avenida.

– Quero perguntar-lhe uma coisa – sussurrou Gia enquanto seguiam de volta para Sutton Square. – Tem me incomodado há dois dias. É sobre a herança que está deixando para Vicky; você mencionou alguma coisa sobre ela na quinta-feira.

Nellie ficou espantada por um momento. Tinha falado sobre os termos do seu testamento? É... é, tinha sim. Sua mente andava tão enevoada ultimamente.

– O que a preocupa? – Não era normal Gia falar sobre dinheiro.

Gia sorriu, encabulada:

– Não ria, pois você mencionou uma maldição que acompanhava a fortuna Westphalen.

– Oh, querida – disse Nellie, aliviada por ser só isso que a preocupava. – É apenas conversa!

– Quer dizer que inventou isso?

– Eu não. Foi algo que ouviram Sir Albert resmungar quando já estava caduco e bêbado.

– Sir Albert?

– Meu bisavô. Foi ele quem realmente começou a fortuna. É uma história interessante. Na metade do século passado, a família passava por uma terrível crise financeira por causa de... nunca soube a natureza exata e acho que não faz diferença. O que importa é que logo depois de sua volta da Índia, Sir Albert encontrou um velho diagrama do porão de Westphalen Hall, o que o levou a um enorme baú de joias escondido ali desde a invasão normanda. Westphalen Hall foi salvo. A maior parte das joias foi convertida em dinheiro, que foi cuidadosamente investido. E a fortuna vem crescendo sem parar há 125 anos.

– E a maldição?

– Oh, não ligue para isso! Eu nem devia ter mencionado! Algo sobre a linhagem Westphalen terminava em "sangue e dor", sobre "coisas obscuras" que viriam atrás de nós. Mas não se preocupe, minha querida. Até hoje todos nós vivemos muito e morremos de causas naturais.

A expressão de Gia relaxou.

– É bom saber disso.

– Não pense mais no assunto.

Mas Nellie viu seus próprios pensamentos voltando ao assunto. A maldição Westphalen... ela, Grace e Teddy costumavam fazer piadas sobre isso. Mas se algumas histórias eram verdadeiras, Sir Albert tinha morrido um velho amedrontado, mortalmente apavorado com o escuro. Diziam que ele passou os últimos anos cercado por cães de guarda e sempre mantinha um fogo aceso na lareira de seu quarto, mesmo nas noites mais quentes.

Nellie estremeceu. Fora fácil fazer piadas naquele tempo, quando eram jovens e estavam os três juntos. Mas Teddy morrera havia muito de leucemia – pelo menos não terminou em "sangue e dor" – e Grace estava, quem sabe onde? Será que alguma "coisa obscura" viera pegá-la? Seria possível que houvesse alguma coisa de...

Bobagem! Como posso me deixar intimidar pelos devaneios de um velho maluco que está morto há um século?

Mesmo assim... Grace estava desaparecida e não havia explicação para isso. Ainda.

Quando se aproximaram de Sutton Square, Nellie sentiu a esperança crescer dentro de si. Haviam chegado notícias de Grace enquanto estava fora – tinha certeza disso! Não arredara pé da casa desde terça-feira, temendo perder notícias de Grace. Mas ficar em casa não era como ficar vigiando uma panela? Não fervia até que deixássemos de olhar para ela. Sair de casa era a mesma coisa: Grace provavelmente tinha ligado assim que saíram de Sutton Square.

Nellie correu até a porta da frente e tocou a campainha enquanto Gia pagava ao motorista. Seus punhos se cerraram enquanto esperava, impaciente, a porta se abrir.

Grace está de volta! Eu sei! Eu simplesmente sei!

Mas a esperança murchou e morreu quando a porta se abriu e ela viu o rosto desanimado de Eunice.

– Alguma notícia?

A pergunta era desnecessária. O vaivém lento e triste da cabeça de Eunice disse a Nellie aquilo que já sabia. De repente sentiu-se exausta, como se toda a energia tivesse acabado.

Virou-se para Gia quando ela chegou à porta com Victoria.

– Não posso ir hoje à noite.

– Mas você deve – disse Gia, passando o braço pelos seus ombros. – O que aconteceu com aquela atitude britânica de queixo empinado e tudo o mais? O que pensaria Sir Albert se ficasse aí sentada, choramingando a noite toda?

Nellie apreciava o que Gia estava tentando fazer, mas realmente não ligava a mínima para o que Sir Albert pudesse pensar.

– E o que vou fazer com esse vestido? – continuou Gia.

– O vestido é seu – disse Nellie, rabugenta. Não tinha mais força de vontade para fingir bom humor.

– Se não formos hoje, não é não. Levo-o de volta para La Chanson agora mesmo, a não ser que prometa que nós iremos.

– Isso não é justo. Não posso ir. Será que não percebe?

– Não, não percebo nada. O que Grace pensaria? Você sabe que ela gostaria que você fosse.

Gostaria mesmo? Nellie pensou nisso. Conhecendo Grace, ela gostaria sim. Grace estava sempre pronta a manter as aparências. Não importava se por dentro nos sentíssemos péssimas, tínhamos de manter nossas obrigações sociais. E nunca, *nunca* devemos fazer um espetáculo com nossos sentimentos.

– Faça isso por Grace – disse Gia.

Nellie esboçou um pequeno sorriso.

– Muito bem, nós iremos, embora não possa garantir quão erguido estará meu queixo.

– Vai se sair muito bem.

Gia deu-lhe um último abraço; depois soltou-a. Victoria estava chamando da cozinha, pedindo à mãe para cortar uma laranja para ela. Gia foi depressa, deixando Nellie sozinha no hall.

Como vou fazer isso? Sempre foi Grace-e-Nellie, Nellie-e-Grace, as duas como uma só, sempre juntas. Como vou fazer sem ela?

Sentindo-se muito velha, Nellie começou a subir a escada para seu quarto.

VIII.

Nellie tinha esquecido de dizer para quem era a recepção e Gia nunca soube. Ela teve a impressão de que era para receber um novo oficial do alto escalão da Missão.

O programa, embora nada excitante, não foi tão chato quanto Gia esperava. Foi na Harley House, conveniente para as Nações Unidas e perto da Sutton Square. Até Nellie parecia estar se divertindo depois de algum tempo. Só os primeiros 15 minutos haviam sido mais difíceis para ela, porque logo que chegou ficou cercada por um bando de gente perguntando por Grace e dizendo que estavam preocupados. Todos eram membros daquele clube oficioso de ricos cidadãos britânicos vivendo em Nova York, "a colônia nas colônias".

Animada pela simpatia e o estímulo de seus companheiros ingleses, Nellie levantou a cabeça, bebeu um pouco de champanhe e até começou a rir. Gia orgulhou-se por ter impedido que ela cancelasse a noite. Era sua boa ação do dia. Do *ano!*

Gia concluiu, depois de mais ou menos uma hora, que o grupo não era tão ruim, afinal. Tinha gente de várias nacionalidades, todos bem-vestidos, amistosos, educados, uma salada de sotaques. O vestido novo caía como uma luva e se sentia muito feminina. Percebia os olhares de admiração que provocava em muitos dos convidados e gostava disso. Estava quase acabando sua terceira taça de champanhe – não entendia nada de champanhe, mas aquele era delicioso – quando Nellie agarrou-a pelo braço e puxou-a até dois homens num canto. Gia reconheceu o mais baixo dos dois. Edward Burkes, chefe da segurança da Missão. O homem mais alto era escuro, todo vestido de branco, inclusive o turbante. Quando ele se virou, ela notou com espanto que não tinha o braço esquerdo.

– Eddie, como vai você? – disse Nellie, estendendo a mão.

– Nellie! Que bom vê-la! – Burkes pegou a mão dela e beijou. Era um homem corpulento, na faixa dos 50 anos, com cabelo começando a ficar grisalho e bigode. Ele olhou para Gia e sorriu. – E Srta. DiLauro! Que prazer inesperado! Está maravilhosa! Deixe-me apresentar as duas ao Sr. Kusum Bahkti, da delegação indiana.

O hindu inclinou-se um pouco para a frente, mas não estendeu a mão.

– Um prazer conhecê-las.

Gia sentiu uma antipatia imediata por ele. O rosto escuro e anguloso era uma máscara, os olhos impenetráveis. Parecia estar escondendo algo. Seu olhar passou por ela como se não passasse de um móvel vagabundo, mas parou e ficou, ávido, em Nellie.

Um garçom apareceu com uma bandeja de taças de champanhe.

Burkes deu uma para Nellie e outra para Gia, depois ofereceu ao Sr. Bahkti, que balançou a cabeça.

– Desculpe, Kusum – disse Burkes. – Esqueci que você não bebe. Quer que eu traga alguma outra coisa? Um ponche de frutas?

O Sr. Bahkti balançou a cabeça.

– Não se preocupe. Talvez eu dê uma olhada na mesa do bufê mais tarde, para ver se vocês puseram algum daqueles ótimos chocolates ingleses.

– Você é um apreciador de chocolate? – indagou Nellie. – Eu adoro.

– Sou. Tomei gosto por chocolate quando estava na embaixada em Londres. Trouxe um pequeno estoque quando vim para este país. Mas isso foi há seis meses, e já faz algum tempo que acabou.

– Hoje mesmo recebi de Londres uma caixa de Magia Negra. Já experimentou?

Gia percebeu um prazer genuíno no sorriso do Sr. Bahkti.

– Já. Um chocolate excelente.

– Você deve ir até lá qualquer hora dessas e comer algum.

O sorriso cresceu.

– Talvez eu o faça.

Gia começou a rever sua opinião sobre o Sr. Bahkti. Parecia que ele tinha mudado de retraído para atencioso. Ou era simplesmente o efeito da quarta taça de champanhe? Estava toda formigando, sentia-se meio tonta.

– Eu soube de Grace – disse Burkes a Nellie. – Se houver alguma coisa que eu possa fazer...

– Estamos fazendo tudo que podemos – disse Nellie com um valente sorriso –, mas se resume praticamente a ficar esperando.

– O Sr. Bahkti e eu estávamos falando de um conhecido nosso, Jack Jeffers.

– Acho que o sobrenome é Nelson – disse o indiano.

– Não. Tenho certeza que é Jeffers. Não é, Srta. DiLauro? Você o conhece melhor, acredito.

Gia queria rir. Como podia dizer-lhes o sobrenome de Jack se nem tinha certeza?

– Jack é Jack – disse ela, o mais discretamente possível.

– Isso ele é! – disse Burkes com uma risada. – Ele ajudou o Sr. Bahkti recentemente, num assunto muito difícil.

– Ah, é? – disse Gia, tentando não parecer maliciosa. – Um caso de segurança? – Fora assim que Jack se apresentara a ela: "um consultor de seguros".

– Pessoal – disse o indiano e calou-se.

Gia ficou pensando naquilo. Para que a Missão do Reino Unido tinha usado Jack? E o Sr. Bahkti, um diplomata das Nações Unidas – por que precisaria de Jack? Não eram o tipo de homens para os quais Jack teria utilidade. Eram membros respeitáveis da comunidade diplomática internacional. O que queriam "consertar"? Surpreendeu-se ao notar o tom de respeito quando falavam dele. Ficou desconcertada.

– Mas, de qualquer maneira – disse Burkes –, eu estava pensando que talvez ele pudesse ajudar a encontrar sua irmã, Nellie.

Gia estava olhando para o Sr. Bahkti enquanto Burkes falava, e podia jurar que viu o indiano se encolher. Não teve tempo de confirmar a impressão porque virou-se para lançar um olhar rápido de aviso a Nellie: tinham prometido a Jack que ninguém saberia que estava trabalhando para ela.

– Uma ideia maravilhosa, Eddie – disse Nellie, percebendo o olhar de Gia sem perder a pose. – Mas tenho certeza de que a polícia está fazendo tudo que pode. No entanto, se...

– Ora, falando no diabo! – disse Burkes, interrompendo Nellie e olhando para a entrada.

Antes que Gia seguisse seu olhar, voltou-se mais uma vez para o Sr. Bahkti, que já se virara para onde Burkes apontava. No rosto escuro ela viu uma fúria tão profunda, tão intensa, que se afastou dele com receio de que pudesse explodir. Olhou para o outro lado do salão, tentando descobrir o que podia estar causando tal reação. E então ela o viu... e viu Kolabati.

Era Jack. Usava um fraque antiquado, gravata branca e colarinho de ponta virada. Estava maravilhoso. A contragosto, seu coração deu um pinote quando o viu – *Isso é apenas porque ele é um camarada americano entre todos esses estrangeiros* – e depois espatifou-se. Pois ele levava pelo braço a mulher mais bela que Gia já vira.

IX.

Vicky deveria estar dormindo. Já passava muito da sua hora de ir para a cama. Tinha tentado se forçar a dormir, mas o sono não vinha. Estava quente demais. Deitou-se por cima da colcha para se refrescar. O ar-condicionado não funcionava tão bem no terceiro andar como nos andares de baixo. Apesar do pijama favorito, curto e cor-de-rosa, das bonecas e do novo *Wuppet* para fazer-lhe companhia, ela não conseguia dormir. Eunice tinha feito de tudo, desde servir-lhe gomos de laranja – Vicky adorava laranjas e sempre queria mais – até ler histórias. Nada funcionou. Finalmente, Vicky fingiu dormir só para Eunice não ficar aborrecida.

Geralmente, quando não conseguia dormir era porque se preocupava com a mãe. Tinha vezes em que a mãe saía à noite e ela ficava com maus pressentimentos, achando que não voltaria, vítima de um terremoto, um furacão ou um acidente de carro. Nessas noites rezava e prometia ser sempre boazinha se a mãe voltasse sã e salva. Isso tinha funcionado até aquele dia.

Mas Vicky não estava preocupada esta noite. A mãe tinha saído com tia Nellie, que cuidaria dela. Não era preocupação que a mantinha acordada.

Eram os chocolates.

Vicky não conseguia tirar aqueles chocolates da cabeça. Nunca vira uma caixa como aquela – preta com beiradas douradas e uma enorme rosa vermelha na tampa. Vinda lá da Inglaterra. E o nome: Magia Negra! Só o nome já era suficiente para mantê-la acordada.

Tinha de ir ver. Só isso. Tinha de descer e espiar dentro da caixa e ver quão sortido era além da tampa.

Com a Sra. Jelliroll bem segura debaixo do braço, saiu da cama e dirigiu-se à escada. Desceu até o segundo andar sem fazer nenhum ruído, e depois até o térreo. O chão de ardósia do hall estava frio. Do fundo do corredor ouviu vozes e músicas e viu uma luz fraquinha na biblioteca, onde Eunice assistia à televisão. Vicky foi na ponta dos pés até a sala de estar, onde vira tia Nellie guardar a caixa de chocolates.

Encontrou-a numa mesa de canto. Estava sem o celofane. Vicky pôs a Sra. Jelliroll no pequeno sofá, sentou-se ao lado da boneca e puxou a caixa de Magia Negra para o colo. Ia levantar a tampa e parou.

Sua mãe teria um ataque se chegasse e a visse ali sentada. Já era errado estar acordada aquela hora, ainda mais com a caixa de chocolate da tia Nellie!

Mas Vicky não se sentia culpada de nada. De certa forma, essa caixa devia ser dela, mesmo *sendo* alérgica a chocolate. Era do seu pai, afinal. Esperava que quando a mãe passasse em casa hoje encontrasse um pacote para ela. Mas não. Nada do papai.

Vicky passou os dedos pela rosa da tampa. Bonita. Por que não podia ser dela? Talvez, depois que acabasse com os chocolates, tia Nellie a deixasse ficar com a caixa.

Quantos sobraram?

Levantou a tampa. O cheiro pesado e penetrante de chocolate amargo a envolveu, junto com os odores mais fracos dos diversos recheios. E outro cheiro, disfarçado pelos demais, um cheiro que ela não conhecia. Mas isso não tinha importância. O chocolate era mais forte que tudo. Sua boca encheu-se de saliva. Queria um. Oh, como queria só uma mordidinha.

Inclinou a caixa para ver melhor o conteúdo à luz do hall. Não havia nenhum quadradinho vazio! Não faltava nenhum dos bombons! Nesse ritmo levaria uma eternidade para ficar com a caixa vazia. Mas a caixa agora não era a coisa mais interessante. Estava morrendo de vontade de comer um bombom.

Pegou um do meio, imaginando qual seria o recheio. Estava duro, mas em segundos a cobertura de chocolate começou a amolecer. Jack tinha ensinado como enfiar o polegar na parte de baixo para ver de que cor era por dentro. Mas e se fosse um recheio líquido? Uma vez ela enfiou o dedo numa cereja coberta de chocolate e acabou com uma lambança grudenta no colo. Não ia enfiar dedo nenhum esta noite.

Levantou a caixa até bem perto do nariz. O cheiro não era tão bom assim. Talvez tivesse algo pegajoso por dentro, como grude de framboesa ou qualquer coisa do tipo. Uma mordida não faria mal. Talvez só uma mordidinha na cobertura. Assim não teria de se preocupar com o que tinha dentro. E talvez ninguém notasse.

Não.

Vicky pôs o bombom de volta. Recordou a última vez em que dera uma mordida num chocolate – seu rosto inchara como um enorme balão vermelho e as pálpebras ficaram tão estufadas que todas as crianças da escola disseram que ela parecia chinesa. Talvez ninguém notasse uma mordidinha, mas mamãe certamente notaria seu rosto inchado. Deu uma última olhada admirando as fileiras de montinhos escuros, tampou e repôs a caixa na mesa de canto.

Outra vez com a Sra. Jelliroll debaixo do braço, voltou para a escada e ficou ali parada, olhando para cima. Estava escuro lá. E ela sentia medo. Mas não podia ficar ali embaixo a noite toda. Começou a subir devagar, vigiando com cuidado a escuridão. Quando chegou ao segundo andar agarrou o corrimão e olhou em volta. Nada se mexia. Com o coração disparado, saiu correndo escada acima e não parou até chegar ao terceiro andar, onde pulou na cama e puxou o lençol sobre a cabeça.

X.

– Trabalhando muito, estou vendo.

Jack deu meia-volta ao som daquela voz, quase derrubando as duas taças de champanhe que acabava de tirar da bandeja de um garçom que passava.

– Gia! – Era a última pessoa que ele esperava ver ali. E a última que queria ver. Sentiu que deveria estar procurando Grace em vez de bebericar com diplomatas. Mas engoliu o sentimento de culpa, sorriu e tentou dizer algo brilhante. – Imagine só, encontrar você aqui.

– Vim com Nellie.
– Ah. Isso explica tudo.

Ficou ali olhando para ela, querendo estender a mão para que ela segurasse do jeito que fazia, sabendo que Gia simplesmente iria embora se ele fizesse isso. Notou a taça meio vazia na mão dela e os olhos brilhantes. Ficou imaginando quantas ela teria tomado. Gia não estava acostumada a beber.

– Então, o que tem feito? – perguntou ela, quebrando o silêncio incômodo entre os dois.

É – definitivamente bebeu demais. Sua voz estava meio embaralhada.

– Andou atirando em alguém ultimamente?

Oh, maravilha. Lá vamos nós.

Ele respondeu com voz baixa e calma. Não queria uma discussão.

– Tenho lido muito...
– O quê? A série *O carrasco* pela décima quarta vez?
– ...e assistido a filmes.
– Um festival de violência, imagino.
– Você está linda – disse ele, tentando falar dela e recusando-se a deixar que o aborrecesse. Não estava mentindo. O vestido caía muito bem e a cor rosada, da qual não sabia o nome, parecia feita para seu cabelo louro e seus olhos azuis.
– Você também não está nada mau.
– É minha roupa de Fred Astaire. Sempre quis usar um desses. O colarinho está me sufocando.
– Não é seu estilo mesmo.
– Tem razão. – Jack preferia ser discreto. Ficava mais feliz quando podia passar sem que ninguém o notasse. – Mas deu uma coisa em mim esta noite. Não podia perder a oportunidade de ser Fred Astaire pelo menos uma vez.
– Você não sabe dançar e sua parceira nunca seria confundida com Ginger Rogers.
– Posso sonhar, não posso?
– Quem é ela?

Jack analisou Gia com cuidado. Será que havia uma ponta de ciúme ali? Seria possível?

– Ela é... – Ele olhou em volta até encontrar Kusum – ...irmã daquele homem.

– Ela é o "assunto pessoal" que você consertou para ele?

– Como? – disse ele, sorrindo gentilmente. – Você andou perguntando coisas a meu respeito?

Gia desviou o olhar.

– Burkes falou de você. Não eu.

– Sabe de uma coisa, Gia? – disse Jack, sabendo que não devia, mas incapaz de resistir. – Você fica linda quando está com ciúmes.

Os olhos dela flamejaram e o rosto ficou vermelho.

– Não seja ridículo! – Ela virou-se e saiu dali.

Típico, pensou Jack. Ela não queria nada com ele, mas não queria vê-lo com mais ninguém.

Procurou Kolabati – que não era uma mulher típica de qualquer padrão – e encontrou-a de pé ao lado do irmão, que parecia estar se esforçando muito para fingir que não a via.

Enquanto caminhava na direção do casal silencioso, Jack admirou o jeito como o vestido de Kolabati grudava em seu corpo. Era feito de um tecido transparente e muito branco, que passava pelo ombro direito e se enrolava sobre os seios como bandagem. O ombro esquerdo estava completamente nu, expondo sua pele escura e perfeita para que todos admirassem. E havia muitos admiradores.

– Olá, Sr. Bahkti – disse Jack, dando a taça de champanhe para Kolabati.

Kusum olhou para o champanhe, para Kolabati, e deu um sorriso seco para Jack.

– Posso cumprimentá-lo pela decadência da sua vestimenta?

– Obrigado. Eu sabia que não estava na moda, então concordo que seja decadente. Como vai sua avó?

– Fisicamente bem, mas temo que esteja sofrendo de um distúrbio mental.

– Ela está bem – disse Kolabati com um olhar mordaz para o irmão. – Recebi notícias recentes e ela está indo muito bem. – Então, ela sorriu com doçura. – Oh, por falar nisso, Kusum querido, Jack estava perguntando sobre a erva *durba* hoje. Pode dizer-lhe alguma coisa a respeito?

Jack viu Kusum enrijecer diante do nome *durba*. Ele notara o espanto de Kolabati quando fizera a pergunta pelo telefone. O que significava a erva *durba* para esses dois?

Ainda sorrindo, Kolabati afastou-se despreocupada, deixando Kusum frente a frente com Jack.

– O que queria saber?
– Nada especial. É que... ela é usada como laxante?

A expressão de Kusum continuou impassível.

– Tem muitas utilidades, mas nunca ouvi dizer que fosse recomendada para constipação. Por que pergunta?

– Só curiosidade. Uma velha senhora que conheço disse que estava usando uma mistura com extrato da erva *durba*.

– Estou surpreso. Não imaginava que existisse erva *durba* nos Estados Unidos. Onde ela comprou?

Jack estava analisando o rosto de Kusum. Havia algo ali... alguma coisa que não conseguia definir direito.

– Não sei. Ela agora está viajando. Quando voltar eu pergunto.
– Jogue fora se tiver alguma, meu amigo – disse Kusum, sério. – Alguns preparados com erva *durba* têm efeitos colaterais indesejáveis. Jogue fora. – Antes que Jack pudesse dizer qualquer coisa, Kusum fez uma de suas pequenas mesuras. – Desculpe-me. Tenho de falar com algumas pessoas antes de a recepção terminar.

Efeitos colaterais indesejáveis? Que diabo significava isso?

Jack perambulou pelo salão. Viu Gia outra vez, mas ela evitou seu olhar. Finalmente, aconteceu o inevitável: ele esbarrou em Nellie Paton. Viu a dor por trás do sorriso dela e de repente sentiu-se ridículo naquele traje antiquado. Essa mulher lhe pedira que encontrasse sua irmã desaparecida e ali estava ele, vestido como um gigolô.

– Gia me disse que você não descobriu nada – acusou ela em voz baixa, depois de cumprimentá-lo.

– Estou tentando. Se ao menos tivesse mais alguma coisa em que me basear. Estou fazendo o que...

– Sei que está, querido – disse Nellie, dando tapinhas na mão dele.
– Você jogou limpo. Não fez promessas e avisou que talvez não conseguisse nada além do que a polícia já tinha feito. Tudo que preciso saber é que alguém ainda está procurando.

– E eu estou – ele abriu os braços. – Pode não parecer, mas estou.

– Oh, bobagem! – disse ela, sorrindo. – Todos precisamos de um descanso. E você parece ter uma bela companheira para isso.

Jack virou-se para onde Nellie olhava e viu Kolabati chegando. Ele apresentou as duas mulheres.

– Oh, conheci seu irmão hoje! – disse Nellie. – Um homem muito charmoso.

– Quando ele quer – respondeu Kolabati. – Por falar nisso, algum de vocês o viu?

Nellie meneou a cabeça.

– Eu o vi saindo há uns dez minutos.

Kolabati murmurou algo. Jack não entendia indiano, mas sabia reconhecer uma praga quando a ouvia.

– Algo errado?

– De jeito nenhum. Só queria perguntar-lhe uma coisa antes de ele ir embora.

– Por falar em ir embora – interrompeu Nellie –, acho que é uma boa ideia. Com licença, vou procurar Gia – disse ela e saiu, alvoroçada.

Jack olhou para Kolabati.

– Não é má ideia. Você já aguentou bastante esse bando diplomático por uma noite.

– Por mais de uma noite.

– Para onde vamos?

– Que tal seu apartamento? A menos que tenha uma ideia melhor.

Jack não tinha nenhuma.

XI.

Kolabati passou a maior parte da noite quebrando a cabeça para descobrir um jeito de abordar o assunto com Jack. Tinha de saber da erva *durba!* Onde ele ouvira falar dela? Será que ele tinha alguma? Precisava saber!

Decidiu-se por uma abordagem direta. Assim que entraram no apartamento dele, ela perguntou:

– Onde está a erva *durba*?

– Não tenho nenhuma – disse Jack, tirando o fraque e pendurando num cabide.

Kolabati examinou a sala. Não viu nenhuma crescendo nos vasos.

– Mas você deve ter.

– É verdade, não tenho.

– Então por que perguntou sobre ela no telefone hoje?

– Já lhe disse que...

– A verdade, Jack. – Ela sabia que seria difícil arrancar uma resposta franca dele. – Por favor. É importante.

Jack a fez esperar enquanto desabotoava a gravata e o colarinho. Parecia contente em estar sem aquela roupa. Olhou-a nos olhos. Por um momento pensou que ele diria a verdade. Contudo, ele respondeu à pergunta com outra pergunta:

– Por que quer saber?

– Conte-me, Jack.

– Por que é tão importante?

Ela mordeu o lábio. Tinha de contar-lhe alguma coisa.

– Preparada de certa forma pode ser... perigosa.

– Como perigosa?

– Por favor, Jack. Apenas conte-me o que aconteceu e direi se é alguma coisa com a qual deva se preocupar.

– Seu irmão também disse que eu tomasse cuidado.

– Ele disse? – Ela não conseguia acreditar que Kusum não estivesse envolvido nisso. Mas ele prevenira Jack.

– O que ele disse?

179

– Mencionou efeitos colaterais. "Efeitos colaterais indesejáveis." Que efeitos são esses ele não disse. Esperava que talvez você pudesse...
– Jack! Por que fica escondendo as coisas de mim?

Ela estava realmente preocupada com ele. Amedrontada por ele. Isso talvez o tenha feito entender. Olhou para ela e deu de ombros.

– Está bem, está bem. – Ele foi até o enorme aparador vitoriano, tirou uma garrafa de uma minúscula gaveta escondida nos entalhes e levou-a até Kolabati. Instintivamente, ela estendeu a mão para pegá-la. Jack não deixou e balançou a cabeça enquanto desatarraxava a tampa.

– Cheire primeiro.

Segurou a garrafa sob o nariz dela. À primeira inalada Kolabati pensou que ia cair. *Elixir de rakoshi!* Tentou tirar a garrafa da mão de Jack, mas ele foi mais rápido e a manteve fora do seu alcance. Ela precisava tomar-lhe aquilo!

– Dê-me isso, Jack. – Sua voz tremia com o terror que sentia por ele.

– Por quê?

Kolabati respirou fundo e começou a andar pela sala. *Pense!*

– Quem lhe deu isso? E, por favor, não me pergunte por que quero saber. Apenas responda.

– Está bem. Resposta: ninguém. – Ela lançou-lhe um olhar feroz.

– Vou reformular a pergunta. Onde conseguiu?

– No quarto de uma velha senhora que desapareceu entre a noite de segunda-feira e a manhã de terça-feira, e que não foi mais vista desde então.

Então o elixir *não* era para Jack! Chegara até ele por outros motivos. Ela começou a relaxar.

– Você bebeu isso?

– Não.

Não fazia sentido. Um *rakosh* fora ao apartamento dele na noite anterior. Tinha certeza disso. O elixir devia tê-lo atraído. Ela estremeceu só de pensar no que poderia ter acontecido se Jack estivesse sozinho.

– Você deve ter provado.

Jack franziu o rosto.

– Ah, é... provei. Só uma gota.

Ela se aproximou, sentindo uma pressão no peito.

– Quando?

– Ontem.

– E hoje?

– Nada. Não é exatamente um refrigerante.

Alívio.

– Nunca mais deixe que uma gota sequer desse líquido toque seus lábios... ou de qualquer pessoa.

– Por quê?

– Jogue-o na privada! Jogue no esgoto! Qualquer coisa! Mas não deixe que uma gota sequer entre no seu organismo outra vez!

– O que há de errado com isso? – Jack estava ficando visivelmente aborrecido agora. Kolabati sabia que ele queria respostas e não podia contar-lhe a verdade sem que ele a achasse louca.

– É um veneno fatal – disse ela. – Era a única coisa que podia pensar como desculpa. – Você teve sorte de só ter tomado uma gota. Um pouco mais e estaria...

– Não é verdade – disse ele, segurando a garrafa destampada. Mandei analisá-lo hoje. Não há toxinas aqui.

Kolabati lamentou por não ter pensado que ele mandaria analisar o elixir. De que outra maneira saberia que continha erva *durba*?

– É venenoso de outra forma – disse ela numa pobre improvisação, sabendo que ele não acreditaria.

Se ao menos soubesse mentir como Kusum! Sentiu lágrimas de frustração enchendo os olhos.

– Oh, Jack, por favor, ouça o que digo! Não quero que nada lhe aconteça! Confie em mim!

– Confiarei se me disser o que está acontecendo. Eu encontro esse negócio entre as coisas de uma mulher desaparecida, você me diz que é perigoso, mas não diz como ou por quê. O que está havendo?

– Não *sei* o que está acontecendo! Tudo que posso dizer é que uma coisa horrível acontece com quem toma essa mistura!

– Ah, é? – Jack olhou para a garrafa na mão e depois para Kolabati.

Acredite em mim! Por favor, acredite em mim!

Sem aviso, ele virou a garrafa na boca.

– *Não!* – Kolabati pulou em cima dele, gritando.

Tarde demais. Ela viu a garganta dele se mexer. Jack engolira um pouco.

– *Seu idiota!*

Ela se enfureceu com a própria idiotice. *Ela* era a idiota! Não estava pensando claramente. Se estivesse, teria percebido a inevitabilidade do que acabava de acontecer. Depois do seu irmão, Jack era o homem mais inexoravelmente descompromissado que conhecia. Sabendo disso, o que a fizera pensar que ele entregaria o elixir sem uma explicação completa do que era? Qualquer tolo poderia prever que ele esclareceria o assunto daquela maneira. As razões que a faziam sentir-se atraída por Jack eram as mesmas que acabavam de amaldiçoá-lo.

E ela sentia tanta atração por ele. Descobriu, num choque explosivo, a verdadeira profundidade de seus sentimentos quando o viu beber o elixir de *rakoshi*. Ela tivera muitos amantes. Eles entraram e saíram de sua vida em Bengala, na Europa e em Washington. Mas Jack era alguém especial. Ele a fazia sentir-se completa. Tinha uma coisa que os outros não tinham... uma pureza – qual era a palavra certa? – que queria para si mesma. Queria estar com ele, ficar com ele, tê-lo só para si.

Mas primeiro tinha de encontrar uma maneira de mantê-lo vivo durante aquela noite.

XII.

O juramento foi feito... o juramento tem de ser cumprido... o juramento foi feito...

Kusum repetia as palavras mentalmente, sem parar.

Estava sentado na sua cabine com o *Gita* aberto no colo. Tinha parado de ler. O navio balançava devagar, mas estava em silêncio, a não ser pelo arrastar familiar do compartimento principal a meia-nau. Não sentia medo deles. Pensamentos jorravam de sua mente como uma torrente incontrolável. A mulher que conhecera aquela noite,

Nellie Paton. Sabia seu nome de solteira: Westphalen. Uma doce e inofensiva velhota que adorava chocolate, preocupada com o desaparecimento da irmã, sem saber que a irmã estava fora do alcance de suas preocupações, e que seus temores deviam ser dedicados a ela mesma. Pois seus dias estavam contados nos dedos de uma mão. Talvez fosse um dedo só.

E aquela mulher loura, que não era uma Westphalen, mas mãe de uma.

Mãe de uma criança que logo seria a última Westphalen. Mãe de uma criança que devia morrer.

Será que estou são?

Quando pensou na missão em que tinha se metido, na destruição que já causara, estremeceu. E só tinha cumprido a metade.

Richard Westphalen tinha sido o primeiro. Fora sacrificado aos *rakoshi* quando Kusum estava na embaixada em Londres. Lembrava-se do querido Richard: os olhos esbugalhados de medo, o choro, os gemidos, as súplicas, todo encolhido diante dos *rakoshi*, respondendo com detalhes a todas as perguntas que Kusum fazia sobre suas tias e filha nos Estados Unidos. Lembrou-se do quanto lamentosamente Richard Westphalen suplicara por sua vida, oferecendo qualquer coisa – até a amante no seu lugar – se lhe fosse permitido viver.

Richard Westphalen não tivera uma morte digna e seu carma carregaria essa mancha por várias encarnações.

O prazer que Kusum sentira ao entregar Richard Westphalen aos gritos para os *rakoshi* fora desanimador. Ele estava cumprindo um dever. Não devia sentir prazer nenhum. Mas pensou, na época, que se as três Westphalen restantes eram criaturas tão censuráveis quanto Richard, a execução do juramento seria um serviço para a humanidade.

Mas isso não era verdade. A velha senhora, Grace Westphalen, era feita de material mais austero. Portou-se bem antes de desmaiar. Estava inconsciente quando Kusum a entregara aos *rakoshi*.

Mas Richard e Grace tinham sido estranhos para Kusum. Só os vira de longe antes do sacrifício. Investigara seus hábitos pessoais e estudara suas rotinas, mas nunca se aproximara deles, nunca havia falado com eles.

Esta noite ele ficara a menos de meio metro de Nellie Paton, conversando sobre chocolates ingleses com ela. Achou-a agradável, bondosa e despretensiosa. E, no entanto, tinha de morrer por desígnio dele.

Kusum esfregou o único punho nos olhos, forçando-se a pensar nas pérolas que vira no pescoço dela, as joias nos seus dedos, a luxuosa casa em que morava, a fortuna que ela administrava, tudo comprado por um preço terrível de morte e destruição da sua família. O fato de Nellie Paton ignorar a origem da sua riqueza nada mudava.

Um juramento tinha sido feito...

E a estrada para um carma puro dependia do cumprimento daquela promessa. Embora tivesse caído no caminho, ele acertaria tudo outra vez, atendendo ao primeiro voto, seu *vrata*. A deusa lhe falara durante a noite. Kali mostrara-lhe o caminho.

Kusum pensava no preço que outros tiveram de pagar – e que em breve pagariam – pela purificação de seu carma. A poluição daquele carma era culpa sua e de mais ninguém. Tinha tomado os votos de *Brahmacharya* voluntariamente, e durante muitos anos levara uma vida de castidade e continência sexual. Até...

Sua mente fugia dos dias que deram fim à sua vida como *Brahmachari*. Foram pecados – *patakas* – que manchariam todas as vidas. Mas ele cometeu um *mahapataka,* poluindo totalmente seu carma. Foi um golpe catastrófico na sua busca do *moksha,* a liberação da roda cármica. Significava que sofreria muito antes de nascer outra vez como um homem mau de uma casta inferior. Pois violara o voto de *Brahmacharya* da maneira mais abominável.

Mas o *vrata* a seu pai ele não violaria: embora o crime tivesse acontecido há mais de um século, todos os descendentes de Sir Albert Westphalen deviam morrer por isso. Só restavam dois.

Um novo barulho veio lá de baixo. A mãe estava arranhando a porta. Tinha captado o Aroma e queria caçar.

Ele levantou-se e foi até a porta da cabine, mas parou, sem saber o que fazer. Sabia que a Sra. Paton tinha recebido os bombons. Antes de sair de Londres, injetara em cada um algumas gotas do elixir, deixando o pacote embrulhado e endereçado aos cuidados de uma secretária da embaixada, para guardar até receber ordem de colocá-la no correio. E agora tinha chegado. Tudo seria perfeito.

Se não fosse Jack.

Jack conhecia os Westphalen. Uma coincidência incrível mas não impossível, porque tanto os Westphalen quanto Kusum conheceram Jack através de Burkes, da Missão do Reino Unido. E parecia que Jack conseguira a pequena garrafa de elixir que Kusum havia providenciado para que Grace recebesse no último fim de semana. Será que fora mero acaso ele ter pego aquela garrafa para investigar? Do pouco que Kusum conhecia de Jack, duvidava disso.

Embora Jack representasse um risco considerável – com suas habilidades intuitivas inatas e sua capacidade unida à vontade de provocar danos físicos, ele era um homem muito perigoso – Kusum detestaria que lhe acontecesse algum mal. Tinha uma dívida com ele por ter devolvido o colar a tempo. Mais importante ainda, Jack era uma criatura rara demais no mundo ocidental – Kusum não queria ser o responsável por sua extinção. E, finalmente, havia aquela espécie de identificação que sentia com o homem. Sentia que Repairman Jack era uma espécie de pária na sua própria pátria, como Kusum tinha sido na sua até recentemente. Era verdade que Kusum agora possuía um grupo crescente de seguidores em casa e também frequentava os círculos mais altos do corpo diplomático da Índia, como se pertencesse a ele, mas ainda era um pária de coração. Pois não seria nunca – nunca poderia ser – parte da "nova Índia".

A "nova Índia"! Após cumprir seu juramento, voltaria para casa com seus *rakoshi*. E então começaria a executar a tarefa de transformar a "nova Índia" num país respeitador de sua herança.

Ele tinha tempo.

E tinha os *rakoshi*.

O arranhar da mãe na porta estanque tornou-se mais insistente. Teria de deixá-la caçar esta noite. Só desejava que a Sra. Paton tivesse comido um dos bombons e que a mãe guiasse seu filhote até lá. Tinha quase certeza de que Jack estava com a garrafa do elixir e que provara um pouco no dia anterior – uma única gota era o suficiente para atrair um *rakosh*. Mas não provaria uma segunda vez. Então provavelmente era a Sra. Paton quem carregava agora o Aroma.

Kusum se animou ao descer para libertar a mãe e o filhote.

XIII.

Estavam abraçados no sofá, Jack sentado, Kolabati largada sobre ele, os cabelos como uma nuvem negra de tempestade cobrindo seu rosto. Era uma repetição da noite anterior, com exceção do que acontecera no quarto.

Após a reação inicial de medo em Kolabati ao vê-lo engolir o líquido, Jack ficou aguardando para ver o que ela diria. Tomar aquele gole fora uma jogada radical de sua parte, mas estava dando cabeçadas contra essa coisa havia algum tempo. Talvez agora conseguisse algumas respostas.

Mas ela não disse nada. Em vez disso, começou a despi-lo. Quando ele protestou, Kolabati começou a passar as unhas nele de uma forma que baniu todas as perguntas sobre líquidos misteriosos de sua cabeça.

As perguntas podiam esperar. Tudo podia esperar.

Jack flutuava agora num rio langoroso de sensações, que ia não se sabe para onde. Havia tentado pegar o timão, mas desistira, cedendo ao conhecimento superior de Kolabati sobre as várias correntes e meandros do caminho. No que dizia respeito a Jack, Kolabati podia levá-lo aonde quisesse. Haviam explorado territórios novos na noite anterior e outros estavam por vir nessa noite. Estava pronto para avançar ainda mais. Só esperava que ficasse à tona durante as excursões que estavam por vir.

Kolabati mal começara a guiá-lo para a mais nova aventura quando o cheiro voltou. Só um traço, mas o bastante para ser reconhecido como o mesmo fedor inesquecível da noite anterior.

Se Kolabati sentiu também, não disse nada. Mas imediatamente ficou de joelhos e girou os quadris sobre ele. Quando sentou-se sobre Jack de pernas abertas, suspirando, ela colou seus lábios nos dele. Jack entrou no ritmo dela e começou a se mexer, mas, como havia acontecido na noite anterior, sentiu uma tensão estranha nela quando o cheiro invadiu o apartamento, o que o fez diminuir seu ardor.

E o cheiro... era nauseante, tornando-se mais forte, empesteando o ar em volta deles. Parecia sair da sala de estar. Jack estava beijando o pescoço de Kolabati em volta do colar. Levantou a cabeça e, por cima do ombro dela, que subia e descia, pôde perceber a escuridão da sala. Não viu nada...

Um ruído.

Um estalido, na verdade muito parecido com o ruído que o ar-condicionado da sala de estar fazia de vez em quando. Mas diferente. Um pouco mais alto. Um pouco mais forte. Alguma coisa naquele ruído alertou Jack. Manteve os olhos abertos...

E, enquanto olhava, dois pares de olhos amarelos começaram a brilhar do lado de fora da janela da sala de estar.

Devia ser um efeito de luz. Apertou os olhos para ver melhor, mas eles continuaram lá. Estavam se mexendo, como se procurassem alguma coisa. Um dos pares fixou-se em Jack por um instante. Uma garra arranhou a parede externa de seu coração quando encarou aqueles círculos amarelos brilhantes... era como olhar para a própria alma do diabo. Sentiu que se encolhia dentro de Kolabati. Queria empurrá-la, correr até a escrivaninha de carvalho, tirar todos os revólveres de trás do painel da base e atirar pela janela com dois de cada vez.

Mas não podia se mexer! Um pavor desconhecido agarrou-o com punhos de aço, prendendo-o ao sofá. Estava paralisado pela estranheza daqueles olhos e pela maldade pura por trás deles.

Kolabati devia saber que alguma coisa estava errada – não podia deixar de saber. Ela inclinou-se para trás e olhou para ele.

– O que você vê? – Seus olhos estavam arregalados e a voz quase inaudível.

– Olhos – disse Jack. – Olhos amarelos. Dois pares.

Ela prendeu a respiração.

– Na outra sala?

– Do lado de fora da janela.

– Não se mova, não diga mais nenhuma palavra.
– Mas...
– Pelo bem de nós dois. Por favor.

Jack não se mexeu nem disse nada. Ficou olhando para o rosto de Kolabati, tentando decifrá-lo. Ela estava com medo, mas não sabia de mais nada além disso. Por que ela não ficara surpresa quando ele disse que havia olhos espiando do lado de fora de uma janela no terceiro andar, sem escada de incêndio?

Olhou por cima do ombro dela outra vez. Os olhos continuavam lá, ainda à procura de alguma coisa. O quê? Pareciam confusos, e mesmo quando olhavam diretamente para ele pareciam não estar vendo. O olhar passava por ele, deslizava nele, passava através dele.

Isso é loucura! Por que estou aqui sentado?

Estava furioso consigo mesmo por ceder tão facilmente ao medo do desconhecido. Havia alguma espécie de animal lá fora – dois deles. Nada que ele não pudesse cuidar.

Quando tentou tirar Kolabati de cima dele, ela deu um grito. Agarrou-o pelo pescoço, quase estrangulando-o, e apertou os joelhos contra o seu quadril.

– *Não se mexa!* – A voz dela era um sussurro frenético.

– Deixe-me levantar. – Ele tentou escorregar por baixo, mas Kolabati virou e puxou-o por cima dela. Seria cômico se o terror não fosse genuíno.

– Não me deixe!

– Vou ver o que está lá fora.

– Não! Se dá valor à sua vida, fique onde está!

Estava começando a soar como um filme ruim.

– Ora! O que poderia haver lá fora?

– É melhor que nunca descubra.

Isso provocou mais curiosidade. Ele tentou gentilmente, mas com firmeza, se soltar de Kolabati. Ela protestou o tempo todo e não soltava seu pescoço. Será que tinha ficado louca? O que estava acontecendo com ela?

Finalmente, conseguiu ficar de pé, com Kolabati ainda pendurada nele, e teve de arrastá-la até a porta da sala de tevê.

Os olhos não estavam mais lá.

Jack tropeçou a caminho da janela. Nada ali. E nada visível na escuridão do beco lá embaixo. Virou-se para Kolabati e disse:

– O que havia lá fora?

A expressão dela era de inocência e charme.

– Você viu: nada.

Ela o soltou e voltou para a sala, sem se preocupar com a própria nudez. Jack observou o brilho ondulante dos seus quadris silhuetados contra a luz, enquanto ela se afastava. Algo acontecera ali naquela noite e Kolabati sabia o que era. Mas Jack não tinha ideia de como fazê-la contar a verdade. Não conseguira descobrir nada sobre o tônico de Grace – e agora isso.

– Por que estava com tanto medo? – disse ele, indo atrás dela.

– Não estava com medo. – Ela começou a vestir a calcinha. Jack a imitou:

– "Se dá valor à sua vida", e o que mais que tenha dito. Você estava assustada! Com o quê?

– Jack, eu o amo muito – disse ela numa voz que não era tão despreocupada quanto queria fazer parecer –, mas você me parece bobo às vezes. Era só uma brincadeira.

Jack sentiu a inutilidade de continuar com aquilo. Ela não pretendia contar-lhe nada. Ficou olhando enquanto ela acabava de se vestir – não demorou, pois não estava usando muita coisa – com uma sensação de *déjà-vu*. Não tinham encenado esse ato na noite passada?

– Você vai embora?

– É. Tenho de...

– Ver seu irmão?

Ela olhou para ele.

– Como sabe?

– Adivinhei.

Kolabati se aproximou dele e abraçou-o pelo pescoço.

– Sinto muito ter de fugir desse jeito outra vez. – Deu-lhe um beijo. – Podemos nos ver amanhã?

– Estarei fora da cidade.

– Segunda-feira, então?

Ele se controlou para não dizer que sim.

– Não sei. Não estou gostando dessa nossa rotina: chegamos aqui, fazemos amor, um fedor entra na sala, você fica tensa e gruda em mim como uma segunda pele, o fedor vai embora e você se manda.

Kolabati beijou-o outra vez e Jack sentiu que começava a correspondê-la. Essa mulher indiana tinha seus segredos.

– Não acontecerá outra vez. Prometo.

– Como pode ter tanta certeza?

– Simplesmente tenho – disse ela com um sorriso.

Jack levou-a até a porta e trancou-a quando Kolabati saiu. Ainda nu, ele voltou à janela da sala de estar e ficou ali olhando para a escuridão. A cena de praia estava quase invisível na parede sombreada do outro lado do beco. Nada se mexia, nem olhos brilhavam. Não estava louco nem usava drogas. Alguma coisa – duas coisas – tinham estado lá fora esta noite. Dois pares de olhos amarelos estavam olhando para dentro. Algo naqueles olhos era familiar, mas não conseguia descobrir o quê. Jack não provocou nada. Aconteceria mais cedo ou mais tarde.

O parapeito externo da janela chamou sua atenção. Viu três longos arranhões brancos no concreto. Tinha certeza de que não estavam ali antes. Estava confuso e apreensivo, zangado e frustrado – e o que podia fazer? Ela havia ido embora.

Foi até a sala para pegar uma cerveja. No caminho, olhou para a prateleira sobre a grande arca onde deixara a garrafa com a mistura de ervas depois de tomá-la.

Tinha sumido.

XIV.

Kolabati correu para a Central Park West. Aquele era um bairro residencial com árvores perto da calçada e carros estacionados dos dois lados da rua. Agradável de dia, mas à noite cheio de sombras, com muitos esconderijos escuros. Não eram os *rakoshi* que ela temia – não enquanto usasse o colar. Eram os humanos. E com razão: vejam o que havia acontecido na quarta-feira, porque um assaltante pensara que um colar de ferro e topázio era valioso.

Relaxou ao chegar à Central Park West. Havia bastante tráfego ali, embora fosse tão tarde, e a iluminação fluorescente sobre a rua fazia com que até o ar em torno parecesse brilhar. Táxis vazios passavam por ali. Deixou que se fossem. Tinha algo a fazer antes de pegar um.

Kolabati andou pela calçada até encontrar um bueiro. Tirou a garrafa de elixir de *rakoshi* de dentro da bolsa. Não gostara de roubá-la de Jack, até porque teria de inventar uma explicação convincente mais tarde. Mas o que contava era a segurança dele, e para garanti-la roubaria inúmeras vezes.

Tirou a tampa e derramou a mistura verde no bueiro, esperando até cair a última gota.

Respirou aliviada. Jack estava seguro. Os *rakoshi* não iriam mais atrás dele.

Sentiu alguém atrás de si e virou-se. Uma mulher bem velha estava a uns 4 metros, observando-a debruçada sobre o bueiro. Uma velha intrometida. Kolabati achou horrível todas aquelas rugas e a postura encurvada. Nunca ficaria velha assim.

Kolabati se endireitou, tampou a garrafa e guardou-a na bolsa. Guardaria aquilo para Kusum.

É, meu querido irmão, pensou ela, decidida, *não sei como, nem com que finalidade, mas sei que está envolvido. E em breve terei as respostas.*

XV.

Kusum estava na casa de máquinas na popa do seu navio, e todas as células de seu corpo vibravam no compasso das monstruosidades a diesel, uma de cada lado. O zumbido, o rugido, o estardalhaço de dois motores maltratavam seus tímpanos. Um homem podia morrer gritando lá embaixo, nas entranhas do navio, que ninguém no convés logo acima ouviria. Com os motores ligados, não ouviria nem seus próprios berros.

Entranhas do navio... que expressão apropriada. Canos como uma massa intestinal corriam pelo ar, pelas paredes, sob os passadiços, verticais, horizontais, diagonais.

Os motores estavam quentes. Era hora de chamar a tripulação.

Os doze *rakoshi* que vinha treinando para cuidar do navio estavam indo bem, mas queria deixá-los afiados, caso tivesse de levar o navio para o mar em pouco tempo. Esperava que isso não acontecesse em breve, mas os incidentes dos últimos dias o haviam impedido de garantir qualquer coisa. Esta noite só servira para reforçar sua observação.

Estava de mau humor quando saiu da casa de máquinas. A mãe e o filhote tinham voltado mais uma vez de mãos vazias. Aquilo significava apenas uma coisa. Jack experimentara o elixir outra vez e Kolabati estava lá para protegê-lo... com seu corpo.

Seu pensamento se encheu de desespero. Kolabati estava se destruindo. Tinha passado muito tempo entre os ocidentais. Já absorvera muitos dos seus hábitos de vestir. Que outros hábitos imundos teria aprendido? Tinha de encontrar um jeito de salvá-la de si mesma.

Mas não esta noite. Ia tratar de seus interesses pessoais: já tinha feito as orações da noite; fizera a oferenda de água e gergelim que costumava fazer três vezes ao dia... Amanhã faria uma oferenda mais ao gosto da Deusa. Agora estava pronto para trabalhar. Não haveria castigo para os *rakoshi* esta noite, só trabalho.

Kusum pegou o chicote no lugar onde o deixara no convés e bateu o cabo na porta que dava para o compartimento principal. A mãe e os filhotes que formavam a tripulação estariam à espera do outro lado. O som dos motores era o sinal para se prepararem. Ele libertou os *rakoshi*. Quando as formas escuras e de pernas longas começaram a subir os degraus do convés, ele trancou a porta e foi para a casa do leme.

Kusum ficou diante dos controles. Os gráficos e mostradores bruxuleantes, verdes sobre o negro, mais pareciam equipamentos de uma nave lunar do que dessa velha banheira enferrujada. Mas já eram conhecidos de Kusum. Durante sua permanência em Londres mandara passar para o computador a maior parte das funções do navio, inclusive navegação e leme. No mar aberto, ele podia marcar um destino, passar para o computador e cuidar de outros afazeres. O computador escolheria o melhor curso pelas rotas habituais de navegação e o deixaria a 60 milhas da costa do seu destino, incomodando-o durante a viagem apenas se outras embarcações chegassem a uma determinada distância.

E tudo funcionava. Na viagem-teste através do Atlântico – com uma tripulação humana e os *rakoshi* rebocados lá atrás numa barcaça – não houvera nenhum transtorno.

Mas o sistema só era útil em mar aberto. Nenhum computador o levaria para fora do porto de Nova York. Podia ajudar, mas Kusum teria de fazer a maior parte do trabalho – sem a ajuda de um rebocador ou de um piloto. O que era ilegal, é claro, mas não podia se arriscar e deixar qualquer pessoa, nem mesmo um piloto do porto, entrar em seu navio. Tinha certeza de que, se cronometrasse cuidadosamente a partida, chegaria a águas internacionais antes que alguém o fizesse parar. Mas se a Patrulha do Porto ou a Guarda Costeira tentassem abordar o navio, Kusum teria uma recepção preparada.

Os treinos eram importantes para ele; davam-lhe paz de espírito. Se algo errado acontecesse e se a carga viva do seu cargueiro fosse descoberta, ele precisaria ter certeza de poder partir em pouco tempo. Por isso fazia os *rakoshi* repetirem suas funções regularmente, para que não as esquecessem.

O rio estava escuro e parado, o cais deserto. Kusum checou seus instrumentos. Tudo pronto para o treino desta noite. Uma única piscadela das luzes de navegação e os *rakoshi* entravam em ação, soltando e desamarrando as cordas e cabos de atracação. Eles eram ágeis e incansáveis. Conseguiam saltar da amurada para o cais, soltar os cabos da estacaria e subir por esses mesmos cabos de volta ao navio. Se algum caísse, não haveria problema. Eles ficavam muito à vontade na água. Afinal, tinham nadado atrás do navio depois que a barcaça se soltara na altura de Staten Island e subiram a bordo depois que o navio atracou, quando foi liberado pela alfândega.

Em poucos minutos, a mãe subia pelo centro da coberta da proa. Esse era o sinal de que todas as amarras estavam soltas. Kusum engrenou a marcha à ré nos dois motores. As hélices gêmeas começaram a puxar a proa para longe do cais. O computador ajudou Kusum, fazendo pequenas correções quanto à maré, mas o maior peso da tarefa ficava sobre suas costas. Com um cargueiro maior, tal manobra teria sido impossível. Mas esse navio em particular, equipado como era e com Kusum no leme, poderia fazê-la. Kusum fizera várias tentativas meses a fio, tinha batido várias vezes contra o cais e haviam sobrevivido a dois momentos terríveis, nos quais pensou ter perdido o controle do navio antes de se tornar competente. Agora era rotina.

O navio recuou na direção de Nova Jersey até se afastar do cais. Deixando o motor de estibordo na ré, Kusum passou o motor de bombordo para ponto morto e depois para a frente. O navio começou a virar para o sul. Kusum procurou muito até encontrar esse navio – poucos navios desse tamanho tinham hélices gêmeas. Mas a paciência valera a pena. Agora tinha um navio que podia girar 360 graus num círculo com diâmetro igual ao seu comprimento.

Quando a proa acabou de virar 90 graus e apontava para Battery, Kusum pôs os motores em ponto morto. Se fosse hora de partir, teria dado toda a força à frente nos dois e avançado na direção do Narrows e do oceano Atlântico mais adiante. Se ao menos pudesse! Se ao menos sua missão ali tivesse terminado! Com relutância, passou a marcha adiante no motor de estibordo e a ré no de bombordo. A proa voltou a apontar para o cais. Depois era só alternar marcha à ré e à frente nos dois para encaixar o navio no lugar. Duas piscadelas das luzes e os *rakoshi* pulavam para o cais e prendiam o navio.

Kusum esboçou um sorriso de satisfação. Sim, eles estavam prontos. Não demoraria muito para deixarem aquele país obsceno para sempre. Kusum providenciaria para que os *rakoshi* não voltassem de mãos vazias amanhã à noite.

6

Bengala Ocidental, Índia
Sábado, 25 de julho de 1857

Muita gente ia morrer hoje. Sir Albert Westphalen não tinha dúvida disso.

E ele poderia ser um deles.

Ali, no alto daquele monte, com o sol da manhã às costas, o mítico Templo nas Colinas e seu pátio murado espalhados à frente, ele não estava tão certo de que teria a habilidade para levar seus planos adiante até o fim. O esquema abstrato, que parecia tão simples e direto no seu escritório em Bharangpur, transformara-se em algo bem diferente naquelas montanhas misteriosas sob a luz fria da madrugada.

Seu coração batia contra o esterno enquanto examinava o templo através do binóculo, de barriga para baixo. Devia estar louco ao pensar que isso funcionaria! Quão profundo e frio seria seu desespero para levá-lo a isso? Desejava correr risco de vida para salvar o nome da família?

Westphalen olhou para os seus homens, todos ocupados, checando o equipamento e os animais. Com rostos barbados, uniformes amassados e cobertos de lama, suor seco e chuva, certamente não aparentavam a elite de Sua Majestade naquela manhã. Mas pareciam não se importar com isso. E não se importariam mesmo, pois Westphalen sabia como viviam – como animais em alojamentos apertados, com muitos outros iguais a eles, dormindo em camas de lona, lençóis trocados uma vez por mês e comendo e se lavando na mesma bacia. A vida de caserna brutalizava os melhores deles e, quando não havia inimigo para combater, lutavam entre si. A única coisa que amavam mais do que a batalha era a bebida e, até mesmo naquele momento, quando deveriam estar se fortalecendo com comida, passavam uma garrafa de aguardente com pimenta. Ele não via nem um sinal da inquietação que o atormentava nos rostos deles; apenas excitação com a batalha e a pilhagem iminentes.

Apesar do calor escaldante, ele tremeu – seria o efeito retardado de uma noite maldormida, que passara encolhido sob uma saliência na pedra para escapar da chuva, ou puro medo do que estava para acontecer? Ele certamente sentiu sua cota de medo na noite anterior. Enquanto os homens dormiram intermitentemente, ele permaneceu acordado, certo de que havia coisas selvagens se esgueirando na escuridão em volta da pequena fogueira que fizeram. De vez em quando via reflexos amarelos no escuro, como pares de vaga-lumes. Os cavalos também deviam ter sentido alguma coisa, pois ficaram nervosos a noite inteira.

Mas agora era dia, e o que devia fazer?

Voltou-se outra vez para o templo e reexaminou-o com o binóculo. Ficava no centro do pátio atrás do muro, só ele, a não ser por uma construção à esquerda, encostada à base de um penhasco de pedra. A característica mais impressionante do templo era o negrume – não era opaco nem lamacento, mas orgulhoso e brilhante, profundo e cintilante, como se fosse feito de ônix sólido. Era uma construção com formas estranhas, como uma caixa de cantos arredondados. Parecia ter sido erguido em camadas, os níveis mais altos escorrendo sobre os de baixo. As paredes do templo eram rodeadas por frisos e crivadas ao longo do comprimento com figuras como gárgulas, mas Westphalen não conseguia distinguir nenhum detalhe daquela distância. E, em cima de tudo, havia um enorme obelisco, tão negro quanto o resto da estrutura, apontando desafiadoramente para o céu.

Westphalen imaginou como – sem um daguerreótipo – poderia fazer justiça a qualquer descrição do Templo nas Colinas. Era simplesmente estranho. Parecia... parecia que alguém enfiara um espeto num bloco decorado de alcaçuz e deixara ao sol para derreter.

Enquanto olhava, a porta do templo se abriu. Um homem, mais jovem do que Jaggernath, mas vestido com um *dhoti* similar, saiu, carregando uma enorme urna nos ombros. Caminhou até o canto oposto do muro, jogou o conteúdo líquido da urna no chão e voltou para o templo.

A porta continuou aberta depois que ele entrou.

Não havia mais qualquer razão para esperar e nada, da Terra ou do inferno, faria os homens recuarem agora. Westphalen sentia como se tivesse empurrado um enorme carro de guerra ladeira abaixo; tinha sido capaz de guiá-lo a princípio, mas agora o impulso era tão grande que perdera completamente o controle.

Ele desceu da saliência e encarou seus homens.

– Avançaremos a todo galope em duas colunas, as lanças apontadas. Tooke vai liderar uma coluna, levando-a pela esquerda do templo depois de entrar no pátio; Russell vai liderar a outra coluna e seguirá pela direita. Se não houver resistência imediata, todos devem desmontar e preparar os rifles. Então, daremos uma busca para ver se há algum rebelde sipaio escondido por lá. Alguma pergunta?

Os homens balançaram as cabeças. Estavam mais que prontos – eles ansiavam pela luta. Precisavam apenas de alguém para lançá-los.

– Montem! – ordenou Westphalen.

A aproximação começou de forma bem ordenada. Westphalen deixou os seis lanceiros seguirem na frente enquanto ele ia satisfeito lá atrás. Subiram pelo caminho até que avistaram o templo. Então, partiram a galope, conforme o combinado.

Mas alguma coisa aconteceu no caminho que levava até o muro. Os homens começaram a gritar e berrar, num frenesi contagiante. Logo as lanças estavam abaixadas e presas sob os braços em posição de batalha enquanto eles se inclinavam sobre os pescoços dos cavalos, ensanguentando as ilhargas com as esporas para ganhar mais e mais velocidade.

Achavam que um bando de sipaios rebeldes estava escondido atrás daquele muro; os lanceiros tinham de estar preparados para matar assim que passassem do portão. Só Westphalen sabia que a única resistência partiria de um punhado de sacerdotes hindus surpresos e inofensivos.

Era por isso que avançava com eles. *Nada com que se preocupar,* dizia para si mesmo à medida que o muro ficava cada vez mais perto. *Só alguns sacerdotes desarmados lá dentro. Nada com que se preocupar.*

Passou os olhos por cenas em baixo-relevo no muro enquanto se aproximava rapidamente do portão, mas sua mente estava cheia de incerteza do que poderia encontrar do outro lado, e não conseguiu decifrá-las. Desembainhou o sabre e invadiu o pátio atrás dos seus lanceiros uivantes.

Westphalen viu três religiosos de pé diante do templo, todos desarmados. Eles correram para a frente, abanando os braços no ar, como se quisessem espantar os soldados.

Os lanceiros não hesitaram. Três deles se desviaram um pouco, formando um leque na corrida e enfiaram as lanças nos sacerdotes. Depois cercaram o templo e pararam diante da entrada principal, onde desmontaram, jogaram as lanças no chão e tiraram os rifles das selas.

Westphalen continuou montado. Não se sentia muito à vontade ficando ali como um alvo fácil, mas sentia-se mais seguro em cima do cavalo, pronto para virar e galopar portão afora ao menor sinal de perigo.

Houve um breve período de calmaria enquanto Westphalen mandava os homens para a entrada do templo. Estavam quase nos degraus quando os *svamin* contra-atacaram de duas direções diferentes. Soltando gritos estridentes e furiosos, uma meia dúzia atacou do templo; mais de uma dúzia surgiu da outra construção. Os primeiros estavam armados com chicotes e espigões, os outros com espadas curvas parecidas com os *talwars* dos sipaios.

Não foi uma batalha – foi uma carnificina. Westphalen quase sentiu pena dos sacerdotes. Os soldados miraram primeiro no grupo que saía do templo. Depois da primeira rajada, os Enfields deixaram apenas um sacerdote de pé; ele correu pelo lado para se juntar ao outro grupo, que vinha mais devagar, após testemunharem os resultados dos tiros. Do alto da sua sela, Westphalen ordenou que seus homens recuassem até os degraus do templo negro, onde a leveza do Enfield e sua capacidade de ser recarregado com rapidez permitiram uma segunda e uma terceira rajadas que deixaram apenas dois sacerdotes de pé. Hunter e Malleson pegaram suas lanças, montaram em seus cavalos e acabaram com os sobreviventes.

Tudo acabado.

Westphalen, entorpecido e em silêncio, continuou sentado em sua sela, olhando o pátio ao seu redor. Tão fácil. Tão definitivo. Todos eles haviam morrido tão rápido. Mais de vinte corpos se espalhavam ao sol da manhã, o sangue formando poças e encharcando a areia, enquanto as oportunistas onipresentes da Índia, as moscas, começavam a aparecer. Alguns corpos estavam encolhidos como se dormissem, outros, ainda trespassados por lanças, pareciam insetos espetados numa tábua.

Olhou para seu sabre intacto. Não ensanguentara as mãos nem o sabre. De certa forma, isso o inocentava do que acabara de acontecer.

– Não parecem sipaios – dizia Tooke enquanto mexia em um corpo com o pé.

– Não liguem para eles – disse Westphalen, desmontando afinal. – Examinem lá dentro para ver se há mais algum escondido.

Estava louco para explorar o templo, mas não sem a escolta de alguns homens com ele. Depois que Tooke e Russell desapareceram na escuridão do interior do templo, ele embainhou o sabre e passou uns minutos examinando o templo de perto. Não era feito de pedra como pensava, mas de ébano maciço, cortado, aparado e polido até pegar brilho. Parecia não haver nem um centímetro quadrado em toda a superfície sem ser decorado com entalhes.

Os frisos eram o mais impressionante – cinturões de 2 metros de largura com ilustrações bordejando cada nível até o obelisco. Ele tentou seguir um a partir do lado direito da porta do templo. O desenho era estilizado e tosco, e ele achou impossível seguir a história que deveria contar. Mas a violência ali descrita era claríssima. De meio em meio metro havia matanças e mutilações e criaturas demoníacas devorando a carne.

Ficou arrepiado, apesar do calor escaldante do dia. Que lugar era aquele que tinha invadido?

Quaisquer especulações foram interrompidas por um grito vindo do interior do templo. Era a voz de Tooke, contando a todos que encontrara alguma coisa.

Westphalen liderou o resto dos homens templo adentro. Era fresco e escuro. A iluminação, fraca e esparsa, provinha de lampiões a óleo em pedestais ao longo das paredes de ébano. Teve a impressão de ver esculturas ciclópicas nas paredes negras à sua volta, mas só conseguia enxergar um ou outro contorno onde pontos de luz cintilavam da superfície brilhante. Após ver os frisos lá fora, ficou feliz porque os detalhes se encontravam na sombra.

Desviou a atenção para outros pensamentos mais urgentes. Ficou imaginando se Tooke e Russell tinham encontrado as joias. Sua mente percorreu as várias estratégias que teria de empregar para ficar com tudo que desejava. Achava até que podia precisar de tudo que achassem.

Mas os dois batedores não encontraram joias. Em vez disso, encontraram um homem.

Ele estava sentado numa das duas cadeiras colocadas sobre um tablado no centro do templo. A cena era iluminada por quatro lampiões a óleo, cada um num pedestal em cada canto do tablado.

Por cima e por trás do sacerdote havia uma estátua enorme feita da mesma madeira negra do templo. Representava uma mulher com quatro braços, nua, a não ser por um enfeite de cabeça rebuscado e uma grinalda de crânios humanos. Estava sorrindo, a língua pontuda aparecendo entre os dentes afiados. Uma das mãos segurava uma espada, outra uma cabeça decepada; a terceira e a quarta estavam vazias.

Westphalen tinha visto essa divindade antes, mas numa ilustração de livro – não gigantesca assim. Sabia seu nome.

Kali.

Com dificuldade, Westphalen desviou o olhar da estátua e dirigiu-o para o sacerdote. Tinha cor e feições típicas indianas, mas era um pouco mais corpulento do que seus compatriotas, pelo menos os que Westphalen vira. Começava a ficar calvo. Parecia um Buda de roupa branca. E não demonstrava medo algum.

– Estive falando com ele, capitão – disse Tooke –, mas ele não...

– Eu estava apenas esperando – disse o sacerdote de repente, num tom tão profundo que ressoava pelo tempo – alguém com quem valesse a pena falar. A quem estou me dirigindo, por favor?

– Capitão Sir Albert Westphalen.

– Bem-vindo ao templo de Kali, capitão Westphalen. – Não havia traço de boas-vindas na sua voz.

O olhar de Westphalen demorou-se sobre o colar do sacerdote – uma coisa intricada, prateada, com inscrições numa língua estranha e um par de pedras amarelas com o centro preto espaçadas por dois elos na frente.

– Então você fala inglês? – perguntou ele, não tendo nada melhor para falar. Esse sacerdote – o sumo sacerdote do templo, sem dúvida perturbava-o com sua frieza e olhar penetrante.

– Falo. Quando tudo indicava que os ingleses estavam resolvidos a tornar meu país uma colônia, achei que talvez fosse uma língua útil de aprender.

Westphalen controlou a raiva diante da arrogância daquele pagão e se concentrou no assunto mais importante. Queria encontrar as joias e sair dali.

– Sabemos que está escondendo sipaios rebeldes. Onde eles estão?

– Não há sipaios aqui. Apenas devotos de Kali.

– Então, o que diz disso? – Era Tooke. Ele estava de pé ao lado de uma fileira de urnas que batiam na sua cintura. Cortou o tecido encerado que cobrira a mais próxima e levantou a faca pingando. – Óleo! O bastante para um ano. E há sacos de arroz ali. Mais do que quaisquer vinte devotos precisam!

O sumo sacerdote não olhou na direção de Tooke. Era como se o soldado não existisse.

– Bem? – disse Westphalen, por fim. – E o arroz e o óleo?

– Apenas estoque de provisões nesses tempos de confusão, capitão – disse o sacerdote com suavidade. – Ninguém sabe quando os suprimentos poderão faltar.

– Se não revelar onde estão os rebeldes, serei forçado a dar ordens aos meus homens para que revistem o templo de cima a baixo. Isso causará destruição desnecessária.

– Não será necessário, capitão.

Westphalen e seus homens se assustaram com a voz de mulher. Enquanto ele observava, ela parecia tomar forma na escuridão por trás da estátua de Kali. Era mais baixa do que o sacerdote, porém bem proporcionada. Também estava toda de branco.

O sumo sacerdote falou alguma coisa numa língua pagã quando ela se juntou a ele no tablado; a mulher respondeu na mesma língua.

– O que eles disseram? – indagou Westphalen a quem quisesse ouvir.

Tooke respondeu:

– Ele perguntou pelas crianças; ela disse que estão a salvo.

Pela primeira vez, o sacerdote admitiu a existência de Tooke e olhou para ele, nada mais.

– O que você procura, capitão Westphalen – disse a mulher, falando depressa – está debaixo dos seus pés. A única maneira de chegar lá é através daquela grade.

Ela apontou para o ponto atrás das fileiras de urnas de óleo e sacos de arroz. Tooke pulou por cima delas e se ajoelhou.

– É aqui! Mas... – ele ficou de pé outra vez. – Caramba! Que fedor!

Westphalen apontou o soldado mais próximo.

– Hunter! Fique de olho naqueles dois. Se tentarem escapar, atire!

Hunter assentiu com a cabeça e mirou seu Enfield no casal sobre o tablado. Westphalen se juntou ao restante dos homens perto da grade.

A grade era quadrada, medindo talvez 3 metros de lado. Era feita de barras pesadas de ferro cruzadas, uns 15 centímetros entre uma e outra. Ar úmido, fedendo a putrefação, subia pela barras. A escuridão lá embaixo era impenetrável.

Westphalen ordenou que Malleson pegasse um dos lampiões do tablado. Quando recebeu o lampião, ele o deixou cair entre as barras de ferro da grade. O corpo de cobre bateu no chão de pedra nua, uns 6 metros abaixo, quicou e caiu deitado. A chama bruxuleou e quase morreu, depois reviveu novamente. A luz mais forte se refletiu nas superfícies suaves de pedra em três lados do poço. Uma abertura escura, em forma de arco, se escancarava na outra parede. Estavam vendo lá embaixo o que parecia ser o terminal de uma passagem subterrânea.

E lá, nos dois cantos ao lado da boca do túnel, estavam pequenas urnas cheias de pedras coloridas – algumas verdes, algumas vermelhas e outras transparentes como cristal.

Westphalen sentiu vertigem por um instante. Teve de inclinar-se para a frente contra a grade a fim de evitar cair. *Salvo!*

Olhou rapidamente para os homens ao seu redor. Eles também tinham visto as urnas. Certos ajustes precisariam ser feitos. Se aquelas urnas estivessem cheias de pedras preciosas, haveria o bastante para todos. Mas primeiro deviam trazê-las para cima.

Começou a rosnar ordens: Malleson foi até onde estavam os cavalos a fim de pegar uma corda; os quatro restantes se espalharam em volta da grade para levantá-la. Abaixaram-se, fizeram força até seus rostos ficarem rubros à luz que vinha lá de baixo, mas não conseguiram mover as barras. Westphalen estava a ponto de voltar para o tablado e ameaçar o sacerdote, quando notou simples ferrolhos de correr que prendiam a grade a anéis no chão de pedra em dois cantos; do outro lado, ao longo da beirada, havia uma fileira de dobradiças. Quando Westphalen soltou as linguetas – que estavam acorrentadas ao chão pelos anéis – ocorreu-lhe que era estranho trancar um tesouro com artifícios tão simples. Mas sua mente estava cheia da visão daquelas pedras preciosas lá embaixo e não queria perder muito tempo pensando em ferrolhos.

A grade foi erguida nas dobradiças e foi aberta com a ajuda de um Enfield. Malleson chegou com a corda. Sob a orientação de Westphalen, ele a amarrou a uma das colunas de sustentação do templo e jogou-a na abertura. Westphalen ia pedir um voluntário quando Tooke se acocorou na beirada.

– Meu pai era ajudante de joalheiro – disse ele. – Posso dizer se há alguma coisa lá embaixo que mereça uma comemoração.

Ele agarrou a corda e começou a escorregar para baixo. Westphalen viu Tooke chegar ao chão e pular sobre a urna mais próxima. Ele agarrou um punhado de pedras e levou-as até o lampião crepitante. Pôs o lampião de pé e passou as pedras de uma mão para a outra na luz.

– São verdadeiras! – gritou ele. – Por Deus, são verdadeiras!

Westphalen ficou sem fala por um momento. Tudo ia acabar bem.

Podia voltar para a Inglaterra, acertar suas dívidas e nunca, nunca mais jogar. Bateu nos ombros de Watts, Russell e Lang e apontou lá para baixo.

– Ajudem-no.

Os três homens deslizaram corda abaixo em uma rápida sequência. Cada um fez uma inspeção pessoal das joias. Westphalen viu suas longas sombras se cruzando à luz do lampião enquanto corriam lá embaixo. Era tudo que podia fazer para não começar a gritar para que mandassem as pedras para cima. Mas não devia parecer muito ansioso. Não, isso não seria nada bom. Tinha de ficar calmo. Finalmente, arrastaram a urna para um lado e amarraram a corda em volta. Westphalen e Malleson puxaram-na para cima, ergueram por cima da beirada e puseram-na no chão.

Malleson enfiou as duas mãos nas pedras e ergueu dois punhados. Westphalen se conteve para não fazer o mesmo. Ele pegou uma única esmeralda e analisou-a, aparentemente desligado, mas por dentro querendo apertá-la contra os lábios e chorar de alegria.

– Vamos logo, aí em cima! – disse Tooke lá de baixo. – Mandem a corda! Há muito mais para subir e está fedendo aqui embaixo. Vamos depressa!

Westphalen fez um sinal para Malleson, que desamarrou a corda da urna e jogou a ponta para baixo. Ele continuou a estudar a esmeralda, achando a coisa mais bela que vira na vida, até que ouviu um dos homens dizer:

– O que foi isso?
– O que foi o quê?
– Um ruído. Acho que ouvi um ruído ali no túnel.
– Está louco, amigo. Não há nada naquele buraco preto a não ser fedor.
– Ouvi alguma coisa, tenho certeza.

Westphalen foi até a beirada e olhou para baixo, para os quatro homens. Já ia dizer-lhes que parassem de conversar e continuassem a trabalhar quando o sacerdote e a mulher começaram a cantar. Westphalen virou-se quando ouviu aquele som. Era diferente de qualquer música que já ouvira. A voz da mulher era um lamento agudo, tinindo contra o barítono do homem. Não havia palavras na música, apenas notas desconexas, e nenhuma das notas que cantavam parecia combinar com as outras. Não havia harmonia, só dissonância. Provocava aflição.

Eles pararam de repente.

E então veio um outro som. Lá de baixo, escapando pela boca do túnel que terminava no poço, crescendo em volume. Uma cacofonia de gemidos, rugidos e roncos que faziam com que cada fio de cabelo da nuca se erguesse.

Os sons dos túneis cessaram, substituídos pela cantoria dissonante do sacerdote e da sacerdotisa. Os dois pararam de cantar e os sons inumanos responderam do túnel, mais alto ainda. Era uma ladainha do inferno.

De repente, juntou-se à cantoria um grito de dor e terror lá embaixo.

Westphalen olhou por cima da beirada e viu um dos homens – Watts, pensou – sendo arrastado pelas pernas para o negrume do túnel, berrando *"Ele me pegou! Ele me pegou!"*

Mas o *quê* o pegara? A boca do túnel era uma sombra mais escura entre as sombras escuras lá de baixo. O que o estava puxando?

Tooke e Russell seguravam-no pelos braços e tentavam trazê-lo de volta, mas a força que o puxava para a escuridão era inexorável como a maré. Parecia que os braços de Watts seriam arrancados do corpo a qualquer momento, quando uma forma escura pulou do túnel e agarrou Tooke pelo pescoço. Tinha um corpo magro e era muito mais alto do que Tooke. Westphalen não conseguia ver detalhes naquela luz fraca e nas sombras dançantes no pandemônio lá embaixo, mas o pouco que viu bastou para fazer sei corpo se contrair e encolher, apertando suas entranhas, e seu coração disparar loucamente.

O sacerdote e a mulher cantavam outra vez. Sabia que devia fazê-los parar, mas não conseguia falar nem se mexer.

Russell soltou Watts, que foi rapidamente engolido pelo túnel, e correu para ajudar Tooke. Mas assim que se moveu uma outra figura escura surgiu das sombras e puxou-o para o túnel. Num esforço convulsivo e final, Tooke também foi arrastado.

Westphalen nunca ouvira homens adultos berrarem com tanto medo.

O som deixou-o espantado. Mas não conseguia reagir.

E o sacerdote e a mulher ainda cantavam, agora sem esperar a resposta do túnel.

Só restava Lang lá embaixo. Estava segurando a corda e já subia pela parede, seu rosto era uma máscara branca de medo, quando duas formas escuras saíram das sombras e pularam sobre ele, puxando-o para baixo. Ele gritou por socorro, os olhos alucinados enquanto era arrastado, se contorcendo e esperneando para a escuridão. Westphalen conseguiu vencer a paralisia que o acometera desde a primeira visão dos habitantes do túnel. Tirou a pistola do coldre. A seu lado, Malleson já entrara em ação – mirou seu Enfield e atirou numa das criaturas. Westphalen tinha certeza de ter visto o bicho levar um tiro, mas pareceu nem sentir a bala. Ele deu três tiros nas duas criaturas antes que desaparecessem, levando Lang aos berros com elas.

Atrás dele a música hedionda continuava, como contraponto aos berros agonizantes do túnel lá embaixo e àquele fedor a seu redor... Westphalen sentiu que estava beirando a loucura. Então correu para o tablado.

– *Parem!* – berrou ele. – Parem ou mandarei matá-los!

Mas eles apenas sorriram e continuaram a música infernal.

Ele fez sinal para Hunter, que estava vigiando-os. Hunter não hesitou. Ergueu o Enfield até o ombro e atirou.

O tiro ecoou como uma explosão pelo templo. Uma mancha vermelha surgiu no peito do sacerdote quando ele foi jogado contra a cadeira. Lentamente, escorregou até o chão. Mexeu a boca, os olhos opacos piscaram duas vezes e então ficou quieto. A mulher gritou e ajoelhou-se a seu lado.

A música parou. E os gritos lá de baixo também.

Mais uma vez o silêncio dominou o templo. Westphalen soltou um suspiro trêmulo. Se pudesse ter um momento para pensar, ele poderia...

– Capitão! Eles estão subindo! – Havia um tom de histeria na voz de Malleson enquanto se afastava do poço. – Eles estão *subindo*!

Em pânico, Westphalen correu até a abertura. A câmara lá embaixo estava cheia de formas sombrias. Não havia rosnados, rugidos ou silvos, apenas o colear de pele úmida contra pele úmida, e o arranhar de garras contra a pedra. O lampião estava apagado e tudo o que podia ver eram corpos escuros se pisoteando, amontoados contra a parede – e subindo pela corda!

Ele viu um par de olhos amarelos se aproximando. Um dos corpos estava quase no topo!

Westphalen guardou a pistola e desembainhou o sabre. Com as mãos trêmulas, ergueu-a sobre a cabeça e golpeou com toda força. A corda grossa foi cortada de uma só vez e caiu chicoteando na escuridão do poço.

Satisfeito com sua esgrima, ele espiou pela beirada a fim de ver o que as criaturas fariam agora. Diante de seus olhos incrédulos, elas começaram a subir pela parede. Mas aquilo era impossível. As paredes eram lisas como...

Então, viu o que estavam fazendo: as criaturas estavam subindo umas por cima das outras, cada vez mais alto, como uma onda de água podre e negra enchendo uma cisterna de baixo para cima. Deixou a espada cair e virou-se para fugir; então controlou-se e ficou ali mesmo. Se aquelas coisas saíssem, não haveria salvação para ele. E não podia morrer ali. Não agora. Não com uma fortuna a seus pés.

Westphalen juntou toda a sua coragem e foi até onde o Enfield de Took segurava a grade aberta. Com os dentes cerrados e suor brotando por todo o corpo, esticou o pé cuidadosamente e chutou o rifle para dentro do poço. A grade se fechou com um barulho ressonante, Westphalen tropeçou para trás, bateu numa coluna e caiu aliviado. Agora estava seguro.

A grade chocalhou, balançou e começou a abrir.

Gemendo de terror e frustração, Westphalen se arrastou até a grade. Tinha de trancar os ferrolhos!

Quando se aproximou, Westphalen viu uma cena de ferocidade implacável e incalculável. Viu corpos escuros espremidos sob a grade, viu garras enganchando, puxando e arrastando as barras, viu dentes afiados e brancos rilhando no ferro, viu lampejos de olhos amarelos absolutamente selvagens, desprovidos de medo, de qualquer traço de piedade, consumidos por uma sede de sangue muito além da razão e da sanidade. E o fedor... era avassalador.

Agora entendia por que a grade estava trancada daquela forma. Westphalen caiu de joelhos, depois deitou-se de barriga para baixo.

Cada célula do seu corpo berrava para que fugisse, mas ele não faria isso. Tinha ido muito longe! *Não* seria privado de sua salvação! Podia mandar os dois homens restantes até a grade, mas sabia que Malleson e Hunter se rebelariam. Isso seria perda de tempo e não tinha tempo a perder. *Ele* tinha de fazer aquilo!

Começou a rastejar para a frente, chegando perto do ferrolho mais próximo, acorrentado à argola de aço enfiada no chão. Teria de esperar até que o anel correspondente na grade que tremia e se sacudia ficasse alinhado com o anel do chão. Então passaria o ferrolho pelos dois. Só então se sentiria seguro para fugir.

Estendendo o braço ao máximo, ele segurou a lingueta e esperou.

Os golpes contra o lado inferior da grade se tornavam mais frequentes e mais violentos. O anel da grade quase nunca tocava no chão, e quando tocava era só por um instante. Duas vezes ele enfiou o ferrolho pelo primeiro e perdeu o segundo. Desesperado, levantou-se e pôs a mão esquerda em cima do canto da grade, lançando todo seu peso em cima. Ele precisava trancar aquela coisa!

Funcionou. A grade bateu contra o chão e a lingueta deslizou pelos anéis, trancando um dos cantos. Mas quando se apoiou na grade, algo surgiu por entre as barras e agarrou seu pulso como um torno. Era uma espécie de mão, com três dedos, cada um terminando numa comprida garra amarela; a pele era de um negro-azulado, fria e molhada de encontro à sua.

Westphalen gritou, aterrorizado e enojado, enquanto seu braço era puxado na direção da massa de sombras em ebulição lá embaixo. Ele recuou e pôs os dois pés contra a beirada da grade, tentando com todas as suas forças se libertar. Mas a mão simplesmente apertou mais seu pulso. Pelo canto do olho viu seu sabre no chão, a menos de meio metro de onde estava. Numa manobra desesperada, agarrou-o pelo punho e começou a desfechar golpes no braço que o prendia. Um sangue escuro como a pele que o cobria espirrou do braço. O décimo golpe de Westphalen decepou-o e ele caiu no chão. Estava livre...

Mas a mão com aquelas garras ainda segurava seu pulso com vida própria!

Westphalen deixou cair o sabre e puxou os dedos da coisa. Malleson correu para ajudar. Juntos conseguiram afastar os dedos o bastante para Westphalen soltar o braço. Malleson jogou aquela mão dentro do poço e ela se agarrou a uma das barras, até que um dos demônios a puxou para baixo.

Enquanto Westphalen estava ali deitado no chão, sem ar, tentando reavivar o tecido amassado e macerado do pulso com uma massagem, a voz da mulher soou mais alta do que a barulheira da grade.

– Reze para seu deus, capitão Westphalen. Os *rakoshi* não deixarão que saia do templo com vida!

Ela estava certa. Aquelas coisas – como ela os tinha chamado? *Rakoshi?* – arrebentariam a única argola que os prendia no chão de pedra e levantariam a grade num minuto se ele não desse um jeito de mantê-la fechada. Seus olhos investigaram a pequena área do templo visível para ele. Devia haver um jeito! Seu olhar parou nas urnas de óleo de lampião. Pareciam bem pesadas. Se ele, Malleson e Hunter conseguissem colocar algumas sobre a grade...

Fogo! Nada resistiria a óleo em chamas! Levantou-se num salto e correu para a urna que Tooke abrira com sua faca.

– Malleson! Aqui! Vamos derramá-la pela grade! – Ele virou-se para Hunter e apontou para um dos lampiões em volta do tablado. – Traga aquilo para cá!

Gemendo sob o peso, Westphalen e Malleson arrastaram a urna pelo chão e emborcaram-na sobre a grade, derramando o conteúdo nas criaturas lá embaixo. Logo atrás deles chegou Hunter, que não precisava perguntar o que devia fazer com o lampião. Jogou-o rapidamente no poço.

O óleo das barras de ferro pegou fogo primeiro, as chamas lambendo as superfícies e formando uma tela de fogo; depois caiu como chuva fina nas criaturas diretamente abaixo. Quando os corpos escuros besuntados com óleo pegaram fogo, ouviu-se uma sinfonia de uivos no poço. As pancadas ficaram ainda mais violentas. E as chamas se espalharam. Uma fumaça negra e acre começou a subir para o teto do templo.

– Mais! – gritou Westphalen em meio aos uivos estridentes. Usou seu sabre para abrir as urnas e ficou observando enquanto Malleson e Hunter derramaram o conteúdo de uma segunda urna, depois uma terceira, dentro do poço. Os gemidos das criaturas começaram a diminuir à medida que as chamas ficavam cada vez mais altas.

Ele se empolgou com a tarefa, derramando urna após urna de óleo pela grade, enchendo o poço e mandando um rio de fogo túnel adentro, criando um inferno que até mesmo Shadrach e seus dois amigos teriam respeitado.

– Maldito seja, capitão Westphalen! – Era a mulher. Tinha se levantado ao lado do corpo do sacerdote e apontava um dedo longo, com a unha vermelha, para um ponto entre os olhos de Westphalen. – Maldito seja você e todos que nascerem de você!

Westphalen deu um passo na direção dela, o sabre levantado.

– Cale a boca!

– Sua linhagem morrerá em sangue e dor, amaldiçoando você e o dia em que levantou a mão contra este templo!

Ela falava sério, disso ninguém tinha dúvida. Realmente acreditava que estava lançando uma maldição sobre Westphalen e sua descendência, e isso o perturbou. Fez um sinal para Hunter.

– Faça-a parar!

Hunter engatilhou o Enfield e mirou nela.

– Ouviu o que ele disse.

Mas a mulher ignorou a morte certa apontada para ela e continuou a arenga.

– Você assassinou meu marido e profanou o templo de Kali! Não haverá paz para você, capitão Sir Albert Westphalen! Nem para você – apontou para Hunter. – Nem para você – apontou para Malleson. – Os *rakoshi* encontrarão todos vocês!

Hunter olhou para Westphalen, que acenou com a cabeça. Pela segunda vez naquele dia, um tiro de rifle ecoou no Templo nas Colinas. O rosto da mulher explodiu quando a bala penetrou em sua cabeça. Ela caiu no chão, ao lado do marido.

Westphalen olhou para sua forma inerte por um momento, depois foi até a urna cheia de pedras. Arquitetava um plano para fazer uma divisão por três que lhe desse a maior parte, quando um guincho de puro ódio e um grunhido agonizante o fizeram virar-se novamente.

Hunter estava duro e ereto à beira do tablado, o rosto com a cor de soro de leite azedo, os ombros para trás, olhos arregalados, a boca abrindo e fechando sem proferir palavra alguma. Seu rifle caíra no chão enquanto o sangue começara a escorrer pelo canto da boca. Parecia estar perdendo a vida.

Lentamente, como um balão gigante vazando ar quente das costuras, ele se encolheu, as pernas dobrando embaixo dele, e caiu para a frente, de cara no chão.

Westphalen viu o buraco sangrento no centro das costas de Hunter com um certo alívio – pois ele morrera por meios físicos, não pela maldição de uma mulher pagã. Ficou ainda mais aliviado quando viu o menino descalço, olhos escuros, de no máximo 12 anos, em pé atrás de Hunter, olhando para o soldado britânico caído. Tinha uma espada na mão, e um terço da lâmina estava manchado de sangue.

O menino tirou os olhos de Hunter e viu Westphalen. Com um grito agudo, ergueu a espada e atacou. Westphalen não teve tempo de pegar a pistola. Sua única opção foi defender-se com o sabre coberto de óleo que ainda empunhava.

Não havia malícia, estratégia ou destreza na esgrima do menino, apenas uma barragem ininterrupta de golpes, altos e baixos, levados por um ódio cego e insensato. Westphalen esquivou-se, tanto pela ferocidade do ataque, quanto pelo olhar maníaco no rosto molhado de lágrimas do menino: seus olhos eram fendas gêmeas de fúria; a saliva pontilhava seus lábios e escorria-lhe pelo queixo, e ele grunhia a cada golpe da espada. Westphalen viu Malleson parado ao lado, o rifle erguido.

– Pelo amor de Deus, atire nele!

– Estou esperando ele se afastar um pouco!

Westphalen andou rápido para trás, aumentando a distância entre ele e o menino. Finalmente, depois do que pareceu uma eternidade, Malleson atirou.

E *errou!*

Mas o estrondo do tiro do rifle espantou o menino. Ele baixou a guarda e olhou em volta. Westphalen atacou então com um golpe violento, para baixo, destinado ao pescoço. O menino viu o movimento e tentou se desviar, mas era tarde demais. Westphalen sentiu a lâmina cortar carne e osso, viu o menino cair em meio a um jato vermelho. Era o bastante. Ele soltou o sabre e virou-se de costas num só movimento. Estava enjoado. Descobriu que preferia que os outros se encarregassem da matança.

Malleson deixara o rifle cair e enchia os bolsos com punhados de joias. Levantou a cabeça e olhou para seu oficial-comandante.

– Está tudo bem, não é, senhor? – Ele apontou para o sacerdote e a mulher. – Quero dizer, eles não vão mais precisar disso.

Westphalen sabia que devia ser muito cauteloso agora. Malleson e ele eram os únicos sobreviventes, cúmplices do que certamente seria considerado assassinato em massa se alguém viesse a saber dos fatos. Se nenhum dos dois dissesse uma palavra do que acontecera ali, se ambos fossem muito cautelosos na maneira de transformar as pedras preciosas em dinheiro nos próximos anos, se nenhum ficasse bêbado o bastante para deixar que culpa ou ostentação revelassem a história, então poderiam viver suas vidas como homens ricos e livres. Westphalen tinha certeza de poder confiar em si mesmo; também estava certo de que confiar em Malleson seria um erro catastrófico.

Tentou esboçar o que esperava parecer um sorriso matreiro.

– Não perca seu tempo com bolsos – disse ao soldado. – Pegue uns dois alforjes.

Malleson riu e ergueu-se num pulo.

– Certo, senhor!

Ele correu para fora. Westphalen esperou, apreensivo. Estava sozinho no templo – pelo menos esperava estar. Rezava para que todas aquelas criaturas, aqueles monstros, estivessem mortos. Tinham de estar. Nada poderia sobreviver àquele enorme incêndio no poço. Olhou para os corpos do sacerdote e da sacerdotisa, lembrando-se da maldição. Palavras vazias de uma mulher pagã tresloucada. Nada mais. Mas aquelas criaturas no poço...

Malleson finalmente voltou com dois pares de alforjes. Westphalen ajudou-o a encher as quatro grandes bolsas, depois cada um passou um par de alforjes por cima do ombro.

– Parece que estamos ricos, senhor – disse Malleson com um sorriso que murchou quando viu a pistola de Westphalen apontada para sua barriga.

Westphalen não deixou que ele começasse a implorar. Isso só atrasaria as coisas e não mudaria o resultado. Ele não podia simplesmente deixar o futuro do seu nome e de sua linhagem dependendo da discrição de um plebeu, que sem dúvida tomaria um porre na primeira oportunidade após voltar para Bharangpur. Mirou para onde achava que devia estar o coração de Malleson e atirou. O soldado pulou para trás com os braços abertos e caiu deitado de costas. Arfou umas duas vezes enquanto um botão vermelho florescia no tecido de sua túnica; depois ficou quieto.

Guardando a pistola, Westphalen foi até ele e retirou o alforje com cuidado do ombro de Malleson, depois olhou em volta. Tudo quieto. Uma fumaça fedorenta e oleosa ainda saía do poço; um raio de sol passando por um respiradouro do teto abobadado cortava a nuvem que se espalhava. Os lampiões restantes bruxuleavam nos pedestais. Ele foi até as urnas de óleo mais próximas, cortou o pano que as cobria e as fez tombar com um chute. O conteúdo espalhou-se no chão e correu até a parede. Então, ele pegou um dos lampiões acesos e jogou-o no centro do poço. As chamas correram rápidas até a parede e a madeira começou a pegar fogo.

Estava se virando para ir embora quando percebeu um movimento sobre o tablado que o encheu de medo e o fez deixar cair um dos alforjes, enquanto pegava a pistola outra vez.

Era o menino. De alguma forma ele conseguira se arrastar até onde estava o sacerdote no tablado. Ia pegar o colar no pescoço do homem. Enquanto Westphalen observava, os dedos da mão direita fecharam-se em volta das duas pedras amarelas. Então ficou quieto. Todo o corpo do menino estava encharcado de um vermelho profundo. Tinha deixado uma trilha de sangue de onde caíra até onde estava. Westphalen devolveu a pistola ao coldre e pegou o alforje do chão. Não havia mais ninguém nem coisa nenhuma no templo que pudesse ameaçá-lo. Lembrou que a mulher mencionara "crianças", mas não via nenhuma criança que representasse perigo, especialmente vendo o jeito como o fogo lambia o ébano. Logo o templo seria uma lembrança fumegante.

Saiu do interior do templo cheio de fumaça para o sol da manhã, já planejando onde enterraria os alforjes e criando a história que contaria, de como eles se perderam nas montanhas e foram surpreendidos por uma força superior de sipaios rebeldes. E como só ele escapou.

Depois, teria de dar um jeito de fazer uma viagem de volta para a Inglaterra o mais breve possível. Em casa, não demoraria muito para encontrar um grande baú de pedras brutas atrás de alguma parede de pedra no porão de Westphalen Hall.

Já estava apagando da memória os acontecimentos daquela manhã.

Não faria bem nenhum ficar remoendo aquilo. Era melhor deixar que a maldição, os demônios e os mortos flutuassem para longe com a fumaça negra que subia do templo em chamas, que agora era uma pira e um túmulo para aquela seita inominável. Ele fizera o que tinha de fazer e só. Sentia-se bem cavalgando para longe do templo. Não olhou para trás. Nem uma vez.

7

Manhattan
Domingo, 5 de agosto

I.

Tênis!

Jack rolou para fora da cama, resmungando. Quase tinha esquecido.

Estava ali deitado, sonhando com um farto almoço no Perkins Pancakes, na Sétima Avenida, quando se lembrou da partida de tênis entre pai e filho que prometera jogar naquele dia.

E não tinha raquete. Emprestara para alguém em abril, mas não conseguia se lembrar quem. Única coisa a fazer: ligar para Abe e dizer que era uma emergência.

Abe disse que o encontraria na loja imediatamente. Jack tomou banho, fez a barba, pôs seu short branco, uma camiseta azul-escura, tênis e meias, e correu rua abaixo. O céu da manhã perdera a névoa úmida presente durante a maior parte da semana. Parecia que ia ser um belo dia.

Quando se aproximou da Isher Sports, viu Abe caminhando na direção oposta. Abe olhou-o de cima a baixo diante da grade de ferro que protegia a loja durante o tempo em que ficava fechada.

– Você vai me dizer que quer uma lata de bolas de tênis, não é?

Jack balançou a cabeça e disse:

– Não. Não acordaria você tão cedo numa manhã de domingo por bolas de tênis.

– Ainda bem. – Ele destrancou a grade e empurrou-a o bastante para abrir a porta. – Você viu a seção de negócios do *Times* esta manhã? Todo aquele papo sobre reaquecimento da economia? Não acredite. Estamos a bordo do *Titanic* e o iceberg está logo adiante.

– Está um dia muito bonito para um holocausto econômico, Abe.

– Está bem – disse ele, destrancando a porta e abrindo a loja. – Vá em frente, feche os olhos. Mas vai acontecer, e o tempo não tem nada a ver com isso.

Depois de desligar o sistema de alarme, Abe foi para os fundos da loja. Jack não o seguiu. Foi direto para as raquetes de tênis e ficou diante de uma coleção de modelos Prince extragrandes. Depois de observar um momento, rejeitou todas. Jack sabia que precisaria de toda ajuda possível, mas também tinha seu orgulho. Jogaria com uma raquete de tamanho normal. Escolheu uma Wilson Triumph – aquela com pequenos pesos de cada lado da rede para aumentar o ponto macio, o punho se amoldava bem à sua mão e já estava encordoada.

Ia avisar que levaria aquela, quando notou Abe olhando fixo para ele do final do corredor.

– Foi por isso que me fez vir aqui no meio do meu café da manhã? Uma raquete de tênis?

– E bolas também. Vou precisar de algumas delas.
– Bolas você tem! Até demais para fazer isso comigo! Você disse que era uma emergência!

Jack já esperava essa reação. Domingo era o único dia no qual Abe se permitia as comidas proibidas: sal e açúcar.

– Mas é uma emergência. Tenho de jogar com meu pai daqui a duas horas.

As sobrancelhas de Abe subiram e enrugaram sua testa até onde outrora fora a raiz dos cabelos.

– Seu pai? Primeiro Gia, agora seu pai. O que é isso... Semana Nacional do Masoquismo?

– Gosto do meu pai.

– Então por que fica sempre de mau humor quando volta de uma dessas idas a Jersey?

– Porque ele é um cara legal apesar de encher o saco.

Ambos sabiam que essa história não era verdadeira, mas por um acordo tácito nada mais comentaram. Jack pagou a raquete e duas latas de bolas Penn.

– Trago alguns tomates para você – disse enquanto Abe trancava a grade na frente da loja.

Abe se animou.

– Certo! Tomatões estão na safra. Traga alguns.

A próxima parada era o Julio's, onde Jack pegou Ralph, o carro que Julio guardava para ele. Era um Corvair 63, branco com capota conversível preta e um motor recondicionado. Um carro comum, que passaria despercebido. Não era de jeito nenhum o estilo de Julio, mas Julio não pagara por ele. Jack o vira na vitrine de uma revendedora "clássica"; tinha dado o dinheiro a Julio para que fizesse o melhor negócio possível e registrasse em seu nome. Legalmente o carro era de Julio, mas Jack pagava o seguro, a taxa da garagem e se reservava o direito de uso nas raras ocasiões em que precisava dele.

Hoje era uma dessas ocasiões. Julio havia enchido o tanque e estava à sua espera. Também o tinha decorado um pouco desde a última vez que Jack saíra com ele: havia uma mãozinha acenando e dizendo "Oi!" no vidro traseiro, dados felpudos pendurados no espelho retrovisor e um cachorrinho cuja cabeça balançava e os olhos ficavam vermelhos junto com as luzes do freio.

– Você acha que vou andar por aí com isso? – disse Jack, lançando a Julio o que esperava ser um olhar reprovador.

Julio deu de ombros.

– O que posso dizer, Jack? Está no sangue.

Jack não teve tempo de remover a parafernália, por isso levou o carro do jeito que estava. Armado com a melhor carteira de motorista do estado de Nova York que o dinheiro podia comprar – em nome de Jack Howard –, ele enfiou a Semmerling e o coldre no compartimento especial sob o banco da frente e iniciou um lento passeio pela cidade.

Manhãs de domingo são únicas no centro de Manhattan. As ruas ficam desertas. Não há ônibus, nem táxis, nem caminhões descarregando, nem operários esburacando as ruas, apenas um raro pedestre aqui e ali. Quietude. Tudo mudaria com a aproximação do meio-dia, mas naquele momento Jack sentiu-se num mundo assombrado.

Seguiu a rua 58 até o fim do lado leste e estacionou diante do número 8 da Sutton Square.

II.

Gia atendeu à campainha. Era dia de folga de Eunice e Nellie ainda dormia, por isso a tarefa coube a ela. Enrolou o robe mais apertado em volta do corpo e caminhou devagar da cozinha até a frente da casa. Sua cabeça parecia grande demais para o crânio; sua língua estava pegajosa, o estômago meio enjoado. Champanhe... Por que uma coisa que fazia a gente se sentir tão bem à noite nos deixava tão mal de manhã?

Uma olhada pelo olho mágico mostrou Jack ali de pé, de short branco e camiseta azul-escura.

– Alguém quer jogar tênis? – disse ele com um sorriso enviesado quando ela abriu a porta.

Ele estava muito bem. Gia sempre apreciara um físico magro e musculoso num homem. Gostava das linhas dos tendões em seus braços e do pelo encaracolado das suas pernas. Por que ele parecia tão saudável, quando ela se sentia tão doente?

– Bem? Posso entrar?

Gia percebeu que tinha ficado ali, olhando para ele. Ela o vira três vezes nos últimos quatro dias. Estava se acostumando a tê-lo por perto outra vez. Isso não era bom. Mas não podia se defender até Grace ser encontrada.

– Claro. – Quando a porta se fechou atrás dele ela disse: – Com quem vai jogar? Com sua amiga indiana? – Ela lamentou ter dito isso imediatamente, recordando a observação dele na noite passada sobre ciúme. Não estava com ciúme... apenas curiosa.

– Não. Com meu pai.

– Oh. – Gia sabia como era difícil para Jack passar algum tempo com o pai.

– Mas a razão de eu estar aqui... – Ele fez uma pausa, em dúvida, e passou a mão pelo rosto. – Não estou bem certo de como dizer isso, mas lá vai: não beba nada estranho.

– O que isso quer dizer?

– Nem tônicos, laxantes, ou algo novo que encontrar pela casa.

Gia não estava com disposição para brincadeiras.

– Posso ter bebido um pouco demais de champanhe a noite passada, mas não ando por aí esvaziando garrafas.

– Estou falando sério, Gia.

Ela viu que estava mesmo, e isso a deixou inquieta. O olhar dele era firme e preocupado.

– Não entendo.

– Nem eu. Mas havia alguma coisa ruim naquele laxante de Grace. Apenas mantenha-se longe de qualquer coisa parecida. Se encontrar mais daquilo, tranque em algum lugar e guarde para mim.

– Você acha que tem alguma coisa a ver com...

– Não sei. Mas quero tomar todas as precauções possíveis.

Gia sentia que Jack estava sendo um pouco evasivo. Não estava contando tudo. Sua inquietação cresceu.

– O que você sabe?

– É só isso... não sei de nada. Só uma intuição. Por isso, tome cuidado e fique longe de qualquer coisa estranha.

Ele deu-lhe um pedaço de papel com um número de telefone. Tinha o código de área 609.

– Esse é o número do meu pai. Ligue para lá se precisar de mim ou se souber de Grace. – Ele olhou para a escada e para os fundos da casa. – Onde está Vicky?

– Ainda está na cama. Ela teve dificuldade para dormir ontem à noite, segundo Eunice. – Gia abriu a porta da frente. – Tenha um bom jogo.

A expressão de Jack azedou.

– Obrigado.

Ela ficou olhando enquanto ele voltava até a esquina e virava para o centro na Sutton Place. Ficou imaginando o que se passava na cabeça dele; por que o aviso de não beber "qualquer coisa estranha". Alguma coisa no laxante de Grace o incomodava, mas não disse o quê. Só para garantir, Gia subiu até o segundo andar e checou todas as garrafas e vidro da cômoda e do armário do banheiro. Tudo tinha marca. Não havia nada como a garrafa sem rótulo que Jack encontrara na quinta-feira.

Ela tomou duas aspirinas e um longo banho de chuveiro. A combinação funcionou para melhorar a dor de cabeça. Quando acabou de se enxugar e vestiu um short xadrez com uma blusa, Vicky estava de pé, querendo tomar o café da manhã.

– O que quer comer? – perguntou ela quando passaram pela sala de visitas a caminho da cozinha.

Ela estava tão bonitinha de camisola cor-de-rosa e chinelinhos felpudos.

– Chocolate!

– Vicky!

– Mas parecem tão bons! – disse, apontando para o prato cheio de bombons Magia Negra que Eunice deixara arrumado antes de sair de folga.

– Você sabe o que acontece com você quando come isso.

– Mas é tão *delicioso*!

– Está bem – disse Gia. – Coma só um. Se acha que duas mordidas em dois minutos valem um dia inteiro inchada, coçando e se sentindo enjoada, vá em frente e pegue um.

Vicky olhou para ela e depois para os chocolates. Gia prendeu a respiração, rezando para que Vicky fizesse a escolha certa. Se escolhesse o chocolate, Gia teria de fazê-la parar, mas havia uma chance de ela usar a cabeça e recusar. Gia queria saber qual seria. Aqueles chocolates ficariam ali dias e dias, uma tentação constante de pegar um escondido da mãe. Mas se Vicky pudesse resistir à tentação agora, Gia teria a certeza de que ela seria capaz de resistir pelo resto do tempo que ficassem ali.

– Acho que prefiro uma laranja, mamãe.

Gia ergueu-a nos braços e rodopiou com ela.

– Estou tão orgulhosa de você, Vicky! Essa foi uma decisão de gente grande.

– Bem, o que eu queria mesmo era uma laranja coberta de chocolate.

Rindo, ela levou Vicky pela mão até a cozinha, sentindo-se muito satisfeita com a filha e como mãe.

III.

Jack estava praticamente sozinho no túnel Lincoln. Passou a linha que demarcava os limites de Nova York e Nova Jersey, lembrando como seu irmão, sua irmã e ele costumavam festejar cada vez que cruzavam a linha após passarem um dia na cidade de Nova York com os pais. Era sempre emocionante voltar para a velha Nova Jersey. Os pedágios haviam acabado com aqueles dias. Agora cobravam pedágio duplo para entrar em Manhattan e nada para sair. E ele não festejou quando cruzou a linha.

Saiu do túnel devagar, apertando os olhos diante do brilho repentino do sol da manhã. A rampa fazia uma volta quase circular através da Union City, depois descia para os campos e para a autoestrada N. J. Jack pegou seu tíquete da máquina "Só Automóveis", ajustou o controle de velocidade para 80 quilômetros por hora e entrou na pista da direita para iniciar a viagem. Estava um pouco atrasado, e a última coisa que queria era ser parado por um policial rodoviário.

A aventura olfativa começou quando a autoestrada serpenteou pelos pântanos, passou pelo porto de Newark e todas as refinarias e laboratórios químicos em volta. A fumaça saía das chaminés e chamas rugiam como tochas de torres de descarga da altura de dez andares. Os odores que sentiu entre as saídas 16 e 12 eram variados e uniformemente nocivos. Mesmo numa manhã de domingo.

Mas à medida que a estrada ia mais para o interior, o cenário gradualmente se tornava rural, montanhoso e com um cheiro bom. Quanto mais para o sul, mais seus pensamentos eram atraídos pelo passado. Imagens surgiam com as marcas de quilometragem: o Sr. Canelli e seu gramado... os primeiros serviços de consertos pelo condado de Burlington no fim da adolescência, geralmente envolvendo vândalos... o trabalho na Rutgers junto aos serviços de consertos por fora... as primeiras idas a Nova York a fim de fazer consertos para parentes ou antigos clientes...

A tensão começou a aumentar depois que passou a saída 7. Jack sabia a razão: estava chegando ao ponto onde sua mãe fora morta.

Era também o lugar onde ele tinha – como dissera Kolabati? – "traçado a linha entre você e o resto da raça humana".

Acontecera durante seu terceiro ano na Rutgers. Numa noite de domingo no início de janeiro, Jack estava usufruindo do descanso semestral. Ele e seus pais iam para o sul pela autoestrada após visitarem sua tia Doris em Heightstown; Jack estava no banco de trás, os pais no da frente, seu pai dirigindo. Jack se oferecera para levar o carro, mas a mãe dissera que o jeito dele "costurar" entre todos aqueles caminhões a deixava nervosa. Lembrava-se de que o pai e ele estavam discutindo o campeonato de beisebol que ia começar, enquanto a mãe controlava o velocímetro para não passarem muito dos 100 quilômetros. A sensação agradável e preguiçosa de barriga cheia, após uma tarde calma de inverno com parentes, desfez-se em pedaços quando passaram sob um viaduto. Com um estrondo de trovão e um impacto que balançou o carro, a metade direita do para-brisa explodiu em centenas de fragmentos brilhantes. Ouviu o pai gritar surpreso, a mãe berrar de dor, sentiu uma rajada de ar gelado entrar no carro. Sua mãe gemeu e vomitou.

Quando seu pai desviou o carro para o acostamento, Jack pulou para o banco da frente e viu o que acontecera: um bloco de concreto tinha sido jogado contra o para-brisa e aterrissara no colo de sua mãe. Jack não sabia o que fazer. Enquanto olhava, impotente, sua mãe desmaiou e caiu para a frente. Ele berrou que tinham de ir para o hospital mais próximo. O pai dirigia como um demônio, afundando o pé no acelerador, tocando a buzina e piscando os faróis, enquanto Jack empurrava o corpo da mãe para trás e tirava o bloco de cima dela. Depois, tirou o casaco e enrolou-o nela para protegê-la da ventania gelada que assobiava pelo buraco no para-brisa. Sua mãe vomitou mais uma vez – dessa vez só sangue, que espirrou no painel e no que sobrara do vidro. Enquanto a segurava, Jack podia senti-la esfriando, quase sentia a vida se esvaindo. Sabia que ela estava com hemorragia interna, mas não havia nada que pudesse fazer. Berrou para o pai correr mais, porém ele já estava dirigindo o mais depressa que podia sem arriscar perder o controle do carro.

Ela estava em estado de choque profundo quando chegaram à sala de emergência. Morreu durante a cirurgia, com o fígado dilacerado e ruptura do baço. Tinha perdido todo o sangue dentro da cavidade abdominal.

A dor foi enorme. Velório e enterro intermináveis. E depois, as perguntas: *Quem? Por quê?* A polícia não sabia e duvidava muito que eles um dia descobrissem. Era comum vândalos subirem nos viadutos e deixarem coisas caírem sobre os carros que passavam embaixo. Quando um incidente era reportado, os culpados já estavam longe. A polícia estadual respondia aos apelos de Jack e de seu pai com um impotente dar de ombros.

A reação do pai foi o desligamento; o absurdo da tragédia fez com que embarcasse numa espécie de catatonia emocional, na qual parecia funcionar normalmente mas não sentia nada. A reação de Jack foi bem diferente: um ódio frio e absoluto. Estava diante de um novo tipo de conserto. Sabia onde tinha ocorrido. Sabia como. Só faltava descobrir quem havia feito aquilo.

Não faria outra coisa nem pensaria em mais nada, até terminar esse serviço.

E um dia terminou *mesmo*.

Acontecera havia muito tempo, uma parte do passado. Mas à medida que se aproximava daquele viaduto sentia a garganta apertar. Quase podia ver o bloco de concreto caindo... no para-brisa... se espatifando numa tempestade de fragmentos de vidro... esmagando-o. Então, ele passou por baixo, à sombra do viaduto, e por um instante era noite e estava nevando, e, pendurado do outro lado do viaduto, viu um corpo imóvel e espancado amarrado pelos pés, balançando e rodopiando loucamente. Então tudo sumiu e ele estava de volta ao sol de agosto outra vez.

Ele estremeceu. Detestava Nova Jersey.

IV.

Jack usou a saída 5. Pegou a 541 por Mount Holly e continuou para o sul na estrada de asfalto com mão dupla, passando por cidadezinhas que eram pouco mais que grupos de construções amontoados ao longo de um pedaço da estrada, como uma multidão em volta de um acidente. Os espaços entre elas eram todos campos abertos cultivados. Barracas de produtos anunciavam tomatões de Jersey a 1 dólar cada 2 quilos ao longo da estrada. Lembrou de comprar uma cesta para Abe na volta.

Passou por Lumberton, um nome que sempre conjurava imagens poderosas de gente morbidamente obesa entrando e saindo de lojas e casas de tamanho exagerado. Depois vinha Fostertown, que devia ser cheia de hordas de crianças abandonadas com o nariz escorrendo, mas não era.

E então chegou em casa, virando a esquina que tinha sido a casa do Sr. Canelli: ele morrera e o novo proprietário devia estar tentando economizar água, porque o gramado estava todo queimado, marrom. Parou na entrada de veículos da casa de três quartos, no qual ele, o irmão e a irmã tinham sido criados, desligou o carro e ficou ali sentado um instante, desejando estar em outro lugar.

Mas não fazia sentido retardar o inevitável, por isso saiu do carro e caminhou até a porta. Seu pai a abriu assim que ele chegou.

– Jack! – ele estendeu a mão. – Você me deixou preocupado. Achei que havia esquecido.

Seu pai era um homem alto, magro, quase careca, muito bronzeado graças aos exercícios diários nas quadras de tênis locais. O nariz adunco estava cor-de-rosa e descascando, queimado de sol, e as manchas da idade na sua testa tinham se multiplicado e unido desde a última vez que Jack o vira. Mas seu aperto de mão era firme e seus olhos azuis brilhavam por trás dos óculos com aro de metal, quando Jack e ele se cumprimentaram.

– Só alguns minutos atrasado.

Seu pai abaixou-se e pegou a raquete de tênis que estava encostada na porta.

– É, mas reservei uma quadra para podermos dar uma aquecida antes da partida – disse ele, fechando a porta. – Vamos no seu carro. Lembra onde ficam as quadras?

– Claro que sim.

Quando se sentou no banco da frente, o pai observou o interior do Corvair. Tocou nos dados, para ver se eram felpudos ou se eram reais.

– Você realmente anda por aí nisso?

– Claro. Por quê?

– É...

– Perigoso em alta velocidade?

– É. Isso também.

– É o melhor carro que já tive.

Jack empurrou a pequena alavanca à esquerda do painel para ré e saiu da entrada de carros.

Por uns dois quarteirões conversaram sobre assuntos fúteis, sobre o tempo, como o carro de Jack estava em forma depois de vinte anos e sobre o tráfego na autoestrada. Jack tentou manter a conversa em campo neutro. Ele e o pai não tinham muito o que dizer um ao outro desde que Jack largara a universidade, havia quase 15 anos.

– Como vão os negócios?

O pai sorriu.

– Ótimos. Você comprou algumas daquelas ações de que falei?
– Comprei duas mil da Arizona Petrol a um e um oitavo. Estava a quatro da última vez que vi.
– Fechou a quatro e um quarto na sexta. Fique com elas.
– Está bem. Avise-me quando eu tiver que vendê-las.

Era mentira. Jack não podia ter ações. Precisava de um número de cadastro para isso. Nenhum corretor abriria uma conta para ele sem esse número do seguro social. Por isso, mentia para o pai quanto a seguir suas dicas sobre o mercado, e dava uma olhada no fechamento da Bolsa de vez em quando, para saber como estavam indo seus investimentos imaginários.

Estava tudo bem. O pai tinha um faro para descobrir ações pouco negociadas e baratas que estavam subvalorizadas. Comprava alguns milhares delas, via o preço dobrar, triplicar ou quadruplicar, depois vendia e comprava outras. Tinha se dado tão bem durante tantos anos que finalmente deixara seu emprego de contador para ver se podia viver dos seus ganhos na Bolsa. Tinha um computador com uma ligação de circuitos com Wall Street e passava seus dias jogando. Estava feliz. Estava ganhando tanto quanto ganhava como contador, seu tempo era ele quem fazia e ninguém podia dizer-lhe que parasse quando completasse 65 anos. Vivia de sua capacidade e parecia adorar isso, mais bem-disposto do que nunca.

– Se descobrir algo melhor, aviso a você. Então poderá multiplicar seus lucros com a AriPet em muito mais. Por falar nisso, você comprou as ações através de conta pessoal ou do imposto de renda?
– Hã... do imposto.

Outra mentira. Jack não podia ter conta de imposto também. Às vezes se cansava de mentir para todo mundo, especialmente para gente em quem deveria confiar.

– Ótimo! Quando achar que não vai ficar com elas bastante tempo para justificar ganho de capital, use o imposto de renda.

Ele sabia onde seu pai queria chegar, pois imaginava que, como técnico de aparelhos domésticos, Jack acabaria dependente do seguro social após se aposentar, e ninguém vivia com isso. Estava tentando ajudar seu filho pródigo a fazer um pé-de-meia para a velhice.

Estacionaram no terreno entre as duas quadras municipais de tênis. Ambas estavam ocupadas.

– Acho que estamos sem sorte.

O pai acenou com um pedaço de papel.

– Não se preocupe. Isto aqui diz quadra dois reservada para nós entre 10 e 11 horas.

Enquanto Jack pegava sua nova raquete e a lata de bolas no banco de trás, seu pai foi até a dupla que ocupava a quadra dois. O cara estava resmungando e empacotando seu equipamento quando Jack chegou. A moça – parecia ter uns 19 anos – olhou fixamente para ele enquanto bebia de uma caixa de leite achocolatado.

– Acho que o importante é quem a pessoa conhece, em vez de quem chegou primeiro.

Jack esboçou um sorriso amigável.

– Não. Apenas somos prevenidos e fizemos a reserva.

Ela deu de ombros.

– É um esporte de gente rica. Não devia ter tentado aprender mesmo.

– Não vamos transformar isso em uma guerra de classes, ok?

– Quem? Eu? – disse ela com um sorriso inocente. – Nem pensaria nisso.

Dito isso, ela derramou o resto do achocolatado na quadra, logo depois da linha de fundo.

Jack cerrou os dentes e deu as costas para ela. O que realmente queria fazer era ver se ela conseguia engolir uma raquete de tênis. Ele relaxou depois que ela e o namorado foram embora e começou a bater bola com o pai. O jogo de Jack havia muito se estabilizara num nível de mediocridade com o qual ele sentia que podia conviver.

Estava se sentindo em forma; gostava da distribuição de peso da raquete, do jeito como a bola tomava impulso nas cordas, mas o fato de saber que havia uma poça de leite achocolatado azedando em algum lugar atrás dele perturbava sua concentração.

– Você está desviando o olhar da bola! – berrou o pai do outro lado da quadra depois do terceiro saque errado de Jack.

Eu sei!

A última coisa de que precisava agora era de uma aula de tênis. Concentrou-se na bola seguinte, recuando, observando-a subir e chegar às cordas de sua raquete. Jogou o corpo na direita, dando o máximo de *top spin* para que ela passasse baixa sobre a rede e recuasse quando batesse no chão. De repente, seu pé direito escorregou. Ele caiu em meio a um borrifo de leite achocolatado morno.

Do outro lado da rede, seu pai devolveu a bola com um *drop shot* que morreu a meio metro da linha de saque. Ele olhou para Jack e começou a rir.

Ia ser um dia muito longo.

V.

Kolabati andava para lá e para cá no apartamento, segurando a garrafa vazia de elixir de *rakoshi,* à espera de Kusum. Sua mente passava e repassava a sequência de acontecimentos da noite anterior: primeiro, seu irmão desaparecera do salão da recepção; depois o cheiro de *rakoshi* no apartamento de Jack e os olhos que ele dissera ter visto. Tinha de haver uma ligação entre Kusum e os *rakoshi*. E ela estava decidida a descobrir. Mas primeiro precisava encontrar Kusum e vigiá-lo. Aonde ele ia à noite?

A manhã passou devagar. Ao meio-dia, quando começava a achar que ele não ia aparecer, ouviu o som de sua chave na porta.

Kusum entrou, parecendo cansado e preocupado. Ele levantou a cabeça e a viu.

– Bati! Pensei que estaria com seu amante americano.

– Fiquei aqui a manhã toda à sua espera.

– Por quê? Inventou outro jeito de me atormentar depois da noite passada?

As coisas não estavam bem como Kolabati queria. Tinha planejado uma discussão racional com o irmão. Para isso vestira uma blusa de mangas compridas brancas com colarinho alto e calças largas também brancas.

– Ninguém atormentou você – disse ela com um pequeno sorriso e tom conciliador. – Pelo menos não intencionalmente.

Ele fez um som gutural.
– Sinceramente, duvido disso.
– O mundo está mudando. Aprendi a mudar com ele. E você deve aprender também.
– Algumas coisas não mudam nunca.

Ele se dirigiu a seu quarto. Kolabati o fez parar antes que se trancasse lá.

– Isso é verdade. Tenho uma dessas coisas imutáveis na minha mão.

Kusum parou e olhou para ela com a testa franzida. Ela mostrou a garrafa, observando o rosto dele atentamente. Sua expressão não registrou nada além de confusão. Se ele reconheceu a garrafa, disfarçou muito bem.

– Não estou com espírito para brincadeiras, Bati.
– Posso assegurar-lhe, meu irmão, que isso não é brincadeira. – Ela tirou a tampa e estendeu a garrafa para ele. – Veja se reconhece o cheiro.

Kusum pegou a garrafa e aproximou-a de seu longo nariz. Arregalou os olhos.

– Não pode ser! Isso é impossível!
– Você não pode negar o testemunho dos seus sentidos.

Ele lançou-lhe um olhar feroz.

– Primeiro você me envergonha, agora quer me deixar louco também!
– Isso estava no apartamento de Jack na noite passada!

Kusum cheirou a garrafa outra vez. Balançando a cabeça, ele foi até o sofá e afundou-se nele...

– Não entendo isso – disse ele com voz cansada.

Kolabati sentou-se diante dele.

– É claro que entende.

Ele virou a cabeça depressa, com o olhar ameaçador.

– Você está me chamando de mentiroso?

Kolabati desviou o olhar. Havia *rakoshi* em Nova York. Kusum estava em Nova York. Ela possuía um raciocínio lógico e não imaginava outra circunstância na qual esses dois fatos pudessem existir independentemente um do outro. Mas sentiu que aquela não era a melhor hora para dizer a Kusum que tinha certeza do envolvimento dele. Ele já estava com a guarda levantada. Quaisquer outros sinais de suspeitas de sua parte e ele se fecharia completamente.

– O que posso pensar? – disse ela. – Não somos os zeladores? Os *únicos* zeladores?

– Mas você viu o ovo. Como pode duvidar de mim?

Havia um tom de súplica na voz dele, de um homem que queria muito ter um voto de confiança. Era tão convincente que Kolabati ficava tentada a acreditar na sua palavra.

– Então explique o que sentiu na garrafa.

Kusum deu de ombros.

– Um trote. Um trote elaborado e sujo.

– Kusum, eles estavam lá! Na noite passada e na anterior também!

– Ouça. – Ele levantou-se e ficou de pé diante dela. – Você viu mesmo um *rakosh* nessas duas noites?

– Não, mas senti o cheiro. Não se pode confundir isso.

– Não duvido que houvesse o cheiro, mas um odor pode ser criado...

– Havia alguma coisa *lá*!

– ...e com isso temos apenas suas impressões. Nada concreto.

– Essa garrafa na sua mão não é tangível o bastante?

Kusum deu-lhe a garrafa.

– Uma imitação interessante. Quase me enganou, mas tenho certeza de que não é genuíno. Por falar nisso, o que aconteceu com o conteúdo?

– Joguei num bueiro.

A expressão dele continuou impenetrável.

– Que pena. Eu podia ter mandado analisar e talvez pudéssemos descobrir quem está por trás desse embuste. Quero saber disso antes de fazer qualquer outra coisa.

– Por que alguém se daria o trabalho? Ele lançou-lhe um olhar penetrante.

– Um inimigo político, talvez. Alguém que descobriu nosso segredo.

Kolabati sentiu o medo apertar-lhe a garganta. Tentou livrar-se da ideia. Aquilo era absurdo! Kusum é que estava por trás de tudo. Tinha certeza disso. Mas, por um momento, ele quase a fez acreditar no que dizia.

– Isso não é possível!

Ele apontou para a garrafa na mão dela.

– Há alguns momentos teria dito o mesmo a respeito disso.

Kolabati continuou o jogo dele.

– O que vamos fazer?

– Descobrir quem está por trás disso. – Ele abriu a porta. – E vou começar agora mesmo.

– Vou com você.

Ele parou.

– Não. É melhor esperar aqui. Estou aguardando uma ligação importante sobre negócios do consulado. Foi por isso que voltei para casa. Você tem de esperar aqui e anotar o recado para mim.

– Está bem. Mas não vai precisar de mim?

– Se precisar, ligo para você. E não me siga... você sabe o que aconteceu da última vez.

Kolabati deixou que saísse. Ficou olhando pelo olho mágico da porta até ele entrar no elevador. Assim que as portas se fecharam atrás dele, ela correu até o hall e apertou o botão para chamar o segundo elevador. Ele chegou logo e levou-a até a entrada, a tempo de ver Kusum saindo devagar do prédio.

Isso vai ser fácil, pensou ela. Não seria problema seguir um indiano alto, magro e de turbante pelo centro de Manhattan.

Animou-se. Afinal descobriria onde Kusum se escondia. E lá encontraria, tinha certeza, algo que não devia existir. Ainda não entendia como era possível, mas todas as provas apontavam para a existência de *rakoshi* em Nova York. E apesar de todas as negações, Kusum estava envolvido. Ela sabia disso.

A meio quarteirão de distância, ela seguiu Kusum pela Quinta Avenida até o Central Park sem problema. Depois disso, o caminho ficou difícil. Consumidores de domingo estavam à solta e as calçadas ficaram congestionadas. Mas ela conseguiu mantê-lo à vista até ele entrar no Rockefeller Plaza. Ela estivera lá só uma vez no inverno, quando a área se encontrava entupida de patinadores no gelo e de gente fazendo compras de Natal, passeando em volta da imensa árvore da Rockefeller Center. Ali havia agora outra espécie de multidão, mas não menos densa. Um grupo de jazz tocava uma imitação de Coltrane e a cada metro havia homens com carrinhos vendendo frutas, balas ou balões. Em vez de patinarem no gelo, as pessoas estavam perambulando ou pegando sol, sem camisa.

Kusum não estava em lugar nenhum.

Kolabati se acotovelou em meio à multidão, aflita. Contornou o rinque seco e ensolarado. Kusum havia sumido. Ele devia tê-la visto e fugira num táxi ou por uma entrada de metrô.

Ela ficou ali cercada pela multidão alegre e despreocupada, mordendo o lábio inferior, tão frustrada que tinha vontade de chorar.

VI.

Gia pegou o telefone quando tocou pela terceira vez. Uma voz suave e com sotaque pediu para falar com a Sra. Paton.

– Quem deseja falar com ela?

– Kusum Bahkti.

Ela achara que a voz era familiar.

– Oh, Sr. Bahkti. Aqui é Gia DiLauro. Nós nos conhecemos na noite passada.

– Srta. DiLauro... que prazer falar com a senhorita outra vez. Posso dizer que estava muito bonita ontem à noite?

– Sim, pode. Sempre que quiser. – Enquanto ele ria educadamente, Gia disse: – Espere um segundo, vou chamar Nellie.

Gia estava no hall do terceiro andar. Nellie se encontrava na biblioteca, assistindo a um daqueles programas de auditório que dominavam a televisão no domingo à tarde. Chamá-la aos gritos parecia mais apropriado a uma casa comum do que a uma casa em Sutton Square. Especialmente quando havia um diplomata indiano ao telefone. Por isso Gia desceu correndo até o primeiro andar.

Enquanto descia as escadas, pensou que o Sr. Bahkti era uma boa lição de como não se deve confiar nas primeiras impressões sobre alguém. Ela antipatizara com ele assim que o conhecera e, no entanto, ele se mostrara um homem bem gentil. Ela deu um sorriso amargo. Ninguém podia contar com ela como juiz de caráter. Ela pensara que Richard Westphalen era charmoso o bastante para se casar com ele, e vejam só o que acontecera. E depois veio Jack. Não eram referências muito boas.

Nellie atendeu o telefone diante da TV. Enquanto ela falava com o Sr. Bahkti, Gia prestou atenção à televisão, que mostrava o secretário de Estado sendo assediado por repórteres.

– Um homem tão gentil – disse Nellie quando desligou. Ela estava mastigando alguma coisa.

– Parece mesmo. O que ele queria?

– Disse que queria encomendar umas caixas de Magia Negra e queria saber onde consegui a minha.

– Em Londres.

– Foi o que eu disse a ele. – Nellie deu uma risadinha. – Ele foi tão simpático. Queria que eu provasse um e dissesse se era tão bom quanto minha lembrança dele. Então eu provei. São deliciosos! Acho que vou comer outro. – Ela levantou o prato. – Sirva-se.

Gia balançou a cabeça.

– Não, obrigada. Com a alergia de Vicky não tive chocolate em casa durante tanto tempo que até perdi o gosto por ele.

– É uma pena – disse Nellie, segurando outro bombom entre o polegar e o indicador, com o mindinho levantado, e dando uma mordida gulosa. – Estes são simplesmente deliciosos.

VII.

Jogo decisivo no Mount Holly Lawn Tennis Club: Jack estava coberto de suor. Ele e seu pai passaram raspando pela primeira eliminatória: seis-quatro, três-seis, sete-seis. Depois de algumas horas de descanso enfrentaram o segundo adversário. A dupla pai e filho contra a qual estavam jogando era bem mais jovem – o pai só um pouco mais velho do que Jack e o filho não tinha mais de 12 anos. Mas como jogavam! Jack e o pai ganharam apenas um game no primeiro set, mas a vitória fácil deve ter dado aos oponentes uma falsa sensação de segurança, pois cometeram alguns erros no segundo set e acabaram perdendo de seis a quatro.

Assim, cada dupla com um set, a contagem agora era quatro-cinco e Jack estava perdendo o saque. Ficou empatado com vantagem para o recebedor. O ombro direito de Jack estava pegando fogo. Tinha dado tudo que podia nos saques, mas a dupla do outro lado da rede devolvia todos. Chegara o momento. Se perdesse o ponto, a partida acabaria e ele e o pai estariam fora do campeonato. O que não partiria o coração de Jack. Se ganhassem ele teria de voltar no fim de semana seguinte. Era uma ideia que não lhe agradava. Mas não ia entregar os pontos. Seu pai tinha direito a 100 por cento e ia receber isso.

Ele encarou o menino. Nos últimos três sets Jack vinha tentando descobrir um ponto fraco no jogo dele. Ele tinha um *top spin* de direita de Borg, uma esquerda violenta com duas mãos de Connors e um saque que desafiaria o de Tanner em termos de rapidez. A única esperança de Jack eram as pernas curtas do menino, que o tornavam relativamente lento, mas ele dava tantas tacadas vitoriosas que Jack não tinha sido capaz de tirar vantagem disso.

Jack sacou na esquerda do garoto e correu para a rede, esperando uma devolução fraca para marcar o ponto. A devolução foi forte e Jack deu um voleio fraco para o pai, que mandou a bola pela linha lateral à esquerda de Jack. Sem pensar, Jack mudou a raquete para a mão esquerda e mergulhou. Devolveu a bola, mas então o menino passou para o pai de Jack na outra lateral.

O pai do menino chegou até a rede e apertou a mão de Jack.

– Bom jogo. Se seu pai tivesse a sua agilidade, ele seria o campeão do clube. – Ele virou-se para o pai de Jack. – Olhe para ele, Tom... não está nem ofegando. E você viu a última cortada dele? Aquele voleio com a esquerda? Será um profissional que entrou no torneio como amador?

O pai sorriu.

– Dá para ver pelas levantadas que ele não é um profissional. Mas eu nunca soube que fosse ambidestro.

Todos se cumprimentaram e quando a outra dupla se afastou, o pai de Jack o encarou.

– Estive observando você o dia todo. Está em muito boa forma.

– Tento me manter saudável.

O pai era muito astuto e Jack não se sentia bem sob aquela apuração.

– Você se move muito depressa. Mais rápido do que qualquer reparador de eletrodomésticos que já vi.

Jack tossiu.

– O que acha de uma cerveja? Eu pago.

– Seu dinheiro não vale nada aqui. Só sócios podem comprar bebidas. Por isso eu pago a cerveja.

Começaram a andar na direção da sede do clube. Seu pai estava balançando a cabeça.

– Tenho de dizer, Jack, você realmente me surpreendeu hoje.

O rosto magoado e zangado de Gia surgiu na mente de Jack.

– Eu sou cheio de surpresas.

VIII.

Kusum não podia mais esperar. Tinha visto o pôr do sol começar e acabar, lançando fogo alaranjado nas miríades de janelas vazias das torres de escritório em silêncio domingueiro. Tinha visto a escuridão cobrir a cidade com lentidão agonizante. E agora, com a lua se erguendo por trás dos arranha-céus, começava finalmente o reinado da noite.

Hora de a mãe levar o filhote para a caçada.

Ainda não era meia-noite, mas Kusum achou seguro deixá-los ir. As noites de domingo eram relativamente calmas em Manhattan; a maioria das pessoas estava em casa, descansando para a semana que ia recomeçar.

A Sra. Paton seria levada esta noite, disso tinha certeza. Kolabati tinha limpado o caminho sem querer quando tirou a garrafa de elixir de Jack e derramou o conteúdo no bueiro. E a Sra. Paton havia comido um dos bombons especiais enquanto falava com ele ao telefone naquela manhã.

Esta noite estaria mais um passo à frente no cumprimento do voto. Seguiria com a Sra. Paton o mesmo procedimento que usara com o sobrinho e a irmã. Quando ela estivesse em seu poder, lhe revelaria a origem da fortuna Westphalen e lhe concederia um dia para que ela pensasse nas atrocidades de seu ancestral.

Amanhã à noite sua vida seria oferecida a Kali e seria entregue aos *rakoshi*.

IX.

Havia algo podre em algum lugar.

Nellie nunca pensara que um cheiro pudesse acordar alguém, mas esse...

Ela levantou a cabeça do travesseiro e fungou no ar do quarto escuro – um cheiro de carniça. Uma brisa quente passou por ela. As persianas que davam para a varanda estavam um pouco abertas. Ela podia jurar que tinham ficado fechadas o dia inteiro, por causa do ar-condicionado. Mas devia ser dali que vinha o cheiro. Era como se um cachorro tivesse desenterrado algum animal morto no jardim, bem debaixo da varanda.

Nellie percebeu um movimento perto das portas. Devia ser a brisa nas cortinas. Mas...

Ela sentou-se, procurando os óculos na mesa de cabeceira. Encontrou-os e levou-os aos olhos, sem se dar o trabalho de encaixar as hastes nas orelhas. Mesmo com as lentes, não tinha certeza do que estava vendo.

Uma forma escura se aproximava dela, tão sorrateira e silenciosa quanto fumaça ao vento. Não podia ser real. Um pesadelo, uma alucinação, uma ilusão de óptica – nada tão grande e com aparência tão sólida poderia se mover tão suave e silenciosamente.

Mas o cheiro, que piorava à medida que a sombra se aproximava, não era ilusão nenhuma.

De repente Nellie ficou apavorada. Isso não era sonho! Abriu a boca para gritar, mas a mão fria e úmida tapou a parte inferior do seu rosto antes que conseguisse emitir qualquer som.

A mão era enorme, incrivelmente fétida, e não era humana.

Com violento espasmo de terror, ela lutou contra aquela coisa que a prendia. Era como lutar contra a maré. Cores brilhantes explodiram diante de seus olhos enquanto lutava para respirar. Logo as explosões apagaram todo o resto. E então ela não viu mais nada.

X.

Vicky estava acordada. Tremia sob o lençol, não de frio, mas por causa do sonho que acabara de ter, no qual o Sr. Grape-Grabber sequestrara a Sra. Jelliroll e tentava cozinhá-la para fazer uma torta. Com o coração saindo pela boca, espiou a mesa de cabeceira ao lado da cama no escuro. O luar entrava pelas cortinas da janela à sua esquerda e era suficiente para mostrar a Sra. Jelliroll e o Sr. Grape-Grabber quietinhos onde os tinha deixado. Nada com que se preocupar. Só um sonho. Além do mais, na caixa não dizia que o Sr. Grape-Grabber era o "rival amigo" da Sra. Jelliroll? E ele não queria a própria Jelliroll para suas geleias, só as suas uvas.

Mesmo assim, Vicky tremia. Ela rolou e se agarrou à mãe. Essa era sua parte preferida da estada delas na casa da tia Nellie e da tia Grace – ela dormia com mamãe. No apartamento tinha seu próprio quarto e dormia sozinha. Quando se assustava com um sonho ou durante alguma tempestade, sempre podia correr e se aninhar com a mamãe, mas a maior parte do tempo tinha de ficar na própria cama.

Tentou dormir outra vez, mas era impossível. Visões do Sr. Grape-Grabber, alto e magricela, pondo a Sra. Jelliroll numa panela e cozinhando junto com as uvas sempre voltavam à sua mente. Finalmente, ela soltou a mãe e virou-se, ficando de frente para a janela.

A lua estava alta. Ela imaginou se estaria cheia. Gostava de ver seu rosto. Escorregando da cama, foi até a janela e abriu as cortinas. A lua estava quase no mais alto ponto do céu e quase cheia. E lá estava o rosto risonho. Tornava tudo tão claro. Quase como o dia.

Com o ar-condicionado ligado e as janelas fechadas contra o calor, todos os sons de fora ficavam bloqueados. Tudo estava tão quieto e parado lá fora, como um quadro.

Ela olhou para o telhado da casa de brinquedo, branco de luar. Parecia tão pequena lá de cima, do terceiro andar.

Alguma coisa se mexeu nas sombras lá embaixo. Uma coisa alta, escura e angulosa, parecida com uma forma humana, mas não era. A coisa atravessou o quintal com um movimento fluido, uma sombra entre as sombras, e parecia estar carregando algo. Também havia outro ser igual esperando perto do muro. Esse segundo ser olhou para cima e era como se estivesse vendo Vicky com seus brilhantes olhos amarelos. Eles tinham fome... ansiavam por ela.

O sangue de Vicky congelou nas veias. Ela queria pular de volta para a cama onde estava a mãe, mas não conseguia se mexer. Tudo que pôde fazer foi ficar ali de pé e gritar.

XI.

Gia acordou de pé. Houve um momento de completo desconcerto, durante o qual não tinha ideia de onde estava ou do que fazia. O quarto estava escuro, uma criança gritava e ela podia ouvir a própria voz aterrorizada berrando uma versão embaralhada do nome de Vicky.

Pensamentos frenéticos chisparam pela sua mente que acordava aos poucos.

Onde está Vicky... a cama está vazia... onde está Vicky? Ouvia a voz da filha mas não conseguia vê-la. *Onde está Vicky?*

Foi aos tropeções até o interruptor perto da porta e acendeu a luz. O brilho repentino cegou-a por um instante, depois viu Vicky de pé perto da janela, ainda berrando. Ela correu e pegou-a no colo.

– Está tudo bem, Vicky! Está tudo bem!

Os gritos pararam, mas não a tremedeira. Gia abraçou-a, tentando absorver os tremores de Vicky com o próprio corpo. Finalmente a menina se acalmou, soltando apenas um soluço de vez em quando, com o rosto sobre o peito de Gia.

Terror noturno. Vicky sofrera disso frequentemente até os 5 anos, mas depois só de vez em quando. Gia sabia como cuidar disso: esperar até Vicky ficar completamente acordada e então conversar com ela com calma, tranquilizando-a.

– Foi só um sonho, querida. Só isso. Apenas um sonho.
– Não! Não foi um sonho! – Vicky levantou o rosto banhado de lágrimas. – Foi o Sr. Grape-Grabber! Eu vi!
– Foi só um sonho, Vicky.
– Ele estava levando a Sra. Jelliroll!
– Não estava não. Os dois estão bem atrás de você. – Ela fez Vicky virar-se e olhar para a mesa de cabeceira. – Viu?
– Mas ele estava lá fora perto da casa de bonecas! Eu vi!

Gia não gostou daquilo. Não devia haver ninguém no quintal.

– Vamos dar uma olhada. Vou desligar a luz para a gente ver melhor.

O rosto de Vicky se contorceu em pânico.

– Não apague a luz! *Por favor*, não apague!
– Está bem. Vou deixar acesa. Mas não há nada com que se preocupar. Estou aqui.

As duas grudaram os rostos no vidro e puseram as mãos em volta dos olhos para bloquear a luz do quarto. Gia examinou o quintal rapidamente, rezando para não ver nada.

Tudo permanecia como tinham deixado. Nada se mexia. O quintal estava vazio. Gia suspirou aliviada e passou o braço em torno de Vicky.

– Viu? Está tudo bem. Foi um sonho. Você pensou que viu o Sr. Grape-Grabber.
– Mas eu *vi*!
– Sonhos podem ser muito reais, querida. E você sabe que o Sr. Grape-Grabber é apenas um boneco. Ele só faz o que você quer que ele faça. Não pode fazer nada sozinho.

Vicky não disse mais nada, porém Gia sentiu que ela ainda não estava convencida.

Isso explica tudo, ela pensou: *Vicky já ficou tempo demais aqui*.

A menina precisava dos amigos – amigos, reais, vivos, de carne e osso.

Sem nada mais para ocupar seu tempo, ela estava ficando muito envolvida com aqueles bonecos. Agora eles já se intrometiam até nos seus sonhos.

– O que acha de irmos para casa amanhã? Acho que já ficamos bastante tempo aqui.

– Gosto daqui. E tia Nellie vai ficar sozinha.

– Ela vai ter Eunice de volta amanhã. E, além disso, tenho de voltar a trabalhar.

– Não podemos ficar mais um pouquinho?

– Vamos ver.

Vicky fez beicinho.

– Vamos ver. Sempre que você diz vamos ver, no fim quer dizer não.

– Nem sempre – replicou Gia rindo, sabendo que Vicky tinha razão. A menina estava ficando esperta demais para ela. – Mas vamos ver, ok?

Vicky respondeu, relutante:

– Ok.

Ela pôs Vicky de volta entre os lençóis. Quando foi até a porta para apagar a luz, ela pensou em Nellie no quarto embaixo. Não conseguia imaginar ninguém dormindo com os gritos de Vicky, mas Nellie não subira para saber o que estava acontecendo. Gia acendeu a luz do hall e debruçou-se sobre o parapeito. A porta de Nellie estava aberta e o quarto escuro. Parecia impossível que ela ainda estivesse dormindo.

Inquieta, Gia começou a descer a escada.

– Onde você vai, mamãe? – perguntou Vicky da cama, com uma voz amedrontada.

– Só vou até o quarto da tia Nellie num segundo. Volto já.

Pobre Vicky, pensou ela. *Levou um susto daqueles.*

Gia ficou parada diante da porta do quarto de Nellie. Estava tudo escuro e quieto lá dentro. Nada extraordinário, exceto um cheiro – uma lufada fraquinha de putrefação. Nada a temer, mas ela estava com medo. Hesitante, bateu na porta.

– Nellie?

Nenhuma resposta.

– Nellie, você está bem?

Tudo estava em silêncio e Gia estendeu a mão pela porta, à procura do interruptor. Hesitou, com medo do que ia ver. Nellie não era jovem. E se tivesse morrido dormindo? Parecia estar com boa saúde, mas nunca se sabe. E aquele cheiro, embora fraco, fazia pensar em morte. Por fim, não conseguiu mais se conter. Acendeu a luz.

A cama estava vazia. Alguém tinha dormido nela – o travesseiro estava amassado, os lençóis puxados – mas não havia sinal de Nellie. Gia foi até o outro lado da cama, andando como se esperasse que algo se levantasse do tapete e a atacasse. Não... Nellie não estava no chão. Gia virou-se para o banheiro. Estava com a porta aberta e vazio.

Assustada agora, ela correu escada abaixo, indo de cômodo em cômodo, acendendo todas as luzes em cada um, chamando o nome de Nellie sem parar. Ela subiu as escadas outra vez, checou o quarto de Grace no segundo andar e o outro quarto de hóspedes no terceiro

Vazios. Tudo vazio.

Nellie havia desaparecido – igualzinho a Grace!

Gia ficou de pé no hall, tremendo, tentando controlar o pânico, sem saber o que fazer. Vicky e ela estavam sozinhas naquela casa onde as pessoas desapareciam sem deixar vestígios...

Vicky!

Gia correu até o quarto delas. A luz continuava acesa. Vicky estava toda encolhida sob o lençol, dormindo profundamente. Graças a Deus! Ela se curvou, encostada na porta, aliviada mas ainda com medo. O que fazer agora? Foi até o telefone na mesa do hall. Tinha o número de Jack e ele dissera para ela ligar se precisasse dele. Mas ele estava em South Jersey e levaria horas para chegar. Gia queria alguém ali agora. Não queria ficar sozinha com Vicky naquela casa nem um minuto a mais do que precisava.

Com mão trêmula, ela discou 911 e chamou a polícia.

XII.

Ainda mora em um apartamento alugado?
– Moro – confirmou Jack.
Seu pai fez uma careta e balançou a cabeça.
– É como jogar dinheiro fora.

Jack havia trocado de roupa e estava com a camisa e a calça que levara. Eles tinham voltado para casa depois do jantar demorado num restaurante de frutos do mar em Mount Holly. Estavam sentados na sala de estar, bebericando Jack Daniels quase no escuro total, a única luz vinda da sala de jantar ao lado.

– Tem razão, papai. Nem tenho argumentos para isso.

– Sei que casas estão ridiculamente caras hoje em dia e um sujeito na sua posição não precisa de uma, mas o que acha de um condomínio? Para ter alguma coisa e ainda ganhar no valor da propriedade?

Era uma discussão de praxe, que tinham sempre que se encontravam. O pai falava das reduções de impostos por possuir seu próprio lar, enquanto Jack mentia e se esquivava sem poder dizer que reduções de impostos eram irrelevantes para um homem que não pagava impostos.

– Não sei por que você fica naquela cidade, Jack. Além de ter impostos federais e estaduais, ainda enfia a mão no seu bolso também.

– Meus negócios são lá.

Seu pai se levantou e levou os dois copos para a sala de jantar para preparar novas doses. Quando voltaram para casa, depois do jantar, ele não perguntou o que Jack queria; simplesmente serviu uns dois dedos com gelo e entregou a ele. Jack Daniels não era uma bebida que ele apreciava muito, mas no fim do primeiro copo descobriu que estava gostando. Não sabia mais quantos copos tomaram depois do primeiro.

Jack fechou os olhos e absorveu os fluidos da casa. Tinha crescido ali. Conhecia cada rachadura nas paredes, cada degrau rangente, cada esconderijo. A sala de estar era tão grande naquele tempo; agora parecia minúscula. Ainda se lembrava daquele homem na sala ao lado carregando-o nos ombros pela casa quando tinha uns 5 anos. E quando era maior eles brincavam de pique no quintal. Jack era a menor das três crianças. Havia algo especial entre seu pai e ele. Costumavam ir a todos os lugares juntos nos fins de semana, e, sempre que podia, seu pai tentava fazer sua cabeça. Não eram sermões, mas papos sobre ter uma profissão quando crescesse. Ele fazia isso com todos os filhos, dizendo como era melhor ser seu próprio patrão do que ser como ele e ter de trabalhar para outra pessoa. Naquele tempo eles eram muito íntimos. Agora não. Agora eram como conhecidos... amigos... quase parentes.

Seu pai entregou-lhe o copo com gelo e a mistura ácida; depois voltou para sua cadeira.

– Por que não se muda para cá?

– Papai...

– Ouça, estou melhor do que jamais pensei. Eu poderia hospedá-lo e mostrar como se faz. Você poderia fazer alguns cursos de administração e aprender o ofício. E enquanto estivesse estudando, eu podia arranjar um jeito de você pagar suas despesas. "Ganhe enquanto aprende", como se diz.

Jack ficou calado. Seu corpo pesava como chumbo, o cérebro estava apático. Jack Daniels demais? Ou o peso de todos aqueles anos mentindo? Conhecia o desejo do pai: queria que seu caçula terminasse a universidade e se estabelecesse em alguma espécie de profissão respeitável. O irmão de Jack era juiz, a irmã pediatra. O que Jack era? Aos olhos do pai era um estudante fracassado sem determinação, sem objetivos, sem ambição, sem mulher, sem filhos; era alguém que passaria pela vida investindo muito pouco e recebendo muito pouco, não deixando traço ou evidência de que tinha passado. Em resumo: um fracasso.

Aquilo machucava. Mais que tudo, queria que o pai se orgulhasse dele. O desapontamento do pai era como uma ferida inflamada. Alterava todo o seu relacionamento, fazendo com que Jack evitasse estar com um homem a quem amava e respeitava.

Ficou tentado à expor tudo a ele – deixar todas as mentiras de lado e contar o que realmente fazia para viver.

Assustado com a tendência de seus pensamentos, Jack endireitou-se na cadeira e tentou se compor. Aquilo era o Jack Daniels falando. Abrir o jogo com o pai não levaria a nada. Primeiro de tudo, ele não acreditaria; e, se acreditasse, não entenderia; e se acreditasse e entendesse, ficaria horrorizado... igual a Gia.

– Você gosta do que faz, não é, papai? – disse ele finalmente.

– Gosto. Gosto muito. E você gostaria também, se...

– Acho que não.

Afinal, o que o pai fazia além de ganhar dinheiro? Estava comprando e vendendo, mas não produzia nada. Jack não mencionou isso ao pai – só serviria para começar outra discussão. O cara estava feliz e a única coisa que o impedia de ficar completamente em paz consigo mesmo era seu filho mais novo. Se Jack pudesse ajudá-lo nisso. Mas não podia. Por isso, apenas disse:

– Gosto do que faço. Vamos parar por aqui?

O pai não disse nada.

O telefone tocou. Ele foi até a cozinha para atender. Algum tempo depois, reapareceu.

– É para você. Uma mulher. E parece aflita.

A letargia que começava a dominar Jack de repente sumiu. Só Gia tinha aquele número. Levantou-se da cadeira e correu para o telefone.

– Nellie sumiu, Jack!

– Onde ela foi?

– Sumiu! Desapareceu! Como Grace! Lembra-se da Grace? Era aquela que você devia estar procurando, em vez de ir a recepções diplomáticas com sua amiga indiana.

– Acalme-se, por favor. Você chamou a polícia?

– Estão a caminho.

– Vou aí depois que eles forem embora.

– Não se preocupe. Só queria que soubesse do trabalho maravilhoso que fez!

Ela desligou.

– Algum problema? – perguntou o pai.

– É. Um amigo se machucou. – Outra mentira.

Mas o que era mais uma, na montanha de mentiras que contara para as pessoas durante todos aqueles anos?

– Tenho de voltar para Nova York. – Eles se cumprimentaram.

– Obrigado. Foi ótimo. Vamos repetir isso em breve.

Já estava com a raquete e entrando no carro antes que o pai recomendasse cuidado ao dirigir depois de tantos drinques. Estava completamente alerta agora. A ligação de Gia fez evaporar todos os efeitos do álcool.

243

Jack estava de mau humor enquanto dirigia pela autoestrada. Ele realmente tinha se dado mal nesse caso. Nem lhe ocorrera que se uma irmã tinha desaparecido, a outra podia ir também. Queria acelerar o carro até 120 quilômetros, mas não ousava. Ligou o "gato" e ajustou o controle de velocidade para 95. O melhor detector de radar do mundo não o protegeria do policial dirigindo atrás dele à noite e medindo a velocidade pelo seu próprio velocímetro. Jack achou que ninguém o incomodaria se mantivesse o carro a menos de 100 quilômetros por hora.

Pelo menos o tráfego não era intenso. Não havia caminhões. A noite estava clara. A lua quase cheia pairando sobre a estrada estava achatada de um lado, como uma laranja que alguém tivesse deixado cair e ficado no chão, por muito tempo.

Quando ele passou pela saída 6 e se aproximou do lugar onde sua mãe tinha sido morta, seus pensamentos começaram a correr para trás no tempo. Ele raramente se permitia isso. Preferia mantê-los focalizados no presente e no futuro; o passado estava morto e acabado. Mas naquele estado de espírito ele se lembrou de uma noite de inverno com neve, quase um mês depois da morte da mãe...

XIII.

Ele andava vigiando o viaduto fatal toda noite, às vezes publicamente, às vezes escondido. O vento de janeiro machucava seu rosto, partia seus lábios, deixava seus dedos dormentes, das mãos e dos pés. Mas continuava esperando. Carros passavam, gente passava, o tempo passava, mas ninguém jogava nada.

Chegou fevereiro. Alguns dias depois que a marmota de plantão supostamente viu sua sombra e voltou para sua toca por mais seis semanas de inverno, nevou. Já tinha uns 3 centímetros no chão e pelo menos mais uns 18 previstos. Jack estava de pé no viaduto, olhando o tráfego esparso na direção sul, chapinhando debaixo dele. Estava com frio, cansado e pronto para ir embora.

Quando se virou para ir, viu uma figura se aproximando hesitante pela neve. Terminando de dar a volta, Jack se abaixou, pegou um pouco de neve molhada, fez uma bola e deixou-a cair pela cerca anticiclone sobre um carro lá embaixo. Depois de mais duas bolas de neve, ele espiou outra vez e viu que a figura estava se aproximando, com mais segurança agora. Jack parou com o bombardeio e ficou olhando para o tráfego, como se esperasse que o recém-chegado passasse. Mas ele não passou. Parou ao lado de Jack.

– O que você está pondo dentro delas?

Jack olhou para ele.

– Pondo dentro de quê?

– Das bolas de neve.

– Dê o fora.

O cara riu.

– Ei, tudo bem. Sirva-se. – Ele estendeu a mão cheia de pedras do tamanho de avelãs.

Jack deu um sorriso zombeteiro.

– Se eu quisesse jogar pedras, certamente faria melhor do que isso.

– Essas são apenas aperitivos.

O recém-chegado, que dissera chamar-se Ed, pôs suas pedras em cima do parapeito de segurança e juntos fizeram novas bolas de neve recheadas de pedras. Então Ed mostrou um lugar onde podia estender-se sobre a estrada, permitindo um arremesso mais direto – um lugar grande o bastante para caber um bloco de concreto. Jack conseguiu acertar as capotas de caminhões com suas bolas de neve e pedras ou errar completamente. Mas Ed acertou muitas nos para-brisas.

Jack observou o rosto dele enquanto jogava. Não dava para ver direito sob o gorro de lã enfiado até as sobrancelhas claras e acima da gola da japona da marinha que cobria suas bochechas peludas, mas havia um brilho selvagem nos olhos de Ed quando ele jogava suas bolas de neve e um sorriso quando as via espatifando-se contra os para-brisas. Estava realmente curtindo muito aquilo.

Isso não significava que fora Ed quem jogara o bloco de concreto que matara sua mãe. Podia ser apenas mais um em um milhão de vândalos que se divertiam destruindo ou desfigurando algo que pertencia aos outros. Mas o que ele estava fazendo era perigoso. A estrada lá embaixo estava escorregadia. O impacto de uma de suas bolas de neve especiais – mesmo que não quebrasse o para-brisa – poderia fazer com que o motorista desviasse ou pisasse no freio. Isso poderia ser fatal naquelas condições.

Ou isso nunca passara pela cabeça de Ed, ou era o que o fizera ir até o viaduto aquela noite.

Podia ser ele.

Jack tentou pensar logicamente. Tinha de descobrir. E precisava ter certeza absoluta.

Fez um ruído de descontentamento.

– Pura perda de tempo. Acho que nem rachamos nenhum. – Ele virou-se para ir embora. – Até logo.

– Ei! – disse Ed, segurando seu braço. – Eu disse que estávamos apenas começando.

– Isso é besteira.

– Venha comigo. Sou um profissional nisso.

Ed levou-o até a estrada, onde havia um 280-Z estacionado. Abriu a mala e apontou para um bloco de concreto coberto de gelo, encostado no estepe.

– Você chama isso de besteira?

Jack precisou de toda a sua força de vontade para não pular em cima de Ed e devorar sua garganta com os dentes. Tinha de ter certeza. O que Jack estava planejando não deixava margem para erro. Não teria volta nem pedido de desculpas por ter cometido um erro.

– Eu chamo isso de uma grande encrenca – Jack conseguiu dizer. – Você vai ter os tiras grudados em você que nem carrapato.

– Que nada! Joguei um desses aqui no mês passado. Você devia ter visto... um arremesso perfeito! Bem no colo de alguém!

Jack sentiu que começava a tremer.

– Machucou muito?

Ed deu de ombros.

– Quem sabe? Não fiquei por aí para saber. – Ele deu uma risada. – Só queria estar lá para ver a cara deles quando aquela coisa entrou pelo para-brisa. Blam! Já imaginou?

– É – disse Jack. – Vamos fazer isso.

Quando Ed se abaixou para pegar o bloco de concreto, Jack bateu a tampa da mala na cabeça dele. Ed berrou e tentou se levantar, mas Jack bateu outra vez. E outra vez. Ficou batendo até Ed parar de se mexer. Então correu até os arbustos, onde 6 metros de corda grossa estavam escondidos havia um mês.

– ACORDE!

Jack tinha amarrado as mãos de Ed atrás das costas. Cortou uma abertura grande na cerca anticiclone e agora segurava o rapaz sentado em cima do parapeito. Uma corda ia dos tornozelos de Ed até a base de um dos suportes do parapeito. Estavam do lado sul do viaduto; as pernas de Ed pendiam sobre as pistas para o sul.

Jack esfregou neve no rosto de Ed.

– Acorde!

Ed cuspiu e balançou a cabeça. Abriu os olhos. Encarou Jack sem entender, depois olhou em volta. Olhou para baixo e se assustou. Tinha pânico nos olhos.

– Ei! O que... ?

– Você está morto, Ed. Está morto. É assim que tem de ser.

Jack mal conseguia se controlar. Anos depois, ele olharia para trás e perceberia a loucura que fizera. Um carro passando pelo viaduto ou alguém nas pistas rumo ao norte poderia olhar para cima e vê-los ali. Mas a sensatez havia sumido junto com a piedade, a compaixão e o perdão.

Aquele homem tinha de morrer. Jack assim o decidira após falar com a polícia estadual e antes do funeral da mãe. Ficara bem claro então que, mesmo se encontrassem quem jogara o bloco de concreto, não haveria jeito de condená-lo sem uma testemunha ocular do acidente ou uma confissão completa e voluntária diante do advogado de defesa.

Jack se recusou a aceitar isso. O assassino tinha de morrer – não de qualquer jeito, mas do jeito de Jack. Tinha de saber que ia morrer. E o motivo disso.

A voz de Jack era monótona e fria como a neve caindo do céu negro.

– Você sabe no colo de quem caiu sua "bomba" no mês passado, Ed? Minha mãe. E sabe o que mais? Ela está morta. Uma senhora que nunca fez mal a ninguém em toda sua vida, que estava passeando sem incomodar ninguém, e você a matou. Agora ela está morta e você está vivo. Isso não é justo, Ed.

Sentiu uma satisfação lamentável com o horror crescente no rosto de Ed.

– Ei, olha! Não fui eu! Não fui eu!

– Tarde demais, Ed. Você já me contou que foi você.

Ed soltou um grito quando escorregou do parapeito, mas Jack segurou-o pelas costas do casaco até que ele conseguisse apoiar os pés na beirada.

– Por favor, não faça isso! Sinto muito! Foi um acidente! Eu não queria que ninguém se machucasse! Faço qualquer coisa para compensar isso! Qualquer coisa!

– Qualquer coisa? Ótimo. Não se mexa.

Ficaram juntos de pé sobre a pista da direita para o sul, Jack do lado de dentro do parapeito, Ed do lado de fora. Os dois olhavam o tráfego por baixo do viaduto afastando-se deles pela autoestrada. Segurando com a mão o casaco de Ed para equilibrá-lo, Jack olhou por cima do seu ombro para os carros que se aproximavam.

Como a neve continuava a cair, o tráfego se tornara mais lento e havia menos carros. A pista da esquerda acumulara um monte de lama e ninguém passava por ela, mas ainda havia muitos carros e caminhões nas pistas do meio e da direita, a maioria a 70 ou 80 quilômetros por hora. Jack viu os faróis e o pisca-pisca de uma jamanta se aproximando pela pista da direita. Quando chegou perto do viaduto, ele deu um empurrão suave.

Ed inclinou-se para a frente devagar, com elegância, o grito de terror soando por um instante acima do ruído dos carros ecoando lá de baixo. Jack medira a corda cuidadosamente. Ed caiu de pé até que a corda retesou, então seus pés foram puxados para cima e o resto do corpo virou para baixo. A cabeça e a parte de cima do corpo de Ed passaram por cima da cabine da jamanta, batendo na frente da carroceria com um ruído surdo; depois o corpo quicou e deslizou pela capota da carroceria e ficou pendurado no ar, rodando e balançando loucamente na corda amarrada aos pés.

A jamanta seguiu em frente, o motorista sem dúvida consciente de que alguma coisa batera na carroceria, mas provavelmente culpando um pedaço de neve molhada que despencara do viaduto e caíra sobre ele. Vinha um outro caminhão pela mesma pista, mas Jack não esperou pelo segundo impacto. Caminhou até o carro de Ed e tirou o bloco de concreto da mala. Jogou-o no mato enquanto andava os 2 quilômetros pela estrada até seu carro. Não haveria ligação com a morte de sua mãe, nem com ele.

Tudo acabado.

Ele foi para casa e para a cama, acreditando que no dia seguinte retomaria sua vida de onde tinha parado.

Estava enganado.

Dormiu até a tarde do dia seguinte. Quando acordou, a gravidade do que tinha feito caiu sobre ele com o peso da própria Terra. Ele tinha matado. Mais do que isso: tinha *executado* outro homem.

Ficou tentado a alegar insanidade, dizer que não tinha sido ele lá em cima do viaduto, e sim um monstro usando sua pele. Outra pessoa estava no controle.

Não funcionaria. Não tinha sido outra pessoa. Tinha sido ele. Jack. Ninguém mais. E não estava confuso, nem fugindo de nada, nem dominado por nenhuma fúria incontrolável. Lembrava cada detalhe, cada palavra, cada movimento, com clareza absoluta.

Nada de culpa. Nada de remorso. Essa era a parte mais assustadora: descobrir que, se pudesse voltar e reviver aqueles momentos, ele não mudaria nada.

Sabia naquela tarde, ali sentado e encurvado na beirada da cama, que sua vida nunca mais seria a mesma. O jovem no espelho hoje não era o mesmo que tinha visto ontem. Tudo parecia sutilmente diferente. Os ângulos e curvas à sua volta não mudaram; rostos, arquitetura e geografia, tudo era igual. Mas alguém mudara a iluminação. Havia sombras onde antes houvera luz.

Jack voltou para a Rutgers, mas a universidade parecia não fazer mais sentido. Podia se sentar, rir e beber com os amigos, mas não se sentia mais parte deles. Estava a um passo de distância. Ainda podia vê-los e ouvi-los, mas não podia tocar neles, como se uma parede de vidro tivesse sido erguida entre ele e todas as pessoas que pensava conhecer.

Procurou um caminho para achar o sentido das coisas. Passou pelo existencialismo, devorou Camus, Sartre e Kierkegaard. Camus parecia conhecer as perguntas de Jack, mas não dava respostas.

Jack fracassou na maioria das matérias do segundo semestre. Afastou-se dos amigos. Quando chegou o verão, pegou todas as suas economias e se mudou para Nova York, onde os serviços de consertos continuaram, com níveis cada vez maiores de perigo e violência. Aprendeu a abrir trancas, a escolher a arma e a munição certas para qualquer situação, assim como arrombar uma casa e quebrar um braço. Ele estava lá desde então.

Todos, incluindo seu pai, responsabilizavam a morte da mãe pela mudança. De uma forma muito pouco direta, eles estavam certos.

XIV.

O viaduto sumiu no seu retrovisor e com ele a lembrança daquela noite. Jack secou as mãos molhadas nas calças. Ficou imaginando onde estaria e o que estaria fazendo se Ed tivesse jogado aquele bloco de concreto meio segundo antes ou depois, fazendo com que quicasse sem muito perigo no capô ou na capota do carro da família. Meio segundo teria significado a diferença entre vida ou morte para sua mãe – e para Ed. Jack teria terminado a faculdade, teria um emprego normal com horário normal, mulher, filhos, estabilidade, identidade, seguro. Seria capaz de conversar sem mentir. Seria capaz de passar por aquele viaduto sem reviver duas mortes.

Jack chegou em Manhattan pelo túnel Lincoln e atravessou o Centro direto. Passou pela Sutton Square e viu um carro de polícia parado na frente da casa de Nellie. Após fazer o retorno por baixo da ponte, ele voltou até a metade das ruas 50 e estacionou perto de um hidrante na Sutton Place Sul. Esperou e observou. Em pouco tempo viu o carro da polícia sair da Sutton Square e se dirigir para o Centro.

Ele deu umas voltas até encontrar um telefone público e usou-o a fim de ligar para a casa de Nellie.

– Alô? – A voz de Gia estava tensa, assustada.
– É Jack, Gia. Tudo em ordem?
– Não.
Ela relaxara um pouco. Agora parecia apenas cansada.
– A polícia já foi?
– Acabou de sair.
– Estou indo para aí... isto é, se você não se incomodar.

Jack esperava alguma objeção e insultos; em vez disso, Gia disse:
– Não, não me incomodo.
– Estarei aí em um minuto.

Ele voltou para o carro, tirou a Semmerling escondida sob o banco e afivelou-a ao tornozelo. Gia não discutiu com ele. Devia estar apavorada.

XV.

Gia nunca pensara que ficaria tão contente em rever Jack. Mas quando abriu a porta e o viu ali de pé, precisou de toda a sua força de vontade para não pular nos seus braços. A polícia nada fizera. Na verdade, os dois policiais que haviam aparecido, atendendo a seu chamado, agiram como se estivessem perdendo tempo. Percorreram a casa toda apressadamente, por dentro e por fora, não viram sinal de arrombamento, ficaram mais um tempo fazendo perguntas, depois foram embora, deixando-a sozinha com Vicky naquela enorme casa vazia.

Jack entrou no hall. Por um momento parecia que ia erguer os braços e estendê-los para ela. Em vez disso, virou-se e fechou a porta. Parecia cansado.

– Você está bem? – perguntou ele.
– Sim. Estou bem.
– Vicky também?
– Sim. Ela está dormindo. – Gia sentiu-se mal sob o olhar de Jack.
– O que aconteceu?

Ela contou do pesadelo de Vicky e da busca por Nellie pela casa.

– A polícia encontrou alguma coisa?

– Nada. "Nenhum sinal de crime", como eles costumam dizer. Acho que pensam que Nellie fugiu para se encontrar com Grace em algum lugar, para alguma espécie de farra senil!

– Isso é possível?

A reação imediata de Gia foi de raiva por Jack pensar uma coisa dessas, depois viu que, para alguém que não conhecesse Nellie e Grace do jeito que ela conhecia, podia parecer uma explicação tão boa quanto qualquer outra.

– Não! É completamente impossível!

– Ok. Acredito em você. E o sistema de alarme?

– O andar térreo estava ligado, como já sabe; os andares de cima elas mandaram desligar.

– Então é o mesmo que aconteceu com Grace: *A dama oculta*.

– Acho que não é hora de referências engraçadinhas a filmes, Jack.

– Eu sei – disse ele, se desculpando. – Vamos dar uma olhada no quarto dela.

Quando Gia levou-o até o segundo andar, ela descobriu que pela primeira vez, desde que vira a cama vazia de Nellie, começava a relaxar. Jack era competente. A presença dele dava a sensação de que as coisas finalmente estavam sob controle, que nada aconteceria sem a autorização dele.

Ele andou pelo quarto de Nellie de uma maneira que parecia distraída, mas ela notou que seus olhos vasculhavam tudo e que ele nunca tocava em nada com a ponta dos dedos – sempre com o lado ou as costas da mão, com a unha ou nó dos dedos, mas nunca de forma que pudesse deixar suas digitais. E tudo isso servia como uma lembrança incômoda do estado de espírito de Jack e do seu relacionamento com a lei.

Ele abriu as portas da varanda com o pé. O ar quente e úmido invadiu o quarto.

– Os policiais destrancaram isso?

Gia balançou a cabeça.

– Não. Não estava nem fechada, só encostada.

Jack saiu para a minúscula varanda e olhou por cima do parapeito.
– Igual à de Grace – disse ele. – Eles checaram lá embaixo?
– Estiveram lá fora com lanternas... disseram que não havia sinal de escada ou qualquer outra coisa.
– Igualzinho a Grace. – Ele entrou e fechou as portas com os cotovelos. – Não faz sentido. E a parte mais estranha é que você não teria descoberto que ela sumiu até amanhã, se não fosse pelo pesadelo de Vicky. – Ele olhou para ela. – Tem certeza de que foi um pesadelo? Será que ela ouviu alguma coisa que a assustou e você achou que era um pesadelo?
– Ah, era mesmo um pesadelo. Ela achou que o Sr. Grape-Grabber estava sequestrando a Sra. Jelliroll. – Os músculos de Gia se enrijeceram quando ela se lembrou dos gritos de Vicky. – Ela até pensou tê-lo visto no quintal.

Jack se endireitou.
– Ela viu alguém?
– Alguém não. O Sr. Grape-Grabber. O boneco.
– Conte-me tudo, tim-tim por tim-tim, desde que acordou até chamar a polícia.
– Já contei tudo para aqueles dois policiais.
– Conte outra vez para mim. Por favor. Pode ser importante.

Gia contou como acordara com os gritos de Vicky, como olhara pela janela e não vira nada, como fora até o quarto de Nellie e...
– Uma coisa que não mencionei para a polícia foi o cheiro no quarto.
– Perfume? Loção de barba?
– Não. Um cheiro podre. – Lembrar o cheiro a deixava apreensiva. – Pútrido.

O rosto de Jack se crispou.
– Como um animal morto?
– É. Exatamente. Como sabe?
– Só adivinhando. – Ele pareceu tenso de repente. Foi até o banheiro de Nellie e checou todos os vidros. Não encontrou o que estava procurando. – Você sentiu esse cheiro em mais algum lugar da casa?
– Não. O que há de tão importante nesse cheiro?

253

Ele virou-se para ela.

– Não tenho certeza. Mas lembra o que eu disse para você?

– Você falou para não beber nada estranho como o laxante de Grace.

– É. Nellie comprou alguma coisa parecida? Ou alguma coisa nova foi entregue na casa?

Gia pensou um instante.

– Não... a única coisa que recebemos recentemente foi uma caixa de chocolates do meu ex-marido.

– Para você?

– Claro que não! Para Nellie. São os favoritos dela. Parecem ser de uma marca bem popular. Nellie falou desses bombons para o irmão da sua amiga indiana na noite passada... *sábado à noite foi ontem? Parece ter sido há tanto tempo...* Ele ligou hoje para saber onde podia encomendar alguns.

As sobrancelhas de Jack se ergueram.

– Kusum?

– Você parece surpreso.

– Ele não parece um fã de chocolate. Faz mais o gênero arroz integral e água.

Gia sabia o que ele queria dizer. Kusum tinha a palavra asceta escrita por todo o corpo.

Quando voltavam para o hall, Jack disse:

– Como é esse Sr. Grape-Grabber?

– Vou pegá-lo para você.

Ela levou Jack até o terceiro andar e deixou-o no corredor enquanto ia na ponta dos pés até a mesa de cabeceira pegar o boneco.

– Mamãe?

Gia se assustou com o som inesperado. Vicky tinha a mania de fazer isso. Tarde da noite, quando já devia estar dormindo profundamente, ela deixava a mãe entrar no quarto e se inclinar sobre ela para dar-lhe um beijo; no último instante abria os olhos e dizia "Oi". Era meio fantasmagórico às vezes.

– Sim, querida?

– Ouvi você falando lá embaixo. Jack está aqui?

Gia hesitou, mas não viu jeito de esconder isso dela.
– Está sim. Mas quero que você fique aí deitada e volte a...
Tarde demais. Vicky já estava fora da cama e corria para o corredor.
– Jack-Jack-Jack!
Quando Gia chegou até eles, Jack já estava pegando a menina no colo.
– Oi, Vicky.
– Oh, Jack, estou tão contente por você estar aqui! Eu estava com tanto medo antes!
– É, fiquei sabendo. Sua mãe disse que você teve um sonho ruim.

Enquanto Vicky se lançava na história dos planos do Sr. Grape-Grabber contra a Sra. Jelliroll, Gia ficava maravilhada com o entrosamento entre Jack e a filha. Eram como velhos amigos. Nessa hora desejava ardentemente que Jack fosse um tipo diferente de homem. Vicky precisava tanto de um pai, mas não de um cujo trabalho exigisse armas de fogo e facas.

Jack estendeu a mão para pegar o boneco com Gia. O Sr. Grape-Grabber era feito de plástico; um cara magricela e comprido com braços e pernas muito longos, todo roxo a não ser no rosto; usava um chapeuzinho preto. Jack analisou o boneco.

– Foi esse o cara que você acha que viu lá fora?
– Foi – disse Vicky, balançando a cabeça. – Só que ele não estava usando o chapéu.
– O que ele estava usando?
– Não deu para ver. Tudo que vi foram seus olhos. Eram amarelos.

Jack estremeceu violentamente e quase deixou Vicky cair. Gia estendeu a mão instintivamente para pegar a filha se caísse.

– Jack, o que houve?
Ele sorriu sem vontade, ela achou.
– Nada. Só uma fraqueza no braço, porque estive jogando tênis. Já passou. – Ele olhou para Vicky. – Mas sobre aqueles olhos... deve ter sido um gato que você viu. O Sr. Grape-Grabber não tem olhos amarelos.

Vicky balançou vigorosamente a cabeça.

– Essa noite ele tinha. E o outro também.

Gia estava olhando para Jack e podia jurar que uma expressão de nojo passou pelo seu rosto. Isso a preocupava, porque não era o tipo de expressão que esperava ver.

– Um outro? – disse ele.

– É. O Sr. Grape-Grabber deve ter trazido um ajudante com ele.

Jack ficou em silêncio um momento, depois pegou Vicky em seus braços e levou-a de volta ao quarto.

– Hora de dormir, Vicky. Vejo você de manhã.

Vicky reclamou um pouco quando ele saiu do quarto, depois rolou de lado e ficou quieta assim que Gia a cobriu. Jack não estava mais lá quando Gia voltou ao corredor. Ela encontrou-o lá embaixo, na biblioteca, mexendo na caixa de alarme com uma chave de fenda pequena.

– O que está fazendo?

– Religando os andares de cima. Isso devia ter sido feito logo depois do desaparecimento de Grace. Pronto! Agora ninguém entra nem sai sem provocar um carnaval.

Gia sabia que ele estava escondendo alguma coisa e não era justo.

– O que você sabe?

– Nada. – Ele continuou a examinar o interior da caixa. – Nada que faça sentido.

Isso não era o que Gia queria ouvir. Queria alguém – qualquer pessoa – que explicasse o que acontecera ali na última semana. Alguma coisa que Vicky dissera perturbara Jack. Gia queria saber o que era.

– Talvez faça sentido para mim.

– Tenho minhas dúvidas.

Gia ficou zangada.

– Isso *eu* é que vou julgar! Vicky e eu estamos aqui há quase uma semana e provavelmente teremos de ficar mais alguns dias, caso tenhamos alguma notícia de Nellie. Se você tem alguma informação sobre o que está acontecendo por aqui, eu quero saber!

Jack olhou-a pela primeira vez desde que ela entrara na biblioteca.

– Está bem. Lá vai: apareceu um cheiro podre no meu apartamento nessas últimas duas noites. E na noite passada havia dois pares de olhos amarelos olhando pela janela da minha sala de estar.

– Jack, você mora no terceiro andar!
– Eles estavam lá.

Gia sentiu alguma coisa se contorcendo dentro dela. Sentou-se no sofá e estremeceu.

– Meu Deus! Isso me arrepia!
– Talvez fossem gatos.

Gia encarou-o e viu que ele não acreditava nisso. Puxou o robe e apertou-o ainda mais contra o corpo. Se arrependeu de ter exigido saber o que ele pensava e desejava ainda mais que não tivesse dito nada.

– Certo – disse ela, entrando no jogo. – Gatos. Só podia ser.

Jack se espreguiçou e bocejou enquanto caminhava até o centro da sala.

– Já é tarde e estou cansado. Acha que posso passar a noite aqui?

Gia reprimiu uma onda repentina de alívio para que ele não percebesse.

– Acho que sim.
– Ótimo. – Ele sentou-se na cadeira reclinável de Nellie e empurrou-a até se deitar. – Eu fico aqui mesmo e você vai lá para cima com Vicky.

Ele acendeu a luminária de leitura ao lado da cadeira e pegou uma revista de uma pilha próxima ao prato cheio de bombons Magia Negra. Gia sentiu um nó na garganta ao pensar no prazer infantil de Nellie quando recebera aquela caixa de doces.

– Quer um cobertor?
– Não. Estou ótimo. Vou ler um pouco. Boa noite.

Gia levantou-se e foi até a porta.

– Boa noite.

Ela apagou a luz da biblioteca, deixando Jack num círculo de luz bem no centro da sala escura. Correu para o lado de Vicky e se aninhou na cama com ela, à caça do sono. Mas, apesar do silêncio e do fato de Jack estar de guarda lá embaixo, o sono não veio.

Jack... Ele veio quando ela precisou dele e, sozinho, conseguiu o que a força policial de Nova York não conseguira: fez com que ela se sentisse segura. Sem ele teria passado as horas que faltavam para o amanhecer num pânico convulsivo. Desejava estar com ele. Lutou contra isso, mas acabou perdendo. Vicky respirava devagar e ritmadamente a seu lado. Estava a salvo. Todos estavam a salvo agora que o sistema de alarme funcionava outra vez – nenhuma janela ou porta poderia ser aberta sem dispará-lo.

Gia saiu da cama e desceu as escadas com um cobertor leve de verão nos braços. Hesitou à porta da biblioteca. E se ele a rejeitasse? Ela fora tão fria com ele... e se ele...?

Só havia uma maneira de descobrir.

Ela entrou e viu que Jack a observava. Devia ter ouvido os passos quando ela descia as escadas.

– Tem certeza de que não quer um cobertor? – perguntou ela.

A expressão dele era séria.

– Eu precisava era de alguém para partilhá-lo comigo.

Com a boca seca, Gia foi até a cadeira e se esticou ao lado de Jack, que pôs o cobertor sobre os dois. Ninguém falou. Não havia nada a dizer, pelo menos para ela. Tudo que pôde fazer foi se deitar ao lado dele e controlar seu desejo.

Após uma eternidade, Jack levantou o queixo de Gia e deu-lhe um beijo. Fazer isso deve ter lhe custado tanto quanto custara a Gia descer para ficar com ele. Gia correspondeu e soltou todo o desejo contido dentro de si. Ela tirou as roupas dele, Jack levantou sua camisola, e então nada mais os separava. Ela o agarrou como se quisesse evitar que o arrancassem dela. Era disso que ela precisava, era disso que ela sentia falta na vida.

Jack era o homem que ela queria.

XVI.

Jack estava deitado na cadeira reclinável e em vão tentava dormir. Gia o apanhara de surpresa naquela noite. Tinham feito amor duas vezes – furiosamente da primeira, mais devagar da segunda – e agora ele estava sozinho, mais satisfeito e contente do que nunca. Com todo o conhecimento, inventividade e paixão aparentemente inesgotáveis, Kolabati não o fizera se sentir assim. Isso era especial. Sempre soubera que Gia e ele eram feitos um para o outro. Esta noite tinham provado isso. Haveria um jeito de ficarem juntos outra vez e nunca mais se separarem.

Após um longo tempo de aconchego saciado e preguiçoso, Gia voltou para o quarto do terceiro andar. Não queria que Vicky os encontrasse ali embaixo de manhã. Ela fora quente, amorosa, apaixonada... tudo que não tinha sido nos últimos meses. Isso deixava Jack confuso, mas não estava reclamando. Devia ter feito alguma coisa certa. Fosse o que fosse, queria continuar fazendo.

Mas não era apenas a mudança no comportamento de Gia que o mantinha acordado. Os acontecimentos daquela noite haviam criado uma confusão de fatos, teorias, suposições e impressões que rodopiavam em sua mente.

A descrição que Vicky fizera dos olhos amarelos o chocara. Até então quase se convencera de que os olhos do lado de fora da sua janela tinham sido uma espécie de ilusão. Mas começara com a menção casual de Gia ao cheiro podre no quarto de Nellie – tinha de ser o mesmo cheiro que invadira seu apartamento nas noites de sexta e de sábado. Depois, os olhos. Os dois fenômenos juntos, em duas noites diferentes e em dois lugares diferentes, não eram mera coincidência.

Havia uma ligação entre o ocorrido na noite anterior no seu apartamento e o desaparecimento de Nellie esta noite. Mas Jack não fazia ideia do que era. Ele procurara mais daquele líquido de ervas que achara no quarto de Grace na semana anterior. Ficou desapontado por não encontrá-lo. Não sabia dizer por que pensava assim, e certamente não saberia dizer como, mas tinha certeza de que o cheiro, os olhos, o líquido e os desaparecimentos das duas mulheres estavam interligados.

Distraído, ele pegou um bombom do prato ao lado da cadeira. Não estava com fome, mas uma coisa doce até que cairia bem. O problema dessas coisas era que a gente nunca sabia o que tinham dentro. Havia sempre o velho truque de enfiar o polegar na parte de baixo, mas isso não parecia correto no bombom de uma pessoa desaparecida. Pensou em jogá-lo inteiro na boca, mas desistiu da ideia. Colocou-o de volta ao prato e retomou sua reflexão.

Se tivesse achado mais do líquido entre as coisas de Nellie, montaria mais uma peça do quebra-cabeça. Não estaria tão perto de uma solução, mas pelo menos teria uma base mais sólida por onde começar.

Jack se abaixou e checou a posição da pequena Semmerling, onde a tinha enfiado junto com o coldre de calcanhar, entre a almofada e o descanso de braço da cadeira reclinável. Ainda estava à mão. Ele fechou os olhos e pensou em outros olhos... olhos amarelos...

E de repente descobriu – o pensamento que lhe fugira na noite anterior. Aqueles olhos... amarelos com pupilas escuras... lhe pareciam vagamente familiares porque eles lembravam o par de topázios com o centro preto dos colares usados por Kolabati e Kusum!

Devia ter percebido antes! Aquelas duas pedras amarelas ficaram olhando para ele durante dias, assim como os olhos o fitaram na noite anterior. Animou-se um pouco. Não sabia o que a semelhança queria dizer, mas agora tinha um elo de ligação entre os Bahkti e os olhos, e talvez o desaparecimento de Grace e de Nellie. Podia ser pura coincidência, mas ao menos tinha um caminho a seguir.

Jack sabia o que ia fazer de manhã.

8

Manhattan
Segunda-feira, 6 de agosto

I.

Gia observava Jack e Vicky brincando à mesa do café da manhã. Vicky acordara bem cedo e encantara-se ao ver Jack dormindo na biblioteca. Logo acordara a mãe para preparar-lhes o café.

Assim que estavam todos sentados, Vicky começou uma ladainha:
– Nós queremos Moony! Nós queremos Moony!

Então Jack pegou emprestado o batom de Gia e uma caneta pilot e desenhou um rosto na mão esquerda. A mão se transformou numa entidade muito grosseira e violenta conhecida como Moony. Jack estava fazendo uma voz de falsete enquanto Vicky enfiava flocos de milho na boca de Moony. Ela ria tanto que quase não conseguia respirar. Vicky tinha uma risada tão gostosa e espontânea que parecia sair do mais fundo do seu ser. Gia adorava ouvir aquela risada e estava rindo de Vicky também.

Quando foi a última vez que Vicky e ela haviam rido no café da manhã?

– Ok. Já chega agora – disse Jack, afinal. – Moony tem de descansar e eu preciso comer.

Ele foi lavar Moony na pia.

– Jack não é engraçado, mamãe? – perguntou Vicky com os olhinhos brilhando. – Ele não é *engraçadíssimo*?

Quando Gia ia responder, Jack virou-se e fez mímica com as palavras dela, em perfeita sincronia:

– Ele é um tumulto, Vicky. – Gia jogou o guardanapo nele. – Sente-se e coma.

Gia observou Jack comer os ovos fritos que fizera para ele. Havia alegria na mesa, mesmo depois do pesadelo de Vicky e do desaparecimento de Nellie – Vicky não sabia ainda. Estava se sentindo aquecida e satisfeita por dentro. A noite passada tinha sido tão boa! Não entendia o que havia acontecido com ela, mas sentia-se feliz por ter se soltado. Não sabia o que significava... talvez um novo começo... talvez nada. Se ao menos continuasse se sentindo assim... Se ao menos...

– Jack – começou ela devagar, sem saber como dizer –, você já pensou em mudar de emprego?

– O tempo todo. E vou... pelo menos sair desse.

Uma fagulha de esperança se acendeu dentro dela.

– Quando?

– Não sei – disse ele, dando de ombros. – Sei que não posso ficar nisso para sempre, mas... – Ele deu de ombros outra vez, obviamente incomodado com o assunto.

– Mas o quê?

– É o que faço. Não sei explicar melhor que isso. É o que faço e faço bem. Por isso quero continuar fazendo.

– Você gosta.

– É – disse ele, concentrando-se nos ovos. – Eu gosto.

A fagulha se apagou quando o velho ressentimento voltou com uma rajada gelada. Na falta do que fazer com as mãos, Gia levantou-se e começou a tirar a mesa. *Por que se dar o trabalho?*, pensou ela. *Ele é um caso perdido.*

E, assim, o café da manhã terminou tenso.

Depois, Jack encontrou-a sozinha no corredor.

– Acho que você deve sair daqui e voltar para sua casa.

Era o que Gia mais desejava.

– Não posso. E Nellie? Não quero que ela volte e encontre a casa vazia.

– Eunice estará aqui.

– Não tenho certeza disso e nem você. Sem Grace e sem Nellie ela está oficialmente desempregada. Pode ser que ela não queira mais ficar aqui sozinha, e não posso culpá-la por isso.

Jack coçou a cabeça.

– Acho que tem razão. Mas também não gosto da ideia de você e Vicky aqui sozinhas.

– Nós podemos nos cuidar – disse ela, recusando-se a reconhecer a preocupação dele. – Você faz sua parte e nós fazemos a nossa.

Jack apertou os lábios.

– Bom. Muito bom. E o que houve na noite passada, então? Uma rapidinha no portão?

– Talvez. Poderia significar alguma coisa, mas acho que nada mudou, nem você, nem eu. Você é o mesmo Jack que deixei e ainda não consigo aceitar o que você faz. E você é o que você faz.

Ele saiu e ela se viu sozinha. A casa de repente ficou enorme e ameaçadora. Esperava que Eunice aparecesse logo.

II.

Um dia na vida de Kusum Bahkti...

Jack enterrou a dor da última despedida de Gia e mergulhou na tarefa de descobrir tudo que pudesse sobre como Kusum passava seus dias. Era uma escolha entre seguir Kusum ou Kolabati, mas Kolabati era só uma visitante em Washington, por isso escolheu Kusum.

Sua primeira parada após sair de Sutton Square foi no seu apartamento, de onde ligou para Kusum. Kolabati atendeu e conversaram rapidamente. Jack ficou sabendo que Kusum estaria no consulado ou nas Nações Unidas. Jack também conseguiu arrancar de Kolabati o endereço do apartamento de Kusum. Poderia precisar mais tarde. Ligou para o consulado da Índia e disseram que Kusum devia ficar nas Nações Unidas o dia inteiro.

Por isso ele estava na fila do prédio das Nações Unidas, à espera do início da visita. O sol da manhã ardia no nariz e nos braços, queimados na véspera nas quadras de tênis em Jersey. Nada sabia sobre as Nações Unidas. Muita gente que conhecia em Manhattan jamais estivera lá, a não ser para mostrar a algum parente ou visitante.

Ele usava óculos escuros, uma camisa abotoada até o pescoço e um bóton escrito *"I Love NY"* espetado no bolso sobre o peito, bermuda azul-clara, meias pretas até o joelho e sandálias. Uma câmera Kodak e um binóculo balançavam no seu pescoço. Resolvera que era melhor parecer um turista. E combinava perfeitamente.

O prédio chamado Secretariat, que parecia um túmulo, não estava aberto ao público. Uma cerca de ferro o rodeava e guardas checavam identidades em todos os portões. No prédio da Assembleia Geral havia detectores de metal do tipo usado nos aeroportos. Jack teve de se conformar em ser um turista desarmado aquele dia.

A excursão começou. Enquanto passavam pelos salões, o guia fazia um resumo histórico e uma descrição exuberante das conquistas e dos objetivos futuros das Nações Unidas. Jack não prestava muita atenção. Ficava sempre lembrando uma observação que dizia que, se todos os diplomatas fossem dispensados, as Nações Unidas poderiam se transformar no melhor bordel do mundo e fazer tanto, senão mais, pela harmonia internacional.

A excursão serviu para dar uma ideia de disposição do prédio. Havia áreas públicas e áreas restritas. Jack achou que a melhor escolha era ficar sentado na galeria pública da Assembleia Geral, que estava em sessão o dia todo por causa de alguma crise internacional em algum lugar. Logo após se sentar, Jack descobriu que os indianos estavam diretamente envolvidos no assunto em pauta: incidentes hostis crescentes na fronteira sino-indiana. A Índia estava acusando a China Vermelha de agressão.

Ele teve de suportar discussões intermináveis, que tinha certeza de já ter ouvido mil vezes. Cada país minúsculo e insignificante – a maioria desconhecida para ele – tinha de se manifestar, e geralmente dizia a mesma coisa que o país minúsculo e insignificante que o antecedera. Jack acabou desligando seus fones de ouvido. Mas ficou com o binóculo calibrado para a área em volta da mesa da delegação hindu. Até ali não tinha visto Kusum. Ele achou um telefone público e ligou para o consulado indiano outra vez: não, o Sr. Bahkti estava com a delegação nas Nações Unidas e não voltaria tão cedo.

Ele estava quase dormindo quando Kusum finalmente apareceu. O indiano entrou com passos firmes e entregou papéis ao delegado-chefe, depois sentou-se em uma das cadeiras de trás.

Jack ficou imediatamente alerta, observando-o com atenção pelo binóculo. Kusum era fácil de ser notado: era o único membro da delegação que usava turbante. Ele trocou algumas palavras com os outros diplomatas sentados perto dele, mas ficou isolado a maior parte do tempo. Parecia desligado, preocupado, como se estivesse sob alguma tensão, remexendo-se na cadeira, cruzando e descruzando as pernas, batendo com os pés, olhando sempre para o relógio, rodando um anel no dedo; era a imagem de um homem com algo em mente, um homem que queria estar em outro lugar.

Jack queria saber que lugar era esse.

Ele deixou Kusum lá sentado na Assembleia Geral e saiu para a U.N. Plaza. Um reconhecimento rápido revelou a localização do estacionamento privativo dos diplomatas, em frente ao Secretariat. Jack gravou a imagem da bandeira indiana e encontrou um lugar à sombra do outro lado da rua, de onde tinha uma visão bem clara da rampa de saída.

III.

Levou quase a tarde toda. Os olhos de Jack queimavam depois de horas sem desviar da rampa de saída do estacionamento dos diplomatas. Se não tivesse passado os olhos na direção do prédio da Assembleia Geral, às 15h45, poderia ter ficado metade da noite esperando por Kusum. Pois lá estava ele, parecendo uma miragem andando pelo calor tremulante que subia do concreto assado pelo sol. Por alguma razão, talvez porque estivesse saindo antes da sessão terminar, Kusum passou por um carro oficial e caminhou para a calçada. Ele chamou um táxi e entrou.

Receando perdê-lo, Jack correu para a rua e chamou um táxi também.

– Detesto dizer isso – falou ao motorista enquanto pulava para o banco de trás –, mas siga aquele táxi.

O motorista nem olhou para trás.

– Qual deles?

– Aquele que acaba de arrancar ali, o que tem um anúncio do *Times* na traseira.

– Já vi.

Enquanto seguiam o fluxo de tráfego pela Primeira Avenida, Jack recostou-se no banco e examinou a foto da identidade do motorista, presa do outro lado da divisória de plástico que o separava da área dos passageiros. Era um rosto negro e gorducho. Arnold Green era o nome escrito embaixo. Uma papeleta escrita à mão dizendo "Máquina Verde" estava grudada no painel. A Máquina Verde era um daqueles táxis ultraespaçosos. Uma raça em extinção. Não eram mais fabricados. Táxis compactos estavam tomando seu lugar. Jack ficaria triste com o fim dos grandões.

– Você pega muitas corridas "siga aquele táxi"? – Jack perguntou.

– Quase nunca.

– Você não me pareceu surpreso.

– Desde que me pague, eu sigo. Dou voltas e mais voltas no quarteirão até a gasolina acabar, se quiser. Desde que o taxímetro esteja correndo.

O táxi de Kusum virou para oeste na rua 66 e a Máquina Verde seguiu atrás. Juntos se arrastaram para oeste até a Quinta Avenida. O apartamento de Kusum ficava entre as ruas 60, na Quinta. Ele ia para casa. Mas o táxi virou para o Centro na Quinta. Kusum apareceu na esquina da rua 64 e começou a andar para leste. Jack seguiu no seu táxi. Viu Kusum entrar numa porta ao lado de uma placa de metal que dizia:

NOVA CASA DA ÍNDIA

Ele checou o endereço do consulado indiano que anotara aquela manhã. Conferia. Esperava algo que parecesse um templo hindu. Mas aquele era um prédio comum de pedra branca e janelas com barras de ferro com uma grande bandeira indiana – laranja, branco e verde nas listras com uma mandala em forma de roda no centro – pendendo sobre portas duplas de carvalho.

– Encoste aí – disse ao motorista. – Vamos esperar um pouco.

A Máquina Verde parou numa área de carga e descarga do outro lado da rua.

– Quanto tempo?

– O tempo que for preciso.

– Isso pode custar muito.

– Tudo bem. Pago cada quinze minutos. Assim o taxímetro não vai longe demais. Que tal?

Ele enfiou uma enorme mão marrom pela fenda na divisória de plástico.

– Que tal a primeira parte?

Jack deu-lhe uma nota de 5 dólares. Arnold desligou o motor e relaxou no banco.

– Você é daqui? – ele perguntou sem se virar.

– Mais ou menos.

– Parece ser de Cleveland.

– Estou disfarçado.

– É um detetive?

Isso parecia uma explicação razoável para andar seguindo táxis por Manhattan, por isso Jack disse:

– Algo parecido com isso.

– Tem conta de despesas?

– Quase isso.

Não era verdade: estava usando seu próprio tempo e seu próprio dinheiro, mas era melhor concordar.

– Bem, avise-me quando quiser rodar outra vez.

Jack riu e ficou à vontade, numa posição confortável. Sua única preocupação era que podia haver uma saída pelos fundos do edifício.

Pessoas começaram a sair do prédio às 17 horas. Kusum não estava entre elas. Jack esperou mais uma hora e nada de Kusum. Às 18h30 Arnold dormia profundamente no banco da frente e Jack temia que Kusum, de alguma forma, tivesse saído do prédio sem ser visto. Resolveu dar mais meia hora. Se Kusum não aparecesse, ele iria lá dentro ou acharia um telefone a fim de ligar para o consulado.

Eram quase 19 horas quando dois indianos de terno saíram pela porta e foram para a calçada. Jack cutucou Arnold.

– Ligue o motor. Podemos ter de sair em breve.

Arnold grunhiu e virou a chave. A Máquina Verde rosnou e pegou. Saiu outra dupla de indianos. Nenhum deles era Kusum. Jack estava nervoso. O dia continuava bem claro, não dava para Kusum ter passado por ele sem ser visto, mas sentia que Kusum podia ser um tipo bem discreto quando queria.

Saia, saia, de onde estiver.

Ficou olhando os dois indianos caminhando na direção da Quinta Avenida. Seguiam para oeste! Desanimado, Jack percebeu que estava estacionado numa rua de mão única para leste. Se Kusum seguisse o mesmo caminho que aqueles dois, Jack teria de deixar o táxi e achar outro na Quinta Avenida. E o próximo motorista talvez não fosse tão simpático quanto Arnold.

– Temos de ir para a Quinta! – disse a Arnold.

– Está bem.

Arnold engatou a primeira e começou a seguir o tráfego.

– Não! Espere! Vai levar muito tempo para dar a volta no quarteirão. Vou perdê-lo.

Arnold lançou-lhe um olhar maligno pela divisória.

– Você não está me pedindo para ir na contramão numa rua de mão única, está?

– Claro que não – disse Jack. Algo na voz do motorista dizia para ele entrar no jogo. – Isso seria contra a lei.

Arnold sorriu.

– Só queria ter certeza de que você não estava pedindo.

Sem avisar, ele engatou a ré na Máquina Verde e pisou no acelerador. Os pneus cantaram, pedestres apavorados pularam para a calçada, carros saindo da transversal do Central Park desviaram e buzinaram furiosos, enquanto Jack se agarrava aos cintos de segurança. O carro correu uns 30 metros até a esquina, desviou e parou atravessado na rua; depois embicou para a calçada na Quinta Avenida.

– Assim está bom? – perguntou Arnold.

Jack espiou pelo vidro de trás. Tinha uma visão ótima da porta do consulado.

– Está. Obrigado.

– De nada.

E de repente lá estava Kusum, saindo pela porta e caminhando na direção da Quinta Avenida. Ele atravessou a rua 64 e veio na direção de Jack. Jack se encolheu num canto do banco para poder ver sem ser visto. Kusum chegou mais perto. Jack se assustou ao perceber que Kusum se dirigia para a Máquina Verde.

Bateu com a mão na divisória.

– Ande! Ele pensa que você está livre!

A Máquina Verde se afastou da calçada no momento em que Kusum estendia a mão para abrir a porta. Jack espiou pelo vidro traseiro. Kusum não pareceu nem um pouco aborrecido. Simplesmente acenou para outro táxi. Parecia muito mais preocupado em chegar aonde estava indo do que com o que acontecia à sua volta.

Sem precisar de instruções, Arnold parou meio quarteirão depois e esperou até Kusum entrar no táxi. Quando o táxi passou, ele o seguiu.

– Na estrada outra vez, mãezinha – disse ele, para ninguém em particular.

Jack inclinou-se para a frente com atenção e fixou os olhos no táxi de Kusum. Temia piscar e perdê-lo de vista. O apartamento de Kusum ficava a poucos quarteirões do consulado indiano – dava para ir a pé. Mas ele estava num táxi na direção do Centro. Isso podia ser o que Jack estava esperando. Seguiram-no pela rua 57, onde dobrou à direita e foi para oeste pela rua que costumavam chamar de Art Gallery Row.

Seguiram Kusum cada vez mais para oeste. Estavam se aproximando do cais do rio Hudson. Num lampejo, Jack lembrou que aquele era o lugar onde a avó de Kusum tinha sido atacada. O táxi seguiu em frente na direção oeste até onde pôde, parando na esquina da Décima Segunda Avenida com a 57. Kusum desceu e começou a andar.

Jack disse a Arnold que parasse. Esticou a cabeça para fora da janela e apertou os olhos diante do brilho do sol poente, vendo Kusum atravessar a Décima Segunda Avenida e desaparecer nas sombras sob a West Side Highway parcialmente reformada.

– Volto num segundo – disse a Arnold.

Andou até a esquina e viu Kusum correndo pelo asfalto rachado até um cais podre onde havia um cargueiro enferrujado atracado. Uma prancha baixou como se fosse mágica. Kusum subiu no navio e desapareceu. A prancha voltou para a posição levantada depois que ele sumiu.

Um navio. O que será que Kusum estava fazendo numa banheira flutuante como aquela? Tinha sido um dia longo e chato, mas agora as coisas começavam a ficar interessantes.

Jack voltou para a Máquina Verde.

– Parece que é aqui – disse a Arnold.

Ele olhou para o taxímetro, calculou o que ainda devia do total, acrescentou 20 dólares pela boa vontade e deu para Arnold.

– Obrigado. Você foi uma grande ajuda.

– Essa não é uma boa vizinhança durante o dia – disse Arnold, olhando em volta. – E depois de escurecer a barra fica muito pesada, especialmente para alguém vestido como você.

– Ficarei bem – disse ele, agradecido pela preocupação de um homem que conhecia havia apenas algumas horas.

Jack bateu na capota do carro.

– Obrigado mais uma vez.

Jack ficou olhando a Máquina Verde desaparecer no tráfego, depois examinou as cercanias. Havia um terreno vazio na esquina do outro lado da rua, e uma casa de tijolos velha e entabuada perto dele.

Sentiu-se exposto ali de pé em trajes que gritavam "Me assaltem" para qualquer um que tivesse a intenção. E já que não ousara levar uma arma para as Nações Unidas, estava desarmado. Oficialmente desarmado. Podia inutilizar permanentemente um homem com uma caneta e conhecia meia dúzia de maneiras de matar com um chaveiro, mas não gostava de trabalhar a pequenas distâncias, a não ser em último caso. Estaria muito mais tranquilo se tivesse a Semmerling presa na perna.

Tinha de se esconder. Achou que o melhor era ficar em baixo da West Side Highway. Correu até lá e se pendurou em cima do V de um dos suportes. Dali tinha boa visão do cais e do navio. E, o que era melhor, ficava fora da vista de qualquer marginal.

Anoiteceu. As luzes se acenderam quando a noite cobriu a cidade. Ele estava longe das ruas, mas viu o movimento dos carros a oeste e ao sul diminuir até ficar reduzido a um ou outro raro veículo passando. Mas ainda ouvia bastante barulho na West Side Highway acima, onde os carros diminuíam a marcha para pegar a rampa até o nível da rua a duas quadras de onde se encontrava. O navio continuava sem movimento. Nada nos conveses, nenhuma luz na superestrutura. Tinha a aparência de um destroço abandonado. O que Kusum estava fazendo lá dentro?

Afinal, quando a escuridão total se instalou às 21 horas, Jack não aguentou mais esperar. No escuro ele tinha certeza de que conseguiria alcançar o convés e dar uma busca em volta sem ser visto.

Ele pulou do suporte e atravessou para as sombras do cais. A lua estava nascendo no leste. Estava grande e baixa, um pouco mais redonda que na noite anterior, com um brilho avermelhado. Ele queria subir a bordo e sair de novo antes que ela atingisse seu maior brilho e começasse a iluminar a zona portuária.

À beira d'água, Jack se acocorou contra uma enorme estaca de atracação, sob a sombra do cargueiro, e ficou escutando. Tudo estava quieto a não ser pelas batidas do mar sob o cais. Um cheiro azedo – uma mistura de sal marinho, bolor, madeira podre, creosoto e lixo – enchia o ar. Um movimento à esquerda chamou sua atenção: uma ratazana solitária correu pela antepara à procura de comida. Tudo o mais estava imóvel.

Ele pulou quando alguma coisa bateu na água sob o casco. Uma bomba automática de esgotamento espirrava água por uma vigia perto da linha d'água do casco.

Ele estava nervoso e não sabia a causa. Já fizera buscas clandestinas sob condições mais precárias do que aquelas. Porém, quanto mais perto chegava do navio, menor era vontade de subir a bordo. Algo bem lá no fundo dizia que era melhor se afastar dali. Com o tempo ele aprendeu a reconhecer um certo instinto para o perigo; e dar ouvidos a ele o mantivera vivo numa profissão perigosa. Aquele instinto estava tocando o alarme freneticamente agora.

Jack descartou a sensação de desastre iminente enquanto tirava o binóculo e a câmera do pescoço, deixando-os na base da estaca de atracação. A corda que ia da estaca à proa do navio tinha uns 5 centímetros de espessura. Seria áspera nas mãos, mas fácil de escalar.

Ele inclinou-se para a frente, agarrou a corda firmemente com as duas mãos e se pendurou sobre a água. Levantou as pernas até os tornozelos se cruzarem sobre a corda. Então começou a subir: pendurado como um orangotango num galho, com o rosto voltado para o céu e as costas para a água lá embaixo, ele subia pondo uma mão diante da outra, os calcanhares se apoiando nas fibras com largura de um dedo, para empurrar também.

O ângulo da subida ficou mais íngreme e a escalada tornou-se mais difícil enquanto se aproximava da amurada do navio. As fibras mais finas da corda eram ásperas e duras. As palmas de suas mãos estavam queimando; cada vez que apertava a corda era como se segurasse um punhado de espinhos, e doía ainda mais porque tinha arranjado algumas bolhas jogando tênis na véspera. Foi um sonho agarrar o aço liso e frio da amurada e se erguer até ficar com os olhos sobre a beirada. Ficou ali pendurado e examinou o convés. Ainda não havia nenhum sinal de vida.

Pulou por cima da amurada e pisou no convés, depois correu abaixado até o sarilho da âncora.

Sua pele se arrepiou – um aviso de perigo ali. Mas onde? Espiou por cima do sarilho. Não havia sinal de que tivesse sido visto, não havia sinal de ninguém mais a bordo. No entanto, a sensação persistia, uma sensação estranha, como se o estivessem vigiando.

Mais uma vez ignorou o aviso e concentrou-se no problema de como chegar até a guarita no convés superior. Havia bem mais de 30 metros de convés aberto entre ele e a superestrutura de popa. E queria ir para a popa. Não podia imaginar que estivesse acontecendo muita coisa nos compartimentos de carga.

Jack se preparou e correu em volta da escotilha de carga da proa até o conjunto de pendural e guindaste que ficava entre os dois compartimentos. Esperou. Nem sinal de ter sido visto... nem de que havia alguém para vê-lo. Outra corrida e chegou à parede da guarita.

Deslizou colado à parede até bombordo, onde havia degraus que conduziam à ponte. A cabine do leme estava trancada, mas pela janela ao lado ele pôde ver uma enorme coleção de controles sofisticados.

Talvez aquela banheira tivesse mais condições de navegar do que ele pensava.

Passou pela frente da ponte e começou a experimentar todas as portas. No segundo convés de estibordo achou uma aberta. O corredor lá dentro estava escuro, a não ser por uma única luz fraca de emergência que brilhava no fundo. Ele examinou uma a uma as três cabines daquele convés. Pareciam bem confortáveis – deviam ser para os oficiais do navio. Só uma parecia ter sido ocupada recentemente. A cama estava amassada e um livro escrito numa língua aparentemente exótica jazia aberto sobre a mesa. Aquilo pelo menos confirmava a presença recente de Kusum.

Depois ele checou as acomodações da tripulação no convés inferior. Estavam desertas. A galé não tinha sido usada recentemente.

O que mais? O vazio, o silêncio, o ar bolorento e viciado estavam deixando Jack nervoso. Queria voltar para terra firme e ar fresco. Mas Kusum estava a bordo e Jack não ia embora sem encontrá-lo.

Desceu para o convés inferior e encontrou uma porta onde estava escrito CASA DE MÁQUINAS. Ia pôr a mão na maçaneta quando ouviu aquilo.

Um som... muito baixo... como um coro de barítonos entoando um cântico num vale distante. E não vinha da casa de máquinas, mas de algum lugar atrás dele.

Jack virou-se e seguiu em silêncio até o lado externo do pequeno corredor. Lá encontrou uma escotilha estanque. Uma roda central fazia as alças em volta se retraírem. Torcendo para que ainda tivesse óleo nas engrenagens, Jack segurou a roda e virou-a no sentido anti-horário, esperando o rangido que ecoaria pelo navio e o denunciaria. Mas ouviu apenas um leve arranhar e um guincho baixinho. Quando a roda chegou ao fim da volta, ele abriu a porta devagar.

O cheiro o atingiu como uma pancada física, fazendo-o recuar. Era o mesmo fedor da putrescência que invadira seu apartamento duas noites seguidas, só que agora estava cem mil vezes mais forte, dominando-o, comprimindo seu rosto como a luva de um violador de túmulos.

Jack ficou nauseado e lutou contra o impulso de sair correndo dali. Era isso! Essa era a fonte, o coração do fedor. Era ali que descobriria se os olhos que vira do lado de fora de sua janela na noite de sábado eram reais ou imaginários. Não ia deixar que um cheiro, por mais nauseante que fosse, o fizesse desistir agora.

Ele se forçou a passar pela escotilha e entrar num corredor estreito e escuro. O ar úmido grudava nele. As paredes do corredor subiam até a escuridão acima dele. E a cada passo o cheiro ficava mais forte. Sentia o gosto no ar, quase podia tocá-lo. Viu uma luz fraca e trêmula uns 6 metros adiante. Jack foi até ela, passando por pequenas áreas de depósitos do tamanho de quartos nos dois lados. Pareciam vazios – esperava que estivessem.

O cântico que ouvira antes se interrompera, mas havia um barulho de arrastar de pés à sua frente e, à medida que se aproximava da luz, o som de uma voz falando uma língua estrangeira.

Indiano, aposto.

Diminuiu o passo quando se aproximou ao fim do corredor. A luz estava mais clara numa área grande e aberta à frente. Ele estava caminhando para a frente a partir da popa. Pelos seus cálculos imaginou que deveria estar quase no compartimento principal de carga.

O corredor se abria ao longo da parede de bombordo do compartimento de carga; do outro lado, na parede da frente, havia outra abertura, na certa uma passagem similar que dava para o compartimento da proa. Jack chegou ao final do corredor e espiou pelo canto da parede. O que viu fez com que parasse de respirar. O choque tomou-o por inteiro, como uma rajada de balas.

As paredes altas e pretas de ferro do compartimento sumiam na escuridão lá em cima. Sombras loucas corcoveavam nelas. Gotas cintilantes nas superfícies oleosas captavam a luz dos dois lampiões a gás que estavam numa plataforma elevada do outro lado do compartimento. A parede do lado de lá era de cor diferente, um vermelho sangue, com a enorme forma de uma deusa com muitos braços pintada em preto. E entre os dois lampiões estava Kusum, vestido apenas com uma espécie de pano enrolado e amarrado em volta do tronco. Estava sem o colar. No ombro esquerdo tinha cicatrizes horríveis onde lhe faltava o braço; o braço direito estava erguido e ele gritava na sua língua nativa para a multidão reunida à sua frente.

Mas não era Kusum que se apoderava e prendia a atenção de Jack como uma força opressora fazendo os seus maxilares se comprimirem no esforço para reprimir um grito de horror e suas mãos se crisparem nas paredes com tanta força.

Era a plateia. Havia quatro ou cinco dúzias deles, peles cor de cobalto, e 2,50 metros de altura, todos amontoados em semicírculos em volta de Kusum. Cada um tinha uma cabeça, um tronco, dois braços e duas pernas – mas não eram humanos. Nem pareciam humanos. As proporções, o jeito como se moviam, tudo neles estava completamente errado. Havia uma selvageria bestial. Eram répteis, com algo mais, humanoides com algo menos... o produto profano de uma mistura híbrida dos dois e uma terceira raça que não podia, nem no mais louco delírio horripilante, ser associada com qualquer coisa deste mundo. Jack viu presas nas enormes bocas sem lábios sob os focinhos achatados como os de tubarões, garras de ave de rapina na ponta das mãos com três dedos, e o brilho amarelo dos olhos fixos na figura gesticulante e delirante de Kusum.

Sob o choque e a repulsa que entorpeciam sua mente e congelavam seu corpo, Jack sentiu um ódio instintivo e feroz daquelas coisas. Era uma reação irracional, como a aversão que o mangusto sente diante da cobra. Inimizade instantânea. Algo no canto mais primitivo e remoto de sua humanidade reconhecia essas criaturas, sabendo que não poderia haver trégua nem coexistência com elas.

Mas essas reações inexplicáveis eram dominadas pela fascinação horrenda do que via. Então Kusum levantou o braço e gritou alguma coisa. Talvez fosse a luz, mas ele aparentava ser mais velho. As criaturas responderam dando início ao cântico que ouvira minutos antes. Só que agora podia distinguir os sons. Vozes roucas como rosnados, caóticas a princípio, depois se encontrando, repetindo a mesma palavra sem parar:

– *Kaka-jiiii! Kaka-jiiii! Kaka-jiiii! Kaka-jiiii!*

Então, eles ergueram as mãos com as garras de ave no ar e em cada uma havia um pedaço de carne que faiscava vermelha na luz bruxuleante.

Jack não entendia como sabia, mas tinha certeza de que estava olhando para tudo que restava de Nellie Paton.

Não aguentou mais. Sua mente se recusava a aceitar aquilo. Terror era uma sensação desconhecida para Jack, estranha, quase irreconhecível. Tudo o que sabia era que precisava sair dali antes que a sanidade o abandonasse por completo. Virou-se e correu de volta pelo corredor, sem ligar para o barulho que fazia; não se podia ouvir muito mesmo, além do berreiro no compartimento. Ele fechou a escotilha atrás de si, girou a roda para trancá-la, subiu correndo os degraus até o convés, disparou em direção à proa, pulou por cima da amurada, agarrou a corda de atracação e deslizou até o cais, queimando as palmas das mãos.

Pegou o binóculo e a câmera e fugiu na direção da rua. Sabia para onde ia: ver a única outra pessoa além de Kusum que podia lhe explicar o que acabara de ver.

IV.

Kolabati atendeu o interfone ao segundo toque. Pensou que talvez fosse Kusum; depois lembrou que ele não chamaria pelo interfone, que operava apenas do saguão. Não tinha notícias do irmão desde que o perdera na Rockefeller Plaza no dia anterior, e não saíra do apartamento o dia inteiro na esperança de encontrá-lo quando fosse trocar de roupa. Mas ele não aparecera.

– Sra. Bahkti? – Era a voz do porteiro.

– Sim? – Ela não se deu ao trabalho de corrigi-lo quanto ao tratamento "senhora".

– Desculpe incomodá-la, mas há um homem aqui embaixo dizendo que precisa vê-la. – A voz dele assumiu um tom confidencial: – Não parece muito normal, mas está insistindo muito.

– Qual é o nome dele?

– Jack. É só o que diz.

Uma onda de calor espalhou-se pela sua pele à menção do nome dele. Mas seria sensato deixá-lo subir? Se Kusum voltasse e encontrasse os dois juntos no seu apartamento...

Mas achava que Jack não apareceria sem avisar se não fosse algo realmente importante.

– Mande-o subir.

Ela esperou com impaciência até ouvir a porta do elevador se abrir e então foi até a porta do apartamento. Quando viu as meias três-quartos pretas, as sandálias e o short de Jack, ela começou a rir. Não era à toa que o porteiro não queria deixá-lo subir!

Então ela viu o rosto dele.

– Jack! O que aconteceu?

Ele entrou e fechou a porta. Seu rosto estava pálido sob a queimadura de sol, os lábios apertados numa linha fina, os olhos assombrados.

– Segui Kusum hoje...

Ele parou, como se esperasse uma reação dela. Kolabati sabia, pela expressão de Jack, que ele devia ter descoberto o que ela sempre suspeitara, mas tinha de ouvir dos lábios dele. Ocultando o pavor do que sabia que Jack ia dizer, ela assumiu um ar indiferente e disse.

– E daí?

– Você não sabe mesmo?

– Saber o quê, Jack?

Ela o viu passar a mão pelo cabelo e notou que a palma estava suja e sangrenta.

— O que houve com suas mãos?

Ele não respondeu. Em vez disso, passou por ela e desceu para a sala de estar. Sentou-se no sofá. Sem olhar para ela, Jack começou a falar num tom monótono e entorpecido.

— Segui Kusum das Nações Unidas até um navio no West Side... um navio grande, um cargueiro. Eu o vi num dos compartimentos de carga, celebrando uma espécie de cerimônia com aquelas... — seu rosto se contorceu ao lembrar — ...aquelas coisas. Estavam segurando pedaços de carne crua. Creio que era carne humana. E acho que sei de quem.

As forças abandonaram Kolabati como água descendo por um ralo. Ela se encostou na parede para se manter de pé. Era verdade! *Rakoshi* na América! E Kusum por trás deles — revivendo os velhos ritos que deviam ter ficado enterrados. Mas como? O ovo estava no outro quarto!

— Achei que você devia saber alguma coisa a respeito — dizia Jack. — Afinal de contas, Kusum é seu irmão e pensei...

Ela não estava ouvindo.

O ovo...

Afastou-se da parede e foi na direção do quarto de Kusum.

— Qual é o problema? — disse Jack, finalmente olhando para ela. — Aonde você vai?

Kolabati não respondeu. Tinha de ver o ovo outra vez. Como podia haver *rakoshi* sem usar o ovo? Era o último ovo remanescente. E ele não era suficiente para produzir uma ninhada — era necessário um *rakosh* macho.

Simplesmente não podia ser!

Ela abriu o armário do quarto de Kusum e levou o caixote quadrado para o centro do quarto. Estava tão leve. Será que o ovo não estava mais lá? Ela levantou a tampa. Não... o ovo continuava lá, ainda intacto. Mas a caixa estava muito leve. Lembrava que o ovo pesava pelo menos 5 quilos...

Pôs uma mão de cada lado do ovo e ergueu-o. Ele quase pulou no ar. Pesava praticamente nada! E na parte de baixo sentiu com o dedo uma ponta.

Kolabati virou o ovo. Estava olhando para uma abertura irregular. Manchas brilhantes mostravam onde as rachaduras tinham sido coladas.

O quarto rodopiou e girou à sua volta.

O ovo de *rakosh* estava vazio! Tinha sido encubado havia muito tempo!

V.

Jack ouviu Kolabati gritar no quarto. Não era um grito de medo ou de dor – era mais um gemido de desespero. Ele a encontrou de joelhos no chão do quarto, balançando para a frente e para trás, segurando nos braços um objeto mosqueado do tamanho de uma bola de futebol. Lágrimas escorriam por seu rosto.

– O que aconteceu?

– Está vazio! – disse ela com um soluço.

– O que havia aí dentro?

Jack tinha visto um ovo de avestruz uma única vez. Era branco como aquele, e mais ou menos do mesmo tamanho, mas a casca era pintada de cinza.

– *Rakosh* fêmea.

Rakosh. Era a segunda vez que Jack ouvia Kolabati dizer aquela palavra. A primeira foi na sexta-feira à noite, quando o cheiro podre entrou no seu apartamento. Ele não precisava de mais nenhuma explicação para saber o que tinha saído daquele ovo: tinha pele escura, um corpo magro com pernas e braços longos, uma boca cheia de presas, mãos com garras de ave de rapina e olhos amarelos brilhantes.

Comovido com a angústia dela, ele se ajoelhou diante de Kolabati. Gentilmente, tirou o ovo vazio dos seus braços e segurou suas mãos nas dele.

– Conte-me tudo.

– Não posso.

– Mas você deve.

– Você não acreditaria...

– Eu já os vi. E acredito sim. Agora tenho de entender. O que são eles?

– São *rakoshi*.

– Isso eu sei. Mas o nome não me diz nada.

– São demônios. Povoam o folclore de Bengala. São usados para apimentar histórias contadas à noite, para amedrontar crianças ou para fazer com que elas obedeçam: "Os *rakoshi* vão pegar você!" Só uns poucos escolhidos através dos anos sabem que eles são mais do que mera superstição.

– E você e Kusum eram dois desses poucos escolhidos, eu presumo.

– Somos os únicos que sobraram. Viemos de uma longa linhagem de sumos sacerdotes e sacerdotisas. Somos os últimos zeladores dos *rakoshi*. Através dos anos, os membros da nossa família eram encarregados de cuidar dos *rakoshi* – de criá-los, controlá-los e usá-los de acordo com as leis criadas nos velhos tempos. E até meados do século passado nos encarregamos dessa missão fielmente.

Ela parou, aparentemente perdida nas lembranças. Jack a fez continuar, com impaciência.

– O que aconteceu então?

– Soldados ingleses saquearam o templo de Kali onde viviam nossos antepassados. Eles mataram todos que encontraram, roubaram o que puderam, derramaram óleo em chamas na cova dos *rakoshi* e atearam fogo ao templo. Só um filho do sacerdote e da sacerdotisa sobreviveu – ela olhou para a casca vazia – e só um ovo intacto de *rakosh* foi encontrado nas cavernas incendiadas. Um ovo de fêmea. Sem um ovo de macho, significava o fim dos *rakoshi*. Estavam extintos.

Jack tocou na casca com cuidado. Então era dali que aqueles horrores tinham saído. Difícil de acreditar. Ele ergueu o ovo, segurou-o de forma que a luz entrasse pelo buraco. O que estava ali dentro tinha saído havia muito tempo.

– Posso afirmar com toda certeza, Kolabati: eles não estão extintos. Há uns cinquenta deles naquele navio agora.

– *Cinquenta...*

Ele tentou apagar a lembrança. *Pobre Nellie!*

– Kusum deve ter encontrado um ovo de macho. Ele incubou os dois e começou uma ninhada.

Kolabati o surpreendia. Seria verdade que ela não sabia de nada até agora? Esperava que sim. Detestaria pensar que ela pudesse enganá-lo tão bem.

– Está tudo indo bem, mas ainda não sei o que eles são. O que eles fazem?

– São demônios...

– Demônios, *demônios*! Demônios são sobrenaturais! Não havia nada de sobrenatural naquelas coisas. Eram de carne e osso!

– Uma carne que você nunca viu antes, Jack. E o sangue deles é quase negro.

– Preto, vermelho... sangue é sangue.

– Não, Jack! – Ela levantou e segurou os ombros dele com muita força. – Não deve subestimá-los! Nunca! Eles parecem meio retardados, mas são muito astutos. E é quase impossível matá-los.

– Os ingleses fizeram um bom trabalho, ao que parece.

O rosto dela se crispou.

– Por pura sorte! Usaram a única coisa capaz de matar os *rakoshi*: fogo! Ferro os enfraquece e fogo os destrói.

– Fogo e ferro...

De repente, Jack entendeu os dois lampiões de fogo ao lado de Kusum e a razão de alojar os monstros num navio com casco de aço. Ferro e fogo: as duas proteções mais antigas contra a noite e os perigos que ela abriga.

– Mas de onde eles vieram?

– Eles sempre existiram.

Jack levantou-se e puxou-a para cima, gentilmente pois ela parecia tão frágil.

– Não posso acreditar nisso. Eles têm forma humana, mas não acho que tenhamos um ancestral comum. Eles são muito... – Jack lembrou da animosidade instintiva que nasceu dentro dele enquanto via as criaturas – ...diferentes.

– Diz a tradição que antes dos deuses védicos e mesmo antes dos deuses pré-védicos, havia outros deuses, os Antigos, que odiavam a raça humana e queriam tomar nosso lugar no mundo. Para fazer isso eles criaram paródias profanas dos humanos, contendo o oposto de tudo que há de bom em nós e chamaram-nos de *rakoshi*. Eles são o que seríamos se não tivéssemos amor, decência e tudo de bom que somos capazes de sentir. Eles são ódio, luxúria, gula e violência encarnados. Os Antigos os fizeram muito mais fortes do que os humanos e lhes deram uma fome insaciável de carne humana. O plano era que os *rakoshi* ocupassem o lugar dos homens na Terra.

– Você acredita nisso? – Ele estava espantado de ouvir Kolabati falando como uma criança que acredita em contos de fadas.

Ela deu de ombros.

– Acho que sim. Pelo menos serve até que alguém dê uma explicação melhor. Mas, de acordo com a história, os humanos eram mais inteligentes que os *rakoshi* e aprenderam como controlá-los. Depois de algum tempo, todos os *rakoshi* foram banidos para o Reino da Morte.

– Nem todos.

– Não, nem todos. Meus ancestrais encurralaram a última ninhada numa série de cavernas no norte de Bengala e construíram o templo em cima. Aprenderam a dominar os *rakoshi* à sua vontade e passaram esses truques adiante, geração após geração. Quando nossos pais morreram, nossa avó passou o ovo e os colares para Kusum e para mim.

– Eu sabia que os colares se encaixavam em algum lugar.

A voz de Kolabati ficou mais aguda enquanto ela levava a mão ao pescoço.

– O que sabe do colar?

– Sei que essas pedras na frente se parecem muito com os olhos dos *rakoshi*. Conclui que devia ser alguma espécie de insígnia dos membros.

– É mais do que isso – disse ela com uma voz mais calma. – Na falta de um termo melhor, eu diria que é mágico.

Jack voltou para a sala de estar, rindo baixinho.

– Você acha isso engraçado? – disse Kolabati atrás dele.

– Não.

Ele caiu sentado numa cadeira e riu outra vez. A risada o perturbava, parecia não poder controlá-la.

– Só que estive ouvindo o que você me contou e aceitando tudo. É isso que é engraçado... *acredito* em você! Mesmo sendo a história mais ridícula, fantástica, forçada, implausível e impossível que já ouvi acredito nela, palavra por palavra!

– E deve mesmo, pois é verdade.

– Mesmo a parte sobre o colar mágico? – Jack levantou a mão quando ela abriu a boca para explicar. – Deixe pra lá. Já engoli demais. Posso me engasgar com um colar mágico.

– É *verdade*!

– Estou muito mais interessado na sua parte nisso tudo. É claro que você devia saber.

Ela sentou-se diante dele.

– Sexta à noite no seu quarto eu sabia que havia *rakoshi* do lado de fora da janela. Sábado à noite também.

Jack já imaginara isso. Mas tinha outras perguntas a fazer:

– Por que eu?

– Ele foi até seu apartamento porque você provou o elixir de erva *durba*, que atrai um *rakosh* caçador para uma vítima em particular.

O laxante de Grace! Um *rakosh* devia tê-la levado entre a noite de segunda-feira e a manhã de terça-feira. E Nellie a noite passada. Mas Nellie – aqueles pedaços de carne nas mãos erguidas à luz bruxuleante... ele engoliu a bile que lhe subiu à garganta. Nellie estava morta. Ele estava vivo.

– Então como é que ainda estou por aqui?

– Meu colar o protegeu.

– Vamos voltar a isso outra vez? Está bem... conte-me.

Ela levantou a frente do colar enquanto falava, segurando-o com uma mão de cada lado do par de pedras parecidas com olhos.

– Isso tem sido passado adiante na minha família há séculos. O segredo da sua fabricação já se perdeu há muito tempo. Ele tem... poderes. É feito de ferro, que tradicionalmente tem poder sobre os *rakoshi*, fazendo com que quem o use se torne invisível para eles.

– Corta essa, Kolabati...

Não dava para acreditar.

– É verdade! A única razão de você estar aí sentado, duvidando, é porque cobri seu corpo com o meu nas duas ocasiões em que os *rakoshi* foram procurá-lo! Eu o fiz desaparecer! Para um *rakosh*, seu apartamento estava vazio. Se eu não tivesse feito isso, você estaria morto como os outros!

Os outros... Grace e Nellie. Duas senhoras inofensivas.

– Mas por que elas? Por quê?

– Para alimentar a ninhada! Os *rakoshi* precisam comer carne humana regularmente. Numa cidade como essa deve ter sido fácil alimentar um ninho de cinquenta. Vocês têm a sua própria casta de intocáveis aqui – bêbados, mendigos, fugitivos, gente de quem ninguém sentiria falta, ou que ninguém se preocuparia em procurar se sumisse.

Isso explicava todos os bêbados desaparecidos que os jornais mencionavam ultimamente. Jack ergueu-se num pulo.

– Não estou falando deles! Estou falando de duas velhas senhoras ricas que foram vítimas dessas coisas!

– Você deve estar enganado.

– Não estou.

– Então deve ter sido um acidente. Uma busca de pessoas desaparecidas era a última coisa que Kusum desejava. Ele escolheria gente sem identidade. Talvez essas mulheres tivessem conseguido o elixir por engano.

– É possível. – Jack não estava nada satisfeito, mas era possível.

Perambulou pela sala.

– Quem eram elas?

– Duas irmãs: Nellie Paton a noite passada e Grace Westphalen na semana anterior.

Jack pensou ter ouvido uma expressão de susto, mas quando se virou para Kolabati o rosto dela estava impassível.

– Sei – foi tudo que ela disse.

– Alguém tem de fazê-lo parar.

– Sei disso – disse Kolabati, torcendo as mãos. – Mas você não pode chamar a polícia.

Jack não havia pensado na ideia. A polícia não estava na lista de soluções possíveis para nada. Mas não disse a Kolabati. Queria saber as razões dela para evitar isso. Será que estava protegendo o irmão?

– Por que não? Por que não chamar a polícia e a patrulha do porto, fazendo com que invadam o navio, prendam Kusum e acabem com os *rakoshi*?

– Porque isso não vai dar em nada! Eles não podem prender Kusum por causa da imunidade diplomática. E vão atrás dos *rakoshi* sem saber o que estão enfrentando. O resultado será muita gente morta, em vez de acabar com o problema. Os *rakoshi* se espalharão pela cidade, atacando quem quiserem, e Kusum ficará livre.

Kolabati tinha razão. Era óbvio que já pensara muito no assunto. Talvez até já tivesse pensado em acusar Kusum. Pobre menina. Era uma carga imensa de responsabilidade para ela sozinha. Talvez ele pudesse aliviá-la um pouco.

– Deixe-o comigo.

Kolabati ergueu-se da cadeira e ficou de pé diante de Jack. Passou os braços pela cintura dele e apoiou a cabeça em seu ombro.

– Não. Deixe-me falar com ele. Ele me ouvirá. Posso fazê-lo parar.

Duvido muito, pensou Jack. *Ele é maluco e somente a morte o fará parar.*

Mas ele disse:

– Você acha?

– Nós nos entendemos. Já passamos por muita coisa juntos. Agora que tenho certeza de que ele possui uma ninhada de *rakoshi*, Kusum terá de me ouvir. E terá de destruí-los.

– Esperarei aqui com você.

Ela deu um puxão para trás e encarou-o, com terror no olhar.

– Não! Ele não pode encontrá-lo aqui! Ficará tão furioso que jamais ouvirá o que tenho a dizer!

– Eu não...

– Estou falando sério, Jack! Não sei o que ele pode fazer se encontrá-lo aqui comigo e se souber que você viu os *rakoshi*. Ele não pode saber disso nunca. Por favor. Vá embora agora e deixe-me enfrentá-lo sozinha.

Jack não gostava daquilo. Seus instintos eram contra. Porém, quanto mais pensava no assunto, mais comedido se tornava. Se Kolabati pudesse convencer o irmão a erradicar aquela ninhada de *rakoshi*, a parte mais delicada do problema seria resolvida. Se ela não conseguisse – e ele achava mesmo que não conseguiria – pelo menos poderia prender Kusum tempo bastante para Jack encontrar uma brecha e agir. Nellie Paton era uma velha senhora muito boa. O homem que a matara não ia escapar.

– Está bem – disse ele. – Mas tome cuidado. Nunca se sabe... ele pode se voltar contra você.

Ela sorriu e tocou-lhe o rosto.

– Você está preocupado comigo, eu sei disso. Mas não se preocupe. Kusum não vai se voltar contra mim. Somos muito chegados.

Quando deixou o apartamento, Jack pensara se estaria fazendo a coisa certa. Kolabati conseguiria convencer o irmão? Será que alguém podia fazer isso? Ele pegou o elevador, desceu até o térreo e saiu para a calçada.

O parque estava escuro e silencioso do outro lado da Quinta Avenida. Jack sabia que depois daquela noite nunca mais se sentiria o mesmo em relação ao escuro. Mas os cabriolés puxados por cavalos ainda levavam namorados para passear entre as árvores; táxis, carros e caminhões ainda passavam pelas ruas; gente que trabalhava até mais tarde, gente que ia a festas, solteiros à procura de companhia, todos caminhando por ali, sem saber que um grupo de monstros estava devorando carne humana num navio atracado num cais do West Side.

Os horrores que testemunhara naquela noite já estavam parecendo irreais. O que vira era real?

Claro que era. Não parecia ser verdade ali, na normalidade equilibrada da Quinta Avenida. Talvez isso fosse bom. Talvez aquela irrealidade aparente o deixasse dormir até que pudesse cuidar de Kusum e dos seus monstros.

Pegou um táxi e disse ao motorista que desse a volta no parque, em vez de atravessá-lo.

VI.

Kolabati espiou pelo olho mágico até Jack sumir no elevador. Então despencou contra a porta.

Será que tinha falado demais? O que teria contado a ele? Não se lembrava do que podia ter escapado na ressaca do choque de descobrir aquele buraco no ovo de *rakosh*. Provavelmente nada tão comprometedor – tinha uma experiência muito longa em manter segredos das pessoas, e agora isso fazia parte de sua natureza. Mesmo assim, desejava ter certeza.

Kolabati se endireitou e pôs de lado tais preocupações. O que estava feito, estava feito. Kusum voltaria para casa esta noite. Depois do que Jack dissera, ela estava certa disso.

Estava tudo tão claro agora. Aquele nome: *Westphalen*. Explicava tudo. Tudo exceto onde Kusum tinha encontrado o ovo macho. E o que ele pretendia fazer em seguida.

Westphalen... ela achava que Kusum devia ter esquecido o nome a esta altura. Mas por que acharia isso? Kusum não esquecia nada, nenhum favor e certamente nenhuma ofensa. Jamais esqueceria o nome Westphalen. Nem o antiquado juramento que o acompanhava.

Kolabati passou as mãos para cima e para baixo pelos braços. O capitão Sir Albert Westphalen cometera um crime hediondo e merecia uma morte igualmente hedionda. Mas não seus descendentes. Pessoas inocentes não deviam ser entregues aos *rakoshi* por um crime cometido antes de nascerem.

Mas não podia se preocupar com eles agora. Tinha de resolver como controlar Kusum. Para proteger Jack teria de fingir saber mais do que sabia. Tentou lembrar o nome da mulher que Jack dissera ter desaparecido a noite passada... Paton, não era? Nellie Paton. E tinha de inventar uma maneira de colocar Kusum na defensiva.

Foi até o quarto e trouxe o ovo vazio para o pequeno hall. Deixou o ovo cair bem atrás da porta. Ele se espatifou em mil pedaços.

Tensa e ansiosa, sentou-se numa cadeira e tentou manter-se confortável.

VII.

Kusum parou um momento do lado de fora do seu apartamento para se recompor. Kolabati certamente o esperava com perguntas sobre seu paradeiro na noite anterior. Tinha as respostas preparadas. O que precisava fazer agora era mascarar a alegria que devia estar estampada em seu rosto. Acabava de destruir a penúltima Westphalen – mais uma e estaria livre do juramento. Amanhã poria as engrenagens em movimento para capturar a última da linhagem de Albert Westphalen. Então voltaria para a Índia.

Pôs a chave na fechadura e abriu a porta. Kolabati estava sentada de frente para ele numa cadeira da sala de estar, braços e pernas cruzados, o rosto inexpressivo. Quando ele sorriu e entrou, algo estalou sob seu pé. Ele olhou para baixo e viu o ovo de *rakoshi* espatifado. Mil pensamentos se passaram na sua mente chocada, porém o que mais sobressaía era:

O quanto ela sabe?

– Então você sabe – disse ele, fechando a porta.

– É, irmão, eu sei.

– Como?

– Isso é o que *eu* quero saber! – disse ela com rispidez.

Ela estava sendo tão evasiva! Kolabati sabia que o ovo tinha sido chocado. O que mais sabia? Ele não queria revelar nada. Ele prosseguiu, supondo que ela só sabia do ovo vazio e nada mais.

– Não queria contar-lhe sobre o ovo – disse ele finalmente. – Eu estava muito envergonhado. Afinal, estava sob meus cuidados quando quebrou e...

– Kusum! – Kolabati ergueu-se num pulo, o rosto lívido. – Não minta para mim! Eu sei sobre o navio e sei sobre as mulheres Westphalen!

Kusum sentiu como se um raio o tivesse atingido. Ela sabia de tudo!

– Como...? – Foi tudo que ele conseguiu dizer.

– Eu o segui ontem.

– Você me seguiu?

Ele tinha certeza de ter escapado dela. Kolabati devia estar blefando.

– Você não aprendeu a lição da última vez?

– Esqueça a última vez. Segui você até seu navio ontem à noite.

– Impossível!

– É o que você acha. Mas fiquei observando a noite inteira. Eu vi os *rakoshi* saindo. Vi quando voltaram com sua presa. E hoje soube por Jack que Nellie Paton, uma Westphalen, desapareceu na noite passada. Era tudo que eu precisava saber. – Ela lançou-lhe um olhar feroz. – Chega de mentiras, Kusum. É minha vez de perguntar... como?

Atordoado, Kusum desceu para a sala de estar e afundou numa poltrona. Ele teria de contar-lhe agora... contar tudo. *Quase* tudo. Havia uma parte que nunca poderia contar a ela – nem conseguia pensar naquilo. Mas podia contar o resto. Talvez ela visse o seu lado nisso tudo.

Ele começou a sua história.

VIII.

Kolabati examinou detidamente o irmão enquanto ele falava, à procura de mentiras. A voz dele era clara e calma, a expressão tranquila, com apenas uma leve sugestão de culpa, como um marido confessando uma leviandade com outra mulher.

– Fiquei perdido depois que você deixou a Índia. Era como se estivesse sem meu outro braço. Apesar de todos os seguidores amontoados à minha volta, eu passava muito tempo sozinho... tempo demais, pode-se dizer. Comecei a rever minha vida e tudo que tinha feito e tudo que não tinha feito com ela. Apesar da minha influência crescente, sentia que não merecia a confiança que tantas pessoas depositavam em mim. O que eu realmente tinha realizado além de sujar meu carma ao nível da casta mais baixa? Confesso que por um tempo me entreguei à autopiedade. Finalmente resolvi viajar de volta a Bharangpur, para as montanhas. Para as ruínas do templo que agora são o túmulo de nossos pais e nossa herança.

Ele fez uma pausa e olhou diretamente para ela.

– As fundações ainda estão lá, você sabe. As cinzas sumiram, levadas pela chuva ou sopradas para longe, mas as fundações de pedra permanecem e as cavernas dos *rakoshi* estão intactas por baixo. As montanhas ainda são desabitadas. Apesar da quantidade de habitações, as pessoas ainda evitam aquelas montanhas. Fiquei lá vários dias tentando me renovar. Rezei, fiz jejum, perambulei pelas cavernas... mas nada aconteceu. Sentia-me tão vazio e sem valor quanto antes. E então encontrei!

Kolabati viu uma luz começar a brilhar nos olhos do irmão, cada vez mais intensa, como se alguém alimentasse uma fogueira dentro do seu cérebro.

– Um ovo macho, intacto, bem abaixo da superfície da areia, em uma minúscula alcova nas cavernas! A princípio não sabia o que aquilo significava, nem o que fazer com ele. Então descobri: eu estava recebendo uma segunda chance. Diante dos meus olhos estava a maneira de realizar tudo que devia na vida, a maneira de purificar meu carma e torná-lo merecedor de alguém da minha casta. Vi o ovo como meu destino. Devia começar uma ninhada de *rakoshi* e usá-los para cumprir o juramento.

Um ovo macho. Kusum continuou a explicar como manipulara o Ministério das Relações Exteriores para conseguir a indicação para a embaixada em Londres. Kolabati não dava muita importância ao que dizia. *Um ovo macho...* ela lembrava da busca pelas ruínas do templo e das cavernas sob ele quando criança, procurando por toda parte um ovo macho. Quando jovens, ambos sentiram que era seu dever recomeçar uma ninhada e queriam desesperadamente encontrar um ovo macho.

– Depois de me estabelecer na embaixada – dizia Kusum –, procurei os descendentes do capitão Westphalen. Descobri que só restavam quatro da sua linhagem. Não era uma família prolífica e alguns deles tinham sido mortos nas Guerras Mundiais. Para minha tristeza, descobri também que apenas um, Richard Westphalen, estava na Inglaterra. Os outros três viviam nos Estados Unidos. Mas isso não me fez desistir. Choquei os ovos, fiz o cruzamento e comecei a ninhada. Desde então já me livrei de três dos quatro Westphalen. Só resta um.

Kolabati ficou aliviada de saber que só faltava um – talvez conseguisse fazer Kusum desistir.

– Três vidas não são o bastante? Vidas *inocentes*, Kusum?

– O juramento, Bati – disse ele como se pronunciasse o nome de uma divindade. – O *vrata*. Eles carregam nas veias o sangue daquele assassino, profanador e ladrão. E este sangue deve ser erradicado da face da Terra.

– Não posso deixar que faça isso, Kusum. Está errado!

– Está *certo*!

Ele ficou de pé.

– Nunca existiu uma coisa tão certa!

– Não!

– Sim! – Ele se aproximou dela, os olhos brilhando. – Você devia vê-los, Bati! Tão lindos! Tão dispostos! Por favor, venha comigo e dê uma olhada neles. Então você saberá que foi a vontade de Kali!

A recusa chegou imediatamente aos lábios de Kolabati, mas não foi proferida. A ideia de ver uma ninhada de *rakoshi* ali nos Estados Unidos causava repulsa e fascinação ao mesmo tempo. Kusum deve ter percebido sua hesitação, pois insistiu:

– Eles são nosso direito hereditário! Nossa herança! Não pode dar as costas a eles... ou ao seu passado!

Kolabati vacilou. Afinal, ela usava o colar. E era um dos últimos dois zeladores. De certa forma, devia a si mesma e à família pelo menos ir até lá vê-los.

– Está bem – disse ela, devagar. – Vou vê-los com você. Mas só desta vez.

– Que bom! – Kusum parecia exultante. – Será como voltar no tempo. Você vai ver!

– Mas isso não mudará minha opinião a respeito de matar gente inocente. Você deve me prometer que isso vai acabar.

– Discutiremos o assunto – disse Kusum, levando-a em direção à porta. – E quero contar-lhe meus outros planos para os *rakoshi*... planos que não incluem o que você chama de vidas "inocentes".

– O quê? – Ela não estava gostando daquilo.

– Contarei depois que os tiver visto.

Kusum ficou calado durante a viagem de táxi até o cais e Kolabati fazia o melhor possível para parecer que sabia exatamente para onde estavam indo. Depois que o táxi os deixou, caminharam no escuro até chegarem a um pequeno cargueiro. Kusum levou-a até boreste do navio.

– Se fosse dia você veria o nome na popa: *Ajit-Rupobati*... em védico.

Ela ouviu um clique no bolso do paletó onde ele enfiara a mão. Com um zumbido, a prancha começou a baixar na direção deles. O medo e a curiosidade cresceram quando ela subiu no convés. A lua estava alta e brilhante, iluminando a superfície do convés com uma luz pálida, tornada mais árida pela profundidade das sombras que criava.

Ele parou no lado da popa na segunda escotilha e ajoelhou-se perto de uma portinhola para o acesso aos conveses inferiores.

– Eles estão no compartimento aqui embaixo – disse ele, enquanto abria a escotilha.

O fedor dos *rakoshi* jorrou pela abertura. Kolabati desviou o rosto. Como é que Kusum aguentava? Ele nem parecia notar o cheiro enquanto passava os pés pela portinhola.

– Venha – disse ele.

Ela o seguiu. Havia uma pequena escada até uma plataforma quadrada, aninhada num canto bem acima do compartimento vazio. Kusum apertou um botão e a plataforma começou a descer com um tranco. Assustada, Kolabati segurou o braço de Kusum.

– Aonde vamos?

– Para baixo, só mais um pouco. – Ele apontou para baixo com o queixo. – Olhe.

Kolabati apertou os olhos tentando enxergar no escuro, sem sucesso a princípio. Depois viu os olhos. Um murmúrio estranho vinha lá de baixo. Kolabati percebeu que até aquele instante, apesar de todas as provas, de tudo que Jack lhe contara, ela não tinha acreditado realmente na existência de *rakoshi* em Nova York. Mas eles estavam lá.

Ela não devia ter medo – era uma zeladora – mas estava aterrorizada. Quanto mais perto a plataforma chegava do chão do compartimento, maior era seu medo. Sua boca ficou seca e o coração palpitava forte contra o peito.

— Pare, Kusum!
— Não se preocupe. Eles não podem nos ver.

Kolabati sabia disso, mas não era um consolo.

— Pare agora! Leve-me de volta para cima!

Kusum apertou outro botão. A descida parou. Ele olhou para ela de uma maneira estranha, depois fez a plataforma subir. Kolabati agarrou-se a ele, aliviada por estar se afastando dos *rakoshi*, mesmo sabendo que desapontara o irmão profundamente.

Não tinha jeito. Ela mudara. Não era mais a menininha que perdera os pais e olhava para o irmão mais velho como a coisa mais próxima de Deus na Terra, planejando descobrir um jeito de trazer os *rakoshi* de volta e através deles restaurar o antigo templo em toda a sua glória. Aquela menininha não existia mais. Ela se aventurara pelo mundo, descobrindo que a vida podia ser boa fora da Índia. Queria ser livre.

Kusum não. Seu coração e sua mente nunca haviam deixado aquelas ruínas enegrecidas nas montanhas perto de Bharangpur. Não havia vida para ele fora da Índia. E mesmo na sua terra natal, seu fundamentalismo hindu rígido tornava-o um estranho. Ele adorava o passado da Índia. Aquela era a Índia na qual desejava viver, não a terra em que a Índia estava lutando para se tornar.

Com a portinhola dos conveses inferiores fechada e trancada, Kolabati relaxou, deleitando-se com o ar livre. Quem diria que o ar abafado e úmido de Nova York podia ter um cheiro tão bom? Kusum levou-a até uma porta de aço na parede dianteira da superestrutura. Ele abriu o ferrolho que a trancava. Lá dentro havia um pequeno corredor e uma cabine mobiliada.

Kolabati sentou-se no catre enquanto Kusum estava de pé olhando para ela. Ela manteve a cabeça baixa, incapaz de encará-lo. Nenhum dos dois dissera uma palavra desde que haviam saído do compartimento de carga. O ar de reprovação de Kusum a amargurava, fazia com que se sentisse uma criança desnorteada, mas não podia lutar contra isso. Ele tinha o direito de se sentir daquele jeito.

— Eu a trouxe aqui na esperança de compartilhar meus planos com você – disse ele finalmente. – Agora vejo que foi um erro. Você perdeu o contato com sua herança. Transformou-se em um dos milhões de outros sem-almas deste lugar.

– Fale dos seus planos, Kusum – disse ela, sentindo a dor dele. – Quero ouvir.

– Você pode até ouvir. Mas será que vai entender? – Ele respondeu sua própria pergunta sem esperar pela resposta dela: – Acho que não. Eu ia contar como os *rakoshi* podem ser usados para me ajudar a voltar para casa. Eles poderiam ajudar a eliminar os que estão resolvidos a mudar a Índia e fazer dela algo que nunca poderá ser, aqueles que querem levar nossa gente para longe das coisas verdadeiras da vida numa corrida maluca para transformar a Índia nos Estados Unidos.

– Você e suas ambições políticas.

– Ambições não! É uma missão!

Kolabati já tinha visto aquela luz febril brilhando nos olhos do irmão antes. Assustava-a quase tanto quanto os *rakoshi*. Mas tentou manter-se calma.

– Você quer usar os *rakoshi* com fins políticos.

– *Não quero não*! Mas a única maneira de levar a Índia de volta para o Verdadeiro Caminho é através do poder político. Concluí que não consegui iniciar essa ninhada de *rakoshi* apenas para cumprir um juramento. Existe um esquema maior e faço parte dele.

Desesperada, Kolabati percebeu aonde isso ia chegar. Uma única palavra explicava tudo.

– *Hindutvu*.

– Sim... *Hindutvu*! Uma Índia unida sob leis hindus. Vamos desfazer o que os ingleses fizeram em 1947, quando transformaram o Penjab em Paquistão e vivissectaram Bengala. Se eu tivesse os *rakoshi* naquela época, lorde Mountbateen nunca teria saído vivo da Índia! Mas ele estava fora do meu alcance, por isso me concentrei na vida do seu colaborador, o admirado traidor hindu que legitimizou a divisão da nossa Índia convencendo o povo a aceitá-la sem violência.

Kolabati estava horrorizada.

– Gandhi? Não pode ter sido você...

– Pobre Bati – ele sorriu maliciosamente diante do espanto que devia estar estampado no rosto dela. – Estou muito desapontado por você nunca ter adivinhado. Você acha mesmo que eu ia ficar sentado sem fazer nada depois do papel dele na divisão?

– Mas Savarkar estava por trás!

– Sim. Savarkar estava por trás de Godse e Apte, os assassinos de fato. Ele foi julgado e executado pelo que fez. Mas quem você pensa que estava por trás de Savarkar?

Não! Não podia ser verdade! Seu irmão não – o homem por trás do que alguns chamavam "o Crime do Século"!

Mas ele continuava falando. Ela se forçou a escutar.

– ...a volta de Bengala oriental... seu lugar é junto com Bengala ocidental. Bengala será uma só outra vez!

– Mas Bengala oriental agora é Bangladesh. Você não pode...

– Darei um jeito. Tenho tempo. Tenho os *rakoshi*. Vou dar um jeito, acredite em mim.

A cabine girou em volta de Kolabati. Kusum, seu irmão, seu pai substituto durante todos aqueles anos – a pedra fundamental, equilibrada e racional da sua vida – estava se afastando cada vez mais do mundo real, entregue às fantasias de poder e vingança próprias de um adolescente revoltado.

Kusum estava louco. Essa descoberta era nauseante. Kolabati tinha lutado contra a aceitação disso a noite inteira, porém não podia mais negar a verdade. Tinha de se afastar dele.

– Se existe alguém que pode descobrir um jeito, esse alguém é você – disse ela, levantando-se e indo para a porta. – E ficarei feliz em ajudar da forma que puder. Mas agora estou cansada e gostaria de voltar para...

Kusum parou diante da porta, bloqueando a saída de Kolabati.

– Não, minha irmã. Você ficará aqui até zarparmos juntos.

– Zarpar?

O pânico fez sua garganta se contrair. Tinha de sair daquele navio!

– Não quero navegar para lugar nenhum!

– Eu sei disso. Por isso esta cabine, a cabine do piloto, tem isolamento completo.

Não havia malícia na voz nem na expressão dele. Parecia mais um pai compreensivo falando com uma criança.

– Vou levá-la de volta para a Índia comigo.
– Não!
– É para seu próprio bem. Durante a viagem de volta para casa, tenho certeza de que você verá como a vida que escolheu está errada. Nós temos a oportunidade de fazer alguma coisa pela Índia, uma chance sem precedentes de purificar nossos carmas. Faço isso por você, tanto quanto faço por mim – ele olhou para ela maliciosamente –, porque seu carma está tão poluído quanto o meu.
– Você não tem o direito!
– Tenho mais do que direito. Tenho o dever.

Ele saiu depressa da cabine e fechou a porta. Kolabati deu um pulo para a frente, mas ouviu a tranca antes de alcançar a maçaneta. Ela bateu nos resistentes painéis de carvalho.

– Kusum, deixe-me sair! Por favor, deixe-me sair!
– Quando estivermos em alto-mar – disse ele do outro lado da porta.

Ela ouviu quando ele caminhou pelo corredor até a escotilha de aço que dava para o convés e sentiu que era o fim. Sua vida não lhe pertencia mais. Presa naquele navio... semanas no mar com um louco, mesmo que fosse seu irmão. Tinha de sair dali! Ficou desesperada.

– Jack vai me procurar! – disse ela sem pensar, arrependendo-se imediatamente. Não queria envolver Jack nisso.

– Por que ele a procuraria? – Kusum disse de longe, a voz distante.

– Porque... – ela não podia dizer que Jack descobrira o navio e sabia sobre os *rakoshi*. – Porque nós estivemos juntos todos os dias. Amanhã ele vai querer saber onde estou.

– Sei. – Ele fez uma pausa demorada. – Acho que vou ter de falar com Jack.

– Não lhe faça mal, Kusum!

Pensar em Jack vítima da ira de Kusum era mais do que podia suportar. Jack certamente sabia se cuidar, mas ela estava certa de que ele nunca se deparara com alguém como Kusum... ou um *rakosh*.

Ela ouviu a porta de aço se fechar.

– Kusum?

Não houve resposta. Kusum a deixara sozinha no navio.
Não... sozinha não.
Havia os *rakoshi* lá embaixo.

IX.

– *SAHNKchewedday! SAHNKchewedday!*

Jack tinha acabado com seu estoque de filmes de James Whale – durante anos procurara em vão uma fita do filme *A casa sinistra,* por isso pôs uma versão de 1939 de *O corcunda de Notre Dame*. Charles Laughton, no papel do parisiense ignorante e deformado, acabara de salvar Maureen O'Hara e estava gritando com um sotaque de classe alta inglesa pelas paredes da igreja. Ridículo. Mas Jack adorava o filme e já o vira umas cem vezes. Era como um velho amigo e ele precisava de um velho amigo ali com ele naquele momento. O apartamento parecia especialmente vazio àquela noite.

Assim, com a música eletrônica que saía do telão, ele sentou-se e pensou no próximo passo. Gia e Vicky estavam bem por enquanto, e não tinha de se preocupar com elas. Ligara para a casa da Sutton Square assim que chegara. Era tarde e Gia obviamente acordou com o som do telefone. Ela disse com uma voz rouca que não tinha notícias de Grace nem de Nellie e assegurou que todos estavam bem e dormindo em paz até aquele telefonema.

Dito isso ele deixou que ela voltasse a dormir. Desejava poder fazer o mesmo. Mas, embora estivesse muito cansado, não conseguia dormir. *Aquelas coisas!* Não conseguia arrancar as imagens da cabeça! Nem a possibilidade de Kusum mandá-las atrás dele se descobrisse que estivera no navio e que vira o que havia lá dentro.

Pensando nisso, ele se levantou e foi até a velha escrivaninha de carvalho. Da parte de trás do painel falso tirou uma pistola Glock 9mm. Carregou com munição jaquetada e de ponta oca que se estilhaçava na entrada e provocava uma devastação interna incrível. Kolabati tinha dito que os *rakoshi* não podiam ser contidos a não ser com fogo. Ele gostaria de ver qualquer coisa continuar de pé com duas dessas no peito. Mas as qualidades que as tornavam tão letais no impacto contra um corpo também as tornavam relativamente seguras para uso dentro de casa – um tiro errado perdia todo o poder fatal se batesse numa parede ou até numa janela.

Como precaução extra, Jack acrescentou um silenciador – Kusum e os *rakoshi* eram problema *dele*. Não queria atrair ninguém, se pudesse evitar. Alguém certamente sairia ferido ou morto.

Acabava de se sentar novamente diante da tevê quando ouviu uma batida na porta. Surpreso e confuso, Jack desligou o videocassete e foi até a porta, pistola na mão. Outra batida. Não conseguia imaginar um *rakosh* batendo na porta, mas ficou muito nervoso com essa visita noturna.

– Quem é?

– Kusum Bahkti – disse a voz do outro lado.

Kusum! Os músculos do peito de Jack se enrijeceram. O assassino de Nellie vinha fazer uma visita. Recompondo-se, ele escondeu a pistola e destrancou a porta. Kusum estava sozinho. Parecia perfeitamente relaxado e sem constrangimento, apesar da hora. Jack sentiu o dedo apertar o gatilho da pistola que segurava por trás da perna direita. Uma bala no cérebro de Kusum agora mesmo resolveria muitos problemas, mas seria difícil de explicar. Jack continuou com a pistola escondida. *Seja civilizado!*

– Em que posso lhe ajudar?

– Desejo conversar sobre minha irmã.

X.

Kusum observou o rosto de Jack. Seus olhos se arregalaram um pouco quando disse "minha irmã". É, havia alguma coisa entre esses dois. Isso causava dor em Kusum. Kolabati não era para Jack, nem para nenhum ocidental sem casta. Ela merecia um príncipe.

Jack chegou para trás e deixou a porta abrir mais um pouco, mantendo o ombro direito encostado na entrada. Kusum imaginou se ele não estaria escondendo uma arma.

Quando entrou na sala ficou chocado com o incrível amontoado. Cores que não combinavam, estilos que não combinavam, bricabraque e *memorabilia* enchiam todas as paredes, nichos e cantos. Achou desagradável e divertido ao mesmo tempo. Sentiu que se pudesse examinar minuciosamente tudo que havia naquela sala poderia conhecer o homem que vivia ali.

– Sente-se.

Kusum não viu Jack se mover, mas a porta já estava fechada e Jack sentado numa poltrona, com as mãos cruzadas atrás da cabeça. Ele podia dar-lhe um chute na garganta e acabar com tudo. Um chute e Kolabati não seria mais tentada. Rápido, mais fácil do que usar um *rakosh*. Mas Jack parecia estar alerta, pronto para se mover. Kusum lembrou que não devia subestimá-lo. Ele sentou-se num pequeno sofá diante de Jack.

– Você vive com frugalidade – disse ele, continuando a inspecionar a sala à sua volta. – Com a renda que acho que tem, imaginava que seu lar tivesse uma decoração mais rica.

– Estou satisfeito assim – disse Jack. – Além disso, consumo desenfreado é contrário aos meus melhores interesses.

– Talvez sim, talvez não. Mas pelo menos você resistiu à tentação do grande carro, do iate e do título num *country club*. Um estilo de vida que a grande maioria dos seus compatriotas acharia irresistível. – Ele suspirou. – Um estilo de vida que muitos dos meus compatriotas acham também irresistível, para prejuízo da Índia.

Jack deu de ombros.

– O que isso tem a ver com Kolabati?

– Nada, Jack – disse Kusum.

Ele examinou o americano: um homem autossuficiente; uma raridade nesse país. Não precisa da adulação dos companheiros para se dar valor. Ele encontra esse valor dentro de si. Eu admiro isso, pensou. Kusum percebeu que estava procurando razões para não fazer de Jack uma refeição para os *rakoshi*.

– Como conseguiu meu endereço?

– Kolabati me deu.

De certa forma era verdade. Ele encontrara o endereço de Jack num pedaço de papel na escrivaninha da irmã.

– Então vamos ao assunto Kolabati, está bem?

Havia uma tendência à hostilidade em Jack. Talvez ele se ressentisse de ser incomodado àquela hora. Não... Kusum sentia que era mais que isso. Será que Kolabati havia contado algo que não devia? Aquela ideia era perturbadora. Teria de tomar muito cuidado com o que dissesse.

– Certamente. Tive uma longa conversa com minha irmã essa noite e consegui convencê-la de que você não é o homem certo para ela.

– Interessante – disse Jack.

Um pequeno sorriso brincava nos lábios de Jack. O que Kusum sabia?

– Que argumentos você usou?

– Os tradicionais. Como você deve ou não saber, Kolabati e eu pertencemos à casta brâmane. Você sabe o que isso significa?

– Não.

– É a casta mais alta. Não é conveniente que ela se associe a alguém de uma casta inferior.

– Isso está um pouco fora de moda, não é?

– Nada que seja tão vital para o carma de alguém pode ser considerado fora de moda.

– Não me preocupo com carma – disse Jack. – Eu não acredito nisso.

Kusum permitiu-se um sorriso. Que gente ignorante esses americanos.

– O fato de acreditar ou não no carma não afeta sua existência, nem as consequências dele em você. Assim como a recusa de acreditar no oceano não o livraria de morrer afogado.

– E você diz que, por causa dos seus argumentos sobre casta e carma, Kolabati se convenceu de que não sou bom o bastante para ela?

– Não queria afirmar de forma tão crua. Devo apenas dizer que eu a convenci a não vê-lo nem falar com você nunca mais. – Ele sentiu um calor por dentro. – Ela pertence à Índia. A Índia pertence a ela. Ela é eterna, como a Índia. De muitas maneiras, ela *é* a Índia.

– É – disse Jack, pegando o telefone com a mão esquerda e pondo no colo. – Ela é uma ótima moça.

299

Segurando o fone entre o maxilar e o ombro esquerdo, ele discou com a mão esquerda. A direita estava sobre a coxa. Por que não a estava usando?

– Vamos ligar para ela e ver o que diz.

– Oh, ela não está – disse Kusum rapidamente. – Ela arrumou suas coisas e voltou para Washington.

Jack segurou o telefone na orelha durante um longo tempo. O bastante para tocar umas vinte vezes. Finalmente, repôs o fone no gancho com a mão esquerda...

...e de repente havia uma pistola na sua mão direita, com o enorme buraco do cano apontado para o espaço entre os olhos de Kusum.

– Onde ela está?

A voz de Jack era um sussurro. E nos olhos mirando pelo cano daquela pistola Kusum viu a própria morte – o homem estava realmente disposto e até ansioso para puxar o gatilho.

O coração de Kusum batia com força em seu peito. *Agora não! Não posso morrer agora! Ainda tenho muito o que fazer!*

XI.

Jack viu o medo surgir no rosto de Kusum. *Ótimo!* Deixe o sacana se contorcer. Dê-lhe um gostinho do que Grace e Nellie devem ter sentido antes de morrerem.

Era tudo que Jack podia fazer para não puxar o gatilho. Considerações práticas o controlavam. Ninguém ouviria o tiro com silenciador; e a possibilidade de alguém saber que Kusum tinha ido a seu apartamento era muito remota. Mas se livrar do corpo seria um problema.

E ainda havia Kolabati. O que teria acontecido a ela? Kusum parecia gostar muito da irmã para fazer-lhe algum mal, mas um homem capaz de executar uma cerimônia como a que Jack testemunhara naquele navio infernal era capaz de qualquer coisa.

– Onde ela está? – repetiu.

– Fora de perigo, posso assegurar – disse Kusum com voz comedida. – E fora do seu alcance. – Um músculo latejou no seu rosto, como se alguém batesse insistentemente do lado de dentro de sua boca.

— Onde?

— Segura... desde que eu esteja bem e capaz de voltar para ela.

Jack não sabia o quanto daquilo era verdade, mas não ousava levar nada na brincadeira.

Kusum levantou-se.

Jack manteve a pistola apontada para seu rosto.

— Fique onde está!

— Tenho de ir agora.

Kusum deu as costas para Jack e caminhou para a porta. Jack tinha de admitir que o sacana tinha coragem. Ele parou e olhou para Jack.

— E quero dizer mais uma coisa: eu poupei sua vida esta noite.

Incrédulo, Jack levantou-se.

— O quê?

Ele teve vontade de mencionar os *rakoshi*, mas lembrou-se do pedido de Kolabati para não dizer nada. Ela não deve ter contado nada sobre sua ida ao navio para Kusum.

— Acho que deixei bem claro. Você está vivo agora só por causa do serviço que prestou à minha família. Considero a dívida paga.

— Não existe dívida. Foi um serviço pago. Você pagou o preço e eu fiz o serviço. Sempre estivemos quites.

— Não é dessa forma que vejo. No entanto, estou informando que agora todos os débitos estão cancelados. E não me siga. Alguém pode sofrer por isso.

— Onde ela está? — disse Jack, baixando a pistola. — Se não disser, atiro no seu joelho direito. Se mesmo assim não falar, atiro no joelho esquerdo.

Jack estava pronto para fazer o que dizia, mas Kusum não fez nenhum movimento para escapar. Continuou a encará-lo calmamente.

— Pode começar — disse a Jack. — Já senti muitas dores nesta vida.

Jack olhou para a manga vazia da camisa de Kusum, depois fitou os olhos dele e viu a vontade indomável do fanático. Kusum morreria antes de pronunciar uma só palavra.

Após um silêncio interminável, Kusum sorriu, saiu para o corredor e fechou a porta. Jack trancou a porta, contendo a vontade de jogar a pistola contra ela — mas não sem antes dar-lhe um bom chute.

Será que Kolabati corria mesmo perigo, ou Kusum estava blefando? Sentiu que tinha sido enganado, mas não achava que podia se arriscar a desmascarar o blefe.

A questão era: *onde estava Kolabati?* Tentaria achá-la amanhã. Talvez ela tivesse mesmo voltado para Washington. Ele precisava ter certeza.

Jack chutou a porta outra vez. Com mais força.

9

Manhattan
Terça-feira, 7 de agosto

I.

Pois eu me transformei na morte, destruidora dos mundos.

Bhagavad Gita

Numa mistura de raiva, aborrecimento e preocupação, Jack bateu com o fone no gancho. Estava ligando pela décima vez naquela manhã para o apartamento de Kusum e só ouvia uma série interminável de chamadas. Havia alternado essas ligações com outras para Washington. O serviço de informações não encontrou Kolabati na lista do distrito ou no norte da Virgínia, mas o serviço de informações de Maryland deu um número de K. Bahkti em Chevy Chase, o subúrbio elegante de Washington.

Ninguém respondeu nesse número a manhã inteira também. Era uma viagem de apenas quatro horas de carro dali até o Capitólio. Ela já devia ter chegado havia muito tempo – se realmente saíra de Nova York. Jack não acreditara nisso. Kolabati era muito independente para se submeter assim ao irmão.

Visões de Kolabati amarrada e amordaçada dentro de um armário em algum lugar o perseguiam. Ela devia estar mais confortável do que isso, mas Jack tinha certeza de que era prisioneira de Kusum. E era por causa da sua relação com Jack que o irmão tomara essa atitude contra ela. Ele se sentia responsável.

Kolabati... o que sentia por ela era confuso. Gostava da moça, mas não podia dizer que a amava. Ela mais parecia um espírito irmão, que o entendia e aceitava – até o admirava – como ele era. Uma ampliação disso mais uma atração física intensa, e o resultado era uma ligação singular, por vezes muito estimulante. Mas não era amor.

Tinha de ajudá-la. Então por que passara quase toda a manhã telefonando? Por que não fora até o apartamento tentar encontrá-la?

Porque tinha de ir a Sutton Square. Alguma coisa o levaria naquela direção. Não podia deixar esse instinto de lado. Aprendera através de experiências a seguir tais impulsos. Não era uma previsão. Jack não ligava para a percepção extrassensorial nem para telepatia. Essas cutucadas significavam que seu inconsciente fizera correlações ainda desconhecidas e estava tentando avisá-lo.

Em algum lugar de sua mente, dois mais dois mais dois tinham somado Sutton Square. Devia ir lá hoje. Esta manhã. *Agora*.

Ele se vestiu e pôs a Semmerling no coldre de calcanhar. Sabendo que provavelmente precisaria dele no fim do dia, pôs o estojo de arrombamento – um conjunto de palitos de fechadura e uma régua fina de plástico – num bolso da calça e saiu.

Era bom estar em ação, afinal.

II.

– Kusum?

Kolabati ouviu um barulho no fim do corredor. Encostou a orelha no painel superior da porta da cabine. O barulho vinha mesmo da porta que dava para o convés. Alguém estava destrancando-a. Só podia ser Kusum.

Orou para que ele viesse soltá-la.

Tinha sido uma noite interminável, quieta exceto pelos ruídos longínquos das profundezas do navio. Kolabati sabia que estava segura, que estava isolada dos *rakoshi*; e mesmo se um ou mais escapassem dos compartimentos de carga, o colar no seu pescoço a protegeria e eles não a encontrariam. Mas seu sono fora agitado. Ela pensou na terrível loucura que dominava completamente o irmão; preocupou-se com Jack e com o que Kusum podia fazer com ele. Mesmo que sua mente estivesse em paz, tinha sido difícil dormir. Durante a noite o ar ficara pesado. A ventilação na cabine era pouca e com o nascer do sol a temperatura subira sem parar. Agora era como uma sauna. Ela estava com sede. Havia uma pia numa das extremidades da cabine, mas a água que pingava da torneira era salobra e cheirava a mofo.

Ela girou a maçaneta da porta da cabine, como fizera mil vezes desde que Kusum a trancara ali. Virava mas não abria, não importara a força que fizesse. Uma inspeção mais cuidadosa revelou que Kusum simplesmente invertera a maçaneta e a fechadura – a porta que devia trancar pelo lado de dentro agora trancava pelo lado de fora.

A porta de aço no fim do corredor bateu. Kolabati chegou para trás quando a porta da cabine foi aberta. Kusum estava ali de pé com uma caixa achatada e um grande saco de papel no braço. Seus olhos transmitiam uma compaixão genuína.

– O que você fez com Jack? – gaguejou ela quando viu o olhar dele.

– Isso é a primeira coisa que a preocupa? – perguntou Kusum, fechando a cara. – Será que tem alguma importância o fato de ele estar pronto para me matar?

– Eu quero os *dois* vivos! – disse ela sinceramente.

Kusum parecia mais calmo.

– E estamos... os dois. E Jack vai continuar assim, desde que não se meta comigo.

Kolabati sentiu-se fraca e aliviada. Sabendo que Jack não tinha sofrido nada, pôde se concentrar na sua situação. Aproximou-se do irmão.

– Por favor, deixe-me sair daqui, Kusum – pediu ela.

Ela detestava implorar, mas a ideia de passar outra noite trancada naquela cabine a aterrorizava.

– Eu sei que você passou uma noite desconfortável – disse ele – e sinto muito por isso. Mas agora não vai demorar. Esta noite sua porta será destrancada.

– Esta noite? Por que não agora?

Ele sorriu.

– Porque ainda não zarpamos.

Kolabati sentiu um desânimo enorme.

– Vamos zarpar esta noite?

– A maré muda depois da meia-noite. Já providenciei a captura da última Westphalen. Assim que ela estiver nas minhas mãos, nós zarpamos.

– Outra velha senhora?

Kolabati viu um olhar constrangido no rosto do irmão.

– Idade não tem relação com isso. Ela é a última da linhagem Westphalen. É isso que importa.

Kusum pôs o saco sobre a mesa dobrável e começou a esvaziá-lo. Tirou dois vidros pequenos de suco de fruta, um pote quadrado cheio de uma espécie de salada, talheres e copos de papel. No fundo do saco havia uma seleção de jornais e revistas, todos em hindi. Ele abriu o pote de plástico e libertou o cheiro de vegetais com curry e arroz no fundo.

– Trouxe umas coisas para você comer.

Apesar da nuvem de depressão e futilidade que a cobria, Kolabati sentiu a boca encher-se de água. Mas dominou a fome e a sede olhando para a porta aberta da cabine. Se conseguisse ficar a alguma distância de Kusum poderia sair e trancá-lo ali dentro.

– Estou morta de fome – disse ela, se aproximando da mesa pelo lado que a colocaria entre Kusum e a porta. – O cheiro está delicioso. Quem fez?

– Comprei para você num pequeno restaurante indiano na Quinta Avenida. Um casal de Bengala cuida do restaurante. Boa gente.

– Estou certa de que são.

O coração dela começou a bater mais rápido quando se aproximou da porta. E se não conseguisse escapar? Será que ele a machucaria? Ela olhou para a esquerda. A porta estava a apenas dois passos. Ia conseguir, mas estava com medo de tentar.

Tinha de ser agora!

Ela pulou para a porta e soltou um suspiro de terror quando agarrou a maçaneta e puxou. Kusum chegou na mesma hora em que a porta bateu. Kolabati girou o fecho e gritou de alegria quando conseguiu trancar a porta.

– Bati, ordeno que abra esta porta imediatamente! – gritara Kusum do outro lado, a voz pesada de raiva.

Ela correu para a porta de fora. Sabia que não se sentiria realmente livre enquanto não houvesse uma camada de aço entre ela e o irmão.

Uma explosão às suas costas fez Kolabati olhar por cima do ombro.

A porta de madeira estava se desfazendo. Ela viu o pé de Kusum surgir enquanto a porta se dissolvia numa chuva de farpas de madeira. Kusum apareceu no corredor e correu atrás dela.

O terror apressou seus passos. Luz do sol, ar livre e liberdade chamavam-na do outro lado da porta de aço. Kolabati passou por ela e conseguiu fechá-la, mas antes de trancá-la Kusum jogou todo seu peso do outro lado e fez com que ela voasse e caísse de costas.

Sem uma palavra, ele subiu no convés e levantou-a do chão. Segurando-a pelo pulso com tanta força a ponto de machucá-la, ele a arrastou de volta à cabine. Então a fez virar-se e agarrou-a pela frente da blusa.

– Nunca mais tente fazer isso! – disse ele, os olhos quase saltando de raiva. – Foi uma idiotice! Mesmo que conseguisse me trancar, não poderia alcançar o cais... a não ser que saiba como escorregar por uma corda.

Kolabati sentiu que ele a puxava para a frente, ouviu o tecido da blusa rasgar e os botões voaram em todas as direções.

– Kusum!

Ele era como uma fera louca, ofegante, olhos injetados.

– E tire...

Ele enfiou a mão na abertura da blusa, agarrou o sutiã ao meio e rasgou-o, deixando-a com o peito nu...

– ... já...

...então empurrou-a com força para cima da cama e deu um puxão na cintura da saia, arrebentando as costuras e arrancando-a fora...
– ...*esses*...
...depois arrancou a calcinha...
– ...*trapos*...
...depois o que restava da blusa e do sutiã.
– ...*obscenos!*
Ele jogou as roupas rasgadas no chão e pisoteou-as.
Kolabati ficou deitada, petrificada de pânico, até ele se acalmar. Quando a respiração e a expressão dele voltaram ao normal, Kusum olhou fixo para ela, encolhida e nua, um braço sobre os seios, uma mão sobre o púbis entre as coxas fechadas.

Kusum a vira sem roupa inúmeras vezes antes; ela sempre se exibia nua para ele a fim de ver sua reação, mas naquele momento estava se sentindo exposta e ofendida e tentava se esconder.

O sorriso repentino de Kusum surgiu debochado.

– A modéstia não combina com você, minha querida irmã. – Ele pegou a caixa que trouxera e jogou para ela. – Cubra-se.

Receando se mexer, mas temendo ainda mais desobedecê-lo, Kolabati pôs a caixa no colo e abriu-a meio sem jeito. Continha um sári azul-claro com pespontos dourados. Lutando contra as lágrimas de humilhação e raiva impotente, ela enfiou a blusa apertada pela cabeça e enrolou o pano em volta do corpo da maneira tradicional. Tentou controlar o desespero que ameaçava tragá-la. Devia haver uma saída.

– Deixe-me ir! – disse ela quando sentiu que podia confiar na sua voz. – Você não tem o direito de me manter aqui!

– Não haverá mais discussão quanto aos meus direitos. Estou fazendo o que *tenho* de fazer. Assim como tenho de cumprir meu juramento. Então posso ir para casa e ficar diante daqueles que acreditam em mim, que estão dispostos a dedicar suas vidas a me seguir para levar a Mãe Índia de volta para o Caminho Verdadeiro. Não mereço a confiança deles nem sou digno de liderá-los para *Hindutvu* enquanto não purificar meu carma.

– Mas isso é a *sua* vida! – gritou ela. – O *seu* carma!

Kusum balançou a cabeça devagar, tristemente.

– Nossos carmas estão entrelaçados, Bati. Inextricavelmente. E o que eu faço, você tem de fazer. – Ele saiu pela porta arrebentada e olhou-a de novo. – Enquanto isso, preciso ir a uma sessão de emergência do Conselho de Segurança. Quando voltar à noite trago seu jantar.

Ele virou-se, passou por cima dos restos da porta e foi embora. Kolabati nem se deu o trabalho de chamá-lo ou de correr atrás dele. A porta externa que dava para o convés fechou-se com um clangor.

Mais do que medo, mais do que a infelicidade por estar encarcerada naquele navio, ela sentia uma enorme tristeza pelo irmão e pela louca obsessão que o dominava. Foi até a mesa e tentou comer, mas não conseguiu sequer provar a comida.

Afinal, vieram as lágrimas. Ela escondeu o rosto com as mãos e chorou.

III.

Pela primeira vez desde que Gia o conhecera, Jack aparentava a idade que tinha. Estava com círculos roxos em volta dos olhos e um olhar assombrado. O cabelo castanho-escuro estava despenteado e a barba por fazer.

– Não esperava por você – disse ela quando ele entrou no hall.

Estava aborrecida com o fato de ele aparecer assim, sem avisar. Por outro lado, sentia-se contente com a presença dele. A noite tinha sido muito longa, assustadora e solitária. Ela começara a pensar se um dia definiria seus sentimentos por Jack.

Eunice fechou a porta e olhou para Gia como se quisesse perguntar algo.

– Vou fazer o almoço, senhora. Devo pôr mais um lugar na mesa?

A voz da empregada estava totalmente inexpressiva. Gia sabia que ela sentia falta das patroas. Eunice não parava de fazer coisas, falando a toda hora da volta de Grace e de Nellie. Mas até ela parecia estar perdendo as esperanças.

Gia virou-se para Jack.

– Fica para o almoço?
Ele deu de ombros.
– Fico.
Quando Eunice saiu, Gia disse:
– Você não devia estar procurando Nellie?
– Eu queria estar aqui – disse ele. Era uma simples constatação.
– Você não vai encontrá-la aqui.
– Acho que nunca a encontrarei. Acho que ninguém a encontrará.
O tom fatalista de Jack chocou Gia.
– O qu... que você sabe?
– Só um pressentimento – disse ele, desviando o olhar como se estivesse envergonhado de admitir que agia segundo pressentimentos.
– Assim como o pressentimento que tive esta manhã de que deveria estar aqui.
– Você só se baseia nisso... pressentimentos?
– Seja tolerante, Gia – disse ele num tom que ela nunca ouvira antes. – Está bem? Seja tolerante.

Gia ia pressioná-lo a dar uma resposta mais específica quando Vicky chegou correndo. Vicky sentia falta de Grace e de Nellie, mas Gia mantinha a filha animada, dizendo que Nellie fora encontrar Grace. Jack pegou-a no colo e suas respostas à tagarelice da menina eram pequenos grunhidos. Gia não se lembrava de tê-lo visto tão preocupado. Ele parecia aflito, como se inseguro de si mesmo. Aquilo era o que mais a perturbava. Jack era sempre uma rocha de autoconfiança. Alguma coisa estava muito errada e ele não ia contar a ela.

Os três foram para a cozinha e encontraram Eunice preparando o almoço. Jack sentou numa cadeira à mesa da cozinha e ficou olhando para o ar, mal-humorado. Vicky notou que ele não estava agindo da maneira como costumava e foi brincar na casinha do quintal. Gia sentou-se diante dele, observando-o, querendo muito saber o que ele estava pensando, mas incapaz de perguntar na presença de Eunice.

Vicky voltou correndo dos fundos, com uma laranja nas mãos. Gia ficou imaginando onde a teria conseguido. Achava que as laranjas tinham acabado.

– Faz a boca de laranja! Faz a boca de laranja!

Jack se endireitou e inventou um sorriso que não enganaria um cego.

– Está bem, Vicky. A boca de laranja. Só para você.

Ele olhou para Gia e fez o movimento de cortar com a mão. Gia levantou-se e pegou uma faca. Quando ela voltou para a mesa, ele balançava a mão como se estivesse molhada.

– O que houve?

– Essa coisa está pingando. Deve ter bastante sumo.

Ele cortou a laranja ao meio. Antes de cortar outra vez, passou as costas da mão pelo rosto. De repente ficou de pé, derrubando a cadeira para trás. Seu rosto estava branco como cal; ele cheirava os dedos.

– *Não!* – gritou ele quando Vicky estendeu a mão para pegar uma das metades da laranja. Ele segurou a mão dela e empurrou-a com força. – *Não toque nisso!*

– Jack! O que há com você? – Gia estava furiosa com ele por tratar Vicky daquela maneira. E a pobre Vicky ficou ali olhando para ele, o lábio inferior tremendo.

Mas Jack não prestava atenção em nenhuma das duas. Estava segurando as metades da laranja perto do nariz, inspecionando-as, cheirando como um cachorro. Seu rosto ficava cada vez mais branco.

– Oh, meu Deus! – disse ele, parecendo que ia vomitar. – Meu Deus!

Ele contornou a mesa e Gia puxou Vicky, apertando-a contra si. Os olhos de Jack estavam desvairados. Deu três longos passos e chegou à lata de lixo. Jogou a laranja lá dentro, tirou o saco plástico, torceu e enrolou um arame na abertura para fechar. Deixou o saco cair no chão e ajoelhou-se diante de Vicky. Pôs as mãos carinhosamente sobre seus ombros.

– Onde você achou aquela laranja, Vicky?

– Na... na minha casinha de bonecas.

Jack ficou de pé num pulo e começou a andar de um lado para outro na cozinha, passando os dedos das duas mãos freneticamente pelos cabelos. Afinal, pareceu chegar a uma constatação.

– Está bem... vamos sair daqui.

Gia ficou de pé.

– O que você está...?

– Fora daqui! Vamos! E ninguém come *nada!* Nada mesmo! Isso serve para você também, Eunice!

Eunice se endireitou.

– O que o senhor disse?

Jack pôs-se atrás dela e guiou-a firmemente para a porta. Não foi grosseiro com Eunice, mas não havia dúvida de que não estava brincando. Chegou perto de Gia e pegou Vicky.

– Junte seus brinquedos. Você e sua mãe vão dar um pequeno passeio.

A sensação de urgência de Jack era assustadora. Sem olhar para a mãe, Vicky correu lá para fora.

Gia gritou, zangada:

– Jack, você não pode fazer isso! Não pode entrar aqui e começar a agir como um oficial dos bombeiros. Não tem o direito!

– Ouça bem! – disse ele em voz baixa, segurando o braço esquerdo de Gia com força. – Você quer que Vicky acabe como Grace e Nellie? Que desapareça sem deixar vestígios?

Gia tentou responder, mas não conseguiu dizer nada. Era como se seu coração tivesse parado de bater. *Vicky desaparecida? Não!*

– É, acho que não – disse Jack. – E se ficarmos aqui esta noite isso pode acontecer.

Gia ainda não conseguia falar. A sensação que aquela ideia trazia era a de uma garra apertando sua garganta.

– Vá! – disse ele, empurrando-a para a frente da casa. – Faça as malas e vamos sair daqui.

Gia afastou-se dele aos tropeções. Não era tanto pelo que Jack tinha dito, mas pelo que ela vira em seus olhos... algo que nunca tinha visto antes e nem esperava ver: medo.

Jack com medo – era quase inconcebível. Mas ele estava com medo, tinha certeza disso. E se Jack estava com medo, o que ela devia sentir?

Apavorada, correu para o quarto a fim de arrumar as coisas.

IV.

Sozinho na cozinha, Jack cheirou os dedos outra vez. Primeiro havia pensado que estava tendo alucinações, mas depois descobrira o furo de agulha na pele da laranja. Não havia dúvida: elixir de *rakoshi*. Até agora ele sentia ânsia de vômito. Alguém – alguém? Kusum! – tinha deixado uma laranja adulterada para Vicky.

Kusum queria Vicky para dar aos seus monstros!

O pior era descobrir que Grace e Nellie não tinham sido vítimas acidentais. Havia um propósito nisso tudo. As duas velhas senhoras foram alvos planejados. E Vicky era o próximo!

Por quê? Pelo amor de Deus, *por quê*? Será que era essa casa? Será que ele queria matar todos os que viviam ali? Já tinha Grace e Nellie, mas por que Vicky em seguida? Por que não Eunice ou Gia? Não fazia sentido. Ou talvez fizesse e seu cérebro estivesse muito atordoado para perceber.

Vicky subiu os degraus dos fundos e correu pela cozinha carregando uma coisa que parecia uma enorme uva de plástico. Passou por ele com o queixo erguido e o nariz empinado, sem sequer olhar para Jack.

Ela está furiosa comigo.

Na sua cabecinha tinha toda razão de estar aborrecida com ele. Afinal, Jack assustara a todos na casa. Mas não podia agir de outro jeito. Não se lembrava de ter sentido terror igual ao que explodia dentro de si ao reconhecer o cheiro nas mãos. Suco de laranja sim, mas corrompido pelo odor inconfundível de ervas do elixir de *rakoshi*.

O medo desceu do seu peito para a barriga.

Não a minha Vicky. *Nunca* a minha Vicky!

Foi até a pia e olhou pela janela enquanto lavava as mãos para tirar o cheiro. A casa, a casinha de bonecas lá fora, o quintal, toda a vizinhança estava corrompida, sinistra.

Mas ir para onde? Não podia deixar Gia e Vicky voltarem ao apartamento delas. Se Kusum sabia da paixão de Vicky por laranjas, certamente conhecia seu endereço. E o apartamento de Jack estava fora de cogitação. Atendendo a um impulso, ele ligou para Isher Sports.

– Abe? Preciso de ajuda.

– E quais são as outras novidades? – retrucou Abe, despreocupado.

– É sério, Abe. É Gia e a filha dela. Tenho de encontrar um lugar seguro para elas ficarem. Algum lugar que não tenha ligação comigo.

O tom de brincadeira sumiu da voz de Abe de repente.

– Hotel não serve?

– Como última alternativa sim, mas acho melhor um lugar particular.

– O apartamento da minha filha está vazio até o fim do mês. Ela foi passar o verão na Europa.

– Onde fica?

– No Queens. Perto de Astoria e Long Island City.

Jack olhou pela janela da cozinha e viu o amontoado de prédios do outro lado do East River. Pela primeira vez, desde que cortara a laranja, sentia que podia controlar a situação. O pavor que pesava sobre ele diminuiu um pouco.

– Perfeito! Onde está a chave?

– No meu bolso.

– Vou aí pegar.

– Estarei esperando.

Eunice entrou quando ele desligou.

– O senhor não tem o direito de nos mandar embora – disse ela com severidade. – Mas, se tenho mesmo de ir, então deixe-me pelo menos limpar a cozinha.

– Eu limpo – disse Jack, bloqueando o caminho da empregada quando ela tentava pegar a esponja.

Ela virou-se e pegou o saco de lixo com a laranja contaminada. Jack tirou-o gentilmente da mão dela.

– Eu cuido disso também.

– Promete? – disse ela, olhando-o espantada. – Não gostaria que as donas da casa voltassem e encontrassem essa bagunça.

– Elas não encontrarão bagunça nenhuma aqui – disse Jack, sentindo pena daquela mulher fiel, que não imaginava que as patroas estivessem mortas. – Eu prometo.

Gia desceu as escadas quando Jack empurrava Eunice para fora. Gia parecia mais composta desde que ele a enxotara escada acima.

– Quero saber o porquê disso tudo – disse ela depois que Eunice saiu. – Vicky está lá em cima. Conte-me o que está havendo, antes de ela descer.

Jack pensou em algo racional para dizer. Não podia contar-lhe a verdade – ela perderia toda a confiança na sanidade mental dele. Podia até chamar uma ambulância e interná-lo no manicômio de Bellevue. Então começou a improvisar, misturando verdade e ficção, tentando transparecer certa coerência.

– Acho que Grace e Nellie foram raptadas.

– Isso é ridículo! – disse Gia sem muita convicção.

– Queria que fosse.

– Mas não havia sinal de arrombamento nem de luta...

– Não sei como foi feito, mas tenho certeza de que o líquido que encontrei no banheiro de Grace é uma pista. – Ele fez uma pausa para conseguir maior efeito. – A laranja que Vicky trouxe para mim tinha um pouco desse líquido dentro.

Gia apertou o braço dele.

– Aquela que você jogou fora?

Jack fez que sim com a cabeça.

– E aposto que, se tivéssemos tempo, encontraríamos alguma coisa de Nellie com aquela coisa também, talvez alguma coisa que ela comeu.

– Não consigo pensar em nada... – a voz dela baixou e depois se elevou outra vez. – E os chocolates? – Gia pegou Jack pelo braço e levou-o até a sala de estar. – Aí estão. Chegaram na semana passada.

Jack foi até a caixa que estava na mesa ao lado da cadeira reclinável, onde haviam passado a noite de domingo. Pegou um bombom e examinou-o. Nenhum sinal de furo de agulha nem nada fora do lugar. Então abriu o chocolate ao meio e levou ao nariz... e lá estava: o cheiro. Elixir de *rakoshi*. Ele estendeu o bombom para Gia.

– Pegue. Cheire. Não sei se você se lembra do cheiro do laxante de Grace, mas é a mesma coisa. – Ele levou-a até a cozinha, onde abriu o saco de lixo e pegou a laranja de Vicky. – Compare.

Gia cheirou os dois e olhou para ele. O medo transparecia nos seus olhos.

– O que é isso?

– Não sei – mentiu Jack, tirando o bombom e a laranja das mãos dela e jogando dentro do saco de lixo.

Depois, ele levou a caixa com os chocolates para a cozinha e jogou tudo fora.

– Mas isso deve provocar alguma coisa! – disse Gia, persistente como sempre.

Para que Gia não visse seus olhos enquanto falava, Jack ficou concentrado, amarrando o arame na boca do saco de lixo, tão apertado quanto possível.

– Talvez tenha alguma propriedade sedativa que mantém a pessoa quieta enquanto está sendo levada.

Gia ficou olhando para ele com uma expressão confusa.

– Isso é loucura! Quem desejaria...?

– A minha próxima pergunta é: onde ela conseguiu os bombons?

– Vieram da Inglaterra. – O rosto de Gia embranqueceu. – Oh, não! De Richard!

– Seu ex?

– Ele os mandou de Londres.

Com a mente funcionando furiosamente, Jack levou o saco de lixo para fora e jogou-o numa lata, no beco estreito ao lado da casa.

Richard Westphalen? Onde é que ele se encaixava? Mas Kusum não tinha mencionado que estivera em Londres no ano anterior? E agora Gia diz que o ex-marido mandara aqueles bombons de Londres. Tudo se encaixava, mas não fazia sentido. Que ligação ele poderia ter com Kusum? Financeira certamente que não. Kusum não parecia um homem para quem o dinheiro significasse muita coisa.

Estava ficando cada vez mais sem sentido.

– Seu ex-marido poderia estar por trás disso? – perguntou ele quando voltou para a cozinha. – Será que ele pensa que herdaria alguma coisa se Grace e Nellie desaparecessem?

– Nada mais me surpreenderia em Richard – disse Gia –, porém não posso imaginá-lo envolvido num crime tão sério. Além disso, sei que ele não vai herdar nada de Nellie.

— Mas ele sabe disso?
— Não sei. — Ela olhou em volta e estremeceu. — Vamos sair daqui, ok?
— Assim que vocês estiverem prontas.

Gia subiu para pegar Vicky. Em pouco tempo, mãe e filha estavam no hall, Vicky segurando uma malinha numa das mãos e a uva de plástico na outra.

— O que tem aí dentro? — perguntou Jack, apontando para a uva.

Vicky escondeu a uva atrás das costas.

— Só minha boneca, a Sra. Jelliroll.

— Eu devia ter imaginado.

Pelo menos ela está falando comigo.

— Vamos agora? — disse Gia.

Ela se transformou de uma fugitiva relutante em alguém ansiosa para estar o mais longe possível daquela casa. Jack estava contente com isso.

Ele pegou a mala maior e saiu com elas para Sutton Place, onde chamou um táxi e deu o endereço da Isher Sports.

— Quero ir para casa — disse Gia.

Ela estava no meio, Vicky à esquerda e Jack à direita.

— Fica no *seu* bairro.

— Você não pode ir para casa — disse Jack. Quando ela abriu a boca para protestar, ele acrescentou: — Não pode ir para a minha casa também.

— Então vamos para onde?

— Achei um lugar no Queens.

— Queens? Não quero...

— Ninguém a encontrará nem em um milhão de anos. Ficará por lá uns dois dias, até eu ver se consigo pôr um fim nisso.

— Sinto-me como uma criminosa. — Gia passou o braço em volta de Vicky e abraçou-a.

Jack queria abraçar as duas e dizer que estariam bem, que cuidaria para que nada de mau acontecesse a elas. Mas seria difícil fazer isso no banco de trás de um táxi, e depois da sua explosão naquela manhã por causa da laranja, não tinha certeza de como elas reagiriam.

O táxi parou diante da loja de Abe. Jack entrou correndo e o encontrou no lugar de sempre, lendo seu livro habitual de ficção científica. Havia mostarda na sua gravata; sementes de papoula pontilhavam a frente de sua camisa.

– A chave está no balcão e o endereço também – disse ele, espiando por cima dos óculos de leitura sem sair do banco. – Não vá desarrumar muito as coisas, está bem? Minha relação com Sarah é bem civilizada.

Jack pôs a chave no bolso e ficou com o endereço na mão.

– Se conheço bem Gia, ela deixará o lugar imaculado.

– Se conheço bem minha filha, o trabalho de Gia será ignorado. – Ele encarou Jack. – Você vai andar por aí esta noite?

Jack assentiu com a cabeça.

– Muito.

– Suponho que queira que eu vá e cuide das duas damas enquanto você está fora do apartamento? Nem precisa pedir – disse ele, levantando a mão. – Eu vou.

– Fico devendo essa, Abe – disse Jack.

– Vou acrescentar à minha lista – respondeu Abe, abanando a mão em sinal de protesto.

– Faça isso.

De volta ao táxi, Jack deu ao motorista o endereço do apartamento da filha de Abe.

– Pegue o túnel Midtown – disse ele.

– A ponte é melhor para onde vocês vão – retrucou o motorista.

– Vá pelo túnel – insistiu Jack. – E atravesse o parque.

– É mais rápido dar a volta.

– Pelo parque. Entre na rua 72 e vá em direção ao centro.

O motorista deu de ombros.

– É você quem está pagando mesmo.

Foram pelo Central Park West e atravessavam o parque. Jack ficou virando o tempo todo, olhando tenso pelo vidro de trás para ver se algum carro ou táxi os seguia. Tinha insistido no caminho através do parque porque era estreito e cheio de curvas, sob árvores e passagens elevadas. Quem os estivesse seguindo teria de ficar bem próximo para não perdê-los de vista.

Ninguém os seguira. Jack tivera certeza disso quando chegaram ao Columbus Circle, mas continuou a olhar pelo vidro de trás até chegarem ao túnel Midtown, no Queens.

Quando deslizaram para dentro daquela goela fluorescente e coberta de ladrilhos, Jack olhou para a frente e se permitiu relaxar um pouco. O East River estava bem a frente deles, Manhattan sumia depressa lá atrás. Logo Gia e Vicky se perderiam na enorme colmeia de apartamentos chamada Queens. Ele estava deixando a ilha inteira de Manhattan entre Kusum e suas pretensas vítimas. Kusum nunca as encontraria. Sem essa preocupação, Jack ficaria livre para concentrar seus esforços em encontrar uma maneira de lidar com o indiano maluco.

Mas naquele momento tinha de consertar seu relacionamento com Vicky, sentada do outro lado da mãe com a enorme uva de plástico no colo. Começou por inclinar-se diante de Gia e fazer aqueles tipos de caretas que as mães sempre dizem para os filhos não fazerem porque nunca se sabe quando seu rosto vai ficar paralisado daquele jeito.

Vicky tentou ignorar, mas logo estava rindo, ficando vesga e fazendo caretas também.

– Pare com isso, Vicky! – disse Gia. – Você vai ficar com a cara assim para sempre!

V.

Vicky estava contente porque Jack era o mesmo outra vez. Ele a assustara de manhã com aquela gritaria, pegando a laranja e jogando-a fora. Aquilo fora maldade. Ele nunca fizera nada parecido antes. Além de ficar com medo, ela também se sentira magoada. Livrara-se do medo logo, mas estava magoada até agora. Jack era um **bobo. Ele estava fazendo ela rir. Ele devia estar só de mau humor naquela manhã.**

Vicky mexeu na bolsa da Sra. Jelliroll. Havia espaço para a boneca e para mais coisas, como roupas de boneca.

Vicky tinha outra coisa ali dentro. Algo especial. Não tinha contado para Jack nem para mamãe que havia duas laranjas na casinha de boneca. Jack jogara uma fora. Mas a outra estava a salvo na bolsa, bem escondida sob as roupas de boneca. Estava guardando para mais tarde e não ia dizer para ninguém. Era um direito seu. A laranja era dela. Ela a encontrara e não ia deixar ninguém jogá-la fora.

VI.

O apartamento 1.203 era quente e abafado. O cheiro de cigarro estava entranhado nos estofados, nos tapetes e no papel de parede. Montinhos de poeira apareceram por baixo da mesa quando se abriu a porta.

Então esse era o esconderijo: o apartamento da filha de Abe.

Gia tinha visto Abe uma vez, rapidamente. Ele não parecia muito limpo – estava coberto de restos de comida. Tal pai, tal filha, era o que parecia.

Jack foi até o enorme ar-condicionado de ar na janela.

– Podíamos ligar isso.

– Apenas abra as janelas – disse Gia. – Vamos renovar o ar aqui dentro.

Vicky estava andando para lá e para cá, balançando a bolsa de uva, encantada por estar num lugar diferente. Tagarelava sem parar:

– Vamos ficar aqui mamãe? Por quanto tempo? Esse vai ser o meu quarto? Posso dormir nessa cama? Oooh... olhem como estamos altos... podemos ver o *Umpire* State lá, e lá está o prédio da Chrysler. É meu favorito porque é pontudo e prateado na ponta...

E não parava mais. Gia sorriu, lembrando de como tinha dado duro tentando fazer a menina pronunciar suas primeiras palavras, como sofrera com a ideia completamente infundada de que a filha não falaria nunca. Agora ficava imaginando se pararia de falar um dia.

Depois que as janelas dos dois lados do apartamento estavam abertas, o vento começou a passar de um lado para outro, tirando o cheiro velho aprisionado e trazendo um novo.

– Jack, tenho de limpar esse lugar para poder ficar aqui. Espero que ninguém se incomode.

– Ninguém vai se incomodar – disse ele. – Deixe-me fazer umas duas ligações e depois eu ajudo você.

Gia encontrou o aspirador de pó enquanto ele discava, ouvia e discava outra vez. Estava ocupado ou ninguém respondia, porque ele desligou o telefone sem dizer nada.

Passaram a maior parte da tarde limpando o apartamento. Gia tinha prazer com as tarefas mais simples como arear a pia, limpar os aparadores, esfregar o interior da geladeira, lavar o chão da cozinha, aspirar o pó dos tapetes. Concentrar-se naquelas minúcias mantinha sua mente afastada da ameaça desconhecida que pairava sobre Vicky e ela.

Jack não queria que ela saísse do apartamento, por isso levou as roupas de cama para a área de serviço e lavou-as à mão. Ele era muito trabalhador e não tinha medo de sujar as mãos. Formavam um bom time. Ela descobriu que gostava de estar com ele, algo que até poucos dias antes pensava que não ia mais sentir. A certeza de haver uma arma escondida em algum lugar do corpo dele e de que ele era o tipo de homem disposto e capaz de usá-la com eficiência não causava mais a repulsa de algum tempo atrás. Ela não podia dizer que aprovava tudo aquilo, mas descobriu que, embora relutante, sentia-se mais segura assim.

Só quando o sol estava se pondo, na direção dos contornos de Manhattan, ela terminou a limpeza no apartamento. Jack saiu e encontrou um restaurante chinês, comprou bolinhos de ovo, sopa quente, costeletas, arroz frito com camarões e carne de porco *mushu*. Num saco separado havia um bolo de café e amêndoas. Gia não achou que era a sobremesa ideal para uma refeição chinesa, mas não disse nada.

Ela ficou olhando enquanto ele tentava ensinar Vicky a usar os pauzinhos que trouxera do restaurante. A briga entre aqueles dois parecia ter sarado sem deixar marcas. Eram amigos outra vez, o trauma da manhã estava esquecido – pelo menos para Vicky.

– Tenho de sair – disse Jack enquanto tiravam a mesa.

– Eu já imaginava – disse Gia, ocultando sua inquietação.

Ela sabia que estavam muito bem escondidos naquele conjunto de apartamentos entre outros conjuntos de apartamentos – a proverbial agulha no palheiro – mas não queria ficar sozinha naquela noite, não depois do que descobrira naquela manhã sobre os chocolates e a laranja.

– Quanto tempo vai ficar fora?

– Não sei. Por isso pedi a Abe para vir aqui ficar com vocês até eu voltar. Espero que não se importe.

– Não. Não me importo de forma alguma. – Pelo que se lembrava de Abe, ele não parecia um grande protetor, mas qualquer porto servia numa tempestade. – De qualquer maneira, como poderia me opor? Ele tem mais direito de estar aqui do que nós.

– Não teria tanta certeza disso – disse Jack.

– Ah, é?

– Abe e a filha quase não se falam.

Jack virou-se e encarou Gia, encostando as costas na pia. Ele a olhou por cima do ombro e viu Vicky sentada sozinha à mesa, mastigando um biscoito da sorte. Então, falou bem baixinho, os olhos fixos nela:

– Sabe, Abe é um criminoso. Como eu.

– Jack... – ela não queria discutir isso agora.

– Não exatamente como eu. Ele não é um *assassino pago*. – A ênfase que ele deu à palavra que ela usara era como uma farpa no coração de Gia. – Ele apenas vende armas ilegais. Também vende armas legais, mas de forma ilegal.

O corpulento e volúvel Abe Grossman – um contrabandista de armas de fogo? Não era possível! Mas o olhar de Jack dizia que era.

– Precisava me dizer isso? – O que ele estava tentando fazer?

– Só quero que saiba a verdade. Também quero que saiba que Abe é o maior amante da paz que já conheci.

– Então por que ele vende armas?

– Talvez ele explique a você algum dia. Achei suas razões bem convincentes... mais do que a filha dele achou.

– Ela não aprova, imagino.

– Quase não fala com ele.
– Bom para ela.
– Mas não impediu que ele lhe pagasse a universidade.
Ouviram uma batida na porta. Uma voz no hall disse:
– Sou eu... Abe.
Jack deixou-o entrar. Parecia igual à última vez em que Gia o vira: um homem com excesso de peso, usando camisa branca de mangas curtas, gravata preta e calças pretas. A única diferença era o tipo de manchas de comida na roupa.
– Oi – disse ele, apertando a mão de Gia. Ela gostava de homens que apertavam sua mão. – É bom vê-la outra vez. – Ele também apertou a mão de Vicky, o que provocou um enorme sorriso da menina.
– Bem a tempo para a sobremesa, Abe – disse Jack, pegando o bolo.
Os olhos de Abe se arregalaram.
– Bolo de café e amêndoas! Você não devia ter feito isso! – Ele fingiu procurar alguma coisa na mesa. – O que vocês vão comer?
Gia riu educadamente, sem saber se levava a brincadeira a sério ou não, então observou fascinada enquanto Abe consumia mais da metade do bolo, sempre falando com eloquência sobre o colapso iminente da civilização ocidental. Embora tivesse falhado em convencer Vicky a chamá-lo de tio Abe quando terminou a sobremesa, praticamente convencera Gia a fugir de Nova York e construir um abrigo subterrâneo aos pés das Montanhas Rochosas.
Finalmente, Jack levantou-se e se espreguiçou.
– Preciso sair agora. Não devo demorar. Abe ficará aqui até eu voltar. E, se não tiverem notícias minhas, não se preocupem.
Gia seguiu-o até a porta. Não queria vê-lo partir, mas não conseguia expressar isso. Um nó persistente de hostilidade dentro dela sempre a afastava do assunto Gia e Jack.
– Não sei se aguento ficar com ele muito tempo – sussurrou para Jack. – Ele é tão *deprimente*!
Jack sorriu.
– Você ainda não viu nada. Espere até a hora do noticiário na TV e ouça a análise dele sobre o que cada história *realmente* significa. – Ele

pôs as mãos nos ombros dela e puxou-a para perto. – Não deixe que ele a aborreça. Abe tem bom coração.

Antes que ela percebesse o que estava acontecendo, ele inclinou-se para a frente e beijou-a nos lábios.

– Tchau! – E saiu porta afora.

Gia olhou para dentro do apartamento: lá estava Abe, acocorado diante da televisão. Havia um plantão de reportagem sobre a disputa da fronteira entre a China e a Índia.

– Ouviu isso? – dizia Abe. – Ouviu? Sabe o que isso significa?

Resignada, Gia juntou-se a ele diante do aparelho.

– Não. O que significa?

VII.

Achar um táxi não foi fácil, mas Jack finalmente agarrou um cigano para levá-lo de volta a Manhattan. Ainda lhe restavam algumas horas antes de escurecer e queria aproveitá-las ao máximo. O pior da hora do rush já tinha passado e ele ia na direção contrária da maior parte do tráfego, por isso chegou bem rápido de volta à cidade.

O táxi deixou-o na Quinta Avenida, entre as ruas 67 e 68, um quarteirão ao sul do prédio de Kusum. Atravessou para o lado do parque e caminhou em direção ao Centro, examinando os prédios enquanto andava. Descobriu o que queria: um beco de entregas do lado esquerdo, fechado com um portão de ferro com pontas viradas para a rua. O próximo passo era saber se havia alguém em casa.

Adiantou-se e se aproximou do porteiro, que usava um quepe pseudomilitar e um bigode que mais parecia um guidom de bicicleta.

– O senhor poderia interfonar para o apartamento dos Bahkti, por favor?

– Claro – disse o porteiro. – Quem devo anunciar?

– Jack. Apenas Jack.

O porteiro tocou a campainha do interfone e esperou. Finalmente, disse:

– Acho que o Sr. Bahkti não está. Quer deixar algum recado?

A falta de resposta não significava que não havia ninguém em casa.

– Está bem. Diga que Jack esteve aqui e que voltará mais tarde.

Jack saiu devagar, sem saber o efeito do recado. Talvez abalasse Kusum, embora duvidasse disso. Certamente precisaria de muito mais para abalar um cara que tinha uma ninhada de *rakoshi*.

Ele caminhou até terminar o prédio. Agora era a parte difícil: passar por cima da grade sem ser visto. Respirou fundo. Sem olhar para trás, deu um pulo e agarrou duas das barras curvas de ferro perto das pontas. Apoiando-se na parede lateral, passou por cima dos espigões e pulou do outro lado. Os exercícios diários serviam para alguma coisa de vez em quando. Chegou para trás e esperou, parecia que ninguém o tinha visto. Soltou o ar e correu para a parte de trás do prédio.

Lá encontrou uma porta dupla grande o bastante para a entrega de móveis. Ignorou-a – eram quase sempre protegidas por alarme. A portinha estreita no fundo de uma escada era mais interessante. Tirou a bolsa de couro com o conjunto de ferramentas para arrombamento do bolso enquanto descia os degraus. A porta era sólida, coberta com folha de metal, sem abertura. A fechadura era Yale. Enquanto suas mãos operavam dois palitos pretos na fechadura, seus olhos vigiavam os fundos do prédio. Não tinha de olhar para o que estava fazendo – fechaduras se abriam com o tato.

E então conseguiu – ouviu o clique das linguetas.

Aquele som lhe dava uma satisfação incrível, mas Jack não perdeu tempo com isso. Uma virada rápida e a tranca se retraiu. Ele abriu a porta e esperou pelo alarme. Não havia alarme. Uma rápida inspeção revelou que a porta também não estava ligada a nenhum alarme silencioso. Ele entrou e fechou a porta outra vez.

Estava escuro no porão. Enquanto esperava os olhos se ajustarem, recordou a disposição do andar logo acima dele. Lembrava-se bem, os elevadores ficavam bem em frente e um pouco para a esquerda. Andou um pouco e encontrou-os bem onde imaginava. O elevador desceu quando ele apertou o botão e levou-o até o nono andar.

Havia quatro portas, duas de cada lado do pequeno hall à saída do elevador. Jack foi imediatamente para o 9B e tirou a régua fina e flexível de plástico do bolso. A tensão fazia enrijecer os músculos da nuca. Essa era a parte mais arriscada. Qualquer um que o visse agora chamaria imediatamente a polícia. Tinha de trabalhar depressa. A porta possuía tranca dupla: uma quatro-voltas Yale e uma simples com fechadura na maçaneta. Ele tinha cortado um triângulo na ponta da régua a 3 centímetros da porta. Jack enfiou a régua entre a porta e o umbral e deslizou-a para cima e para baixo, passando pela Yale. Ela correu livre – a quatro-voltas estava aberta. Passou a régua pela fechadura simples, pegou a tranca, entortou a régua e puxou... então a porta se abriu.

Toda a operação levou dez segundos. Jack pulou para dentro do apartamento e fechou a porta sem fazer barulho. A sala estava clara – o sol lançava uma luz alaranjada pelas janelas. Tudo em silêncio. O apartamento parecia vazio.

Ele olhou para baixo e viu o ovo espatifado no chão. Fora jogado com raiva ou tivera caído numa luta? Ele moveu-se com rapidez, em silêncio, pela sala de estar, pelos quartos, examinando os armários, debaixo das camas, atrás das poltronas, na cozinha e na despensa.

Kolabati não estava lá. Havia um armário no segundo quarto, um tanto cheio de roupas de mulher; ele reconheceu um vestido, o que Kolabati usara no Peacock Alley; e outro, que ela usara na recepção do consulado. Não teria voltado para Washington sem suas roupas.

Ela ainda estava em Nova York.

Ele foi até a janela e olhou para o parque. O sol alaranjado ainda estava bastante brilhante, incomodando seus olhos. Ficou ali e olhou para o oeste durante muito tempo. Tinha esperado encontrar Kolabati naquele lugar. Era contra toda lógica, mas precisava ver com seus próprios olhos para poder riscar o apartamento da sua lista de possibilidades.

Pegou o telefone e discou o número da embaixada da Índia. Não, o Sr. Bahkti ainda estava no prédio das Nações Unidas, mas chegaria em breve.

Resolvido. Não havia mais desculpa. Tinha de ir para o único lugar onde Kolabati poderia estar.

O pavor tomou conta do seu estômago como um peso de chumbo.

Aquele navio. Aquele maldito pedaço de inferno flutuante. Precisava voltar lá.

VIII.

– Estou com sede, mamãe.

– É a comida chinesa. Sempre a deixa com sede. Beba mais água.

– Não quero água. Não aguento mais beber água. Posso tomar um suco?

– Sinto muito, querida, mas não pude fazer compras. A única coisa que tem para beber por aqui é vinho, e você não pode beber isso. Compro um suco para você amanhã de manhã. Prometo.

– Oh, tá bom.

Vicky sentou na cadeira e cruzou os braços sobre o peito. Queria suco em vez de água, queria assistir outra coisa em vez de noticiários chatos. Primeiro o jornal das 18 horas, depois uma coisa chamada notícias da rede e o Sr. Grossman – ele não era seu tio; por que queria que o chamasse de tio? – falando, falando, falando. Preferia estar assistindo a *The Brady Bunch*. Já vira todos pelo menos duas vezes cada, alguns três ou quatro vezes. Gostava do programa. Nada de ruim acontecia. Não era como as notícias.

Sentia a boca seca. Se ao menos tivesse algum suco...

Lembrou-se da laranja que achara na casinha de boneca naquela manhã. Seria delicioso comê-la agora.

Sem fazer ruído, ela se levantou da cadeira e entrou no quarto que dividiria com a mãe naquela noite. A bolsa da Sra. Jelliroll estava no chão do armário. Ajoelhada sob a luz fraca do quarto, ela abriu a bolsa e tirou a laranja. Parecia fresca na sua mão. O cheiro fez sua boca aguar. Ia ver se era tão boa quanto parecia.

Inclinou-se perto da janela e enfiou o polegar na pele grossa até rompê-la, então começou a descascar. O suco espirrou nas suas mãos quando arrancou um gomo e o mordeu. Suco, doce e forte, jorrou na sua língua. *Delicioso!* Ela empurrou o resto do gomo na boca e estava arrancando outro quando sentiu algo diferente no sabor. Não era um gosto ruim, mas também não era bom. Ela mordeu o segundo gomo. O mesmo gosto.

De repente, ficou com medo. E se a laranja estivesse estragada? Vai ver que foi por isso que Jack não a deixara comer a outra de manhã. E se ficasse doente?

Em pânico, Vicky se abaixou e jogou o resto da laranja debaixo da cama – jogaria na lata de lixo mais tarde, quando pudesse. Então, saiu devagar do quarto e foi até o banheiro, onde lavou o suco das mãos e bebeu um copinho de água.

Esperava não ter dor de barriga. Mamãe ficaria muito zangada se descobrisse a laranja escamoteada. Porém, mais que isso tudo, Vicky esperava não vomitar. Vomitar era a pior coisa do mundo.

Vicky voltou para a sala, desviando o rosto para ninguém ver. Sentia-se culpada. Era só dar uma olhada para ela e mamãe saberia que havia alguma coisa errada. A mulher do tempo estava dizendo que o dia seguinte ia ser quente, seco e ensolarado outra vez, e o Sr. Grossman começou a falar da seca e de gente brigando por água. Ela se sentou, esperando que a deixassem ver *A família Partridge* depois disso.

IX.

A proa escura do cargueiro se avolumava diante de Jack, cobrindo-o com sua sombra enquanto ele ficava ali de pé no cais. O sol afundava em Nova Jersey, mas ainda havia bastante luz. Os carros passavam rápidos por trás e por cima dele. Ele não prestava atenção em nada a não ser no navio à sua frente e às batidas descompassadas do seu coração contra as costelas.

Ele precisava entrar. Não havia como escapar disso. Por um instante até pensou em chamar a polícia, mas logo rejeitou a ideia. Como Kolabati disse, Kusum era legalmente intocável. E mesmo se Jack conseguisse convencer a polícia de que coisas como os *rakoshi* existem, tudo o que eles fariam seria, provavelmente, se deixar matar e soltar os *rakoshi* pela cidade. Talvez até provocar a morte de Kolabati também.

Não, aquilo ali nada tinha a ver com a polícia, por motivos práticos e de princípio: aquele problema era seu e pretendia resolvê-lo sozinho. Repairman Jack sempre trabalhava sozinho.

Conseguira pôr Gia e Vicky fora de perigo. Agora precisava encontrar Kolabati e deixá-la em segurança, antes de fazer a última jogada contra o irmão dela.

Enquanto andava pelo ancoradouro para chegar a estibordo do navio, calçou um par de luvas pesadas de trabalho, compradas no caminho da Quinta Avenida. Também levava três isqueiros a gás espalhados pelos bolsos. Não sabia que utilidade teriam, mas Kolabati fora enfática quanto ao fogo e ferro serem as únicas armas contra os *rakoshi*. Se precisasse de fogo, pelo menos teria um pouco à disposição.

Estava claro demais para subir pela mesma corda que da última vez – ficava bem de frente para o tráfego de West Side Highway. Teria de entrar pelo lado da popa dessa vez. Lançou um olhar para a prancha levantada. Se tivesse tido tempo, teria parado em casa para pegar o bipe de frequência variável que usava para entrar em garagens com portões eletrônicos. Tinha certeza de que a prancha operava de forma semelhante.

Encontrou uma corda grossa de popa e testou sua firmeza. Viu o nome na popa, mas não conseguiu ler. O sol poente estava morno na sua pele. Tudo parecia tão normal e tão comum ali fora. Mas dentro daquele navio...

Ele controlou o medo por dentro e se forçou a subir pela corda como na noite passada. Quando pulou por cima da amurada e pisou no convés, atrás da superestrutura, percebeu que a escuridão da noite passada ocultara muitos pecados. O barco estava imundo. A ferrugem se espalhava onde a tinta estava gasta ou descascada; tudo estava amassado ou furado ou os dois. E por cima de tudo havia uma grossa camada de gordura, tisna, fuligem e sal.

Os *rakoshi* estão lá embaixo, pensou Jack enquanto entrava na superestrutura e começava a revistar as cabines. Estão trancados nos compartimentos de carga. Não vou dar de cara com um aqui em cima. Não vou.

Continuou repetindo aquilo sem parar, como uma ladainha. Isso fazia com que se concentrasse na busca, em vez de ficar toda hora olhando para trás.

Começou pela ponte e foi descendo. Não encontrou sinal de Kolabati em qualquer das cabines dos oficiais. Estava passando pelos alojamentos da tripulação no convés principal quando ouviu um som. Parou. Uma voz – uma voz de mulher – chamando um nome de algum lugar dentro da parede. A esperança começou a crescer dentro dele, enquanto seguia aquela parede pelo convés principal até encontrar uma porta de ferro trancada.

A voz vinha de trás da porta. Jack se permitiu um sorriso de autocongratulação. A voz era mesmo de Kolabati. Ele a encontrara.

Examinou a porta. A corrente com um cadeado de aço laminado passava pelo engaste giratório de um ferrolho pesado com fenda, soldado firmemente ao aço da porta. Simples, mas muito eficiente.

Jack pegou seu conjunto de ferramentas e começou a trabalhar na tranca.

X.

Kolabati começou a chamar por Kusum quando ouviu os passos no convés sobre sua cabine; parou ao ouvir o ferrolho da porta de fora se mexer. Não estava com fome nem com sede, queria apenas ver outro rosto humano – mesmo que fosse o de Kusum. O isolamento na cabine do piloto estava deixando-a maluca.

Tinha passado o dia todo pensando num jeito de comover o irmão. Mas súplicas não funcionavam. Como podia suplicar com um homem que pensava estar salvando seu carma? Como podia convencer esse homem a mudar os planos que perseguia, já que ele tinha certeza de que era para seu próprio bem?

Chegara até a procurar algo que pudesse usar como arma, mas desistira da ideia. Mesmo com um braço só, Kusum era rápido demais, forte demais, ágil demais para ela. Tinha provado isso sem sombra de dúvida naquela manhã. E com a mente desequilibrada do jeito que estava, um ataque físico podia fazer com que ele enlouquecesse de vez.

E ela ainda se preocupava com Jack. Kusum dissera que ele estava bem, mas como podia ter certeza depois de todas as mentiras que ele já lhe contara?

Ela ouviu a porta de fora abrir – Kusum deve ter tido dificuldade em abrir – e passos se aproximando da sua cabine. Um homem pisou nas lascas de madeira. Ficou ali sorrindo, olhando para o sári dela.

– Onde arranjou esse vestido engraçado?

– Jack! – Kolabati pulou nos braços dele, a alegria explodindo dentro dela. – Você está vivo!

– Está surpresa?

– Pensei que Kusum podia ter...

– Não. Quase foi ao contrário.

– Estou tão feliz que você tenha me encontrado! – Ela agarrou-se a ele, assegurando-se de que realmente estava ali. – Kusum vai zarpar de volta para a Índia esta noite. Tire-me daqui!

– Será um prazer. – Ele virou-se para a porta arrebentada e perguntou.

– O que aconteceu aqui?

– Kusum deu um chute depois que o tranquei aqui.

Ela viu as sobrancelhas de Jack se erguendo.

– Quantos chutes?

– Um, eu acho. – Ela não tinha certeza.

Jack fez um bico como se fosse assobiar, mas não emitiu som nenhum. Começou a falar, mas um barulho muito alto vindo do fundo do corredor o fez parar.

Kolabati enrijeceu. *Não! Kusum não! Não agora!*

– A porta!

Jack já estava no corredor. Ela chegou a tempo de vê-lo investir com toda força contra a porta de aço.

Tarde demais. Estava trancada.

Jack bateu na porta com o punho uma vez, mas não disse nada.

Kolabati encostou na porta ao lado dele. Queria berrar de frustração. Estivera quase livre – e agora trancada outra vez!

– Kusum, deixe-nos sair! – gritou ela em bengali. – Não vê que isso é inútil?

Não houve resposta. Apenas um silêncio do outro lado. Mas ela sentia a presença do irmão.

– Pensei que você queria nos separar! – disse ela em inglês, provocando-o de propósito. – Em vez disso, nos trancou juntos aqui com uma cama, e nada como alguém para preencher o vazio das horas.

Seguiu-se uma pausa demorada e depois a resposta, também em inglês. A precisão mortal da voz de Kusum fez Kolabati gelar:

– Vocês não vão ficar juntos muito tempo. Existem assuntos cruciais que requerem minha presença no consulado agora. Os *rakoshi* vão separá-los quando eu voltar.

Ele não disse mais nada. E embora Kolabati não tivesse ouvido seus passos se afastando pelo convés, ela sabia que ele tinha ido embora. Ela olhou para Jack. O terror que sentia por ele era uma dor física. Seria tão fácil para Kusum levar alguns *rakoshi* até o convés, abrir aquela porta e mandá-los devorar Jack.

Jack balançou a cabeça.

– Você tem muito jeito com as palavras. Ele parecia tão calmo.

– Você não está com medo?

– Estou. Com muito medo. – Ele estava tateando as paredes, esfregando os dedos no teto baixo.

– O que vamos fazer?

– Sair daqui, espero.

Ele caminhou devagar de volta para a cabine e começou a destruir a cama. Jogou o travesseiro, o colchão e os lençóis no chão, depois puxou a moldura de ferro. Ela soltou-se com um guincho. Ele trabalhou nos pinos que seguravam a moldura; em meio a uma torrente constante de palavrões sussurrados, conseguiu soltar um deles. Depois levou apenas um segundo para entortar um dos lados em L da moldura.

– O que vai fazer com isso?

– Achar uma saída.

Ele bateu com a barra de ferro de 1,50 metro contra o teto da cabine. Lascas de tinta voaram acompanhando o som inconfundível de metal contra metal. Aconteceu o mesmo com o teto e as paredes do corredor.

O chão, no entanto, era feito de tábuas de carvalho de 5 centímetros de espessura, muito envernizadas. Ele começou a forçar o canto da barra entre duas delas.

– Vamos sair pelo chão – disse ele, grunhindo com o esforço.

Kolabati encolheu-se com a ideia.

– *Os rakoshi* estão lá embaixo!

– Se não encontrá-los agora, terei de encontrá-los mais tarde. Prefiro encontrá-los a meu modo do que ao de Kusum. – Ele olhou para ela. – Você vai ficar aí parada ou vai me ajudar?

Kolabati juntou seu peso à barra. Uma tábua estalou e soltou.

XI.

Jack começou a arrancar as tábuas do chão com determinação feroz. Não demorou muito e sua camisa e seu cabelo estavam ensopados de suor. Ele tirou a camisa e continuou trabalhando. Fugir pelo chão parecia um gesto fútil, quase suicida – como um homem tentando escapar de um avião em chamas pulando num vulcão em erupção. Mas tinha de fazer algo. Qualquer coisa era melhor do que ficar ali sentado, esperando Kusum voltar.

O cheiro podre dos *rakoshi* bafejou lá de baixo, envolvendo-o, fazendo-o sentir ânsia de vômito. E quanto maior o buraco no assoalho, mais forte era o cheiro. Finalmente, a abertura se ampliou o bastante para ele passar. Enfiou a cabeça para dar uma olhada. Kolabati ajoelhou-se ao seu lado, espiando sobre seu ombro.

Estava escuro lá embaixo. Com a luz de uma única lâmpada de emergência no teto à direita ele pôde ver vários canos isolados dos dois lados do buraco, correndo bem embaixo das vigas de aço que sustentavam o assoalho. Diretamente abaixo havia uma passadeira suspensa, que dava numa escada de ferro.

Ele estava pronto para gritar de alegria quando percebeu que estava olhando para a parte *de cima* da escada. Ela *descia* dali. Jack não queria descer. Qualquer coisa, menos descer.

Teve uma ideia. Ele levantou a cabeça e virou-se para Kolabati.

– Esse colar funciona mesmo?

Ela se assustou e assumiu uma expressão defensiva.

– O que quer dizer com "funciona"?

– O que você disse. Ele faz mesmo você ficar invisível para os *rakoshi*?

– É claro que sim. Por quê?

Jack não conseguia imaginar como podia ser, mas enfim nunca imaginara um *rakosh*. Ele estendeu a mão.

– Dê-me o colar.

– Não! – disse ela, a mão voando para o pescoço enquanto pulava para trás.

– Só por uns minutos. Vou até lá embaixo, acho o caminho para o convés, destranco a porta e solto você.

Ela balançou a cabeça violentamente.

– Não, Jack!

Por que estava sendo tão teimosa?

– Ora, vamos. Você não sabe abrir uma fechadura. Sou o único que pode nos tirar daqui.

Ele levantou-se e deu um passo na direção dela, mas Kolabati se encostou na parede e gritou.

– *Não! Não toque nele!*

Jack ficou paralisado, confuso com a reação dela. Os olhos de Kolabati estavam arregalados de terror.

– O que há com você?

– Não posso tirá-lo – disse ela com voz mais calma. – Todos da minha família são proibidos de tirar o colar.

– Ora, o que...

– Não posso, Jack! Por favor, não me peça isso! – O terror estava voltando à voz dela.

– Está bem, está bem! – disse Jack depressa, levantando as mãos com as palmas para fora, e dando um passo atrás. Ele não queria mais gritaria. Poderia atrair um *rakosh*.

Foi até o buraco e ficou ali de pé, pensando. A reação de Kolabati era desconcertante. E o que ela disse sobre ninguém da família poder tirar o colar não era verdade – ele se lembrava de ter visto Kusum sem

333

o dele a noite passada. Mas na ocasião era óbvio que Kusum queria ser visto pelos seus *rakoshi*.

Então ele lembrou de outra coisa.

– O colar pode proteger nós dois, não pode?

Kolabati franziu a testa.

– O que você... ah, entendi. É, acho que sim. Pelo menos funcionou no seu apartamento.

Então nós dois vamos descer – disse ele, apontando para o buraco.

– Jack! É perigoso demais! Não pode ter certeza de que o protegerá!

Ele sabia disso e tentava não pensar. Não tinha outra opção.

– Eu a carrego nas costas. Não estaremos tão próximos como estávamos no meu apartamento, mas é minha única chance.

Quando ela hesitou, Jack jogou o que esperava ser sua melhor cartada:

– Ou você vem comigo ou eu desço sozinho sem proteção nenhuma. Não vou ficar aqui esperando o seu irmão.

Kolabati deu um passo à frente.

– Você não pode ir lá embaixo sozinho.

Sem dizer mais nada, ela tirou as sandálias, levantou o sári e sentou-se no chão. Enfiou as pernas no buraco e começou a descer.

– Ei!

– Eu vou primeiro. Sou eu que estou com o colar, lembra-se?

Jack olhou fascinado, enquanto a cabeça dela desaparecia sob o nível do chão. Essa era a mesma mulher que berrara como louca havia um minuto? Entrar primeiro naquele buraco exigia muita coragem – com ou sem um colar "mágico". Não fazia sentido.

Nada parecia fazer sentido.

– Está tudo bem – disse ela, enfiando a cabeça pelo buraco. – Está livre.

Ele a seguiu para a escuridão lá embaixo. Quando sentiu os pés tocarem no passadiço suspenso, abaixou-se e ficou de cócoras, os músculos todos contraídos.

Estavam no topo de um corredor alto, estreito e tenebroso. Pelas fendas do passadiço, Jack podia ver o chão uns 6 metros abaixo. De repente, percebeu onde estava: aquele era o mesmo corredor por onde passara ao se dirigir para o compartimento de carga da popa na noite passada.

Kolabati inclinou-se na direção dele e sussurrou. Sua respiração fazia cócegas na orelha de Jack.

– É bom que você esteja de tênis. Não podemos fazer barulho. O colar afeta a visão deles, mas não a audição. – Ela olhou em volta. – Para que lado vamos?

Jack apontou para a escada semioculta na parede, no final do passadiço. Juntos, eles se arrastaram até ela. Kolabati desceu primeiro.

Na metade da descida ela parou e ele também, acima dela. Juntos examinaram o chão do corredor, à procura de qualquer forma, sombra ou movimento que pudesse indicar a presença dos *rakoshi*. Tudo limpo. O alívio que ele sentiu não foi grande. Os *rakoshi* não deviam estar muito longe.

Enquanto desciam o restante da escada, o cheiro dos *rakoshi* ficava mais forte. Jack sentiu as palmas das mãos grudentas de suor começando a escorregar pelas barras de ferro da escada. Ele passara por esse mesmo corredor na noite anterior em estado de completa ignorância, felizmente desprevenido do que o aguardava no compartimento de carga do outro lado. Agora ele sabia e, à medida que se aproximava do chão, as batidas do seu coração se aceleravam.

Kolabati desceu da escada e esperou Jack. Durante a descida ele estava se orientando quanto à posição deles no navio. Ele concluiu que a escada ficava na parede de estibordo do corredor, o que significava que o compartimento de carga e os *rakoshi* estavam à sua frente, para a esquerda. Assim que seus pés tocaram o chão ele segurou o braço de Kolabati e puxou-a na direção oposta. A segurança estava na popa...

Mas um nó de desespero começou a apertar seu peito quando se aproximava da escotilha estanque pela qual tinha entrado e saído do corredor. Ele sabia que havia trancado a porta ao sair na noite anterior. Tinha certeza disso. Mas talvez Kusum tivesse passado por ali depois. Talvez tivesse deixado a escotilha destrancada. Ele foi até a porta e deu praticamente um bote na maçaneta.

335

Não se mexia. Estava trancada! *Merda!*

Jack queria gritar, bater com as mãos na escotilha. Mas isso seria suicídio. Por isso ele encostou a cabeça no aço frio e inflexível e começou uma lenta contagem mental a partir de um. Quando chegou a seis estava calmo. Virou-se para Kolabati e encostou a cabeça na dela.

– Temos de ir pelo outro lado – cochichou.

Os olhos dela seguiram o dedo de Jack que apontava para o outro lado; depois ela olhou para ele e fez que sim com a cabeça.

– Os *rakoshi* estão lá – disse Jack.

Ela assentiu com a cabeça outra vez.

Kolabati não passava de um borrão pálido ao seu lado e Jack ficou ali no escuro, tentando encontrar outra solução. Não havia nenhuma. Um obscuro retângulo de luz estava do outro lado do corredor, que dava para o compartimento principal. Tinham de passar por ali. Ele desejava tentar qualquer outro caminho, menos aquele. Mas a escolha era subir a escada e acabar no beco sem saída da cabine, ou seguir adiante.

Ele ergueu Kolabati, segurando-a no colo, e começou a caminhar na direção do compartimento de carga, rezando para que o poder que o colar exerce sobre os *rakoshi* passasse para ele também. Na metade do corredor percebeu que suas mãos ficavam inutilizadas daquele jeito. Repôs Kolabati no chão e pegou dois isqueiros do bolso. Em seguida fez sinal para que ela subisse nas suas costas. Ela deu um sorriso pequeno, apertado e triste, mas obedeceu. Com um braço encaixado em cada um dos joelhos dela ele a carregou nas costas, ficando com as mãos livres para segurar um isqueiro em cada uma. Eles pareciam agir ridiculamente, mas isso deu-lhes um certo consolo.

Ele chegou ao fim do corredor e parou. À frente e à direita o compartimento se alargava. Estava mais claro do que a passagem atrás deles, porém não muito; bem mais escuro do que Jack se lembrava da noite passada. Mas Kusum estava no elevador então, com os dois lampiões a gás ligados a todo o vapor.

Havia outras diferenças. Os detalhes eram poucos e estavam embaçados na luz sombria, mas Jack podia ver que os *rakoshi* não estavam mais amontoados em volta do elevador. Uns quarenta ou cinquenta deles espalhavam-se pelo compartimento, alguns acocorados nos cantos mais escuros, outros encostados nas paredes em atitudes tristes, outros ainda se movimentando, andando, virando, passeando. O ar estava cheio de umidade e do fedor deles. As paredes negras brilhantes subiam e desapareciam na escuridão lá em cima. As luzes das paredes resultavam num brilho fraco e tremulante, como o de uma lua minguante numa noite de nevoeiro. Os movimentos eram lentos e langorosos. Era como estar olhando para um enorme covil de ópio iluminado por velas num canto esquecido do inferno.

Um *rakosh* se dirigiu para onde estavam, na entrada do corredor. Embora o calor ali embaixo fosse bem menor do que na cabine do piloto, Jack sentiu o corpo todo, da cabeça aos pés, se encharcar de suor. Os braços de Kolabati se apertaram em volta do pescoço dele e o corpo dela ficou tenso sobre suas costas. O *rakosh* olhou diretamente para Jack, mas não demonstrou tê-lo visto. Desviou e saiu em outra direção.

Funcionava! O colar funcionava! O *rakosh* tinha olhado bem para eles e não vira nenhum dos dois!

Diante deles, no canto a bombordo do compartimento, Jack viu uma abertura idêntica àquela onde estavam. Concluiu que devia levar para o compartimento da proa. Uma fila constante de *rakoshi* de vários tamanhos entrava e saía pela passagem.

– Há algo errado com esses *rakoshi* – disse Kolabati bem baixinho por cima do ombro dele. – Eles parecem tão preguiçosos. Tão letárgicos.

Você devia vê-los na noite passada, Jack queria dizer, lembrando como Kusum os deixava frenéticos com o chicote.

– E estão menores do que deviam estar – disse ela. – Mais pálidos também.

Com mais de 2 metros de altura e da cor da noite, os *rakoshi* já estavam bem maiores do que Jack desejava.

Uma explosão de silvos, grunhidos e arrastar de pés chamou a atenção deles à direita. Dois *rakoshi* se enfrentavam, expondo as presas, cortando o ar com suas garras de ave de rapina. Outros se juntaram em volta, sibilando também. Parecia que uma briga ia começar.

De repente, um dos braços de Kolabati apertou o pescoço de Jack a ponto de sufocá-lo e ela apontou com a outra mão para um ponto do outro lado do compartimento.

– Olhe – ela sussurrou. – Aquele é um *rakosh perfeito*!

Mesmo sabendo que estava invisível para os *rakoshi*, Jack deu um passo involuntário para trás. Aquele era enorme, meio metro mais alto que os outros, mais escuro, movendo-se com mais facilidade e mais decidido.

– É uma fêmea – disse Kolabati. – Deve ser a que saiu do nosso ovo! A mãe *rakosh*! É só controlá-la para domar o resto da ninhada!

Ela parecia tão fascinada e excitada quanto apavorada. Jack achou que era parte da sua herança. Ela não tinha sido criada para ser o que chamava de zeladora dos *rakoshi*?

Jack olhou outra vez para a mãe. Achava difícil chamá-la de fêmea – não havia nada de feminino nela, nem mesmo seios – o que provavelmente significava que os *rakoshi* não amamentavam os filhotes. Ela parecia um enorme halterofilista cujos braços, pernas e torso tinham sido esticados até atingir um comprimento grotesco. Não havia um grama de gordura nela; cada pedaço da sua musculatura era visível sob a pele negra. O rosto era a coisa mais estranha, como se alguém tivesse pegado uma cabeça de tubarão, encurtado o focinho e juntado um pouco os olhos na frente, deixando o rasgão da boca com as presas quase inalterado. Mas o olhar remoto e frio do tubarão foi substituído por um brilho pálido de pura maldade.

Ela até se movia como um tubarão, com graça, sinuosa. Os outros *rakoshi* abriam caminho para a mãe, saindo da frente como cavalas diante do grande tubarão branco. Ela foi em direção aos dois lutadores e quando os alcançou, afastou-os e jogou-os para o lado, como se não pesassem nada. Seus filhos aceitaram o tratamento brutal docilmente.

Ele viu a mãe dar uma volta no compartimento e retornar para a passagem que dava para o compartimento da proa.

Como vamos sair daqui?

Jack olhou para o teto do compartimento – na verdade o lado de baixo da coberta, invisível no escuro. Ele tinha de chegar lá em cima, no convés. Como?

Ele esticou o pescoço e olhou dentro do compartimento, procurando alguma escada nas paredes escorregadias. Não havia nenhuma. Mas lá, no topo do canto da popa a estibordo do compartimento, havia um elevador! Se ao menos conseguisse fazê-lo descer...

Mas para isso ele teria de entrar e atravessar todo o compartimento.

A ideia era paralisante. Caminhar no meio deles...

Cada minuto perdido naquele navio aumentava o perigo, mas uma repulsa primitiva o prendia. Alguma coisa dentro dele preferia ficar ali encolhido e esperar pela morte do que se aventurar pelo compartimento.

Ele lutou contra isso, não com a razão, mas com raiva. Era *ele que* estava no comando ali, e não um ser repugnante e irracional qualquer. Jack finalmente conseguiu se dominar, e foi o maior esforço que fez em toda sua vida.

– Segure firme! – sussurrou para Kolabati. Então ele saiu do corredor e entrou no compartimento.

Ele andava devagar, com o máximo de atenção e cuidado. Grande parte dos *rakoshi* formava montes tenebrosos espalhados pelo chão. Ele teve de passar por cima de alguns que dormiam e desviar dos que estavam acordados. Embora seus tênis não fizessem barulho, às vezes uma cabeça levantava e olhava em volta quando passavam. Jack quase não via os detalhes dos seus rostos e não reconheceria uma expressão confusa de um *rakosh* se visse uma, mas eles deviam estar confusos. Eles sentiam uma presença, mas seus olhos diziam que não havia nada ali.

Ele podia sentir a agressividade pura e declarada deles, a perversidade absoluta. Não ocultavam nem um pouco da selvageria – estava toda na superfície, envolvendo-os como uma aura.

Jack sentia o coração dar pinotes e perder uma batida cada vez que uma das criaturas olhava na sua direção com os olhos amarelos. Sua mente ainda não aceitava completamente o fato de estar invisível para eles.

O fedor daquelas criaturas chegou a uma intensidade nauseante enquanto ele avançava pelo compartimento. Deviam parecer um par cômico, pulando na ponta dos pés, ela nas costas dele, no escuro. Daria para rir se esquecessem como era precária sua posição: um movimento errado e seriam feitos em pedaços.

Se passar pelos *rakoshi* em repouso era angustiante, desviar dos que caminhavam exasperava. Jack não podia prever quando eles apareceriam. Eles saíam das sombras e passavam a milímetros de distância, alguns parando, outros até voltando para dar uma olhada, sentindo a presença de humanos, mas sem poder vê-los.

Já tinham andado mais da metade do compartimento quando uma sombra de mais de 2 metros levantou-se de repente do chão e virou-se na direção deles. Jack não tinha para onde ir. Formas escuras estavam reclinadas dos dois lados e o espaço entre eles não era o bastante para o *rakosh* passar. Instintivamente, ele deu um tranco para trás – e começou a perder o equilíbrio. Kolabati deve ter sentido isso, porque jogou todo o seu peso sobre as costas de Jack.

Num movimento desesperado para não cair para trás, Jack levantou a perna esquerda e girou em torno do pé direito. Deu meia-volta e acabou de frente para o lugar de onde tinha vindo, um pé de cada lado em volta de um *rakosh* adormecido. Quando passou por ele, a criatura raspou no braço de Jack.

Emitindo um som que não era nem rugido nem silvo, o *rakosh* virou-se com as garras erguidas, exibindo as presas. Jack nunca tinha visto nada se mover tão depressa. Ele apertou os dentes, sem ousar respirar ou se mexer. A criatura que dormia sob suas pernas se mexeu. Ele rezou para que não acordasse. Podia sentir um berro crescendo dentro de Kolabati; ele apertou os braços nas pernas dela – um sinal silencioso para aguentar firme.

O *rakosh* diante dele rodou a cabeça rapidamente para um lado e para o outro, nervoso a princípio, depois mais devagar. Logo se acalmou e baixou as garras. Finalmente foi embora, mas não sem antes dar uma longa olhada por cima dos ombros, na direção deles.

Jack voltou a respirar. Virou-se outra vez para o caminho livre entre os *rakoshi* e continuou pela trilha interminável na direção da parede de estibordo do compartimento de carga. Quando chegou perto do canto da popa, viu um condutor elétrico subindo por uma pequena caixa na parede. Foi até lá e sorriu para si mesmo quando viu os três botões na caixa.

O poço raso bem embaixo do elevador estava livre de *rakoshi*. Talvez tivessem aprendido, no tempo que estavam ali, que aquele não era um bom lugar para descansar – quem dorme muito pesado e por muito tempo pode acabar esmagado.

Jack não hesitou. Assim que chegou perto o bastante, ele estendeu a mão e apertou o botão DESCER.

Ouviu-se um clangor bem alto – quase ensurdecedor, ecoando no compartimento fechado e lúgubre – seguido de um zumbido agudo. Os *rakoshi* – todos eles – ficaram imediatamente alerta e de pé, os olhos brilhantes amarelos fixos na plataforma que descia.

Um movimento do outro lado do compartimento atraiu a atenção de Jack: a mãe *rakosh* estava andando na direção deles. Todos os *rakoshi* começaram a se arrastar para a frente, ficando em volta do elevador numa espécie de semicírculo, a menos de 3 metros de onde Jack e Kolabati estavam. Ele tinha chegado para trás até onde podia, sem cair no poço do elevador.

A mãe abriu caminho até a frente e ficou ali com o restante, os olhos fixos no elevador. Quando a plataforma chegou a uns 3 metros do chão, os *rakoshi* começaram um canto baixo, quase inaudível por causa do rangido crescente do elevador.

– Eles estão falando! – Kolabati sussurrou na orelha de Jack. – Os *rakoshi* não falam!

Com todos os outros ruídos em volta deles, Jack achou seguro virar a cabeça e responder.

– Você devia ter visto a noite passada... era como um comício político. Todos gritavam algo como *"Kaka-ji! Kaka-ji!"*. Era...

As unhas de Kolabati cravaram nos ombros de Jack como garras, sua voz subindo de tom e volume, e ele ficou com medo de os *rakoshi* ouvirem.

– O quê? O que você disse?

– *"Kaka-ji."* Eles estavam dizendo *"kaka-ji"*: O que...?

Kolabati soltou um grito que soava como uma palavra, mas não em inglês. E o cântico parou de repente.

Os *rakoshi* tinham ouvido Kolabati.

XII.

Kusum estava na calçada com o braço estendido. Todos os táxis na Quinta Avenida pareciam ocupados naquela noite. Ele batia com o pé no chão, impaciente. Queria voltar para o navio. A noite tinha chegado e havia muito trabalho a fazer. Também havia trabalho a ser feito no consulado, mas achou impossível ficar lá mais um minuto sequer, com reunião de emergência ou não. Ele já se desculpara diante dos cenhos franzidos dos diplomatas mais velhos em outra ocasião, mas agora podia se dar ao luxo de desagradá-los. Depois daquela noite não precisaria mais do escudo da imunidade diplomática. A última Westphalen estaria morta e ele se acharia em alto-mar, a caminho da Índia com seus *rakoshi*, para retomar sua obra de onde tinha parado.

Ainda havia a questão de Jack para cuidar. Já decidira como lidaria com ele. Deixaria Jack nadar para o cais mais tarde, depois de zarpar. Matá-lo não levaria a nada neste momento.

Não descobrira como Jack soubera do navio, e essa questão o preocupou durante horas, distraindo-o durante a reunião no consulado. Sem dúvida Kolabati havia lhe contado, mas queria ter certeza.

Um táxi vazio finalmente parou diante dele. Kusum sentou-se no banco de trás.

– Para onde?

– Para oeste, na rua 57. Eu digo onde deve parar.

– Certo.

Ele estava a caminho. Logo a mãe e um filhote também estariam a caminho para pegar a última Westphalen, e então ele ficaria livre daquele país. Seus seguidores esperavam por ele. Uma nova era teria início na Índia.

XIII.

Jack ficou petrificado quando as criaturas começaram a mover-se lentamente em círculos, procurando a origem do grito. Sentia o corpo de Kolabati batendo suavemente contra o dele, como se ela estivesse soluçando na sua nuca.

O que ele dissera para deixá-la tão chocada? Tinha de ser *"kaka-ji"*, O que significava?

A plataforma de madeira do elevador já estava na altura do seu peito.

Com o braço esquerdo ainda preso num dos joelhos de Kolabati, ele liberou o direito e se jogou, junto com seu peso, para cima da plataforma. Forçou-se a ficar de joelhos e se arrastou até o painel de controle perto de um dos lampiões, apertando o botão SUBIR assim que o alcançou.

Com um tranco brusco e um guincho metálico, o elevador começou a subir. A atenção de todos os *rakoshi* novamente se dirigiu para o elevador. Com Kolabati agarrada a ele, Jack caiu de joelhos outra vez na beirada da plataforma e olhou para eles.

Quando estavam a uns 4 metros do chão, ele soltou as pernas de Kolabati. Sem dizer nada, ela largou seu pescoço e escorregou para dentro da plataforma. Assim que ela se soltou dele, um coro de grunhidos e silvos enraivecidos elevou-se do chão. Os *rakoshi* viam Jack agora.

Eles pularam para a frente como uma onda infernal, rasgando o ar com suas garras. Jack ficou olhando fascinado, chocado com a intensidade da fúria deles. De repente, três deles pularam no ar, os longos braços esticados até o limite, com as garras para cima. O primeiro impulso de Jack foi rir da futilidade da tentativa – o elevador estava a mais de 5 metros do chão. Mas quando os *rakoshi* se lançavam contra ele, percebeu horrorizado que iam alcançar a plataforma. Rolou para trás e ficou de pé quando as garras se prenderam na beirada do elevador. A força deles era enorme!

O *rakosh* do meio não pulou tão alto quanto os outros dois. Suas garras amarelas se prenderam na ponta da plataforma; as beiradas

343

das tábuas de madeira racharam e partiram com seu peso. Quando pedaços da tábua se soltaram, o *rakosh* do meio caiu de volta ao chão

Os outros dois estavam mais firmes e começavam a subir no elevador. Jack pulou para a esquerda, onde o *rakosh* estava erguendo a cabeça por cima da plataforma. Ele viu presas rangendo, o focinho e a cabeça sem orelhas. Um ódio tremendo surgiu dentro dele quando mirou um chute na cara do bicho. O impacto da pancada fez toda sua perna vibrar. Mas a criatura nem piscou. Era como chutar uma parede de tijolos!

Então se lembrou dos isqueiros que tinha nas mãos. Acertou o regulador da chama nos dois para o máximo e acendeu-os. Quando as duas chamas compridas e finas apareceram, ele avançou com elas na cara do *rakosh*, mirando nos olhos. A criatura sibilou de raiva e jogou a cabeça para trás. O movimento súbito causou uma mudança do seu centro de gravidade. As garras rasgaram a madeira com fendas de 3 centímetros de profundidade, mas não adiantou. Ele estava desequilibrado. Como o primeiro *rakosh*, seu peso fez a madeira rachar e ceder. Caiu de costas nas sombras lá embaixo.

Jack virou-se para o último *rakosh* e viu que ele já estava com a cintura na borda da plataforma, levantando um joelho sobre a beirada. Estava quase lá! Ele pulou sobre ele com os isqueiros à frente. De súbito, o *rakosh* inclinou-se para a frente e atacou-o com as garras estendidas, que rasparam na mão direita de Jack. Ele subestimara tanto o comprimento do braço da criatura quanto sua agilidade. A dor subiu da palma da mão até o braço e o isqueiro saiu voando quando Jack caiu para trás, fora do alcance do *rakosh*.

O *rakosh* escorregou para trás depois do ataque a Jack, quase se soltando por inteiro. Teve de usar as duas mãos para não cair, mas ficou ali e recomeçou a subida na plataforma.

A mente de Jack disparava. Em um ou dois segundos, o *rakosh* estaria em cima da plataforma. O elevador estava subindo sem parar, mas nunca chegaria ao topo a tempo. Ele podia correr para trás até onde Kolabati se encolhia atordoada, perto do botijão de gás, e abraçá-la. O colar o esconderia do *rakosh*, mas a plataforma do elevador era pequena demais para impedi-lo de encontrá-los, mesmo sem ver – mais cedo ou mais tarde esbarraria neles e seria o fim.

Ele estava encurralado.

Desesperado, passou os olhos pela plataforma à procura de uma arma. Viu os lampiões a gás que Kusum usara na sua cerimônia fétida com os *rakoshi*. Recordou que as chamas tinham chegado a 1,50 metro na noite passada. Podia contar com o fogo.

O *rakosh* estava com os dois joelhos sobre a plataforma agora.

– Ligue o gás! – ele gritou para Kolabati.

Ela o olhou sem expressão. Parecia em estado de choque.

– O gás! – Jack jogou o segundo isqueiro para ela, batendo no seu ombro. – Acenda o gás!

Kolabati estremeceu e estendeu a mão devagar para a manivela sobre o botijão. *Vamos logo!*, ele queria gritar para ela. Virou-se para o lampião. Era um cilindro oco de metal, seguro por quatro pernas finas também de metal. Quando passou um braço por ele e inclinou-o na direção do *rakosh*, ouviu o gás passando pelo cano na parte de baixo do cilindro, enchendo-o, e sentiu o cheiro do gás no ar à sua volta.

O *rakosh* estava de pé na plataforma e ia pular em cima de Jack, 2 metros de presas rilhadas, braços estendidos e garras de fora. Jack quase fraquejou quando viu aquilo. Seu terceiro isqueiro estava escorregadio com o sangue do corte na palma da mão, mas ele conseguiu encontrar o lugar da chama-piloto na base do cilindro, acendeu o isqueiro e enfiou-o lá dentro.

O gás explodiu com um rugido ensurdecedor, lançando uma coluna devastadora de fogo diretamente na cara do *rakosh* que se aproximava.

A criatura pulou para trás, os braços para cima, a cabeça em chamas.

Rodopiou, mergulhou na beirada da plataforma e caiu.

– *Isso*! – gritou Jack, erguendo os punhos no ar, exultante e espantado com a sua vitória. – *Isso*!

Lá embaixo ele viu a mãe *rakosh*, mais escura, mais alta que os filhos, olhando para cima, aqueles olhos frios e amarelos fixos nele enquanto subia cada vez mais para o alto e longe do chão. A intensidade do ódio naqueles olhos fez com que ele virasse de costas para baixo.

Ele tossiu quando a fumaça começou a encher o ar à sua volta. Olhou para baixo e viu a madeira da plataforma escurecendo e pegando fogo onde a chama do lampião caído alcançava. Jack rapidamente fechou o gás do botijão. Kolabati encolhia-se perto dele a expressão ainda chocada.

O elevador parou automaticamente no topo. A coberta sobre o compartimento de carga ficava a uns 2 metros acima. Jack guiou Kolabati para a escada que levava até um pequeno alçapão na coberta. Ele subiu primeiro, achando que o alçapão devia estar trancado. Por que não? Todas as outras saídas estavam bloqueadas. Por que essa seria diferente? Ele deu um empurrão, fazendo uma expressão de dor quando a palma da mão direita raspou na madeira. Mas a porta se abriu, deixando entrar uma lufada de ar fresco. Momentaneamente fraco e aliviado, Jack apoiou a cabeça no braço.

Conseguimos!

Então ele abriu o alçapão completamente e passou a cabeça por ele.

Estava escuro. O sol já sumira, havia estrelas e a lua estava nascendo. O ar úmido e o fedor normal do cais de Manhattan era como o néctar dos deuses depois de ter estado no compartimento com os *rakoshi*.

Ele examinou o convés. Nada se mexia. A prancha estava levantada. Não havia sinal de que Kusum tivesse voltado.

Jack virou-se e olhou para Kolabati.

– Tudo limpo. Vamos.

Ele subiu no convés e estendeu a mão para ajudá-la a sair. Mas ela permanecia de pé na plataforma do elevador.

– Kolabati! – ele berrou o nome e ela deu um pulo, olhou para ele e começou a subir a escada.

Quando estavam os dois no convés, ele levou-a pela mão até a prancha.

– Kusum opera a prancha eletronicamente – disse ela.

Ele tateou o topo da passarela com as mãos até encontrar o motor, então seguiu os fios até uma pequena caixa de controle. Em cima da caixa encontrou um botão.

– Deve ser isso.

Ele apertou: um clique, um zumbido e a passarela começou a lenta descida. Lenta demais. Uma sensação avassaladora de urgência tomou conta dele. Tinha de sair daquele navio!

Não esperou a passarela pousar no cais. Assim que ela passou da metade da descida, Jack já estava nos degraus, descendo e puxando Kolabati atrás dele. Pularam o último metro e saíram correndo. Um pouco da urgência dele deve ter passado para ela – pois ela corria bem a seu lado.

Não pegaram a rua 57, para evitar dar de cara com Kusum voltando ao cais. Correram pela rua 58. Três táxis passaram direto por eles, apesar dos gritos de Jack. Talvez os motoristas não quisessem se envolver com duas pessoas transtornadas – um homem sem camisa com a mão direita ensanguentada e uma mulher com um sári todo amassado – que pareciam estar fugindo para salvar suas vidas. Jack não podia culpá-los. Mas queria sair da rua. Sentia-se vulnerável ali.

O quarto táxi parou e Jack pulou dentro dele, arrastando Kolabati. Deu o endereço do seu apartamento. O motorista franziu o nariz com o fedor que emanava deles e meteu o pé no acelerador. Parecia querer se livrar daquela corrida o mais rápido possível.

Durante a viagem, Kolabati sentou-se no canto do banco de trás e ficou olhando pela janela. Jack tinha milhões de perguntas a fazer, mas se conteve. Ela não responderia na presença do motorista de táxi e ele achava que seria melhor não fazê-lo. Mas assim que chegassem ao apartamento...

XIV.

A prancha estava abaixada.

Kusum ficou paralisado no cais quando viu aquilo. Não era ilusão. O luar brilhava azulado nos degraus de alumínio e na grade de apoio.

Como? Ele não podia acreditar...

Kusum saiu correndo, subindo os degraus de dois em dois, disparando pelo convés até a porta dos alojamentos do piloto. O ferrolho continuava no lugar. Ele deu um puxão – estava intacto e trancado.

Ele se encostou na porta e esperou o coração desacelerar. Por um momento pensou que alguém havia subido a bordo e libertado Kolabati e Jack.

Bateu na porta de aço com uma chave do cadeado.

– Bati? Venha até a porta. Quero falar com você.

Silêncio.

– Bati?

Kusum encostou o ouvido na porta. Sentiu mais do que silêncio do outro lado. Havia uma sensação indefinível de vazio lá dentro. Alarmado, enfiou a chave no cadeado...

...e hesitou.

Estava lidando com Repairman Jack e receara subestimá-lo. Jack provavelmente estava armado e sem dúvida era perigoso. Podia muito bem estar lá dentro, esperando com uma pistola, pronto a fulminar o primeiro que abrisse a porta.

Mas a *sensação* era de vazio. Kusum resolveu confiar nos seus sentidos. Girou a chave, tirou o cadeado e abriu a porta.

O corredor estava vazio. Olhou para a cabine do piloto – ninguém! Mas como...?

E então viu o buraco no chão. Por um instante pensou que um *rakosh* tinha feito aquilo; depois viu parte da moldura de ferro da cama no chão e entendeu.

A audácia daquele homem! Ele tinha escapado bem pelo centro do alojamento dos *rakoshi* – e levara Kolabati! Sorriu. Eles ainda deviam estar lá embaixo, em algum lugar, encolhidos em algum passadiço. O colar de Kolabati a protegeria. Mas Jack já devia ter sido vítima de um *rakosh* àquela altura.

Então lembrou-se da prancha abaixada. Xingando na sua língua nativa, correu do alojamento do piloto para a escotilha sobre o compartimento de carga. Levantou a porta e espiou lá embaixo.

Os *rakoshi* estavam agitados. Com a luz fraca ele podia ver suas formas escuras misturando-se e se movendo caoticamente no chão do compartimento de carga. Dois metros abaixo dele estava a plataforma do elevador. Ele notou imediatamente o lampião caído e a madeira queimada. Pulou no elevador e começou a descer.

Havia alguma coisa caída no chão do compartimento. Quando chegou à metade da descida, viu que era um *rakosh* morto. A raiva dominou Kusum. *Morto!* A cabeça – ou que sobrava dela – era uma massa de carne torrada!

Com a mão trêmula, Kusum apertou o botão de subida.

Aquele homem! Aquele maldito americano! Como fizera isso? Se ao menos os *rakoshi* pudessem falar! Jack não só escapara com Kolabati, como também matara um *rakosh* na fuga! Kusum sentiu como se tivesse perdido uma parte de si mesmo.

Assim que o elevador chegou ao topo, Kusum rastejou para o convés e correu de volta à cabine do piloto. Algo que tinha visto no chão da cabine...

Sim! Lá estava, perto do buraco no chão, uma camisa – a camisa que Jack usava quando Kusum o vira pela última vez. Kusum a pegou. Ainda estava úmida de suor.

Planejara deixar Jack viver, mas agora isso mudara. Kusum sabia que Jack era muito determinado, mas nunca sonhara que seria capaz de escapar passando pelo meio de uma ninhada de *rakoshi*. O homem tinha ido longe demais naquela noite. E era muito perigoso ele continuar livre com o que sabia.

Jack teria de morrer.

Não podia negar um resquício de pena com aquela decisão, mas tinha certeza de que Jack possuía um bom carma e logo estaria reencarnado numa boa vida.

Um sorriso lento esticou os lábios finos de Kusum enquanto segurava a camisa de Jack nas mãos. A mãe *rakosh* faria isso e Kusum já tinha um plano para ela. A ironia disso tudo era deliciosa.

XV.

– Tenho de lavar isso – disse Jack, mostrando a mão ferida quando entraram no apartamento. – Venha até o banheiro comigo.

Kolabati olhou-o sem entender.

– O quê?

– Siga-me.

Sem dizer nada, ela o seguiu.

Enquanto ele lavava a sujeira e o sangue coagulado da ferida, ficou observando Kolabati pelo espelho sobre a pia. O rosto dela estava pálido e transtornado na luz impiedosa do banheiro. Seu próprio rosto parecia macabro.

– Por que Kusum desejaria mandar seus *rakoshi* atrás de uma menininha?

Ela estava saindo do choque. Seus olhos clarearam.

– Uma menininha?

– De 7 anos.

Ela cobriu a boca com a mão.

– Ela é uma Westphalen? – disse entre os dedos.

Jack sentiu-se entorpecido e frio com a manifestação divina que desceu sobre ele.

É isso! Meu Deus, essa é a associação! Nellie, Grace e Vicky... todas Westphalen!

– É – ele virou-se e olhou para ela. – A última Westphalen nos Estados Unidos, creio eu. Mas por que os Westphalen?

Kolabati se encostou na parede ao lado da pia e falou olhando para a parede oposta. Ela falou devagar, com cuidado, como se medisse cada palavra.

– Há uns 125 anos atrás, o capitão Sir Albert Westphalen saqueou um templo nas montanhas ao norte de Bengala... o templo sobre o qual lhe falei a noite passada. Ele assassinou o sacerdote, a sacerdotisa e todos os seus acólitos, além de queimar o templo. As joias que roubou tornaram-se a base da fortuna Westphalen. Antes de morrer, a sacerdotisa lançou uma maldição sobre o capitão Westphalen, dizendo que sua linhagem terminaria em sangue e dor nas mãos dos *rakoshi*. O capitão pensou que tinha matado a todos no templo, mas estava enganado. Uma criança escapou do fogo. O filho mais velho estava mortalmente ferido, mas antes de morrer fez o irmão mais novo jurar que levaria adiante a maldição da mãe. Um único ovo de *rakosh* fêmea – você viu a casca no apartamento de Kusum – foi encontrado nas cavernas sob as ruínas do templo.

Aquele ovo e o juramento de vingança têm sido passados de geração em geração. Transformou-se numa solenidade familiar. Ninguém a levou a sério... até chegar a Kusum.

Jack ficou olhando fixo para Kolabati sem acreditar. Ela estava contando que as mortes de Grace e de Nellie e o perigo que Vicky corria não passavam de uma maldição da família, iniciada na Índia havia mais de um século. Ela não olhava para ele. Será que dizia a verdade? E por que não? Era bem mais coerente do que lhe acontecera hoje.

– Você precisa salvar a menina – disse Kolabati, finalmente levantando os olhos e encarando-o.

– Já salvei.

Ele secou as mãos e passou um pouco de pomada na ferida.

– Nem seu irmão nem os monstros dele a encontrarão esta noite. E amanhã ele terá partido.

– O que o faz pensar nisso?

– Você me disse isso há uma hora.

Ela balançou a cabeça bem devagar.

– Você não entende. Ele pode partir sem mim, mas nunca irá embora sem a menina Westphalen. E... – ela fez uma pausa ...você conseguiu a inimizade eterna dele por me tirar do navio.

– "Inimizade eterna" é um pouco demais, não acha?

– Não quando se trata de Kusum.

– O que há com seu irmão? – perguntou Jack, pondo umas compressas de gaze na palma da mão. – Quero dizer, nenhuma das gerações anteriores tentou matar um dos Westphalen?

Kolabati balançou a cabeça.

– O que fez Kusum levar isso tão a sério?

– Kusum tem problemas...

– Novidade! – disse Jack, prendendo a gaze com esparadrapo.

– Você não compreende. Ele fez um voto de *Brahmacharya*, um voto de castidade para a vida toda, quando tinha 20 anos. Ele cumpriu o voto e permaneceu firme como *Brahmachari* durante muitos anos. – O olhar dela vacilou e voltou para a parede. – Mas um dia ele quebrou o voto. Até hoje nunca se perdoou. Eu lhe contei sobre o número crescente de seguidores puristas hindus na Índia. Kusum não acha que tem o direito de ser o líder deles até purificar seu carma. Tudo que ele fez aqui em Nova York foi para compensar o fato de ter profanado seu voto de *Brahmacharya*.

Jack jogou o rolo de esparadrapo contra a parede. Ele estava furioso.

– É isso? – ele berrou. – Kusum matou Nellie e Grace, e muitos outros bêbados, só porque trepou com alguém? Ora, *corta essa*!

– É verdade!

– Tem mais coisa nessa história!

Kolabati continuava evitando seu olhar.

– Você precisa entender Kusum...

– Não, não preciso! Tudo o que preciso entender é que ele está tentando matar a criança que eu mais amo. Kusum tem um problema agora: *eu*!

– Ele só está tentando limpar seu carma.

– Não me fale de carma. Já ouvi o bastante sobre o carma do seu irmão a noite passada. Ele é completamente louco!

Kolabati encarou-o, os olhos brilhando.

– Não diga isso!

– Você nega isso honestamente?

– Não! Mas não diga isso dele! Só eu posso dizer!

Jack compreendia e assentiu com a cabeça.

– Está bem. Vai ficar só no pensamento.

Ela ia se virar para sair do banheiro, mas Jack a puxou de volta. Ele queria muito telefonar para Gia e saber de Vicky, mas precisava de resposta para mais uma pergunta.

– O que houve com você no compartimento de carga? O que eu disse que a chocou tanto?

Os ombros de Kolabati arriaram, a cabeça pendeu para um lado. Soluços silenciosos causavam pequenos tremores no início, mas logo ficaram mais fortes e fizeram seu corpo todo estremeça. Ela fechou os olhos e começou a chorar.

Jack ficou espantado. Nunca imaginara a possibilidade de ver Kolabati reduzida a lágrimas. Ela sempre parecera tão segura, tão experiente. Mas ali estava ela, de pé diante dele, chorando feito criança. Sua angústia o comoveu. Ele a abraçou.

– Conte-me. Ponha isso para fora.

Ela chorou um pouco mais, depois começou a falar, mantendo o rosto colado no ombro dele enquanto contava.

– Lembra quando eu disse que esses *rakoshi* eram menores e mais pálidos do que deveriam ser? E como fiquei chocada quando vi que podiam falar?

Jack assentiu com a cabeça no cabelo dela.

– Lembro.

– Agora entendo o motivo. Kusum mentiu para mim outra vez! E novamente acreditei nele. Mas isso é muito pior do que uma mentira. Nunca pensei que Kusum fosse *tão* longe!

– Do que está falando?

– Kusum mentiu quando disse que encontrou um ovo macho!

A voz de Kolabati começava a ficar histérica.

Jack afastou-a, mas continuou segurando seus braços. O rosto dela expressava dor. Ele queria sacudi-la mas não o fez.

– Explique direito!

– *Kaka-ji* é pai em bengali!

– E daí?

Kolabati ficou olhando para ele.

– Oh, meu Deus!

Jack se encostou na pia, a mente rodando com a ideia de Kusum emprenhando a mãe *rakosh*. Visões do ato se formaram pela metade em sua cabeça e depois desapareceram numa escuridão bem-vinda.

– Como é que seu irmão pôde gerar aqueles *rakoshi*? *Kaka-ji* deve ser um título de respeito ou algo assim.

Kolabati balançou a cabeça devagar, com tristeza. Parecia emocional e fisicamente exausta.

– Não. É verdade. As características dos filhotes são prova suficiente.

– Mas como?

– Provavelmente quando ela era muito jovem e dócil. Ele só precisava de uma cria dela. Dali em diante os *rakoshi* se acasalariam e gerariam uma ninhada inteira.

– Não posso acreditar. Por que ele faria isso?

– Kusum... – A voz de Kolabati falhou. – Kusum às vezes pensa que Kali lhe fala em sonhos. Talvez acredite que ela ordenou que se acasalasse com a fêmea. Existem muitas histórias sinistras de *rakoshi* tendo relações com humanos.

– Histórias! Não estou falando de histórias! Isso é a vida real! Não conheço muito de biologia, mas sei que fertilização entre espécies diferentes é impossível!

– Mas os *rakoshi* não são uma espécie diferente, Jack. Como falei na noite passada, a lenda diz que os deuses maus antigos criaram os *rakoshi* como paródias obscenas da humanidade. Eles pegaram um homem e uma mulher e refizeram-nos à sua imagem: os *rakoshi*. Isso significa que em algum lugar, bem no início da linhagem, existe um ancestral genético comum entre os humanos e os *rakoshi*. – Ela segurou o braço de Jack. – Você tem de fazê-lo parar, Jack!

– Eu poderia tê-lo feito parar na noite passada – replicou ele, lembrando como tinha mirado o cano da pistola no espaço entre os olhos de Kusum. – Eu podia tê-lo matado.

– Não é necessário matá-lo para fazê-lo parar.

– Não vejo outro jeito.

– Mas há: o colar dele. Tire-o de Kusum e ele perderá todo o poder sobre os *rakoshi*.

Jack sorriu lamentosamente.

– Tipo a história dos ratos resolvendo pôr um sino no gato, não é?

– Não. Você pode fazer isso. Você é igual a ele... mais do que pensa.

– O que quer dizer?

– Por que não atirou em Kusum quando teve oportunidade?

– Preocupado com você, eu acho... não sei... não consegui apertar o gatilho.

Jack ficou pensando na resposta àquela pergunta.

Kolabati se aproximou e encostou-se no peito dele.

– Isso é porque Kusum é como você e você é como ele.

O ressentimento queimou Jack como uma chama. Ele a empurrou.

– Isso é loucura!

– Não é não – disse ela, com um sorriso sedutor. – Vocês foram talhados da mesma pedra. Kusum é você... enlouquecido.

Jack não queria ouvir aquilo. A ideia lhe causava aversão... medo. Ele mudou de assunto.

– Se ele vier esta noite, virá sozinho ou trará alguns *rakoshi*?

– Depende – disse ela, aproximando-se outra vez. – Se ele quiser me levar virá pessoalmente, já que um *rakosh* não me encontrará. Porém, se ele apenas quiser acertar contas com você, por tê-lo feito de bobo libertando-me debaixo de suas barbas, mandará a mãe *rakosh*.

Jack engoliu em seco ao se lembrar do tamanho dela.

– Ótimo.

Ela beijou Jack.

– Mas isso ainda levará algum tempo. Vou tomar um banho. Por que não vem comigo? Nós dois estamos precisando.

– Vá na frente – disse ele, desvencilhando-se dela com gentileza, sem encará-la. – Alguém tem de ficar de guarda. Tomo banho depois de você.

Ela o olhou com seus olhos escuros, depois virou-se e foi para o chuveiro. Ele a viu fechar a porta e soltou um suspiro. Não a desejava aquela noite. Seria por causa da noite de domingo com Gia? Era diferente quando Gia o rejeitava. Mas agora...

Ele teria de dar um tempo no caso com Kolabati. Não queria mais rolar com ela no seu ninho de *Kama Sutra*. Mas devia ir devagar. Não queria provocar a fúria de uma indiana desprezada.

Caminhou até a escrivaninha e pegou a pistola Glock com silenciador e munição de ponta oca; tirou também um .38 Smith & Wesson Chief Special de cano curto e carregou-o. Então sentou-se esperando Kolabati sair do banho.

XVI.

Kolabati enxugou-se, enrolou a toalha no corpo e saiu do banheiro. Encontrou Jack sentado na cama – bem onde queria que estivesse. Sentiu um desejo enorme ao vê-lo.

Precisava de um homem naquele momento, alguém que se deitasse ao seu lado e a fizesse perder-se em sensações livrando-a de todos os pensamentos. E de todos os homens que conhecia, era de Jack que precisava. Ele a arrancara das garras de Kusum, coisa que nenhum homem conseguiria. Queria muito Jack naquele momento.

Ela deixou a toalha cair e deitou-se na cama ao lado dele.

– Venha – disse ela, acariciando o lado de dentro da coxa dele. – Deite-se comigo. Vamos dar um jeito de esquecer o que passamos esta noite.

– Não podemos esquecer – disse ele, se afastando. – Não se ele estiver atrás de nós.

– Mas temos tempo, tenho certeza. – Ela o queria muito. – Venha.

Jack estendeu a mão para ela. Kolabati pensou que ele queria que o puxasse para baixo e esticou o braço. Mas a mão dele não estava vazia.

– Pegue – disse ele, pondo algo frio e pesado na palma da mão dela.

– Um revólver?

A visão da arma foi um choque para Kolabati. Nunca empunhara uma... tão pesada. O azul-escuro do cabo brilhava na luz fraca do quarto.

– Para quê? Isso não faz um *rakosh* parar.

– Talvez não. Ainda tenho de me convencer disso. Mas não o dei a você para se proteger dos *rakoshi*.

Kolabati tirou os olhos da arma em sua mão e olhou-o.

– Então para quê...? – A expressão feroz de Jack era a resposta desagradável para sua pergunta.

– Oh, Jack. Não sei se conseguiria.

– Não precisa se preocupar com isso agora. Talvez nunca chegue a esse ponto. Por outro lado, pode se transformar numa escolha entre ser arrastada para aquele navio outra vez ou atirar no seu irmão. É uma decisão que terá de fazer quando chegar a hora.

Ela olhou de novo para a arma, detestando-a, porém fascinada – o mesmo que sentira quando Kusum a levara para dar uma olhada no compartimento de carga na noite anterior.

– Mas eu nunca...

– É de dupla ação, mas você pode engatilhar antes de atirar. – Ele mostrou como funcionava. – Tem cinco tiros.

Ele começou a se despir e Kolabati pôs o revólver de lado enquanto o observava, pensando que ele se juntaria a ela na cama. Mas Jack foi até a escrivaninha. Quando ele se virou tinha uma cueca limpa numa das mãos, e na outra uma pistola com um cano tão longo que fazia a dela parecer uma miniatura.

– Vou tomar um banho – disse ele. – Fique alerta e use isso – apontou para a arma na mesa de cabeceira – se precisar. Não fique pensando em como tirar o colar do seu irmão. Atire primeiro, depois se preocupe com o colar.

Ele seguiu para o banheiro e logo ela ouviu o chuveiro ligado.

Kolabati deitou-se e cobriu-se com o lençol. Mexeu as pernas, abrindo e fechando-as, apreciando o contato do lençol na sua pele. Precisava muito de Jack esta noite. Mas ele parecia tão distante, imune à sua nudez.

Havia outra mulher. Kolabati sentira a presença dela em Jack na primeira noite com ele. Seria a loura atraente que vira conversando com ele na recepção? Não a preocupara na ocasião porque a influência dela era muito fraca. Mas agora estava forte.

Não tinha importância. Sabia como conseguir o que queria de um homem, sabia como fazê-lo esquecer outras mulheres. Podia fazer Jack desejá-la, e só a ela. Tinha de fazer isso, porque Jack era importante. Ela o queria a seu lado para sempre.

Sempre...

Ela passou os dedos em seu colar.

Pensou em Kusum e olhou para a pistola na mesa de cabeceira. Seria capaz de atirar no irmão se ele entrasse ali agora?

Sim. Definitivamente sim. Havia 24 horas a resposta teria sido diferente. Agora... a aversão passava do seu estômago para a garganta... *"Kaka-ji!"*... os *rakoshi* chamavam seu irmão de *"Kaka-ji!"*. Sim, ela podia puxar o gatilho. Conhecendo o nível de depravação no qual ele afundara, sabendo que sua sanidade era irrecuperável, matar Kusum podia até ser considerado um ato de compaixão, salvando-o de quaisquer outros atos de depravação e degradação.

Ela queria o colar dele mais que tudo na vida. A posse do colar poria um fim na ameaça que ele representava para ela eternamente – e ela poderia colocá-lo no pescoço do único homem digno de passar o resto da vida com ela – Jack.

Fechou os olhos e aninhou a cabeça no travesseiro. Após poucos minutos de sono naquele colchão duro da cabine do piloto, na noite passada, ela se sentia cansada. Fecharia os olhos por alguns minutos, até que Jack saísse do banheiro, e então o possuiria outra vez. Ele logo esqueceria a outra mulher.

XVII.

Jack se ensaboou vigorosamente no chuveiro, esfregando a pele para se livrar do fedor do compartimento de carga. A sua pistola estava enrolada numa toalha, numa prateleira ao alcance do chuveiro. Seus olhos voltavam sempre para a fresta por baixo da porta do banheiro, pouco nítida através da transparência azul-clara da cortina do boxe. Sua imaginação ficava repetindo uma variação da cena do chuveiro de *Psicose*. Só que não era Norman Bates quem entrava arrastando os pés, com uma faca na mão – era a mãe *rakosh*, usando as lâminas embutidas em suas garras de ave de rapina.

Tirou a espuma rapidamente e saiu do boxe para se enxugar.

Tudo estava bem no Queens. Uma ligação para Gia enquanto Kolabati tomava banho confirmou que Vicky estava a salvo e dormindo. Agora ele podia tratar das coisas por ali.

De volta ao quarto, encontrou Kolabati dormindo. Pegou roupas limpas e observou seu rosto adormecido enquanto se vestia. Ela parecia diferente em repouso. A sensualidade tinha desaparecido, substituída por uma inocência tocante.

Jack puxou o lençol sobre os ombros dela. Gostava dela. Era vivaz, divertida, exótica. Suas habilidades sexuais e seu apetite eram únicos para ele. E parecia admirá-lo realmente. Tinham uma boa base para um relacionamento duradouro. Mas...

O eterno mas!

...apesar das intimidades que haviam compartilhado, sabia que não servia para ela. Ela ia querer mais dele do que Jack podia dar. E ele sabia que, lá no fundo, nunca sentiria por ela o que sentia por Gia.

Fechando a porta do quarto, Jack dirigiu-se à sala e preparou-se para esperar Kusum. Estava de camiseta, calça comprida, meias brancas e tênis – queria estar pronto para se mexer com toda agilidade possível. Pôs um punhado extra de munição no bolso direito de frente da calça e, obedecendo a um impulso, enfiou o isqueiro que restou no bolso esquerdo. Colocou uma cadeira perto da janela, de frente para a porta. Pegou uma almofada e sentou-se com a pistola carregada no colo.

Detestava ficar esperando que o inimigo desse o próximo passo. Deixava-o na defensiva e isso não era tão bom.

Mas por que ficar na defensiva? Era exatamente o que Kusum esperava que fizesse. Por que deixar o doido Kusum dar as cartas? Vicky estava em segurança. Por que não levar a guerra até Kusum?

Ele pegou o telefone e discou. Abe respondeu ao primeiro toque.

– Sou eu... Jack. Acordei você?

– Não, claro que não. Fico aqui sentado ao lado do telefone todas as noites, esperando que você ligue. Por que esta noite seria diferente?

Jack não sabia se ele estava brincando ou não. Às vezes era difícil contar com Abe.

– Tudo bem por aí?

– E eu estaria aqui tão calmo, conversando com você, se não estivesse?

– Vicky está bem?

– É claro. Posso voltar a dormir nesse sofá ultraconfortável agora?

– Você está no sofá? Mas há outro quarto.

– Sei sobre o outro quarto. Só pensei que talvez fosse melhor dormir aqui, entre a porta e nossas duas amigas.

Jack sentiu uma grande afeição pelo amigo.

– Eu realmente fico devendo essa a você, Abe.

– Eu sei. Por isso comece a me pagar desligando o telefone.

– Infelizmente, ainda não acabei de pedir favores. Tem mais um, dos grandes.

– Diga?

– Preciso de um tipo de equipamento: bombas incendiárias com relógio e balas incendiárias com um dispositivo para dispará-las.

As brincadeiras acabaram; de repente, Abe se tornou um homem de negócios.

– Não tenho isso em estoque, mas posso conseguir. Para quando precisa?

– Esta noite.

– Quando mesmo?

– Esta noite... há uma hora atrás.

Abe assobiou.

– Isso vai ser difícil. É importante?

– Muito.

– Terei de chamar uns especialistas para isso. Principalmente a essa hora.

– Faça valer a pena para eles – disse Jack. – O céu é o limite.

– Está bem. Mas terei de sair daqui e pegar as coisas eu mesmo. Esses caras não lidam com quem não conhecem.

Jack detestou a ideia de deixar Gia e Vicky sem proteção. Mas já que não havia possibilidade de Kusum encontrá-las, um guarda era mesmo supérfluo.

– Está bem. Você está com sua caminhonete, não é?

– Estou.

– Então faça suas ligações, pegue as encomendas e me encontre na loja. Ligue para mim quando chegar lá.

Jack desligou o telefone e se acomodou de novo na cadeira. Estava confortável ali na sala escura, com apenas uma luz indireta vindo da cozinha. Sentiu os músculos se soltando e relaxando nas depressões familiares da poltrona. Estava cansado. Os últimos dias tinham sido desgastantes. Quando tivera uma boa noite de sono pela última vez? Sábado? Já era manhã de quarta-feira.

Ele deu um pulo com o tinir repentino do telefone e atendeu antes que completasse o primeiro toque.

– Alô?

Alguns segundos de silêncio do outro lado da linha e então um clique.

Confuso e apreensivo, Jack pôs o fone no gancho. Seria um engano? Ou era Kusum querendo saber onde ele estava?

Ficou atento para ver se ouvia algum barulho vindo do quarto onde deixara Kolabati, mas não ouviu nada. O barulho do telefone tinha sido muito breve para acordá-la.

Deixou o corpo relaxar novamente. Começou a prever com certa satisfação o que estava para acontecer. Kusum Bahkti teria uma surpresinha esta noite, sim senhor. Repairman Jack ia esquentar as coisas para ele e para os seus *rakoshi*. Kusum ia se arrepender do dia em que tentara machucar Vicky Westphalen. Pois Vicky tinha um amigo. E esse amigo estava furioso. Extremamente furioso.

As pálpebras de Jack se fecharam. Lutou para abri-las, mas desistiu. Abe telefonaria quando tudo estivesse pronto. Abe ia conseguir. Abe conseguia qualquer coisa, mesmo àquela hora. Jack tinha tempo para uma soneca.

A última coisa que lembrou antes de dormir foi dos olhos cheios de ódio da mãe *rakosh* ao olhar para ele do compartimento de carga, após ele ter queimado a cabeça de um de seus filhos. Jack estremeceu e caiu no sono.

XVIII.

Kusum entrou com o caminhão amarelo alugado na Sutton Square e parou no fim da rua. Com o chicote na mão, saltou imediatamente e ficou perto da porta, examinando a rua. Tudo estava quieto, mas por quanto tempo? Não teria muito tempo ali. Aquela era uma vizinhança insular. Seu caminhão chamaria logo a atenção de alguém insone que olhasse pela janela.

Esse devia ser um trabalho para a mãe, mas ela não podia estar em dois lugares ao mesmo tempo. Ele lhe dera a camisa suada que Jack deixara no navio para que identificasse o alvo pelo faro, e acabava de deixá-la em frente ao apartamento de Jack havia alguns minutos.

Ele sorriu. Se ao menos pudesse estar lá para ver a expressão de Jack quando desse de cara com a mãe! Ele não a reconheceria a princípio – Kusum cuidara disso – mas tinha certeza de que seu coração pararia quando visse a surpresa que havia preparado para ele. E se o choque não fizesse seu coração parar, a mãe o faria. Um fim apropriado e honrado para um homem que se tornaria um risco muito grande se continuasse vivo.

Kusum voltou seus pensamentos para Sutton Square. A última Westphalen dormia a poucos metros de onde ele se encontrava. Tirou o colar e colocou-o no banco dianteiro do caminhão e andou até a porta de trás. Um jovem *rakosh* quase totalmente crescido pulou para fora. Kusum brandiu o chicote, mas não o fez estalar – o barulho seria alto demais.

Esse *rakosh* era o primogênito da mãe, o mais forte e experiente de todos os filhotes, o lábio inferior deformado por cicatrizes de uma das muitas lutas com os irmãos. Ele caçara com ela em Londres e aqui em Nova York. Kusum poderia tê-lo deixado sair do navio, confiando que encontraria o Aroma e levaria a criança de volta sozinho, mas ele não queria correr nenhum risco naquela noite. Não podia haver nenhum erro.

O *rakosh* olhou para Kusum, depois para trás dele, do outro lado do rio. Kusum acenou com o chicote na direção da casa onde a menina Westphalen estava hospedada.

– Lá! – disse ele em bengali. – Lá!

Parecendo relutante, a criatura seguiu na direção da casa. Kusum o viu entrar no beco do lado oeste, certamente para escalar a parede no escuro e tirar a criança da cama. Ele já ia voltar para a frente do caminhão e recolocar o colar quando ouviu um barulho do lado da casa. Alarmado, ele correu para o beco, xingando baixo o tempo todo. Esses filhotes eram tão desajeitados! A única em quem ele podia confiar mesmo era a mãe.

Ele encontrou o *rakosh* fuçando uma lata de lixo. Tinha rasgado um saco plástico escuro e estava puxando alguma coisa lá de dentro. Kusum ficou furioso. Ele devia saber que não podia confiar num filhote! Lá estava ele, remexendo o lixo, quando devia estar seguindo o Aroma parede acima. Desenrolou o chicote, pronto para atacar...

O jovem *rakosh* estava estendendo alguma coisa para ele: a metade de uma laranja. Kusum a pegou e colocou perto do nariz. Era uma das laranjas injetadas com elixir que ele escondera na casinha de boneca na noite anterior, após trancar Kolabati na cabine do piloto. O *rakosh* mostrou a outra metade.

Kusum encostou uma na outra. Elas se encaixavam perfeitamente. A laranja tinha sido cortada ao meio, mas não fora comida. Ele olhou para o *rakosh* que agora mostrava um punhado de bombons de chocolate.

Enraivecido, Kusum jogou as metades da laranja na parede. *Jack!* Não podia ser mais ninguém! Maldito!

Ele caminhou a passos largos até os fundos da casa e entrou pela porta da cozinha. O *rakosh* o seguiu parte do caminho, parou e ficou olhando para o outro lado do East River.

– Aqui! – disse Kusum com impaciência, indicando a porta.

Ele chegou para trás quando o *rakosh* subiu os degraus e socou a porta com uma de suas mãos enormes de três dedos. Com um estalar sonoro de madeira se quebrando, a porta se abriu. Kusum entrou com o *rakosh* logo atrás. Não se preocupava mais se ia acordar alguém na casa. Se Jack descobrira a laranja adulterada era claro que havia tirado todo mundo dali.

Kusum ficou na cozinha escura, o jovem *rakosh*, uma sombra se avultando ao seu lado. Sim... a casa estava vazia. Nem precisava revistá-la.

De repente, se lembrou de algo terrível.

– *Não!*

Tremores incontroláveis tomaram seu corpo. Não era raiva por Jack estar um passo à frente durante todo dia, era medo. Um medo tão profundo e penetrante que quase o dominou. Ele correu para a porta da frente e saiu para a rua.

Jack havia escondido a última Westphalen – e naquele exato momento sua vida estava sendo arrancada pela mãe *rakosh!* O único homem que podia dizer onde encontrar a criança era silenciado para sempre! Como Kusum a encontraria numa cidade de 8 milhões de pessoas? Nunca cumpriria o julgamento! Tudo por causa de Jack!

Que você reencarne como um chacal!

Ele abriu a porta traseira do caminhão para o *rakosh,* mas a criatura não queria entrar. Continuava a olhar para o outro lado do East

River. Dava alguns passos na direção do rio e depois voltava, repetindo o processo sem parar.

– Para dentro! – disse Kusum.

Ele estava de péssimo humor e não teria paciência para nenhum cacoete desse *rakosh*. Mas apesar das suas ordens, a criatura não obedecia. O filhote sempre procurava agradar, mas agora agia como se farejasse o Aroma e quisesse sair à caça.

E então ele se lembrou de outra coisa – tinha injetado o elixir em duas laranjas, e eles haviam encontrado apenas uma. Será que a menina Westphalen tinha comido uma antes que a outra fosse descoberta? Possível. Ele ficou mais animado. Bem possível.

E o que seria mais natural do que remover a criança da ilha de Manhattan? Qual era aquele bairro do outro lado do rio – Queens? Não importava quanta gente morava ali; se a menina tivesse tomado mesmo um pouquinho do elixir, o *rakosh* a encontraria.

Talvez nem tudo estivesse perdido!

Kusum acenou na direção do rio com o chicote enrolado. O jovem *rakosh* pulou sobre o muro baixo do fim da rua e passou para a praça de tijolos uns 4 metros abaixo. Dali eram dois passos e um pulo sobre a cerca de ferro para chegar ao rio, que corria silenciosamente.

Kusum ficou ali de pé, observando o *rakosh* sumir na escuridão, e seu desespero diminuía a cada segundo. Esse *rakosh* era um caçador experiente e parecia saber aonde estava indo. Talvez houvesse esperança de zarpar naquela noite.

Depois de ouvir o som de um mergulho lá embaixo, ele virou-se e entrou na cabine do caminhão. Sim – estava resolvido. Ele agiria considerando certo que o filhote pegaria a menina Westphalen. Ia preparar o navio para zarpar. Talvez até fosse rio abaixo para a baía de Nova York. Não receava perder a mãe e o filhote que acabava de mergulhar no rio. Os *rakoshi* têm um instinto incrível para descobrir o ninho, não importa onde esteja.

Que sorte ter injetado o elixir em duas laranjas em vez de uma. Enquanto prendia o colar no pescoço outra vez, ele descobriu que a mão de Kali estava evidente ali.

Toda dúvida e desespero se dissiparam e cederam lugar à sensação de triunfo. A deusa estava a seu lado, guiando-o! Ele não poderia falhar!

Repairman Jack não teria a última palavra, afinal.

XIX.

Jack acordou assustado. Ficou desorientado por uns instantes antes de perceber que não estava na sua cama, mas numa poltrona na sala. Sua mão foi automaticamente para a pistola no colo.

Ficou escutando. Alguma coisa o acordou. O quê? A luz fraca que entrava pela porta da cozinha bastava para confirmar que a sala estava vazia.

Ele se levantou e vistoriou a sala de estar, depois foi ver Kolabati. Ela ainda dormia. Tudo estava em paz.

Um ruído o fez girar sobre os calcanhares. Vinha do outro lado da porta – o ranger de uma tábua. Jack foi até a porta e encostou a orelha nela. Silêncio. Um odor exalava dos contornos da porta. Não o fedor necrótico de um *rakosh*, mas um cheiro doce e enjoativo como um perfume de gardênia de uma velha senhora.

Com o coração disparado, Jack destrancou a porta a abriu-a num único movimento, pulando para trás numa posição de atirador: pernas afastadas, arma nas mãos, a esquerda apoiando a direita, os braços bem esticados.

A luz do hall era fraca, mas melhor do que a de onde Jack estava. Qualquer um que tentasse entrar no apartamento apareceria através da silhueta na porta. Nada se mexia. Tudo que ele via era o corrimão da escada, do outro lado do corredor. Manteve a posição enquanto o cheiro de gardênia invadia a sala como uma nuvem de uma estufa madura demais – açucarado e floral, com um quê de podridão ao fundo.

Mantendo os braços esticados para a frente, formando um triângulo cujo ápice era a pistola, foi em direção à porta, balançando de um lado para o outro para poder ter visão do hall à direita e à esquerda. O que dava para ver estava livre.

Deu um pulo no corredor e girou no ar, parando com as costas no corrimão, os braços para baixo, a pistola na altura da virilha, pronta a levantar para a direita ou para a esquerda, olhando para todos os lados.

À direita e à esquerda, tudo estava livre.

Instantes depois, ele se moveu novamente, girando para a direita, batendo com as costas na parede ao lado da porta do apartamento, os olhos dardejando para a escada à direita que subia para o quarto andar: livre.

O lance à esquerda que descia: li...

Não! Havia alguém ali, sentado nos degraus escuros. A pistola subiu, firme nas suas mãos, enquanto ele examinava melhor – uma mulher, quase não dava para ver, com um vestido longo, cabelo comprido e sujo, encurvada, parecendo deprimida. O chapéu e o cabelo tampavam seu rosto.

O pulso de Jack começou a desacelerar, mas ele continuou com a pistola virada para ela. Que diabo estava fazendo ali? E o que tinha feito – derramado uma garrafa de perfume em cima dela?

– Algum problema, senhora? – disse ele.

Ela se mexeu, virando o corpo a fim de olhá-lo. O movimento fez Jack ver que aquela era uma mulher muito grande. E então tudo ficou claro para ele. Era o toque de Kusum: Jack se disfarçara de velha quando trabalhara para Kusum e agora... ele nem precisou ver os olhos malévolos e amarelos cheios de fúria sob o chapéu e a peruca, para saber que tinha falado com a mãe *rakosh*.

– *Puta merda*!

Num movimento rápido, sibilando de raiva e rasgando o vestido, a mãe *rakosh* ficou de pé e foi para cima dele, as presas cintilantes, as garras estendidas, o triunfo brilhando em seus olhos.

A língua de Jack grudou no céu da boca subitamente seca, mas ele não recuou. Com uma calma metódica que não sabia de onde vinha, ele mirou o primeiro tiro no canto superior esquerdo do peito da mãe. A Glock deu um pulo em suas mãos, raspando na palma ferida, fazendo um ruído seco quando puxou o gatilho. A bala sacudiu a criatura – Jack podia imaginar o projétil de chumbo se quebrando em inúmeros estilhaços minúsculos e rasgando os tecidos do corpo dela em todas as direções – mas ela continuou indo para frente com o impulso do pulo. Ele não tinha certeza de onde estaria o coração dela, por isso atirou mais três vezes nos cantos de um quadrante imaginário, do qual escorria um sangue muito escuro.

A mãe se enrijecia e cambaleava cada vez que uma bala penetrava em seu peito. Finalmente parou, hesitante, a poucos centímetros dele. Jack a observava, assombrado. O fato de ela ainda estar de pé era prova de uma vitalidade incrível – ela devia ter caído com o primeiro tiro. Mas Jack estava confiante: ela estava morta. Ele conhecia tudo sobre o poder inigualável daquela munição de ponta oca. O choque hidrostático e o colapso vascular causados por apenas uma delas no lugar certo bastavam para fazer um touro em disparada parar. A mãe *rakosh* tinha levado quatro.

Jack queria acabar logo com aquilo, mas ele sempre guardava uma bala quando podia – esvaziar uma arma a torna inútil. Nesse caso ele faria uma exceção. Mirou cuidadosamente e disparou a última bala bem no meio do peito da mãe.

Ela abriu os braços e cambaleou para trás contra a mureta no topo da escada, rachando-a com seu peso. O chapéu e a peruca caíram de sua cabeça, mas ela não tombou. Em vez disso, virou e dobrou-se sobre o corrimão. Jack aguardou o colapso final.

E esperou.

A mãe não morreu. Ela arfou profundamente algumas vezes, endireitou-se e encarou-o, os olhos mais brilhantes que nunca. Jack ficou pregado no chão, olhando-a. Era impossível! Ela estava morta! Morta cinco vezes! Ele viu os buracos no seu peito, o sangue negro! Só devia ter uma geleia lá dentro agora!

Com um silvo terrível, ela o atacou. Jack se desviou por puro reflexo, sem pensar. Para onde ir? Não queria ficar encurralado no seu apartamento, e o caminho para a rua estava bloqueado. A cobertura era a única opção.

Já estava na escada, subindo de dois em dois os degraus, quando tomou a decisão. A pistola não servia para nada – nem valia a pena recarregar. As palavras de Kolabati voltaram à sua lembrança: *fogo e ferro... fogo e ferro...* Sem perder velocidade nem interromper as passadas, ele se inclinou e deixou a pistola num dos degraus, olhando para trás. A mãe *rakosh* estava um lance atrás, subindo as escadas atrás dele, os trapos do vestido pendurados no pescoço e nos braços. O contraste da subida macia e silenciosa dela com a escalada ofegante dele era quase tão assustador quanto a expressão assassina nos olhos dela.

A cobertura ficava três lances acima do seu apartamento. Faltavam dois. Jack se esforçou ao máximo e conseguiu aumentar a distância entre ele e a mãe. Mas foi por pouco tempo. Em vez de fraquejar, a mãe parecia ganhar força e velocidade com o exercício. Quando Jack chegou aos últimos degraus que davam para a cobertura ela já estava só a meio lance atrás.

Jack não se incomodou com a tranca da porta do telhado. Nunca funcionara direito mesmo e manuseá-la só faria com que perdesse segundos preciosos. Ele abriu a porta com o ombro, passou e saiu em disparada pelo telhado.

Os contornos de Manhattan se avultavam ao seu redor. Do seu ápice estrelado a lua delineava os detalhes da cobertura como uma fotografia de alto contraste em preto e branco – uma luz pálida e branca nas superfícies mais altas, sombras negras embaixo. Respiradouros, chaminés, antenas, galpões de depósito, a horta, o mastro da bandeira, o gerador de emergência – uma corrida de obstáculos conhecida. Talvez essa familiaridade contasse pontos para ele. Sabia que não venceria a mãe *rakosh* na corrida.

Talvez – quem sabe – pudesse passar a perna nela.

Jack pensou no que ia fazer assim que começou a correr pelo telhado. Desviou-se de duas chaminés, passou na diagonal para uma área aberta num dos cantos da cobertura e virou-se para esperar, certificando-se de que estava bem visível da porta. Não queria que a mãe perdesse o impulso procurando por ele.

Um segundo depois, ela apareceu. Localizou-o imediatamente e disparou em sua direção, uma sombra delineada pela lua se aprontando para matar. O mastro da bandeira de Neil, o anarquista, bloqueava seu caminho – ela enganchou o braço nele quando passou e arrebentou a haste, que balançou loucamente no ar e caiu no chão. Ela chegou ao gerador em seguida – e pulou por cima dele!

E agora não havia nada entre Jack e a mãe *rakosh*. Suando e tremendo, Jack não tirava os olhos das garras das mãos que visavam ao seu pescoço, prontas para rasgá-lo em pedaços. Ele tinha certeza de que existiam maneiras piores de morrer, mas não conseguia recordar nenhuma. Seus pensamentos se concentravam no que devia fazer para sobreviver a esse embate – e na percepção de que o que planejava podia ser tão fatal quanto ficar ali esperando que as garras o alcançassem.

A parte posterior de suas pernas estava encostada na ponta do parapeito baixo de 30 centímetros de largura que cercava o telhado. Assim que a mãe apareceu, ele ficou de joelhos sobre o parapeito. E agora, quando ela se lançava sobre ele, Jack se endireitou, os joelhos equilibrados na beirada de fora do parapeito, os pés soltos sobre beco vazio cinco andares abaixo, as mãos soltas ao lado do corpo. O concreto áspero feria seus joelhos, mas ele ignorava a dor. Tinha de se concentrar completamente no que ia fazer.

A mãe se transformou numa força irresistível, ganhando velocidade com uma rapidez espantosa quando atravessou os últimos metros que os separavam. Jack não se mexeu. Era um esforço violento ficar ali ajoelhado, esperando a morte certa que chegava a toda velocidade. A tensão apertou sua garganta e ele pensou que ia sufocar. Todos os seus instintos berravam para que fugisse. Mas tinha de ficar ali até o momento certo. Mover-se cedo demais seria tão mortal quanto não se mover de todo.

E assim ele esperou até que as garras estendidas estivessem a 1,50 metro dele – então inclinou-se para trás e deixou que os joelhos escorregassem do parapeito. Quando caiu na direção da rua lá embaixo, ele se agarrou à beirada do parapeito, esperando que não tivesse se jogado cedo demais e rezando para se aguentar.

Quando seu corpo bateu na parede lateral de tijolos do beco, Jack sentiu um movimento furioso em cima dele. As garras da mãe *rakosh* encontraram ar em vez do seu corpo, e o impulso a levava por cima do parapeito: era o princípio de uma longa queda até o chão. Com o canto do olho, ele viu uma sombra enorme voando por trás dele, viu braços e pernas abanando freneticamente. Então sentiu uma pancada atrás do seu ombro esquerdo, e uma sensação de queimadura e de ruptura nas costas que o fez chorar de dor.

O golpe desprendeu a mão esquerda de Jack do parapeito e ele ficou pendurado apenas com a direita. Arfando de dor e procurando desesperadamente firmar a mão esquerda outra vez, ele não resistiu e deu uma olhada para baixo a fim de ver a queda vertical da mãe *rakosh* e o impacto no chão do beco. Sentiu intensa satisfação com o barulho surdo que veio lá de baixo. Não importava quão forte ela fosse, aquela queda quebrara seu pescoço, bem como a maior parte de seus ossos.

Lutando contra a dor que sentia no ombro esquerdo toda vez que levantava o braço, Jack ergueu a mão esquerda de volta ao topo do parapeito, firmou as duas mãos e, lentamente, içou-se de volta ao telhado.

Ficou deitado, respirando com dificuldade e esperando a ardência das costas diminuir. Quando tentava se segurar, uma das garras da mãe – da mão ou do pé, Jack não sabia – devia ter enganchado nas suas costas, rasgando sua camisa e sua pele. A camisa estava quente e grudenta nas costas. Ele estendeu a mão devagar e tocou as costelas. Estavam molhadas. Levantou a mão diante do rosto – cintilava escura à luz da lua.

Cansado, sentou-se, deu uma última olhada para baixo, imaginando se dava para ver a mãe. Estava tudo escuro. Ele ia sair de lá, mas parou...

Alguma coisa se mexia lá embaixo. Um ponto mais escuro caminhava entre as sombras do beco.

Ele prendeu a respiração. Será que alguém ouvira o baque da queda da mãe e saíra para investigar? Esperava que sim. Esperava que fosse só isso.

Mas o movimento... subia pela parede... e tinha o som de alguma coisa arranhando, como garras no tijolo.

Algo estava escalando a parede na sua direção. Ele não precisava de uma lanterna para saber o que era.

A mãe estava voltando!

Não era possível – mas estava acontecendo!

Gemendo, incrédulo e desanimado, ele andou no telhado, tropeçando para longe da borda. O que fazer? Não adiantava correr – apesar de ser bom nisso, a mãe certamente o alcançaria.

Fogo e ferro... fogo e ferro... As palavras queimavam seu cérebro enquanto corria pelo telhado numa busca inútil de algo para se defender. Não havia ferro ali em cima! Tudo era de alumínio, lata, plástico, madeira! Se ao menos pudesse achar uma barra de ferro ou mesmo um pedaço de grade de ferro enferrujada – alguma coisa, qualquer coisa para bater na cabeça dela quando surgisse no parapeito...

Não havia nada. A única coisa que remotamente se parecia com uma arma era a ponta quebrada do mastro da bandeira. Não era ferro nem fogo... mas a parte inferior lascada, com pontas agudas, podia servir como uma lança de 4 metros. Ele pegou o mastro pela ponta e equilibrou-o nas mãos. Balançou-o como uma vara de salto e as oscilações provocaram ondas de dor nas suas costas. Era pesado, mal-acabado, pouco manejável, mas era tudo que tinha.

Jack deixou o mastro no chão e correu até a beirada do telhado. A mãe estava a menos de 4 metros de distância e subindo depressa.

Não é justo!, ele pensou enquanto corria de volta para onde estava a vara. Ele praticamente a matara duas vezes em dez minutos, no entanto lá estava ele, ferido e sangrando, e ela escalava uma parede de tijolos como se nada tivesse acontecido.

Ele pegou a vara pelo lado com a bola e segurou-a na posição horizontal, usando o braço esquerdo como suporte. Gemendo de dor, apontou o lado lascado para o lugar onde a mãe devia aparecer e começou a correr. O braço esquerdo começou a perder a força enquanto corria. A ponta baixou na direção do chão do telhado, mas ele cerrou os dentes e forçou-a para cima.

Tenho de mantê-la levantada... para acertar na garganta...

Mais uma vez ele sabia que o tempo seria decisivo: se a mãe chegasse à cobertura cedo demais ela desviaria dele; tarde demais, ele erraria o alvo completamente.

Ele viu uma das mãos de três dedos aparecer sobre a beirada do parapeito, depois a outra. Colocou sua vara na direção da área acima entre aquelas mãos.

– Venha! – ele berrou para ela. – Continue subindo!

Sua voz parecia histérica, mas não se preocuparia com isso agora. Tinha de manter aquela maldita ponta para cima e enfiá-la na...

A cabeça apareceu e ela começou a subir no parapeito. Rápido demais! Estava indo rápido demais! Ele não conseguia controlar a ponta oscilante, não conseguia levantá-la o bastante! Ia errar o alvo!

Com um grito de raiva e desespero, Jack pôs cada célula do seu corpo e cada centímetro de força restante por trás de um ataque final com a ponta do mastro. Apesar de todo o esforço, a ponta não chegou à garganta da mãe *rakosh*. Mas bateu no peito dela com tal força que quase deslocou o ombro direito de Jack. Mas ele não cedeu – com os olhos fechados, ele continuou em frente quase sem perder o passo, com todo o seu peso por trás da lança substituta. Houve um momento de resistência no caminho da lança, seguido por uma sensação de ter passado pelo obstáculo, e então foi arrancada de suas mãos e ele caiu de joelhos.

Quando olhou para cima, seus olhos estavam na altura do parapeito. Seu coração quase parou quando viu que a mãe ainda estava lá...

Não... espere... ela estava do outro lado do parapeito. Mas isso não era possível! Ela teria de estar no ar! Jack forçou-se a ficar de pé e tudo se esclareceu.

O mastro em miniatura tinha furado a mãe *rakosh* no meio do peito. O lado com pontas agudas tinha saído pelas costas dela e ficou apoiado no parapeito do prédio vizinho do outro lado do beco; a ponta com a bola estava bem na frente de Jack.

Ele conseguira! Finalmente a prendera!

Mas a mãe não estava morta. Ela se revirava no espeto, sibilando, e ameaçava Jack com as garras numa fúria inútil, enquanto ele arfava a meros 2 metros dela. Ela não podia alcançá-lo. Depois que o alívio e o espanto diminuíram, o primeiro impulso de Jack foi empurrar a ponta do mastro e deixá-la cair no chão outra vez, mas controlou-se.

Estava com a mãe *rakosh* onde queria – neutralizada. Ele a deixaria lá até achar um jeito de lidar com ela. Enquanto isso, ela não representaria perigo para ele nem para ninguém.

E então ela começou a se mover na direção dele.

Jack deu um passo rápido em falso para trás e quase caiu. Ela continuava atrás dele! Ficou boquiaberto, olhando enquanto ela estendia os dois braços para a frente, segurava o mastro que a espetava e o empurrava através do peito para se aproximar mais e mais de Jack.

Jack quase ficou louco. Como podia lutar com uma criatura que não sentia dor? Que não morria? Ele começou a xingar. Correu pelo telhado pegando pedrinhas, pedaços de lixo, lata de alumínio, jogando tudo nela. E por que não? Eram tão eficientes quanto tudo que tinha feito. Quando chegou perto do gerador de emergência, pegou uma das latas de metal com dois galões de óleo diesel para jogar nela...

...e parou.

Óleo. *Fogo!* Ele finalmente tinha uma arma – se não fosse tarde demais! A mãe já estava quase na beirada do telhado. Ele girou a tampa de metal, mas ela não se movia – estava enferrujada. Desesperado, bateu com a tampa duas vezes no gerador e tentou uma última vez. Sentia dor na ferida da palma da mão, mas manteve a pressão. Finalmente se soltou e ele saiu se arrastando pelo telhado, tirando a tampa enquanto agradecia à companhia de energia elétrica pelo blackout no verão de 1977 – pois, se não tivesse havido o blackout, os moradores não teriam votado por um gerador de emergência e Jack estaria completamente indefeso agora.

O óleo escorregou pelo curativo de sua mão quando destampou a lata. Jack não hesitou. Ficou de pé no parapeito e derramou o óleo sobre a mãe *rakosh* que avançava lentamente. Ela sibilou, furiosa, e tentou atacá-lo com as garras, mas Jack ficou fora do seu alcance. Quando a lata esvaziou, o ar em volta deles fedia a óleo diesel. A mãe chegou mais perto ainda, e Jack teve de pular para trás a fim de evitar suas garras.

Ele secou as mãos na camisa e vasculhou o bolso para pegar o isqueiro. Teve um instante de pânico quando achou que o bolso estava vazio, mas então seus dedos o tocaram. Ergueu-o e acendeu, rezando para que o óleo na sua mão não pegasse fogo. O isqueiro soltou uma faísca e a chama subiu – e Jack sorriu. Pela primeira vez desde que a mãe escapara dos estragos de cinco balas de pontas ocas no peito, Jack achou que poderia sobreviver àquela noite.

Ele estendeu o isqueiro para a frente, mas a mãe viu o fogo e rasgou o ar com suas garras. Ele sentiu o vento quando elas passaram a centímetros do seu rosto. Ela não deixaria que ele chegasse perto! De que adiantava o óleo, se não pudesse incendiá-lo? Não era tão volátil quanto gasolina – ele não podia jogar o isqueiro e esperar uma explosão de chamas. Óleo diesel precisava de mais do que isso para pegar fogo.

Então ele notou que o mastro estava pegajoso de óleo. Ele se abaixou perto do parapeito e estendeu a mão para a esfera no fim da vara. As garras da mãe atacaram, a milímetros do seu cabelo, mas ele se firmou para manter a posição, enquanto punha a chama do isqueiro no óleo da esfera. Durante um bom tempo nada aconteceu.

E então pegou fogo. Ele observava extasiado enquanto uma chama amarela fumacenta – uma das visões mais lindas que já tivera – crescia e se espalhava pela esfera. Dali ela seguiu pela parte de cima do mastro, direto para a mãe. Ela tentou recuar, mas o fogo a pegou. As chamas pularam para o peito dela e se espalharam por seu torso. Em segundos ela estava completamente tomada pelo fogo.

Fraco e aliviado, Jack observou com fascinação os movimentos da criatura se tornarem espasmódicos, descontrolados, frenéticos. Não podia mais vê-la no meio das chamas e da fumaça preta que saía do seu corpo ardente. Ele ouviu soluços – seria ela? Não... era sua própria voz. Reação à dor, ao terror e à exaustão que começara. Estava tudo acabado? Estava tudo finalmente acabado?

Ele se controlou e ficou vendo-a queimar. Não sentia a menor pena da criatura. Era a máquina de destruição mais devastadora jamais imaginada. Uma máquina assassina que continuava...

Um gemido fraco soou de dentro do incêndio. Ele achou ter ouvido alguma coisa como *"Spa fon"*!

E então ela ficou quieta. Quando o corpo em chamas inclinou-se para a frente, o mastro rachou e quebrou. A mãe *rakosh* rodopiou até o chão do beco, deixando um rastro de fumaça e chamas atrás dela como um perdedor numa batalha aérea. E dessa vez, quando ela bateu no chão, ficou lá. Jack ficou olhando durante muito tempo. As chamas iluminavam a cena de praia pintada na outra parede do beco, dando uma aparência de pôr do sol.

A mãe *rakosh* continuava a queimar. E não se movia. Ele olhou e olhou até ter certeza de que ela nunca mais se moveria.

XX.

Jack trancou a porta do apartamento e caiu sentado no chão, deleitando-se com o frescor do ar-condicionado. Ele descera da cobertura tropeçando, atordoado, mas lembrou-se de pegar a pistola descarregada no caminho. Estava fraco. Cada célula do seu corpo gemia de dor e de cansaço. Precisava descansar e provavelmente necessitaria de um médico para suas costas dilaceradas. Mas não havia tempo para nada disso. Tinha de acabar com Kusum ainda esta noite.

Levantou-se e foi até o quarto. Kolabati ainda dormia. A próxima parada era o telefone. Ele não sabia se Abe tinha ligado enquanto estivera no telhado. Achava que não: os toques seguidos teriam acordado Kolabati. Ele discou o número da loja.

– Depois de três toques, uma resposta cautelosa:
– Sim?
– Sou eu, Abe.
– Quem mais poderia ser a esta hora?!
– Você conseguiu tudo?
– Acabei de chegar aqui. Não, ainda não consegui tudo. Tenho as bombas incendiárias com relógio, uma caixa com 12, mas não achei nenhuma bala incendiária. Só amanhã ao meio-dia. Dará tempo?
– Não – disse Jack, desapontado. Ele tinha de atacar agora.
– Tenho uma coisa que você pode usar no lugar das balas.
– O quê?
– Venha até aqui ver.
– Estarei aí em alguns minutos.

Jack desligou e tirou com cuidado a camisa rasgada e encharcada de sangue. A dor se transformara num latejar entorpecido. Ele ficou assustado quando viu os coágulos grudados no tecido. Tinha perdido mais sangue do que pensava.

Pegou uma toalha do banheiro e segurou-a suavemente de encontro à ferida. Ardia, mas a dor era suportável. Quando examinou a toalha, meio minuto depois, havia sangue nela, mas muito pouco.

Jack sabia que devia tomar uma chuveirada e limpar a ferida, mas receou que recomeçasse a sangrar. Ele resistiu à tentação de examinar as costas no espelho do banheiro – podia doer mais se visse que estava muito feia. Assim, ele enrolou toda a gaze que restava no peito e por cima do ombro esquerdo.

Voltou ao quarto para pegar uma camisa e algo mais: ajoelhou-se ao lado da cama, soltou com todo cuidado o colar de Kolabati e removeu-o. Ela se mexeu, gemeu baixinho, depois ficou quieta. Jack saiu do quarto na ponta dos pés e fechou a porta.

Na sala, ele prendeu o colar de ferro ao pescoço. Sentiu uma sensação desagradável de formigamento que se espalhou pela pele da cabeça aos pés. Ele não gostava de usá-lo, nem da ideia de pegá-lo emprestado com Kolabati sem que ela soubesse, mas ela se recusara a tirá-lo no navio. E se ele ia voltar lá, queria toda proteção que existia.

Vestiu a camisa limpa enquanto discava o número do apartamento da filha de Abe. Teria de ficar um tempo sem contato com Gia e sabia que ficaria mais tranquilo depois de confirmar que tudo estava bem no Queens.

Após meia dúzia de toques, Gia atendeu. Sua voz parecia receosa.
– Alô?

Jack ficou um instante calado ao ouvir a voz. Depois do que tinha passado nas últimas horas, queria somente dar a noite por encerrada, ir até o Queens e passar o resto do tempo com os braços em volta de Gia até de manhã. Não precisava de mais nada esta noite – só abraçá-la.

– Desculpe acordá-la – disse ele. – Vou sair por algumas horas e queria saber se está tudo bem.

– Tudo bem – disse ela com voz rouca.

– Vicky?

– Estava com ela quando o telefone tocou. Ela está bem. Acabei de ler um bilhete de Abe explicando que ele teve de sair, para eu não me preocupar. O que está havendo?

– Coisas malucas.

– Isso não é resposta. Preciso de respostas, Jack. Tudo isso me assusta.

– Eu sei. Tudo que posso dizer agora é que tem a ver com os Westphalen. – Ele não queria dizer mais nada.

– Mas por que Vicky... oh.

– Certo. Ela é uma Westphalen. Algum dia, quando tivermos muito tempo, eu lhe explico.

– Quando é que isso vai acabar?

– Esta noite, se tudo der certo.

– É perigoso?

– Nada. Coisa de rotina. – Ele não queria preocupá-la ainda mais.

– Jack... – Gia fez uma pausa e ele achou que a voz dela tremeu. – Tenha cuidado, Jack.

Ela nunca saberia o quanto aquelas palavras significavam para ele.

– Eu sempre tenho cuidado. Tenho muito amor pela minha vida. Vejo você mais tarde.

Ele não repôs o fone no gancho. Apertou o êmbolo por uns segundos, depois o soltou. Após ouvir o sinal de discar, ele pôs o fone sob a almofada do assento da poltrona. Ia começar a uivar em alguns minutos, mas ninguém ouviria... e ninguém poderia ligar e acordar Kolabati. Com sorte, podia cuidar de Kusum, voltar e devolver o colar sem que ela soubesse que o levara. E, com mais sorte ainda, ela não saberia que ele tinha alguma coisa a ver com a explosão incendiária que mandara seu irmão e os *rakoshi* para um túmulo no fundo do mar.

Ele pegou o bipe de frequência variável e correu para a rua, com a intenção de seguir imediatamente para a loja Isher Sports. Mas quando passou pelo beco, parou. Não tinha tempo a perder, mas não resistiu e entrou no beco para ver os restos da mãe *rakosh*. Entrou em pânico quando não viu nenhum corpo ali. Então encontrou a pilha de cinzas fumegantes. O fogo consumira totalmente a mãe, deixando apenas as garras e as presas. Ele pegou algumas de cada – ainda estavam quentes – e enfiou-as no bolso. Podia chegar o dia em que gostaria de provar a si mesmo que realmente enfrentara algo chamado *rakosh*.

XXI.

Gia ficou segurando o telefone e pensando no que Jack dissera, sobre tudo acabar naquela noite.

Desejava isso ardentemente. Se ao menos Jack não estivesse sendo tão evasivo...

O que estava escondendo? Havia alguma coisa que ele receava contar a ela? Deus, ela detestava isso! Queria estar em casa, no seu próprio apartamento, na sua própria cama, com Vicky no quarto dela.

Gia ia voltar para o quarto, mas parou. Ela estava desperta. Não adiantava tentar dormir naquele momento. Fechou a porta do quarto e foi até a cozinha procurar alguma coisa para beber. Comida chinesa sempre dava muita sede. Encontrou uma caixa de saquinhos de chá. Com a chaleira no fogo, zapeou nos canais da televisão em busca de alguma coisa para assistir. Nada além de filmes antigos.

A água começou a ferver. Gia preparou o chá, pôs açúcar, encheu um copo duplo de gelo e derramou o chá sobre o gelo. Pronto: chá gelado. Era melhor com limão, mas servia assim mesmo.

Quando se aproximou do sofá com a bebida sentiu um cheiro – algo podre. Só uma lufada e passou. Havia uma familiaridade estranha naquele cheiro. Se sentisse outra vez, tinha certeza de que poderia localizá-lo. Esperou, mas o cheiro não voltou.

Gia dirigiu sua atenção para a televisão. Estava passando *Cidadão Kane*. Não via esse filme havia séculos. O filme a fez pensar em Jack... como ele falava sem parar sobre o uso que Wells fazia de luz e sombra no filme. Ele sabia ser chato quando se queria apenas sentar e assistir a um filme.

Ela sentou-se e bebeu o chá.

XXII.

Vicky sentou-se na cama de repente.

– Mamãe? – chamou baixinho.

Tremia de medo. Estava sozinha. E havia um cheiro horrível, podre. Ela olhou para a janela. Havia alguma coisa lá... do lado de fora. A tela estava aberta. Foi isso que a acordou.

Uma mão – ou algo parecido – deslizou no parapeito. Depois outra. A sombra escura de uma cabeça apareceu e dois olhos amarelos e brilhantes fixaram-se nela, prendendo-a na cama onde estava, num terror mudo. A coisa se arrastou sobre o parapeito e entrou no quarto como uma cobra.

Vicky abriu a boca para gritar de horror, mas uma coisa úmida, dura e fedorenta tapou seu rosto, emudecendo-a. Era uma mão, mas diferente de qualquer mão que ela já imaginara. Parecia ter só três dedos – três dedos *enormes* – e o gosto da palma nos seus lábios fez com que o resto da comida chinesa voltasse fervendo para sua garganta.

Enquanto lutava para se livrar, ela teve uma visão rápida do que a estava segurando – o rosto liso, com focinho achatado, as presas aparecendo sobre o lábio inferior cheio de cicatrizes, os olhos brilhantes e amarelos. Era todo o medo do que existe dentro do armário ou naquele canto escuro, todos os pesadelos, todas as noites de horror juntos.

Vicky delirou de pânico. Lágrimas de medo e aversão rolaram pelo seu rosto. Ela precisava fugir! Chutava e se contorcia convulsivamente, enfiava as unhas – nada que fizesse parecia ter qualquer efeito. Foi erguida como um brinquedo e levada para a janela...

...*e para fora!* Estavam no 12º andar! *Mamãe!* Iam cair!

Mas não caíram. Usando a mão livre e os pés com as garras, o monstro escalou a parede como uma aranha. Depois correu pelo chão, pelos parques, ruas escuras, avenidas. A mão na sua boca afrouxou um pouco, mas Vicky estava tão apertada contra o abdome do monstro que não conseguia gritar – mal conseguia respirar.

– Por favor, não me machuque! – ela sussurrou na noite. – Por favor, não me machuque!

Vicky não sabia onde estavam ou em que direção iam. Sua mente quase não funcionava no torpor aterrorizado que a envolvia. Mas logo ela ouviu o barulho na água e sentiu o cheiro do rio. O monstro pulou, parecia que voavam por um momento, e então mergulharam na água. Ela não sabia nadar!

Vicky berrou quando afundaram em meio às ondas. Ela engoliu um pouco de água salobra e suja, depois voltou à superfície tossindo e vomitando. Sua garganta estava fechada – havia ar à sua volta, mas não podia respirar! Finalmente, quando pensou que ia morrer, sua traqueia se abriu e o ar invadiu seus pulmões.

Ela abriu os olhos. O monstro a pusera nas costas e agora estava nadando. Ela se pendurou na pele lisa e viscosa dos ombros dele. A camisola cor-de-rosa estava grudada na pele arrepiada, o cabelo sobre os olhos. Estava com frio, molhada e desesperada de terror. Queria pular e fugir do monstro, mas sabia que afundaria naquela água e nunca mais voltaria.

Por que isso estava acontecendo com ela? Sempre fora uma boa menina. Por que esse monstro queria logo ela?

Talvez fosse um monstro bom, como naquele livro *Onde vivem os monstros*. Não a tinha machucado. Talvez a estivesse levando para algum lugar a fim de mostrar-lhe alguma coisa.

Ela olhou em volta e reconheceu os contornos de Manhattan à direita, mas havia algo entre eles e Manhattan. Lembrou-se da ilha – ilha Roosevelt – que ficava no meio do rio, no final da rua da tia Grace e da tia Nellie.

Será que iam contornar a ilha e voltar para Manhattan? Será que o monstro ia levá-la de volta para a casa da tia Nellie?

Não. Eles passaram da ilha e o monstro não virou na direção de Manhattan. Continuou a nadar na mesma direção, rio abaixo. Vicky estremeceu e começou a chorar.

XXIII.

A cabeça de Gia abaixou, o queixo bateu no peito e ela acordou. Via o filme havia apenas meia hora e já estava cochilando. Não estava tão acordada quanto pensava, afinal. Ela desligou a televisão e voltou para o quarto.

O medo a atingiu como uma faca no peito assim que abriu a porta. O quarto estava repleto daquele cheiro podre. Agora ela descobrira – o mesmo cheiro do quarto de Nellie na noite em que desaparecera. Seu olhar foi rápido para a cama e seu coração parou quando viu que estava vazia – não havia o montinho familiar da criança encolhida sob as cobertas.

– Vicky? – Sua voz falhou quando disse o nome e acendeu a luz. – Ela tem de estar aqui!

Sem esperar resposta, Gia correu para a cama e puxou os lençóis.

– Vicky? – Sua voz era quase uma lamúria. – Ela está aqui... tem de estar!

Correu para o armário e caiu de joelhos, apalpando o chão com as mãos. Só havia a bolsa da Sra. Jelliroll ali. Depois engatinhou até a cama e olhou embaixo. Vicky não estava lá também.

Mas havia outra coisa – um montinho escuro. Gia estendeu a mão e pegou a coisa. Pensou que ia vomitar quando reconheceu a laranja recém-descascada e parcialmente comida.

Uma laranja! As palavras de Jack voltaram: você quer que Vicky acabe como Grace e Nellie? Que desapareça sem deixar vestígios? Ele disse que havia alguma coisa na laranja – mas ele jogou a laranja fora! Então como foi que Vicky conseguiu essa...?

A não ser que tivesse mais de uma laranja na casinha de boneca!

Isso é um pesadelo! Isso não está acontecendo de verdade!

Gia correu pelo resto do apartamento, abrindo cada porta e armário. Vicky tinha sumido! Ela voltou depressa para o quarto e foi até a janela. A tela não estava lá. Não havia notado isso antes. Engolindo um grito enquanto visões de um corpo de criança estatelado no asfalto apareciam diante de seus olhos, ela prendeu a respiração e olhou para baixo. O estacionamento ficava bem debaixo da janela, iluminado com lâmpadas de mercúrio. Não havia sinal de Vicky.

Gia não sabia se devia se sentir aliviada ou não. Tudo que sabia naquele momento era que sua filha tinha sumido e que precisava de ajuda. Correu para o telefone, pronta a discar o número de emergência da polícia, mas parou. A polícia certamente se preocuparia mais com uma criança desaparecida do que com duas velhas senhoras, mas será que isso ia resolver alguma coisa? Gia achava que não. Só havia um número a chamar que podia valer a pena: o de Jack.

Jack saberá o que fazer. Jack vai ajudá-la.

Ela forçou o dedo trêmulo a discar os números e ouviu o sinal de ocupado. Desligou e ligou outra vez. Ainda ocupado. Ela não podia perder tempo! Ligou para a telefonista e disse que era uma emergência e que precisava entrar na linha. Ficou esperando meio minuto que pareceu uma eternidade e então a telefonista voltou, dizendo que a linha não se achava ocupada – era o telefone que estava fora do gancho.

Gia bateu o fone no aparelho. O que faria? Estava frenética. O que havia acontecido no apartamento de Jack? Ele teria deixado o telefone fora do gancho ou será que tinha caído?

Correu para o quarto, enfiou uma calça jeans e vestiu uma blusa sem tirar o pijama. Tinha de encontrar Jack. Se ele não estava no seu apartamento, talvez estivesse na loja de Abe – ela lembrava onde era. Esperava lembrar. Sua cabeça estava tão confusa. Só conseguia pensar em Vicky.

Vicky, Vicky, onde está você?

Mas como chegar ao apartamento de Jack... esse era o problema. Encontrar um táxi era praticamente impossível àquela hora, e o metrô, mesmo se encontrasse uma estação por perto, podia ser fatal para uma mulher sozinha.

As chaves do Honda que tinha visto mais cedo! Onde estariam? Estavam na cozinha durante a faxina...

Correu até a gaveta dos talheres e puxou. Lá estavam. Pegou as chaves e correu para o corredor. Checou o número do apartamento na porta: 1.203. Agora era torcer para o carro estar lá. O elevador levou-a direto ao 1º andar e ela correu para o estacionamento. No caminho até lá, tinha visto números pintados no chão em cada vaga do estacionamento.

Por favor, esteja lá!, pediu a Deus, ao destino, a qualquer coisa que controlasse a vida humana. Será que alguém controla?, perguntou uma vozinha no fundo da sua mente.

Ela seguiu os números de 800 até 1.100 e dali adiante, até encontrar, timidamente aguardando a próxima injeção, um Honda Civic branco.

Por favor, seja o 1.203! Por favor!
Tinha de ser.
Era.
Quase tonta de alívio, ela destrancou a porta e sentou-se no banco do motorista. O câmbio padrão no chão do carro a fez parar para pensar, mas tinha dirigido bastante a picape Ford do pai em Iowa quando adolescente. Esperava que fosse algo que a gente nunca esquece, como andar de bicicleta.

O carro não pegava, mas ela encontrou o afogador manual e conseguiu fazer o motor funcionar. Deixou o carro morrer duas vezes ao sair de ré da vaga, mas assim que começou a andar para a frente não teve mais problema.

Ela não conhecia o Queens, mas sabia em que direção queria ir.

Seguiu o East River até ver uma placa que dizia "Manhattan". Foi no sentido que a seta indicava. Quando a ponte Queensboro apareceu, ela pisou fundo no acelerador. Vinha dirigindo devagar até então, controlando suas emoções, agarrando o volante com muita força, receando errar o caminho. Mas com o destino à vista, começou a chorar.

XXIV.

O caminhão azul-marinho de Abe estava estacionado diante da loja Isher Sport. A porta de ferro estava levantada. Quando Jack bateu, a porta se abriu imediatamente. A camisa branca de Abe estava amassada e seu rosto barbado. Era a primeira vez que Jack se lembrava de vê-lo sem a gravata preta.

– O quê? – disse ele, examinando Jack. – Você se meteu em encrenca depois que deixou o apartamento?

– Por que pergunta?

– O curativo na sua mão. E você está andando de um jeito engraçado.

– Tive uma discussão muito longa e difícil com uma senhora bastante desagradável. – Ele girou o ombro esquerdo com cuidado; não estava mais tão duro nem doído como no apartamento.

– Senhora?

– Ampliando um pouco o sentido da palavra, mas sim... era uma senhora.

Abe levou Jack até os fundos da loja escura. As luzes estavam acesas no porão e o cartaz em néon também. Abe pegou uma caixa de madeira com 70 centímetros de comprimento por 30 centímetros de largura e altura. A tampa já estava solta e ele a abriu.

– Aqui estão as bombas. Doze delas, compostas de magnésio, todas com relógios de 24 horas.

Jack assentiu com a cabeça.

– Ótimo. Mas eu precisava muito das balas incendiárias. Se não, não vou conseguir usar essas bombas.

Abe balançou a cabeça.

– Não sei contra o que você vai lutar, mas aqui está o melhor que pude fazer.

Ele tirou um pano de cima de uma mesa de jogo e mostrou um tanque de metal circular com o formato de uma rosca e um segundo tanque do tamanho de um cantil, um dentro do outro; os dois estavam ligados por uma mangueira curta ao que parecia um lançador de raios para duas mãos.

Jack ficou espantado.

– O que é?

– É um lança-chamas Número 5 Mk-1, conhecido carinhosamente como Boia de Salvamento. Não sei se vai servir para você... quero dizer, o alcance não é muito grande e...

– É genial! – disse Jack, agarrando a mão de Abe e balançando-a. – Abe, você é maravilhoso! É perfeito!

Exultante, Jack passou a mão nos tanques. Era *perfeito*. Por que não pensara nisso antes? *Quantas vezes* os tinha visto?

– Como funciona?

– Esse é um modelo da Segunda Guerra Mundial... o melhor que pude fazer em tão pouco tempo. Tem monóxido de carbono a 2 mil libras por polegada quadrada no pequeno tanque esférico e 18 litros de *napalm* no grande, em forma de boia de salvamento... daí o nome; um tubo de descarga com acendedores na ponta e um bocal ajustá-

vel. O alcance é de até 30 metros. Você abre os tanques, enfia o tubo, aperta o gatilho e *fuuuum!*
— Alguma dica útil?
— Sim. Verifique sempre o ajuste do bocal antes de disparar. É como um lança-chamas e tende a subir durante um jorro prolongado. No mais, é só pensar nele como um estopim: não use ao vento nem na sua casa.
— Parece bem fácil. Ajude-me a prender o equipamento em mim.
Os tanques eram mais pesados do que Jack pensava, mas não provocaram a dor que previra no lado esquerdo das suas costas; só aquele latejar incômodo. Quando Jack ajustou as tiras confortavelmente, Abe olhou para o pescoço dele com um ar de interrogação.
— Desde quando usa colar, Jack?
— Desde hoje... para dar sorte.
— Coisa estranha. É de ferro, não é? E essas pedras... parecem...
— Olhos? Eu sei.
— E a inscrição parece sânscrito. É?
Jack deu de ombros, pouco à vontade. Ele não gostava do colar e não sabia nada sobre sua origem.
— Pode ser. Eu não sei. Um amigo... me emprestou para essa noite. Você sabe o que diz a inscrição?
— Já vi sânscrito antes, mas se minha vida dependesse disso, não seria capaz de traduzir uma única palavra. — Ele olhou mais de perto. — Pensando bem, isso não é sânscrito. Onde foi feito?
— Na Índia.
— Verdade? Então provavelmente é védico, uma das línguas protoarianas precursoras do sânscrito. — Abe lançou a informação num tom casual, depois virou-se e continuou martelando os pregos até a metade, nos cantos do caixote das bombas incendiárias.
Jack não sabia se ele estava brincando ou não, mas não queria desapontar Abe.
— Como sabe disso?
— Você acha que me formei em armas na universidade? Tenho um bacharelado em línguas na Universidade de Colúmbia.

– E isso está escrito em védico, não é? Isso quer dizer alguma coisa?

– Significa que é antigo, Jack... A-N-T-I-G-O.

Jack passou os dedos nos elos em volta do pescoço.

– Isso eu já imaginava.

Abe acabou de martelar a tampa do caixote e virou-se para Jack.

– Você sabe que nunca pergunto, Jack, mas dessa vez tenho de fazê-lo: o que você está fazendo? Você pode destruir uns dois quarteirões com o que tem aqui.

Jack não sabia o que dizer. Como podia contar para qualquer pessoa, mesmo seu melhor amigo, sobre os *rakoshi* e sobre o colar que estava usando, que o tornava invisível para os *rakoshi*?

– Por que não me dá uma carona até o cais? Aí você vai ver.

– Feito.

Abe resmungou com o peso do caixote de bombas incendiárias, enquanto Jack, ainda vestido com o lança-chamas, manobrava pelo caminho degraus acima até o térreo. Após colocar o caixote na traseira do caminhão, ele fez sinal para Jack sair da loja. Jack saiu correndo e entrou pelas portas traseiras do caminhão. Abe fechou a porta de ferro da loja e pulou no assento do motorista.

– Para onde?

– Pegue a West End até a rua 57 e vire à direita. Pare num lugar escuro debaixo do viaduto e vamos a pé dali.

Quando Abe pôs o caminhão em movimento, Jack pensou nas opções que tinha. Já que subir por uma corda com um lança-chamas nas costas e um caixote de bombas nos braços estava fora de questão, ele teria de subir pela prancha – seu bipe de frequência variável a faria descer. Depois havia duas possibilidades: se ele conseguisse subir a bordo sem ser visto, podia armar as bombas e fugir; se fosse descoberto, teria de usar o lança-chamas e agir pelo instinto. Se houvesse alguma maneira de fazer isso em segurança, ele deixaria Abe dar uma olhada num *rakosh*. Ver seria acreditar – qualquer outra forma de explicar o que vivia no navio de Kusum seria inútil.

De qualquer forma, ele cuidaria para que nenhum *rakosh* ficasse vivo em Nova York depois que o sol nascesse. E se Kusum interferisse, Jack estaria disposto a ajudar seu *atman* a ir para a próxima encarnação.

O caminhão parou.

— Chegamos — disse Abe. — E agora?

Jack desceu para a rua com cuidado pela porta traseira e andou até a janela de Abe. Ele apontou para a escuridão do pier 97.

— Espere aqui enquanto subo a bordo. Não devo demorar.

Abe olhou pela janela, depois de volta para ele, uma expressão confusa no rosto redondo.

— A bordo de quê?

— Tem um navio ali. Só que não dá para ver daqui.

Abe balançou a cabeça.

— Acho que não tem nada lá, a não ser água.

Jack apertou os olhos no escuro. Devia estar lá, não? Com uma mistura de espanto, confusão e alívio crescendo dentro de si, ele pulou para a beirada do cais — do cais *vazio!*

— Foi embora! — gritou enquanto corria de volta para o caminhão. — Foi embora!

Ele percebeu que devia estar parecendo um louco, pulando para cima e para baixo e rindo com o lança-chamas amarrado às costas, mas nem ligou.

Ele venceu! Tinha derrotado a mãe *rakosh* e Kusum zarpara de volta para a Índia sem Vicky e sem Kolabati! Sentiu o enorme prazer do triunfo dentro de si.

Boa viagem, Kusum!

XXV.

Gia subiu os degraus do prédio de cinco andares e chegou ao hall. Puxou a maçaneta da porta, caso a lingueta não tivesse prendido. A porta não se mexia. Por força do hábito, procurou a chave na bolsa e então se lembrou de que a mandara de volta para Jack meses atrás.

Foi até o interfone e apertou o botão ao lado do "3", que tinha um pedaço de papel escrito a mão que dizia "Pinocchio Produções". Como a porta não abriu, ela tocou outra vez e continuou apertando o botão até o polegar começar a doer. Mas ninguém abriu a porta.

Gia voltou para a calçada e olhou para as janelas do apartamento de Jack. Estavam escuras, embora parecesse haver alguma luz na cozinha. De repente, viu movimento numa das janelas, uma sombra olhando para ela. Jack!

Correu de volta à portaria para apertar o botão "3" novamente, mas a cigarra começou a tocar assim que entrou. Ela passou pela porta e correu escada acima.

Quando se aproximou do terceiro andar, encontrou uma peruca longa castanha e um chapéu florido de abas largas nas escadas. Um perfume doce e enjoativo pairava no ar. O parapeito do andar estava quase rachado em dois. Havia pedaços do tecido de um vestido rasgado por todo o hall e manchas de um líquido escuro e grosso fora do apartamento de Jack.

O que aconteceu aqui?

Algo nas manchas fez sua pele se arrepiar. Evitou pisar nelas, não queria tocar em nenhuma, mesmo com o sapato. Controlando a apreensão, Gia bateu na porta de Jack.

A porta abriu silenciosamente, assustando-a. Quem estava lá devia estar esperando por ela. Mas a porta abriu só um pouco e parou. Pôde ver a forma vaga de uma cabeça olhando-a, mas a luz fraca do hall estava num ângulo que não dava para revelar o rosto.

– Jack? – disse Gia.

Ela estava cheia de medo agora. Tudo estava estranho ali.

– Ele não está aqui – disse uma voz rouca, áspera e sussurrante.

– Onde ele está?

– Não sei. Vai procurá-lo?

– Vou... vou. – A pergunta era inesperada. – Preciso dele agora mesmo.

– Encontre Jack! Encontre-o e traga-o de volta! *Traga-o de volta!*

A porta se fechou com um estrondo e Gia saiu depressa, levada pela urgência desesperada que havia naquela voz.

O que estaria acontecendo ali? Por que havia uma pessoa estranha e sombria no apartamento de Jack? Não tinha tempo para mistérios – Vicky sumira e Jack podia achá-la! Gia fixou-se naquela ideia. Era tudo o que a mantinha sã. Mesmo assim, a sensação de irrealidade de pesadelo que a dominou após descobrir que Vicky desaparecera estava voltando. As paredes oscilavam à sua volta enquanto ela seguia por um sonho ruim...

...descer as escadas, passar pelas portas, sair para a rua onde o Honda está estacionado em fila dupla, dar a partida, ir até onde você acha – espera! – que seja a loja de Abe... lágrimas no rosto...

Oh, Vicky, como vou encontrá-la? Eu morro sem você!

...passar por prédios escuros e lojas até que um caminhão azul-marinho pare à esquerda, bem na sua frente, e Jack desça do lado do passageiro...

Jack!

Gia voltou de repente para o mundo real. Pisou no freio. Enquanto o Honda ainda derrapava, antes de parar, ela já saíra do carro e corria para ele, gritando seu nome.

– Jack!

Ele virou-se e Gia viu o rosto dele empalidecer ao vê-la. Ele correu para ela.

– Oh, não! Onde está Vicky?

Ele sabia! A expressão de Gia, sua presença ali, deviam tê-lo feito pensar nisso. Gia não conseguia mais controlar o medo e a dor. Começou a soluçar quando caiu nos braços dele.

– Ela sumiu!

– Deus! Quando? Há quanto tempo?

Ela pensou que ele ia chorar. Os braços de Jack a apertaram com tanta força que pensou que suas costelas se quebrariam.

– Uma hora... não mais de uma hora e meia.

– Mas como?

– Não sei! Tudo que encontrei foi uma laranja debaixo da cama, como aquela...

– *NÃO!* – O grito angustiado de Jack chegou a doer no ouvido dela; então ele se afastou, andando de um lado para outro, os braços balançando no ar como um brinquedo de corda fora de controle. – Ele pegou Vicky! Ele pegou Vicky!

– É tudo culpa minha, Jack. Se eu tivesse ficado com ela, em vez de assistir àquele filme idiota, Vicky estaria bem agora.

Jack parou de se mexer de repente. Seus braços se aquietaram ao lado do corpo.

– Não – disse ele com uma voz que a apavorou, um tom metálico e monótono. – Você não poderia ter evitado. Você simplesmente estaria morta. – Ele virou-se para Abe. – Preciso pegar seu caminhão emprestado, Abe, e também um bote inflável com remos. E o binóculo mais possante que tiver. Você tem?

– Bem aqui na loja. – Ele também estava olhando de forma estranha para Jack.

Será que dá para você pôr tudo no caminhão, o mais depressa possível?

– Claro.

Gia ficou olhando para Jack enquanto Abe corria para a loja. Essa mudança súbita de quase histeria para a criatura fria e desapaixonada que estava diante dela era quase tão aterradora quanto o desaparecimento de Vicky.

– O que vai fazer?

– Vou pegá-la de volta. E depois providenciarei para que nunca mais seja importunada.

Gia deu um passo atrás. Porque, enquanto Jack falava, ele virou-se para ela e olhou além dela, como se vendo através de todos os prédios entre ele e a pessoa em que estava pensando. Ela soltou um grito abafado ao ver a expressão dele.

Estava vendo um assassinato. Era como se a morte tivesse tomado forma humana. Aquele olhar – ela virou de costas. Não podia aguentar. Um ódio e uma fúria maiores do que qualquer homem suportaria sentir estavam estampados nos olhos dele. Ela podia imaginar o coração de alguém parando de bater só de olhar naqueles olhos.

Abe bateu as portas traseiras do caminhão e deu uma bolsa preta para Jack.

– Aqui está o binóculo. O bote está no caminhão.

A expressão nos olhos de Jack desapareceu. Graças a Deus! Ela nunca mais queria ver aquele olhar. Ele pendurou o binóculo no pescoço.

– Você espera aqui, enquanto...

– Vou com você! – disse Gia. Ela não ficaria ali enquanto ele fosse encontrar Vicky.
– O quê!? – disse Abe. – Então eu fico para trás enquanto vocês dois fogem com meu caminhão?
Jack nem se deu o trabalho de discutir.
– Então entrem. Mas eu dirijo.

E ele dirigiu mesmo – como um louco: leste até o Central Park Oeste, depois até a Broadway, e pela Broadway numa corrida de obstáculos em direção ao centro. Gia ia espremida entre Jack e Abe, uma das mãos no painel, para o caso de uma freada brusca, a outra no teto do caminhão, para evitar bater com a cabeça enquanto subiam e desciam os calombos e os buracos do asfalto – as ruas de Nova York não eram mais lisas do que as estradinhas de terra por onde ela costumava dirigir em Iowa.

– Para onde vamos? – ela gritou.
– Ao encontro de um navio.
– Jack, estou apavorada. Não brinque comigo. O que isso tem a ver com Vicky?

Jack olhou para ela hesitante, depois para Abe.
– Vocês dois vão pensar que estou maluco e não preciso disso agora.
– Experimente – disse ela.

Ela precisava saber. O que seria mais maluco do que o que já acontecera naquela noite?
– Está bem. Mas ouçam sem me interromper, ok?

Ele olhou para ela e Gia assentiu com a cabeça. A hesitação dele era enervante. Ele respirou fundo.
– Lá vai...

XXVI.

Vicky está morta!

Jack dirigia e contava sua história para Gia e Abe, e esse fato inescapável fustigava seu cérebro. Mas mantinha os olhos fixos na rua e procurava afastar a agonia da dor que ameaçava dominá-lo a qualquer momento.

Dor e ódio. Eles se misturavam e rodopiavam na sua alma. Queria parar o caminhão, esconder o rosto nos braços e chorar como uma criança. Queria socar sem parar o para-brisa.

Vicky! Nunca mais ia vê-la, nunca mais faria a brincadeira da boca de laranja, nunca mais pintaria sua mão como Moony para ela, nunca...

Pare com isso!

Ele tinha de se controlar, precisava parecer forte. Pelo bem de Gia. Se qualquer outra pessoa tivesse contado que Vicky sumira ele poderia ter perdido a cabeça. Mas se manteve calmo por causa de Gia. Não podia deixar que ela adivinhasse o que ele sabia. Ela não acreditaria, de qualquer jeito. Quem acreditaria? Ele teria de contar-lhe pouco a pouco... por partes... contar o que ele tinha visto, o que descobrira nas últimas semanas.

Jack dirigia pelas ruas quase vazias, diminuindo a marcha, mas nunca parando nos sinais vermelhos. Eram 2 horas de quarta-feira e ainda havia algum tráfego, mas não o bastante para se preocupar. Ele ia na direção do mar... sempre na direção do mar.

Seus instintos diziam que Kusum não partiria sem a mãe *rakosh*. Não estaria muito longe de Manhattan. Sair navegando, mesmo à velocidade baixa, significaria deixar a mãe para trás. Segundo Kolabati, a mãe era a chave para controlar a ninhada. Então Kusum ia esperar. Mas Kusum não sabia que a mãe não voltaria. Jack iria no seu lugar.

Ele falava com a maior calma possível enquanto voava pela Times Square, passando pela Union Square, pelo City Hall, pela Trinity Church, sempre para o sul, contando de um homem indiano chamado Kusum que Gia conhecera na recepção da Missão do Reino Unido – cujos ancestrais foram assassinados por um Westphalen havia mais de um século. Esse Kusum tinha ido a Nova York com um navio cheio de criaturas de 2 a 2,50 metros chamadas *rakoshi*, as quais mandava capturar os últimos membros da família Westphalen.

Fez-se silêncio na cabine do caminhão quando ele acabou de contar sua história. Ele olhou para Gia e para Abe. Os dois olhavam fixamente para ele, alarmados, olhar preocupado.

– Não os culpo – disse ele. – Eu também olharia assim para alguém que me contasse o que acabei de contar. Mas estive dentro daquele navio. Eu vi. Estou entalado com isso.

Eles continuaram sem dizer nada.

E nem contei sobre o colar.

– É verdade, droga! – ele gritou. Ele tirou as presas e garras esturricadas da mãe *rakosh* do bolso e as pôs na mão de Gia.

– Eis o que sobrou de um.

Gia passou-as para Abe sem olhar.

– Por que não acreditaria em você? Vicky foi levada por uma janela do 12º andar! – Ela agarrou o braço de Jack. – Mas o que ele quer com elas?

Jack engoliu espasmodicamente, incapaz de falar por um momento. *Vicky está morta!* Como poderia contar-lhe isso?

– Eu... eu não sei – disse ele finalmente, sua vasta experiência como mentiroso funcionando. – Mas vou descobrir.

E então não havia mais ilha – estavam em Battery Park, a ponta sul de Manhattan. Jack passou correndo pelo lado leste do parque e virou à direita cantando pneu no final da rua. Sem diminuir a marcha, atravessou um portão e foi pela areia na direção da água.

– Meu caminhão! – berrou Abe.

– Desculpe! Eu conserto para você.

Gia soltou um grito quando Jack deu um cavalo de pau para parar na areia. Ele saltou e correu até o píer.

A baía de Nova York se estendia diante dele. Uma brisa suave acariciava seu rosto. Ao sul, diretamente à frente, estavam as árvores e os prédios da Governor's Island. Para a esquerda, depois do estuário do East, ficava o Brooklyn. E bem longe, à direita, na direção de Nova Jersey, na sua própria ilha, ficava a Dama Liberdade, com a tocha ardente para o alto. A baía estava deserta – não havia barcos de passeio, nem barcas de Staten Island, nem as lanchas da Circle Line. Nada além de um deserto de água. Jack tirou o binóculo da bolsa pendurada no pescoço e examinou a baía.

Ele está aqui – tem de estar!

Mas a superfície da baía estava imóvel – nenhum movimento, nenhum som além da água batendo contra o píer. Suas mãos começaram a tremer enquanto ele inclinava o binóculo para um lado e para o outro sobre a água.

Ele está lá! Não pode fugir!

E então encontrou um navio – diretamente entre ele e Governor's Island. Tinha confundido as luzes de navegação com as luzes dos prédios atrás dele. Mas dessa vez pegou o brilho da lua na superestrutura de popa. Ajustou o binóculo e pôde ver o longo convés em foco. Quando viu o único pendural e seus quatro guindastes no meio do navio, teve certeza de que era ele.

– Está lá! – gritou e passou o binóculo para Gia. Ela o pegou com uma expressão confusa.

Ele correu para a traseira do caminhão e arrastou o bote para fora. Abe ajudou-o a tirá-lo da caixa e ativar os tubos de dióxido de carbono. Quando a borracha amarela oval e chata começou a inflar e tomar forma, Jack vestiu as correias do lança-chamas. Suas costas quase não incomodavam. Carregou a caixa de bombas incendiárias até o píer e checou para se certificar que estava com o bipe de frequência variável. Notou que Gia o olhava atentamente.

– Você está bem, Jack?

Ele viu nos olhos de Gia um pouco dos sentimentos ternos que ela um dia sentira por ele, mas havia dúvida também.

Lá vem. Ela quer dizer *"Você está bem da cabeça?"*

– Não, não estou bem. E não ficarei bem até acabar o que tenho de fazer naquele navio.

– Você tem certeza disso? Vicky está realmente lá?

Sim, ela está lá. Mas está morta. Comida pelos... Jack teve de se controlar para não chorar.

– Absoluta.

– Então vamos chamar a guarda costeira ou...

– Não! – Ele não podia permitir isso! Essa era a *sua* briga e a faria do *seu* jeito! Como um raio que procura a terra, a raiva, a dor e o ódio sufocados dentro dele tinham de encontrar um alvo. Se não acertasse isso pessoalmente com Kusum, seria um homem destruído. – Não chame ninguém. Kusum tem imunidade diplomática. Ninguém que obedece às regras pode chegar até ele. Deixe isso comigo!

Gia se encolheu para longe e ele percebeu que estava gritando. Abe estava de pé ao lado do caminhão com os remos nas mãos, olhando para ele. Devia estar parecendo louco. Estava mesmo na ponta... tão perto da borda... tinha de se segurar só mais um pouco...

Ele puxou o bote inflado para a beirada e o empurrou para a água. Sentou-se no píer e segurou o bote com os pés, enquanto punha o caixote com as bombas incendiárias dentro dele. Abe levou os remos e entregou-os a ele. Jack se instalou no bote e olhou para seu melhor amigo e para a mulher que amava.

– Quero ir com você – disse Gia.

Jack balançou a cabeça. Era impossível.

– Ela é minha filha! Eu tenho o direito!

Ele empurrou o bote para longe do píer. Deixar a terra era como cortar o laço com Gia e Abe. Ele se sentiu muito sozinho naquele momento.

– Até logo – foi tudo que conseguiu dizer.

Ele começou a remar pela baía, os olhos fixos em Gia, espiando de vez em quando sobre o ombro para se certificar de que ia na direção certa, em direção ao casco negro do navio de Kusum. A ideia de que poderia estar indo para a morte passou pela sua cabeça, mas ele não se deteve nisso. Não admitiria a possibilidade de derrota até ter feito o que tinha de fazer. Primeiro armaria as bombas, deixando bastante tempo para encontrar Kusum e se acertar pessoalmente com ele. Não queria que Kusum morresse na fúria instantânea, indiscriminada e anônima de uma explosão incendiária. Kusum tinha de saber quem o estava matando... e *por quê*.

E então, o que Jack faria? Como poderia voltar para Gia e dizer aquelas palavras: *Vicky está morta*. Como? Era melhor ser destruído com o navio.

O ritmo das remadas aumentou quando ele deixou a raiva escapar, queimando sua dor, sua preocupação com Gia, consumindo-o, tomando conta dele. O universo comprimido, focalizado nesse pequeno pedaço de água, onde os únicos habitantes eram Kusum, seus *rakoshi* e Jack.

XXVII.

– Estou tão apavorada! – disse Gia enquanto via Jack e seu bote inflável desaparecerem na escuridão. Ela sentia frio, apesar da noite estar quente.

– Eu também – disse Abe, passando um braço pesado sobre os ombros dela, que tremiam.

– Será que isso é verdade? Quero dizer, Vicky desaparecida e eu aqui de pé, vendo Jack remando num barquinho para tirá-la de um louco indiano e um bando de monstros do folclore hindu? – As palavras de Gia começaram a sumir em soluços que ela não conseguia controlar. – Meu Deus, Abe! Isso não pode estar acontecendo!

Abe apertou o braço em volta de Gia, mas ela não se consolou com o gesto.

– Está sim, menina. Está sim. Quanto ao que tem dentro daquele navio, quem pode dizer? E é isso que me preocupa. Ou Jack está completamente louco... e não é nada confortante pensar num homem letal como ele louco... ou ele está mentalmente são e existem mesmo coisas como os monstros que ele descreveu. Não sei o que me apavora mais.

Gia não disse nada. Estava assustada demais com o medo que arranhava furiosamente por dentro: medo de nunca mais ver Vicky. Lutou contra esse medo, sabendo que, se o deixasse livre e enfrentasse realmente a possibilidade de Vicky ter ido para sempre, ela morreria.

– Mas vou dizer uma coisa – continuou Abe. – Se sua filha está lá, e se for humanamente possível trazê-la de volta, Jack o fará. Talvez ele seja o único homem na Terra que possa fazer isso.

Se aquilo era para consolar Gia, não funcionou.

XXVIII.

Vicky estava sozinha no escuro, tremendo, com a camisola molhada e rasgada. Fazia frio ali dentro. O chão era escorregadio sob seus pés descalços e o ar fedia tanto que dava vontade de vomitar. Estava tremendamente infeliz. Não gostava de ficar sozinha no escuro, mas dessa vez estar sozinha era melhor do que estar com um daqueles monstros.

Já chorara tudo que podia desde a chegada ao navio. Não tinha mais lágrimas. A esperança cresceu dentro dela quando o monstro subiu pela corrente da âncora, carregando-a com ele. Não a tinha machucado ainda – talvez só quisesse mostrar-lhe o barco.

No convés, o monstro fez uma coisa estranha: levou-a até a parte de trás do navio e segurou-a bem no ar na frente de um monte de janelas bem lá em cima. Ela sentiu que alguém a observava por trás das janelas, mas não viu ninguém. O monstro a segurou ali por muito tempo, depois a enfiou debaixo do braço e carregou-a por uma porta e desceu por uma escada com degraus de metal.

Enquanto adentravam o navio, a esperança que havia nascido começou a murchar e morrer, substituída pelo desespero que lentamente se transformava em horror à medida que o cheiro podre do monstro enchia o ar. Mas não vinha desse monstro. Vinha do outro lado da porta de metal aberta para a qual se dirigiam. Vicky começou a chutar, gritar e lutar para se livrar quando chegaram mais perto, porque ouviu sons de coisas se arrastando, arranhando e grunhindo além daquela porta. O monstro nem notava seus esforços para se libertar. Ele passou pela abertura e o fedor a envolveu.

Alguém fechou e trancou a porta quando passaram. Esse alguém devia estar nas sombras atrás da porta esperando que entrassem. E então os monstros estavam todos à sua volta, formas enormes e escuras chegando perto, querendo pegá-la, arreganhando os dentes, sibilando. Os gritos de Vicky pararam, morrendo na sua garganta quando uma explosão de terror a fez ficar muda. Eles iam comê-la – podia ver isso!

Mas o monstro que a carregava não deixou que os outros a tocassem. Mordia e empurrava até que eles finalmente se afastaram, mas não sem antes rasgarem sua camisola e a arranharem em alguns lugares. Ela foi levada por um corredor e jogada num pequeno quarto sem móveis. Fecharam a porta e ficou ali sozinha no escuro, encolhida e tremendo no canto mais distante.

– Quero ir para casa! – gemeu.

Havia movimento do lado de fora da porta e as coisas pareciam ter ido embora. Pelo menos não ouvia mais os monstros brigando, sibilando e arranhando a porta. Depois de um tempo, ela ouviu outro som, como um cântico, mas não entendia as palavras. E então houve mais movimento do lado de fora da porta.

A porta se abriu. Gemendo de pavor, Vicky tentou se encolher ainda mais no canto do quarto. Ouviu um clique e de repente a luz encheu o quarto, vinda do teto, cegando-a. Ela nem tinha procurado um interruptor. Quando seus olhos se acostumaram com a luz, distinguiu uma forma de pé na porta. Não era um monstro – era menor e menos pesado que um monstro. Então, sua visão clareou.

Era um homem! Ele tinha uma barba e estava com uma roupa diferente – e ela notou que só tinha um braço – mas era um homem, não um monstro! E estava sorrindo!

Chorando de alegria, Vicky deu um pulo e correu para ele.

Estava salva!

XXIX.

A menina correu para ele e agarrou seu pulso com as duas mãozinhas. Olhou nos seus olhos.

– Você vai me salvar, não vai? Temos de sair daqui! Está cheio de monstros!

Kusum se encheu de aversão quando olhou para ela.

Essa criança, essa coisinha magrinha e inocente, com o cabelo molhado, salgado e a camisola rasgada, os grandes olhos azuis, o rostinho esperançoso pedindo ajuda – como poderia deixar que os *rakoshi* a comessem?

Era pedir muito.

Ela também tem de morrer, deusa?

Não havia resposta porque não era necessário. Kusum conhecia a resposta – estava gravada na sua alma. O juramento continuaria incompleto enquanto um Westphalen vivesse. Quando a menina tivesse sido liquidada, ele estaria um passo à frente na purificação do seu carma.

Mas é apenas uma criança!

Talvez devesse esperar. A mãe ainda não voltara e era importante que ela fizesse parte da cerimônia. O fato de não ter voltado o preocupava. A única explicação era que devia ter tido dificuldade em encontrar Jack. Kusum podia esperar por ela...

Não – ele já estava mais de uma hora atrasado. Os *rakoshi* estavam reunidos e esperando. A cerimônia devia começar.

Só uma criança!

Fazendo calar a voz que gritava dentro de si, Kusum se endireitou e sorriu outra vez para a menininha.

– Venha comigo – ele disse, pegando-a no colo e carregando-a pelo corredor.

Providenciaria para que ela morresse depressa e sem dor. Era tudo que podia fazer.

XXX.

Jack deixou o bote embicar suavemente no casco do navio enquanto passava pelas várias frequências do seu bipe. Finalmente ouviu um clique e um zumbido de cima. A prancha começou a baixar na sua direção. Jack manobrou o bote debaixo dela e assim que terminou a descida, agarrou-se nela e pôs o caixote com as bombas no degrau inferior. Com uma pequena corda de nylon entre os dentes, ele subiu na prancha, onde amarrou o bote.

Ficou de pé e olhou para a amurada bem em cima dele, o lança-chamas preparado. Se Kusum tivesse visto a prancha de desembarque descer, já estaria a caminho para investigar. Mas ninguém apareceu.

Ótimo. Até ali, a sorte estava do seu lado. Ele carregou o caixote até o topo da passarela e ficou agachado para examinar o convés deserto. Do lado esquerdo, toda a superestrutura de popa estava às escuras, exceto pelas luzes de navegação. Kusum podia estar escondido nas sombras por trás das janelas indevassáveis da ponte naquele momento. Jack estaria se arriscando a ser descoberto se atravessasse o convés, mas era um risco que tinha de correr. Os compartimentos de popa eram as áreas críticas do navio. Lá estavam os motores e os tanques de combustível. Queria se certificar de que essas áreas estivessem prontas para serem destruídas antes de ir para os compartimentos de carga mais perigosos — onde viviam os *rakoshi*.

Ele hesitou. Isso era idiotice. Isso era historinha de gibi. E se os *rakoshi* o pegassem antes que pudesse armar as bombas? Assim Kusum ficaria livre com seus *rakoshi* e seu navio. O mais sensato a fazer era o que Gia tinha dito: chamar a guarda costeira. Ou a patrulha do porto.

Mas Jack simplesmente não conseguia fazer isso. O caso era entre Kusum e ele. Não permitiria a entrada de gente estranha na briga. Podia parecer loucura para todo mundo, mas não havia outro caminho para ele. Gia não entenderia; nem Abe. Só se lembrava de uma outra pessoa que compreenderia por que tinha de ser dessa maneira. E essa, para Jack, era a parte mais apavorante de todas.

Só Kusum Bahkti, o homem que ia destruir, entenderia.

É agora ou nunca, disse para si mesmo enquanto prendia quatro bombas no cinto. Pisou no convés e correu pela amurada de estibordo até chegar à superestrutura. Tinha feito esse caminho da primeira vez que entrara no navio. Sabia por onde ir e dirigiu-se diretamente para baixo.

A sala das máquinas estava quente e barulhenta, os enormes motores a diesel funcionando em ponto morto. O zumbido grave fazia vibrar as obturações nos seus dentes. Jack armou os relógios nas bombas para às 3h45 — isso lhe daria pouco mais de uma hora para terminar seu trabalho e dar o fora. Já conhecia os relógios e confiava neles, mas enquanto armava cada um, prendia a respiração e virava o rosto. Um gesto ridículo — se a bomba explodisse na sua mão, o calor e a força da explosão o queimariam antes que soubesse o que estava acontecendo – mesmo assim continuava a virar a cabeça.

Pôs as duas primeiras na base de cada motor. Mais duas nos tanques de combustível. Quando as quatro explodissem, toda a popa do cargueiro não passaria de lembrança. Ele parou perto da escotilha que dava para o corredor dos *rakoshi*. Era ali que Vicky tinha morrido. Um peso instalou-se no seu peito. Ainda não conseguia acreditar que ela estava morta. Encostou a orelha no metal e pensou ter ouvido o cântico *Kaka-ji*. Visões do que testemunhara na noite de segunda-feira – aqueles monstros segurando pedaços de carne lacerada – apareceram na sua mente, deixando uma fúria praticamente incontrolável no seu rastro. Por pouco não ligou seu lança-chamas e correu para o compartimento, cobrindo com *napalm* tudo que se movesse.

Mas não... ele não gastaria nem um minuto fazendo isso. Não havia lugar para emoção ali. Tinha de controlar seus sentimentos e agir com calma... *com frieza*. Tinha de seguir seu plano. Precisava fazer a coisa certa. Tinha de garantir que nenhum *rakosh* – nem o mestre deles – escapasse com vida.

Subiu para pegar um ar fresco e voltou para a prancha de desembarque. Certo de que Kusum estava no compartimento principal, fazendo seja lá o que fazia com os *rakoshi*, Jack pôs o caixote um pouco mais leve nos ombros e nem tentou se esconder quando se dirigiu para a proa. Ao chegar na escotilha sobre o compartimento de proa ele a abriu e olhou lá embaixo.

O cheiro subiu e entrou no seu nariz, mas ele controlou o espasmo do estômago e olhou para baixo.

Esse compartimento era idêntico ao outro em tamanho, só que o elevador que o aguardava a uns 2 metros abaixo era no canto da proa e não da popa. Ele ouviu ruído como uma ladainha procedente do compartimento da popa. À luz fraca viu que o chão daquele compartimento estava coberto de lixo, mas não havia *rakoshi*, nem andando nem deitados no chão.

Tinha o compartimento de proa todo para ele.

Jack entrou pela abertura. Ficou difícil com o lança-chamas às costas, e por um momento pensou que estava entalado na escotilha, incapaz de subir ou descer, indefeso, preso ali até Kusum encontrá-lo ou as bombas explodirem. Mas conseguiu se libertar, deslizou para baixo e puxou o caixote de bombas para ele.

Checou mais uma vez o chão do compartimento. Não vendo sinal de *rakosh* se esgueirando por ali, ele fez o elevador descer. Era como a descida para o inferno. O barulho do outro compartimento ficou mais alto. Ele podia sentir a excitação, uma fome nos ruídos guturais que os *rakoshi* faziam. A cerimônia devia estar atingindo o clímax. E depois que acabasse, eles provavelmente voltariam para aquele compartimento. Jack queria instalar suas bombas e sair antes disso. Mas se eles chegassem enquanto ainda estava ali... ele estendeu a mão e abriu as válvulas dos tanques. Ouviu um silvo breve e fraco enquanto o dióxido de carbono empurrava o *napalm*, depois tudo ficou quieto outra vez. Ele prendeu três bombas ao cinto e esperou.

Quando a plataforma parou, Jack desceu e olhou em volta. O chão era uma sujeira. Como um depósito de lixo. Não teria problema para achar esconderijos para as bombas no meio daquela tralha toda. Queria criar um inferno tão grande ali que se espalhasse para o compartimento da popa, encurralando todos os *rakoshi* entre as explosões da proa e da popa.

Teve vontade de vomitar. O cheiro ali era pior do que qualquer coisa que já encontrara antes, mesmo no outro compartimento. Tentou respirar pela boca, mas o fedor entranhava na sua língua. O que tornava tão fétido ali? Ele olhou para baixo antes de dar o primeiro passo e viu que o chão estava coberto de cascas de muitos ovos de *rakosh*. E no meio das cascas haviam ossos, cabelo e pedaços de roupas. Seu pé encostou no que pensava ser um ovo inteiro de *rakosh;* empurrou-o com o pé e viu as órbitas oculares vazias de um crânio humano.

Enojado, ele olhou em volta. Não estava sozinho ali.

Havia *rakoshi* imaturos de todos os tamanhos por toda parte, a maioria deitada no chão, dormindo. Um, perto dele, estava acordado e em atividade – chupando devagar uma costela humana. Ele não os viu quando descera porque eram muito pequenos.

...*Os netos de Kusum*...

Pareciam não notar sua presença, como seus pais na noite passada. Pisando com cuidado, ele foi em direção ao canto oposto. Lá, deixou uma bomba armada sob uma pilha de ossos e cascas de ovos. Movendo-se o mais rápido e cuidadosamente possível, foi até a metade da parede de estibordo do compartimento. Já estava quase chegando quando ouviu um guincho e sentiu uma dor lacerante, cortante, na perna esquerda. Virou-se e olhou para baixo, estendendo a mão para o lugar da dor. Alguma coisa o estava mordendo – tinha grudado na sua perna como uma sanguessuga. Ele puxou a coisa, mas só fez piorar a dor. Cerrando os dentes, conseguiu arrancar fora o que estava na sua perna, sentindo uma dor incrível: um pedaço do tamanho de uma noz tinha saído da perna junto com a coisa.

Ele segurava pela cintura um *rakosh* de 40 centímetros, que esperneava e se revirava. Deve tê-lo chutado ou pisado nele acidentalmente enquanto passava, e ele atacou com os dentes. A perna da calça estava rasgada e encharcada de sangue no local onde a coisa tirara um pedaço. Jack o segurou com o braço esticado, enquanto o *rakosh* chutava e socava o ar com as garras minúsculas, os olhinhos amarelos brilhando furiosos para ele. Tinha um pedaço de carne – carne de Jack – na boca. Diante dos seus olhos, o horror em miniatura enfiou o pedaço da sua perna na garganta, então berrou e tentou morder seus dedos.

Engasgando de nojo, ele jogou a criatura aos guinchos do outro lado do compartimento. Ele caiu no lixo do chão, em meio a outros membros de sua espécie que dormiam.

Mas eles não estavam mais dormindo. Os guinchos do bebê *rakosh* tinham acordado os outros em volta. Como uma onda se afastando da pedra que caiu num poço parado, as criaturas começaram a se agitar em volta dele, os movimentos de umas perturbando as outras, em cadeia.

Em poucos minutos, Jack viu-se tendo de enfrentar um mar de *rakoshi* imaturos. Eles não podiam vê-lo, mas o alarme do pequeno os alertou para a presença de um intruso entre eles... um intruso comestível. Os *rakoshi* começaram a andar, procurando. Foram na direção do som – na direção de Jack. Devia haver uma centena deles convergindo para o lugar onde ele estava. Mais cedo ou mais tarde tropeçariam nele. A segunda bomba estava na mão de Jack. Ele a armou rapidamente e a fez deslizar pelo chão até a parede do compartimento, esperando que o barulho os distraísse e lhe desse tempo para pôr o tubo de descarga do lança-chamas em posição.

Não funcionou. Um dos *rakoshi* menores bateu contra sua perna e guinchou sua descoberta antes de morder. O restante respondeu ao grito e correu para ele como uma onda fétida. Pularam em cima dele, os dentes afiados afundando nas suas coxas, suas costas, nos lados do seu corpo e nos seus braços, puxando, rasgando sua carne. Ele tropeçou para trás, perdendo o equilíbrio, e quando começou a cair sob o ataque furioso viu um *rakosh* crescido, provavelmente alertado pelos gritos dos pequenos, entrando no compartimento pela passagem de estibordo e correndo para ele.

Ele estava caindo!

Sabia que se caísse seria feito em pedaços em segundos. Lutando contra o pânico, virou-se e puxou o tubo de descarga debaixo do seu braço. Quando caiu de joelhos, apontou para longe, encontrou a alça de trás e puxou o gatilho.

O mundo pareceu explodir quando um lençol de fogo amarelo se espalhou à volta dele. Girou para a esquerda, depois para a direita, espalhando *napalm* incandescente em um círculo. De repente, se viu sozinho naquele círculo. Largou o gatilho.

Tinha se esquecido de checar o ajuste do bocal. Em vez de uma língua de fogo, ele soltara uma aspersão ampla. Não tinha importância – foi eficiente o bastante. Os *rakoshi* que o atacavam fugiram aos gritos ou foram imolados; os que estavam fora do alcance berravam e se espalhavam em todas as direções. O *rakosh* adulto pegou o fogo em toda a frente do seu corpo. Uma massa viva de fogo, ele saiu correndo e fugiu para a passagem entre os compartimentos, com os pequenos na frente.

Gemendo com a dor das inúmeras lacerações, ignorando o sangue que escorria delas, Jack tentou ficar de pé. Não tinha escolha senão ir em frente. O alarme tinha soado. Pronto ou não, agora era hora de enfrentar Kusum.

XXXI.

Kusum sufocou sua frustração. A Cerimônia de Oferenda não estava indo bem. Estava levando o dobro de tempo que costumava levar. Ele precisava da mãe para liderar os filhotes.

Onde *estava* ela?

A menina Westphalen permanecia quieta, o braço preso na mão direita dele, os olhos grandes e amedrontados olhando para ele. Não conseguia encarar aquele olhar por muito tempo – ela olhava-o pedindo ajuda, e Kusum não tinha nada além da morte para oferecer. Ela não sabia o que estava acontecendo entre ele e os *rakoshi*, não compreendia o significado da cerimônia, na qual quem morria era oferecido em nome de Kali pelos amados Ajit e Rupobati, mortos desde o século passado.

Esta noite era uma cerimônia especialmente importante, pois seria a última deste tipo – para sempre. Não haveria mais Westphalen depois dessa noite. Ajit e Rupobati seriam finalmente vingados.

Quando a cerimônia se aproximou do clímax, Kusum sentiu uma perturbação no compartimento da proa – o maternal, por assim dizer – à sua direita. Ficou contente de ver uma das *rakoshi* fêmeas virar-se e sair pela passagem. Ele não queria interromper o fluxo lento da cerimônia naquele ponto para mandar um deles investigar.

Apertou o braço da menina enquanto elevava a voz para a invocação final. Estava quase no fim... quase acabado...

De repente, os olhos dos *rakoshi* não estavam mais em Kusum. Eles começaram a silvar e a rugir quando sua atenção se voltou para a direita dele. Kusum olhou para lá e viu chocado uma horda de *rakoshi* imaturos aos gritos entrando no compartimento vindos do maternal, seguidos por um *rakosh* crescido com o corpo completamente em chamas. Ele rolou e caiu no chão perto da plataforma do elevador.

E atrás dele, chegando com passos largos pela passagem escura, como o avatar de um deus vingativo, vinha Jack.

Kusum sentiu o mundo se apertando à sua volta, se fechando em sua garganta, sufocando-o.

Jack... aqui... vivo! Impossível!

Isso só podia significar que a mãe estava morta! Mas como? Como um único humano insignificante podia derrotar a mãe? E como Jack o encontrara? Que tipo de homem era aquele?

Será que era mesmo um homem? Parecia mais uma força sobrenatural. Era como se os deuses tivessem mandado Jack para testar Kusum.

A menina começou a espernear e a gritar:

– Jack! Jack!

XXXII.

Jack ficou petrificado quando ouviu aquela vozinha familiar gritando seu nome. E então ele a viu.

– Vicky!

Ela estava viva! Ainda estava viva! Jack sentiu as lágrimas enchendo seus olhos. Por um segundo só via Vicky, depois viu que Kusum a segurava pelo braço. Quando Jack se aproximou, Kusum puxou a menina que espernavava e a pôs na sua frente, como escudo.

– Fique calma, Vicky! – gritou Jack para ela. – Vou levá-la para casa.

E ia mesmo. Ele jurou para o deus em quem não acreditava que salvaria Vicky. Se ela ainda estava viva, ele a levaria pelo restante do caminho. Se não conseguisse resolver isso, então todos os seus anos de Repairman Jack não haviam valido nada. Não havia cliente ali – aquilo era para ele mesmo.

Jack olhou para o compartimento. Os *rakoshi* amontoados nem tomaram conhecimento da sua presença; sua única preocupação era o *rakosh* queimando no chão e o mestre na plataforma. Jack voltou a prestar atenção em Vicky. Quando saiu da passagem, não notou que havia um *rakosh* encostado na parede à direita e encostou nele. A criatura sibilou e brandiu os braços para todos os lados. Jack se esquivou e disparou o lança-chamas num grande arco, pegando o braço estendido do *rakosh* que o atacava e levando o fogo até a multidão de monstros.

O resultado foi um caos. Os *rakoshi* entraram em pânico, começaram a enfiar as garras uns nos outros para escapar do fogo e evitar os que já queimavam.

Jack ouviu a voz de Kusum gritando:

— Pare! Pare ou eu torço o pescoço dela!

Olhou para cima e viu Kusum com a mão em volta do pescoço de Vicky. O rosto de Vicky ficou vermelho e seus olhos se arregalaram quando ergueu-a a uns 20 centímetros do chão a fim de mostrar do que era capaz.

Jack soltou o gatilho do lança-chamas. Agora tinha uma grande área livre ao seu redor. Só um *rakosh* – um com o lábio inferior cheio de cicatrizes e torto – ficou perto da plataforma. A fumaça preta subia das formas encolhidas de uma dúzia de *rakoshi* em chamas. O ar estava ficando saturado.

— Trate bem dela – disse Jack com voz firme, enquanto chegava para trás e ficava de costas para a parede. – Ela é tudo que está mantendo você vivo neste momento.

— O que ela representa para você?

— Eu a quero em segurança.

— Ela não é seu sangue. É apenas outro membro de uma sociedade que o exterminaria se soubesse que você existe, que rejeita o que você mais valoriza. E até mesmo ela irá querer vê-lo atrás das grades quando crescer. Não devíamos estar em guerra, você e eu. Nós somos irmãos, marginais voluntários dos mundos em que vivemos. Nós somos...

— Acabe com essa besteirada! – disse Jack. – Ela é minha. Eu a quero!

Kusum lançou-lhe um olhar feroz.

— Como escapou da mãe?

— Não escapei. Ela está morta. Por falar nisso, tenho duas garras dela no bolso. Você as quer?

O rosto de Kusum escureceu.

— Impossível! Ela... – Ele parou de falar quando olhou para Jack. – O colar!

— Da sua irmã.

— Você a matou, então – disse ele em voz baixa.

— Não, ela está bem.

— Ela nunca o tiraria por vontade própria!

– Ela dorme... e não saberá que o peguei emprestado por um tempo.

Kusum deu uma risada que parecia um latido.

– Ah é? Então a puta da minha irmã finalmente colherá as recompensas do seu carma! E como é adequado que seja você o instrumento do seu ajuste de contas!

Achando que Kusum estava distraído, Jack deu um passo à frente. O indiano imediatamente apertou a mão no pescoço de Vicky. Através dos fios molhados do cabelo de Vicky, Jack viu seus olhos se fechando de dor.

– Não chegue mais perto!

Os *rakoshi* se agitaram e foram para mais perto da plataforma ao som da voz alta de Kusum.

Jack deu um passo atrás.

– Mais cedo ou mais tarde você vai perder, Kusum. Desista dela agora.

– Por que eu iria perder? Só preciso apontar o lugar onde você está para os *rakoshi* e dizer-lhes que você é o assassino da mãe. Assim o colar não será mais sua proteção. E embora seu lança-chamas possa matar dúzias deles, em sua histeria por vingança eles o fariam em pedaços.

Jack apontou para as bombas presas no cinto.

– Mas o que faria quanto a isso?

Kusum franziu o cenho.

– Do que você está falando?

– Bombas incendiárias. Espalhei-as por todo o navio. Todas para explodir às 3h45. – Ele olhou para o relógio. – São 3 horas agora. Só faltam 45 minutos. Como vai fazer para encontrá-las a tempo?

– A menina morrerá também.

Jack viu o rosto apavorado da menina empalidecer com a conversa dos dois. Ela precisava ouvir – não havia jeito de protegê-la da verdade.

– É melhor assim do que do jeito que você planejou para ela.

Kusum deu de ombros.

408

– Meus *rakoshi* e eu simplesmente nadaremos até a terra. Talvez a mãe da menina esteja esperando lá. Eles vão achá-la muito saborosa.

Jack escondeu o horror da ideia de Gia enfrentando uma horda de *rakoshi* saindo da baía.

– Isso não salvará seu navio. E deixará seus *rakoshi* sem um lar e sem controle.

– Então – disse Kusum depois de uma pausa – um empate.

– Certo. Mas se você deixar a menina sair, eu mostrarei onde estão as bombas. Então a levarei para casa enquanto você zarpa para a Índia.

Ele não queria deixar Kusum ir embora – tinha um acerto de contas com ele – mas era o preço que estava disposto a pagar pela vida de Vicky.

Kusum balançou a cabeça.

– Ela é uma Westphalen... a última Westphalen viva... e eu não posso...

– Você está enganado! – gritou Jack, se agarrando a um fio de esperança. – Ela não é a última. O pai dela está na Inglaterra! Ele...

Kusum balançou a cabeça outra vez.

– Eu cuidei dele no ano passado, quando estava no consulado de Londres.

Jack viu Vicky ficar tensa e com os olhos arregalados.

– Meu pai!

– Quieta, menina – disse Kusum num tom surpreendentemente doce. – Ele não merecia uma única lágrima. – Então, ele elevou a voz: – Por isso continuamos num impasse, Repairman Jack. Mas talvez exista um jeito de acertar isso honradamente.

– Honradamente? – Jack sentiu a raiva crescer. – Quanta honra eu posso esperar de um... – Qual era a palavra que Kolabati usara? – ...um *Brahmachari* degradado?

– Ela contou-lhe sobre *isso*? – disse Kusum, ficando furioso. – E ela também contou quem me seduziu para que eu quebrasse meu voto de castidade? Ela disse com quem fui para a cama naqueles anos em que poluí meu carma a um nível quase irrecuperável? Não... claro que não contaria. Foi a própria Kolabati... minha irmã!

Jack estava chocado.

– Você está mentindo!

– Quem dera eu estivesse mentindo – disse ele com a expressão de quem se lembrava do passado. – Parecia tão certo naquela época. Depois de quase um século de vida, minha irmã parecia ser a única pessoa da terra que valia a pena conhecer... certamente a única que restava com quem eu tinha algo em comum.

– Você é mais louco do que pensei! – disse Jack.

Kusum sorriu tristemente.

– Ah, tem outra coisa que minha irmã se esqueceu de mencionar. Ela provavelmente disse que nossos pais morreram em 1948, num acidente de trem, durante o caos que se seguiu ao fim do domínio colonialista britânico. É uma boa história... nós a inventamos juntos. Mas é mentira. Eu nasci em 1846. É, eu disse 1846. Bati nasceu em 1850. Nossos pais, cujos nomes adornam a popa deste navio, foram mortos por Sir Albert Westphalen e seus homens quando invadiram e saquearam o templo de Kali nas montanhas a noroeste de Bengala, em 1857. Eu quase matei Westphalen na ocasião, mas ele era maior e mais forte do que o menino insignificante de 11 anos que eu era e ele quase arrancou meu braço esquerdo do corpo. Foi o colar que me salvou.

A boca de Jack ficou seca enquanto Kusum falava. O homem contava da sua loucura tão casualmente, tão simplesmente, com a convicção absoluta da verdade. Ele acreditava que era verdade. Que história cheia de loucura ele tecera para si mesmo!

– O colar? – disse Jack.

Tinha de fazer com que ele continuasse falando. Talvez descobrisse uma brecha, uma chance para libertar Vicky. Mas tinha de se lembrar dos *rakoshi* também – eles continuavam a se aproximar imperceptivelmente, milímetro a milímetro.

– O colar faz mais do que esconder dos *rakoshi*. Ele cura... e preserva. Atrasa o envelhecimento. Não torna ninguém imortal... os homens de Westphalen deram tiros nos corações dos meus pais enquanto estavam usando o colar e eles morreram como se estivessem sem ele. Mas o colar que eu uso, o que tirei do corpo do meu pai depois de jurar vingá-lo, ajudou a curar meu ferimento. Perdi meu braço, é verdade, mas sem a ajuda do colar eu teria morrido. Olhe para seus próprios ferimentos. Você já se machucou até chegar aqui, tenho certeza. Eles doem tanto quanto deveriam? Sangram tanto quanto devem?

Desconfiado, Jack olhou para os braços e as pernas. Estavam sangrentos e doíam – mas nem de longe era o que deveriam estar doendo. E ele se lembrou como as costas e o braço esquerdo melhoraram assim que pusera o colar. Não tinha associado essas coisas até aquele momento.

– Você está usando um dos dois colares existentes dos zeladores dos *rakoshi*. Enquanto o estiver usando, ele curará seus males e atrasará seus anos. Mas é só tirá-lo e todos aqueles anos voltam de uma só vez.

Jack descobriu um ponto inconsistente.

– Você disse "dois colares existentes". E o da sua avó? Aquele que recuperei?

Kusum riu.

– Você não adivinhou ainda? Não existe avó nenhuma! Aquela era Kolabati! *Ela* foi a vítima do ataque! Ela estava me seguindo para saber aonde eu ia à noite e foi assaltada. Aquela velha que você viu no hospital era Kolabati, morrendo sem o colar. Quando ele voltou para o seu pescoço, ela recuperou rapidamente a juventude que tinha quando o colar foi roubado. – Ele riu outra vez. – Enquanto estamos aqui falando, ela está envelhecendo e ficando feia e mais fraca a cada minuto!

A mente de Jack rodopiava. Tentou ignorar o que tinha ouvido. Não podia ser verdade. Kusum estava simplesmente tentando distraí-lo, confundi-lo, e não permitiria isso. Precisava se concentrar em Vicky e em tirá-la dali. Ela o olhava com aqueles grandes olhos azuis, implorando para ser levada embora.

– Você só está perdendo tempo, Kusum. As bombas vão explodir daqui a pouco.

– É verdade – disse o indiano. – E eu também fico mais velho a cada minuto.

Jack notou então que o pescoço de Kusum estava nu. Ele parecia bem mais velho do que antes.

— E o seu colar?

— Eu o tiro quando falo com os *rakoshi* – disse ele, apontando para os monstros. – Se não, eles não poderiam ver seu mestre.

— Você quer dizer pai, não é? Kolabati me disse o que *kaka-ji* quer dizer.

Kusum desviou os olhos, e por um instante Jack achou que aquela podia ser sua chance. Mas ele logo se recuperou.

— O que era considerado execrável torna-se um dever quando a deusa ordena.

— Dê-me a menina! – gritou Jack.

Isso não estava levando a lugar nenhum. E o tempo passava naqueles relógios das bombas. Quase podia ouvi-los tiquetaqueando os minutos restantes.

— Você terá de merecê-la, Repairman Jack. Uma prova de combate... um combate sem armas. Eu provarei que um bengali envelhecendo rapidamente e com um braço só é mais do que páreo para um americano com os dois braços.

Jack ficou olhando para ele, mudo e incrédulo.

— Estou falando sério – continuou Kusum. – Você corrompeu minha irmã, invadiu meu navio, matou meus *rakoshi*. Exijo uma luta. Sem armas... homem a homem. E a menina será o prêmio.

Prova de combate! Era loucura! Esse homem estava vivendo na Idade Média. Como Jack podia enfrentar Kusum e se arriscar a perder a luta – ele lembrava bem o que um chute do indiano fizera com a porta da cabine do piloto – quando a vida de Vicky dependia do resultado? E ao mesmo tempo, como podia recusar? Pelo menos Vicky teria uma chance se ele aceitasse o desafio de Kusum. Jack não via saída nenhuma se recusasse.

— Você não é páreo para mim – disse para Kusum. – Não seria justo. E, além disso, não temos tempo.

— A justiça é minha preocupação. E não se preocupe com o tempo, será uma luta breve. Você aceita?

Jack analisou-o. Kusum estava muito confiante – certo, sem dúvida, de que Jack não sabia que ele lutava ao estilo *savate*. Ele provavelmente estava planejando um chute no plexo solar, um outro no rosto e tudo estaria acabado. Jack tiraria vantagem daquela confiança excessiva.

– Deixe ver se entendi direito: se eu vencer, Vicky e eu saímos do navio sem sermos tocados. E se eu perder...?

– Se perder, você desarma todas as bombas que colocou e deixa a menina comigo.

Loucura... mas apesar de detestar admitir, a ideia de um combate corpo a corpo com Kusum era perversamente atraente. Jack não conseguia controlar a emoção que o dominava. Queria pôr as mãos naquele homem, queria machucá-lo, mutilá-lo. Uma bala, um lança-chamas, até uma faca – tudo isso era muito impessoal para castigar Kusum pelos horrores que fizera Vicky passar.

– Tudo bem – disse ele com a voz mais normal que conseguiu. – Mas como saberei que você não vai mandar seus bichinhos para cima de mim se eu vencer... ou assim que eu tire isso? – disse ele, apontando para o lança-chamas nas suas costas.

– Isso não seria honrado – disse Kusum, franzindo o cenho. – Você me insulta só de sugerir isso. Mas para aplacar suas suspeitas, nós lutaremos nessa plataforma quando ela estiver fora do alcance dos *rakoshi*.

Jack não conseguia pensar em mais nenhuma objeção. Ele abaixou o lança-chamas e se posicionou na plataforma.

Kusum deu um sorriso como o do gato que acaba de ver o rato entrar no seu prato de comida.

– Vicky fica na plataforma conosco, certo? – disse Jack, soltando as correias do lança-chamas.

– É claro. E para mostrar-lhe minha boa vontade, até deixarei que ela segure meu colar enquanto lutamos. – Ele soltou o pescoço de Vicky e agarrou-a pelo braço. – Ele está no chão, menina, pegue-o.

Hesitante, Vicky esticou o braço e pegou o colar. Ela o segurava como se fosse uma cobra.

– Não quero isso! – choramingou ela.

– Fique segurando, Vick – disse Jack. – Eu a protegerei.

Kusum puxou a menina contra seu corpo. Quando ia passar a mão do braço para o pescoço dela outra vez, Vicky se mexeu – sem aviso, ela gritou e mergulhou para longe dele. Kusum tentou segurá-la, mas o medo e o desespero estavam do lado dela. Cinco passos frenéticos, um pulo e ela bateu de encontro ao peito de Jack, agarrando-se nele e gritando:

– Não deixe ele me pegar, Jack! Não deixe! Não deixe!

Eu a peguei!

A visão de Jack ficou turva e sua voz se perdeu na onda de emoção que transbordava dele enquanto segurava o corpinho trêmulo de Vicky contra o seu. Não conseguia pensar, por isso reagiu. Num só movimento, ele ergueu o tubo de descarga com a mão direita e passou o braço esquerdo em volta de Vicky para pegar o gatilho, mantendo-a grudada nele enquanto firmava o tubo. Ele o apontou diretamente para Kusum.

– Dê a menina de volta! – berrou Kusum, correndo para a beirada da plataforma. O movimento súbito e os berros fizeram com que os *rakoshi* se agitassem, começassem a murmurar e se aproximar. – Ela é minha!

– De jeito nenhum – disse Jack, baixinho, recuperando a voz e apertando Vicky. – Você está segura, Vicky.

Estava com ela agora e ninguém a tiraria dele. Ninguém. Ele começou a recuar para o compartimento da proa.

– Fique onde está! – rugiu Kusum.

Ele espumava. Estava tão enraivecido que mal conseguia falar.

– Mais um passo e direi a eles onde vocês estão. Como disse antes, vão rasgá-los em pedaços. Agora, venha aqui em cima e me enfrente como combinamos.

Jack balançou a cabeça.

– Eu não tinha nada a perder. Agora tenho Vicky.

– Você não é um homem honrado? Você combinou!

Combinado ou não, ele não soltaria Vicky.

– Menti – disse Jack, puxando o gatilho.

O jorro de *napalm* pegou Kusum bem no peito, se espalhando sobre ele, envolvendo-o em chamas. Ele deu um grito longo, alto e rouco e estendeu o braço para Jack e Vicky, enquanto seu corpo incendiado enrijecia. Contorcendo-se convulsivamente, as feições cobertas pelo fogo, ele caiu para a frente na plataforma, ainda tentando alcançá-los, levado pela obsessão de acabar com a linhagem Westphalen mesmo em meio à agonia de sua morte. Jack segurou o rosto de Vicky de encontro ao seu ombro, para que não visse. Ia disparar outra vez contra Kusum quando ele deu uma guinada para o lado, rodopiou numa dança de fogo e finalmente caiu morto diante da sua horda de *rakoshi*, queimando... queimando...

Os *rakoshi* ficaram loucos.

Se Jack achava que o compartimento era um subúrbio do inferno antes, com a morte do *kaka-ji* ele se transformou numa das regiões principais. Os *rakoshi* explodiram em movimentos frenéticos, pulando no ar, atacando-se uns aos outros. Eles não podiam ver Jack e Vicky, por isso se voltavam uns contra os outros. Era como se todos os demônios do inferno resolvessem se amotinar. Todos menos um.

O *rakosh* com a cicatriz no lábio manteve-se à parte da carnificina. E começou a andar na direção deles como se sentisse sua presença, embora não pudesse vê-los.

Quando as brigas das criaturas fizeram com que os grupos se aproximassem, Jack começou a recuar pela passagem por onde entrara, de volta para o compartimento da proa. Um trio de *rakoshi*, presos em combate, sangue negro jorrando dos ferimentos, rolou para a passagem. Jack aspergiu-os com o lança-chamas, mandando-os de volta; então, virou-se e correu.

Antes de entrar no compartimento da proa, lançou um jorro direto de *napalm* à sua frente – primeiro alto, para afastar qualquer *rakosh* que pudesse estar escondido logo depois da passagem, depois baixo, pelo chão, para tirar os pequenos de seu caminho. Abaixando a cabeça, ele avançou compartimento adentro atrás da linha de fogo, sentindo-se como um jato correndo por uma pista iluminada. Pulou na plataforma e apertou o botão SUBIR.

Quando o elevador começou a subir, Jack tentou pôr Vicky de pé nas tábuas, mas ela não o largava. As mãos da menina apertavam-se no tecido da camisa dele e não soltavam de jeito nenhum. Ele estava fraco e exausto, mas carregaria Vicky pelo restante do caminho, se era isso que ela queria. Com a mão livre, ele armou o restante das bombas no caixote, todas para as 3h45 – já faltando menos de 20 minutos para a hora da explosão.

Os *rakoshi* começaram a encher o compartimento da proa pelas entradas de bombordo e estibordo. Quando viram a plataforma subindo, eles a atacaram.

– Eles estão vindo atrás de mim, Jack! – gritou Vicky. – Não deixe eles me pegarem!

– Está tudo bem, Vicky – disse ele, da forma mais confortante que pôde.

Ele lançou um rio de fogo que pegou uma dúzia das criaturas na primeira linha e manteve o restante delas a distância com chamas bem posicionadas.

Quando a plataforma do elevador ficou finalmente fora do alcance do pulo de um *rakosh*, Jack se permitiu relaxar. Caiu de joelhos e esperou que a plataforma alcançasse o topo.

De repente, um *rakosh* se separou do grupo e pulou para a plataforma.

Assustado, Jack levantou-se e apontou o tubo de descarga na direção dele.

– Esse é o que me trouxe para cá! – gritou Vicky.

Jack reconheceu o *rakosh*: era o da cicatriz no lábio, fazendo um último esforço para alcançar Vicky. O dedo de Jack estava pronto no gatilho, mas ele viu que o *rakosh* não ia conseguir. Suas presas passaram a um fio da plataforma, mas ele deve ter batido no chassi, porque o elevador balançou e guinchou no alinhamento, depois continuou a subir. Jack não sabia se o *rakosh* estava pendurado no chassi ou se caíra no poço do elevador lá embaixo. Ele não ia espiar da beirada para descobrir – poderia perder o rosto se o *rakosh* estivesse pendurado ali.

Ele carregou Vicky até o canto de trás da plataforma e esperou com o tubo de descarga apontado para a beirada. Se o *rakosh* mostrasse a cara, ele torraria sua cabeça.

Mas ele não apareceu. E quando o elevador parou, Jack soltou as mãos de Vicky para que ela subisse a escada na frente dele. Quando se separaram, algo caiu das dobras da camisola úmida – o colar de Kusum.

– Espere, Vicky – disse ele, estendendo a mão para pôr o colar no pescoço dela. – Use isso. Ele...

– Não! – gritou ela com a voz aguda, empurrando as mãos dele. – Não gosto disso.

– Por favor, Vicky. Olhe... estou usando um.

– *Não!*

Ela começou a subir a escada. Jack enfiou o colar no bolso e ficou observando-a subir, sempre vigiando a beirada da plataforma. A pobre criança receava tudo agora – tinha quase tanto medo do colar quanto dos *rakoshi*. Ele ficou imaginando se ela um dia superaria o trauma.

Jack esperou até Vicky sair pela pequena abertura da escotilha, depois foi atrás dela, mantendo os olhos fixos na beirada da plataforma até chegar ao topo da escada. Com uma rapidez quase frenética, ele se espremeu pela escotilha e saiu para o ar salgado da noite.

Vicky agarrou a mão dele.

– O que faremos agora, Jack? Não sei nadar.

– Você não precisa nadar, Vicky – sussurrou ele.

Por que estou sussurrando?

– Eu trouxe um bote para nós!

Ele levou-a pela mão ao longo da amurada de estibordo até a prancha de desembarque. Quando ela viu o bote inflável lá embaixo, não precisou de orientação – soltou a mão dele e correu pelos degraus. Jack olhou para trás, para o convés, e ficou paralisado. Viu um movimento indistinto com o canto dos olhos – uma sombra se mexendo perto do pendural que ficava entre os dois compartimentos. Viu mesmo? Seus nervos estavam quase em frangalhos. Ele via um *rakosh* em cada sombra.

Seguiu Vicky e desceu os degraus. Quando chegou lá embaixo, virou-se e cobriu a prancha com chamas da metade para cima, depois levantou o arco de fogo por cima da amurada e sobre o convés. Manteve a chama acesa, balançando de um lado para outro, até que o tubo de descarga engasgou e pulou na sua mão. A chama que tremeluzia se apagou. O tanque do *napalm* estava vazio. Só dióxido de carbono assobiava pelo tubo. Ele acabou de soltar as correias, o que já começara a fazer no compartimento de popa, e livrou-se dos tanques e do restante do equipamento, deixando cair no último degrau da prancha de desembarque em chamas. Era melhor deixar que explodisse junto com o navio do que ser encontrado flutuando na baía. Então, ele desamarrou o cabo de âncora e saiu com o bote inflável.

Consegui!

Uma sensação maravilhosa – Vicky e ele estavam vivos e fora do cargueiro. E pensar que havia apenas alguns instantes ele estava a ponto de perder as esperanças. Mas não estavam a salvo ainda. Tinha de ir para bem longe do navio, de preferência estar em terra firme, quando aquelas bombas explodissem.

Os remos estavam nos lugares. Jack agarrou-os e começou a remar, vendo o cargueiro ficar para trás na escuridão. Manhattan estava atrás dele, chegando mais perto a cada remada. Gia e Abe ainda não seriam visíveis por um bom tempo. Vicky estava encolhida na proa do bote, a cabeça virando para o cargueiro e para a terra sem parar. Seria tão bom reunir Gia e Vicky.

Jack pôs mais força nos remos. Esse esforço causava-lhe dor, mas surpreendentemente era pouca. Ele deveria estar em agonia por causa da ferida profunda nas costas, das inúmeras lacerações por todo o corpo e dos pedaços de carne arrancados violentamente pelos dentes dos pequenos *rakoshi* selvagens. Sentia-se fraco de cansaço e perda de sangue, mas devia ter perdido mais – devia estar praticamente em choque com todo o sangue que perdera. Parecia que o colar tinha mesmo poderes curativos.

Mas será que mantinha a pessoa jovem mesmo? E essa pessoa envelhecia se tirasse o colar? Será que era por isso que Kolabati se recusara a emprestá-lo quando estiveram encurralados na cabine do piloto? Seria possível que Kolabati tivesse se transformando numa velha decrépita em seu apartamento? Recordou como Ron Daniels, o ladrão, jurara não ter atacado nenhuma velhota na noite anterior.

Talvez isso explicasse grande parte da paixão de Kolabati por ele: não fora o colar da avó que ele recuperara, fora o dela! Parecia incrível demais para ser verdade... mas ele já pensara nisso antes.

Estavam na metade do caminho para a costa. Ele soltou um dos remos para tocar no colar. Talvez não fosse mau ficar com um. Nunca se sabe o que...

Ouviram um barulho de alguma coisa mergulhando perto do cargueiro.

– O que foi isso? – perguntou Jack a Vicky. – Você viu alguma coisa?

Ele podia vê-la balançando a cabeça no escuro.

– Pode ter sido um peixe.

– É, pode ser. – Jack não sabia de peixes na baía de Nova York grandes o bastante para fazer um barulho daqueles. Talvez o lança-chamas tivesse caído da prancha. Isso explicaria o barulho. Mas, embora se esforçasse, Jack não conseguia acreditar que fosse isso.

Uma onda de medo subiu entre seus ombros e começou a se espalhar.

Ele remou com mais força ainda.

XXXIII.

Gia não conseguia parar com as mãos. Elas pareciam se mover por vontade própria, se entrelaçando e se soltando, apertando e desapertando, passando pelo rosto, abraçando-a, entrando e saindo dos bolsos. Sabia que ficaria completamente louca se alguma coisa não acontecesse logo. Jack saíra dali havia séculos. Quanto tempo achavam que ela podia ficar ali sem fazer nada, com Vicky desaparecida?

Ela cavou um caminho na areia ao longo da mureta de tanto andar para lá e para cá; agora estava parada, olhando para o cargueiro. Era apenas uma sombra, mas instantes atrás ele começara a queimar – ou pelo menos parte dele. Uma linha de fogo ziguezagueou ao longo do casco desde o convés até quase o nível da água. Abe disse que parecia o lança-chamas de Jack funcionando, mas que ele não sabia o que estava fazendo. Pelo binóculo vira uma prancha de desembarque pegando fogo, e ele achava que Jack estava queimando uma ponte atrás de si.

E assim ela ficou esperando, cada vez mais ansiosa, sem saber se Jack estava trazendo sua Vicky de volta. De repente ela viu – uma mancha amarela na superfície, o brilho ritmado de remos, entrando e saindo da água.

– Jack! – chamou, sabendo que sua voz não chegaria até ele, mas incapaz de se conter por mais tempo. – Você a encontrou?

E então ouviu aquela vozinha esganiçada e querida que tanto amava.

– Mamãe! Mamãe!

Alegria e alívio explodiram dentro dela. Começou a chorar e pisou na beirada da mureta, pronta para pular na água. Mas Abe a segurou.

– Você só faria com que demorassem mais – disse ele, puxando-a para trás. – Jack está com ela e vai trazê-la mais rápido se você ficar onde está.

Gia mal conseguia se controlar. Ouvir a voz de Vicky não era suficiente. Precisava segurar sua menininha, tocar nela e abraçá-la antes de acreditar realmente que a tinha de volta. Mas Abe estava certo – devia esperar.

Um movimento de braço de Abe sobre o rosto desviou a atenção de Gia da água para ele. Ele estava enxugando as lágrimas. Gia abraçou-o pela cintura e apertou-o.

– É só o vento – disse ele, fungando. – Meus olhos sempre foram sensíveis ao vento.

Gia assentiu com a cabeça e voltou a olhar para a água. Estava lisa como vidro. Não havia nenhuma brisa. O bote avançava bem rápido.

Depressa, Jack... Quero minha Vicky de volta!

Logo o barco estava próximo o bastante para Gia ver Vicky acocorada do outro lado de Jack, sorrindo, acenando por cima do ombro dele enquanto ele remava. Então, o bote embicou na areia e Jack entregou Vicky a ela.

Gia abraçou a filha. Era verdade! Sim, era Vicky, era mesmo Vicky! Eufórica de alívio, ela rodou e rodou com a menina nos braços, beijando-a, apertando-a, prometendo nunca mais deixá-la ir.

– Não consigo respirar, mamãe!

Gia soltou um pouco, mas não a deixou ir. Ainda não. Vicky começou a tagarelar no ouvido de Gia.

– Um monstro me levou do quarto, mamãe! Ele pulou no rio comigo e...

A voz de Vicky ficou distante. Um monstro... então Jack não estava louco. Ela olhou para ele de pé ao lado de Abe, sorrindo para ela e Vicky quando não estava olhando por sobre o ombro para a água. Ele estava horrível – roupas rasgadas, sangue por toda parte. Mas parecia muito orgulhoso também.

– Nunca me esquecerei disso, Jack – disse ela, o coração prestes a explodir de gratidão.

– Não fiz isso só por você – respondeu ele, olhando para a água outra vez. O que será que ele estava esperando? – Você não é a única que ama Vicky, sabia?

– Sabia.

Ele parecia não estar à vontade. Olhou para o relógio.

– Vamos sair daqui, está bem? Não quero estar aqui quando aquele navio explodir. Quero estar no caminhão e pronto para dar o fora.

– Explodir? – Gia não entendeu.

– Cabuuuumm! Coloquei uma dúzia de bombas incendiárias pelo navio... armadas para explodir em 5 minutos. Leve Vick para o caminhão e iremos logo atrás.

Abe e Jack começaram a puxar o bote para fora da água.

Gia estava abrindo a porta do caminhão quando ouviu um barulho na água e gritos atrás de si. Espiou por cima do capô e ficou horrorizada ao ver uma forma escura, pingando e cintilando, sair da água. A coisa pulou no píer, batendo em Jack e jogando-o de cabeça na areia – foi como se não soubesse que Jack estava ali. Ela ouviu Abe gritar "Meu Deus!", levantar o bote e jogá-lo em cima da criatura, mas um único golpe com suas garras rasgou-o em dois. O bote esvaziou com um suspiro, e Abe ficou segurando 20 quilos de borracha amarela.

Era um daqueles *rakoshi* dos quais Jack tinha falado. Tinha de ser, não havia outra explicação.

Vicky gritou e escondeu o rosto no pescoço de Gia.

– Esse é o monstro que me levou, mamãe! Não deixe ele me pegar!

A coisa estava indo na direção de Abe, avultando-se sobre ele. Abe jogou o que restava do bote em cima dele e recuou. Vinda não se sabe de onde, uma pistola apareceu na sua mão e ele começou a atirar, o barulho dos tiros parecendo apenas estalos. Abe atirou seis vezes à queima-roupa, andando para trás o tempo todo. Parecia estar disparando balas de festim, porque o monstro nem sentia os disparos. Gia engasgou quando viu o pé de Abe se prender na mureta. Ele abanou os braços, tentando se equilibrar, parecendo um ganso gordo demais tentando voar, e então caiu na água, fora de vista.

O *rakosh* perdeu o interesse imediatamente e virou-se para Gia e Vicky.

Com uma precisão incrível, seus olhos fixaram-se nelas. Ele atacou.

– Ele vem me pegar outra vez, mamãe!

Por trás do *rakosh*, Gia viu o corpo de Jack rolar e ficar de joelhos.

Ele balançava a cabeça e olhava em volta, como se não soubesse onde estava. Então Gia empurrou Vicky para dentro da cabine do caminhão e entrou também. Ela chegou de quatro ao banco do motorista e ligou o motor, mas antes que pudesse engrenar a marcha, o *rakosh* alcançou o caminhão.

Os gritos de Gia se juntaram aos de Vicky quando ele enfiou suas presas no metal do capô e subiu diante do para-brisa. Em desespero, ela engatou a ré e pisou no acelerador. Entre nuvens de areia o caminhão pulou para trás, quase derrubando o *rakosh*...

...mas não conseguiu. Ele recuperou o equilíbrio e socou o para-brisa, tentando pegar Vicky em meio à cascata de fragmentos brilhantes de vidro. Gia mergulhou para a direita, a fim de cobrir o corpo de Vicky com o seu. O caminhão morreu e parou. Ela ficou esperando as presas rasgarem suas costas, mas isso não aconteceu. Ela ouviu um som, um grito que era humano, mas diferente de qualquer som que jamais ouvira ou que queria ouvir de um humano.

Olhou para cima. O *rakosh* continuava no capô do caminhão, mas não tentava mais alcançar Vicky. Havia tirado a mão da cabine e tentava se livrar da aparição que se agarrava às suas costas.

Era Jack. E era da *sua* boca aberta que saía aquele som. Ela viu o rosto dele por um instante por trás da cabeça do *rakosh* – tão distorcido de fúria que chegava a parecer maníaco. Ela pôde ver os tendões estirados no pescoço dele, enquanto ele esticava os braços em volta do *rakosh* para enfiar os dedos nos seus olhos. A criatura virou-se para trás e para a frente e não conseguia se livrar de Jack. Finalmente, conseguiu levar a mão para trás e soltou-o, pegando o peito de Jack com as presas e jogando-o longe.

– Jack! – gritou Gia, sentindo dor por ele, percebendo que em alguns segundos ela saberia, pois seria apresentada àquela mesma dor. Não havia esperança, não havia maneira de parar aquela coisa.

Mas talvez pudesse fugir dele. Abriu a porta e arrastou-se para fora, puxando Vicky com ela. O *rakosh* viu e subiu na capota do caminhão. Com Vicky agarrada a ela, Gia começou a correr, os sapatos saindo do pé, se enchendo de areia. Ela olhou para trás enquanto chutava os sapatos para longe e viu o *rakosh* se acocorar para pular sobre ela.

E então a noite virou dia.

O clarão precedeu o estrondo da explosão. O *rakosh* pronto para o bote ficou silhuetado na luz branca que apagou as estrelas. Então veio a explosão. O *rakosh* virou-se e Gia sabia que essa era sua chance. Ela correu.

XXXIV.

A dor era a de três barras de ferro incandescentes em seu peito.

Jack havia rolado de lado e estava se sentando na areia quando a primeira explosão aconteceu. Ele viu o *rakosh* se virar para o clarão no navio e Gia começar a correr.

A popa do cargueiro se dissolveu numa bola de chamas alaranjada quando os tanques de combustível explodiram, logo seguida por um raio branco e quente da seção da proa – as outras bombas incendiárias explodindo todas juntas. Fumaça, fogo e destroços voaram para o céu do casco partido e adernado do que tinha sido o *Ajit-Rupobati*. Jack sabia que nada podia sobreviver àquele inferno. Nada!

Os *rakoshi* estavam mortos, extintos, exceto um. E aquele um ameaçava dois dos seres que Jack mais amava nesse mundo. Tinha ficado louco ao ver o *rakosh* enfiar a mão pelo para-brisa do caminhão a fim de pegar Vicky. Ele devia estar seguindo uma ordem dada mais cedo naquela noite, para levar quem tinha bebido o elixir. Vicky era o alvo – o elixir de *rakosh* que estava na laranja ainda corria pelo seu organismo, e esse *rakosh* levava muito a sério sua missão. Apesar da morte do seu *Kaka-ji* e da ausência da mãe, ele pretendia levar Vicky de volta para o cargueiro.

Um barulho na água à sua esquerda... do outro lado do píer, Jack viu Abe saindo da água e indo para a areia. O rosto de Abe estava branco e ele olhava fixo para o *rakosh* em cima do caminhão. Estava vendo uma coisa que não tinha o direito de existir e parecia atordoado. Ele não poderia ajudar Jack em nada.

Gia não conseguiria escapar do *rakosh*, especialmente com Vicky nos braços. Jack precisava fazer alguma coisa – mas o quê? Nunca se sentira tão indefeso, tão impotente! Era sempre capaz de fazer alguma coisa, mas agora não. Estava esgotado. Não sabia o que fazer para parar aquela coisa de pé no caminhão de Abe. Em breve ele iria atrás de Gia... e não havia nada que pudesse fazer.

Ele ficou de joelhos e gemeu de dor por causa dos últimos ferimentos.

Três lacerações profundas corriam na diagonal pelo seu peito e na parte de cima da barriga, onde o *rakosh* o atacara com as presas. A frente rasgada da camisa estava encharcada de sangue. Num esforço desesperado, ele conseguiu ficar de pé, pronto a se colocar entre Gia e o *rakosh*. Sabia que não poderia com ele, mas talvez conseguisse retardá-lo.

O *rakosh* pulou do caminhão... mas não atrás de Gia e Vicky, nem na direção de Abe. Ele correu para o píer e ficou ali olhando para os destroços incendiados do seu ninho. Estilhaços de metal e de madeira em chamas pontilhavam a baía caindo do céu, silvando e fervendo quando batiam na água.

Jack viu o *rakosh* jogar a cabeça para trás e soltar um rosnado fantasmagórico, tão perdido e lamuriento que Jack quase sentiu pena dele. Sua família, seu mundo tinham explodido com o cargueiro. Todos os pontos de referência, tudo que tinha sentido na sua vida – acabado. Ele rosnou mais uma vez e entrou na água. Com poderosas braçadas, nadou baía adentro, diretamente na direção da piscina de óleo flamejante. Como uma mulher indiana leal que se joga na pira funerária do marido, ele se dirigiu para a tumba de ferro naufragada de Kusum.

Gia estava voltando para perto de Jack com Vicky nos braços. Abe, molhado e pingando, também seguia na direção de Jack.

– Minha avó costumava tentar me assustar com histórias de monstros – disse Abe, ofegante. – Agora acabo de ver um.

– Os monstros já foram embora? – perguntava Vicky sem parar, a cabeça girando de um lado para o outro, olhando para as sombras criadas pelo fogo na baía. – Os monstros foram embora mesmo?

– Acabou? – perguntou Gia.

– Acho que sim. Espero que sim – disse Jack.

Ele estava olhando para o outro lado e virou-se quando respondeu.

Ela deu um grito assustada ao ver seu peito.

– Jack! Seu peito!

Ele puxou os trapos da camisa e tentou cobrir a carne lacerada. O sangramento tinha parado e a dor estava diminuindo... graças ao colar, pensou ele.

– Não é tão sério. Só uns arranhões. Parecem piores do que realmente são.

Ele ouviu as sirenes.

– Se não guardarmos as coisas e não sairmos daqui logo, teremos de responder a muitas perguntas.

Juntos, Abe e ele arrastaram o bote rasgado e vazio até o caminhão e jogaram-no na traseira; então puseram Gia e Vicky no banco da frente, só que dessa vez era Abe quem dirigia. Ele tirou o restante dos estilhaços de vidro de cima do banco com a palma da mão e ligou o motor. A areia cobria as rodas traseiras, mas Abe conseguiu safar o caminhão e passaram pelo portão que Jack arrebentara na chegada.

– Será um milagre atravessar a cidade sem que nos parem por causa desse para-brisa.

– Diga que foram vândalos – sugeriu Jack.

Ele virou-se para Vicky, que estava toda encolhida no colo da mãe, e passou os dedos no bracinho dela.

– Você está salva agora, Vicky.

– É, está sim – disse Gia com um pequeno sorriso enquanto deitava o rosto na cabeça de Vicky. – Obrigada, Jack.

Jack viu que a menina estava dormindo.

– É o que eu faço.

Gia não disse nada. Pôs a mão na dele. Jack olhou nos olhos dela e viu que não havia mais nenhum medo. Era um olhar que sempre desejara ver. A visão de Vicky dormindo em paz fazia toda a dor e o horror valer a pena; o olhar de Gia era um bônus.

Ela inclinou a cabeça para trás e fechou os olhos.

– Acabou mesmo?

– Para você, sim. Para mim... há ainda uma ponta solta.

– A mulher – disse Gia. Não era uma pergunta.

Jack fez que sim com a cabeça, pensando em Kolabati sentada no seu apartamento e no que podia acontecer a ela. Ele tocou em Abe por trás de Gia.

– Deixe-me em casa primeiro, está bem, Abe? Depois leve Gia para casa.

– Você não pode cuidar desses ferimentos sozinho! – disse ela. – Precisa de um médico.

– Os médicos fazem muitas perguntas.

– Então venha para minha casa. Deixe que eu desinfeto isso para você.

– Está combinado. Estarei lá assim que terminar o que tenho de fazer em casa.

Gia apertou os olhos.

– O que há de tão importante para você ter tanta pressa em vê-la?

– Estou com uma coisa que pertence a ela. – Mostrou o colar no pescoço. – Precisa ser devolvido.
– Não pode ser mais tarde?
– Acho que não. Peguei emprestado sem que ela soubesse, e me disseram que ela realmente precisa dele.

Gia não disse nada.

– Vou para sua casa assim que puder.

Como resposta, Gia virou o rosto para o vento que entrava pela frente do caminhão e ficou olhando fixo para a frente.

Jack suspirou. Como podia explicar-lhe que "a mulher" talvez estivesse envelhecendo a cada hora, que podia ser um trapo senil naquele momento? Como poderia convencer Gia, se não conseguia se convencer disso?

O resto da viagem transcorreu em silêncio. Abe foi até a Hudson e virou na Oitava Avenida, que o levou até a Central Park West. Viram alguns carros de polícia, mas nenhum passou perto o bastante para ver o para-brisa quebrado.

– Obrigado por tudo, Abe – disse Jack quando o caminhão parou diante do prédio de arenito pardo.

– Quer que eu espere?

– Isso pode demorar um pouco. Obrigado mais uma vez. Acerto tudo com você amanhã de manhã.

– Estarei com a conta pronta.

Jack beijou a menina adormecida na cabeça e saiu do caminhão. Estava rígido e doído.

– Você vai mesmo à minha casa? – perguntou Gia, finalmente olhando-o.

– Assim que puder – disse ele, satisfeito do convite ainda valer. – Se você quiser.

– Eu quero.

– Então estarei lá. Em uma hora. Prometo.

– Ficará bem?

Ele ficou grato pela expressão preocupada de Gia.

– Claro.

Ele bateu a porta e ficou olhando enquanto se afastavam. Então, começou a longa subida até o terceiro andar. Quando chegou à sua porta, com a chave na mão, hesitou. Sentiu um calafrio. O que encontraria do outro lado? O que queria encontrar era uma sala de visitas vazia e uma Kolabati jovem dormindo no quarto. Ele poria os dois colares na mesa de cabeceira, onde ela pudesse encontrá-las de manhã, e então iria para a casa de Gia. Essa era a maneira mais fácil. Kolabati saberia que o irmão estava morto sem que ele precisasse lhe contar os detalhes. E era possível que tivesse ido embora quando ele voltasse.

Vamos imaginar que isso vai ser fácil, pensou ele. Que *alguma coisa* seja fácil esta noite! Abriu a porta e entrou na sala. Até a luz da cozinha estava apagada. A única iluminação era um brilho escapando do seu quarto pelo corredor. Tudo que ouvia era uma respiração – rápida, entrecortada, estertorante. Vinha do sofá. Ele foi em sua direção.

– Kolabati?

Jack ouviu um suspiro, uma tosse e um gemido. Alguém se levantou do sofá. Emoldurada à luz do corredor havia uma figura murcha, comprida, com ombros ossudos e uma postura cifósica. Ela se aproximou dele. Jack sentiu, mais do que viu, uma mão estendida.

– Dê-me o colar! – A voz era pouco mais do que um arranhar, uma cobra deslizando em palha seca. – Devolva-me o colar!

Mas a cadência e a pronúncia eram inconfundíveis – era Kolabati. Jack tentou falar e sentiu a garganta se fechar. Com as mãos trêmulas, tirou o colar do pescoço. Depois, tirou o de Kusum do bolso.

– Devolvo com juros – conseguiu dizer enquanto deixava os colares na mão estendida, evitando contato com ela.

Kolabati não percebeu ou não ligou para o fato de estar com os dois colares.

Virou-se devagar e meio cambaleante e foi para o quarto. Por um instante, ela passou pela luz do corredor. Jack virou de costas ao ver o corpo encolhido, os ombros curvados e as juntas artríticas. Kolabati era uma bruxa velha. Ela entrou no quarto e Jack ficou sozinho na sala.

Uma enorme letargia o dominou. Foi até a cadeira perto da janela que dava para a rua e sentou-se.

Tudo acabado. Finalmente acabado.

Kusum estava morto. Os *rakoshi* estavam mortos. Vicky estava em casa, a salvo. Kolabati rejuvenescia outra vez no seu quarto. Ele sentiu uma necessidade enorme de se esgueirar pelo corredor e descobrir o que acontecia com Kolabati... vê-la rejuvenescer. Talvez então pudesse acreditar em mágica.

Mágica... depois de tudo que tinha visto, tudo que tinha passado, ainda achava difícil acreditar em mágica. Mágica não fazia sentido. Mágica não obedecia a regras. Mágica...

De que adiantava? Não podia explicar os colares nem os *rakoshi*. Considerava-os incógnitas. Deixemos como está.

Mas, assim mesmo, assistir a coisa acontecer...

Tentou ficar de pé e descobriu que não podia. Estava fraco demais. Caiu de volta na cadeira e fechou os olhos. Sono...

Um som atrás dele o fez acordar. Abriu os olhos e percebeu que devia ter dormido um pouco. A luz enevoada do amanhecer enchia o céu. Devia ter dormido pelo menos uma hora. Alguém se aproximava por trás dele. Jack tentou se virar para ver quem era, mas só conseguia mover a cabeça. Seus ombros estavam presos no encosto da cadeira... tão fraco...

– Jack? – Era a voz de Kolabati. A Kolabati que ele conhecia. A Kolabati jovem.

– Jack, você está bem?

– Estou – disse ele. Até a voz dele estava fraca.

Ela contornou a cadeira e olhou para ele. O colar estava de volta ao seu pescoço. Ela não voltara aos 30 anos que ele conhecera, mas estava muito perto. Diria que ela estava com uns 45 anos naquele momento.

– Não, não está não! Há sangue por toda a cadeira e no chão!

– Ficarei bom.

– Tome – ela estendeu o segundo colar, o de Kusum. – Deixe eu pôr em você.

– Não!

Ele não queria mais nada com o colar de Kusum. Nem com o dela.

– Não seja idiota! Ele lhe dará forças até você chegar a um hospital. Todas as suas feridas recomeçaram a sangrar assim que tirou o colar!

429

Ela estendeu os braços para pôr o colar no pescoço dele, mas Jack virou a cabeça para impedi-la.

– Não quero!

– Você vai morrer sem ele, Jack!

– Vou ficar bom. Vou me curar... *sem* mágica. Por favor, vá. Vá embora.

Os olhos dela pareciam tristes.

– Quer mesmo isso?

Ele fez que sim com a cabeça.

– Podíamos cada um ter o seu colar. Podíamos viver muito, só nós dois. Não seríamos imortais, mas poderíamos continuar vivendo juntos. Sem doenças, nem dor...

Você é muito fria, Kolabati.

Nem uma palavra sobre o irmão – ele está morto? Como foi que ele morreu? Jack se lembrou de Kolabati ter dito para que tirasse o colar de Kusum e o trouxesse de volta, afirmando que sem o colar ele perderia o controle dos *rakoshi*. Era verdade, de uma certa forma – Kusum não teria mais controle sobre os *rakoshi* porque morreria sem o colar. Quando comparava isso com os esforços frenéticos de Kusum para encontrar o colar dela após ela ter sido assaltada, Kolabati ficava muito atrás. Ela não reconhecia uma dívida quando contraía uma. Ela falava de honra, mas não tinha nenhuma. Mesmo louco como era, Kusum era dez vezes mais humano que ela.

Mas não podia explicar-lhe tudo isso agora. Não tinha força. E ela provavelmente não entenderia.

– Por favor, vá embora.

Ela pegou o colar e segurou-o no alto.

– Muito bem! Pensei que você era um homem que merecia isso, um homem desejoso de estender sua vida até o limite e viver intensamente, mas vejo que estava errada! Então fique aí sentado na sua piscina de sangue e morra, se é isso que deseja! Não tenho utilidade para gente do seu tipo! Aliás, nunca tive! Lavo minhas mãos por você!

Ela enfiou o segundo colar numa dobra do sári e se afastou dele. Jack ouviu a porta do apartamento bater e soube que estava sozinho.

Jack tentou se endireitar na cadeira. A tentativa provocou dores por todo seu corpo; o menor esforço fazia seu coração disparar e a respiração faltar.

Estou morrendo?

Esse pensamento deveria provocar uma reação de pânico em qualquer outra hora, mas naquele momento seu cérebro parecia tão inerte quanto seu corpo. Por que não aceitara a ajuda de Kolabati, só por um tempo? Por que recusara? Algum tipo de gesto magnânimo? O que estava tentando provar, ali sentado, se esvaindo em sangue, arruinando o tapete e a cadeira também? Não estava raciocinando direito.

Estava frio ali – um frio pegajoso que entrava pelos ossos. Ignorou o frio e pensou na noite. Fizera um bom trabalho naquela noite... talvez tivesse salvo toda a Índia de um pesadelo. Não que ligasse muito. Gia e Vicky era o que importava. Ele tinha...

O telefone tocou.

Não havia possibilidade de atender.

Quem seria... Gia? Talvez. Talvez ela quisesse saber onde ele estava.

Esperava que fosse. Talvez viesse procurá-lo. Talvez até chegasse lá a tempo. Outra vez, esperava que sim. Não queria morrer. Queria passar muito tempo com Gia e Vicky. E queria se lembrar daquela noite. Tinha mudado aquela noite. Tinha sido o fator decisivo. Ele podia se orgulhar disso. Até papai ficaria orgulhoso... se ao menos pudesse contar a ele.

Fechou os olhos – estava ficando muito difícil mantê-los abertos – e esperou.

fim

Este livro foi composto na tipologia Minion Pro Regular, em corpo 10/12,5, e impresso em papel off-set 56g/m² no Sistema Cameron da Divisão Gráfica da Distribuidora Record.